Herzsprung-Verlag

Impressum:

Besuchen Sie uns im Internet:
www.papierfresserchen.de

Bearbeitung: CAT creativ - www.cat-creativ.at
im Auftrag von

c/o Papierfresserchens MTM-Verlag
Mühlstraße 10 – 88085 Langenargen
info@papierfresserchen.de

Erstauflage 2024

Gedruckt in Polen / Bookpress

ISBN: 978-3-99051-302-6 - Taschenbuch
ISBN: 978-3-99051-303-3 - E-Book
ISBN: 978-3-99051-304-0 - Hörbuch

Das Buch der vergessenen Geschichten

Verschollene Werke, verborgene Manuskripte und literarische Schätze aus der Schublade

Band 1

Martina Meier (Hrsg.)

Herzsprung-Verlag

Neue Ausschreibung

Das Buch der vergessenen Geschichten
Band 2

Wir alle haben sie – die Geschichten, die unvollendet in den Tiefen unserer Notizbücher, Schubladen oder digitalen Archive ruhen. Sie erzählen von Ideen, die einst hell aufleuchteten, nur um im Trubel des Alltags wieder in Vergessenheit zu geraten. Doch nun ist ihre Zeit gekommen.

Band 2 der Anthologie „Das Buch der vergessene Geschichten" öffnet seine Seiten für genau diese Schätze. Unfertige Texte, verstaubte Entwürfe, vergessene Manuskripte – alles ist willkommen. Dieser Band bietet die Möglichkeit, älteren Werken eine zweite Chance zu geben und sie aus ihrem Versteck zu holen. Es gibt kein vorgegebenes Thema. Die einzige Voraussetzung ist, dass es sich um Geschichten handelt, die lange unbeachtet blieben und nun das Licht der Welt erblicken sollen. Ob Drama, Fantasy, Science-Fiction oder etwas völlig anderes – wir möchten die Vielfalt und Kreativität der Literatur feiern, die einst im Schatten stand.

Autoren und Autorinnen ab 16 Jahren sind eingeladen, ihre verborgenen Werke einzureichen und Teil einer Sammlung zu werden, die zeigt, dass keine Geschichte wirklich verloren geht.

Einsendeschluss: 15. September 2025 - www.papierfresserchen.de

Inhalt

Autorinnen & Autoren

Adina Heinemann
Alexander Da Re
Alina Zaripov
Anja Apostel
Anke Ortmann
Anke Schüür
Anke Terrasi
Ann-Kathleen Lyssy
Barbara Neymeyr
Beccy Charlatan
Blandine Fachbach
Brigitte Noelle
Britta Dreyer
Caroline Seeger-Herter
Charlie Hagist
Christa Blenk
Christian Knieps
Christian Reinöhl
Christina Reinemann
Clarissa Holder
Claudia Dvoracek-Iby
Claudia Gers
Constanze Wolfer
Doreen Pitzler
Dörte Müller
Dr. Gabriele Schuster
Felix Hummel
Florian Geiger
Franziska Bauer
Franziska Statt
Gerd Jenner
Hannelore Futschek
Hans Peter Flückiger
Helga Licher
Helmut Blepp
Herbert Glaser
Hermann Bauer
Horst-Volkmar Trepte
Ingrid Hägele
Jan Moritz
Jennifer Pfingstmann
Jennifer Warwel
Jochen Stüsser-Simpson
Jörg Harder

Julia Weber
Juliane Barth
Jürgen Rösch-Brassovan
Karina Luger
Kevin Michael Schott
Klaus Enser-Schlag
Liliana Wildling
Lily N. Hope
Lina Groß
Lisa Marie Kormann
Luca Rizal Michael Hilbert
Luna Day
Lydia Forster
Marcel Streit
Marco Rauch
Maria Reuber
Markus Weiher
Matthias Liebelt
Michael Born
Mirja Seim
Monika Link
Nicola Patsis
Nicole Webersinn
Niklaus Völke
Oliver Fahn
Oliver Miller
P. C. Fischer
Pamela Murtas
Petra Kesse
Philip Bartetzko
R. S. Wiener
Robert Höpfner
Sarah I. Poschen
Sieglinde Seiler
Simon Käßheimer
Simone Lamolla
Simone Steger
Susanne Kühn
Susanne Ulrike Maria Albrecht
Ulli Krebs
Ulli Soak
Ulrike Müller
Vanessa Boecking
Vera Lörks
Volker Liebelt
Winfried Rochner
Wolfgang Rinn
Wolfgang Rödog
Zero Alala

Bleistifts Traum

Ich saß auf heißen Kohlen. Mein Kopf qualmte. Der Schreibblock war leer. „Dem Autor sind die Worte davongelaufen", rief mir der Bleistift zu.

„Eine Geschichte, ein Königreich für eine Geschichte!", schrie ich gegen den Wind.

Der Bleistift lief blau an, hob ab, schwebte auf das Papier und machte sich ans Werk: Buchstaben tanzten über die Seiten. Buchstaben formten sich zu Wörtern, zu Sätzen, zu ganzen Absätzen.

„Die Absätze sind nicht rund, die wirken wie abgelaufen, da muss eine neue Sohle aufgezogen werden!", rief ich dem Bleistift zu.

„Nicht einmal im Traum würde ich das tun. Niemals überlasse ich meine Freunde, die Wörter, einem einfallslosen Pinsel!", war dessen Antwort.

Zum Überfluss machte sich auch noch mein Schlagzeug selbstständig und lag mir in den Ohren. „Buchstaben sind Töne, Wörter Poesie und Sätze Musik", hämmerte es auf mich ein.

„In welchem Traum befinde ich mich eigentlich?", ging mir durch den Kopf. Ich hatte es satt, das Spiel der unabhängig agierenden Instrumente weiter zu verfolgen, wandte mich ab und blickte nach draußen. Ein Spatz war gerade gegen das Fenster geknallt. Auf einem Gartenstuhl landete das Vögelchen. Benommen schüttelte es sein unscheinbar braunes Gefieder. Federn hatte es nicht lassen müssen. Aber zwei gelblich-weiße schmierige Streifen hinterließ es auf dem Gartenstuhl. Auf dem Kirschbaum rasten Eichhörnchen durch das rot geränderte Blätterdach, als wären sie Gejagte. Jäger waren sie! Eines flog über das Kuckucksnest, leises Knacken war zu hören und dann, tatsächlich, ein Eichhörnchen schlürfte gierig aus einem Kuckucksei.

Lona schreckte hoch, ihre smaragdgrünen Augen leuchteten ins Dunkel. Vor sich sah sie Albträume – Albträume der anderen. Sie konnte in Träume von naheliegenden Personen eindringen wie eine Diebin durch offene Türen in eine Privatwohnung. Lona erhielt diese Gabe, nachdem sie als Kind einen beinahe tödlichen Unfall hatte. Auf einem Abenteuerausflug zu einer Hallig an der nordfriesischen Nordseeküste krachte ein Hubschrauber gegen einen Sendemast und flatterte wie ein Feuer gefangener Falke mit Blitz und Donner zu Boden. Ein Feldbrand war die Folge. Der Hubschrauber radierte Vegetation im Umkreis von einem Quadratkilometer aus, radierte Pilot und Fluggäste aus. Lona war die einzige Überlebende des Crashs.

Im Aufwachraum der Uni-Klinik hatte Lona nicht geträumt. Sie war in einen Traum hineingerutscht, der nicht ihr eigener war. Sie sah, wie dem Chirurgen das Skalpell immer wieder entglitt. Er erstarrte zu einer Salzsäule. Salz netzte die Wunden eines Verletzten. Anstelle des Arztes übernahm die Assistentin, eine OP-Schwester, die Führung und legte Hand an, ohne auch nur eine Sekunde daran zu denken, das Einverständnis des Arztes einzuholen. Mit schnellen Schnitten schritt sie zur Tat, obwohl sie für solche Einschnitte nicht geprüft war. Sie schnaubte durch die Maske, als die Operation eine Wendung nahm: Der Patient war weg, die Wunde blieb. Dem Chirurgen quollen die Augen aus den Höhlen. Sein Mund war weit aufgerissen, als wolle er etwas aus sich herausschreien. Kein Ton kam über die Lippen. Die OP-Schwester kümmerte das nicht, sie sah an dem Arzt vorbei, sah auf die klaffende, frisch operierte Wunde und verschloss die mit einem Sekunden-Gewebekleber.

Lonas Vision hatte das Ende noch nicht erreicht. Der Chirurg irrte … verwirrte in einem düsteren Krankenhauskorridor. Aus Seitenräumen flackerte Licht. Schatten von Fledermäusen strichen über die Wände. Oder waren es vielmehr Seelen, die der Chirurg nicht hatte retten können? Und die spielten jetzt auf seinem Gewissen Klavier? Der Chirurg versuchte davonzulaufen, er rannte und rannte, schweißüberströmt, das Gesicht rot angelaufen. Dem Unvermeidlichen war nicht zu entgehen. Nicht gerettete Seelen hatte der Chirurg am Hals, die hefteten sich an seine Halsschlagader. Kreidebleich sackte der Arzt wie ein Wäschesack zusammen und wimmerte wie ein verloren gegangenes Baby.

Lona nahm Abstand. Ihr gehörte der Traum nicht. Das war ihr klar. Der gehörte einem anderen. An ihr eigenes Schicksal dachte sie nicht. Noch nicht. Ihr Schicksal hatte sie hinter einem Schutzschild verborgen, um das Erlebte irgendwann – wenn der Tag gekommen sei, es anzuschauen – wieder hervorzuholen. Vorerst wollte sie nichts davon wissen.

„Nicht auszuhalten, dieser Traum des anderen. Ist der zu drehen?“, fragte sich Lona.

Sie tat, was ihr nicht einmal im Traum eingefallen wäre, was niemand für möglich gehalten hätte: Sie drang in den Traum eines anderen ein. Das war ganz einfach. Sie schloss die Augen, machte sich leicht wie eine Feder und schon schwebte sie in die Traumwelt des anderen. Im Gepäck hatte sie einen warmen herbstlichen Sonnenuntergang. Golden hing die Sonne wie eine riesige Scheibe, wie ein leuchtendes Riesenrad über der Nordsee. Kräftige Wellen spülten an den kiesigen Strand und verliefen sich dort. Es roch nach Salz, nach brackigem Wasser. Frischer Wind mischte Wolken auf. Schafe blökten gegen den abgelaufenen Tag. Möwen kreisten über dem Deich. Ein Schwarm Wildenten zog am Himmel heimwärts.

Der Chirurg erschien zur Visite. Er strahlte über das ganze Gesicht. So hatte lange nicht mehr gestrahlt. Seine Haut war glatt wie eine Babyhaut und nicht mehr zerknittert wie sonst an vielen Morgen. Er klopfte Lona leicht auf die Schulter. „Meine Kleine … wird schon werden … ich weiß, wovon ich rede“, murmelte er ihr mit aufmunterndem Augenzwinkern zu.

Lona nickte. Sie wusste, wovon sie reden konnte.

Pordoijoch in den Dolomiten. Wanderer kamen zusammen: Lona und Gabriel. Lona war Dozentin für Psychologie an der Universität Wien. Gabriel war bei der Bergwacht. Lona hatte ihr Haar zu einem Pferdeschwanz gebunden, um es aus dem Gesicht zu halten. Sie liebte den Weitblick, der sich bei Hochgebirgstouren eröffnet. Im Rucksack war nur das Nötigste, darauf kam es ihr an, sich nicht unnötig zu belasten.

Gabriel lächelte in sich hinein, als stehe er neben sich. Er wollte Lona etwas sagen, etwas Besonderes über sich. Dazu kam es nicht. „Als Psychologin kann die Gedanken lesen, soll sie doch“, fiel ihm ein – Gabriel, dem Schweiger.

„Charmant schüchtern“, fand Lona den jungen Mann. Wildes lockiges braunes Haar hatte er. Am Gürtel steckte ein feststehendes Messer in einer Scheide aus Leder. Gabriel, Jäger auf der Pirsch?

An seinem Rucksack schleppte er schwer. Die ganze Ausrüstung für Gratwanderungen lag auf seinem Rücken. Er wich keiner Wand aus, sei sie noch so steil.

Auf dem Strohlager der Schutzhütte wälzte sich Gabriel unruhig hin und her, stöhnte, aber er schlief fest. Neben ihm lag Lona, hellwach, mit geschlossenen Augen. Wie von selbst rutschte sie in den Albtraum ihres Nachbarn:

Gabriel irrte in einem dichten Nadelwald herum. Dunkelheit umschlang ihn. „Nie wieder komme ich ans Tageslicht", war sein Gefühl. Fichten verwandelten sich in knorrige Gestalten, in Kobolde vielleicht, mit spitzen Ohren und zottigem Fell. Listig versuchten die, Gabriel in einen Hinterhalt zu locken, flüsterten ihm Botschaften ein, für die er kein Ohr hatte.

Der Albtraum setzte sich fort: Gabriel schrak hoch, verließ das Lager. „Der Teufel hat dich geschickt", schrie er, zog das Messer aus der Scheide und richtete – zitternd wie Zitronengras – die Waffe auf Lona.

Später wurde das Messer im ewigen Eis gefunden, das inzwischen geschmolzen war. Gabriel zog es nach Meran. In der Klostergärtnerei der Salvatorianerinnen lernte er, Rosen zu beschneiden – zur Ehre Gottes. Lona lernte Hypnose bei einem Schüler Milton Ericksons. Später erhielt sie einen Ruf an die John-Hopkins-University in den USA für den Lehrstuhl *Kinetische Psychologie* – Geist und Körper in Einklang bringen.

Ein Traum war zu Ende. Der Bleistift legte sich zur Ruhe. Ich deckte ihn zu. Auf mein Schlagzeug hämmerte ich ein, bis mir ein Text einfiel, bis ich die Feder wieder in die Hand bekam. Aber das steht auf einem anderen Blatt. „Deine Worte sind deine Worte. Sie gehören dir. Sie sind die Kinder der Lust … am Schreiben", hatte mir der Bleistift ins Tagebuch geschrieben.

Horst-Volkmar Trepte, *Jahrgang 1947, hat Psychologie studiert, lebt in der Seestadt Bremerhaven und in Thiéfosse (Vogesen, Frankreich), schreibt Gedichte und Kurzgeschichten, hat in Anthologien und literarischen Zeitschriften veröffentlicht, mag den salzigen Duft und den unerbittlichen Gegenwind am Deich an der Nordseeküste, wie auch die unzähligen unterschiedlichen Ansichten bei Bergwanderungen.*

Die Vertretung

Ein warmer Wind wehte über das Land. Der Frühling war zu Ende und der Sommer war bald da. In der Versammlung der Jahreszeiten trafen sich der Frühling, der Sommer, der Herbst und der Winter. Die Herrschaft musste an den Nächsten übergeben werden.

„Die Herrschaft des Frühlings ist vorüber. Der Sommer soll nun regieren“, verkündete der Frühling. Er hatte bisher das Sagen gehabt. Jetzt war der Sommer dran.

„Ich übernehme die Herrschaft von dir, Frühling“, bestätigte der Sommer die Übergabe.

Doch der Winter war damit gar nicht einverstanden. „Ich finde es nicht gerecht, dass ich immer nur die Kälte kenne. Ich möchte auch mal die Wärme des Sommers spüren. Lasst mich doch mal im Sommer herrschen“, beschwerte er sich.

„Aber du bist nun einmal der Herr der Kälte, des Schnees und des Eises. Du kennst dich doch mit Wärme und Sonne überhaupt nicht aus. Ich hingegen habe schon viele Jahrtausende Erfahrung mit dieser Jahreszeit“, erwiderte der Sommer unfreundlich. Das war immerhin seine Jahreszeit. Die wollte er sich vom Winter nicht wegnehmen lassen.

„Wir können ja auch mal tauschen. Dann lasse ich dich über den Winter herrschen. Du kannst dann auch mal die Kälte genießen. Du wirst sehen. Der Winter ist eine sehr erfrischende Jahreszeit!“, lockte der Winter ihn.

Der Sommer wusste nicht so recht. Vielleicht war es ja mal ganz interessant, etwas anderes zu erleben. Immer nur die Hitze vom Sommer zu kennen, war ja auch langweilig. „Das heißt, dass ich im Sommer mal Urlaub machen kann“, stellte der Sommer etwas unschlüssig fest.

„Genau, Sommerurlaub ist etwas ganz Tolles!“, erwiderte der Winter eifrig. „Ich kenne es gar nicht anders! Wundervolle Strände oder ins Schwimmbad gehen, das macht wirklich Spaß.“

Der Sommer dachte angestrengt nach. Eigentlich war das ja seine Aufgabe, über seine Jahreszeit zu regieren. Aber was der Winter sagte, war nicht verkehrt. Nun, vielleicht war es wirklich an der Zeit, dass er mal etwas ausspannte. Die Menschen beobachtete er immer ganz neidisch. Sie gingen oft in die Sommerferien. Bestimmt war es mal ganz schön, im Sommer zu verreisen. Der Winter vertrat ihn ja. Das würde bestimmt toll.

„Ich muss dir aber noch zeigen, was du im Sommer zu tun hast. Das funktioniert anders als im Winter", entgegnete der Sommer mahnend.

Natürlich musste auch noch der Rat zustimmen. „Wenn die anderen einverstanden sind, dann probieren wir das mal aus", schlug der Sommer den anderen Jahreszeiten vor.

„Wenn du dem Winter alles genau erklärst, dann sind wir einverstanden. Die Regeln müssen eingehalten werden. Die Welt gerät sonst durcheinander", mahnte der Herbst streng.

Doch Sommer und Winter waren sich einig. „Ich erkläre dem Winter alles, was er tun muss", versprach der Sommer feierlich.

„Gut, dann versucht es", stimmte auch der Frühling zu.

Nun konnte der Tausch beginnen. Alle waren sich einig.

Sommer und Winter waren in der Wetterküche des Sommers. Hier machte der Sommer sein Wetter. Nun wollte er dem Winter erklären, was dieser machen musste. „Sieh mal, Winter, das hier ist der Temperaturregler. Den musst du immer schön im Auge haben. Normalerweise ist die Temperatur immer sehr hoch. Sie liegt so zwischen 25 und 38 Grad am Tag. Es scheint sehr viel die Sonne. Die musst du tagsüber meistens anlassen. Sie sorgt auch für die Wärme. Wolken gibt es nur sehr wenig. Du wirst also die Wolkenküche kaum brauchen. Wenn es doch mal Wolken gibt, dann gibt es meistens auch Gewitter. Das hier ist der Schalter für Blitz und Donner. Hiermit kannst du sie auslösen", erläuterte der Sommer dem aufmerksamen Winter. „Das hier ist die Hagelmaschine. Sie macht Eisklumpen verschiedener Größe. Wenn es sehr heiß war, dann kannst du sie benutzen. Du musst nach einem Gewitter auch die Temperatur herunterschalten, aber nicht zu viel. Denke immer daran: Im Sommer gibt es keine Minusgrade bei Tage. Also nur wenig herunterschalten", erklärte der Sommer seiner Vertretung.

Der Winter nickte verstehend. „Das ist wie bei mir im Winter, nur eben andersherum“, erwiderte er.

Der Sommer nickte. Hoffentlich hatte der Winter wirklich alles verstanden. „Dann werde ich mal meine Koffer packen. Ich hoffe, du bringst mir schönes Wetter“, meinte der Sommer.

Der Winter nickte nur. „Gehe du nur in Urlaub. Du wirst sehen, das Sommerwetter ist bei mir in guten Händen“, beruhigte er seinen Kollegen.

Etwas nervös verließ ihn der Sommer. Nun, dachte der Sommer, er machte jetzt mal Urlaub, hoffentlich konnte er auch entspannen. Es war schon ungewohnt, nicht für das Sommerwetter verantwortlich zu sein. Aber der Winter war ja auch sehr erfahren. Wetter war schließlich Wetter. Wie schwer konnte es schon sein, statt des Winterwetters nun Sommerwetter zu machen? Der Winter musste einfach alles umgekehrt machen, wie er es sonst tat. Das war doch nicht schwer.

Der Winter sah sich in der Wetterküche des Sommers um. Das würde bestimmt interessant. Im Moment hatte es dreißig Grad und die Sonne schien von einem wolkenlosen Himmel. „Wie es wohl ist, wenn ich es noch heißer mache?“, dachte der Winter. Er drehte am Temperaturregler. Oh nein, das war wohl etwas zu viel gewesen. Jetzt wurde es ja über vierzig Grad heiß! Was hatte der Sommer gesagt, wie man das Wetter im Sommer wieder abkühlte? Er musste es gewittern lassen. Schnell stellte der Winter die Gewittermaschine an. Zufrieden sah er, wie es blitzte und donnerte. Doch es kam kein Regen aus den dunklen Wolken. Er musste also irgendwie die Temperatur absenken. Doch wie ging das doch gleich? Nun, wenn er im Winter die Temperatur senken wollte, dann ließ er es erst schneien. Dann blies er nachts die Wolken fort. So wurde es schön frostig. Doch jetzt war das schwierig. Immerhin war Sommer. Vielleicht konnte er es regnen lassen? Ach, zum Teufel mit den ganzen Regeln. Er versuchte es einfach so, wie er es gewohnt war. Der Winter saugte kalte Luft vom Pol an. Das würde bestimmt helfen. Im Winter ging das ja auch. Der Pol war schließlich auch im Sommer kalt. Mal sehen, was geschah. Die warme Luft aus dem Süden reduzierte er.

„Sonst gibt es noch ein Riesenunwetter“, murmelte er nachdenklich. Wenn warme und kalte Luft sich mischten, geschah das ja immer. Doch was war das? Offenbar war er etwas zu langsam gewesen, als er die warme Luft herunter gedreht hatte. Von der warmen Luft war immer noch sehr viel da. Nun mischte sie sich mit der kalten Polarluft.

Oh nein! Was geschah denn jetzt? Es gab eine Warnmeldung an der Blitzmaschine. Die Automatik schaltete sich ein! Blitz und Donner kamen aus den Wolken. Auch das Sturmgerät ging in Betrieb und blies einen kräftigen Wind über das Land. Entsetzt sah der Winter, was er da angerichtet hatte. Das hatte er nicht gewollt. Er wollte es doch nur ein wenig kühler haben! Sonst schwitzte man ja bloß. Die Automatik, sie musste der Winter ausschalten. Er musste wieder die Kontrolle über die Wetterküche zurückbekommen.

„Bestimmt kommt alles wieder in Ordnung, wenn ich die Kälte hochdrehe, dann wird es schneller kälter und die warme Luft verliert ihren Einfluss", dachte er besorgt.

Er drehte die Kälte voll auf. Mal sehen, was jetzt passierte. Da erhob sich ein gewaltiger Wolkenwirbel! Was hatte der Winter nur getan? Er hatte einen Wirbelsturm gemacht! Was sollte denn nun werden?

Schon war es geschehen. Aus den Wolken des Wirbelsturms fielen dichte Schneeflocken. Doch auch die Blitze zuckten auf die Erde herunter. Voller Grauen sah der Winter, wie die Blitze Bäume spalteten. Auch in Häuser schlugen Blitze ein und ließen sie in Flammen aufgehen. Der Winter stand da und blickte verzweifelt auf die Wettermaschine. So sollte das doch nicht sein!

Schnell versuchte der Winter, schönes Wetter in die Wettermaschine einzugeben. Doch es ging nicht. Weil er vorher diese ganzen Wetterdaten eingegeben hatte, ließen sich die Auswirkungen nicht so schnell rückgängig machen. Die Maschine zeigte an, dass die Wetterumstellung schon einige Tage dauern konnte. Doch so lange konnte der Winter unmöglich warten.

„Die Erde ist doch völlig verwüstet, wenn ich diesen Fehler nicht beheben kann", meinte er zu sich selbst. Er musste es versuchen.

Als Erstes schaltete er die kalte Luft aus. Doch noch beruhigte sich nichts. Das war auch kein Wunder. Die kalte Luft war jetzt da und ging nicht von selber wieder weg. Vielleicht sollte er die warme Luft einschalten? Doch nein, das war keine besonders gute Idee. Jetzt, wo es so viel Kälte gab, konnte das nur noch mehr Verheerungen bringen. Es gab ja jetzt schon ein Gewitter, weil die Kälte auf die Wärme traf. Doch plötzlich hatte der Winter eine Idee. Wenn er die Feuchtigkeit in der Luft herausnahm, dann konnte es ja keinen Schnee, keinen Regen und auch keinen Hagel geben. Er musste es probieren. Doch wohin mit der ganzen Feuchtigkeit? Er würde sie im Meer lagern.

Schnell erzeugte der Winter einen Wind. Der wehte die ganze Feuchtigkeit auf das Meer hinaus. Hier war ja sowieso alles feucht. Jetzt konnte er die Feuchtigkeit als Regen aus der Luft herauslassen. Doch kaum hatte er die Feuchtigkeit auf das Meer hinausgeweht, als dort ein gewaltiger Wolkenwirbel entstand. Ein riesiger Zyklon hatte sich gebildet. Der vernichtete bestimmt alles, was in seinem Weg lag. Das war ja verheerend.

Der Winter schrie verzweifelt auf. Was sollte er denn jetzt bloß machen? Es gab nur eine Lösung. Er musste sofort zum Sommer gehen. Der musste ihm helfen. Doch wo fand er den Sommer jetzt? Er hatte ihm nicht gesagt, wohin er in Urlaub ging. Er musste die Wettereigenschaften irgendwie wieder ändern.

Plötzlich klopfte es an der Tür zur Wetterküche. Völlig verzweifelt ging der Winter zur Tür. Wer wollte denn jetzt was von ihm? Er hatte doch jetzt keine Zeit, er musste dieses Chaos beseitigen. Er öffnete die Tür.

Der Sommer stand vor der Tür. Er blickte den Winter zornig an. „Winter, was machst du denn da? Ich wollte eigentlich am Strand liegen und etwas schwimmen gehen wollte ich auch. Doch es ist nur kaltes Wetter. Überall gibt es nur Unwetter. So habe ich dir das aber nicht gezeigt. Der Sommer ist doch eine Zeit des Sonnenscheins. Gewitter kommen doch nur manchmal vor. Schnee gibt es in meiner Jahreszeit eigentlich gar nicht und wenn doch, dann ist das wirklich selten und außergewöhnlich. Doch du sendest schwerste Stürme und Unwetter. So etwas darfst du nicht tun!“, maßregelte der Sommer seinen Wetterkollegen.

Der blickte ihn schuldbewusst an. „Ich fand es so warm und habe kalte Luft zuströmen lassen. Von da an ging alles schief“, erklärte er entschuldigend.

„Aber Winter, im Sommer muss es so warm sein. Kalte Luft muss man vorsichtig in kleinen Dosen dazugeben. Du hast ja direkt polare Kaltluft zugeführt, so etwas geht im Sommer doch nicht. Kein Wunder, dass das Wetter durcheinandergeraten ist. Ich lasse jetzt warme Luft zulaufen, dann wird sich das Wetter sicher wieder beruhigen. Ich denke, ich übernehme das doch lieber wieder selbst“, stellte der Sommer fest.

Der Winter blickte seinen Kollegen dankbar an. „Es tut mir leid, ich wollte dir den Urlaub nicht verderben. Ich bleibe vielleicht doch lieber beim Winterwetter. Da weiß ich genau, was ich tun muss“, stellte er fest. Er war sehr erleichtert, dass der Sommer wieder da war und das Wetter übernahm. Der wusste eben, was er tat.

„Ich danke dir trotzdem, dass du es versucht hast, Winter. Immerhin hatte ich mal einen Tag frei, das ist ja auch schon etwas. Doch am besten tut jeder wieder das, was seine Aufgabe ist. Das können wir doch am besten“, stellte der Sommer lächelnd fest.

Der Winter nickte erleichtert. Nun würde er Urlaub machen. Den brauchte er jetzt auch ganz dringend. Er hatte zu viel Aufregung gehabt. Morgen ging es in die Antarktis. Da war es immer schön kalt und was gab es schon Schöneres für den Winter?

Der Sommer aber blickte zufrieden auf die Welt hinab. So war das Wetter wieder richtig. Wärme überall und hin und wieder ein Gewitter. Alles war wieder so, wie es sein sollte, wie es schon seit Jahrtausenden war – und so war es richtig.

Florian Geiger, *wohnhaft in Lörrach, geboren am 10. Februar 1982 in Heidelberg, schreibt seit seiner Kindheit gerne Geschichten, besonders aus den Bereichen Science-Fiction und Fantasy. Bisher konnte er Kurzgeschichten in verschiedenen Verlagen veröffentlichen. Website: floriantobiasgeiger.jimdofree.com, Friendica im Fediversum: opensocial.at/profile/anarcheron.*

In Gedanken versunken

Montag, 6.38 Uhr, Berlin, Hauptbahnhof. Sein Zug rollt ein. Eine schier endlos erscheinende Schlange aus grauem Metall. Als sie stehen bleibt und die Türen öffnet, steigt er ein. Seinen Sitzplatz findet er sofort. Er fährt täglich mit diesem Zug. Immer die gleiche Strecke. Von Berlin Hauptbahnhof zum Hamburger Hauptbahnhof. Und fast immer bietet sich ihm das gleiche Schauspiel: Menschen, die Abschied nehmen, entweder zurückbleiben und winken oder die einsteigen, ihren Sitzplatz suchen oder gleich auf einen bestimmten Platz zusteuern. Die winkenden Menschen draußen können die im Zug befindlichen nicht sehen, die Scheiben lassen das nicht zu. Aber die im Zug Reisenden sehen die Zurückbleibenden.

Manchmal laufen die auf dem Bahnhof Zurückbleibenden noch einige Schritte nebenher, müssen dann aber wegen der rasch steigenden Geschwindigkeit des Zuges ihre Begleitung aufgeben. Und es kommt auch vor, dass im Zug Reisende den Zurückgebliebenen dicht an der Scheibe winken – in der Hoffnung, dass es außerhalb des Zuges doch gesehen werden kann.

Manche der Vielreisenden nehmen sich ihren Computer und schauen ins Internet oder bearbeiten bereits geschäftliche Dinge. Sie binden die Fahrzeit in ihre Arbeitszeit ein und erledigen schon die ersten Geschäftsvorgänge. Andere schlagen die Tageszeitung auf, um sich auf den aktuellen Stand zu bringen. Und wiederum ein Teil der Mitfahrenden macht weder das eine noch das andere. Sie blicken vor sich hin. Dies sind die Menschen, die er sich mindestens die Hälfte der knapp zweistündigen Fahrt anschaut.

Was mag der ihm schräg gegenüber sitzende Mann gerade denken? Seinem Gesichtsausdruck zufolge hatte es vielleicht heute früh zu Hause eine verbale Auseinandersetzung gegeben, weil er es nicht einsehen will, dass das mit seiner ständigen Reisetätigkeit nicht so weitergehen kann. Seine Ehefrau hatte ihm vielleicht gerade offenbart, dass Nachwuchs unterwegs sei und er in Zukunft in den heimischen vier Wänden gebraucht werden wird. Vielleicht hatte sie ihm auch eröffnet, dass dann, wenn am Ende der Woche von seiner Dienstreise zurückkehrt, sie ausgezogen sein und den Anwalt mit der Einleitung der Scheidung bemühen wird.

Die Dame zwei Reihen weiter vorn macht dagegen eher einen ‚aufgeräumten' Eindruck. Sie spricht leise und mit leuchtenden Augen, die er sehen kann, wenn sie kurz ihren Kopf zu ihm wendet. Ihre mitreisende Partnerin, auf die sie einredet, ist ebenfalls aufgeweckt. Das Gespräch scheint Unternehmungen abzustimmen, die sie im gerade angetretenen Urlaub in Hamburg zusammen erleben möchten.

Als der Zug zum ersten Zwischenstopp in Berlin Spandau zum Stehen kommt, wiederholen sich die Abschiedsszenen ebenso wie beim späteren Stopp in Ludwigslust. Trennungen, Winken, Platzsuche im Zug, Aufklappen der Computer oder Zeitungen, vor sich hin schauen.

Er blickt wieder in traurige, nachdenkliche, erfreute, erwartungsvolle Gesichter. Und da fällt ihm auf, dass es trotz einiger weniger schnatternder Fahrgäste keine Gespräche zwischen den Fahrgästen, die hier in der Röhre auf Schienen bei sehr hoher Geschwindigkeit zusammengekommen sind, stattfinden. Keiner, der vielleicht erkennt, dass sein Mitreisender gerade Schweres durchmacht, der diesen Menschen fragt, ob er ihr oder ihm helfen kann.

Vielleicht würde gerade dieses Gespräch dazu beitragen, über die Problematik hinwegzukommen. Vielleicht würde es dem nachdenklichen Reisenden helfen, seinen Partner zu verstehen und damit den Konflikt zu entschärfen, entspannen oder gar zu lösen. Aber nichts da, kein Gespräch, nicht einmal ein Blickkontakt, bei dem der Mitreisende durch ein freundliches Minenspiel den traurigen Menschen vielleicht aufmuntern könnte.

Es ist doch merkwürdig, sinniert er, dass in einem Wagen der Bahn Menschen mit so unterschiedlichen Gefühlsregungen zusammengekommen sind, um ein Fahrziel zu erreichen. Traurige Menschen, Menschen, die ihren Urlaub antreten und deswegen ganz aufgekratzt sind, und Menschen, deren Urlaub gerade beendet ist und die diesen Urlaub nochmals in Gedanken ablaufen lassen. Menschen, die sich in Kürze trennen werden oder die sich frisch verliebt haben und die mit der Zukunftsplanung vollauf mit strahlenden Augen beschäftigt sind.

Alle vereint, dass sie für knapp zwei Stunden in dieser rollenden Metallröhre auf Schienen sitzen und darauf vertrauen, dass der viele Meter entfernt sitzende Zugführer aufpasst und voll konzentriert seinen Dienst tut. Alle Fahrgäste sind auf ihn angewiesen. Sie vertrauen darauf, dass er für sie aufmerksam die Fahrt steuert und bei drohender Gefahr rechtzeitig Schutzmaßnahmen einleitet.

Er ist sich sicher, dass sich keiner der vielen Fahrgäste vor Besteigen des Zuges einen Gedanken gemacht hatte, ob der Zugführer ausgeschlafen, nüchtern, aufmerksam und geschult ist, diesen Zug zu führen. Alle vertrauen darauf, dass es schon gut gehen wird. Zumindest auf dem Streckenabschnitt, den sie von Berlin nach Hamburg befahren. Und im seltenen Fall wird eine *höhere Macht* angerufen, die Fahrt zu begleiten und dafür zu sorgen, dass eine gesunde und unfallfreie Reise absolviert werden kann.

Während er noch gedanklich die Freuden und Sorgen der Mitreisenden zu ergründen versucht und auf eine gute Fahrt hofft, nähert er sich mit hoher Geschwindigkeit dem Hamburger Hauptbahnhof, in den er um 8.24 Uhr pünktlich einfährt. Heute Abend gehts wieder zurück und morgen wieder Punkt 6.38 Uhr nach Hamburg. Täglich. Er hat dabei noch viel Zeit, die Dinge zu durchdenken.

Charlie Hagist *wurde 1947 in Berlin-Steglitz geboren. Nach Grund- und Oberschule absolvierte er eine Ausbildung zum Bankkaufmann. Während seiner Tätigkeit in der Personalabteilung des Hauses bildete er sich zusätzlich zum Personalfachkaufmann (IHK) weiter. Ehrenamtlich war er als Richter am Amtsgericht Berlin-Tiergarten, am Sozialgericht Berlin und danach am Landessozialgericht Berlin tätig. Charlie Hagist ist verheiratet, hat einen Sohn.*

Abschied von Conil

Weiße Häuser
vor blauem Himmel
und auf dem Markt
Menschengewimmel!

Überall Blumen
in bunten Töpfen
unten im Hof
Mädchen mit Zöpfen!

Blaue Wäsche
flattert im Wind
holprige Straßen
ein kleines Kind!

Ein schönes Lied
schwingt durch die Luft
und in den Gassen
Orangenduft!

Und in der Ferne
da rauscht das Meer
Abschied von Spanien
fällt mir sehr schwer ...

Dörte Müller, *geboren 1967, schreibt und illustriert Bücher für Kinder. Das Gedicht schrieb sie vor langer Zeit an ihrem letzten Urlaubstag in Conil (Andalusien). Endlich, nach 20 Jahren, hatte sie die Gelegenheit, den Ort wieder zu besuchen.*

Eine Botschaft – Hinter den Sternen

„Es ist ein kleiner Schritt für den Menschen, aber ein großer Schritt für die Menschheit." Diesen Satz kennt jeder begeisterte Weltraumforscher. Als ich noch ein kleines Mädchen war, war es mein Traum, in den Weltraum zu fliegen. Astronautin zu sein, so wie Neil Armstrong, Buzz Aldrin, Juri Gagarin und viele andere. Doch dieser Traum sollte nie Wirklichkeit werden. Weil ich einfach nicht dazu bestimmt war. Doch ich war zu etwas anderem bestimmt. Meine Bestimmung war es, zu träumen.

Ich denke oft darüber nach, was passiert wäre, wenn ich in einer anderen Welt, einem anderen Universum leben würde. Wäre ich jemand anders? Wäre ich noch dieselbe Person wie vor ein paar Jahren? Gibt es Parallelen zwischen den Universen? Gibt es ein Multiversum? Wenn ja, gibt es Zeitreisen? Viele meiner Fragen können nicht beantwortet werden. Das ist auch in Ordnung. Vielleicht kann ich ja selber irgendwann die Antworten darauf finden?

„Ich habe einen Traum", sagte einmal Martin Luther King. Nun, den habe ich auch. So wie viele von uns. Wir Menschen haben Träume. Manche gehen niemals in Erfüllung. Andere schon und für diesen einen Traum werde ich besonders kämpfen. Vielleicht konnte ich nie Astronautin werden, vielleicht konnte ich nie bei der Olympiade antreten, dennoch kann ich meine Stimme erheben und in die Welt hinausrufen: „Wir sind alle nur Menschen. Wieso können wir nicht einfach in Frieden leben? Es ist doch so viel einfacher, als zu streiten und sich gegenseitig zu bekriegen."

Wir können alle zusammenarbeiten. Das haben wir schon mal bewiesen. Die Goldene Schallplatte der Voyager ist hierbei ein gutes Beispiel. Alle Nationen der Welt haben sich hierfür zusammengetan, um eine Botschaft ins Weltall zuschicken. Selbst in Zeiten des Kalten Krieges haben wir es geschafft, alle zusammenzuarbeiten und diese eine Botschaft hinaus in die Welt geschickt. Diese Botschaft lautet: „Hallo. Wie geht es euch? Wir kommen in Frieden."

Wir kommen in Frieden. Wie können wir sagen, wir kommen in Frieden, wenn wir uns selber die ganze Menschheitsgeschichte über bekriegen? Wie können wir mit so einer gewaltigen Botschaft in die Welt hinausgehen, wenn wir sie selber nicht einhalten können? Werden wir wirklich Außerirdischen mit Frieden begegnen, wenn die Menschheit im ständigen Wandel ist? Werden wir unsere Botschaft halten können? Werden wir in Frieden kommen? Oder haben wir unsere eigene Botschaft vergessen?

Die Voyager Sonde ist nun längst außerhalb des Sonnensystems. Schon seit Jahrzehnten verbreitet sie diese eine Botschaft. Es soll den Klang der Erde symbolisieren. Sie ist nun so weit weg, weit weg von zu Hause, weit weg von ihrer Heimat.

Werden wir, wenn die Zeit reif ist, uns in die Welt der Sterne hinauswagen? Werden wir vielleicht eines Tages nach Alpha Centauri fliegen und uns dort eine neue bessere Welt schaffen? Werden wir im Einklang und in Harmonie mit der Welt leben können?

Werden wir jemals Frieden finden?

Alina Zaripov, *geboren 2005, in Kempten im Allgäu. Hobbys: Zeichnen, Lesen, Schreiben, Klavierspielen, Speedcubing. Bereits mehrere Veröffentlichungen in Papierfresserchens MTM-Verlag.*

Wie ein Gedicht

Die Seiten flüstern leise,
von längst vergangener Reise.
In den Worten, still und klar,
finden wir, was einst war.
Verlorene Welten, verborgene Träume, Schatten und Licht.
Im Buch leben sie wieder auf, wie ein Gedicht.

__Susanne Ulrike Maria Albrecht__ hat bereits zahlreiche Werke veröffentlicht und wurde mehrfach ausgezeichnet. Beim vierten internationalen Wettbewerb „Märchen heute" belegte sie den ersten Platz.

Buch

Was wäre, wenn du in einem Buch gefangen wärst? Nein, nicht in einer Geschichte. In einem Buch. Der Umschlag und Einband seine Hülle und du inmitten des ganzen Textes auf Papier und Seite gefangen. Diese Geschichte will dieser Frage auf den Grund gehen. Und alles begab sich so …

Der erste Einfall

Es war an einem Sonntag. Die Sonne stand tief und der Abend kündigte sich an. Josh Meroh war auf den Abend gespannt und kramte in seiner nicht ganz so kleinen Bibliothek nach einem passenden Buch für den Abend. Er wusste nicht, wo, und nicht, wann er welches schon gelesen hatte, aber sie alle standen nicht ohne Grund hier. Genau diese Tatsache machte die Wahl so schwierig, und so brachte er schon gut eine Stunde auf der Leiter im mittleren Teil der Regalwand zu. Alles wäre wunderbar gewesen und nichts wäre wohl mit ihm geschehen, hätte er sich nicht auf eben diese Leiter gestellt.

Die Leiter war zwar auf dem Boden befestigt und die Räder, die sie führten, waren geölt, doch eben die Höhe und der falsche Platz am falschen Zeitpunkt haben wohl dieses Unheil ausgelöst.

Er stieß sich vom Regal ab und wollte weiterrollen und *schwupp* passierte, was noch nie zuvor einem anderen Menschen passiert war. Er fiel samt einer alten, hohen Schwarte, die er aus dem Regal unter sich riss, nach unten und ebendiese Schwarte landete unter ihm auf dem Boden. Ehe er unten ankam, lag sie schon vor ihm aufgeschlagen am Boden und dieses schicksalhafte Treiben ermöglichte, dass er durch alle Kapitel stieß und das Buch mit seinem Bein scheinbar durchbohrte.

„Und? Was ist dabei?“, wirst du fragen.

Ich will es dir sagen. Es geschah, was eigentlich unglaublich ist: Josh Meroh durchbohrte die Zeilen beziehungsweise eine Zeile im richtigen Winkel und die schwarzen Letter der enthaltenen Geschichte bogen sich wie gedehnt zur Seite. Wie soll ich das nun erklären? Er durchbohrte nicht das Buch und seinen unterhalb liegenden Deckel, nein, er durchbohrte die darin enthaltene Geschichte. Kurz – er tauchte mitten in die Realität des Buches ein und wurde mit einem Bein ein Teil von ihr und des Buches.

„Alles totaler Krampf", wirst du sagen.

Da hast du recht, wer's nicht erlebt hat, wird es nicht glauben. Und doch sag ich es dir: „So war es."

Ein Buch kann eine seltsame Sache sein, wenn man es ihm nur gestattet. Und willst du es nicht glauben, so lies hier nun weiter …

Der Eintritt

Nun ist es ja nicht damit getan, in ein Buch zu fallen und mit einem Bein darin stecken zu bleiben, nein – man muss sich auch wieder aus dieser Lage befreien können. Doch wie stellt man das an, wenn einem Ähnliches noch nicht passiert ist? Diese Frage stellte sich der verdutzte Josh Meroh auch.

Ein Buch am Bein oder ein Bein im Buch bis zum Knie sind keine zufriedenstellende Situation. So oder so hatte Josh nur die Wahl zwischen rein oder raus, und weil ihn das Mysterium des Buches immer schon interessierte, so entschied er sich, in das Buch hineinzusteigen.

Eine gute Entscheidung? Ich denke nein. Aber dennoch tat er es und drückte seinen zweiten Fuß in den Spalt, der sich zwischen den Textzeilen geöffnet hatte. Erst das und dann zog er damit die sich bildende Öffnung etwas weiter und drang in den Buchblock mit dem ganzen Körper ein. Er schlüpfte hindurch und fand sich in einer milchig braun-weisen Umgebung wieder, die sich oben und unten durch schwarze Flecken abgrenzte. Er war zwischen den Zeilen gelandet. Kaum zu fassen, aber wahr – er, Josh, war dort gefangen.

Was fiel diesem Buch bloß ein? Erst es unmöglich machen, wieder rauszukommen und dann auch noch den geöffneten Spalt oberhalb so eng zu ziehen, als ob ein Oberlicht über ihm geschlossen worden wäre. Was sollte Josh nun machen, nachdem er hier zwischen den Zeilen eines unbekannten Schmökers festsaß?

Er wusste es. Es war zwar unmöglich, aber dennoch wollte er den Versuch antreten, zwischen den Zeilen des Blattes, auf welchem er nun nur noch ein schwarzer gekritzelter langer Strich war, spazieren zu gehen.

Ich wollte mir das so vorstellen, als er mir nach seiner Rückkehr diese Geschichte erzählte: Die Linie wanderte von einem Seitenrand zum nächsten und wieder zurück und der Inhalt, der Josh war, kam nicht raus. Unglaublich nicht?

So oder so war aus dem Buch ein Gefängnis geworden, das an den Zeilenrändern aufhörte. Nun, so ging es weiter mit …

Die Flucht

Josh lief hin und her in der Blattseite und doch kam er nicht heraus. Ist ja verständlich, wenn man sich das Ganze vorstellt. Alles in allem gingen ihm die Ideen nach mehreren Stößen an den Zeilenrand aus. Er wusste, dass es nur ein Buch war, aber so dumm die Lange eben war, so schlecht war die Situation.

Was also tat er? Er wusste es nicht. Zumindest nicht gleich. Erst einmal legte er sich längs der Seite hin und betrachtete die Decke mit dem kleinen Lichtspalt an der Oberseite.

Alles war weg, seine Bibliothek, sein Leben und alles Bekannte, das er so schätzte. Was blieb ihm also übrig, als nach einem kleinen Schläfchen wieder aufzustehen. Er war wütend, dass diese Scheiße gerade ihm passierte, und gleichzeitig verzweifelt, die Situation nicht ändern zu können.

Diese zwei Dinge waren wohl seine Rettung. Wie schon beschrieben, es ja ein Fehler in der bekannten Realität, der diesen ganzen Schlamassel ausgelöst hatte, und so war es wohl ein weiterer Fehler, der alles wieder löste beziehungsweise wieder in Ordnung brachte. Das Buch war ja, wie alle bekannten Bücher, flach, was heißt, es hatte eine lange und eine breite Seite. Und diese Tatsache verhalf Josh zur Flucht. Er war, wie schon gesagt, sehr aufgeregt und verärgert über diese vermaledeite Geschichte, die ihm da widerfahren war, und so trat er einige Male gegen die Wände der Zeile, in der er festsaß.

Das allein reichte aber nicht, er legte sich quer zu den Seitenhälften, die nach oben und unten unendlich hoch schienen, und versuchte, sie auseinanderzudrücken. Das ging auch, doch wäre er nicht zufällig auf den schwachen Tintenfleckpunkt eines Üs in der Zeile gekommen, das er durchbohrte, er würde wohl noch heute dort feststecken. So streckte er nun aus dem Ü-Punkt ein Bein nach draußen und nachdem er die Lücke, die sich auftat, weiter ausgedehnt hatte und sein Bein wieder größer wurde, hüpfte er durch das sich bildende Loch mit einem Abstoß seiner Hände nach draußen. Er landete in seiner vollen Größe neben dem Buchdeckel und die Realität des Buches und die der unseren dehnte sich wieder zu einem Loch im Ü zurück, das in der Seite blieb.

Josh war höchst erleichtert und seines Lebens wieder froh. Fühlte sich frei und hatte erst mal genug gelesen und von Büchern für heute die Nase voll.

Ein weiteres Mal ist ihm solches nicht passiert, das Buch hat er aufgehoben und mir gezeigt mit dem Loch im Ü, das auf der anderen Seite der Seite nicht existiert und weitergeht.

Vielleicht hat er die Geschichte auch erfunden, doch selbst wenn, so finde ich sie doch höchst interessant und würde sie jedem zu bedenken geben, der ein Buch nur für ein Stück Papier und Pappe hält und unseren Alltag für allzu gewöhnlich.

Gottlob ist es anscheinend nicht mehr als ein kleines Loch im Ü eines Textes auf der Seite eines Buches, das durch all diese Umstände entstanden ist. Hätte weiß Gott Schlimmeres mit unserer bekannten Realität passieren können – ein Ozean auslaufen oder ein Blitz explodieren können.

Simon Käßheimer *wurde 1983 in Friedrichshafen am Bodensee geboren, wo er bis heute seine Wurzeln sieht. In Nähe des Bodensees (Ravensburg) lebt er inzwischen, inspiriert durch die schöne Landschaft, glücklich vor sich hin. Dazwischen liegen eine Gärtnerausbildung, neun Jahre Hauptschule, die Arbeit als Gärtner, eine Tätigkeit im Bereich Verpackung und Industriemontage und nun Arbeit, die gelegentlich Zeit zum Schreiben einräumt. Weitere Infos: www.simonkaessheimer.de.*

Mein erstes Buch

Nicht wenige Bücher sind es, die ich in meinem seitherigen Leben gelesen habe: große, kleine, dicke, dünne, spannende, unterhaltsame, darunter solche, die mich auch heute noch treu und ständig begleiten und mir geistige Nahrung geworden sind.

Da taucht nun nach dieser langen Zeit die Frage auf: „Wo hat das alles eigentlich einmal angefangen, die Freude, die Liebe zum Buch, wo ist der Ausgangspunkt gewesen, der wie eine Quelle diesen Strom hat entstehen lassen, in den ich eingetaucht bin?"

Und da wandern die Gedanken zurück, Erinnerungen werden wach und ich sehe mich als Kind mit einem kleinen Buch in der Hand, das mir teuer und kostbar ist wie sonst vielleicht nur noch mein liebstes Spielzeug. Mein erstes Buch! Nein, eigentlich ein Büchlein, nicht viel mehr als postkartengroß. Blau ist es einstmals gewesen aus der Reihe *Schaffsteins Blaue Bändchen*, eine Auswahl norwegischer Volksmärchen, in der Nachkriegszeit erschienen, für 50 Pfennig von meinem Vater erworben und mir zum Geburtstag geschenkt, nun aber verblichen, sodass man die ursprüngliche Farbe nur noch ahnen kann.

Das besondere Kennzeichen ist ein großer Tintenfleck auf der äußeren Deckseite, der bis auf Seite zehn durchgeschlagen hat, und das Titelbild, ein Reiter, der einen Raben mit Brot füttert, zu einem großen Teil verdeckt. Und mir wird in diesem Augenblick der große Jammer bewusst, der mich damals erfasst hat, als bei den Hausaufgaben des etwa siebenjährigen Schülers das Tintenfass umgefallen ist und dieses Unheil angerichtet hat. Mein erstes und einziges Buch! Ich heulte los und war lange Zeit untröstlich.

Aber dem nicht genug! Mit der Zeit waren noch weitere Spuren nicht wiedergutzumachender Vergänglichkeit hinzugekommen. Beide Einbandblätter wirken an den Rändern ziemlich zerzaust, wie abgenagt und abgefressen. Meine Erinnerung hilft mir auf die Spur. Ich sehe unseren zahmen Kanarienvogel, Bürschle genannt, vor mir, wie ich ihn ertappe, als er mein kostbares Eigentum in kleine Papierfetzen zerstückelt, hemmungslos und mit größtem Vergnügen, gerade als wolle er beweisen, dass vor dem hungrigen Raben auf dem Deckblatt nichts zu befürchten sei.

So ist nun mein erstes Buch zu einem Dokument geworden, markant gezeichnet von unwiederholbaren Geschehnissen der Vergangenheit, aber nach über 60 Jahren gleichen Inhalts mit den auch heute noch wohlvertrauten Geschichten, gleichzeitig Zeuge für eine entstehende Liebe und Hinwendung zum Buch und als Kostbarkeit gehütet und zum Lebensbegleiter geworden.

Wolfgang Rinn, *geboren 1936 und aufgewachsen in Tübingen, lebt in Reutlingen, schreibt und veröffentlicht seit 1992 Lyrik und Prosa in Gedichtbändchen, Anthologien, Tageszeitungen, Zeitschriften und im Internet. Hobbys: Musizieren auf Geige und Bratsche.*

Das verletzte innere Kind

Das verletzte und hilflose Kind, das wir einstmals waren,
bestimmt im Erwachsenenleben das Denken und Handeln,
wenn unsere Gefühle, unser Bewerten in der Gegenwart,
leider noch immer in der vergangenen Kindheit wandeln.

Wir werden öfter von allerlei starken Gefühlen überflutet,
die nicht im Verhältnis zum auslösenden Erlebnis stehen.
Dadurch können im Zusammenleben Probleme auftreten,
wo wir uns fragen: Wie können wir damit anders umgehen?

Unsere Reflexion, als Resümee längerer Überlegungen,
muss zum Ursprung überschießender Emotionen gehen.
Um das Verhalten im Heute richtig einordnen zu können,
wäre es wichtig, es zu hinterfragen, um es zu verstehen.

Es gilt deshalb als unerlässliche Devise im Hier und Jetzt,
endlich einen *erwachseneren* Standpunkt einzunehmen,
um mit Verletzungen unseres inneren Kindes umzugehen.
Die Erfolge führen mit der Zeit zum Lösen von Problemen.

Werden uns die Zusammenhänge immer mehr bewusst,
gilt es diese zu akzeptieren und damit die Vergangenheit.
Wenn wir korrigieren können, was noch immer schmerzt,
sind wir eher für den Weg in eine positive Zukunft bereit.

Wir können den Menschen mit der Zeit annehmen lernen,
zu dem wir im Laufe unserer Lebenszeit geworden sind.
Damit nehmen wir gleichzeitig unsere Bedürfnisse ernst,
unser verletztes, sehr bedürftiges, hilfloses inneres Kind.

Dieser mühevolle Nachreifeprozess geht nicht auf einmal,
sondern braucht Zeit, geht langsam, nur Schritt für Schritt,
denn die Gefühle und Erlebnisse unserer Vergangenheit
gehen den Weg im Hier und Jetzt noch immer traurig mit.

Die Narben und Kerben gruben sich tief ein in die Seele,
oft unbedacht, rücksichtslos uns von anderen geschlagen,
tragen wir sie als Last im Erwachsenenalter noch mit uns.
Sie begleiten uns beständig seit frühesten Kindheitstagen.

Wir können den Lebensbegleitern von damals verzeihen,
uns selber in den Arm nehmen, uns Mut machend sagen,
dass wir heute nicht mehr dieses hilflose kleine Kind sind,
wie in der Zeit – die lang zurückliegt –, den Kindheitstagen.

Wir brauchen nicht mehr wie einst infolge der Hilflosigkeit
zu kuschen und ohnmächtig in die Opferrolle zu schlüpfen,
sondern können uns im jetzigen Leben gebührend wehren
und als erwachsene Menschen vor Verletzungen schützen.

Sieglinde Seiler *wurde 1950 in Wolframs-Eschenbach, der Stadt des Minnesängers Wolfram von Eschenbach (Bayern), geboren und ist von Beruf Dipl. Verwaltungswirt (FH). Sie lebt mit ihrem Ehemann heute in Crailsheim (Baden-Württemberg). Seit ihrer Jugend schreibt sie Gedichte. Später kamen Aphorismen, Märchen und Prosatexte hinzu. Ferner fotografiert sie gerne. Gedichte, Geschichten und Märchen wurden in diversen Anthologien veröffentlicht.*

Der Blitzableiter macht Urlaub

Kaaawuummm. Draußen donnerte es so laut, dass ich das Gefühl hatte, mein Bett würde wackeln. Ich verkroch mich tiefer unter meine Decke. „Wuffi, was machen wir, wenn der Blitz einschlägt?"

Genau in diesem Moment leuchtete das Zimmer taghell auf und gleich danach krachte es wieder. Ich wimmerte und dachte an den ausgebrannten Bauernhof, den ich in der Zeitung gesehen hatte. Mama hatte mir erklärt, dass dort der Blitz eingeschlagen war. Seitdem hatte ich panische Angst vor Gewittern.

Ich schaltete mein Nachttischlicht an und schaute mich im Kinderzimmer um. Stellte mir vor, wie all das verbrannte und zu Asche zerfiel. Meine Bücher, meine Malsachen und die Kuscheltiere.

„Dich würde ich auf jeden Fall retten", flüsterte ich Wuffi zu.

Dann krachte es wieder. Noch lauter als vorher. Ich schrie auf. Zum Glück hörte Mama mich. Sie kam in mein Zimmer und nahm mich in den Arm. „Hat dich der Donner geweckt?"

Ich nickte und Tränen liefen über mein Gesicht. „Ich will nicht, dass der Blitz bei uns einschlägt und alles verbrennt."

„Da musst du keine Angst haben. Wir haben doch einen Blitzableiter."

Ein Blitzableiter? Ich spürte Gänsehaut am Nacken. Wer war dieser Typ? Stand jemand mit wehendem Bart auf unserem Dach und fing die Blitze aus dem Himmel mit seinen Händen? Von der Schule kannte ich den Blitze schleudernden Gott Zeus. War der überhaupt einer von den Guten? Wenn der Blitzableiter-Zeus im Notfall schnell aufs Dach musste, wohnte er wahrscheinlich oben auf dem Dachboden, wo wir nie hindurften. Jetzt wurde mir klar, warum.

Gewitter gab es abends oder nachts. Leute, die nachts arbeiteten, mussten tagsüber schlafen und durften nicht gestört werden. Das kannte ich von dem Nachbarn, der unten rechts wohnte. Der hatte Nachtschicht und wir mussten leise sein, wenn wir an seiner Tür vorbeigingen.

Das Gewitter ließ nach und meine Mutter ging zurück in ihr Bett. Ich machte mir immer noch Sorgen. Was, wenn sich der Blitzableiter auf dem Weg zum Dach den Fuß verstauchte? Oder einen Hexenschuss bekam wie Papa neulich? Er hatte sich zwei Tage lang nicht bewegen können. Gewitter gab es nicht sehr oft. Was machte unser Beschützer, wenn es schneite oder die Sonne schien? Ich musste diesen Mann kennenlernen und herausfinden, ob er zuverlässig war.

Am nächsten Morgen ging ich zu Mama: „Können wir Blitzableiter zum Kaffeetrinken einladen?"

Mutter sah mich kurz irritiert an und spülte dann weiter.

„Wirklich!", schob ich trotzig hinterher. „Er darf nicht zu Besuch kommen und kommt nie vor die Tür?"

Mama ignorierte mich. Ich würde mir etwas überlegen.

Ich hatte eine Idee. „Blitzableiter", dachte ich. „Du musst mal raus. Wie wäre es mit einem Urlaub?"

Ich stellte mir vor, dass er am Strand auf einem Handtuch lag und in der Sonne brutzelte. Nein, das passte nicht. Wanderte er stattdessen durch die Berge, trank frische Kuhmilch auf einer Hütte und genoss die Aussicht auf einen klaren See?

Nein, das war ebenfalls nicht der passende Urlaub für ihn.

Dann wusste ich es. Er machte eine Tour auf eine Vulkaninsel und schaute begeistert in den Krater, in dem die Lava brodelte. Das war der richtige Nervenkitzel für so einen mutigen Mann. Er packte seine Sachen und fuhr los und ich freute mich, dass er Abwechslung hatte.

Doch beim Blick auf den Wetterbericht bekam ich einen Schreck. Starke Gewitter waren vorhergesagt. Aber vielleicht würden sie an uns vorbeiziehen? Der Wettermann hatte selbst gesagt, dass man nicht genau sagen konnte, wo es am schlimmsten werden würde.

Die ersten Tage, die ich ohne meinen Beschützer auskommen musste, ging alles gut. Die Sonne brannte vom Himmel und ich verbrachte die meisten Nachmittage mit Mama im Freibad und dachte nicht an Feuer oder Blitze. An einem besonders heißen Tag planschte ich fröhlich, als ich ein Grummeln in der Ferne hörte.

Meine Mutter schrie: „Los, komm aus dem Wasser. Wir müssen schnell nach Hause. Guck mal zum Himmel."

Ich schaute hoch und sah dunkle Wolkenberge, die fast grünlich schimmerten. Um mich herum stürmten alle zu ihren Sachen und rannten los. Meine Mutter trocknete mich ab und wir liefen über den Parkplatz. Die ersten Regentropfen hinterließen kleine nasse Flecken auf meinem T-Shirt. Im Auto entspannte Mama sich. Sie erklärte mir, dass man im Auto vor Blitzeinschlägen sicher sei, aber ich rutschte nervös auf meinem Kindersitz hin und her. Ausgerechnet heute war der Blitzableiter nicht da. Was, wenn jetzt der Blitz einschlug? Quälend langsam fuhren wir nach Hause. Gefühlt waren alle Ampeln rot und dann fing es so heftig an zu regnen, dass meine Mutter nur Schritttempo fahren konnte.

Aus dem Radio hörte ich: „Der Deutsche Wetterdienst warnt vor schweren Gewittern mit Starkregen und Sturmböen. Bitte bleiben Sie zu Hause. In einigen Gegenden kam es bereits zu Schäden durch umstürzende Bäume, zwei Personen wurden bei einem Blitzeinschlag schwer verletzt." Meine Mutter stellte das Radio aus.

Der nächste Donner war so laut, dass wir beide zusammenzuckten. Meine Mutter erzählte etwas davon, wie man ausrechnen könnte, wie weit das Gewitter von einem entfernt war. Ich hörte nicht zu, dass Einzige, was ich deutlich vernahm, war: „Es muss genau über uns sein."

Wir bogen in unsere Straße ein und mein Herz klopfte. Ich sah unser Haus in Gedanken vor mir. Die Flammen schlugen aus den Fenstern. Kurz bevor wir da waren, schloss ich die Augen. Den Anblick würde ich nicht ertragen. Wir bogen in unsere Straße ein. Mein Herz klopfte.

„Blitzableiter!", rief ich. Ich sah unser Haus in Gedanken vor mir. Die Flammen schlugen aus den Fenstern.

Wer war schuld?

Ich. Ich hatte den Mann auf die Vulkaninsel geschickt.

„Du musst deinen Urlaub beenden!", befahl ich und schloss die Augen. „Wuffi!", dachte ich. Ich hatte Wuffi vergessen, dabei wollte ich ihn retten. Wo war der jetzt? Im brennenden Haus!

„Blitzableiter!", rief ich. „Jetzt komm BITTE BITTE nach Hause!"

Meine Mutter parkte und sagte: „Lass uns im Auto warten, bis es besser wird."

Wenn sie so entspannt war, brannte unser Haus nicht. Ich schlug die Augen auf – und da sah ich ihn. Oben auf dem Dach stand ein baumgroßer Mann mit wehendem Haar und Bart und pflückte mit bloßen Händen die Blitze aus dem Himmel. Gerade rechtzeitig.

Manche Kinder stürzt es in eine tiefe Krise, wenn sie erfahren, dass es den Weihnachtsmann oder den Osterhasen nicht gibt. Für mich war der Tag, an dem wir in der Schule lernten, dass ein Blitzableiter nur ein Metallpfosten ist, der schlimmste. Doch tief in meinem Herzen weiß ich – es muss ihn geben, den Mann, der die Blitze abfängt.

Ein verliebter Rasenmäherroboter, ein Gespenst mit Sehnsucht nach der Schweiz, eine gelangweilte Küchenmaschine und ein Wikinger, der auf einem Kreuzfahrtschiff gefangen gehalten wird – das sind die Figuren, die die Geschichten von ***Vera Lörks*** *bevölkern. Die 1886 geborene Autorin und Lektorin lebt am Niederrhein und hat zahlreiche Bücher und Geschichten veröffentlicht. Mehr unter veraloerks.wordpress.com.*

Die Mücke als Kunstwerk

Gerne möchte ich eine Albino-Mücke sein,
so weiß wie Wände und Decken.
Böse Menschen hörten mein Summen zwar,
aber sie könnten mich nicht sehen.
Außer Gefahr und gesegnet wäre ich
mit einem langen Leben.

Übergewicht hätte ich – wäre ich eine Mücke,
da man mich nicht sähe, könnte ich gut stechen.
Das Blut des Menschen – besser als Champagner.
Würden mich jedoch Menschen trotzdem entdecken
und an die Wand klatschen,
dann hätten sie zur Strafe einen Fleck mit meinem Blut.

Wäre ich zufällig im Haus von Beuys,
glatt erwischt auf einem Gemälde,
dann verewige ich mich auf diesem Kunstwerk,
erhöhe den Wert der ewigen Kunst.
und bleibe der Nachwelt erhalten.

Mücke müsste man sein!

***Hermann Bauer,** geboren 1951, lebt in seiner Geburtsstadt München. Seit 1988 Veröffentlichungen von Kurzgeschichten, Reisereportagen, Märchen und Lyrik in Büchern, Anthologien, Zeitschriften, Zeitungen und Kalendern in Deutschland, Österreich, der Schweiz, Frankreich und als Übersetzung in Vietnam. Seit 2014 schreibt er auch Theaterstücke. Tritt gelegentlich auch als Kabarettist und Gospelsänger auf. www.shen-bauer.de.*

Unheilvolle Wünsche

Vor langer Zeit lebte einmal in einer Stadt ein Krämer mit seiner Frau. Sie besaßen einen kleinen Kaufladen, der ihnen zwar keine großen Reichtümer bescherte, von dem sie jedoch gut leben konnten. Die Frau verkaufte einmal in der Woche Blumen auf dem Markt und besserte dadurch das Einkommen noch etwas auf. Der Krämer war ein freundlicher und bescheidener Mensch, der mit seinem Leben zufrieden war. Er liebte seine Frau von Herzen und galt bei jedermann als äußerst angenehmer Zeitgenosse.

Seine Frau jedoch, obwohl sie auch freundlich und fleißig war, orientierte sich stets an Menschen, die es ihrer Meinung nach im Leben besser getroffen hatten. Manchmal, wenn sie am Marktplatz ihre Blumen verkaufte, fuhr die Frau des Barons in einer offenen Kutsche vor und ließ sich von einer Bediensteten die schönsten Rosen bringen. Die Krämersfrau beneidete die Baronin um ihren Reichtum und dachte oftmals neidisch: „Ach, wenn ich doch nur genauso reich wäre wie diese hoffärtige Frau! Dann müsste ich hier nicht mehr bei Wind und Wetter meine Blumen verkaufen. Auch wirft der Laden meines Mannes bei Weitem nicht so viel ab, wie ich möchte. Wäre er nämlich reicher, dann könnte ich mir genauso schöne Kleider wie die Baronin kaufen und in einer prächtigen Kutsche spazieren fahren!"

An einem sehr heißen Sommertage, als die Krämerin wieder einmal schwitzend hinter ihrem Blumenstand saß, kam die Tochter des Königs mit ihren Hofdamen daherspaziert. Große Sonnenschirme schützten die weiße, zarte Haut der aparten Damen, welche so rein wie Alabaster schimmerte. Besonders die Prinzessin war so schön wie die prächtigste Rose, welche jemals das Licht der Sonne erblickt hatte. Voller Ehrfurcht verneigten sich die Menschen auf dem Marktplatz vor ihr und bildeten ehrerbietig eine Gasse, damit die Damen ungehindert weitergehen konnten.

Neid und Zorn erfassten das Herz der Krämersfrau, als sie die Prinzessin erblickte. Wie wunderschön sie doch war! Und obendrein noch reich dazu! Sie fand sich auf einmal hässlich und abgearbeitet, die Hände viel zu grob geschnitten und ihre Haut erschien ihr welk und fahl. Könnte sie doch auch so schön wie diese Prinzessin sein!

Mit düsteren Gedanken kam die Krämerin am Abend nach Hause. Ihrem Mann fiel sofort die verdrießliche Miene seiner Gattin auf. „Sag, Frau, was hast du denn?“, fragte er teilnahmsvoll.

„Ach, nichts!“, erwiderte die Frau schroff. „Mir ist heute einfach nicht wohl. Das liegt wohl an der ewigen Schufterei!“ Mit diesen Worten ließ sie ihren verdutzten Mann stehen, welcher ihr achselzuckend nachblickte.

In der Nacht hatte die Krämersfrau einen seltsamen Traum. Sie saß in einem wunderschönen Garten, in welchem prächtige, exotische Blumen wuchsen. Sie wollte die schönsten davon zu einem Strauß pflücken, doch etwas schien sie daran zu hindern. Wenn sie den Blumen zu nahe kam, wurde ihre Hand wie von einer unsichtbaren Macht zurückgeschlagen und sie konnte keine einzige Blume pflücken. Da begann sie, bitterlich zu weinen. Und als sie so traurig dasaß, stand plötzlich eine wunderschöne Fee vor ihr.

„Strebe nicht nach diesen exotischen Gewächsen“, sprach die Fee. „Du hast selbst schöne Blumen, welche den Menschen Freude bereiten. Sei zufrieden und dankbar mit dem, was du hast, und orientiere dich nicht an Äußerlichkeiten und dem Wesen anderer Menschen.“

„Ach, aber es gibt so viele Menschen, dies es besser haben, die schöner und reicher sind als ich“, jammerte die Krämerin.

Die Fee blickte sie mitleidig an. „Glaubst du, dass Menschen, die schöner oder reicher sind als du, deshalb glücklicher sind? Viele haben ihre Probleme, sind entweder krank oder von Menschen enttäuscht worden. Besitz und Schönheit sind niemals ein Garant für ein glückliches Leben“.

Doch die Krämerin bedauerte weiterhin ihr Schicksal und konnte gar nicht mehr aufhören, vor lauter Selbstmitleid zu weinen.

Schließlich sagte die Fee: „Nun gut. Wenn du durchaus ein anderes Leben führen möchtest, dann höre mir jetzt gut zu. Du musst um Mitternacht bei Vollmond auf den alten Friedhof hinter der Kirche gehen. Auf dem Dach der Kirche befindet sich, wie du weißt, ein großes, steinernes Kreuz. Wenn der Mond das Kreuz bescheint, wirft es einen Schatten auf die Erde. Vergrabe genau in der Mitte des Schattenkreuzes einen Gulden und sprich dazu, was du dir wünschst. Aber bedenke: Selbst wenn sich deine Wünsche erfüllen, so ist dein weiterer Lebensweg unbestimmt und kann in Elend und Kummer enden".

Doch die Krämerin überhörte die Warnung der Fee und als sie aus dem Traum erwachte, konnte sie es kaum bis zum nächsten Vollmond abwarten. In besagter Nacht schlich sie sich auf den alten Friedhof und tat alles genauso so, wie es ihr die Fee geraten hatte. Dann kehrte sie nach Hause zurück und legte sich zu Bett.

Als sie am Morgen erwachte und in ihren Spiegel sah, schrie sie vor Erstaunen und Begeisterung laut auf! Eine wunderschöne Frau blickte ihr da entgegen und sie besaß die zarteste, weißeste Haut, die jemals ein Mensch gehabt hatte. Voller Freude sprang sie im Haus hin und her, und als ihr Mann sie erblickte, war er wie vom Donner gerührt.

„Frau, wie ist das nur möglich?", fragte er schließlich halb verwundert, halb bestürzt. „Das geht nicht mit rechten Dingen zu!"

„Ist es dir denn nicht recht, dass ich so schön bin?", kokettierte die Krämerin und lachte ihren Mann wegen seiner Verwunderung aus.

Von nun an bestaunten die Menschen die außerordentliche Schönheit der Krämerin. Der Krämer jedoch wurde, weil seine Frau jetzt von vielen Männern hofiert wurde, darüber sehr eifersüchtig und machte seiner Gattin allabendlich heftige Szenen. Er glaubte plötzlich an die Untreue seiner Frau und bald stritten sich die beiden so heftig, dass es die Leute in der ganzen Straße hören konnten.

Kurz darauf bekam der Krämer die Nachricht, dass seine Schwester, die im Ausland lebte, plötzlich verstorben sei. Diese Schwester hatte sich, durch zahlreiche Liebschaften bedingt, ein beträchtliches Vermögen erworben, welches nun an ihren einzigen Bruder fiel. Der Krämer wurde schlagartig so vermögend, wie es sich seine Frau gewünscht hatte.

Die Krämerin bedrängte ihren Mann so lange, bis er schließlich seinen Laden aufgab. Sie verkaufte keine Blumen mehr und so lebte das Paar müßig in den Tag hinein. Bald jedoch wurde es den beiden langweilig. Es gab ja keinen Wunsch mehr, den sie sich nicht erfüllen konnten. Und die Arbeit, welche ihnen trotz aller Sorgen auch Freude und Abwechslung bereitet hatte, fehlte genauso. Stattdessen begann der Reichtum dem Krämer zu Kopfe zu steigen. Er begann zu spielen, verprasste viel Geld im Wirtshaus und schließlich zog es ihn in jene Etablissements, wo es gewisse Damen gab, die ihre Dienste gerne und teuer an den Mann brachten.

Schließlich, nach vielen Zerwürfnissen und Streitereien, trennte sich das Paar. Der einstige Krämer nahm sich eine anspruchsvolle Mätresse in der Hauptstadt. Die blieb bei ihm, bis sein letztes Geld ausgegeben war. Die Krämerin aber musste schließlich eine Stellung als Dienstmagd bei einer vornehmen Familie annehmen. Durch die schwere Arbeit verwelkte ihre Schönheit rasch und so war nichts mehr von alledem übrig, was sie sich einmal so sehnlichst gewünscht hatte. Die Prophezeiung der Fee hatte sich auf unheilvolle Weise erfüllt …

Klaus Enser-Schlag, *geboren in Stuttgart, ist Hörspielautor beim SRF (Schweizer Radio und Fernsehen). Bislang wurden von ihm 22 Hörspiele in Zürich und Basel produziert. Erster Rundfunkbeitrag für den SWR. Veröffentlichung von Kurzgeschichten, Songtexten, Internetartikeln, lyrischen Texten und Anthologiebeiträgen. Der Autor lebt heute in der Nähe von Hamburg.*

Die Schwurbel-Kurbel

Es roch grün. Männerschweiß und Gummistiefel vermischten sich mit würzigem Frikadellenaroma. Meine Handwerkskollegen saßen kauend am Mittagstisch und schlürften dunkle Brühe mit Zucker und Kaffeeweißer.

Mittagspause im Steinmetzbetrieb. Vier Männer und ich, die Schreib-Schlichtungs-Ordnungs-EDV-Eheberatungs-Fachkraft des Betriebes. Ich blätterte durch die Anzeigenblättchen und Fachzeitschriften, die auf dem Tisch lagen. Ein Artikel in *Steinbruch und -vertrieb* erregte meine Aufmerksamkeit.

„Jungs, das müsst ihr hören.“ Ich zitierte den Text mit erhobenem Zeigefinger. „Der moderne Handwerker besitzt besondere Fertigkeiten in seinem Beruf, arbeitet sauber, lösungsorientiert und kreativ.“

Alle nickten selbstbewusst, woraufhin ich fortfuhr: „Er bietet dem Kunden den berufsspezifischen Service, ist verlässlich, lässt niemals die Sicherheit der Kollegen aus dem Auge.“

Jörch, der Altgeselle, verzog das Gesicht. „Meistens.“ Er zwinkerte mir zu.

„Körperliche Fitness …“

Lautes Stühlerücken unterbrach meinen Vortrag.

„Lasst mich doch ausreden! Hier steht noch was von Handwerkerehre! Das wollt ihr doch bestimmt hören.“

„Nee“, rief Jörch noch über seine Schulter. „Lies du weiter über das Handwerk, das andere tun müssen.“

Grinsend stöberte ich durch die Vielzahl der angebotenen Schwingschleifer, Fräskronen, Bohrköpfe. Von der nächsten Seite lächelte mich ein altmodisches Pärchen an einem unförmigen Rollenplotter an. *SCHWURBEL-KURBEL 2024, Blitzangebot!*

„Herr Johann! Langsam!“ Die Dame mit dem dunklen, hochgeschlossenen Kleid stößt den Herrn von der Maschine fort. „Sie ruinieren wieder das ganze Kapitel!“

Der Angesprochene faucht wütend und versucht, sich seinen Platz mit einem Schubser zurückzuerobern. „Glauben Sie mir, Frau Anette. Durch mein Zutun kann dieses Pamphlet nur gewinnen." Er ergreift die Kurbel an der Seite des Gerätes und beginnt diese kraftvoll zu drehen. Mit leisem Surren setzen sich die schwarzen Rollen in Bewegung. *Taktaktak* ertönt es im Inneren. Ächzend würgt das Gerät ein Stück Papier hervor.

Die Dame ergreift es und beginnt zu schnauben. „Ich wusste es doch, Herr Johann! Sie haben vergessen, die rhetorischen Mittel in den Trichter einzufüllen." Sie schüttelt missbilligend den Kopf. Dabei bewegt sich kein einziges Haar ihrer strengen Frisur. Mit ein paar Handgriffen stoppt sie die Maschine und drückt gezielte Tastenkombinationen.

Der Herr schaut sie beleidigt an. Er streicht sich über den weichenden Haaransatz und brummt vor sich hin. „Ich wollte doch nur erkennen, was dieses Gerät im Inneren zusammenhält."

„Was die Schelme nicht stehlen, verderben die Narren", kontert die Dame.

Ich hielt den Prospekt etwas näher an meine Augen. Das waren doch tatsächlich Johann Wolfgang von Goethe und Anette von Droste-Hülshoff! Sie bewarben eine Apparatur, die laut Werbetext das Schreibhandwerk revolutionieren sollte.

Mir war jahrelang versichert worden, das Schreiben sei eine höhere Kunst. Eine fast schon übernatürliche Fähigkeit, die entweder in den Genen veranlagt war – oder eben nicht. Sinnlos für eine einfache Grabsteinverkäuferin, diese Fertigkeit zu erlernen. Ein Schreiberling, das ist man, das wird man nicht. Seit einiger Zeit wusste ich, dass dieses Weltbild zurechtgerückt gehörte. Schreiben war ein Handwerk, das sogar in Schulen gelehrt wurde.

Nur die Werkzeuge für die kreative Textgestaltung muteten wahrlich noch mittelalterlich an. Papier, Stift, Radierer. Mit solchen Hilfsmitteln wurde man bei jedem Handwerksgesellen ausgelacht. Wo waren die Wortwaagen, die Verbventile und Syntaxsägen? Diese Schwurbel-Kurbel interessierte mich brennend.

„Herr Johann, da probiert man nicht einfach so herum. Das ist ein hochkomplexes Instrument!" Frau Anette schüttelt den Kopf.

„Wenn Meister Süskind sieht, was sie da wieder zurechtkurbeln. Der nimmt es doch so genau mit der Technik."

„Ach, heutzutage meint doch jeder Techniker sofort, dass er das Handwerk versteht." Der alte Mann setzt sich an den Tisch und studiert das Papier, das nun in langen Wellen aus der Maschine hervorquillt. „Die Autoren wissen doch kaum eine Phrasenfräse oder einen Schreibschlüssel zu handhaben. Aber so eine technische Höllenmaschine soll es dann richten." Er rauft sich die Haare und schaut verächtlich auf die Wörter, die das Gerät produziert hat. „So ein Schund!"

Frau Anette nimmt ihm beschwichtigend die Seiten aus der Hand. „Es kann ja nicht jeder einen Dr. Faustus erschaffen." Sie legt ihm die Hand auf die Schulter. „Das ist das Werk einer neuzeitlichen Schreibschülerin."

Herr Johann nimmt ihr raschelnd das Papier aus der Hand und beginnt zu rezitieren: „Wackerer Wilhelm will Weihnachten weinend Weg wegschleudern. Weib Winni wagt Widerspruch. Wilhelm wildert Winni. Winni will Wärme. Warmherzig wagt Wilhelm wegen Willi wieder Wollust. Wundervolle Weggefährten." Er schleudert das Papier von sich. „Das ist erbärmlich." Sein Gesicht ist vor Wut rot angelaufen.

„Mein lieber Herr Johann, da ist doch nur etwas mit dem Alliterationsakku schiefgelaufen." Frau Anette reibt sich die Hände und beginnt, an der Maschine zu hantieren. Klappernd und klopfend wagt sie sich an die Instandsetzung der Apparatur. Liebevoll nimmt sie das von Herrn Johann so rüde abgetane Papier an sich und glättet es mit ihren feinen Händen. „Das kurbeln wir noch zweimal durch und schon hat die Autorin ihren geschwurbelten Unterhaltungsroman in der Hand."

Herr Johann stützt verzweifelt den Kopf in die Hände. „Wie damals, als dieser Heinz Erhard meinen Erlkönig einfach durchgekurbelt hat?" Seine Stimme ist einem Schluchzen gewichen. „Eine Demütigung war das! Wochenlang konnte ich mich nicht in der Kantine blicken lassen."

„Markieren Sie mal nicht den Werther, mein werter Herr. Immerhin dürfen wir diese moderne Schwurbel-Kurbel benutzen", wischt Frau Anette seinen Einwand fort. Iphigeniengleich baut sie sich vor Herrn Johann auf und deutet mit dem Finger auf die Apparatur.

„Stellen Sie sich vor, Herr Johann, die Italiener, die Sie ja von Ihrer Reise gut kennen sollten, die schwurbeln durch ausgediente Nudelmaschinen."

Herr Johann blickt auf. „Sie belieben zu scherzen, Frau Anette."

„Durchaus nicht!" Aufgebracht nestelt sie an ihrem blütenweißen Kragen. „Dieser Eco hat sein neues Buch tagelang vorwärts und rückwärts durch die Nudelmaschine geschwurbelt. Also beschweren Sie sich nicht."

Seufzend ergreift Herr Johann die Kurbel und beginnt, sie zu drehen. Surrend und klimpernd kommt die Maschine wieder in Gang. *Taktaktak …*

Und während Herr Johann gleichmäßig die Kurbel bewegt, lässt Frau Anette das Papier in die Maschine gleiten. Kaum hörbar summt sie dazu das Lied von den fleißigen Handwerkern.

Unsere Handwerker erschaffen aus Stein Erinnerungen, aus Holz Gefühl, aus Glas Durchblick. Könnte auch ich aus Worten Geschichten machen? Ein Gesellenstück aus Emotionen? Meine Werkzeuge liegen gespitzt, gefeilt und geschliffen bereit.

An die Arbeit …

Anke Terrasi *wurde 1982 im Sauerland geboren. Seitdem sie zum Schreiben gekommen ist, wünscht sie sich eine Schwurbel-Kurbel, die ihr über schwierige Textpassagen und Schreibblockaden helfen würde. Bis dahin schreibt sie ihre lieber Geschichten selbst.*

Mutter des Wassers

Ich wohnte schon mein ganzes Leben an diesem Ort, hörte schon von Geburt an die Legenden, die sich um den Tümpel hinter unserem Haus rankten.

Es war ein kleiner Tümpel, auf dem ich schon als Kind das Eislaufen gelernt hatte, auf dem ich mit einem großen Bruder und seinen Freunden Eishockey spielen durfte. Doch je älter ich wurde, desto weniger Freude hatte ich daran. Als einziges Mädchen inmitten einer Gruppe Jungs, die alle beinahe fünf Jahre älter waren. Es wunderte niemanden, dass ich, das kleine dürre Mädchen mit den viel zu wilden roten Locken und der Porzelanhaut, keine Lust mehr darauf hatte.

Doch den Tümpel liebte ich noch immer. Im Herbst saß ich meist davor und beobachtete durch das seichte Wasser die kleinen Fische, die sich darin tummelten.

So auch heute. Es war der erste richtige Herbsttag des Jahres, die schweren, dunklen Wolken machten es der Sonne unglaublich schwer, sich ihren Weg hindurchzusuchen. Ich hatte mir eine große, orangefarbene, plüschige Jacke über meine Jeans und meinen Hoodie gezogen.

Mein Stammplatz, den sonst niemand außer mir in Beschlag nahm, war ein großer Stein, der direkt am Ufer stand. Von hieraus hatte ich einen perfekten Blick auf die Wasseroberfläche und auf unser kleines Häuschen, das durch die Entfernung noch viel kleiner schien. Die Musik aus meinen Kopfhörern erfüllte mich mit einer unglaublichen Ruhe, während die Klänge in mein Bewusstsein drangen.

Ich könnte Stunden damit zubringen, hier zu sitzen, den Blättern der großen Eiche dabei zuzusehen, wie sie von den Ästen fielen und auf der Wasseroberfläche landeten. Diese Eiche wurde vor Generationen hier gepflanzt, direkt neben dem kleinen Tümpel.

Meine Mutter meinte immer, sie wäre das Zeichen dafür, das alles irgendwann wieder einmal von vorne beginnt. Ich fand das sehr philosophisch von ihr, doch wollte ich mich nicht über den Kreislauf des Lebens mit ihr streiten. Ich fand lediglich, dass dieser Baum unglaublich praktisch war, da er mir auch im Sommer hin und wieder Schatten bot, wenn ich mich in die Sonne setzte und ein Buch las.

Gerade fiel wieder eines der großen, gelb gefärbten Blätter auf das Wasser und verursachte dadurch kleine Kringel auf der Oberfläche. Eine Weile beobachtete ich das Blatt, wie es durch den leichten Wind hin und her getrieben wurde.

Ich schlang die Jacke fester um mich herum, als der Wind zunahm und zog die Beine nun ebenfalls auf den Stein hinauf. Mit angewinkelten Beinen und dem Kopf auf den Knien saß ich da. Meine Gedanken dahinschweifend und die Zeit vergessend.

Stundenlang konnte ich so dasitzen. Nichtstun und dennoch alles um mich herum deutlicher wahrnehmen, als ich es sonst tun würde. Wie spät es wirklich war, bemerkte ich erst, als meine Mutter das hintere Verandalicht anknipste, das in der Entfernung zum Tümpel nur spärlich den Weg erhellte.

Der Kiesweg vom Tümpel zum Haus lag auf halber Höhe in absoluter Dunkelheit. Nur die kleinen Lichtpilze, die Mutter im Garten neben den Kies gesetzt hatte, boten ein wenig Helligkeit, wenngleich ich sie nicht benötigte, um wieder zum Haus zu finden.

Ein paar Minuten würde ich noch hier sitzen können, bis Mutter, wie jeden Abend um halb sieben, zum Abendessen alle zusammentrommeln würde.

Auch wenn es stockdunkel war und ich die Wasseroberfläche nicht mehr erkennen konnte, konnte ich fühlen, wie aufgewühlt sie schien. In einiger Entfernung, dachte ich, ich würde das Rauschen von Wellen wahrnehmen, deren Gischt gegen Felsen schlug. Mit zusammengekniffenen Augenbrauen schüttelte ich den Kopf. Es war meist so. Saß ich zu lange hier, hatte ich das Gefühl, ich würde mir Dinge einbilden, als würde ich Dinge hören, die nicht da sein konnten, selbst wenn mir die Musik in die Ohren dröhnte.

„Aria …“

Über die Musik hinweg konnte ich in meinem Kopf eine leise Stimme hören, die meinen Namen sagte. Erneut schüttelte ich den Kopf. Einbildung, nicht mehr und nicht weniger. Doch wieder ertönte die Stimme in meinem Inneren, wieder sprach sie meinen Namen und wieder schüttelte ich den Kopf.

Ich blickte mich um, versuchte, durch die Dunkelheit zu erkennen, ob sich jemand an mich herangeschlichen hatte. Doch es war niemand auszumachen und die Stimme war mir nicht bekannt.

„Aria … schau ins Wasser."

„Also mal ehrlich!", raunte ich, mit der Situation ein wenig überfordert. Hatte Matt vielleicht eine seiner Freundinnen gebeten, den Text einzusprechen und ihn auf mein Handy gespielt?

Ich zog mein Smartphone aus der Manteltasche und scrollte durch die geöffnete Playlist. Nichts. Alles völlig normal.

„Du verlierst allmählich den Verstand", schalt ich mich selbst und rieb mir mit beiden Händen durch das Gesicht. Da ich mein Handy schon zur Hand hatte, blickte ich auf die leuchtenden Ziffern der Uhr. Zehn nach sechs. Ich streckte noch im Sitzen die Beine aus und quälte mich, mit steifen Gliedern aufzustehen.

Doch eine Sache musste ich tun, bevor ich mich auf den Weg nach Hause machte. Ich kniete mich direkt ans Ufer des Tümpels und lehnte mich langsam nach vorne. Mein eigenes Spiegelbild, das ich trotz der Dunkelheit glasklar erkennen konnte, starrte mir entgegen. Für einen Moment hatte ich das Gefühl, ich könnte mir selbst in die Seele schauen, so unglaublich groß wirkten meine Augen auf der Wasseroberfläche.

Sekunden verstrichen, dann Minuten und ich starrte noch immer aufs Wasser. Es war, als würde es mich in sich festhalten, als würde ich mich nicht mehr bewegen können, während das Wasser immer weiter in meine Seele eindrang.

Ich konnte keinen klaren Gedanken mehr fassen. Gerade wenn ich einen Gedanken greifen wollte, schien er von einer Welle davongetragen zu werden.

Und als wäre das nicht genug, hatte ich das Gefühl, als würde mich etwas zu sich ins Wasser ziehen. Ich fühlte mich wie ein Fisch an einer Angel, die ganz langsam eingeholt wurde.

Immer weiter lehnte ich mich nach vorne, sodass ich beinahe schon mit der Nasenspitze ins Wasser tauchte. Ein paar meiner Locken fielen mir über die Schultern und landeten im Wasser.

„ARIA!"

Ich hörte meine Mutter rufen, wusste, dass es Zeit zum Essen war, doch ich konnte mich nicht lösen. Je mehr ich versuchte, den Fängen des Wassers zu entkommen, desto mehr sog es mich in sich hinein.

Es war der Moment, in dem ich tief Luft holte und den Kopf unter Wasser tauchte, als mir klar wurde, dass es der größte Fehler meines Lebens war.

Das kalte Wasser empfing mich und grub seine Klauen in meine Haut. Als würde ich von etwas gepackt und immer weiter nach unten gezogen werden.

Es war dunkel, so dunkel, dass man die Hand vor Augen nicht mehr sehen konnte. Meine Haare schwebten schwerelos wie Algen um meinen Kopf herum und ich hielt den Atem an.

„Atme, Aria …"

Da war sie wieder, die diese wunderschöne, verlockende Stimme in meinem Kopf.

„Sie will, dass du dich selbst ertränkst", schoss es mir durch den Kopf und ich hielt weiter gebannt die Luft in meinen Lungen, auch wenn dies zunehmend schwerer wurde.

„Atme, Aria, du kannst es …"

Ich wollte nicht sterben … dennoch tat ich, was die Stimme verlangte. Ich konnte nicht anders, musste ihr nachgeben. Vielleicht fühlte ich mich hier wohl, auch wenn es sich anfühlte wie ein nasses Grab. Aber sterben wollte ich nicht.

Langsam und Stück für Stück entließ ich die Luft aus meiner Lunge. So lange, bis ich atmen musste. Innerlich wappnete ich mich schon dafür, gleich in diesem Tümpel, in diesem seichten Wasser zu ertrinken. Ich öffnete den Mund und konnte das abgestandene Wasser auf meiner Zunge schmecken, während es mir in die Kehle rann.

Doch nichts.

Es geschah nichts.

Ich hatte nicht das Gefühl, zu ertrinken. Ich hatte das Gefühl, ich würde mehr Sauerstoff bekommen, als ich es jemals zuvor an Land getan hatte.

Vor Verwunderung blickte ich mich um. Scannte den Untergrund und das Wasser nach dem Ursprung dieser Stimme, die mir diese Welt gezeigt hatte.

„Schwimm zu mir …"

Der Tümpel war nicht größer als ein kleiner Ententeich. Mit vier kräftigen Schwimmbewegungen würde ich von der einen Seite auf der anderen sein. Ich wusste nicht, wohin ich schwimmen sollte, denn hier war niemand zu sehen.

Dennoch paddelte ich los. Ich fühlte mich schwerelos und auf wundersame Weise eins mit dem Wasser.

Die Froschbewegung, um mich fortzubewegen, hatte ich nun schon fünf Mal getan, doch noch immer war kein Ende, kein Ufer des Tümpels in Sicht. Also schwamm ich weiter. Atmete und schwamm. So lange, bis meine Arme und Beine sich seltsam taub anfühlten, als wären es Kilometer gewesen. Doch das konnte nicht sein. So ein Ausmaß hatte der Tümpel doch nicht.

Ich wagte es nicht, aufzutauchen, aus Angst zu sehen, wo ich war. Aus Angst, mir das alles nur eingebildet zu haben.

Ein kleiner Fischschwarm schwamm vor mir her, während ich mich immer weiter durchs Wasser bewegte. Dieses Wasser, das immer trüber wurde, bis es nur noch eine braune Suppe vor meinen Augen war. Mit jedem Meter, den ich schwamm, fühlte es sich kälter an und es hätte mich nicht gewundert, wenn ich auf einmal einen Eisberg vor mir hätte aufragen sehen.

Ich hatte das Gefühl, schon seit Stunden zu schwimmen. Meine Muskeln fühlten sich erschöpft an, brannten fast unter meiner Haut, doch irgendetwas in meinem Inneren trieb mich weiter voran. Als würde mich etwas zu sich rufen, das ich nicht verstand.

War es Sehnsucht – oder war es Neugier?

Vielleicht eine Mischung aus beidem.

Meine Mutter, Matt, meinen Vater … Ich vergaß sie mit jedem Meter, den ich tiefer in diesen Tümpel tauchte, ein Stück mehr. Bis da nichts mehr war, außer dem Wunsch, das zu erreichen, was mich zu sich zog. Denn insgeheim wusste ich, dass ich dort glücklicher wäre, als ich es jemals gewesen war.

Die Zeit verstrich immer weiter und es fühlte sich an, als würde ich nach hier unten gehören. In die Tiefe des Tümpels.

„Aria …“

Da! Da war die Stimme wieder, die mich in meinem tiefsten Inneren berührte, die an jeder Faser meines Körpers zog, bis ich endlich bei ihr war.

Stunden vergingen und beinahe wäre ich im Wasser schwimmend eingeschlafen. Doch ich hielt mich wach, zählte die Fische, die an mir vorbeischwammen, versuchte zu erkennen, wo ich mich befand, und dann, ganz plötzlich wurde das Wasser wieder klar, als hätte jemand eine Filteranlage eingebaut.

„Wie in einem Aquarium“, dachte ich und hätte am liebsten über meinen eigenen Witz gelacht. Ich konnte noch immer nicht verstehen, wie es mir möglich war, hier zu atmen, als würde ich an Land sein. Als würde ich nicht unter der Wasseroberfläche sein.

Endlich konnte ich die Vielfalt hier unten erkennen, und ich bemerkte, dass ich schon lange nicht mehr im Tümpel hinter dem Haus, in unserem kleinen Garten schwamm. Ich sah die Weite des Ozeans vor mir, sah die Fische, die sich in Schwärmen tummelten, sah die Korallen, die bunten Pflanzen und alles, was man sich nur in dieser Untiefe vorstellen konnte.

Zudem hatte ich das Gefühl, mich müheloser fortzubewegen, als ich es noch vor Stunden getan hatte. Meine Muskeln schmerzten nicht mehr und fühlten sich auch nicht mehr so träge an. Als ich meinen Kopf umwandte, um zu erkennen, wo ich herkam, stockte mir der Atem. Nicht nur, dass ich durch diesen trüben Teil es Wassers, das sich hinter mir auftürmte, als würde eine Wand mitten im Wasser stehen … Nein, ich konnte auch meine Füße, meine Beine nicht mehr erkennen.

Meine Hüfte, meine Beine … Es sah so aus, als wäre ich zur Hälfte Fisch. Genauso wie die kleinen Meerjungfrauen, von denen mir meine Mutter als Kind immer erzählt hatte. Diese wunderschönen Wesen mit den langen Haaren, den farbenfrohen Schwanzflossen und dem Gesang, der jeden Mann in den Tod locken könnte. Zugegeben, erst später hatte ich herausgefunden, dass dies keine Meerjungfrauen waren, sondern Sirenen, aber dies tat ihrer Schönheit keinerlei Abbruch.

Ich schüttelte den Kopf und meine Haare wellten sich im Wasser um mein Haupt, als wäre es schwerelos. Genau das ist es, was ich fühlte. Ich fühlte mich schwerelos.

Langsam blickte ich wieder nach vorne, hob den Kopf und sah zur Wasseroberfläche, die Kilometer weit entfernt schien und auf der sich das Sonnenlicht spiegelte, das es nicht bis in die Tiefe schaffte. Und dennoch konnte ich sehen. Klar und deutlich erstreckte sich diese faszinierende, teilweise tödliche Welt vor, über und unter mir.

„Aria …“

Jetzt wusste ich, dass ich eindeutig gerufen wurde. Es war kein Zufall, dass ich hier war, und ich würde vermutlich auch nicht mehr von hier wegkommen. In dieser Stimme, die mich rief, lag ein Versprechen. Es klang, als würde mir diese Stimme mit nur einem Wort die Welt versprechen und mir so viel Wahrheit geben, dass ich es kaum begreifen konnte.

Ein Fischschwarm schwamm um mich herum, als würde er mich begleiten, mich zu meinem Ziel geleiten, damit ich sicher ankäme.

„Mein Ziel …“, dachte ich und fragte mich allmählich, ob ich das jemals erreichen würde. War mein Ziel nicht einfach nur die Untiefen des Ozeans? Musste ich wirklich weiterschwimmen, um es zu erreichen?

Wieder wurde ich müde, wieder hatte ich das Gefühl, in der Auf- und Abbewegung meiner Schwanzflosse in den Schlaf zu finden.

„ARIA!“

Die Stimme in meinem Kopf schrie und ich schrecke aus einem Dämmerschlaf auf, der mich augenscheinlich von meinem inneren Kurs abgetrieben hatte. Denn die Stimme klang nun nicht mehr so laut, wie sie es einst war. Mit gestrafften Schultern blickte ich mich um. Ich war angespannt und wusste nicht so recht, wohin ich musste. „Sag noch etwas … bitte! Wo bist du?“

„ARIA!“

Diesmal war es ganz deutlich in meinem Kopf und doch wie ein Flüstern, das über die Wellen an mich herangetragen wurde. Die Stimme klang ungeduldig. Als könnte sie es kaum noch erwarten, mich bei sich zu haben. Sie klang fordernd, als sollte ich endlich in Bewegung kommen und dabei schwamm ich ihr doch schon seit Stunden oder Tagen (?) entgegen. Wie konnte sie nur noch mehr fordern? Hatte ich mich nicht schon genug bemüht, um zu ihr zu gelangen? Trotz all meiner Fragen, meiner Zweifel und meines Denkens bewegte ich mich wieder immer weiter auf die Stimme zu.

Mein Blick glitt durch das klare Wasser und dann stoppte ich. Schwamm ich im Kreis? War ich an dieser Koralle nicht schon vor Stunden vorbeigekommen?

„ARIA!“

„Oh, hör dich auf!“, dachte ich und hätte der Stimme diese Worte am liebsten entgegengebrüllt. In mir stieg die Wut auf sie und langsam nagte noch etwas anderes an mir. War es Panik, die tief in meinem Inneren begann, an die Oberfläche meiner Gedanken zu kommen? Allmählich ging mir die Stimme in meinem Kopf auf die Nerven. Ich wusste auch nicht mehr, wo oben und unten ist. Alles schien gleich auszusehen. Die Korallen, die alle in denselben Farben auf dem Grund wuchsen, gaben mir keinerlei Anhaltspunkte, auch die Fische, die sich hier in ihrer unglaublichen Vielfalt tummelten, waren keine große Hilfe. Doch ich wollte nicht aufgeben. Ich wollte den Ursprung dieser Stimme finden, sehnlichster als alles andere.

Mein Blick verschleierte sich und ich musste die Augen zusammenkneifen, als würde ich geradewegs in die Sonne schauen. Es war ein seltsames Gefühl und doch so vertraut.

In einiger Entfernung, in den Tiefen der Dunkelheit, erstrahlte plötzlich ein Licht. Die Einschätzung der wirklichen Distanz war unmöglich, denn unter Wasser sah alles so nah aus und war doch kilometerweit entfernt. Doch dieses Licht, das so kraftvoll vor mir leuchtete, war näher, als ich es angenommen hatte. Zu meiner Erleichterung schien ich nicht im Kreis geschwommen zu sein, denn diese Höhle, die sich vor mir auftat, hatte ich zuvor noch nie gesehen. Dieses gleißende Licht drang aus dieser Höhle so einladend, als würde es mich geradewegs auffordern, noch näher heranzukommen.

Meine Schwanzflosse trieb mich ohne mein Zutun voran, beinahe so, als wollte auch sie, dass ich näherkam. Als wüsste sie, dass ich nur dort die Antworten finden würde, auf die ich noch nicht einmal die Fragen kannte. Doch vor dem Höhleneingang bekam ich die Kontrolle zurück. Die Stimme hatte mich nicht mehr gerufen, vielleicht weil sie wusste, dass ich ganz in der Nähe war.

Ich fühlte die Wärme des Lichtes auf meiner kühlen Haut, auch wenn ich nicht wusste, ob ich mir das nur einbildete. Ich wurde langsamer und kam direkt vor dem Eingang der Höhle zum Stehen. Nur noch zweimal die Schwanzflosse auf und ab bewegen und ich würde endlich wissen, was hier gespielt wurde. Doch wollte ich das? Konnte ich die Stimme nicht einfach abstellen und friedlich hier unten leben? Alles in mir sträubte sich, doch ich wurde von meiner Neugier weitergetrieben. So überwand ich die letzten Meter auf der Suche nach meiner Erfüllung.

Ich wurde willkommen geheißen. Wurde empfangen von Unmenge Wärme, von unglaublich vielen Stimmen, die in meinem Kopf herumschwirrten und mich zu Hause willkommen hießen.

„Zu Hause?“ Ich konnte nicht zu Hause sein. Mein Zuhause war das kleine Haus mit dem Garten und dem kleinen Tümpel und nicht hier in dieser Höhle mit den körperlosen Stimmen und dieser Wärme … Dieser Wärme, die mich einhüllte wie in einen Kokon, die mich glauben ließ, ich wäre hier an einem Ort des Friedens und der Ruhe.

Dennoch schwamm ich weiter, tiefer in die Höhle. Hier war es nicht mehr dunkel wie noch im Ozean zuvor. Hier war es warm und freundlich und einladend. Dennoch verwehrte mein Verstand, mir zu glauben, ich wäre hier willkommen. Zweifel. Alles in mir bestand aus Zweifeln, die ich niederkämpfen wollte und es doch nicht konnte.

Je tiefer ich vordrang, desto niedriger wurde das Wasser. War das überhaupt möglich? Konnte der Wasserstand in einer Höhle unten im Ozean niedriger werden? Ich wusste es nicht, doch augenscheinlich schien es möglich, immerhin hatte ich hier den Beweis dafür.

Bis zur Höhlendecke waren es nur ein paar Zentimeter, doch dies genügte, um meinen Kopf bis zu der Nase aus dem Wasser zu strecken. Ich konnte atmen, wirklich atmen. Sauerstoff durchströmte meine Lungen und es fühlte sich an, als wären es die ersten Atemzüge meines Lebens.

Zum Ende der Höhle weitete sich der lichtdurchdrungene Schlund und ich schwamm in eine riesige, kuppelähnliche Höhle, der nicht einmal bis zur Hälfte geflutet war. Meine Augen brauchten einen Moment, um sich an das, was sie sahen, zu gewöhnen. Unmengen Pflanzen, die ich noch nie zuvor gesehen hatte, überwucherten die Wände und in der Mitte der Höhle lag eine Felsplatte auf der Wasseroberfläche.

Was ich darauf zu sehen bekam, ließ mich nur noch weiter an meinem Verstand zweifeln. Eine Frau, schön wie das Licht selbst, mit langem silbrigem Haar und weißer Haut stand auf dieser Felsplatte. Sie trug ein Kleid aus einem fließenden blauen Stoff, der aussah, als wäre er aus Wasser gefertigt. Er umfloss ihren Körper wie ein Kleid und ergoss sich auf den Felsen und dann ins Wasser. Es sah aus, als würde sie der Ursprung alles Wassers sein, das dieser Ozean hervorbrachte.

„Aria."

Diesmal war ich sicher, dass die Stimme von ihr kam, auch wenn sich ihre Lippen nicht bewegten. Sie stand einfach nur still da und sah mich aus ihren unergründlichen blauen Augen an. Ich schwamm näher. Wollte noch mehr von dieser Frau sehen, die so schön war, dass ich mir neben ihr vorkam wie ein hässliches Entlein. Mit meinen letzten Kraftreserven bewegte ich mich durchs Wasser und hielt mich am Felsen fest, auf dem sie stand.

Aus der Nähe schien nicht nur das Kleid aus Wasser zu bestehen, auch diese wunderschöne Frau schien eine Manifestation aus Flüssigkeit zu sein. Es wirkte alles unwirklich, als würde ich träumen, doch ich wusste, ich träumte nicht.

Meine Schwanzflosse blieb im Wasser hängen und ich lag mit dem Oberkörper auf dem rauen, kalten Stein. Es fühlte sich nicht normal an. Mein Körper wollte zurück in das wohlige Wasser und nicht wie ein Fisch halb an Land liegen. Doch ich nahm dieses ungute Gefühl auf mich, denn es fühlte sich an, als müsste ich es. Es war wie ein Zwang. Ich musste sie ansehen, musste mit ihr reden, daran führte kein Weg vorbei.

„Wer bist du?“, fragte ich und war erstaunt, wie ehrfürchtig meine Stimme klang.

„Du weißt, wer ich bin, Aria“, antwortete sie und es klang, als würden diese Worte all meine Fragen beantworten.

Doch ich wusste nicht, wer sie war. Nicht einmal tief in meinem Inneren hatte ich die leiseste Ahnung davon. Und dennoch regte sich etwas in mir. „Ich weiß nicht, wer du bist“, erwiderte ich und doch hatte ich das Gefühl, die Antwort wäre zum Greifen nah.

„Denk nach, Aria.“

Schlichte Worte, die mich in diesem Moment aber doch beinahe in den Wahnsinn trieben. In meinem Kopf drehte sich alles und ich versuchte, klare Gedanken zu fassen, doch es schien unmöglich.

„Denk nach, Aria“, wiederholte sie ihre Worte.

Und das machte mich noch wütender. Ich starrte sie unverhohlen an, ließ meinen Blick an ihrem Körper auf und ab gleiten und dennoch arbeitete mein Kopf. Doch ich hatte zu wenig Informationen. Wie sollte ich etwas verstehen, etwas wissen, von dem ich noch nicht einmal wusste, dass es überhaupt existierte?

„Die Mutter des Wassers?“, fragte ich mit schwacher Stimme einfach ins Blaue hinein. Nicht wirklich davon überzeugt, dass diese Antwort im Ansatz richtig sein könnte.

Doch sie nickte. Es war ihre erste Bewegung. Sie hatte sich zum ersten Mal gerührt und dies sah so falsch aus, wie es nur möglich war. Beinahe sah es so aus, als wäre sie nicht dafür gemacht, sich zu bewegen, denn das Wasser, aus dem sie zu bestehen schien, floss in einer unnatürlichen Art und Weise über ihren Kopf hinweg.

„Warum hast du mich gerufen?“ Immer mehr Fragen drängten sich in mein Bewusstsein und ich musste die Antworten bekommen. Ich musste wissen, was es mit alldem auf sich hatte.

„Kannst du dir das nicht denken?“

Immer diese kryptischen Andeutungen. Wenn ich noch länger hierbleiben würde, würde ich vermutlich deswegen durchdrehen.

„Du wolltest Gesellschaft?“

Diesmal schüttelte sie den Kopf, auch das wirkte eher unnatürlich. Es schien, als würde sie sich nicht häufig bewegen.

„Dann hast du mich gerufen, weil du meinen Namen mochtest?“ Mir fiel nicht mehr wirklich viel ein, deswegen verfiel mein Kopf in den Sarkasmus, den ich von meinem Vater geerbt hatte.

„Ich brauche deine Hilfe“, meinte sie nun ungeduldig und ich fuhr bei der Schärfe ihrer Stimme zusammen.

„Meine Hilfe? Wofür braucht die Mutter des Wassers meine Hilfe?“

„Du wirst hierbleiben bei mir. Meine Zeit ist bald gekommen. Ich werde nicht mehr lange die Mutter des Wassers sein können, denn irgendwann versiegt meine Quelle des Lebens. Du wirst meinen Platz einnehmen. Du wirst die Sirenen lenken, den Wasserspiegel der Ozeane aufrechterhalten und du wirst die Seelen derer, die in diesen Gewässern ihr Ende finden, in Empfang nehmen und weiterschicken.“

Ich schaute sie mit offen stehendem Mund an und schüttelte dann den Kopf. Das konnte sie nicht ernst meinen. Ich war ein Mädchen, beinahe noch ein Kind. „Warum ich?“

„Weil du meine Rufe gehört hat. Jedes Mal, wenn du an deinem Tümpel warst.“

Ich dachte über ihre Worte nach. Es stimmte. Auch wenn ich mich nicht mehr an jede Situation erinnern konnte. Immer wieder hatte ich mich dabei erwischt, wie ich gedacht hätte, ich hätte jemanden meinen Namen sagen hören. In meiner Kindheit war es häufiger gewesen, als es nun der Fall war, doch es war immer da. „Aber ich habe ein Leben“, meinte ich leise und dachte an meine Familie.

„Deine Familie wird dich finden. Am Tümpel, mit dem Kopf unter der Oberfläche und den Lungen voller Wasser“, sagte sie schlicht, doch mit beruhigender Stimme.

„Ich bin tot?“, fragte ich voller Unglauben und sie nickte. Wieder diese unnatürliche Bewegung.

Langsam stieg sie zu mir ins Wasser. Nein, sie floss zu mir ins Wasser, als würde sie sich auflösen, kaum dass sie die Oberfläche berührte.

Mit einem Mal hatte ich das Gefühl, zu schmelzen. Mein Körper löste sich auf und ergoss sich auf dem Felsen. Ich war nur noch eine Masse aus Verstand und Wasser. Nichts mehr aus meinem alten Leben war noch in meiner Erinnerung.

Das Wasser, aus dem ich bestand, aus dem ich existierte, formte mir einen neuen Körper. Die ursprüngliche Mutter des Wassers war zu eben jenem geworden. Sie war zurück zu ihrem Ursprung gegangen und es war nichts mehr von ihr übrig, als ich ins Wasser blickte.

Ich war die Mutter des Wassers.

Ich war das Wasser und nichts anderes.

Kein Leben, keine Erinnerung, nur das Wasser selbst.

So lange, bis ein Mädchen meinen Ruf hören würde. Bis meine Zeit gekommen war und ich zu meinen Ahnen gelangen würde. Zu denen, die vor mir die Mütter des Wassers waren.

Ich war Aria. Mutter des Wassers, der Tiefe und die Herrin über das Leben.

__Sarah I. Poschen__ wurde 1989 in der Nähe von Stuttgart geboren. Noch immer lebt sie, gemeinsam mit ihrer Familie und drei Katzen, vor den Toren der großen Stadt. Ihre Liebe zum Schreiben kam spät und kann nur mit genügend Kaffee aufrechterhalten werden.

Oscar, der einsame Ritter

Es war einmal ein Ritter, der weder Familie noch Burg hatte. Er zog durch die Lande und verdingte sich als Kämpfer auf Turnieren, eilte von Sieg zu Sieg und führte ein einsames Leben im Geklirr der Schwerter …

Vor ihm lag der karge Anblick einer schier endlosen Einöde. Durchbrochen wurde der steinige ausgetrocknete Boden, der von der gleißenden Sonne gebacken wurde, nur von wenigen ausgedörrten Pflanzen, deren schwarze Stängel klauengleich in den Himmel ragten. Oscar hatte seine Rüstung abgelegt und sie seinem Esel aufgepackt. Das arme Wesen trottete angebunden am Seil hinter ihm und seinem Pferd her.

Sein Hemd aus grober Baumwolle klebte an seiner Brust und die lederne Hose schien mit seinem Körper verwachsen. Mit seiner rechten Hand wischte er sich über das schweißnasse Gesicht, das nur von einem dünnen Strohhut geschützt war. Lange würden er und vor allem seine Tiere diese Strapazen nicht mehr über sich ergehen lassen können. Auch war ihm klar, dass er bald zu geschwächt sein würde, um dem bevorstehenden Kampf zu bestehen. Das Langschwert, das in Takt des Schrittes gegen die Flanke seines treuen Pferdes klopfte, würde bald zu schwer für seine geschwächte Hand werden.

Wie war er nur in diese Situation geraten, überlegte der Ritter. Doch im tiefsten Inneren seines Selbst wusste er es bereits: Sein Hochmut hatte ihn in diese Wüste geführt. Vor wenigen Wochen war er noch ein gefeierter Ritter gewesen, der von Turnier zu Turnier gereist und von Sieg zu Sieg geeilt war. Er wurde mit Preisen überhäuft, von Festmahl zu Festmahl gereicht – es floss der Wein und die Frauen strömten ihm zu.

Doch dann war er zu einem Turnier des Königs Fraukolf gelangt. Es war ein kleiner Wettbewerb passend zu einem kleinen Königreich gewesen. Spielend hatte er seine Gegner ausgeschaltet, im Nachhinein war es wohl zu einfach gewesen, sodass er fast glaubte, dass sie ihn mit Absicht hatten gewinnen lassen. Doch in seiner Selbstverliebtheit hatte er geglaubt, jeder Sieg wäre mit seiner unerhörten Kampfeskunst begründet. Auch der König, ein grauhaariger dicker Mann mit einem unendlich traurigen Gesicht, lobte und rühmte ihn über alle anderen Kämpfer. Oscar hätte sich vorher über König Fraukolf informieren müssen, das Gerede, das landauf, landab über ihn verbreitet wurde. Dann hätte er vielleicht erahnen können, in welche Falle ihn sein Hochmut führen sollte.

Die Siegesfeier dauerte zwei volle Tage, an deren Ende Oscar ermüdet und angetrunken vom König vor allen Gästen angesprochen wurde, ob ein so tapferer und hervorragender Kämpfer sich einer ihm würdigen Aufgabe stellen würde. Oscar, von seiner eigenen scheinbaren Tatkraft geblendet, dröhnte mit gelöster Zunge, dass ein Mann wie er vor nichts Angst hätte.

König Fraukolf berichtete im Folgenden von seiner Tochter Grania, einer wunderschönen, jungen Frau, deren blondes Haar goldgleich über die Schultern fiel. Sie wurde vor Monaten bei einer Reise von einem Ungeheuer entführt und in die Wüste Kraak verschleppt. Voller Tatendurst fragte Oscar nach dem Wesen des Ungeheuers.

Mit von Angst gezeichnetem Gesicht berichtete der König vom Ungeheuer Malavus, dem sein Königreich seit jeher jährlich Tribut in Form einer jungen Frau gewähren musste. Fraukolf hatte jedoch nun entschieden, dass er mutig dem Ungeheuer die Stirn bieten wollte, und hatte die Abgabe verweigert. Die Strafe folgte auf dem Fuße mit der Entführung der Königstochter. Von nun an sollten zwei Menschenopfer pro Jahr erbracht werden, sonst würde die Königstochter sterben. Die Bevölkerung des Königs war in Aufruhr und weigerte sich, ihre Töchter für das Leben Granias zu opfern. So blieb Fraukolf nur die Hoffnung auf die Heldentat eines Einzelnen, der seine Tochter errettete.

Oscar tönte, dass er sofort aufbrechen und im Handumdrehen Grania retten würde. Noch vor den Gästen schwor er einen Eid und der Pakt war besiegelt.

Erst am nächsten Tag hatte man ihm, als die Sinne wieder klar waren, berichtet, dass schon unzählige Ritter und Helden in die Wüste Kraak gezogen und nie wieder zurückgekehrt waren. Dennoch hatte ihm niemand erzählen können, von welcher Gestalt das Ungeheuer Malavus war. Lediglich Gerüchte von einer schrecklichen Gestalt machten in der Bevölkerung die Runde.

Doch erst, als er die Grenze zur Einöde überquert hatte, begann er zu begreifen, welche Aufgabe ihm wohl bevorstünde. Nun war er der einsamste Mann weit und breit. Kein Leben regte sich in der Öde um ihn herum. Am Horizont türmten sich karstige Berge mit spitz gezackten Gipfeln. Oscar führte sein Pferd gezielt auf die Felsenformation zu, die ihn immer mehr an eine steinerne Festung erinnerte. Betrat er hier das Reich des Ungeheuers? Vor ihm eröffnete sich eine schmale Schlucht, die einerseits Schatten, aber auch Bedrohung versprach. Oscar griff sein Schwert und führte es in der Rechten, während er mit der Linken sein Pferd führte.

Die Schlucht war nur wenige Meter breit, erstreckte sich jedoch in schwindelnde Höhe und lief gewunden durch den Felsen, sodass er den Weg nur wenige Meter weit einsehen konnte. Die plötzlich einsetzende Kühle der Luft begrüßte Oscar – sie belebte seinen Geist und auch seinen Tatendrang. Mit einer leichten Fußbewegung trieb er sein Pferd an.

Einer Schlange gleich sanft schlängelte sich die Schlucht durch das hohe, gezackte Gebirge – Oscar folgte ihr weiter und weiter, immer tiefer in das System der Berge hinein. Plötzlich vernahm der Ritter ein Geräusch. Es hörte sich an wie das Ködern und Knacken von Flammen, ähnlich dem, wenn Feuer schnell um sich greift oder gleich brennbares Material – etwa trockenes Stroh – binnen Sekunden in Feuerzungen vergeht. Der einsame Ritter stieg von seinem Pferd herab, zog sein Schwert und lugte vorsichtig um die nächste Biegung:

Die Schlucht verbreiterte sich zu einer Art kleine Tal, sodass die Sonne sogar den Boden erreichen konnte. In der Mitte war ein riesiges Spinnennetz gespannt, das die beiden felsigen Ränder miteinander verband. Oscar erstarrte – er hatte das Ungeheuer gefunden, denn im Zentrum des Netzes saß ein Wesen, das ihm den Schrecken durch die Glieder fahren ließ. Es war eine riesige Spinne – er schätzte ihre Ausmaße auf die einer Hütte oder eines kleinen Bauernhauses. Doch als ob dies nicht schon genug Entsetzen bei ihm erzeugen hatte, so sah er, dass der Leib der Spinne aus lodernden Flammen zu bestehen schien. So erklärte sich auch das züngelnde Geräusch, das in dem Tale vorherrschte.

Oscar schluckte, zog sein Schwert und pirschte sich langsam in das Tal vor. Er würde mit diesem Ungeheuer fertig werden, dessen war er sich sicher. Je mehr er von der Fläche sah, desto mehr Details nahm er wahr. So erkannte er nun die verkohlten Reste diverser Rüstungen und Ausrüstungsgegenstände gescheiterter Helden, die sich vor ihm an Malavus versucht hatten. Auch bemerkte er eine Höhle, die im Bereich hinter dem Netz in einer der Felswände klaffte. Dort vermutete er die Königstochter. Oscar grinste verwegen siegesgewiss und trat noch näher an die Behausung der Spinne heran.

Die Fäden des Netzes waren dick wie Taue und schienen gegenüber dem lodernden Leib ihrer Bewohnerin unempfindlich zu sein. Als er auf halben Weg dorthin war, bemerkte ihn die Spinne. Abrupt blieb er stehen, denn Malavus schien seinen Körper zum Sprung zu spannen – und wirklich löste sich das Ungeheuer mit einer nie für möglich gehaltenen Leichtigkeit und schwebte einem Feuerfunken gleich auf Oscar zu. Noch vor seinem Aufsetzen auf der Erde hieb der Ritter siegesgewiss auf eines ihrer acht Beine. Dieses löste sich wie erhofft von dem lodernden Körper, doch verging nicht etwa, sondern schloss sich, nach kurzem in der Luft Schweben, wieder der Stelle an, von welcher das Schwert sie getrennt hatte.

Oscar erstarrte vor Schreck und sah sich nun dem angreifenden Malavus gegenüber. Mit einem mutigen Hieb trieb er sein Schwert tief in die Spinne, nur um voller Entsetzen mit anzusehen, wie sein Schwert einer Wachskerze gleich schmolz.

Panisch begann er, sich zur Flucht umzuwenden, bemerkte, wie der heiße Atem des Ungeheuers in seinem Nacken brannte – mit Mühe und Not schaffte er es, die nächste Biegung der Schlucht zu erreichen, in der sein Pferd und sein Packtier standen. Überrascht stellte er fest, dass Malavus ihm nicht gefolgt war – es schien, als ob das Wesen seinen Bau nur ungern verließ.

Oscar tadelte sich zunächst ob seines erneuten Hochmutes, das gefährliche Wesen einfach so auf Anhieb besiegen zu wollen, begann dann aber zu überlegen, wo die Schwachstelle jener Feuerspinne sein könnte.

Nun, Feuer bekämpfte man mit Wasser – und genau dieses Element war in jener Wüste so selten, dass Malavus sich davor bestimmt nicht zu fürchten brauchte. Auch hatte der Ritter gerade genug Vorräte, um einen möglichen Rückweg zu schaffen, aber keinesfalls genug, um eine riesige Feuerspinne zu bekämpfen. So überlegte er weiter. Von seinen Waffen, die er noch besaß, vom Dolch über den Langbogen, den sein Esel zu tragen hatte, versprach er sich nach der Erfahrung mit seinem Schwert nichts – sie würden von Malavus Flammen ebenso verzehrt werden. Sein Blick schweifte über die Ausrüstung, die er sonst noch dabei hatte, und blieb an seinem Zelt hängen.

Das Zelt, welches er benutzte, wenn er auf Reisen keine Unterkunft fand und kampieren musste, bestand aus einem großen Baldachin, der gestützt auf mehrere hölzerne Stangen von ähnlicher Größe wie Malavus war. Prüfend ging er zu dem Ballen Stoff und besah seine Konsistenz – er bestand aus teurem Segeltuch, das Regen und Wind abhielt und, so war er sich sicher, auch nicht sofort in Flammen aufgehen würde. Oscar grinste – in ihm erwachte ein Plan, der Erfolg gegen das scheinbar unbesiegbare Ungeheuer versprach.

Die Dämmerung war hereingebrochen, als der Ritter sich erneut langsam dem Tal des Flammenungeheuers näherte. Der lodernde Leib setzte sich eindrucksvoll von der hereinbrechenden Dunkelheit ab, sodass Oscar seinen Gegner klar erkennen konnte. In seiner Rechten hielt er den langen Dolch, nicht etwa, um damit zu kämpfen, sondern seine List in die Tat umzusetzen.

Als er in Sichtweite war, begann Oscar, sich laut bemerkbar zu machen, sodass Malavus ihn sah und zum Angriff ansetzte. Kaum war die Spinne auf seinen Fersen, bemühte er sich, so schnell wie möglich, in Richtung der Schluchtbiegung zurückzulaufen. Dabei achtete er diesmal darauf, dass sein Verfolger so nahe wie möglich an ihm dranblieb, ohne dass er Gefahr lief, sich selbst zu gefährden.

Malavus eilte hinter ihm her, immer einen Schritt zu weit weg, um zu einem tödlichen, züngelnden Schlag auszuholen. So bemerkte das Wesen nicht, dass Oscar es aus dem Tal herausgelockt hatte und in die Schlucht hinein. Der Ritter wiederum wandte sich noch in der Biegung zu einem Seil, das an der Felswand verankert war, und rette sich dann mit einem Hechtsprung aus der Gefahrenzone. Von oben herab rauschte die Zeltplane und bedeckte die Spinne. Die Enden des Segelstoffes hatte Oscar mit Steinen beschwert, sodass es sich über das Feuerwesen wie eine Haube stülpte. Ein unmenschlicher Schrei dröhnte durch das Tal, während Oscar beobachtete, wie der Flammenleib unter dem Tuch zu ersticken begann. Rauch quoll hervor, als der lodernde Körper immer mehr unter dem Mangel an

Sauerstoff verging. Der Kampf dauerte nur wenige Minuten und erstaunt musste Oscar feststellen, dass von Malavus unter dem Segel nichts übrig geblieben war. Sein Körper musste wirklich aus purem Feuer bestanden haben.

Von seinem Sieg berauscht, eilte er zurück in das Tal, umging das Netz und kletterte in die Höhle, in der er die Königstochter vermutete. Die Nacht erschwerte seine Suche, doch an den leuchteten Spinnenfäden, mit denen sie gefesselt war, erkannte er schließlich die Tochter König Fraukolfs. Sie lag vor ihm an den Rand der Höhle gestützt und schien zu schlafen.

Vorsichtig löste er mit seiner Waffe ihre Fesseln, trug sie nach draußen und brachte sie zu seinem Pferd. Dort entzündete er ein Feuer für die kalte Wüstennacht und begann, der schönen Königstochter vorsichtig die Lippen mit Wasser zu benetzen.

Gierig trank sie das kühle Nass und schlug die Augen auf. „Du hast mich gerettet?“, flüsterte sie.

Er nickte und erhielt als Belohnung ein wundervolles Lächeln …

Oliver Miller, *geboren 1981, ist Lehrer und Universitätsdozent in Hannover. Seit mehreren Jahren veröffentlicht er in Anthologien Kurzgeschichten – sein Debütroman „Kosmos 33“ erschien 2019. Von 2021 bis 2024 war er freier Autor im Bereich Heftromane – „Die UFO-Akten“.*

Brüllende Zeichensprache

„Mary, setzt dich doch mal ordentlich hin!“ Tadelnd und mit gehobenen Augenbrauen schaut mich meine Mutter über den Tisch an. Ihr Fingernagel klopft auf dem Tisch, als erwartet sie die umgehende Umsetzung ihrer Forderung. Ich verdrehe nur die Augen.

Mit meinem Auszug bin ich zwar den permanenten Sticheleien entkommen, aber das hält meine Mutter nicht davon ab, mich auf Familientreffen weiterhin darauf hinzuweisen, wie absolut unvollkommen ich bin. Wie ich es das hasse. Einzig wegen Omas Geburtstag tue ich mir dieses Spektakel noch an.

Jahr um Jahr lädt mich Oma zu sich ein. Onkel Fred, Tante Lotte und meine Mutter sind leider auch immer dabei. Mit den dreien in einem Raum zu sein, ist wirklich kein Lottogewinn. Die Gespräche beinhalten nur noch Lästereien, Vorhaltungen und Klagen. Es ist ein Albtraum.

„Und, Mary?“ Onkel Fred nimmt ein Schluck aus seinem Glas. „Wie läuft es auf der Arbeit?“ Er runzelt die Stirn. „Du hast doch Arbeit, oder? Wenn ich mich recht erinnere, hat dir deine Mutter doch letztens noch die Miete bezahlen müssen? Du kannst nicht auf Kosten anderer leben“, maßregelt er mich.

So ein Arsch! Ich beiße mir in die Wange. Es ist immer das Gleiche. Nur die halbe Wahrheit wissen und dann darauf herumhacken. Ich mochte Onkel Fred noch nie. „Ja, Onkel Fred, natürlich arbeite ich.“

„Gut so, gut so. Aber du arbeitest doch was Ordentliches, oder? Nicht nur als eine Aushilfe?“

„Fred! Was soll denn das? Lass Mary in Ruhe und benimm dich gefälligst!“, motzt ihn meine Oma an.

Ich grinse. Ich liebe sie!

„Mensch, Mama! Er wird ja noch was sagen dürfen“, verteidigt ihn meine Mutter.

„Sicher, Grete. Aber nicht solch einen Unsinn.“ Sie schiebt mir zwinkernd ein Stück Kuchen zu.

Genüsslich stecke ich mir das Kuchenstück in den Mund. Bienenstich – ein Traum. Vielleicht ertrage ich das Familientreffen dann doch noch.

„Wisst ihr eigentlich schon, dass Utchen neuerdings Yoga macht? Jeden Donnerstag steht sie im Garten. Ihr müsstest sie mal sehen …, die Übungen tun ihr gar nicht gut. Die sind viel zu schwer für sie! Nach jeder Übung ist ihr Gesicht so rot wie eine Tomate“, sagt Tante Lotte mit mitleidigem Blick.

Ich stecke mir noch ein Stück Kuchen in den Mund. Was soll ich sonst tun? Ich kenne diese Utchen nicht mal. Woher weiß Tante Lotte das eigentlich? Steht sie im Garten – mit einer Detektivmütze, dunkler Sonnenbrille und einem Abhörgerät und beobachtet die Häuser so lange, bis ihr was auffällt? Detektivin Lästerlotte – eine witzige Vorstellung. Ob Tante Lotte sauer wird, wenn ich ihr eine Visitenkarte per Post zusenden lasse?

Ich lehne mich zurück und nehme mein Handy in die Hand.

Liam: *Wie ist es?*
Ich: *Bin froh, wenn ich gehen kann.*
Liam: *Dann geh doch einfach!*
Ich: *Wenn das so einfach wäre.*

„Hatschi.“ Onkel Fred greift zum Taschentuch und schnäuzt sich die Nase. „Gott, diese Allergie bringt mich noch um. Schaut euch das doch mal an!“ Onkel Fred hält sein Taschentuch in die Runde.

Eine Gänsehaut überzieht meine Arme. Das ist so ekelhaft.

„Es wird von Jahr zu Jahr schlimmer. Seid froh, dass ihr mit dieser Plage nicht leben müsst.“ Onkel Fred legt den Kopf in den Nacken und atmet angestrengt aus.

„Oh, armer Fred. Diese Pollen sind schlimm“, sagt Oma in lieblichem Tonfall.

Ich verkneife mir ein Lachen und Onkel Fred verzieht sein Gesicht. Ich bin mir sicher, dass er ahnt, was nun kommt.

Oma steht von ihrem Stuhl auf. „Aber weißt du was, mein über alles geliebter Sohn?“ Sie stellt sich hinter Onkel Fred und klopft ihm mit ihrer knochigen Hand auf die Schulter. „Du bist stark! So stark wie ein Löwe! Und dein durchtrainierter Körper wird den Pollenflug überstehen. Am Ende stehst du hoch erhobenen Hauptes wie … wie

…" Oma schaut in die Runde. „Wie hieß noch gleich der Junge, der im Dschungel mit den Affen zusammenlebte?"

„Du meinst Tarzan", helfe ich ihr auf die Sprünge.

Sie nickt. „Richtig, richtig. Tarzan hieß der Junge. Also, mein lieber Fred …" Oma läuft in die Mitte des Raumen und breitet ihre Arme aus.

„Mama, lass doch gut sein!" Der genervte Unterton ist nicht zu überhören.

„Unterbrich mich nicht!" Ein Räuspern aus ihrer Richtung und ein Händereiben später ist Oma bereit für ihren Auftritt. „Am Ende stehst du erhobenen Hauptes auf deiner Terrasse. Du hast, wie Tarzan, das aufrecht Gehen neu gelernt und blickst voller Stolz auf die Vergangenheit zurück, denn, mein lieber Fred, … denn du hast den Pollen getrotzt und den Frühling überlebt!" Oma zwinkert mir zu. „Erhebt eure Gläser und lasst uns auf Fred anstoßen."

„Auf Fred", sagt Tante Lotte und lacht.

Meine Mutter und ich machen es ihr nach.

Oma verbeugt sich und setzt sich wieder hin. So beleidigt habe ich Onkel Fred noch nie gesehen. Wie ein kleines Kind hat er die Arme vor der Brust verschränkt und nuschelt vor sich her. Ein herrlicher Anblick. Der Stuhl neben mir bewegt sich und Tante Lotte setzt sich. „Wer schreibt dir?", fragt sie, als mein Handy kurz aufleuchtet. Scheinbar bemüht, sich nichts anmerken zu lassen, schielt sie unauffällig auf mein Handy.

Ich bemerke es trotzdem. Schnell stecke ich es in meine Hosentasche. „Ach, du kennst ihn nicht."

„Ich kann es nicht glauben", ruft Tante Lotte in die Runde und klatscht vergnügt in die Hände, „Mary schreibt mit einem Mann."

Die ganze Aufmerksamkeit liegt auf mir.

„Ein Mann? Wirklich? Stimmt das, Mary?" Die erstaunten Blicke von meiner Mutter kränken mich.

„Ist das so unrealistisch?", frage ich.

„Hey, Lotte!", ruft Fred aus der Ecke. „Die Wette habe ich gewonnen. Du schuldest mir nun 'nen Fuffy!" Onkel Fred streckt seine Hand aus.

Ich schaue zu meiner Tante, die sichtlich unwohl auf ihrem Stuhl hin und her rutscht. „Ihr habt 'ne Wette abgeschlossen?", frage ich nach.

„Eine? Mehrere!“, sagt Onkel Fred offen heraus. „Ich wusste gleich, dass du keine Lesbe bist! Du schuldest mir dafür noch ’nen Zwanziger, Grete!“

„Bitte?“ Ich verschlucke mich fast. Ich blicke zu meiner Mutter, die sich plötzlich sehr intensiv mit ihrem Stück Kuchen beschäftigt. Auch Tante Lotte prüft hastig ihre künstlichen Fingernägel.

„Fred, jetzt reicht es aber! Was ist das für ein Benehmen? Entschuldige dich sofort bei Mary!“, sagt Oma. Sie streicht sich eine Haarsträhne aus dem Gesicht und fragt mich interessiert: „Wer ist der Glückliche?“

Ich kann aber nur fassungslos den Kopf schütteln. Wie können sie nur! So etwas nennt sich Familie. Ich hole tief Luft, mir wird heiß. Es wird immer schwüler im Raum. „Welche Wetten noch? Über was habt ihr noch gewettet?“ Meine Stimme ist leise und meine Lippen trocken.

„Mary, … wir sollten nicht …“, versucht meine Tante mich umzustimmen.

Doch ich unterbreche sie: „*Wir* sowieso nicht. ICH möchte jetzt wissen, über was ihr alles Wetten abgeschlossen habt!“

Onkel Fred scheint auf diesen Augenblick schon lange gewartet zu haben. Er ist wie ausgewechselt. Er räuspert sich, als will er was Großartiges auf der Bühne vortragen. „Also …“, beginnt er und hält sein Finger in die Höhe.

„Fred, halt den Mund!“, sagt Tante Lotte und wirft ihre Serviette in seine Richtung.

Er zuckt mit den Schultern. „Warum? Mary will es doch wissen!“

„Alfred Klaus!“, mahnt ihn meine Oma.

„Nein, Oma, lass ihn.“ Ich versuche, so unbeteiligt wie möglich zu schauen. Es muss nicht jeder sehen, wie verletzt ich bin. Ich würde am liebsten kotzen!

„Siehst du?“, fühlt er sich vor Oma bestätigt, um gleich an mich gewandt fortzufahren: „Wir wetten meistens auf deine Haarfarbe – die änderst du ja ständig. Deine Mutter ist von Wetten, die dein Aussehen betreffen, ausgeschlossen. Schließlich hat sie da einen Vorteil.“

„Was meinst du mit meistens? Ihr macht das öfters?“ Das kann nur ein Scherz sein.

„Öfters? Nein. Immer! Wir wetten, ob du wieder in dieser hässlichen, kaputten Jeans kommst. Die lässt dich echt dick aussehen.“

Instinktiv schaue ich an mir herunter. Natürlich trage ich diese Jeans. Es ist meine Lieblingsjeans! Aber die macht mich doch nicht dick!

Onkel Fred hält bereits den dritten Finger in die Höhe und fährt fort: „Wir wetten über dein Essverhalten. Nimmst du einen, zwei oder drei Portionen vom Nachtisch? Dann wetten wir natürlich, ob du allein zu uns kommst. Eben wegen Lesbe. Deswegen wetten wir auch, ob du jemals schwanger sein wirst. Deine biologische Uhr fängt mit deinen fünfundzwanzig Jahren an zu ticken. Das sagt zumindest deine Tante." Er blickt zu Lotte.

Betretene Stille.

„Ich muss mal auf die Toilette", sagt Tante Lotte und verkrümelt sich schneller, als ich schauen kann.

Onkel Fred stützt sich mit seinen Händen auf den Knien ab und beugt sich nach vorn: „Was ist denn nun, bist du schwanger? Einen Freund hast du scheinbar schon ..."

„Gewinnst wohl bei der richtigen Antwort noch 'nen Zwanziger was?", schieße ich zurück.

„Was denkst du denn?"

„Fred! Halt den Mund! Du solltest dich schämen! Ihr alle solltet euch schämen! Auch du Karlotta – ich sehe dich genau hinter der Glastür stehen! Komm gefälligst da wieder hervor."

Ertappt kommt Tante Lotte zurück und blickt auf den Boden, während die einen Schritt vor dem anderen setzt.

„So habe ich euch nicht erzogen", meckert Oma weiter und schaut dann entschuldigend zu mir: „Mary, Schätzchen, ... hätte ich gewusst, dass ..."

„Schon gut, Oma." Ich lehne mich zurück und atme tief durch. Das muss ich erst mal verdauen.

„Findet ihr das Wetter heute auch so schwül? Sicher regnet es bald", versucht Fred vom Thema abzulenken, und besitzt die Frechheit, dabei noch dümmlich zu grinsen. Vom schlechten Gewissen fehlt ihm jede Spur. Idiot.

„Ja, es ist meistens so", stimmt ihm meine Mutter zu und schaut aus dem Fenster. Sie ist so ein Feigling! Kann mir nach dieser Aktion nicht mal ins Gesicht schauen. Lächerlich! Ich greife nach meinem Handy.

Ich: *Ich will hier raus …!*
Liam: *Was ist los?*
Ich: *Sie haben Wetten über mich abgeschlossen.*
Liam: *Das ist ein Scherz, oder?*
Ich: *Nein.*
Liam: *Du hast sie hoffentlich zur Sau gemacht!?*
Ich: *Nein.*
Liam: *Warum nicht?*
Ich: *Weil das Omas Geburtstagsfeier ist!*

„Mit wem schreibst du da? Mit deinem neuen Freund?“, will meine Mutter wissen.

Ich gebe keine Antwort.

Liam: *Ehrlich Mary, die Feier ist eh im Arsch. Sag ihnen deine Meinung!*
Ich: *Schon gut. Ich mach ja schon!*
Liam: *Tust du das wirklich?*
Ich: *Natürlich! In diesem Augenblick.*
Liam: *Den Stinkefinger unter dem Tisch zu zeigen, gilt nicht.* :)
Ich: *Gilt es, wenn ich zwei Stinkefinger unter dem Tisch hin und her wandern lasse?*
Liam: *Nein!*
Ich: *Warum nicht?*
Liam: *Weil dich dann deine Familie nicht hört.*
Ich: *Ich brülle halt in Zeichensprache. Besser gehts nicht.*

„Mary es reicht! Das ist unhöflich“, meckert meine Mutter.

Ich: *Muss aufhören! Meine Mutter …*

Ich stecke das Handy wieder in die Hosentasche. Alle Augenpaare liegen auf mir. Es fühlt sich an, als sei ich der Kieselstein, der unangenehm in der Fußsohle pikt. Meine Güte, was mache ich noch hier? Wieso tue ich mir das an? Ich bin es leid, mich hier so vorführen zu lassen. Entschlossen stehe ich auf. „Du hast recht Mutter – es reicht.“

„Seht nur, was ihr angestellt habt!“, schimpft meine Oma. „Schätzchen, setz dich doch wieder hin“, versucht sie mich zu besänftigen.

„Nein, Oma. Es tut mir leid."

Tante Lotte blickt betreten zu Boden und meine Mutter geniert sich wohl gerade für mich. Ich starre in die Runde, bleibe bei Onkel Fred hängen und brülle ihn lautlos an!

„Sei doch nicht so empfindlich. Einen Spaß wird man wohl noch machen dürfen", nuschelt Onkel Fred.

Ich nehme meinen Beutel und mein Handy zur Hand und gehe grußlos. Ich blicke nicht zurück. Ich sage kein Wort. Nur meine kaputte Lieblingsjeans und meine Stinkefinger winken zum Abschied! Das empörte Luftschnappen, von wem auch immer es kommt, lässt mich vergnügt grinsen. Ich zücke mein Handy und tippe hastig auf die Tasten.

Ich: *Ich hab's ihnen gezeigt! Ohne Worte.*

Ich packe das Handy weg und mache mich auf den Weg.

***Franziska Statt** wurde 1993 in Potsdam geboren und lebt mit ihrer Familie in Michendorf. Beruflich ist sie derzeit als Finanzbuchhalterin in Potsdam tätig. Sie absolvierte ein Studium in Betriebswirtschaftslehre und besuchte anschließend an der Hamburger Schule des Schreibens den Fernlehrgang für Kinder – und Jugendliteratur, welchen sie im September 2022 erfolgreich abgeschlossen hat. Neben dem Schreiben begeistert sie sich für das Wandern.*

Des Bettlers Geschenk

Es war einmal ein Bettler. Das war der Mann nicht von Anfang an. Er war immer fleißig einer Arbeit nachgegangen und tat, was er konnte. Irgendwann musste sein Arbeitgeber Konkurs anmelden und der Mann verlor hierdurch seine Arbeitsstelle. Weil er aber schon älter war, war es für ihn schwer, ja schließlich unmöglich, eine neue Arbeitsstelle zu finden.

Er kam schlecht mit dem Verlust seiner Arbeitsstelle zurecht. Selbst einen Spaziergang wollte er nicht mehr machen, da er annahm, dass man ihn auf der Straße darauf ansprechen würde. Dem wollte er sich nicht aussetzen. Es war eh schwer genug für ihn, der unverschuldet arm geworden war.

Seine Frau konnte sich nicht damit abfinden, dass sie nun weniger Geld zum Leben zur Verfügung hatten, und machte ihm stille Vorwürfe. So zumindest wirkte ihr Blick auf ihn. Schließlich wurde seine Ehefrau schwer krank und verstarb nach kurzer Zeit. Darüber kam der Mann nicht hinweg. Kinder hatte das Ehepaar nicht, sodass er mit seiner ganzen Traurigkeit nun auch noch einsam war. Seine Verwandten wohnten weit weg und waren mit sich selbst beschäftigt. Sie hatten keine Zeit, sich um ihn zu kümmern. Der Mann wusste sich in seiner Situation nicht sinnvoll zu beschäftigen, hatte an nichts mehr Freude. Er war völlig lustlos geworden. Mit der Zeit fing er an, Alkohol zu trinken, überzog sein Bankkonto und seine Lage wurde immer schlimmer. Er wurde noch trauriger, regelrecht depressiv und wäre am Morgen am liebsten gar nicht mehr aufgestanden.

Da ihm sein Geld schließlich wegen seines Alkoholkonsums nicht mehr reichte, um die notwendigen Lebensmittel für das Essen einzukaufen, blieb ihm nichts anderes übrig, als sich in eine belebte Straßenecke in der Fußgängerzone der Großstadt zu setzen und um Geld zu betteln. Er hatte eine kleine Pappschachtel für die Groschen der Passanten mitgenommen, die er vor sich hinstellte. Ein gutes Gefühl hatte er dabei nicht. Er schämte sich, betteln zu müssen.

Plötzlich kam eine ältere Frau des Weges. Sie hielt vor dem Bettler inne und schaute ihn an, der an eine Hauswand gelehnt in sich versunken am Boden saß. Dem Bettler blieb das nicht verborgen. Der Blick war anders als die der anderen Vorübergehenden. Er war nicht verächtlich oder mitleidig, eher fragend interessiert. Die Frau ließ auch keinen Groschen in die Pappschachtel fallen, denn sie hatte selbst Mühe, für ihr Leben zu sorgen. Warum sah sie ihn so seltsam an, fragte er sich. Die Frau eröffnete das Gespräch. Sie sagte an den Bettler gewandt: „Geben kann ich Ihnen nichts. Aber was ich kann, ist Sie fragen: Warum sitzen Sie hier?"

Der Bettler dachte in seinem Innern: „Das geht sie doch gar nichts an!" Warum sollte er die Frage der Frau beantworten, die er gar nicht kannte und die ihm auch gar nicht mit einem Groschen helfen wollte? Nachdem der Blick der Frau aber ehrlich interessiert wirkte, beließ er seine Gedanken bei sich, fragte vielmehr nach: „Interessiert Sie das wirklich?" Und als die Frau das bejahte, fing er an, zu erzählen.

Er stellte zu seiner Verwunderung fest, dass ihm die Frau tatsächlich aufmerksam zuhörte. Wie oft hatte er schon erlebt, dass er zwar gefragt wurde, wie es ihm ginge, aber die Fragenden eine ehrliche Antwort gar nicht hören wollten. Dieses Mal war es anders. Es tat ihm gut, einem Menschen erzählen zu dürfen, wie es um ihn stand und dass er gerade keine Perspektiven in seinem Leben mehr sehen konnte.

Die Frau meinte schließlich: „Das ist schlimm, was Ihnen widerfahren ist. Noch schlimmer ist, dass Sie auch noch Ihre Frau verloren haben. Ich kann Ihnen weder Ihre Arbeit noch Ihre Frau zurückgeben und mit Geld kann ich Ihnen auch nicht helfen. Es tut mir einfach nur leid und ich wünsche Ihnen, dass wieder Licht in Ihr Leben kommt!"

Dann entstand eine Pause und jeder war mit seinen Gedanken beschäftigt. Plötzlich blickte der Bettler auf und sagte zu der Frau: „Vielleicht haben Sie mir gerade mehr geholfen, als wenn Sie einen Groschen in den Pappkarton gelegt hätten!"

Die Frau verstand zunächst nicht, wie der Bettler das meinte, aber sie sah in seinem Gesicht ein Stück mehr an Lebendigkeit – und das war gut so! Sie verabschiedete sich von ihm, wünschte ihm viel Mut und dass er im Leben wieder eine Zufriedenheit fände, und ging dann ihres Weges.

Der Bettler hatte plötzlich das Gefühl, dass er gar nicht so ohnmächtig sein müsste, wie er sich in der letzten Zeit ständig fühlte. Vielleicht konnte er – obwohl er mittellos war –, ähnlich wie diese Frau dennoch anderen Menschen etwas von sich geben, was er hatte. Denn von der Zeit, die anderen fehlte, hatte er jetzt genug! Und sich in einen anderen Menschen einfühlen konnte er auch. Er sah viele traurige Gesichter, die ihres Weges gingen, wenn er dort Stunde um Stunde am Straßenrand saß. Es blieb aber die Frage, wie er es anstellen sollte, einen solchen traurigen Menschen anzusprechen.

Tage waren vergangen. Immer wieder fiel dem Bettler, wenn er still am Gehsteig saß, das Erlebnis mit der alten Dame ein. Er spürte noch immer, dass ihm das Gespräch mit ihr gutgetan und bei ihm ein Nachdenken ausgelöst hatte.

Plötzlich kam ihm ein Gedanke: Er wollte ins nahe gelegene Altersheim gehen und mit den Verantwortlichen dort sprechen, ob es im Heim vielleicht alte Menschen gab, die keine Angehörigen hatten und sich daher über Besuch freuen würden. Ordentlich gekleidet machte er sich auf den Weg.

Verheimlichen durfte er dem Leiter des Heimes nicht, wie es um ihn stand, denn sonst würde sein Plan auf sehr wackeligen Beinen stehen. Der Mann unterbreitete dem Heimleiter sein Vorhaben und äußerte, dass er gerne bereit sei, von dem, was er genügend habe, nämlich Zeit, den Menschen im Altersheim etwas zu geben. Er erinnerte sich, dass er früher ein recht lustiger Mensch gewesen war, der gerne erzählte, worüber auch eine Runde um ihn oft lachen konnte. Das Leid, das er erlebt hatte, hatte ihn stumm und traurig gemacht. Aber wenn schon das Geld knapp war – so waren seine Gefühle und sein tiefstes Wesen durch die Lebensumstände doch nur verschüttet – aber nicht weg. Er spürte in sich den festen Willen, sie wieder leben lassen zu wollen. Dass ihm das gelingen würde, wünschte er sich von ganzem Herzen, denn die Begegnung mit der Frau auf der Straße hatte ihn verändert.

Der Heimleiter hörte sich an, was ihm der Bettler zu sagen hatte. Zunächst hatte er Sorge gespürt, dass der Mann vielleicht die alten Menschen oder Schwestern im Altersheim anbetteln könnte. Aber im Verlauf des Gespräches begann sein Zutrauen dem Fremden gegenüber zu wachsen. Er wollte ihm und den Heimbewohnern eine Chance geben, denn auch die Schwestern hatten oft nicht genügend

Zeit für ein Gespräch mit den alten Menschen, weil andere Pflichten und Arbeiten vorgingen. So schlug er dem Bettler vor, doch den Heimbewohnern der einzelnen Stockwerke, die gerne in der Runde zu Spielen zusammensaßen, etwas vorzulesen. Dann hätten gleichzeitig mehrere Menschen etwas von seinem Besuch. Das leuchtete dem Bettler ein und er sagte zu, dass er es so machen wollte.

Der Bettler fing an, an einem Nachmittag der Woche im Altenheim Menschen eine Freude zu machen. Er dachte schon Tage zuvor darüber nach, welche Geschichte oder welches Gedicht er das nächste Mal vorlesen wollte oder was er sonst mit den alten Menschen spielen könnte.

Öfter merkte er, dass die Heimbewohner, wenn er Geschichten vorlas, danach Redebedarf hatten. Sie erinnerten sich an früher und kamen auch durch die Geschichten miteinander besser ins Gespräch. Mancher alte Mensch lebte dabei auf und erzählte dann selbst aus seinen reichen Erinnerungen. Diese Gesprächsnachmittage hatten zur Folge, dass sich die Menschen in ihrem Erleben nicht mehr so allein fühlten und auch, wenn der Geschichtenerzähler nicht da war, viel mehr aufeinander zugingen, um sich zu unterhalten. Das leichte Misstrauen, das der Heimleiter anfangs gespürt hatte, löste sich gänzlich auf und so blieb es bei den regelmäßigen Besuchen. Die Altersheiminsassen freuten sich schon auf den Mittwoch, wenn ihr Geschichtenerzähler, wie sie ihn nannten, zu Besuch kam.

Manchmal war im Heim etwas vom Essen übrig geblieben, das dem Bettler gerne mitgegeben wurde. Sein Leben fing immer mehr an, sich durch sein Tun und die Kontakte zu den Menschen im Heim positiv zu verändern. Am Gehsteig saß er nur noch selten. Den Alkohol brauchte er jetzt nicht mehr zum Betäuben. Daher kam er mit seinem Geld wieder einigermaßen über die Runden. Er hatte für sich eine sinnvolle Aufgabe gefunden, die ihn freute und ihm Zufriedenheit schenkte. Regelmäßig ging der Mann wieder spazieren und brachte aus dem Wald Wurzeln, Zweige, Steine, Tannenzapfen, Moos oder auch einmal einen Steinpilz mit. Schon Jahre hatten die Heimbewohner keinen echten Pilz mehr in der Hand gehabt und daran riechen können. Der Geruch, den sie noch von früher in der Nase hatten, wurde wiederbelebt. Das war bereichernd für ihr Leben.

Er hatte ganz unterschiedliche Steine ins Altenheim mitgenommen. Der runde Kieselstein stand für die Lebensphasen, wo alles rund und glatt lief, das Leben sich in seiner Leichtigkeit zeigte. Die meisten Steine waren rau, uneben, kantig, manchmal sogar scharfkantig.

„So ist auch das Leben ab und zu!“, sagte der Mann. Die alten Menschen nickten stumm und wurden dabei etwas traurig. Doch der Geschichtenerzähler munterte sie auf, darüber zu reden, was in ihrem Leben so kantig und hart war. Die Heimbewohner fassten Mut, sich gegenseitig aus ihrem Leben zu erzählen. Jeder hatte irgendwann eine solche kantige, harte Stelle im Leben zu bewältigen. Es war eine schwere Zeit gewesen, aber sie waren darüber hinweggekommen.

„Das ist ja das, was im Leben zählt!“, sagte eine alte Dame. „Mut zu fassen, weiterzugehen, sich nicht unterkriegen zu lassen!“

Einer der mitgebrachten Steine war ganz schwer, vergleichbar einem schweren Brocken des Lebens, den man schlucken musste, weil man ihm leider nicht ausweichen konnte.

Dabei wurde der Mann selbst auch sehr nachdenklich, denn er wäre an einem solchen großen Brocken beinahe gescheitert, hätte er nicht die Begegnung mit der Frau auf dem Gehsteig gehabt. Dafür war er tief in seinem Inneren dankbar.

Dann kam er auf die Idee, Gegenstände aus dem täglichen Leben mitzunehmen wie zum Beispiel eine Wäscheklammer, eine Bürste, einen Haarkamm und andere kleine Dinge. Nun ging beispielsweise die Bürste durch die Reihe und die Heimbewohner konnten spüren, wie sie sich anfühlt. Manchmal wurden dazu die Augen geschlossen und es musste erraten werden, um welchen Gegenstand es sich handelte. Das klappte nicht immer auf Anhieb und war mitunter ein richtiger Spaß, sodass auch viel gelacht wurde.

Als der Nachbar des Bettlers einmal einen Wurf junger Hunde hatte, nahm er die Meute nach Rücksprache mit dem Heimleiter in das Altenheim mit. Die Menschen hatten große Freude, das weiche Fell der Tiere zu streicheln und die quirligen Hundekinder zu erleben.

Der Bettler wurde immer mehr zu einem Menschen, dem man im Heim nicht missen wollte. Selbst die Schwestern brauchten manchmal seine Hilfe, wenn der Hausmeister gerade verhindert war oder für die Vorbereitung eines Festes mehr Männerhände nötig waren. Das blieb auch dem Heimleiter nicht verborgen und er überlegte, was er für den Mann tun konnte.

Eines Tages war wieder einmal in den Gebäuden des Heimträgers eine Mitarbeiterbesprechung angesetzt worden. Der Heimleiter war auch zugegen und berichtete über den ehrenamtlichen Geschichtenerzähler, der den alten Menschen so guttäte. Er schlug vor, ihn doch stundenweise fest anzustellen, nachdem er auch zu sonstigen Arbeiten im Heim immer wieder gebraucht würde, was sich bewährt hatte.

Und so kam es, dass der frühere Bettler ein Zubrot für sein Leben auch in Form von Geld erhielt. Seiner Seele Lohn wollte er schon lange nicht mehr missen.

***Sieglinde Seiler** des Minnesängers Wolfram von Eschenbach (Bayern), geboren und ist von Beruf Dipl. Verwaltungswirt (FH). Sie lebt mit ihrem Ehemann heute in Crailsheim (Baden-Württemberg). Seit ihrer Jugend schreibt sie Gedichte. Später kamen Aphorismen, Märchen und Prosatexte hinzu. Ferner fotografiert sie gerne. Gedichte, Geschichten und Märchen wurden in diversen Anthologien veröffentlicht.*

Die Heilung der Vergesslichkeit
Ein Märchen

Es war einmal ein Mensch, dessen Namen ich beinahe vergessen habe, weil er nicht weiter wichtig ist. Dieser Mensch war sehr vergesslich und lebte trotzdem glücklich und zufrieden in den Tag hinein, träumte ein bisschen vor sich hin und freute sich seines Daseins. Er tat das Jahr um Jahr und fand nichts weiter dabei. Aber irgendwann mitten im Winter, wachte er auf. Nicht vom Schlaf, sondern von seiner Gleichgültigkeit. Als Folge davon rannte er wutschnaubend im Zimmer auf und ab, seine Augen schossen Blitze und mit den Zähnen knirschte er, wenn er nicht gerade Verwünschungen der übelsten Sorte ausstieß.

Warum er das tat? Hast du mir nicht zugehört? Das hat doch alles mit dem Aufwachen zu tun oder – anders gesagt – mit dem Erkennen seiner Vergesslichkeit. Die hatte ihn bisher überhaupt nicht gekümmert, aber nun sah er ein, wie schlecht sie seinem Leben, seinen Mitmenschen, seinen Nerven und so was allem bekam.

Er war vergesslich, sagte ich? Oh ja, du kannst dir gar nicht vorstellen wie sehr! Er vergaß Verabredungen, Zahlen, Adressen, Namen, vergaß irgendwann sogar, was er alles schon vergessen hatte. Wahrscheinlich vergaß er auch zeitweise, wie er selber hieß. Jetzt wollte er das alles ändern. Er war erwacht, aufgewacht aus seinem seltsamen Dämmerzustand. Freilich half das gar nichts gegen seine Vergesslichkeit, aber es vertrieb alle Ruhe und Freude, alle Zufriedenheit aus seinem Leben.

In dieser Zeit, von der wir reden, mussten sich die Menschen eine Menge merken und sie benutzten dazu allerhand Hilfsmittel. Von zerknüllten Papierfetzen bis zu hoch komplizierten technischen Apparaten, die mit etwas angetrieben wurden, das man elektrischen Strom nannte. Das Antreiben nutzte aber nicht viel, wenn die Apparate ihren Dienst verweigerten, was nicht gerade selten vorkam. In solchen Fällen halfen sogar Papierschnipsel besser gegen die Vergesslichkeit. Allerdings konnte man die leicht verlieren. Oder vergessen, wo man sie hingelegt hatte. Und das war schlecht, denn die Leute wurden mit einer wahren Flut von Worten und Bildern zugeschüttet, die sie Informationen nannten. Das waren hauptsächlich Mitteilungen, die eigentlich keinen interessierten. Aber weil sie modern waren, konnte man das nicht zugeben und musste unweigerlich Bescheid wissen, um mitreden zu können. Neben diesen unwichtigen Dingen, die man am besten sofort wieder vergaß und die sich dennoch hartnäckig in den Gehirnen der Menschen festfraßen, gab es natürlich auch wirklich wichtige Sachen, die man durchaus nicht vergessen durfte, die aber trotzdem ganz oft in der riesigen Flut von Informationsmüll untergingen. Die meisten Leute kamen damals, das muss ich gestehen, irgendwie mit ihrer Situation zurecht. Wie, ist mir völlig rätselhaft, aber es war eben eine andere Zeit, die man mit unserer heutigen einfach nicht vergleichen kann. Also sie kamen zurecht. Irgendwie. Die meisten.

Der Mensch, von dem die Rede ist, nicht. Er vergaß oft die wichtigen Dinge und behielt die unwichtigen. Gut was? Da konnte es schon einmal vorkommen, dass er sich Gäste eingeladen hatte und dann nicht da war. Oder dass er versprochen hatte, irgendwo hinzukommen und dennoch nicht auftauchte. Oder dass er sich an etwas, das man PIN-Nummer nannte (frag mich bloß nicht, was das genau ist) nicht mehr erinnern konnte und deshalb kein Geld bekam.

Seine Mitmenschen regten sich wahnsinnig auf, und weil die Leute damals noch so unzivilisiert waren, konnte es gefährlich werden, wenn sich seine Mitmenschen über einen aufregten. Er selber regte sich natürlich auch auf. Aber erst seit seinem Erwachen. Immerhin, jetzt hatte er sein Problem erkannt, wollte etwas tun, wollte handeln. Endlich. Aber während er sich noch darüber Gedanken machte, hatte er schon vergessen, worüber.

Dann kam die Vorweihnachtszeit und er sagte für den zweiten Advent sein Erscheinen bei guten Freunden zu, die sich eine Mordsarbeit machten, sich wochenlang vorbereiteten und was weiß ich wen einluden, alles zu Ehren unseres Vergesslichen. Später wurde ihm schlaglichtartig bewusst, dass der zweite Advent dieses Jahres auf den 7. Dezember fiel und dass an diesem Tag sein allerjüngstes Patenkind Geburtstag hatte. Und er hatte schon anderweitig zugesagt! Peinlich wäre noch sehr untertrieben. Da fiel es dem Menschen wieder ein, was sein Problem war und dass er etwas daran hatte ändern wollen.

Aber es fiel ihm ganz und gar nicht ein, wie das zu machen wäre. Schließlich hielt er es in der Stube nicht mehr aus und lief in seinem Kummer hinaus auf die Straße. Die war bald zu Ende, ging in einen Feldweg über und dieser endlich in einen Trampelpfad. Der Vergessliche war so in Gedanken, dass er überhaupt nicht auf seine Umgebung achtete. Er lief einfach weiter. Ganz mechanisch wie einer dieser Automaten, auf die man zu seiner Zeit so stolz war und die auch nur etwas taten, ohne zu wissen warum.

Es wurde dunkel, es wurde kalt, es begann zu schneien, und als der Mensch nach vielen Stunden Wanderns aufschaute, befand er sich in einem dichten Wald inmitten einer frostigen Schwärze, die nichts, aber auch gar nichts mit seinem heimeligen kaminbeheizten Wohnzimmer gemeinsam hatte. Etwas, das einem Weg ähnlich gesehen hätte, war unter diesen Bedingungen verständlicherweise nicht mehr zu erkennen.

Und so blieb der Arme einfach stehen und konnte gar keinen klaren Gedanken mehr fassen. Er konnte sich nicht einmal erinnern, was er eigentlich hier wollte. Dachte, er hätte es vergessen. Ein Irrtum, wie du weißt, denn er war ja einfach losgelaufen. Ohne Ziel und Plan. Jedenfalls war er hier – und seine Lage war nicht gerade die allerbeste. Dies bedenkend, beschloss er, weiterzugehen. Die Wälder waren damals hierzulande nicht sehr groß und wurden andauernd weiter dezimiert, um noch mehr Hochhäuser, Autobahnen und Flughäfen zu bauen. Ja, stell dir nur vor, dazumal gab es noch diese riesigen Blechkästen, mit denen die Leute in der Luft herumfliegen konnten, und auch kleinere Schachteln, in die sie sich hineinzwängten und damit über die Erde rasten, die sie vorher allerdings zubetoniert hatten, damit die Autos, so hießen diese rollenden Qualmdinger, auch gut und schnell und sicher fahren konnten. Man wollte dadurch zufriedener werden und glücklicher gar. Alles schiefgegangen, wie man heute weiß, aber hinterher ist man immer klüger, nicht wahr?

Nun ja, jedenfalls hoffte unser Bekannter, sich in einem der schrumpfenden Miniwälder zu befinden und innerhalb kürzester Zeit am anderen Ende anzukommen. Aber man konnte gar keine Lichter durch die Bäume sehen. Das musste wohl am Schneetreiben liegen.

Es lag nicht am Schneetreiben. Erinnere dich: Wir sind hier in einem Märchen und im Märchen gibt es keine Schrumpfwälder mit

Abgasgestank. Hier sind Wälder noch tief und dicht und unergründlich und vor allem geheimnisvoll. So auch dieser. Er hatte die Eigenschaft, dass jeder, der ihn betrat, immer tiefer hineingeriet, je mehr er sich abmühte, herauszufinden.

Das freilich wusste der Mensch nicht. Er wusste auch nicht, dass er in ein Märchen geraten war. Wie auch? Das geht nebenbei bemerkt ganz schnell, unvermittelt und immer unverhofft. Es kann schön sein, reichlich seltsam oder auch furchteinflößend. Je nach Bedarf. Und selbstverständlich muss ein ordentlicher Märchenwald auch ein Zauberwald sein. Was das heißt? Na, zum Beispiel braucht es Bewohner. Nicht bloß Fuchs und Eichelhäher, sondern Wesen, die es im richtigen Leben nicht gibt.

Doch was ist schon das *richtige Leben*? Also in aller Kürze: Der Wald war bewohnt. In dem eben beschriebenen Sinne. Es handelte sich genau gesagt um eine Fee und sie trat hinter einer riesenhaften Eiche hervor, ohne dass der Vergessliche sie bemerkt hätte. Nicht etwa, weil sie unsichtbar war, sondern weil die Dunkelheit alle Arten von Feen unsichtbar gemacht hätte. Und diese Feenart war wirklich bemerkenswert. Von der Statur eines mittleren Trollingerfasses und mit ebenso derben wie freundlichen Gesichtszügen versehen, entsprach sie nicht gerade der landläufigen Vorstellungen, die man sich von ihrer Gattung macht. Aber selbst heutzutage sind die Kenntnisse der meisten Menschen in puncto Feenkunde außerordentlich beschränkt.

Knorzfeen wie diese können sich in der Tat nicht unsichtbar machen. Auch das Schweben fällt ihnen reichlich schwer, was beides bei ihrer Massigkeit auch nicht weiter verwundert. Was sie können, ist ein ganz klein wenig zaubern, sehr gut schwäbisch kochen und von innen heraus leuchten, wenn sie möchten. Unsere wollte. Es war kein helles Licht, sondern eher etwas von der Art einer Kerze, die man im Weinkeller stehen hat, um das Verkosten noch stimmungsvoller zu gestalten.

Der Vergessliche sah den Schein, sah die Knörzerin und musste lachen. So ein Koloss von Weib im tiefsten Nachtwald ist etwa so passend wie ein Analphabet in einer Bibliothek (grauenhafte Vorstellung) und führt daher in aller Regel zu schallendem Gelächter. Aber weit entfernt davon, beleidigt zu sein, stimmte das eigenartige Wesen herzlich mit ein und stellte sich danach artig seinem Gast vor.

Sie hieß Griemel und schleifte den Menschen zu ihrem gewaltigen Blockhaus, indem sie ihn einfach huckepack nahm. Das Haus bestand im Wesentlichen aus einer Küche, einem Weinkeller und einer Stube. Schön für Liebhaber rustikalen Landlebens. Schön auf jeden Fall für unseren Freund, der die Wärme, die Fürsorge und das gute Essen in vollen Zügen genoss.

Ich kann dir nicht sagen, wie lange er blieb. Er hätte es selber auch nicht gewusst. Das lag gar nicht an seiner Vergesslichkeit, sondern daran, dass Feen keine Uhren haben und die Zeit für sie eine ganz andere Rolle spielt als für uns. Sie sind keine Menschen und das merkt man schon daran, dass sie immer und jedem zuhören können. Sie hören einen an und finden eine Lösung selbst für ausgefallene Probleme. Manchmal hat man drei Wünsche frei, manchmal auch nicht.

Griemel war gerne einverstanden, die Vergesslichkeit unseres entfernten Bekannten zu kurieren, und erklärte ihm, dass er den Wald ganz schnell verlassen konnte, wenn er nur rückwärts ging. Das tat er, nicht ohne reichlich Proviant mitgenommen zu haben und nicht ohne das Versprechen, bald wiederzukommen. Merke: Eine Fee von diesem Format ist leicht wiederzufinden. Schließlich ging er von vielen Wünschen und Ratschlägen begleitet. Bei seinem Gepäck, dem Zustand der Wege und der großen Entfernung hätte das Rückwärtslaufen eine Qual sein müssen. Doch das war es nicht. Schließlich kam er aus dem Haushalt einer leibhaftigen Fee, die ihm alles erdenklich Gute gewünscht hatte. Deshalb schaffte er es tatsächlich, den Wald recht zügig zu verlassen, und war von Stund an nicht mehr vergesslich. Und ganz nebenbei war er wieder zufrieden mit sich und der Welt. Ruhe hatte er gefunden. Und Lebensfreude.

Ja, ob du mir es glaubst oder nicht, er brauchte keinen Terminkalender mehr und kein Notizbuch, keinen Apparat und keinen Schmierzettel. Er konnte sich alles merken, vergaß auch nie wieder den Geburtstag seines Patenkindes und lebte, wenn er nicht gestorben ist, geheilt und sehr glücklich mit dem besten Gedächtnis der ganzen Welt.

Und jetzt? Was schaust du mich so an?

Ja, ich bin auch sehr vergesslich, und nein, ich habe keine Fee getroffen. Sorry, das war wirklich nur ein Märchen. So eine Geschichte eben, in der Unmögliches möglich wird. Deshalb hat das Ganze mit der Wirklichkeit und mit uns beiden nicht allzu viel gemeinsam. Aber eins muss ich noch sagen: Das Erzählen hat mir so viel Freude gemacht wie lange nichts mehr. Und Freude – findest du nicht auch? – hilft immer und fast gegen alles. Selbstverständlich auch gegen Vergesslichkeit. Gemeinsames Lachen und viel Zeit haben war Griemels Zaubermittel. Aber ganz ehrlich: Dazu braucht es doch echt keine Magie.

***Gerd Jenner,** geboren 1969, lebt heute in Leonberg und beschäftigt sich seit Jahrzehnten mit der Produktion von Literatur. Da kommt es vor, dass manches liegen bleibt. Das Märchen von der Vergesslichkeit hat gut und gerne zwei Jahrzehnte auf dem Buckel. Die Ausschreibung hat ihn dazu gebracht, mal wieder in die bewusste Schublade zu schauen.*

Deutschunterricht

Montagmorgen, fünfte Stunde, Berufsschule für Gärtner. Cindy blickte gelangweilt unter ihrem schwarz-gelben Pony Richtung Tür, durch die gleich die Schmidt treten würde. Beim Durchqueren des Klassenzimmers würde sie bereits aus ihrer Tasche die Unterlagen herausfummeln und dabei ihr penetrant freundliches: „Guten Morgen, wie gehts?“, in die Runde werfen.

„Wie kann man montagmorgens nur so gut gelaunt sein?“, fragte sich Cindy, als Frau Schmidt erwartungsgemäß gegrüßt hatte und zur Tafel geschritten war.

Die Deutschstunde lag vor der Mittagspause. Vom Wochenende war Cindy noch nicht wieder ganz im Arbeitsleben angekommen. Da war der Berufsschultag gerade recht und Deutsch bei Frau Schmidt ebenso. Sie ließ einen in Ruhe, wenn man den Unterricht nicht störte. Mit etwas Glück fing sie eine Grundsatzdiskussion über die heutige Schlagzeile der Bildzeitung an, die Marvin immer prophylaktisch provokativ vor dem Lehrertisch ausbreitete.

Jedoch klappte das Ablenkungsmanöver heute nicht.

Energisch verteilte Frau Schmidt die wie immer viel zu klein bedruckten Blätter einer Erzählung nach dem Theater von Anton Tschechow.

„Was? So viel sollen wir lesen?“, kam sofort der empörte Einwurf von Markus aus der letzten Reihe.

Alexander wollte vorlesen, Katrin wollte still lesen und Jim wollte wie Markus gar nichts lesen. Mühsam kehrte Ruhe ein. Cindy begann zu lesen, überflog ein paar Zeilen, blieb an einer Stelle hängen – eine komische Tante, diese Nadja. Ging ins Theater statt ins Oasis, schrieb Briefe, statt zu simsen. Und der Offizier war ja vielleicht mal eine seltsame Type. Und warum war die Nadja so hysterisch – heulen, lachen, welchen Typen wollte sie denn nun?

Frau Schmidt hatte derweil wohl die üblichen Fragen zur Geschichte gestellt, die aber an Cindy vorbeigeplätschert waren. „Was sollen Ihrer Meinung nach der kluge Pudel und der gelehrte Rabe bedeuten?", fragte sie gerade.

„Der hat halt eine Vorliebe für Kleinvieh", flachste Simon.

„Die soll sich lieber ein paar Caipis gönnen, als so hysterisch zu gackern", meckerte Jonas.

Und Cindy spürte, wie sie wütend wurde. Musste denn immer alles so bescheuert kommentiert werden? Sie bekam auch eine Wut auf die Schmidt. Wie konnte man Woche für Woche um Punkt 11:20 Uhr über Gott und die Welt reden wollen? Das war doch völlig bekloppt. „Wer fragt mich denn, was ich jetzt brauche? Wenn ich schon das Wort Liebe höre, wird mir schlecht. Dieses Tschechow-Gesülze ist doch eh alles verlogen. Tatsache ist, mein Chef ist ein Depp, mein Kapo grapscht mir an den Busen, wenn ich nicht aufpasse. Und ob ich bei Matze bleibe, weiß ich auch nicht. Der Marvin ist eigentlich auch nicht übel, von der Bildzeitung mal abgesehen", dachte sie. Cindy fühlte, wie ein leises Prusten und Gluckern in ihr aufstieg. Sie dachte: „Hoffentlich klingelt es bald, denn gleich muss ich loslachen. Spinn ich jetzt? Morgen kann ich wieder Steine klopfen. Gott sei Dank!"

__Monika Link,__ geboren 1956 in Stuttgart, pensionierte Berufsschullehrerin, Veröffentlichungen im Rahmen eines Kreativschreibkurses und von Anthologieausschreibungen 2023 und 2024.

Home Office

Kinder, der heutige Tag hatte es in sich! Jetzt geht es auf Mitternacht und ich habe endlich Zeit, um zu verschnaufen und mein Tagebuch nachzutragen. Doch vom Anfang an:

Mein erster Blick beim Aufwachen fiel auf die Kristallkugel am Nachttisch, einem Geschenk meiner Mutter, das ich eigentlich nur aus Pietät herumstehen habe. Sie hatte sich über Nacht schwarz gefärbt und im Inneren hüpfte eine undefinierbare grüne Gestalt herum – entweder sie hatte Bauchschmerzen oder probte einen Discobesuch, aber der Anblick nervte mich dermaßen, dass ich der Frage nicht weiter nachgehen wollte. Es schien jedenfalls nichts Gutes zu verheißen.

In der Küche wollte ich mir ein feines Frühstück zubereiten, um den Tag einigermaßen gestärkt angehen zu können, doch auch daraus wurde nichts: Der Kühlschrank verweigerte es, die Türe zu öffnen. Als ich ihn ansprach, bemerkte ich selbst, dass ich nur krächzte. Anscheinend hatte das Pilzschäumchen, das ich gestern Abend noch rasch für das Forschungsprojekt der Biologischen Fakultät hergestellt hatte, ausgedampft. Da war nichts zu machen, das Wunderding der Technik ließ sich nicht überlisten. Also kramte ich im Küchenregal und fand ein Glas Bilsenkrautpesto, das mir vor Jahren einmal eine Kollegin geschenkt hatte, garantiert biologisch-dynamisch. Als ich das Etikett betrachtete, sprang die Kühlschranktüre doch noch auf, stieß gegen meinen Ellenbogen, ich ließ das Glas fallen und hatte am Boden ein Bilsenkraut-Glas-Pesto. Immerhin kam ich jetzt an den Inhalt des Kühlschranks.

Nachdem ich die Schweinerei am Boden aufgewischt und gefrühstückt hatte, war es Zeit, Murxel Gassi zu führen. Da ich gleichzeitig auch den Abfallsack mitschleppte und die Türe zusperren wollte, rutschte mir die Leine aus der Hand. Murxel schoss auf die Straße und biss Herrn Fassmeyer, der eben im Stechschritt vorbeimarschierte, die Kehle durch.

Eigentlich wollte Herr Fassmeyer nur mit „Herr Obersturmbannführer“ angeredet werden, aber den Gefallen tat ich ihm nicht, zumal ich ihn schwer im Verdacht hatte, dass er für die Hakenkreuzmalereien auf den Häusern in unserem Viertel verantwortlich war. So oder so, ich bin nicht sicher, ob die Welt durch Murxels Ausrutscher einen großen Verlust erlitten hatte. Trotzdem hatte ich eine weitere Schererei am Hals, denn es war schon schwer genug gewesen, die Erlaubnis zu bekommen, einen Werluchs zu halten.

Auf der Straße war niemand zu sehen, die Leute hier waren schon arbeiten oder einkaufen. Also packte ich den verblichenen Obersturmbannführer fürs Erste in die Garage und erledigte den Spaziergang mit Murxel. Anschließend verbrachte ich den Rest des Vormittags damit, die Beute meines Haustiers zu zerlegen und in werluchstauglichen Portionen verpackt einzufrieren. Murxel schien Herrn Fassmeyer zu mögen – na ja, de gustibus non disputandum.

Endlich konnte ich mich meiner Arbeit widmen.

Als ich mich an den Computer setzte, fiel mir ein, dass ich ihn gestern eingeschaltet gelassen hatte: Die Technische Universität hatte an die Allgemeinheit appelliert, Rechnerzeit und -kapazität für ihre Projekte zur Verfügung zu stellen, wenn man das Gerät gerade nicht braucht. Und als gute Bürgerin und Freundin der Wissenschaft war ich der Aufforderung gerne gefolgt. Interessenshalber warf ich einen Blick auf die Ergebnisse der vergangenen Nacht, und was ich sah, war nicht erfreulich: Eben stellte die Schwarmintelligenz einen Do-it-yourself-Bauplan für eine Apparatur zur Gewinnung spaltbaren Urans fertig – und der Plan für den Zünder stand als Link schon bereit. So hatten wir nicht gewettet! Ich holte die Schachtel mit den Milzbrandviren aus dem Keller, scannte einige davon und fügte sie mit *alt+v* in das Machwerk ein. Ich konnte noch zusehen, wie es begann, sich zu zersetzen. Soweit zur Unterstützung von Fortschritt und Technik.

Jetzt war es bereits Nachmittag und immer noch keinen Handgriff getan! Es war wirklich zum Verrücktwerden!

Ich sah meine Mails durch: Eine Bestellung für eingelegte Fliegenpilze, ein Auftrag für Voodoo-Anwendungen, typisch, die amtliche Genehmigung lag nicht dabei, also bat ich um Nachreichung. Dann, besonders ärgerlich, eine Reklamation: Der Homunkulus, den ich mit vieler Mühe während der letzten beiden Monate gezüchtet hatte, war ausgebüxt und hatte im benachbarten Luxusrestaurant das Menü des Tages verdorben, indem er in allen Kochtöpfen nacheinander ein Vollbad nahm. Die Köche hätten schon besser aufpassen müssen, es ist doch bekannt, dass ein Homunkulus einen starken Geschmack nach Korianderkraut hinterlässt. In der Crème brulée ist er dann ertrunken.

Ich wies den Kunden darauf hin, dass die Haltung und Pflege eines so komplizierten Organismus in die Verantwortung des Besitzers fiel und ich keine Haftung übernehmen konnte. Als Kulanzlösung bot ich ihm eine genmanipulierte Maus mit menschlichem Ohr am Rücken an. Dass es ein Ausschussprodukt meiner letzten Versuche war, brauchte ich ihm ja nicht auf die Nase zu binden.

Nachdem der elektronische Papierkram erledigt war, kontrollierte ich meine neuen Frühjahrskulturen im Keller, eine Kreuzung aus Sonnentau und Fliegen: Indem die Pflanze sich selbst fraß, brauchte man sich nicht um ihre Ernährung zu kümmern. Doch was musste ich sehen? Die Hälfte der Keimlinge war eingegangen und die Fliegen, im Genmaterial dadurch freigesetzt, schwirrten im Glashaus umher und wurden von den überlebenden Pflanzen gefangen, die sich dadurch heillos zu überfressen drohten.

Versuchen Sie doch einmal, ein paar Hundert Fliegen in einem vollgeräumten Glashaus zu fangen!

Endlich war ich fertig, drehte mit Murxel noch eine Abendrunde und checkte ein letztes Mal meine Mails. Es war nur ein Auftrag für zehn Kilo Golderzeugung dabei. Keine Ahnung, was die Leute damit machen wollen, seitdem ich das mit der materia prima – früher unter „Stein der Weisen" bekannt – herausgekriegt hatte, ist das Zeug ja nichts mehr wert. Vielleicht ein Produzent für Gebrauchsartikel oder Kinderspielzeug. Ich verschob den Auftrag auf morgen, bereitete Murxel und mir das Abendessen zu (Murxel bekam die erste Portion von Herrn Fassmeyer, ich einen gedünsteten Kugelfisch) und kann den heutigen Tag müde, aber am Ende doch zufrieden, beschließen.

Brigitte Noelle, *geboren 1959 in Wien, studierte dort Germanistik. Nach einem Umweg über verschiedene journalistische Tätigkeiten als Bibliothekarin in Wien und vor allem in Vorarlberg tätig. Geht nach der Pensionierung Ende 1999 vermehrt ihrem Hobby, dem Schreiben nach.*

Herr Brunner mochte Zahlen

Herr Brunner mochte Zahlen. Immer schon. Zahlen waren sein Leben. Doch neuerdings mochte er auch Frau Heine.

Vor knapp einem halben Jahr war Albert Brunner in die Sophiensiedlung gezogen. Genau gesagt, lebte er seit 5 Monaten und 17 Tagen in der Zweizimmerwohnung im zweiten Stock. Seit einem Dreivierteljahr war er im Ruhestand. Oder genauer seit 9 Monaten und 13 Tagen, oder wenn man noch seinen Urlaub mitzählte, seit 10 Monaten und 7 Tagen.

Mit großem innerem Widerstand hatte er sein Büro im Statistischen Landesamt geräumt, in dem er 39 Jahre und 63 Tage gearbeitet hatte. Dies war natürlich nicht ganz korrekt, denn er hatte ja auch Urlaub gehabt und war hin und wieder krank gewesen. Und von Arbeit konnte man auch nicht wirklich sprechen. Denn er war hier seiner Leidenschaft nachgegangen. Seiner Leidenschaft für Zahlen. So war denn auch sein letzter Tag im Dienst nicht einfach nur das Ende seiner Berufstätigkeit gewesen. Es war wie das Ende einer Beziehung gewesen. Das Ende einer langen, leidenschaftlichen Beziehung.

Albert Brunner liebte einfach Zahlen. Schon als Dreikäsehoch war er fasziniert von ihnen. Der kleine, schmächtige Bertie konnte gerade sprechen, da wollte er schon wissen, wie die Ziffern hießen, wie man sie schrieb, stellte sie konzentriert auf seinem Rechenschieber ein.

Verwundert stellte seine Mutter fest, dass ihr Junge schon ein bisschen rechnen konnte, bevor er in die Schule kam. Dort legte er dann richtig los. Rechnen war einfach sein Ding! Mit Buchstaben und Wörtern konnte er wenig anfangen. Und während die anderen Kinder eifrig anfingen, Wörter zu entziffern und erste Sätze zu lesen, rechnete Bertie lieber.

Seinen Rechenschieber stellte er schon bald weg. Nun wurde Seite um Seite mit Rechnungen gefüllt. Schließlich rechnete er einfach nur noch im Kopf. Ob mit der Mutter beim Einkaufen oder mit dem Vater beim Addieren der Konten bei der lästigen Buchhaltung, Bertie verblüffte alle. Sein Gehirn verarbeitete Zahlen wie eine Rechenmaschine. Und statt wie andere Kinder eine Gutenachtgeschichte vom Großvater zu fordern, lieferten sich die beiden allabendlich ein rasantes Einmaleins-Quiz. Bertie schlug den Opa dabei stets um Längen. Seine Familie war stolz auf ihren kleinen Rechenkünstler, aber die anderen Kinder fanden ihn seltsam. Wer mochte schon Rechnen und Mathematik?

Und während die anderen Kinder Himmel und Hölle oder Verstecken spielten, rechnete Bertie. Er zählte die Leute, die vorbeikamen, stoppte die Zeit, errechnete die Zahl der Passanten pro Stunde. Er machte mit sich selbst Wettbewerbe im Addieren von Zahlenreihen und er notierte mehrmals am Tag Temperaturwerte und Luftdruck für seine Langzeit-Wetteraufzeichnungen.

Bertie war meist allein, aber glücklich in seiner Welt voller Zahlen. Er interessierte sich nicht für Fußball oder Autos und auch nicht für Mädchen. Dabei war er bei ihnen durchaus beliebt. Denn völlig ohne eine Gegenleistung zu erwarten, machte er ihre Mathe-Hausaufgaben. Einfach, weil es ihm Spaß machte. Irgendwann erkannte er allerdings doch den Wert seiner Dienste und ließ sich dafür bezahlen. So sprang für ihn immer mal ein leckeres Pausenbrot oder ein Stück Schokolade dabei heraus.

Eigentlich hätte Bertie Schreiner werden sollen. Sein Vater hoffte darauf, dass er die Schreinerei einmal übernehmen würde. Doch seine Lehrer hatten seine Begabung erkannt und überzeugten die Familie schließlich, dass Bertie unbedingt studieren müsse. Unterstützung bekam er von seinem Großvater, der ihn ja schon früh in seiner Rechenleidenschaft gefördert hatte. Er war bereit, ihn beim Studium finanziell zu unterstützen.

So studierte Bertie also Mathematik. Und er war glücklich. Endlich konnte er sich ausschließlich mit Zahlen beschäftigen. Natürlich schloss er das Studium ausgezeichnet ab und als Diplom-Mathematiker bekam er schließlich die ersehnte Stelle beim Statistischen Landesamt. Er hatte seinen Traumberuf gefunden.

Schließlich kam der Tag, an dem er sein kleines Paradies, seinen Schreibtisch mit dem geliebten Computer verlassen musste. Andere Menschen freuten sich auf ihren Ruhestand, freuten sich darauf, nun Zeit für ihre Familie und ihre Hobbys zu haben. Doch für Albert Brunner war sein Beruf sein Hobby und Beziehungen zu anderen

Menschen waren ihm viel zu kompliziert. So verließ er seine Arbeitsstelle wie ein Vertriebener, ohne Plan, ohne Ziel und ohne Sinn.

Er saß tagelang in seiner Wohnung auf dem Sofa und starrte vor sich hin. Er fühlte sich verlassen. Seine Zahlen hatten ihn verlassen. Sein Kopf war leer. Er wusste nichts mit sich anzufangen. Es gab nichts zu berechnen, keine Zahlen mehr, die er verarbeiten konnte. Er war traurig und fühlte sich zum ersten Mal in seinem Leben allein.

Als dann bekannt wurde, dass sein Wohnblock in der Innenstadt saniert werden sollte und er den Werbeprospekt mit den bunten Hochglanzfotos sah, war ihm klar, dass er hier nicht bleiben konnte. Sein Lebensinhalt war ihm abhandengekommen und seine gewohnte Umgebung würde sich vollkommen verändern. Er brauchte einen neuen Blick, eine neue Perspektive.

Glücklicherweise fand er rasch eine neue Wohnung am Stadtrand in einer schönen Grünanlage. Zwei Zimmer im zweiten Stock mit Aufzug, wo er seinen Lebensabend verbringen wollte. Es war sehr ruhig, denn es lebten viele ältere Menschen hier und das fand er sehr angenehm. Mit Kindergeschrei und Gepolter hätte er sich nicht wohlgefühlt.

Albert Brunner richtete sich ein. Alles war ein wenig spartanisch und ohne viel Schmuck, aber er mochte es so. Sein kleiner Balkon ging nach Westen und abends konnte er den Sonnenuntergang über der Stadt beobachten.

Schon bald begann Herr Brunner, seine Umgebung zu erkunden, und organisierte seine Tage. Morgens übertrug er als Erstes die Wetterdaten aus seiner Wetterstation auf dem Balkon in eine bereitliegende Liste. Dann setzte er seine alte Tweedmütze auf und begab sich zur Bushaltestelle, wo er pünktlich um 8.00 Uhr ankam. Hier trafen mehrere Buslinien aufeinander und morgens waren immer viele Menschen unterwegs. Er fand einen guten Platz neben dem Zeitungskiosk, von wo aus er das Geschehen im Blick hatte. Er zählte die Passagiere, die ein- und ausstiegen. Außerdem hielt er die Verspätungen der Busse fest. Dafür nahm er sich eine Stunde Zeit. Busse kamen und fuhren ab, Menschen warteten und eilten herbei und es erforderte einige Konzentration, alles zu erfassen und zu notieren.

Um 9.00 Uhr kaufte er sich am Kiosk eine Brezel und die Tageszeitung fürs Frühstück und machte sich dann auf den Weg. Bei der großen Tankstelle hielt er kurz an und notierte in seinem Notizbuch die aktuellen Spritpreise. Um 9.15 Uhr kam er bei seinem nächsten Ziel an. Er platzierte sich mittig auf der Fußgängerbrücke, die über die Autobahn führte, und zählte nun eine halbe Stunde lang die Lastwagen, die vorbeifuhren. Um Punkt 9.45 Uhr machte er sich auf den Heimweg und eine Viertelstunde später kam er den Weg durch die Grünanlage seines Hauses herauf. Und hier traf er sie dann immer.

Frau Heine bummelte entweder gemütlich den Weg entlang oder sie saß bei schönem Wetter auf einer der Bänke und rauchte eine Zigarette. Sie hatte ihn angesprochen. Hatte ihn charmant, aber bestimmt ausgefragt. Das war ihm etwas peinlich gewesen. Aber weil sie nett war und ehrlich interessiert zu sein schien, hatte er sich mit ihr unterhalten.

Und jetzt freute er sich immer schon, wenn er Elke Heine traf. Schon wenn man sie sah, bekam man gute Laune. Egal wie das Wetter war, sie trug meist bunt-geblümte Kleider und bändigte ihre silbergrauen Locken mit einem passenden Seidentuch.

Es war ein seltsames Bild, wie sie da beieinander saßen oder standen: sie farbenfroh leuchtend, er unscheinbar grau in grau gekleidet. Doch die beiden unterhielten sich immer angeregt und meist hatte die Dame, die schon ein wenig älter war als er selbst, ihm etwas Lustiges zu erzählen. Sie war eine richtige Frohnatur, obwohl es ihr körperlich nicht besonders gut ging. Sie hatte Probleme mit der Lunge und oft hustete sie beängstigend. Vom vielen Rauchen, meinte sie. Aber sie bereue es trotzdem nicht. Und zum Gehen brauchte sie einen Stock. „Arthrose“, sagte sie. Trotzdem war sie fröhlich und unkompliziert und es war immer schön, sie zu treffen.

Frau Heine, oder Elke, wie er sie mittlerweile nannte, hatte ihn auch schon ein paar Mal zu sich eingeladen. Sie wohnte im Untergeschoss des Nachbargebäudes, sodass sie keine Treppen steigen musste. Ihre Wohnung war bunt wie sie selbst und sie hatte eine Unmenge an Grünpflanzen, man fühlte sich wie in einem tropischen Dschungel. Es war sehr gemütlich bei ihr und sie tranken stilvoll Kaffee aus dem guten Goldrandgeschirr und auch das eine oder andere Likörchen. „Medizin“, wie Elke das nannte. Verwundert stellte er fest, dass er sich in ihrer Gesellschaft wohlfühlte.

Ansonsten verbrachte er viel Zeit mit seinen Statistiken. Denn seit Anfang des Jahres bot sich ihm überraschend ein ganz neues, attraktives Betätigungsfeld.

Das neuartige Virus war zuerst in China aufgetreten. SARS Covid-19 hieß es wissenschaftlich und schon rasch gab es die ersten Fälle dieser gefährlichen Krankheit, auch einfach Corona genannt, in Europa und auch in Deutschland. Die Zeitungen waren voll davon und ständig wurden neue Daten veröffentlicht. Obwohl das alles natürlich sehr beunruhigend war, war es für Herrn Brunner in erster Linie ein spannendes Zahlenprojekt.

Er kannte natürlich die Quellen, wusste, wo er an die relevanten Daten kam. Begeistert stürzte er sich in die Arbeit. So viele Daten, so viele Zahlen! Viele Stunden verbrachte er mit der Berechnung von Ansteckungszahlen, Inzidenzen, Prognosen und Sterbefällen.

Herr Brunner war ein nüchterner Rechner und Zahlen bedeuteten für ihn Sicherheit. Wenn man mit Zahlen umging, ob man sie nun addierte oder subtrahierte, multiplizierte oder dividierte, oder sie sonst irgendwie miteinander in Bezug setzte, es kamen immer wieder Zahlen heraus. Das war beruhigend. Das war die Grundlage. Das Fundament von Adalbert Brunners Leben.

Und im Moment ging es ständig um Zahlen. Allein diese Tatsache machte ihn glücklich. Was hinter den Zahlen stand, die Schicksale, das Leid und die Trauer, das war für ihn nicht wirklich real. Als Statistiker war er gewohnt, das zu trennen. Zahlen und Fakten, die zählten für ihn. Mit Gefühlen konnte er wenig anfangen. So vertraute er auch in dieser angespannten Situation der Wissenschaft. Alles wurde berechnet und statistisch ausgewertet. Es war alles unter Kontrolle.

Natürlich verfolgte Herr Brunner die Nachrichten. Die Bilder von den Menschen, die hilflos auf den Intensivstationen lagen und beatmet wurden. Die vielen Toten, die überarbeiteten Pfleger und Ärzte, all das berührte ihn schon. Aber er hatte keine Familie, keine Freunde, niemanden, um den er sich sorgen müsste.

Auch die mittlerweile verhängte Ausgangssperre und die Kontaktbeschränkungen betrafen Herrn Brunner nur bedingt. Sein Leben ging beinahe weiter wie gewohnt.

Doch etwas beunruhigte ihn: Er hatte Elke schon seit Längerem nicht mehr gesehen. Aber eigentlich traf man sowieso kaum noch Menschen im Haus oder im Park. Alle hatten sich in Isolation begeben. Er beschloss, demnächst einmal bei ihr anzurufen. Aber weil er schüchtern war und einfach nicht wusste, was er sagen sollte, schob er den Anruf immer wieder auf.

Doch dann, als er eines Tages wie immer beim Frühstück die Zeitung durchblätterte, sah er die Todesanzeige:

Elke Heine, ...plötzlich und unerwartet aus unserer Mitte gerissen ... Wir werden sie vermissen.

Der *10.4.2020* stand da. Mit einem schwarzen Kreuz davor. Eindeutige Zahlen. Unwiderlegbare Fakten. Schwarz auf weiß. Eine unbestreitbare Gewissheit.

Fassungslos starrte Albert Brunner auf dieses Datum. Elke war seit einer Woche tot und er hatte es nicht bemerkt! 10.4.2020. Sieben Zahlen, die etwas beendeten, das noch nicht einmal richtig begonnen hatte. Und plötzlich wurde ihm klar, dass er das erste Mal einen Menschen gemocht hatte. Er hatte Elke Heine wirklich gern gehabt. Und jetzt war sie tot. Und plötzlich war er nicht mehr einfach nur allein. Plötzlich fühlte er sich einsam. Es war das erste Mal, dass er Zahlen hasste.

Blandine Fachbach, *geboren 1968 in Ravensburg, verheiratet, Kaufmännische Angestellte. Hobbys: Gartenarbeit und -genuss, Reisen, Fotografieren, mit Freunden zusammen sein.*

Herbst

Herbstzeit ist's, das Laub fällt leise
Bunt und quirlig macht sich's auf die Reise
Buntes Laub auf nassem Grund
Der Herbst ist da zu dieser Stund.

Schaurig lacht das Kürbislicht
Sieht dir direkt in dein Gesicht
Willkommen schaurig-schöne Zeit
Dunkel ist es weit und breit.

Nachbars Katz im Dachstuhl schleicht
Regen, dem der Nebel weicht
Geisterschein im herbstlich Wald
Oh wie frostig, oh wie kalt.

Kerzenschein so wild und laut
Doch kein Wind, der flaut
Es greift danach die Geisterhand
Ein Schatten wirft sie an die Wand.

Unheimlich ist die Herbstesnacht
Keiner da, der sie bewacht.
Ein Schaudern geht durch Mark und Bein
Wie schön ist so ein warmes Heim.

Nicola Patsis, *1983 geboren in Stuttgart Bad-Cannstatt, aufgewachsen im baden-württembergischen Ludwigsburg, lebt mit ihrem Ehemann im fränkischen Fürth. Die gelernte Bankkauffrau schreibt seit ihrer Kindheit Kurzgeschichten und Gedichte. Veröffentlicht hat sie bisher den Liebesroman „Blaubeermuffins" im Selbstverlag und einige Kurzgeschichten in Anthologien.*

Heulende Schatten

Die alte Kirchturmuhr schlug gerade fünf Mal, als Mia und Pirmin an diesem Nachmittag mit ihrem Hund Felix aus dem Haus traten. Die beiden Geschwister waren spät dran, denn die Lehrer gaben in letzter Zeit immer so viele Hausaufgaben. Trotzdem musste Felix vor dem Abendessen unbedingt Gassi gehen, daran konnte man nichts ändern.

Es war ein kühler Herbsttag, dicke Wolken hingen schwer und grau vom düsteren Himmel, die Nacht kroch langsam über das ruhige Dorf im Mittelgebirge. Die Kinder schlugen die Kragen ihrer Windjacken hoch und steckten ihre Hände in die Hosentaschen, um sich vor dem unfreundlichen Wind zu schützen. Sie führten Felix an der Leine, bis sie sich dem Schwarzen Moor näherten, das an schönen Sommertagen eine wahre Touristenattraktion war. Dann kamen ganze Gruppen hierher, um die raue Natur zu genießen, zu wandern und vielleicht ein paar seltene Pflanzen und Kräuter zu sammeln. Darum hatte die Gemeinde vor zwei Jahren auch einen schönen Holzsteg gebaut, der sicher und sauber durch die wilde Landschaft führte. Die Kinder kannten diesen Weg fast auswendig – es war ihr Lieblingsspaziergang.

Je näher sie nun dem Moor kamen, desto wilder begann Felix an der Leine zu ziehen. „Ist ja gut, mein Süsser“, meinte Pirmin schließlich und beugte sich zu dem unruhigen Vierbeiner hinunter, um ihn freizulassen. Wie der Blitz sauste der Hund sofort auf den Holzsteg zu und verschwand kurz darauf schwanzwedelnd um die nächste Ecke. Die beiden Kinder hingegen schlenderten ihm nur gemütlich nach. Sie genossen es, nach dem langen Schultag an der frischen Luft zu sein.

Heute war es im Moor allerdings ungewöhnlich ruhig und menschenleer. Man hörte nicht einmal die Vögel. Ein leichter Schauer lief über Mias Rücken, aber sie sagte nichts, denn sie wollte vor ihrem älteren Bruder nicht als Angsthase dastehen.

Allmählich wurde es immer dunkler und weiße Nebelschwaden zogen auf. Bald sah man nicht weiter als eine Armlänge voraus.

„Wir müssen Felix wieder an die Leine nehmen, sonst verlieren wir ihn“, meinte Mia.

Ihr Bruder nickte zustimmend. Es war sowieso an der Zeit, nach Hause zu gehen. Also steckte er sich zwei Finger in den Mund und pfiff drei Mal kurz nach dem braunen Mischling. Doch die Pfiffe verhallten ungehört und Felix kam nicht zurück. Das war schon ungewöhnlich, denn sonst gehorchte der quirlige Vierbeiner den Kindern aufs Wort. Besorgt runzelte sein Herrchen die Stirn und pfiff nochmals, diesmal etwas lauter. Wieder nichts. Nur eine dichte, unangenehme Stille umhüllte die Kinder.

Mia griff ängstlich nach der Hand ihres Bruders. „Meinst du, Felix ist vom Holzsteg gefallen?“, flüsterte sie leise.

Pirmin drückte seine kleine Schwester kurz an sich und schüttelte dann entschieden den Kopf. „Nein, nein, so ungeschickt ist er nicht. Außerdem hätten wir dann ein Platschen gehört“, versuchte er, sie zu beruhigen, doch in seiner Stimme schwang Unsicherheit mit.

Die Geschwister blieben eine Weile ratlos stehen und lauschten. Um sie herum ertönte kein Laut, nicht einmal das leiseste Rascheln. „Vielleicht können wir ihn rufen“, schlug Mia schließlich zögernd vor.

„Gute Idee!“, lobte ihr Bruder. „Ich zähle bis drei, dann rufen wir ihn gemeinsam.“ Die Kinder legten also die Hände als Trichter um den Mund und Pirmin begann zu zählen. Dann schrien sie, so laut sie konnten: „Felix, Felix bei Fuß!“

Ihre Worte hallten hohl durch die neblige Nacht. Von irgendwoher antwortete ein Echo: „... bei Fuß … Ffff ... sss … fff ...sss.“ Es klang wie das Zischen einer übergroßen Schlange. Mia und Pirmin schauten sich erstaunt an. Dieses Echo war ihnen bisher noch nie aufgefallen – und sie waren bestimmt schon über hundert Mal im Moor gewesen.

Da trieb ein jäher Windstoß unerwartet einen fauligen Geruch in ihre Nasen, sodass Mia angewidert niesen musste. Sofort ertönte in ihrer unmittelbaren Nähe ein aufgeschrecktes Knistern. Mit einem Schrei wich Mia zurück und wäre um ein Haar selbst vom Holzsteg gerutscht, wenn ihr Bruder sie nicht zurückgehalten hätte. „Pass doch auf! Das war bestimmt nur ein grosser Vogel!“, schimpfte Pirmin erschrocken. Mia aber schien ihm gar nicht zuzuhören. Ihre Augen wurden kugelrund und jegliche Farbe wich aus ihrem Gesicht. „Mia, was ist denn los? Was hast du?", fragte ihr Bruder besorgt.

Da hob das Mädchen zitternd seine Hand und zeigte auf eine lichtere Stelle im Nebel. Zwei unscharfe Schatten bewegten sich langsam direkt auf sie zu – der eine schmal und hochgewachsen, der andere dick und rundlich mit einem gehörnten Haupt. Ein dumpfes Poltern brachte das Holz des Steges zum Beben. Ein tiefes Schnauben flog über die Weiten des Moors und kam, vom Echo getragen, aus allen Richtungen zurück. Die Kinder standen wie erstarrt.

„Der böse Bürgermeister und sein Monster", hauchte Mia entsetzt.

Natürlich kannten die Geschwister die alte Sage, der Lehrer hatte sie ihnen oft genug erzählt. Es hieß, in alten Zeiten habe ein geldgieriger Bürgermeister bei den armen Bauern im Dorf viel zu hohe Schulden eingetrieben. Doch eines Tages sei er an eine Hexe geraten, die ob des Betrugs so erzürnt gewesen sei, dass sie ihn in einen Vampir und seinen Geldsack in ein hungriges Ungeheuer verwandelt habe. Seither wanderten die beiden nachts oft durch das einsame Moor und trieben dort ihren Unfug. Wer aber glaubte heutzutage noch an solche Märchen? Pirmin hatte mit den anderen Jungen in seiner Klasse nur lauthals darüber gelacht. Jetzt aber war ihm ganz und gar nicht nach Spaß zumute, besonders als er noch ein langes, feindliches Knurren aus dem Nebel vernahm. Schnell packte er Mias Arm und rannte mit ihr fort, als gebe es kein Morgen.

Als die beiden aber das Ende des Stegs erreichten, hörten sie hinter sich ein lautes Rufen: „So wartet doch, ich tu euch nichts. Ich bringe euch nur euren Hund!"

Keuchend blieben die Kinder stehen. Sie kannten die Stimme! Sie gehörte zu Bauer Hans, bei dem die Mutter seit Jahren Gemüse kaufte! Pirmin schüttelte beschämt den Kopf. Wie konnte er nur so dumm sein, sich vor dem harmlosen Mann zu fürchten?

Tatsächlich tauchte dieser schon bald aus dem Nebel auf. In der einen Hand hielt er einen Strick, an dem er eine Kuh führte, auf dem anderen Arm trug er vorsichtig den kleinen Felix. „Ich habe gerade auf dem Markt eine neue Kuh abgeholt und wollte die Abkürzung durchs Moor nehmen", erklärte er den Kindern. „Leider hat euer kleiner Wildfang uns überrascht. Meine Kuh hat sich so erschreckt, dass sie ihn mit dem Huf getreten hat. Aber keine Angst, er ist nicht verletzt, nur ein wenig benommen." Tatsächlich begann Felix in diesem Moment wieder zu winseln und wedelte freudig mit dem Schwanz.

„Du Dummerchen, man bellt doch keine Kuh an", tadelte ihn Mia, während sie ihn sanft aus den Armen des großen Bauern schälte. Pirmin seinerseits bedankte sich artig bei dem gutmütigen Mann, der sich mit einem freundlichen Schulterklopfen verabschiedete und lächelnd seines Weges ging.

Erst als sie das kleine Gartentor vor ihrem Haus hinter sich schlossen, fragte Mia zaghaft: „Sag mal, Pirmin, können Kühe Echos nachahmen?"

„Ähm, nein, warum?", antwortete ihr Bruder und schaute sie verdutzt an.

„Und können sie brummen wie ein Bär?", fuhr Mia leise fort.

Pirmins Augen weiteten sich. „Du, du meinst … meinst, es war sonst noch jemand im Moor?", stotterte er verwirrt.

Mia zuckte leicht die Achseln, sie war sich nicht sicher. Nachdenklich drehten die Kinder ihre Köpfe und schauten in die Richtung, aus der sie eben gekommen waren. Der Nebel hatte sich inzwischen fast aufgelöst, man sah jetzt sogar das fahle Licht der Straßenlampen. Dann riss auch noch die Wolkendecke über ihnen auf und gab den Blick auf einen bläulichen Vollmond frei. Dort hinten aber, am Eingang des Moors, erkannte man nun ganz deutlich eine hagere Gestalt, deren langer, schwarzer Umhang sich mit jedem Windzug aufbauschte. Dahinter bewegte sich schwerfällig etwas Seltsames, Unförmiges und es ertönte ein Heulen in der Nacht.

Caroline Seeger-Herter, *1979 in Zürich geboren, lebt mit ihrer Familie in der Nordwestschweiz. Sie arbeitet als Sprachlehrerin und Legasthenietrainerin. Schon früh gehörte Schreiben zu ihrer Leidenschaft, der sie mit dem Älterwerden ihrer Kinder wieder mehr Zeit widmen kann.*

Alte Zeiten

Das Haus riecht nach Zimt. Oder zumindest bilde ich es mir ein. Seit knapp einen Monat ist hier kein Mensch mehr gewesen. Ich öffne die Fenster und lasse Luft hinein. Die Hitze der letzten Tage hat die Temperaturen im Inneren ganz schön ansteigen lassen. Die schweren Schritte, die nun folgen, sind die von meinem Mann Jonathan. „Es ist irgendwie so surreal", sagt er leise.

Darauf kann ich nur nicken. Vor nicht mal zwei Monaten waren wir hier, haben Urlaub gemacht, da war alles noch normal. Kurz nach unserer Abreise habe ich den Anruf bekommen, dass meine Oma einen Herzstillstand hatte. In dem Moment ist ein Teil von mir mit ihr gestorben. Auch jetzt tut es mir weh, hier zu sein und zu wissen, sie ist nicht nur einkaufen oder Freunde besuchen. Nein, ihr Lachen wird nie wieder durch das Haus schallen.

Seufzend reibe ich mein Genick und wende mich ihm zu. „Ich mach uns mal einen Kaffee."

„Ich warte draußen auf Aaron."

„Danke."

An der Tür zum Flur gebe ich ihm noch schnell einen Kuss und gehe in die Küche, öffne schnell die Fenster und bediene die Kaffeemaschine. Ich kratzte mich verlegen am Nacken und schließe meine Lider.

Vor meinem inneren Auge sehe ich die Erinnerung, wie ich mit zehn Jahren an der alten Maschine für meine Oma Kaffee gemacht habe und wie stolz sie in diesem Moment gewesen ist.

„Oh ja, Elisabeths Kaffee, da nehm ich auch einen."

Mein Blick geht zu Aaron, der gerade den Raum betritt.

„Jonathan holt eure Koffer."

„Ich wäre so aufgeschmissen ohne meinen Mann."

„Nein, ich glaube, du würdest es trotzdem super hinbekommen."

„Dein Wort in Omas Ohren."

Er lacht und holt Tassen aus dem Schrank. „Ich weiß noch", sagt er leise, „wie ich hier immer hochgeklettert bin und du mich geschimpft hast.“

„Weil Oma gesagt hat, dass man das nicht macht.“

Er lacht und stellt zu den Tassen Zucker und obendrein Trockenmilch. Das bringt mich schon wieder zum Weinen.

„Hey“, höre ich Jonathan und er nimmt mich in den Arm.

Jedem ist klar, dass mir wegen der Milch die Tränen gekommen sind. Die hat nur sie benutzt.

„Es tut mir leid“, sagt Aaron leise, „es ...“

„Ich weiß, mir wäre es vermutlich auch so passiert“, unterbreche ich ihn.

„Wir brauchen eben Zeit“, meint mein Mann, „damit wir uns daran gewöhnen, dass sie eben nicht mehr da ist.“

Ich bin bei meiner Oma aufgewachsen, weil meine Mutter, als ich zwei war, einen Unfall hatte. Jonathan und Aaron waren unsere Nachbarn. Während es Jonathan und mich wegen des Studiums in die Ferne getrieben hat, ist Aaron im Haus nebenan geblieben.

Während ich mich setze, schüttet Aaron uns Kaffee ein und nimmt Platz. „Der Container ist für morgen früh bestellt und für eine Woche gemietet. Ich denke, das müsste reichen.“

Mein Mann lässt pustend ein „Puh“ hinaus. „Da ist der Zeitplan sehr getaktet.“

Aaron winkt ab. „Die Jungs haben schon mal geschaut, wo es Mängel gibt und was erneuert werden sollte. Davon ab kommen sie auch noch zum Helfen, das schaffen wir. Bei Margot und Peer hatten wir nur drei Tage.“

Ich seufze. „Ich will heute nichts mehr vom Tod hören, bitte.“ Die Erinnerung an die Nachbarn gegenüber brauche ich nicht jetzt auch noch.

„Entschuldige.“

„Ich rieche Kaffee“, schallt eine Stimme durch den Flur zu uns.

„Komm rein, Ben“, ruft mein Mann. Die beiden Freunde umarmen sich, während sich seine Frau Georgina zu mir setzt und mich drückt.

Kurz darauf beginnen wir Frauen auszusortieren, was ich als Erinnerung behalten will und was wegkommt, während die Männer überlegen, welchen Umbau wir machen wollen und was machbar ist. Ich liebe das Haus meiner Familie, aber es ist alt. Hier und da gibt es

Dinge, die mich seit Ewigkeiten stören wie der viel zu große Boiler im Bad, an dem ich mir schon als kleines Kind ständig den Kopf beim Baden angestoßen habe. Oder die Waschküche, die auch jetzt noch aussieht wie ein Stall, wo nur eine Waschmaschine reingestellt wurde. Vom sogenannten Heuboden will ich gar nicht reden.

Das kleine Schlafzimmer im Erdgeschoss ist schnell aussortiert. Im Grunde kann da alles weg, bis auf den Schmuck. Im Wohnzimmer hingegen sitzen wir fünf am Abend zusammen, blättern die Fotoalben durch und schwelgen in Erinnerungen. Spät in der Nacht stehe ich noch in dem Zimmer und überlege, was ich behalten will oder was wegkommen kann.

„Wir sollten schlafen gehen", gähnt Jonathan und umarmt mich.

„Aber ..."

Seine Hände gleiten meine Kiefer entlang und zwingen mich, ihn anzusehen. „Das ist morgen auch noch da. Und wenn du geschlafen hast, weißt du vielleicht, was du behalten willst."

„Ich weiß, sie hat zu viel Zeug, aber in den meisten Dingen steckt auch so viel Erinnerung."

„Das sehr wohl, jedoch ..."

„Die Erinnerung ist im Herzen und nicht in einem Stück", zitiere ich ihn. Als er mir das sagte, waren seine Eltern von uns gegangen. „Doch ich finde, hat man etwas da, erinnert man sich viel eher daran. Sieh die Bilder, vieles davon wusste ich schon gar nicht mehr."

Er schmunzelt und zieht mich hoch in unser Zimmer. „Trotzdem wird jetzt geschlafen."

Die Tage darauf wird jeder Raum nach und nach aussortiert. Möbel entsorgt oder, wenn jemand etwas haben will, bekommt er es verschenkt. Manches, was ich behalten will, kommt in das Zimmer von mir und meinen Mann, weil es das einzige ist, was vorerst bleibt, wie es ist. Während alles von Heuboden in den Container kommt, bin ich hoch zum Dachboden und hoffnungslos überfordert. Nicht mal meine Freundin Georgina ist eine Hilfe. Hier lagern Erbstücke und Erinnerungen nicht nur von meiner Oma, auch von Generationen davor. Allein bei dem alten Christbaumschmuck weiß ich, dass der aus einem anderen Jahrhundert stammt. Der wurde auch nie aufgehängt, sondern nur an die Seite gestellt. Eine von den Kugeln ist sogar handbemalt. Nur wer sie aus der Familie bemalt hat, habe ich vergessen.

„Schau mal hier“, sagt Georgina und öffnet einen Koffer. Darin befindet sich Kleidung. Von Bildern her weiß ich, dass sie meiner Mutter gehört hat. Vielleicht hat meine Oma gedacht, dass ich sie eines Tages anziehen würde. Lachend zieht sie ein Kleid aus den Siebzigern heraus. „Ich hoffe, das kommt nicht wieder in Mode.“

Schmunzelnd stimme ich überein. „Brings runter.“

Sie nickt, schließt den Koffer. Auch der darunter ist voller Stoffe mit verrückten Blumenmustern. Es ist auch das Einzige, was ich bis jetzt wirklich vom Dachboden entfernt habe. Die Autosammlung von meinem Opa habe ich wieder hochgeholt.

„Vielleicht sollten wir das hier einfach so lassen“, höre ich meinen Mann. „Es ist einfach Geschichte von sehr vielen Generationen.“

„Schon, aber wir wollten doch aussortieren.“

„Ja, aber hier ist es wie in einem Museum, das wirft man auch nicht weg.“

Lachend umarme ich ihn. „Die Siebziger habe ich aber entfernt.“

„Du ja, ich nein, es steht unten im Zimmer deiner Oma.“ Er reibt über meinen Rücken. „Das ist dein Familienerbe und ...“

Verwundert darüber, dass er nicht weiterredet, sehe ich ihn an. In diesem Moment lässt er mich los, geht zu einem Regal und schiebt es beiseite. Dahinter kommt ein zweites zum Vorschein, dass voller Bücher ist.

„Wow“, höre ich ihn.

„Was ist das?“, frage ich ihn.

„Geschichte.“

Schmunzelnd rolle ich die Augen und stelle mich zu ihm. In seiner Hand hält er Bücher mit sehr alter Schrift, manches kann ich schon gar nicht mehr lesen. Ich greife zu dem Handgeschriebenen.

„Emma Neumann, Januar achtzehnhundert zweiundzwanzig“, lese ich vor.

„Tagebücher unter anderem. Hier ist eine Erstausgabe von Rahel Levin Varnhagen.“ Er sieht zu mir. „Weißt du, was für ein Vermögen hier liegt?“

Ich zucke mit den Schultern. „Ich weiß nur, dass eine meiner Urgroß-Vorfahrinnen leidenschaftliche Buchsammlerin war und jede weitere Vorfahrin weiterhin gesammelt hat, ich ausgenommen. Dass die Bücher hier lagern, wusste ich nicht.“

Mein Mann zieht sein Handy heraus und ist als Geschichtslehrer sowie Büchernarr in seinem Element. „Das hier gilt als verschollen“, keucht er und zeigt auf eines im dunklen Leder und goldener Schrift.

„Die bleiben da, wo sie sind.“

„Klar, aber ich will wissen, was hier noch für verborgene Schätze sich befinden.“ Er sieht zu mir. „Aber gegebenenfalls sollten wir darüber nachdenken, sie woanders zu lagern. Ich würde mir nicht verzeihen, wenn sie bei einem Brand oder Ähnlichem zerstört würden.“

„Sind sie so wertvoll?“

„Ein paar definitiv. Um aber einen genauen Wert zu bekommen, müssten wir einen Gutachter kommen lassen. Ich will sie einfach nur in Sicherheit wissen.“

„Nach dem Umbau können wir uns was überlegen für die Bücher.“

Er nickt.

Einiges hier oben auf dem Dachboden unseres Familienhauses hat seinen Wert, aber es ist doch eher ein persönlicher. Nur diese Bücher sind womöglich beides und was ich damit anstelle, weiß ich noch nicht. Mir ist nur klar, dass mein Mann sich schon rege Gedanken darüber macht.

Luna Day *zieht Leser mit ihrer Leidenschaft für Geschichten in ihren Bann. Inspiriert von der magischen Welt von Harry Potter und von Rollenspielen schreibt sie leidenschaftlich gerne. Heute begeistert sie mit einer Vielfalt an Genres, von bezaubernden Kindergeschichten bis hin zu fesselnden Fantasy- und Liebesromanen. Ihre Geschichten zeichnen sich durch eine lebendige Fantasie, viel Herz und eine Prise Humor aus. Trotz einer Lese-Rechtschreib-Schwäche ließ sie sich nicht entmutigen und veröffentlichte erste Geschichten in Anthologien und im März 2021 ihre erste Novelle. Luna Day wurde 1982 in Bayern geboren und lebt dort noch mit ihrer Familie.*

Die Legende von Liu Liang

Es war in einer Zeit, als Wang Anshi der oberste der chinesischen Beamten und damit Kanzler des Großreiches China war. Kaiser Shenzong vertraute dem Kanzler so sehr, dass er dessen Reformwillen duldete, dem es vor allem darum ging, die Lebenswirklichkeit der Kleinbauern so zu verbessern, dass sie im Angesicht der Großgrundbesitzer, die eine allzu große Last für das Reich geworden waren, zu überleben vermochten. Denn wie in fast allen Reichen der Weltgeschichte trugen die Kleinbauern und Handwerker, diejenigen also, die täglich ihre Lebenskraft dem Boden und dem Wohlergehen der Menschen widmeten, die Hauptlast der Steuern und der Frondienste.

In dieser Zeit also lebte unter der Herrschaft des Kaisers Shenzong, in einer vom Hof weit entfernten Stadt namens Lishui, ein Junge namens Liu Liang, der sich mehr schlecht als recht durchs Leben schlug. Als er alt genug wurde, um auf den Feldern des größten Landbesitzers in der Umgebung Reis anzubauen, nahmen ihn seine Eltern mit zur Arbeit. Von morgens vor dem Sonnenaufgang bis solange in den Abend hinein, wie man noch seine eigene Hand vor den Augen sehen konnte, arbeitete er mit seinen Eltern auf den Feldern.

Wenn die Familie dann im Dunkeln nach Hause ging, erschöpft von den Anstrengungen und Entbehrlichkeiten des Tages, wusste kaum einer genau, ob es an diesem Tag für eine ausreichende Mahlzeit reichen würde oder ob sie alle wieder einmal hungrig schlafen gehen mussten. Sie gelangten müde und erschöpft zu ihrem kleinen, kargen Heim und wären fast schon eingeschlafen, wenn sie nicht alle eine gute Tasse Tee bekommen hätten, die ihre matten Lebensgeister wiedererweckten.

Schweigend nahmen sie das abendliche Essen ein, tranken Tee und während sich die Eltern früh schlafen legten, setzte sich Liu Liang noch eine Weile nach draußen und horchte in die Welt. Dabei geschah es, dass er eines Abends, als ein kräftiger Wind aufkam, vermeinte, in dem Pfeifen des Windes Stimmen zu hören. Liu Liang stand auf und horchte tiefer in den Wind hinein, konzentrierte sich auf das Wispern der Lüfte und glaubte, das Wort *Tee* aus ihm herauszuhören. Dann war mit einem Mal der Spuk vorbei – und es ward windstill wie den ganzen Tag zuvor.

Liu Liang stand noch eine ganze Weile gedankenverloren vor dem kleinen Haus seiner Familie, ehe ihn die Müdigkeit übermannte und er schlafen ging. In der Nacht träumte er vom Tee. Von der Pflanze, von ihrem Geschmack, von den Variationen der Beimischungen, von der Zubereitung, von dem Wissen darum, einen guten Tee machen zu können.

Am nächsten Morgen, als seine Eltern Mühe und Not hatten, den jungen Heranwachsenden aus dem Schlaf zu bekommen, stand dieser auf wackeligen Beinen und erklärte seinen Eltern, dass er ab nun nicht mehr auf dem Reisfeld arbeiten, sondern sich in die Lehre eines Teezeremonienmeisters begeben wolle. Die Eltern waren nicht wenig erstaunt über diesen Wunsch ihres Sohnes, der bisher so gar nicht daran gedacht hatte, dass das einmal sein Wunsch wäre.

An diesem Tag sollte Liu Liang noch mit aufs Feld kommen, damit man seinen neuen Plan besprechen könne, doch er weigerte sich und lief von zu Hause fort. Die Eltern schrien dem Jungen hinterher, aber er hörte nicht mehr und lief immer weiter, so weit ihn die Füße trugen.

So gelangte er zu dem ersten Teezeremonienmeister, der ihn nicht mal anhörte, während ihm der zweite wenigstens sagte, dass er weder ausreichend alt noch ausreichend klug genug wäre, um das hohe Amt des Teezeremonienmeisters auszuüben. Liu Liang sah schon vor seinen Augen, wie die Bestimmung des Windes zu platzen schien und er zu seinen Eltern, um Verzeihung bettelnd, zurückkehren müsste. Vom vorletzten Teezeremonienmeister der Stadt, von dem er auch rundweg eine Ablehnung erhielt, erfuhr er jedoch, dass es einen einsam lebenden Meister gab, der sein Handwerk aber seit langen Jahren beigelegt hatte, in dem Glauben, dass es bald jemanden geben würde, der um so viele Längen besser sein würde, dass er sich nicht der Lächerlichkeit seiner eigenen Unfähigkeit preisgeben wollte.

Und da der Zurückgezogene fest an diese Bestimmung glaubte, so fest, wie Liu Liang die Nacht davor dachte, dass der Wind ihm seine Bestimmung eingeflüstert habe, war es kein allzu großes Wunder, dass er den kleinen Jungen in sein ärmliches, abgelegenes Haus bat, als dieser an seine Türe klopfte und fragte, ob er bei ihm in die Ausbildung gehen könne.

Zunächst bröckelte die Zuversicht des Zeremonienmeisters, denn Liu Liang war nicht der klügste oder cleverste Kopf, den er erwartet hatte, sondern ein einfacher Reisbauernjunge, der einen Traum lebte. Zäh gestaltete sich der Unterricht und das Einzige, was Liu Liang wirklich bewies, war, dass er kein allzu großes Talent für die eigentliche Zeremonie hatte. Nein, sein Talent lag in einem völlig anderen Bereich: dem Verköstigen von Tee.

Nun erkannte der Teezeremonienmeister die wahre Bestimmung seiner Lehrerschaft und nahm diese an, indem er alle seine kargen Ersparnisse in die verschiedenen Teesorten steckte, um dem Jungen alle möglichen Geschmacks- und Duftsorten vor die Nase zu setzen. Die anderen Zeremonienmeister der Stadt lachten umso mehr über den eigenwilligsten unter ihnen, doch ihr Lachen sollte just an dem Tag verstummen, als in der Stadt bekannt gegeben wurde, dass Liu Liang, Sohn der Stadt Lishui, an den Hof des Kaisers ziehen würde, um dort einen Wettbewerb zu bestreiten, dessen Schirmherr der Kanzler höchstpersönlich war.

Obwohl er jahrelang seinen Sohn ob seiner Flucht verschmäht hatte, kam der Vater am Tag der Abreise seines Sprosses zum Hofe des Kaisers und stand in der jubelnden Menschenmenge. Liu Liang, der seinen Vater in der Menge entdeckte, wie dieser versuchte, seinen Sohn bei dessen Triumph zu erleben, erkannte ihn, lief zu ihm hin und beide umarmten sich so innig, als wären alle aufgebauten Hürden der letzten Jahre seiner Flucht von zu Hause mit einer Träne niedergerissen worden. Der Vater wünschte dem Sohn viel Glück auf seiner langen Reise und lächelte noch Tage später, wenn er daran dachte, wie sich Liu Liang im Bauch eines kleinen Lastkahns Richtung Kaiserstadt bewegte.

Der Wettbewerb fand zunächst als Vorwettbewerb ohne Beteiligung des Kaisers statt und Liu konnte sich in den Disziplinen Geschmackserkennung und Sortenerkennung für weitere Aufgaben qualifizieren. Da die Gruppe von Teemischern und Teeverköstigenden am Hofe des Kaisers sehr überschaubar war, wunderten sich alle über die Anwesenheit des Provinzlers, der sich mühelos für die Audienzen vor den Augen des Kaisers qualifiziert hatte.

Am Abend dann kamen sie zu ihm, Abgesandte von höheren Beamten oder die Beamten sogar selbst, um zu erfahren, welche Geheimnisse dieser junge Mann aus Lishui mit sich führte. Doch der Junge wie auch sein Teezeremonienmeister waren nichts anderes als die pure Höflichkeit und beantworteten alle Fragen ohne Argwohn, sodass die Menge der Fragenden sich zurückzog, ohne etwas Genaueres über den Konkurrenten um die besten Plätze im Wettbewerb in Erfahrung gebracht zu haben.

Da Liu Liang an dem folgenden Tag für zwei der fünf Wettbewerbe qualifiziert war, durfte er auch noch an einem dritten teilnehmen. Er entschied sich gegen den Rat seines Teezeremonienmeisters für die Klassen aller Klassen – der Teemischung, in der die Konkurrenz schier unschlagbar schien.

Als es daran ging, die Teemischung herzustellen, die er dem Kaiser und seinen Beamten präsentieren wollte, nahm Liu Liang als Basis einen ausgewogenen Lung Ching, suchte unter allen Ingredienzien ein aromastarkes Jasminöl heraus, tröpfelte nur wenige Tropfen über den Tee und ließ das Öl durch langsames, behutsames Wenden in den Tee einziehen. Dann setzte er sich neben den Tisch, auf dem seine Mischung lag, in den Lotussitz und schaute den anderen Mischern zu, wie sie eine nach der anderen Zutat hinzufügten, probierten, verwarfen, neu kreierten, probierten und verwarfen, ehe die Zeit kurz vor dem Ablauf war und die betriebsame Hektik in eine nervöse Grundstimmung umschlug.

Pünktlich endete die Vorbereitungszeit mit einem Gong, und als der Kaiser eintrat, beugten sich alle mit dem Gesicht zu Boden, sodass sie nicht sehen konnten, wie der Kaiser an den Tischen vorbeiging, um die neuen Kreationen zu verköstigen. Der Lautstärke nach zu urteilen, gab es wohl einen Favoriten, denn an einem Tisch in der Nähe hatten einige Stimmen sehr wohlwollend, gar entzückt geklungen. Nun aber kam der Beamtenverbund an Liu Liangs Tisch, und kaum, dass sich alle eine Tasse genommen und probiert hatten, spukten sie den Tee wieder aus und gingen schnatternd und zeternd von dannen. Allein einer blieb vor dem Tisch des Jungen stehen, probierte den Tee, setzte die Tasse ab und spukte nicht aus, sondern hieß den Jungen, sich zu erheben.

Als Liu Liang aufstand, sah er sich dem Kaiser gegenüber, der ihn eingehend musterte. Wo er denn herkomme, wollte der Kaiser wissen, und Liu antwortete pflichtgemäß. Dann wollte der Kaiser wissen, warum Liu ihm einen solchen Tee zum Probieren vorgesetzt hätte. Auch dieses Mal antwortete Liu wahrheitsgemäß, indem er dem Kaiser erklärte, dass er es für besser hielte, den Geschmack eines guten Tees nicht durch die Beigabe von starken Duftstoffen zu verstecken, sondern beides klar nebeneinanderzustellen. Der Tee habe immerhin ein Anrecht auf Entfaltung seines Geschmacks, erklärte der Junge und sah, wie der Kaiser zu lächeln begann.

Inzwischen waren die Beamten, die eben noch schimpfend und spuckend von dem Tisch fortgelaufen waren, zurückgekehrt und versuchten sich erneut an Lius Tee. Obwohl er ihnen auch dieses Mal nicht zu schmecken schien, wie Liu Liang an den verzogenen Gesichtern herauslesen konnte, waren sie nun vorsichtiger in ihrem Urteil, denn es konnte der Fall eintreten, dass der Kaiser den Jungen dafür lobte, dass er einen solch einfachen, aber ausgewogenen Tee kreiert hatte.

Alle Beamten blickten nun zum Kaiser, wie er entscheiden würde, und Shenzong legte eines seiner wenigen Lächeln auf, ehe er verkündete, dass der diesjährige Sieger gefunden sei. Alle Augen, die nicht auf den Boden gerichtet waren, blickten zu dem Jungen aus der fernen Provinz, doch obgleich der Kaiser verstanden hatte, was Liu Liang mit seiner einfachen Kreation sagen wollte, so entschied er sich dazu, denjenigen auszuzeichnen, bei dem es vorher den Aufschrei der Freude gegeben hatte.

Erst viel später am Abend, nachdem Liu Liang bei den beiden anderen Wettbewerben keine allzu großen Chancen auf den Sieg gehabt hatte, kam ein Bote des obersten kaiserlichen Beamten bei Liu Liang und seinem Zeremonienmeisters vorbei und überreichte den beiden eine Schriftrolle. Ehe die beiden diese öffnen konnten, empfahl sich der Bote und verschwand im Dunkel des Abends. Einen heftigen Kloß verspürten die beiden in ihren Hälsen, als sie das Papyrus entrollten, auf dem eine persönliche Nachricht des Kaisers stand, in der er Liu Liang und seinem Mentor dafür dankte, ihm die Bedeutung des Einfachen zurückgebracht zu haben. Dass diese Kreation jedoch nicht gewinnen konnte, lag ganz einfach daran, dass es zu mehr Streit als Aussöhnung unter den Beamten geführt hätte, sodass der Kaiser für seinen Hofstaat den Frieden anstatt die mögliche Erneuerung erwählte.

Als Liu Liang diese Worte des Kaisers vernahm, spürte er in seinem Inneren, dass er seine Aufgabe mehr erfüllt hatte, als wenn er bei einem der drei Wettbewerbe als Sieger hervorgegangen wäre. Denn einem Mächtigen das Einfache wieder näher ans Herz zu rücken, war eine viel größere Leistung, als dem Einfachen das Mächtige zu ermöglichen.

Liu Liang und der Teezeremonienmeister blieben so lange am Hof, dass ihre Abreise nicht als Flucht gewertet wurde, und als sie beide zurück nach Lishui gelangten, lief Liu Liang zu dem Haus seiner Eltern und fiel zunächst der Mutter und dann dem Vater um den Hals, um beide danach nie wieder zu verlassen.

Christian Knieps, *geboren 1980, lebt und arbeitet in Bonn, schreibt Romane, Theaterstücke, Novellen und Kurzgeschichte. Zuletzt: Tynn. Magischer Roman. Mehr Infos zu den Veröffentlichungen auf christianknieps.net.*

Gefangen in der Ewigkeit

Unter dem blassen Licht des Vollmonds öffnet sich die schwere, knarrende Tür zu dem alten Herrenhaus. Ein kalter Windhauch streicht durch die verlassenen Gänge. Dort, in den dunklen Schatten, haust der Geist von Johannes Maywald. Einst ein angesehener Dichter und Romantiker. Seit seinem tragischen Tod vor vielen Jahrzehnten wandert seine Seele ruhelos in den Mauern dieses Anwesens.

Ein junger Mann namens Adrian, ein einfühlsamer Schriftsteller, hat von der geheimnisvollen Geschichte des Herrenhauses gehört. Seine eigene Verzweiflung treibt ihn dazu, das Unbekannte zu erforschen und Antworten auf seine eigenen quälenden Fragen zu finden. Die Erzählungen über Johannes Maywalds einsames und unerfülltes Leben haben seine Neugierde geweckt.

Adrian betritt das Haus mit einem flatternden Herzen. Er folgt dem schwachen Glühen einer Kerze, die in der Ferne flackert. Schritt für Schritt nähert er sich dem Zentrum des düsteren Labyrinths. Er bleibt vor einem verstaubten Schreibtisch stehen. Er setzt sich und spürt eine Präsenz, die ihn umgibt, als er eine Art altes Tagebuch öffnet. Auf dem Tagebuch prangen die Worte: *Mein geliebter Geist. Von J. Maywald.*

Die ersten Seiten erzählen von Johannes Maywalds unerwiderter Liebe zu einem anderen Mann namens Julian. Eine Liebe, die zu Lebzeiten nie erfüllt wurde. Die Worte sind voller Sehnsucht und Trauer. Von einem Herz, das niemals Ruhe findet. Adrian kann den Schmerz förmlich spüren, der aus den zarten Zeilen spricht:

Eine sanfte Brise trug den Duft von Rosen durch den Englischen Garten, als ich zum ersten Mal Julian Saint Claire begegnete. Julian, ein eleganter junger Mann von betörender Schönheit. Er war der Stolz seiner Eltern. Ich fühlte sofort mein Herz für diesen Mann schlagen. Doch Julian war taub für die zarten Liebesbotschaften, die ich in meinen Werken verwob.

In jedem Gedicht, jedem Lied und jedem Buchstaben fanden sich versteckte Worte der Leidenschaft. Aber Julian erkannte sie nie. Ich fürchte, er war in seinen eigenen Ängsten gefangen. Ich hingegen verbrachte ganze Nächte damit, über meinen Schreibtisch gebeugt zu sitzen und Zeile, um Zeile zu schaffen. Ich schrieb von verbotenen Küssen im Mondlicht und von Liebeserklärungen, die nur der Wind hört. Julian war blind für meine Gefühle, die ich so verzweifelt versuchte, ihm mitzuteilen. Die Unfähigkeit Julians, meine Liebe zu erwidern, zerfraß mich von innen heraus. Ich konnte ihn nicht vergessen.

Die Jahre vergingen, doch der Schmerz blieb. Es war ein schleichender Verfall meiner Seele. Ein langsamer Tod, den nur wenige kennen. Mein Herz verfiel der Dunkelheit. Es war gefangen in einem Käfig der unerwiderten Liebe. Es war ein stürmischer Winterabend, als ich meinem Schicksal begegnete. In meiner tiefsten Verzweiflung entschied ich mich, dass nur der Tod mich von meinem Leid erlöst. So stürzte ich mich von den Klippen der einsamen Steilküste, während der Wind meine letzten Worte der Liebe hinfort trug.

Die Worte, die Adrian nun liest, sind mit ungelenker Handschrift verfasst. Kann das sein? Kann Johannes auch nach seinem Tod mit der Feder geschrieben haben?

Das Aufschlagen der Wellen auf die schroffen Felsen verschluckte meine Schreie. Mein Körper wurde von den eisigen Fluten verschlungen. Die Natur hatte einen wahrhaft poetischen Tod für mich, den verlorenen Dichter, bereitet.

Julian, der erst nach meinem Dahinscheiden die Botschaften erkannte, war von Schuldgefühlen geplagt. Die Ignoranz hatte ihn unser Glück und die Liebe unseres Lebens gekostet. Auch er hegte Gefühle für mich. Er vermochte sich dies aber nicht einzugestehen. Den Rest seiner Tage verbrachte er in Einsamkeit und Reue. Er war unfähig, die Vergangenheit ungeschehen zu machen. Ein unendliches Gefühl der Leere und des Bedauerns breitete sich in seinem Herzen aus. Julian quälte sich mit Selbstvorwürfen und der Frage, warum er die Botschaften nicht erkannt hatte. Er vergab sich selbst nicht, dass er meine Liebe so gedankenlos abgewiesen hatte. Die Worte von mir, dem Dichter, hallten in seinem Kopf wider. Jede Zeile wurde zu einem stechenden Schmerz. Jeder Blick in den Spiegel erinnerte Julian an das, was er verloren hatte. Mich. Die Schönheit, die er einst so stolz getragen hatte, schien jetzt verblassend und bedeutungslos. Er fühlte sich leer. Als ob ein Teil seiner selbst mit mir gestorben war. Julian versuchte, sein Leben weiterzuführen, doch das Vakuum in seinem Inneren war unüberwindbar. Jede Begegnung mit anderen Menschen war geprägt von der Erkenntnis, dass er nie die Art von Liebe erfahren konnte, die ich für ihn empfunden hatte. Er lernte niemanden kennen, der seine tiefsten Sehnsüchte erfüllen konnte. Die Tage vergingen in einer trüben Monotonie, während Julian von Reue und Einsamkeit geplagt wurde. Die Welt um ihn herum verblasste. Er fühlte sich wie ein Fremder in seiner eigenen Existenz. Er hatte meine Liebe verloren und damit auch einen Teil seiner eigenen Seele.

Die Begegnungen mit mir hatten Julian gezeigt, wie kostbar und flüchtig die Liebe sein konnte. Es war ein Schmerz, der sich nicht lindern ließ. Er hatte nicht nur eine Liebe verloren, sondern auch die Fähigkeit, bedingungslos zu lieben. Julian trug die Last der unerfüllten Liebe bis an sein Lebensende. Sein Herz blieb verhärtet. Vollkommenes Glück blieb ihm verwehrt. Die Erinnerung an mich und die verpassten Chancen verfolgten ihn bis zu seinem letzten Atemzug. Die Sehnsucht nach einer erfüllten Liebe blieb ein unauslöschlicher Schatten in seinem Leben.

Die Geschichte von Julian Saint Claire und mir, dem Dichter Johannes Maywald, wird im Laufe der Zeit verblassen. Doch die versteckten Botschaften in meinen Werken bleiben für immer verewigt. Sie werden diejenigen erinnern, die bereit sind zuzuhören. An die zerstörerische Macht der Ignoranz und die schmerzhafte Tragik einer unerwiderten Liebe, die im Tod keine Erlösung finden konnte.

Adrian schnürt es die Kehle zu. Mit jedem Eintrag vertieft sich seine Verbindung zu Johannes Maywald. Er fühlt, wie der Geist seine Gedanken durchdringt, und beginnt, ihm seine eigenen Geschichten in Gedanken zu erzählen. Sie sind Komplizen des Schicksals. Gefangen zwischen den Welten der Lebenden und der Toten. Adrian ist besessen von dem Verlangen, Johannes zu befreien und seine Liebe zu erwidern. In den dunkelsten Ecken des Herrenhauses findet Adrian Hinweise auf ein Ritual, das eine Brücke zwischen den Welten schaffen soll. Er sammelt Kerzen, Räucherstäbchen und antike Bücher, die mit alten Beschwörungsformeln gefüllt sind.

In einer stürmischen Nacht bereitet er sich in einem verlassenen Raum vor, wo das Portal zwischen den Dimensionen entstehen soll. Adrians Herzschlag beschleunigt sich, als er die Worte der Beschwörung rezitiert. Der Raum füllt sich mit einer düsteren Aura, als Johannes Maywalds Geist erscheint.

Adrian lächelt: „Johannes ... ich habe dich gesucht. Ich will dir helfen, deine einsame Seele zu befreien."

„Hilfe? Glaubst du wirklich, du kannst mir helfen? Mein lieber Adrian, du hast keine Ahnung, welches Leid ich ertrage."

„Ich verstehe, dass du Schmerz empfunden hast. Ich bin hier, um dich zu unterstützen. Lass mich teilhaben an deinem Schmerz."

„Teilhaben? Du kannst nicht verstehen, was es bedeutet, eine Liebe zu haben, die im Tod gefangen ist. Du siehst nur die romantische Seite davon, aber es ist eine bittere Tragödie. Ein endloser Albtraum, der niemals enden wird", verächtlich schnaubt Johannes Geist.

Adrian Stirn legt sich in Falten. Er will gar nicht verstehen, was Johannes ihm sagt: „Ich ... ich dachte, dass Liebe über den Tod hinausgeht. Dass sie stark genug ist, um alle Barrieren zu durchbrechen."

„Liebe? Diese Liebe hat mich zu einem Schatten meiner selbst gemacht. Jede Erinnerung an Julian, den ich so verzweifelt liebe, ist von Schmerz und Verzweiflung durchtränkt. Ich wollte, dass er mich erkennt. Dass er meine Liebe erwidert. Aber alles, was ich bekam, war Ablehnung und Ignoranz."

„Aber vielleicht ... vielleicht lag es an den Umständen, dass Julian deine Liebe nicht erwidern konnte. Vielleicht war er nicht bereit, seine eigenen Gefühle zu akzeptieren."

„Es spielt keine Rolle." Johannes Geist wird dunkler und augenscheinlich auch größer. Seine Stimme schwillt bedrohlich an: „Nichts ändert sich durch den Tod. Die Liebe, die ich empfand, war einseitig und bleibt es auch in der Ewigkeit. Sie quält mich noch immer. Tag für Tag. Nacht für Nacht. Keine Erlösung, kein Frieden. Merke dir, Liebe ist Schmerz."

Die Dunkelheit legt sich wie ein schwerer Mantel über die verlassenen Gemäuer des Herrenhauses. Der Wind peitscht die heruntergekommenen Vorhänge vor den fensterlosen Fenstern. Inmitten dieser gespenstischen Szenerie erhebt sich der Geist von Johannes. Seine

Gestalt ist verzerrt und von unbändiger Wut durchdrungen. Seine Augen leuchten in einem blassen, gespenstischen Grau. Sein Körper zittert vor unterdrückter Rage. Der Geist von Johannes, einst ein Mann von Macht und Einfluss, ist nun zu einem Schatten seiner selbst geworden. Die Worte, die er gerade von Adrian gehört hat, hallen unaufhörlich in seinem Geist wider. Die Offenbarung der unerwiderten Liebe, die verzweifelten Versuche, Verständnis und Mitgefühl zu erlangen, haben das Feuer der Verbitterung in Johannes neu entfacht. Er ist gefangen in einem Strudel von Emotionen, die ihn in eine grenzenlose Wut treiben.

Seine Stimme dröhnt durch die düsteren Flure des Herrenhauses, ein Echo aus vergangener Macht und Leidenschaft. „Wie kannst du es wagen, mir Mitgefühl anzubieten? Wie wagst du es, meinen Schmerz zu erkennen und ihn doch nicht zu verstehen?“ Johannes' Worte wüten wie ein tobendes Gewitter, das die Ruhe der Nacht durchbricht. Seine Gestalt scheint zu flackern. So, als wenn sie zwischen der Welt der Lebenden und der Toten gefangen ist. Die Mauern des Herrenhauses beben von seinem Zornesausbruch.

„Meine Liebe wurde verraten, meine Gefühle wurden verhöhnt! Was bleibt mir außer Wut und Verbitterung? Die Jahre der Einsamkeit haben mich zu einem Geist der Dunkelheit gemacht, zu einem Schatten, der nur noch nach Vergeltung strebt.“

Die kalte, unheimliche Präsenz von Johannes durchdringt jeden Raum und jeden Winkel des Herrenhauses. Seine Erscheinung ist ein warnendes Zeichen. Eine Mahnung an alle, die es wagten, sein verfluchtes Anwesen zu betreten. Seine Wut kennt keine Grenzen. Seine Bitterkeit hat jede Spur von Menschlichkeit ausgelöscht. Johannes ist zu einem Geist geworden, der nur noch von seinem unbeantworteten Verlangen nach Liebe und Anerkennung angetrieben wird. Die Nacht wird von Johannes' zornigen Schreien erfüllt, die in den leeren Räumen des Herrenhauses widerhallen. Sein Geist ist gefangen in einem Teufelskreis aus unerwiderten Gefühlen und quälendem Schmerz. Er ist dazu verdammt, ewig als wütender Geist zu wandeln.

Adrian ist wie versteinert, als ihm klar wird, dass etwas nicht stimmt. Er bekommt Angst. Der Geist ist nicht derjenige, den er erwartet hat. Die einseitige Liebe hat Johannes bitter und verdreht gemacht. Seine Seele ist vom Schmerz vergiftet.

Der Geist greift nach Adrian. Seine verwitterten Finger hinterlassen rote, brennende Spuren auf dessen Haut. Adrian schreit vor Schmerz und Angst, als er die Wahrheit erkennt. Er kann Johannes Maywald nicht retten. Die einseitige Liebe ist zu einem Fluch geworden, die selbst über den Tod hinaus andauert. In einer letzten verzweifelten Anstrengung kann Adrian das Ritual rückgängig machen und das Portal schließen.

Als die Flammen der Kerzen sterben und das Räucherwerk verweht, bleibt Adrian allein zurück. Er weiß nun, dass er die Grenzen des Unbekannten überschritten hat. Johannes Maywalds Geist ist gefangen. Die Geschichte von Johannes ist ein düsteres Kapitel in der Chronik des Herrenhauses. Sie ist eine Warnung vor den Konsequenzen der Liebe, die auch im Tod keine Erfüllung findet. Der Geist von Johannes wird weiterhin durch die Schatten des Anwesens spuken. Ein ewiger Mahner an die Macht der unerwiderten Leidenschaft und die zerstörerische Natur der verborgenen Gefühle.

Simone Lamolla, *geboren 1979, ist eine leidenschaftliche Hobby-Schriftstellerin, die Abenteuer und ein Hauch von Magie in ihren Geschichten vereint. Wenn sie nicht schreibt, wandert sie gerne an der Ostsee, fotografiert oder probiert sich als Kleingärtnerin aus. Einige ihrer Kurzgeschichten wurden bereits in Anthologien bei verschiedenen Verlagen veröffentlicht. Sie lädt ihre Leserschaft ein, ihre Werke zu entdecken und sich von ihrer Kreativität verzaubern zu lassen. Ihr könnt sie auf Instagram unter @la_mone_hansedeern erreichen.*

Die Zeitmaschine

Der Papa von Alex hat im Büro immer so viel zu arbeiten, dass er jeden Abend beim Abendbrot schimpft.

Gestern früh sagte Papa, nachdem er seinen Kaffee ausgetrunken hatte: „Elisabeth, weißt du, ich würde mit einem neuen Computer sicherlich besser vorwärtskommen. Der alte Computer ist ja so langsam, heute gibt es viel schnellere, leistungsfähigere Apparate. Ich werde mir heute Abend einen neuen kaufen."

„Darf ich da bitte mitkommen, wenn du ihn dir kaufst?", bat Alex. „Wir arbeiten nämlich inzwischen auch mit Computern in der Schule."

„Von mir aus", stimmte sein Papa zu.

Sie verabredeten sich für eine bestimmte Zeit und trafen sich dann auch gleich in der Computer-Abteilung des Geschäftes. Eine schier unübersehbare Auswahl an tragbaren Computern, sogenannte PCs, war dort aufgebaut.

„Also ohne Hilfe eines fachkundigen Verkäufers weiß ich wirklich nicht, welcher für mich der richtige PC ist", stellte Alex' Papa fest. Er bat den nächststehenden Verkäufer zu sich und erzählte ihm, wofür er den Computer benötigt.

„Also da kämen eigentlich nur diese drei Computer infrage", sagte der Verkäufer und deutete auf drei nebeneinanderstehende Geräte. „Sie sind von der Leistung vollkommen ausreichend für Ihre Arbeiten. Allerdings", fuhr er zögerlich fort und blickte dabei auf Alex, der sich mit neugierigen Augen die Geräte anschaute, „allerdings hat eines der Geräte eine zusätzliche Taste, die vielleicht für Sie, aber auf jeden Fall für Ihren Sohn interessant sein dürfte."

„Was kann man denn mit welcher zusätzlichen Taste machen?", wollte Alex nun wissen.

„Schauen Sie bitte hier", antwortete der Verkäufer und zeigte dabei auf eine Taste, auf der weder ein Buchstabe noch eine Zahl vermerkt war, sie war einfach nur schwarz. „Wenn Sie auf diese Taste drücken

… ach, kommen Sie doch bitte mal ganz nahe an mich heran", bat er Alex' Papa und flüsterte ihm dann irgendetwas Geheimnisvolles ins Ohr, sodass dieser große staunende Augen machte.

„Wirklich, das soll gehen?", fragte der Papa neugierig nach.

„Ja, aber ich kann Ihnen das hier leider nicht vorführen, Ihr Sohn … Sie verstehen? Für den Fall, dass Sie dieses Gerät kaufen, rate ich Ihnen, zu diesem Thema am besten das Handbuch auf den Seiten 83 bis 85 zu lesen."

„Da gibt es doch gar keine lange Überlegung, das Gerät nehme ich, auch wenn es ja außergewöhnlich teuer ist."

„Dafür bekommen Sie aber auch etwas, was sonst kein Computer leisten kann", meinte der Verkäufer und machte sich auf den Weg zum nächsten Kunden.

Alex' Papa bezahlte an der Kasse und zufrieden und neugierig zugleich gingen sie mit dem Computer unter dem Arm nach Hause.

Sofort wurde er ausgepackt und angeschlossen.

Weil der Papa von Alex mit einem PC umgehen konnte, legte er das Handbuch zur Seite und begann mit seiner Arbeit.

Alex hatte sich behalten, dass auf den Seiten 83 bis 85 beschrieben sein sollte, was diese besondere Taste auslösen konnte. Und was stand da?

Diese Taste ohne Beschriftung (unten links außen) versetzt denjenigen, der sie betätigt, in Zeitintervallen von jeweils einer Generation zurück beziehungsweise vor. Wenn der Benutzer diese Taste einmal drückt und gleichzeitig die Taste mit dem Pluszeichen oberhalb des rechten Zahlenfeldes, dann wird er in die Generation seines Kindes versetzt, drückt er zweimal die Plustaste, dann erfolgt eine Versetzung in die Generation seines zukünftigen Enkels. Drückt der Benutzer jedoch gleichzeitig die Minustaste, dann versetzt er sich damit in die Generation seines Vaters beziehungsweise die Generation seines Großvaters. Es kann aber nur maximal zwei Generationen weit geschaut werden. Auf gleichem Wege kann der Benutzer sich aus den jeweils gewählten Zeiten zurückholen. Bitte lassen Sie äußerste Vorsicht walten!

Na, das klang ja sehr spannend. In Alex' Kopf purzelten die Gedanken jetzt durcheinander. Er fragte sich, was wohl mit demjenigen geschehen würde, der die Taste für die Vergangenheit drückte? Bewegte und sprach er dann mit den Worten, die in der Vergangenheit benutzt wurden? Würde er dann vielleicht seinen Vater mit *Sie* ansprechen müssen, wie es damals üblich war? Oder würde er plötzlich in der Schule zwischen allen so wie damals angezogenen Mitschülern sitzen, auf harten Holzbänken und an Holztischen, in denen noch ein Tintenfass steckte? Einen Computer gab es nicht, geschweige denn das Wort.

Und was würde geschehen, wenn er sich in die Zukunft *klicken* würde? Würde er sich vor lauter Lachen über seine heutige Schule ausschütten können? Würde er nur noch mit Computern und sonstigen technischen Geräten arbeiten, an die heute gar nicht mehr zu denken wäre? Und die Kleidung und die Frisuren?

Alex sauste es im Kopf. Würde, würde, würde. Wenn man doch bloß wüsste, was einen in der einen oder anderen Zeit erwartete. Die eine Zeit war genauso spannend zu beschauen wie die andere. Es wäre schon wissenswert, was sein Vater oder Großvater, von dem Papa wenig erzählt hatte, alles erlebt hatten. Dann könnte er vielleicht manches heutige Verhalten seines Vaters besser verstehen und wäre nicht gleich so schnell eingeschnappt. Vielleicht hatte Papa Ähnliches auch schon erlebt und wollte nur Schaden von ihm abwenden, ihm also nur helfen. Und er, Alex, verstand es nur immer falsch.

Genauso gerne wollte Alex wissen, wie es mit ihm in seiner eigenen Zukunft weitergehen würde. Wie lief es in der Schule? Blieb er weiterhin gut und fand einen Beruf. Und wenn ja, welchen?

„Ach", stöhnte Alex, „was soll ich nur machen?" Ihn reizte es zu sehr, eine der Tasten zu drücken ... aber welche?

Und dann entschied er sich. Er wollte doch, bevor sein Papa den Computer forträumte, einmal eine der Tasten drücken und in die … schauen. Ja, wohin wollte Alex schauen? Zukunft oder Vergangenheit? Alex entschied sich für … die Vergangenheit. Wie war es damals in der Schule? Wie waren die Stühle und Tische? Wie streng waren die Lehrer wirklich? Papa meinte ja immer, dass es früher viel strenger in der Schule zugegangen war. Alex las schnell noch in der Beschreibung, wie er es anstellen konnte, auch wieder in die Gegenwart zurückgeholt zu werden:

Dazu geben Sie bitte vorab eine Zeit ein, wie lange Sie in der Vergangenheit oder Zukunft verbleiben wollen.
Geben Sie beispielsweise zehn Minuten ein, dann werden Sie automatisch nach zehn Minuten wieder in die Gegenwart vor- beziehungsweise zurückgezogen.

Alex gab als Zeitspanne zehn Minuten und als Vergangenheit das Stichwort *Opa* ein. Dann drückte er die Taste *Enter* und schon sah er sich auf dem Bildschirm zurückversetzt in die Zeit, als sein Opa zur Schule ging. Ein Junge mit seinem Aussehen war dort zu erkennen. Alex stand in der Wohnung seiner Eltern und hatte seine schwere Schultasche auf dem Rücken. Es war keine Tasche einer teuren Modemarke, wie Alex sie heute trug, sondern ein sehr ramponiert aussehender Ledertornister. Alex sollte gehen, aber er hatte heute nicht so recht Lust auf seinen Schulweg. Er musste ihn nämlich zu Fuß bewältigen. Den Luxus von heute, mit dem eigenen Rad zur Schule zu fahren oder gar von den Eltern mit dem Auto gebracht zu werden, den gab es damals noch nicht. Das Transportmittel zur Schule waren die eigenen Füße. Egal welches Wetter draußen war. Und heute regnet es wie aus Eimern.

Alex machte sich auf den Weg. Nach etwa einer guten halben Stunde kam er völlig durchnässt in der Schule an. Seinen Mitschülern ging es nicht besser. Auch sie waren pitschenass und triefen, als hätten sie mit ihrer Kleidung im nahe gelegenen See gebadet.

Die nassen Jacken hängten sie über einen Haken und dann nahmen sie auf ihren Holzbänken Platz. Diese Holzbänke waren fest mit dem Holztisch, der vor ihnen stand, verbunden. In dem Holztisch war oben ein Loch für das Tintenfass eingelassen und daneben war eine Vertiefung eingefräst, in die die Bleistifte und der Federhalter gelegt werden konnten.

Plötzlich wurde die Tür aufgerissen und der Lehrer betrat den Klassenraum. Alle Schülerinnen und Schüler sprangen sofort von ihren Plätzen auf und stellten sich neben ihren Tisch. Der Lehrer begrüßte die Kinder mit einem kurzen: „Guten Morgen“, und die Klasse grüßte mit einem ebenso kurzen: „Guten Morgen, Herr Lehrer“, zurück.

„Setzen“, lautete dann kurz und knapp die Aufforderung des Lehrers.

Freddy, der neben Alex saß, konnte es sich einfach nicht mehr verkneifen, flüsternd Alex zu fragen: „Wollen wir heute in der Pause die Trixi mal so richtig ärgern?"

Dumm nur, dass das der Lehrer mitgekriegt hatte. „Was hast du da eben zu flüstern gehabt, mein Bürschchen?", fragte er Freddy und zeigte mit dem Rohrstock auf ihn.

Weil er nicht sofort nach der Ansprache durch den Lehrer aufgestanden war und eine passende Ausrede parat hatte, musste er sich wohl oder übel für zehn Minuten in die Klassenecke – mit dem Gesicht zur Wand – stellen. Er konnte so zwar noch den weiteren Unterricht hören, aber mitschreiben ging nicht. Das musste er entweder in der Pause oder zu Hause aus dem Heft seines Freundes nachholen. Dabei hatte Freddy noch Glück gehabt. Schlimmer wäre es gewesen, wenn ihn der Lehrer auf den Flur vor der Klasse geschickt hätte. Dann wüsste er nicht, worüber im Unterricht gesprochen worden war.

Kurz nachdem Freddy sich wieder setzen durfte, war ein kurzes: „Autsch!", zu hören. Der Rohrstock des Lehrers war soeben auf Elviras Finger niedergesaust.

Elvira hatte gerade aus der Federtasche ihrer Platznachbarin Gertrud den Radiergummi mopsen wollen, da war auch schon der Stock auf ihren Fingern und als Folge davon würde sie bestimmt für den Rest des Tages ihren Stift nur unter großem Weh halten können. Und weil sich Elvira vor Kurzem schon eine Untat, wie sie der Lehrer immer nannte, geleistet hatte, drohte ihr nun der Lehrer den Eintrag ins Klassenbuch an.

„Wenn das so weitergeht mit dir, meine liebe Elvira", meinte er mit sehr ernstem Gesicht, „werde ich wohl deine Eltern aufsuchen müssen. Nimm dich in acht!"

Sofort herrschte Schweigen in der Klasse. Alle hatten größten Respekt vor dem Lehrer. Sie wussten alle, dass der Lehrer nicht mit sich Spaßen ließ. Der eine oder die andere hatte schon mal den Rohrstock auf dem Hinterteil gespürt. Und dann, wenn man nicht mehr so richtig auf den ungepolsterten Bänken sitzen konnte, weil der Rohrstock auf dem Hinterteil getanzt war, kam einem die Unterrichtsstunde besonders lang vor.

Der Heimweg war nicht weniger anstrengend als der Weg zur Schule. Kein Auto, kein Bus, kein Fahrrad, nur die eigenen Füße.

Ätzend! Und dann noch die Hausaufgaben. Und nach den Hausaufgaben war endlich Spielen angesagt. Denkste! Jetzt musste Alex, der sich noch immer in der Zeit seines Opas befand, seinen Eltern helfen.

Plötzlich erlosch das Bild auf dem Computer. Nach einer kurzen Dunkelphase füllte sich der Bildschirm wieder mit dem Hinweis:

Die zehn Minuten sind um. Sie sind wieder in der Gegenwart.

„Gott sei Dank", stöhnte Alex, „das war ja grässlich früher. Die harten Sitzbänke, der bescheuerte Lehrer, der schlagende Rohrstock, die Federhalter mit Tintenfässchen, die Kleidung. Das war ja krass! Da gehe ich doch lieber heute in die Schule. Heute gibt es Fahrrad, Auto, Computer, Freizeit und was weiß ich nicht alles. Nee, so wie früher will ich nicht leben, dann lieber ab und zu mal Mama im Haushalt oder Papa beim Autowaschen helfen."

Alex meldete sich aus dem Computerprogramm ab und schaltete den Computer aus. Der kurze Blick in die Vergangenheit hatte ihm gereicht.

Ein wenig neugierig war Alex allerdings doch, was in der Zukunft mit ihm geschehen könnte. „Vielleicht schaue ich mit dem Computer auch in die Zukunft. Aber bestimmt nicht gleich morgen oder übermorgen."

Recht hatte Alex. Die Vergangenheit war interessant, aber vorbei. Die Zukunft musste er selbst erleben! Daran führte kein Weg vorbei, auch kein noch so schlauer Computer!

Und nun? … Computer ausschalten!

Charlie Hagist *wurde 1947 in Berlin-Steglitz geboren. Nach Grund- und Oberschule absolvierte er eine Ausbildung zum Bankkaufmann. Während seiner Tätigkeit in der Personalabteilung des Hauses bildete er sich zusätzlich zum Personalfachkaufmann (IHK) weiter. Ehrenamtlich war er als Richter am Amtsgericht Berlin-Tiergarten, am Sozialgericht Berlin und danach am Landessozialgericht Berlin tätig. Charlie Hagist ist verheiratet, hat einen Sohn.*

Der Makler

Es war zehn Uhr nachts, als ich mein Auto in einem verlassenen Viertel einer Stadt parkte, deren Name, wie Sie vielleicht vermuten, irrelevant ist. Ein Gefühl des Unbehagens überkam mich, als ich den Zündschlüssel umdrehte und ausstieg.

Die Luft war schwer und stickig, als wäre sie von einer unsichtbaren Last erdrückt, und es roch faulig und modrig. Vor mir ragten baufällige Gebäude auf, die wie düstere Denkmäler aus der Dunkelheit emporstiegen. Ihre Fassaden waren mit Graffiti bedeckt, das in der Dunkelheit wie unheilvolle Symbole wirkte. Die Fenster, seit Jahrzehnten scheinbar unberührt, waren von Schmutz und Staub verhüllt. Ich fragte mich, wer wohl in diesen verfallenen Häusern lebte, in einem Viertel, das von der Welt vergessen schien. Welches grauenvolle Schicksal wohl das Maklerbüro ereilt hatte, das sich an einem so verwunschenen Ort befand?

In der Ferne hörte ich das dumpfe Dröhnen eines Zuges, der durch die Dunkelheit raste. Sein Lärm hallte wie eine Warnung durch die trüben Gassen und vermittelte das Gefühl, als befände ich mich in einer anderen Welt – einer Welt, in der Schrecken und Verderben darauf warteten, mich zu verschlingen. Ich hatte das beklemmende Gefühl, in eine Falle geraten zu sein, und wusste, dass ich hier nicht länger bleiben sollte, als unbedingt nötig.

Plötzlich tauchte eine Gestalt aus einer dunklen Hausecke auf. „Schicker Schlitten, Mister, passt gar nicht hierher, oder?“, rief sie. Der junge Mann trug eine schwarze Lederjacke, dunkle Jeans und Turnschuhe. Seine Körperhaltung erinnerte an ein Raubtier, das zum Sprung bereit war, und ich bemerkte das Messer in seiner rechten Hand.

Ich versuchte, die Situation zu erfassen und das Messer zu ignorieren – meine Nerven waren zum Zerreißen gespannt. Seine Gesichtszüge waren unruhig und ich spürte das leichte Zittern seines Körpers, als ob er sich in einem Zustand äußerster Anspannung befände. Mir war klar, dass ich ihm körperlich unterlegen war, selbst wenn ich es versuchen würde. Eine Pistole hatte ich nicht, denn ich war Schriftsteller, kein Privatdetektiv. Nie hätte ich gedacht, dass ich jemals in eine solche Situation geraten würde.

Der Bursche näherte sich weiter und ich konnte sein gespenstisches Grinsen ausmachen, das er mir zuwarf. Offenbar amüsierte er sich über meine vermeintliche Schwäche. Das Messer in seiner Hand glitzerte, als er es spielerisch hin und her schwang. Ich fühlte mich wie ein Spielball des Schicksals, das mich an diesen Ort geführt hatte, an dem ich niemals hätte sein sollen. Doch dann kam mir eine Idee!

Mit bestimmtem Tonfall unterbreitete ich dem Jungen meinen Vorschlag: „Fünfzig Dollar dafür, dass der Wagen später noch unversehrt ist. Und dass du mich zu Mr. Nelsons Büro begleitest."

Der Bursche schien überrascht, doch die Aussicht auf das Geld für eine scheinbar leichte Aufgabe gefiel ihm. Er zögerte kurz, bevor er zustimmend nickte. Ich sah, wie er das Messer einsteckte und es sorgfältig in die Jackentasche schob.

Das Haus befand sich nur wenige Schritte entfernt, doch bei der spärlichen Beleuchtung zweifelte ich, ob ich es so schnell gefunden hätte. Es wirkte alt und verwittert, die Stufen ächzten unter meinen Schritten, der hölzerne Handlauf war morsch. Als ich das Ende der Treppe erreichte und die Tür sich öffnete, trat eine Gestalt aus der Dunkelheit auf mich zu. Die Umrisse ihres Gesichts verschwammen im Schatten, doch erkannte ich sofort den Mann, den ich suchte: Mr. Nelson, der Makler.

Ein unheimliches Lächeln breitete sich auf seinem Gesicht aus, das jedoch nicht seine Augen erreichte. Diese lagen tief in ihren Höhlen und blickten undurchdringlich. Seine Haut war blass und kalt wie Marmor, seine Haare hingen dünn und glanzlos über seine Stirn. Er war schlank und hochgewachsen, fast wie eine Schattengestalt, die sich aus der Finsternis erhob. Es wirkte, als ob er gewichtslos und schwerelos durch den Raum schweben könnte, wenn er wollte. Mr. Nelson kam auf mich zu und ein eisiger Schauer lief mir über den Rücken. „Genau zur rechten Zeit, Steve. Kommen Sie, treten Sie ein", sagte Mr. Nelson mit einer Stimme, die kalt und distanziert klang.

Es schien, als wäre die Zeit hier stehen geblieben. Die Wände waren mit einer dicken Schicht aus Schimmel und Spinnweben überzogen, die sich wie ein dichter Vorhang über die alten Tapeten legten. Das matte, trübe Licht einer Straßenlaterne fiel durch die schmutzigen Fensterscheiben. In der Mitte des Raums stand ein großer Eichenschreibtisch, der einst prächtig gewesen sein mochte, jetzt aber unter einer Schicht aus verstaubten Büchern und Schriftrollen begraben war, deren Einbände im Laufe der Jahre verblichen waren.

Mr. Nelson schaltete eine Schreibtischlampe ein, die nur einen Teil des Raumes erhellte, während der Rest in tiefer Dunkelheit verblieb, als würde eine unsichtbare Kraft das Licht abblocken. Die Schatten bewegten sich, als ob etwas darin lauerte, und eine unheilvolle Präsenz erfüllte den Raum. Auch Mr. Nelson spürte dies, da er ängstlich umherblickte und murmelte, dass *alte Mächte* am Werk seien.

Plötzlich durchfuhr mich ein eisiger Hauch, der mich bis auf die Knochen durchdrang und leicht schaudern ließ. Etwas Unbekanntes schien die gesamte Wärme aus dem Raum zu ziehen. Am liebsten wäre ich sofort wieder gegangen.

Mr. Nelson setzte sich an den Schreibtisch und deutete an, dass ich ebenfalls Platz nehmen sollte. Während ich mich umsah, fiel mein Blick auf einen orientalisch anmutenden Dolch, der von einer Schriftrolle halb verdeckt war. Ich zog ihn hervor und war sofort von seiner ungewöhnlichen Schönheit und Exotik gefangen. Der Griff war kunstvoll mit Schnitzereien und Gravuren verziert, die ich nicht entziffern konnte.

„Schauen Sie ihn sich ruhig genauer an", ermutigte mich Mr. Nelson, als er mein Interesse bemerkte. „Der verzierte Griff ist ein echtes Kunstwerk. Geben Sie mir bitte noch ein paar Minuten, um Ihre Papiere zu ordnen."

Das gefiel mir. Ich betrachtete die scharf glänzende Klinge, die metallisch funkelte, als ich den Dolch unter die Lampe hielt und ihn in meiner Hand drehte. Doch je länger ich ihn ansah, desto stärker spürte ich eine unheimliche Kraft von ihm ausgehen. Es war, als würde er eine dunkle Vergangenheit und geheimnisvolle Geschichte in sich tragen, die ich nicht zu durchdringen vermochte.

Mr. Nelson nahm mir den Dolch aus der Hand, betrachtete ihn mit einem sonderbaren Gesichtsausdruck und erklärte: „Dieser Dolch stammt aus einer längst vergessenen Epoche und birgt eine eigene Geschichte. Sein früherer Besitzer war ein mächtiger Mann, der ihn für düstere Rituale nutzte. Doch letztlich verzehrte ihn seine eigene Macht und er fiel einem grausamen Fluch zum Opfer. Der Dolch jedoch blieb zurück und wartet nun darauf, von einem würdigen Erben wiederentdeckt zu werden."

Seine Worte erfüllten mich mit Entsetzen und ich spürte, dass ich diesen Dolch niemals wieder anfassen wollte. Ich verzichtete darauf, ihn zu fragen, wie der Dolch in seinen Besitz gekommen war, denn ich wollte dieses düstere Zimmer so schnell wie möglich verlassen. Die Kälte breitete sich wie eine eisige Hand auf meinem Rücken aus und ich wusste, dass ich fliehen musste, bevor es zu spät war. Meine Hände verkrampften sich um die Stuhllehne, ich wollte aufspringen und aus dem Zimmer stürmen, die Treppe hinunter, ohne mich umzusehen.

„Fühlen Sie sich nicht wohl, Steve?", fragte Mr. Nelson mit spöttischem Lächeln und schob einen eng bedruckten Papierbogen über den Tisch, ohne meine Antwort abzuwarten. „Hier ist Ihr Vertrag. Die Einzelheiten haben wir ja bereits am Telefon besprochen. Es fehlt nur noch Ihre Unterschrift."

Ich zog ein Kuvert aus meiner Manteltasche und reichte es ihm. „Drei Monatsmieten im Voraus."

Mr. Nelson nickte und legte den Umschlag in ein Schubfach.

„Wollen Sie nicht nachzählen?", fragte ich überrascht von seinem Vertrauen.

„Ich denke, das ist nicht nötig. Kommen Sie, Steve, ich bringe Sie zurück zu Ihrem Wagen. Die Gegend mag düster sein, aber die Mieten sind günstig."

Ich folgte dem Makler aus dem Haus. Die Eingangstür fiel mit einem ohrenbetäubenden Knall ins Schloss, als sollte sie nie wieder geöffnet werden. Die Straßenlaterne warf nur ein schwaches und flackerndes Licht auf den Bürgersteig. Der Wind heulte und klang wie ein hungriger Geist auf der Suche nach verirrten Seelen. In einer Seitengasse ragten krumme Bäume auf, deren Laub raschelte und flüsterte, als ob sie uns Geheimnisse zu erzählen hätten. Doch welche? Und warum?

Schließlich erreichten wir den Ort, wo ich mein Auto abgestellt hatte. Es stand noch da, wie ich es verlassen hatte, fast wie eine unheilvolle Gestalt, die darauf wartete, ihre Beute in die Dunkelheit zu ziehen. Als ich mich von Mr. Nelson verabschiedete und seine Hand schüttelte, durchfuhr mich ein Frösteln, das meinen ganzen Körper erzittern ließ. Die Berührung war kalt und schleimig, als griffe ich in die feuchte Haut eines Fisches, frisch aus den Tiefen des Meeres geholt. Er hielt meine Hand fest, und ein Gefühl von Grauen und Ekel breitete sich in mir aus. Es war, als hätte ich etwas Fremdartiges und Schreckliches berührt, das sich hinter der vertrauten Gestalt von Mr. Nelson verbarg. Ich wagte kaum, ihm in die Augen zu sehen, aus Angst, eine ähnliche Grausamkeit darin zu entdecken, wie ich sie in seiner kalten, schleimigen Hand gespürt hatte. Es fühlte sich an, als wäre ich in eine andere Welt geraten, in der die Gesetze der Natur außer Kraft gesetzt waren und das Böse sich frei entfalten konnte.

Ich senkte den Blick und bemerkte eine schleimige Spur, die sich wie ein silberner Schleier über den Boden legte und genau den Weg markierte, den wir gerade beschritten hatten. Es bedurfte keiner großen Fantasie, um zu ahnen, dass sie direkt zu Mr. Nelsons Maklerbüro führte, wo sich vielleicht noch grauenvollere Dinge verbargen. Es war, als hätte ein dicker, silberner Nebel den Bürgersteig bedeckt und sich dabei in windenden und kringelnden Mustern ausgebreitet, die an die Formen erinnerten, die man manchmal in den Wolken oder im Feuer sieht. Ich hatte das Gefühl, dass etwas Lebendiges und Fremdartiges darin verborgen lag, das vor unseren Blicken geschützt bleiben sollte. Ein feines Prickeln überzog meine Haut, als ob winzige Geschöpfe darüber huschten. Ich ließ Mr. Nelsons Hand los und trat einen Schritt zurück, denn ich wollte mich dem Unheimlichen nicht einfach ausliefern.

„Danke für Ihren Besuch, Steve. Und vergessen Sie nicht, dass ich immer in der Nähe bin, um Ihnen bei Bedarf zu helfen. Immer bereit zu helfen“, sagte er mit einem Unterton, der mich erschaudern ließ. Als der Makler die Worte aussprach, veränderte sich seine Stimme. Sie war tief und heiser, fast wie das Knurren eines wilden Tieres. Doch es war mehr als das – es schien, als ob sich hinter seiner Stimme ein anderes, fremdartiges Wesen verbarg, das sich bemühte, hervorzubrechen und sich Gehör zu verschaffen. Gleichzeitig änderte sich sein Gesichtsausdruck. Seine Augen verdunkelten sich, als ob ein Schatten darüber gefallen wäre, und sein Mund verzog sich zu einem schiefen Lächeln. Mr. Nelson schien sich zu verändern, als ob er von einer unsichtbaren Macht beherrscht wurde, die in seinem Körper wohnte und sich allmählich durch seine Adern zu winden begann. Seine Augen funkelten nun in einem unheimlichen Licht, das mir das Gefühl gab, dass er nicht mehr der Mensch war, den ich zuvor gekannt hatte. Ich musste eine schreckliche Verwandlung mit ansehen, ohne etwas dagegen tun zu können.

Ich sprang in mein Auto und schlug die Tür hinter mir zu, das Echo des Aufpralls verschmolz mit dem düsteren Heulen des Windes. Hastig startete ich den Motor, und während ich von dem trostlosen Ort wegfuhr, warf ich einen letzten Blick in den Rückspiegel. Mr. Nelson stand immer noch dort, wo ich ihn verlassen hatte, eine dunkle Silhouette gegen das flackernde Licht der Straßenlampe. Sein Blick verfolgte mich, durchdringend und kalt, ein stummer Zeuge meiner Flucht.

Volker Liebelt, *Jahrgang 1966, lebt in dem idyllischen Öhringen, einer Stadt, die seine Inspiration und Heimat gleichermaßen ist. Sein Schreibstil zeichnet sich durch die Fähigkeit aus, düstere Atmosphären und tiefgründige Spannung zu erzeugen, die die Leser in die Abgründe der menschlichen Psyche und des Übernatürlichen eintauchen lassen. In seinen Geschichten, die oft an verlassenen und geheimnisvollen Orten spielen, verwebt er gekonnt das Grauen mit der Schönheit des Morbiden und lässt dabei die Grenzen zwischen Realität und Albtraum verschwimmen.*

Hugo Fröhlich

Nie im Leben hätte ich mich in dieser Aufmachung auf die Straße getraut, noch dazu in den belebten Supermarkt! Wie konnte man sich in unserem Alter nur so lächerlich machen? Missbilligend schüttelte ich den Kopf, während ich dem alten Mann zusah, wie er in seinem knallbunten Clownskostüm durch den Gang schlurfte und fröhlich vor sich hin pfiff. Ich drehte dem Mann den Rücken zu und suchte nach den Zutaten, die mir noch zum Backen fehlten. Etwas schwerfällig bückte ich mich zu einem der unteren Regalfächer und griff nach der günstigen Haselnusspackung. Als ich mich wieder aufrichtete, spürte ich einen Drehschwindel. Unsicher tastete ich nach meinem Einkaufswagen. Doch statt mir eine Stütze zu sein, bewegte er sich ruckartig nach vorne und rollte davon.

„Brauchen Sie Hilfe?“, fragte eine männliche Stimme. Bevor ich antworten konnte, spürte ich eine kräftige Hand, die mich am Arm stützte und mich sanft auf einen herbeigeschobenen Stuhl beförderte. Als ich meine Augen öffnete, stand der alte Mann in Clownskostüm neben mir. „Besser?“, fragte er. In seinen Augen lag Mitgefühl.

Ich lächelte gequält, kramte in meiner Handtasche nach dem Pillendöschen und schob mir eine Tablette in den Mund. „Geht schon wieder, danke“, erwiderte ich.

Der alte Mann zog seinen Clownshut und verbeugte sich vor mir: „Gestatten Sie, Gnädigste: Hugo, Hugo Fröhlich!“ Dabei blitzte in seinen Augen etwas Jugendliches auf.

„Gerdi Schuster“, erwiderte ich und zwang mich, die Hand des alten Mannes zu drücken, die er mir entgegenstreckte. Jetzt konnte ich meine Neugierde nicht länger zurückhalten. „Gibt es denn einen triftigen Grund dafür, dass Sie sich außerhalb der Fasnachtszeit als Clown kostümieren?“, fragte ich.

Hugo Fröhlich lachte lauthals los. Dabei gruben sich tiefe Falten in seine hohe Stirn und in seine Wangen, auf denen kräftiges Rouge aufgetragen war. Verschwörerisch zwinkerte er mir zu. „Ich versuche, alten Menschen im Pflegeheim ein wenig Freude ans Krankenbett zu bringen."

Damit hatte ich nicht gerechnet. „Oh! Also, das ist aber schön!", stammelte ich.

„Wenn Sie Zeit und Lust haben, können Sie mich ja gerne einmal begleiten", sagte Hugo Fröhlich.

Ich lächelte, um meine Verlegenheit zu überspielen. Nach einer Weile fragte ich: „Meinen Sie, die Heimbewohner würden sich auch über ein Stück selbst gebackenen Hefezopf freuen?"

„Bestimmt!", sagte Hugo Fröhlich augenzwinkernd. „Wir alten Leute essen doch für unser Leben gern ein Stück Kuchen, nicht wahr?"

Als ich später den Teig knetete, wunderte ich mich über mich selbst. Wie hatte Hugo Fröhlich es nur geschafft, mich mit ihm für den darauffolgenden Dienstagnachmittag zu verabreden?

Als wir am Eingang des Seniorenheims aufeinandertrafen, begrüßte mich Hugo Fröhlich überschwänglich: „Sie sehen umwerfend aus!", sagte er.

Ich hatte meine alte Nähmaschine zum Laufen gebracht und stand mit meiner selbst geschneiderten, vielfarbigen Bluse vor ihm. „Danke – Sie auch!", erwiderte ich schmunzelnd. Hugo Fröhlich trug zu der knallbunten Clownshose und dem Hut noch eine rote Pappnase und Ringelstrümpfe. Zu meiner Verwunderung fiel es mir mit ihm zusammen nicht schwer, auf die Leute im Pflegeheim zuzugehen.

Überhaupt hat Hugo einiges in meinem Leben in Bewegung gebracht. Wenn ich mir die bunte Bluse überstreife und die Schleife im Haar befestige, freue ich mich wie ein kleines Kind. Dann gehen wir von Zimmer zu Zimmer und ich teile meinen selbst gebackenen Hefezopf an die Heimbewohner aus.

Man muss Hugo einfach mögen! Mit seiner Unbeschwertheit und seiner Clownerie erobert er die Herzen der Menschen im Nu und zaubert ihnen ein Lächeln ins Gesicht. Obwohl er selbst Schicksalsschläge hinnehmen musste, hat er seinen Humor nicht verloren.

Ich bin sehr glücklich darüber, dass ich Hugo kennenlernen durfte und dass ich den Mut aufbrachte, noch etwas Neues anzufangen.

Es ist sogar schon vorgekommen, dass sich die Leute im Supermarkt verwundert nach mir umdrehten, weil ich fröhlich vor mich hin pfiff! Hugo hat recht: Das Alter spielt keine Rolle. Man sollte jede noch so kleine Gelegenheit nutzen, um anderen Menschen und sich selbst eine Freude zu bereiten!

Ulrike Müller *wurde 1964 in Endingen am Kaiserstuhl geboren, wohnt heute in Bühl/Baden und ist vierfache Mutter. Ihre Hobbys: Schreiben, (Vor-)Lesen, Nähen, Gärtnern und Clownerie. Veröffentlichungen in mehreren Anthologien.*

Willkommen in meiner Welt

„Stelle dir vor, du läufst eine Straße entlang. In jedem Haus brennt ein warmes Licht. Du gehst weiter, vorbei an lachenden Gesichtern, Vätern, die ihre Kinder liebevoll in die Luft heben, Müttern, die zu Musik tanzen, und Greisen in Schaukelstühlen, die dieses Spiel mit glänzenden Augen verfolgen. Du gehst weiter an scheinenden Häusern vorbei, an Leben, an Liebe und Lachen. Gegen Ende der Straße siehst du nichts mehr. Ein einziges Haus zwischen diesen glücklichen Gemäuern bleibt leer und stumm. Kein Leben, keine Freude strahlt es aus. Du fragst dich, was wohl mit diesem Haus geschah und warum es so verlassen dasteht. Obwohl es umringt ist von prächtigen Bauten, dringt keine Wärme ein. Wenn du mich fragst, was passiert ist, dann geh weiter an das rostige Gartentor und mach es auf. Mach es auf und tritt hinein. Willkommen in meiner Welt.

Es ist schon lange her, dass ich Besucher empfangen habe. Scheinbar unbewohnt sieht es hier aus. Nun ja, ich kann es dir nicht verübeln. Schau dir die Fassade an, wie heruntergekommen sie aussieht. Das Unkraut überdeckt den einst gepflegten Weg zum Eingangstor. Sträucher wuchern zu Hecken und der Wind pfeift mühelos durch jedes Loch, ein richtiges Drama. Um dieses einst schöne Haus ist es geschehen. Wie es dazu kam? Tja, die Mühe, nach der Antwort zu forschen, macht sich keiner mehr. Die fröhlichen Menschen mit ihrer übermütigen, gespielten Heiterkeit ignorieren es. Es ist unsichtbar, nicht da, es existiert nicht, verstehst du?

Komm hinein, hinein in meine Welt. Streiche dir die Spinnweben aus dem Haar. Sie haben dich in meinem Namen willkommen geheißen. Komm herein, du brauchst nicht davonzulaufen. Du bist der erste Mensch, dem es gelingt, seiner Furcht standzuhalten. Sie ist unbegründet. Das Haus ist leer, wie alle denken, es aber nie aussprechen. Warum du hier bist, kann ich dir erklären. Du suchst Antworten auf dein Leben. Du tust unlogische Dinge, um dir selbst näher zu sein, und begibst dich an fremde Orte, um dich besser kennenzulernen. Komm, ich begleite dich hinter das Haus. Auf dem verstaubten Sofa hat schon seit Jahrzehnten niemand mehr gesessen. Es läuft kein Wasser mehr durch die Rohre im Spülbecken. Irgendetwas hat es verstopft. Der Vormieter hat sich nicht die Mühe gemacht, es nett herzurichten. Schade, doch ich fühle mich wohl. Drum folge mir, ich tu dir nichts Böses.

Schau auf die Hecken. Sie wuchern wie unsere Träume. Wenn du dich jetzt fragst, warum ich dir das alles zeige, so wird meine Antwort sein: Du hast es so gewollt. Du weißt, dass du es so wolltest, denn Wollen gibt es hier schon lange nicht mehr. Erzähle niemandem von mir, denn einzig und allein du verstehst es, mir zuzuhören. Die Menschen sind taub und blind mit hörendem Ohr und sehendem Auge. Sie erkennen nichts und wollen alles. Drum höre mir zu: Du wirst auf deine Weise Wunder vollbringen."

Und er folgte mir. Ich zeigte ihm alles, was ich wusste. Er staunte über die leblose Erinnerung, den Staubfilm, der sich sanft, aber energisch an jedes Möbelstück schmiegte wie eine zweite Haut. Die Kraft blieb und strotzte der Einsamkeit. Die Stimmen murmelten monoton in uns und wiesen uns den Weg in das zeitlose Nichts. Es gab keinen Morgen, keinen Tag, keinen Abend, doch in uns funkelte ein Universum. Nichts geht verloren, was man nicht aus der Welt schafft.

„Komm weiter, vorbei an dunklen Hecken. Siehst du den Kohleschacht dort? Ich bin wie eine der Schrauben, alt und unscheinbar. Ohne die Schrauben allerdings könnten die Scharniere den Deckel nicht heben. Sie erfüllen ihre Aufgabe immer noch, nach so viel vergangener Zeit, in welcher der Regen fiel, der Wind pfiff, der Winter auf den Herbst folgte und die Zeit verstrich, als wäre sie ewig.

Hör auf zu zittern. Du bist ich und ich bin du. Alles ist in uns und wir sind alles. Also komm, gehen wir weiter ... Schau dir die Hauswand an. So kalt und bedrohlich sie wirkt, wie sie sich auftürmt und scheinbar wächst, so trägt sie doch dieses Gebäude. Ihre Hässlichkeit schadet nicht ihrer Funktion und auch wenn sie dich anwidert, so verdankst du ihr viel. Streiche kurz über den Putz. Du spürst, wie Teile abblättern. Sie schält sich stetig und hält doch ewig, denn die Mauer liebt ihr Dach.

Es beginnt zu regnen ... Nein, renn nicht in das Haus zurück, um Schutz zu suchen! Vor was denn? Wieso fürchten die Menschen das Wasser, dem sie doch ihr Leben verdankten? Komm zurück. Richtig. Stell dich neben mich und lass es geschehen. Ergebe dich, übergebe deinen Körper der Natur und spüre jeden Tropfen, der dich zärtlich berührt. Jeder von ihnen ist wie ein Kuss des Lebens. Ohne Regen gäbe es keine Pflanzen, keine Tiere, keine Menschen. Sei der Regen. Er reinigt dich ... Wieso verdeckst du dein Gesicht? Lehn dich kurz an die tragende Mauer, wir stützen dich. Beruhige dich erst einmal. Es ist erlaubt zu weinen."

Und so standen wir da, keine Ahnung wie lang. Er erzählte mir viel, ohne seinen Mund zu bewegen. Als er sich wieder gefangen hatte, beobachteten wir den Himmel, wie er von Licht durchbrochen wurde und die vom Regen durchtränkten Felder und Wiesen mit Wärme flutete. Kleine Vögel flogen zwischen den Baumgruppen hindurch, der Stoff seiner Kleidung schlug Falten im milden Wind. Obwohl kein Stück seines Körpers mehr trocken war, begann er zu lächeln und die Arme zu strecken.

Nun führte er: Er hatte es begriffen. Ein vorsichtiges Lächeln drang durch seine Augen. Schon allein an diesem Blick erkannte ich, was er fühlte. Das Lächeln wanderte bis zum Mund und ließ den kleinen Jungen wieder erwachen, der er einst gewesen war. Er nahm mich mit und begann sich zu drehen. Ich sah seine nackten Füße, die sich in die feuchte Erde gruben. Seine Schuhe lagen neben dem Kohleschacht. Sein Glitzern steckte mich an und ich ließ mich fallen und treiben. Wir begannen beide zu lachen, aus vollem Herzen, keine Ahnung wie lang ...

Staunend betrachteten wir die Löcher in der Wand, wie sie sich langsam schlossen. Unsere Herzen pulsierten die Vergangenheit hinfort, die unerträgliche Wahrheit wurde ertragen, der unfassbare Schmerz wurde gefasst und in unser Lachen gesteckt und die Distanz zwischen uns schwand mit jedem Atemzug. Wir atmeten dieselbe frische Luft, lebten unter demselben Himmel, wurden von derselben Erde getragen und von derselben warmen Sonne bestrahlt.

„Du hast nun die letzten schmerzlichen Spuren der Vergangenheit beseitigt. Dein Weg ist nun nicht mehr von alten Fährten abhängig, nun wieder ein unbeschriebenes Buch. Gehe deines Weges und akzeptiere ihn als einen Teil deiner Selbst. Das Haus ist immer noch dasselbe Haus, das du an diesem Abend betreten hast. Doch der Wind tritt nun nicht mehr ein. Ein letztes Mal hat er sich seinen Weg durch die Ritzen ins Innere gebahnt, um den Staub zu beseitigen. Von nun an öffne alle Fenster und Türen, anstatt zu warten, bis alles sich von selbst verflüchtigt, denn dies geschieht nur mit der Zeit. In die Ecken jedoch wird der Wind nie gelangen. Hör mir zu, du musst auch selbst etwas dafür tun.

Stelle dir vor, du gehst wieder dieselbe Straße entlang wie an jenem Abend. Durch jedes Fenster tritt dir ein Lachen entgegen. Der Mond begrüßt dich und die untergehende Sonne durchströmt dich ein letztes Mal, bevor sie schlafen geht. Überall brennen Lichter. Du gehst weiter an Leben, an Lachen vorbei und begegnest einem Haus, welches eine Familie beherbergt. Ein kleines Mädchen in meinen Armen, überall dieses Funkeln in den Augen. Es ist jenes Haus, welches einst leer und stumm gewesen war, bevor du kamst. Was geschah wohl mit dem Haus? Geh weiter und mach das schöne Gartentor auf. Mach es auf und tritt hinein. Willkommen in meiner Welt.

Ich weiß, es war sehr verwirrend, was du erlebt hast, aber es war gut. Sag: „Auf Wiedersehen“, und besuche mich bald wieder, doch merke dir eins: Unsere Träume wuchern, wenn wir ihnen keine Richtung geben. Du hast mir meine Zeit wieder lebenswert gemacht, denn du hast auf deine Weise Wunder vollbracht.“

Clarissa Holder, *geboren 1990, arbeitet und lebt im Landkreis Esslingen am Neckar. Sie schreibt leidenschaftlich gerne Fantasy und mehrere ihrer Kurzgeschichten wurden bereits in Anthologien veröffentlicht. Seit 2022 arbeitet sie an einer Romantrilogie. „Willkommen in meiner Welt“ stammt aus dem Jahre 2009, wo es einmalig bei einer schulischen Literaturlesung vorgetragen wurde und anschließend auf dem heimischen Datenfriedhof landete. Einst verstaubt, jetzt wieder glatt poliert darf diese Geschichte nun erneut gelesen werden.*

Endlich wieder vereint

Es war ein warmer und sonniger Mittag auf einer großen, blühenden Wiese am Waldrand.

„Lolli, wo steckst du?“, fiepste Lulu aufgeregt. Lulu war ein junges Kaninchen mit hellbraun-goldenem Fell, Stehohren und einem weißen Stummelschwänzchen. Ganz besonders an ihr waren jedoch ihre Augen, von denen eines blau und das andere braun war.

„Da bist du ja!“ Lulu hatte ihre Freundin gefunden. Oder um genau zu sein, ihr weißes Hinterteil entdeckt, das hinter einem großen Erdhügel hervorlugte. Ihre Freundin Lolli buddelte für ihr Leben gern. Inzwischen war sie alt genug, um den Bau ihrer Eltern zu verlassen. Deswegen wollte sie sich jetzt einen eigenen Bau mit ganz vielen Gängen, Tunneln und Höhlen graben.

Lolli hatte Schlappohren und eigentlich weiß-braunes Fell, aber meistens war davon nicht viel zu sehen, weil sie über und über mit Erde und Staub bedeckt war. Nun begrüßte sie ihre Freundin Lulu und stupste sie liebevoll mit der Schnauze an.

„Ich bin mit meinen Hausaufgaben fertig. Wollen wir noch auf den Spielplatz gehen oder ein paar Mäuse ärgern?“, fragte Lulu.

Lolli war einverstanden. Sie hoppelten schnell zur Tierklinik *Helfende Pfote*, wo Lollis Mutter als Tierärztin arbeitete, und sagten ihr Bescheid, dass sie zusammen spielen würden. Dann machten sie sich auf den Weg ins Pilzdorf, das tief im Wald versteckt lag.

„Halt, wartet auf mich!“, rief plötzlich jemand.

Lolli und Lulu blieben stehen und drehten sich um. Hinter ihnen stand ihr bester Freund Luri, ein junges Schlappohrkaninchen mit weißem Fell und hellbraunen Flecken darauf. Zu dritt hoppelten sie weiter.

Es dauerte nicht lange, bis Lolli etwas witterte. Leise schlich sie weiter und machte dann einen großen Satz nach vorne. Ein ängstliches Fiepen war zu hören. Das kleine Mäuschen, das ein paar Beeren hatte sammeln wollen, war blitzschnell in einem Mauseloch verschwunden. Den kleinen Korb mit der Ernte hatte es vor Schreck fallen gelassen. Luri gab ein glucksendes Lachen von sich und wollte sich schon an die nächste Maus heranschleichen. Er sprang über einen auf dem Boden liegenden Baumstamm und erschreckte mehrere Mäuse, die dahinter saßen und Tannenzapfen knabberten. Lolli und Luri lachten, nur Lulu war nicht zum Lachen zumute. Irgendwie taten ihr die kleinen Mäuschen leid.

„Lasst uns weiterhoppeln“, bat sie deshalb ihre Freunde.

Doch Lolli und Luri lachten nur und rannten zum Pilzdorf, so schnell sie konnten. Sie jagten kreuz und quer durchs Dorf und ein Mäuschen nach dem anderen verschwand ängstlich piepsend in den Pilzhäusern.

Als Lulu dort ankam, war weit und breit nicht ein einziges Mäuschen mehr zu sehen. Sie blieb stehen und betrachtete ehrfürchtig die wunderschönen Pilzhäuser der Mäuse. Jedes Dach schillerte in einer anderen Farbe und an den meisten Fensterchen waren klitzekleine Vorhänge oder Blumenkästen angebracht.

„Nicht so ein plumper brauner Bau wie bei uns“, dachte Lulu. Als sie sich von dem schönen Anblick losreißen konnte, war von ihren Freunden nichts mehr zu sehen.

„Lolli! Luri!“, rief sie und hoppelte in die Richtung, in die die beiden verschwunden waren. Sie rief noch mal. Keine Antwort.

Plötzlich fauchte es links neben Lulu. Ihr Herzschlag setzte für einen Moment aus und sie zitterte am ganzen Körper. Neben ihr war wie aus dem Nichts ein Fuchs aufgetaucht!

Lulu rannte um ihr Leben und schlug einen Haken nach dem anderen. Der Fuchs kam immer näher und Lulu ging langsam, aber sicher die Puste aus. Wenn sie jetzt nicht … Da! Ein alter Bau! Blitzschnell verschwand sie im Loch und kroch so weit hinein, wie sie nur konnte. Ihre Schnurrhaare zitterten, ihr Herz pochte wie wild und ihr standen die Haare zu Berge. Hinter ihr knurrte es bedrohlich. Doch der Fuchs konnte ihr nicht folgen, das Loch war zu klein für ihn. Lulu holte tief Luft, während der Fuchs aufgab und vom Loch verschwand. Sie wartete noch einen Moment, ehe sie vorsichtig aus dem Bau kroch und schnuppernd die Schnauze in die Luft reckte. Im selben Moment kamen ihr Lolli und Luri entgegengerannt.

„Lulu! Kaninchen sei Dank, du lebst! Wir haben den Fuchs gesehen, als er hinter dir her war, dann warst du plötzlich verschwunden!“ Lolli drückte sich fest an ihre Freundin, um sie zu beruhigen. Luri stupste ihr behutsam mit der Schnauze in die Flanke. Kurz darauf hoppelten sie weiter und blieben hin und wieder stehen, um Löwenzahn zu naschen oder Beeren zu futtern.

Plötzlich blieb Luri wie angewurzelt stehen und hauchte: „Kommt mal her!“ Er stand vor einer kleinen Holztür, die mitten auf dem Waldboden stand und von einem dichten Dornenrankengestrüpp umgeben war. Nur die kleine Tür lag frei. Und an ihr hing ein hellblaues Metallschild mit der Aufschrift: *Tor zum Kaninchenhimmel.*

Lulu traten augenblicklich Tränen in die Augen und sie dachte nur eines: „Lili!“

Lolli setzte sich neben Lulu, denn sie wusste, woran Lulu dachte: an ihre verlorene Schwester. Luri nahm all seinen Mut zusammen und klopfte mit der Pfote an die kleine Tür. Einen Augenblick später wurde die Tür geöffnet und ein schneeweißes Kaninchen mit roten Augen stand dahinter. „Wen möchtet ihr besuchen?“, fragte es freundlich.

„Lili“, wisperte Lulu kaum hörbar.

Das weiße Kaninchen forderte die drei Freunde auf, einzutreten. Vor ihnen erstreckte sich eine unendliche Wiese mit hohem saftiggrünem Gras und blühendem Löwenzahn. Dann wackelte es im Gras und auf sie zugehoppelt kam ein wunderschönes Kaninchen

mit glänzend schwarzem Fell, schwarzen Augen und Stehohren, um die ein Kranz aus Gänseblümchen lag.

„Lili!" Und: „Lulu!", ertönte es zeitgleich. Die Schwestern fielen sich freudestrahlend und weinend zugleich um den Hals.

„Lasst uns Fangen spielen!", schlug Lili dann vor, ihr Lieblingsspiel. Cookie, Lilis Freundin im Kaninchenhimmel, wollte mitspielen und so jagten sich die fünf Kaninchenkinder kreuz und quer über die Wiese.

Vier Stunden später war es für Lolli, Luri und Lulu an der Zeit, nach Hause zu gehen. Sie verabschiedeten sich von Lili. Lulu versprach ihrer Schwester, sie morgen wieder zu besuchen. Dann hoppelten sie durch die kleine Holztür hinaus und verschwanden im Wald.

Seit diesem Tag besucht Lulu jeden Tag ihre Schwester Lili im Kaninchenhimmel und sie können endlich wieder zusammen spielen!

Nicole Webersinn (25) *schrieb diese Geschichte vor einigen Jahren für ihre kleine Schwester. Die vier Kaninchen Lulu, Lili, Lolli und Luri gab und gibt es wirklich. Leider starb Lili bereits sehr früh. Ihre Schwester Lulu lebt auch heute noch und ist nun sechseinhalb Jahre alt.*

Der ewige Schrei

Eine Kleinstadt im Winter 1933 in Schlesien mit 15.000 Einwohnern, 82 Kreisdörfern und einer Infrastruktur, wie sie üblich war und sich in dieser Zeit als ausreichend darstellte. Zwei Flüsse durchzogen sie – die Oder, welche der Ostsee entgegenstrebte, und ein Nebenfluss, die Ohle, deren Wasser ebenfalls über die Oder denselben Weg nahm.

Das Leben in dieser Stadt verlief unspektakulär. Die beiden Schulen, zwei Grundschulen, waren getrennt für Jungen und Mädchen, zudem gab es ein Gymnasium für beide Geschlechter sowie vier Kirchen und ein Kloster der Borromäerinnen, die für die Bildung, die religiösen und sozialen Aufgaben zuständig zeichneten.

Zur damaligen Zeit normal, heute als strafbar geltend, war die Prügelstrafe in der Grundschule üblich. Die Züchtigung der Schüler durch jeden seiner Lehrer, ob mit oder mitunter ohne ersichtlichen Grund, galt vor allem in den Grundschulen als normale Erziehungsmethode. Bevorzugte Methoden der Züchtigung erfolgten bei weit vorgestrecktem Arm mit einem Weidenstecken, um so die Hände oder in gebückter Haltung des Delinquenten den Hosenboden zu treffen. Oft hallten die schmerzvollen Schreie durch die Klassenzimmer. Der Musiklehrer Herr Glatzki, dessen Prügelmethode im Sadismus angesiedelt war, ragte unter den anderen Lehrern besonders hervor. Regelmäßig ließ er von einem Schüler Weidenruten an der Oder schneiden, um sie dann ohne Grund an dem Schüler schmerzhaft zu testen.

Das Leben floss beschaulich wie die beiden Flüsse dahin, die nur im Winter, der immer streng daherkam, gestört wurden durch die Eisschollen unter der Oderbrücke, die beide Stadtteile verband. Sie schmetterten donnernd an die Brückenpfeiler und stellten für die oben beobachtenden Kinder immer ein besonderes Erlebnis dar. Vor allem dann, wenn einige ganz Verwegene vom Flussufer auf die Eisschollen sprangen und darauf eine Weile mitfuhren.

Ein Höhepunkt war der Wochenmarkt, der die Leute der Stadt zu vielen Aktivitäten veranlasste. Bauern aus den umliegenden Dörfern boten ihre landwirtschaftlichen Erzeugnisse an, wobei die Gärtnereien der Stadt in den Verkaufsreigen mit einstimmten.

Die Winter, die in den Vierzigerjahren Temperaturen bis minus 20 Grad aufzeigten, kamen den Kindern und Jugendlichen entgegen. Aus großen, alten Holzfässern und zerschnittenen alten Fahrradmänteln fertigten die Väter Schneeschuhe, auf denen im nahe gelegenen Stadtpark und auf den Wegen der Stadt flotte Skifahrten stattfanden. Eine wie jedes Jahr vorgesehene Wiesenfläche, die eng an der Ohle lag, wurde geflutet und nach kurzer Zeit als Eisbahn für die Schlittschuhläufer der Stadt genutzt. Ein kleiner Holzturm, der fortwährend am Rande der Wiese stand, gab dann mit seinem Holzauslauf eine ideale Rodelbahn ab.

Als die Naziherrschaft nach 1933 in die Stadt einzog, änderte sich das Leben ideologisch mit allen misslichen Wirkungen in Religion, Versorgung, Verboten und Reglementierung der verschiedenen Vereinsleben und Einführung einer Diktatur, die sämtliche Lebensbereiche rapide veränderte. Alle humanistischen und christlichen Vereine und Gemeinschaften erhielten Verbote für ihre Existenz.

Es war schon erstaunlich, dass jetzt sehr viele Männer in braunen Uniformen auftauchten, und der genaue Beobachter erkannte in denen viele ehemalige Arbeitslose, die sich oft in einer straffen Marschordnung präsentierten.

Die Kristallnacht verschonte diese Kleinstadt natürlich nicht, obwohl nur wenige Juden darin wohnten. Mein Vater nahm mich am nächsten Tage zum Ring mit und wir gingen zu den beiden Tatorten, die wir vorfanden. Als selbstständiger Handwerker kannte mein Vater alle Selbstständigen in der Stadt, so auch die beiden betroffenen Geschäfte.

Das Geschäft des Seilermeisters Heinzelmann und ein Elektrogeschäft mussten die Verwüstungen ertragen. Der lebensgroße Weihnachtsmann im Schaufenster, der in der Vorweihnachtszeit freundlich allen Passanten immer zunickte, lag zertrümmert auf der Straße, und ein völlig versteinerter Seilermeister stand in seinem verwüsteten Geschäft und würgte sein Schreien hinunter.

Dafür aber stürmten immer noch braune Gesellen vorbei und schrien: „Juden raus, Juden raus!“

Mein Vater sagte: „Schau dir das genau an, mein Sohn, das nimmt kein gutes Ende“, bevor wir dann nach Hause gingen. Ein Jahr später musste mein Vater zum Arbeitsdienst, daraufhin in den Polenfeldzug, dann nach Frankreich und Russland, von wo er schlussendlich 1948 aus deren Gefangenschaft kam.

Ein enormer Freiheitsdrang in meinem Kindesalter stellte meine Eltern vor Probleme. Gleich ob Versuche, im Schlafanzug den Bahnhof zu erreichen, oder diverse Fahrradtouren mit älteren Jungen, um angebliche Verwandte auf dem Dorf zu besuchen, das dann mit einem Polizeieinsatz endete, oder auch sonstige Ausreißversuche – diese Freiheitsdrängeleien endeten mit den verstärkten Anmaßungen der Braunen.

Meine Mutter bekam einen Bezugschein, mit dem sie bei einem speziell dafür ausgerüsteten Geschäft der Stadt eine Pimpfuniform kaufen musste. Kurze Manchesterhosen mit Koppel, Braunhemd, schwarzes Dreieckstuch und einen braunen Lederknoten. Uninformiertheit war für mich immer ein Grauen. Dazu einmal in der Woche Dienst, um Hitlers Spruch: „Der deutsche Junge muss flink wie Windhund, zäh wie Leder und hart wie Kruppstahl sein“, zu befriedigen. Das wurde in dieser Form geübt und endete oft in wüsten Schlägereien zwischen sogenannten aufgestellten Gegnern.

Erwachsene, vom Krieg Behinderte, fungierten als Befehlshaber für die Pimpf- und HJ-Formationen. Befehle wurden herausgeschrien, um den braunen Haufen der Kinder zu reglementieren. Diese Uniform zog ich in der ganzen Zeit zwei- bis dreimal an und schämte mich jedes Mal, damit auf die Straße zu gehen. Ich fand schließlich einen Trick, um mich bis kurz vor unserer Flucht vor den Russen von diesen *Späßen* fernzuhalten.

Ein Ereignis in dieser Zeit wird mir immer in Erinnerung bleiben. Wenn meine Mutter mit Oma und Tante ins Kino ging, durften meine Schwester und ich bei den Großeltern übernachten. Als sie dann, nach dem Kinobesuch, in die großelterliche Wohnung kamen, übergab meine Tante der Großmutter ein am Tage eingegangenes Schreiben, das sie vorher bereits gelesen hatte. Es war die Todesmeldung ihres Sohnes, der gefallen war.

Mir liegt der Schrei meiner Großmutter noch in den Ohren, es war ein Schmerzensschrei, wie ich ihn noch nie gehört habe, der danach in ein lautes Weinen überging, und immer wieder folgte ihr hilfloses

Klagen: „Warum, warum dieser Krieg und der Verbrecher Hitler …“ Mit diesem Text kam die Todesnachricht:

Sehr geehrte Frau Schaar!

Ich muss Ihnen heute mitteilen, dass nach verbissenem Kampf gegen Kommunisten Ihr Sohn, der Oberpion. Schaar, am 28.8.43 im ersten Gefecht unserer Einheit bei Ripac 9 km südostwärts Bihac in Bosnien gefallen ist.

Wir hatten ein Gefecht mit einer Bande, die gerade deutsche Kameraden überfallen hatte. Die Bergung dieser Kameraden wurde uns teuer. Ihr Sohn fiel in kameradschaftlicher Pflichterfüllung. Einen großen Schmerz werden Sie ertragen müssen, möge Ihnen der Gedanke dabei helfen, dass Ihr Sohn auch hier im Kampf gegen den Bolschewismus fiel. Der gleiche Bolschewismus, der ganz Europa erobern will. Auch diese Horden kämpfen von Moskau aufgehetzt und geführt. Auch hier fiel Ihr Sohn, um unsere Heimat zu retten.

In aufrichtigem Mitgefühl grüße ich Sie mit Heil Hitler.
Ihr Georg Schmidt
Oberleutnant

Die Front rückte unserer Heimat immer näher, sodass wir am 21. Januar 1945 mit unterschiedlichen Transportmitteln zu Fuß, per Kleinbahn, Pferdefuhrwerk, später in Viehwaggons bei minus 20 Grad bis ins Sudetengau und am Ende nach Tschechien flüchteten. Nach vielen Lageraufenhalten, Kellern und geräumten Gaststätten in verschiedenen Dörfern erreichten wir dann dieses Ziel.

Im Dorf mit weiteren 24 Personen, die alle aus unserer Stadt stammten, kamen wir im einzigen Schulraum dieser Dorfgrundschule unter. Jeder bekam einen leeren Strohsack und einen Haufen Stroh, mit dem wir die Schlafunterlage stopfen mussten. Die langen Schulbänke stellten wir dann rings an den Wänden auf, und jede Familie suchte sich auf einer dieser Bänke ihren Familienaufenthalt. Die Strohsäcke wurden bis zur Decke des Raumes aufgestapelt, um im Raum auch noch laufen zu können. Keiner kannte vorher den anderen, junge und alte Frauen mit ihren Kindern und drei alte Männer. Die Schlafenszeit bestimmten immer die Alten um 19.00 Uhr. Die dann ausgebreiteten Strohsäcke ließen keinen Weg mehr frei. Kochen auf dem Schulherd, Waschen und Baden im nahen Bach, Reihentoiletten auf dem Schulhof. Beziehungen wie unter Fremden und Jung und Alt.

Mich führte mein Freiheitsdrang in die nahe gelegenen Wälder, wo mich nach Tagen erst der Hunger wieder in die Schule zurücktrieb. Ein weiterer Ausflug brachte mich in die einige Kilometer weit entfernte Kleinstadt, die ebenfalls, von waldreichen Anlagen umgeben, einige versteckte Möglichkeiten bot. Ein auf der Straße anfahrender Lastkraftwagen mit zwei Hängern fuhr dicht an mir vorbei mit einer Last voller toter, nackter Körper, deren Arme über die Hängerplanken hingen, die für mich unwirklich aussahen. Da er sehr langsam fuhr, konnte ich die ausgemergelten Körper mit weit geöffneten Mündern sehen, so als ob diesen gerade laute Schreie entschlüpft wären.

Entsetzt rannte ich wieder in unser Quartier und informierte nur meine Großmutter über mein grausiges Erlebnis. Tagelang stieg dann eine Rauchwolke nach der Stadt auf, die bis in unser Dorf kam und einen ekligen Gestank mit sich brachte. Später in meinem Erwachsenenalter drängte sich mir das Bild *Der Schrei* des Malers Edvard Munch auf, nur dass sich die Toten nicht die Ohren zuhielten, sondern die Arme weit ausstreckten.

Als die amerikanischen Panzer kurz vor Kriegsende durch das Dorf donnerten und ihre Munition in die Wälder verschossen, hinterließen sie den nachfolgenden Tschechen das weitere Handeln. Diese besetzten nach dem offiziellen Kriegsende die Bauernhöfe und trieben die alten Besitzer hinaus.

Nach einiger Zeit hatte sich eine der jungen Frauen aus der Schule mit einem einheimischen Müller eingelassen und wurde schwanger, was durch ihre Körperstatur niemand bemerkte. Mich drängte es eines Tages zur Toilette, und die nur durch eine dünne Bretterwand getrennte Nebentoilette hatte ebenfalls Besuch. Auf einmal hörte ich einen dünnen Babyschrei und nach einiger Zeit ein kräftigeres Brüllen, das abrupt aufhörte und nicht wiederkam. Als ich daraufhin wieder im Schulzimmer landete, trat die junge Frau abgekämpft, mit verkrampftem Gesichtsausdruck, aber erleichtert in den Gemeinschaftsraum.

Erst später erfuhr ich, dass die Schwangere entbunden, das Kind getötet und in die Grube geworfen hatte.

Achtzehn Monate nach der Flucht aus der schlesischen Heimat ging es in Viehwaggons aus der nahen Stadt ins *Reich*. Die Ziele ergaben sich willkürlich. Ausgeladen in einer Industriestadt in Sachsen-Anhalt mit einer Barackenunterkunft zur Krankheitsüberprüfung.

Dann wieder aufgeteilt in einen Gemeinschaftsraum im nahe gelegenen größeren Dorf mit einem freudigen Willkommensgruß des kommunistischen Bürgermeisters: „Was wollt ihr hier? Macht euch dahin, wo ihr hergekommen seid!"

Man gab uns mit vielen anderen Flüchtlingen eine von den Russen leer geräumte verwahrloste Villa mit alten, verwanzten Lagerbetten in einem Raum von 25 Quadratmetern für uns sechs Personen.

1948 kam mein Vater dann aus der russischen Kriegsgefangenschaft. Wir waren nun wieder sechs Personen, da mein Großvater inzwischen vor Hunger starb, der uns immer und auch weiterhin begleitete. Mein Vater mit seiner angeborenen Initiative suchte sich als Handwerker in einem volkseigenen Betrieb eine Arbeit – und wir bekamen eine Zweiraumwohnung mit Küche, die Jahrzehnte unsere Gegenwart genoss.

Unser Leben ging in der zweiten Diktatur und einer gesunden Mangelwirtschaft und der bald gegründeten DDR weiter. Die Lebensmittelkarten begleiteten uns weiter und nur mit besonderem Glück konnte ich während meines Studiums die Marmelade frei kaufen, 1958 endete schließlich der Kartenspuk.

Der Arbeiteraufstand war ein weiterer Höhepunkt während meiner Studienzeit, ihn schlugen 1953 die *Schutzmächte des Sozialismus*, die Sowjetunion mit ihren Panzern nieder. Die Schreie der Parolen durch die demonstrierenden Arbeiter walzte der Panzerlärm der Russen zur Unkenntlichkeit.

Nach vierzig Jahren endete der Spuk, hatte jedoch den Vorteil, in einer Notgemeinschaft viele Bevölkerungsgruppen zusammenzuschweißen. Weitgehendst eine Qualifizierung für alle Fachgebiete stellte die Mitgliedschaft in der Einheitspartei dar. Die ebenfalls fachlich überforderte, immer gleiche Regierung trug dazu ein großes Scherflein bei.

Nach anhaltenden Demonstrationen der Ostdeutschen ohne Eingriff der *Schutzmacht* der Russen gelang dann 1989 der Zusammenschluss der unterschiedlichen Deutschen, die mit dröhnenden Helmut-Schreien den zu begehrenden Wohlstand zusammenschrien. Die soziale Marktwirtschaft, das Zauberwort, schlug gnadenlos zu, bestimmte alle Bereiche der Politik, der Wirtschaft, der Kultur und Bildung. Dem Ausspruch *Geld regiert die Welt* als Staatsdoktrin ordnete sich ausnahmslos alles unter.

Die Treuhand tat ein Übriges, den Kapitalismus den Ostdeutschen zu zeigen und ungebremste Arbeitslosigkeit zu generieren. Die Zeichen aus dieser Zeit sind heute noch erkennbar. Wir kamen in der Zeit in den Genuss, zwei mittelprächtige sexy Kanzler, die beiden Vorgänger der Kanzlerin, zu genießen.

Dann trat diese unscheinbare ostdeutsche Frau, Doktor der Physik, machtgeil auf die Politbühne, die all ihre Vorgänger weit überragte. Mit den Händen formierte sie fast ständig eine Raute, um deutlich zu machen: „Ich bin eine Frau!"

Für Politik interessierte sie sich kaum. Ihr Privatleben hielt sie unter Verschluss und vermied jeglichen Skandal um ihre Person. Wie von Teflon fiel alles von ihr ab und sie hatte ein natürliches Gespür für Stimmungen im Volk.

Diese Kanzlerin prüfte durch ausgestreute Zumutungen die Stimmung im Volke und richtete danach ihr weiteres Handeln zur Sicherung ihrer nächsten Wahl. In vielfältigen Auslandsreisen, die sie in der einstigen DDR vermissen musste, offenbarte sie den christlichen Gutmensch und ließ all die Mühseligen und Beladenen aus aller Welt millionenfach unbesehen in Deutschland einfallen. Sie öffnete überall die Geldtasche aus den Steuergeldern der Bevölkerung und der Industrie.

Die Lobeshymnen im bereisten Ausland kamen als Freudenschreie in die Ohren der Deutschen, dazu noch unzählige persönliche Auszeichnungen und eine herausragende Presse für ihre hervorragende Performance. Ihre physikalische Ausbildung reichte für logische Entscheidungsfindungen nicht aus, stattdessen nahmen Fehlentscheidungen und Absurditäten sichtlich zu.

Die Armen und Obdachlosen im eigenen Land waren keine Fußnote wert. Dafür aber ist Deutschland endlich ein unbegrenztes Zuwanderungsland, das in späteren Zeiten nicht mehr erkennbar sein wird. Die Globalisierung wird langfristig in Deutschland dem Endstadium des amerikanischen Kapitalismus folgen.

Homo homini lupus – der Mensch ist dem Menschen ein Wolf. Bei dieser verweigerten Regierungspolitik bleibt mir der Schrei im Halse stecken.

Winfried Rochner *wurde 1933 in Schlesien geboren und ist wohnhaft in Berlin. Er ist verheiratet und hat zwei Kinder. Nach einer erfolgreichen Schlosserlehre beendete er ein Studium im Maschinenbau mit einem Ingenieurabschluss. Danach war er tätig als Konstrukteur, Berufsschullehrer, Hauptabteilungsleiter, Bereichsleiter und Fachdirektor. Nach einer weiteren Ausbildung stellte er als selbstständiger Handwerker Holzspielzeug her. Nach der Wende war er Geschäftsführer im Verein „Arbeiten für Behinderte in Berlin." Bei späteren Aktivitäten als Bezirksverordneter setzte er sich für die Bildung und Betreuung von Kindern ein.*

Die Süße einer Freundschaft

Konstantin war kein einfaches Kind, das man über Stunden hinweg auf einem Stuhl parken konnte, das dasaß und zuhörte, während der Kreis der Erwachsenen sich über Inhalte besprach, die den Nachwuchs weder etwas angingen, noch ihn interessierten. Für den distanzierten Außenstehenden mag sich Konstantin laut dieser Beschreibung nicht wesentlich von Gleichaltrigen unterscheiden. Und doch war er anders. Umtriebiger. Er verfügte über ein Aktivitätsniveau, das permanent durch irgendwelche Lausbubenstreiche oder sportliche Herausforderungen abgebaut werden musste. Für vieles von ihm, was keineswegs böse gemeint war, musste er sich vor den Großen rechtfertigen, als stünde er vor einem Tribunal oder säße in einem Beichtstuhl. Einzig sein Großvater verstand Konstantins Nöte, die sich oftmals durch Reizbarkeit entluden. Der trotz fortgeschrittenen Alters noch aufrecht gehende Mann mit lediglich einigen lichten Stellen in seinem sonst so vollen Haar, tendierte bei seinem Enkel zur Milde.

Am heutigen Ostersonntag saß Konstantin beim vereinten Mahl mit Eltern und Großeltern, mit Bruder Marc und Schwester Svenja. Nervös wippte er, die Hände am Tischtuch, auf den hinteren Stuhlbeinen. Und weil die Mehrheit der Anwesenden befürchtete, sämtliche geweihten Speisen würden in den nächsten Augenblicken zu Boden fallen, tadelte ihn Oma Frieda vor versammelter Mannschaft: „Pass doch bitte auf, Konstantin!"

Opa Friedrich räusperte sich, was hieß: „Lass deine Strenge sein. Dein harscher Ton bei deinen Belehrungen wird Konstantin verstören."

Oma Frieda strafte ihn dafür wiederum mit Blicken, die auf Konstantins Werk von vorhin verwiesen. Bevor er zu Tisch gerufen wurde, hatte Konstantin nämlich in Omas Garten den eben erst erblühenden Nelken mit einem Ball ihre Köpfe abgeschossen. Es stimmte natürlich: Konstantin war andauernd in irgendwelche unglücklichen

Vorkommnisse verwickelt. Und er war obendrein nicht sonderlich geschickt darin, sich klammheimlich aus der Affäre zu ziehen, wenn ihm ein Fauxpas passiert war. Nach solchen durch ihn verursachten Geschehnissen stand er meist wie angewurzelt auf der Stelle. Als Oma oder ein Elternteil schließlich auf ihn zuging, kam das für den vorübergehend gelähmten Konstantin einer Erlösung gleich, selbst wenn er geschimpft wurde.

In Schockstarre verfiel er gerade nicht. Heute hatte er Kolossales vor. Und war daher auch schon mächtig aufgeregt. Er fasste an seine Westentasche, um sich an den Konturen zu versichern, dass sich hinter dem Reißverschluss noch befand, was er eigens dort eingesteckt hatte. Weil er sein Zappeln mit dem Stuhl hatte aufgeben müssen, beobachtete er nun die Zeiger der fortlaufend tickenden Wanduhr, die sich für Konstantins Geschmack viel zu langsam voranbewegten. Laut seinem kindlichen Empfinden wucherten solche Familiennachmittage zu umfänglichen Wochen. Der Schalk, der ihm im Nacken saß, peinigte ihn. Wollte er Konstantin doch zum Aufstehen überreden, obgleich er nichts weniger tun durfte, als aus dieser beklemmenden Situation zu flüchten. Während des angeblich so gemütlichen Beisammenseins sollte auch Konstantin seine Füße weitgehend stillhalten. Warum wurde er immerzu an seinen beiden mit Gelassenheit gesegneten Geschwistern bemessen? Die kannten derlei Schwierigkeiten ja ausschließlich aus den Beobachtungen ihres Bruders. Wie zur Gegenüberstellung mit deren Verhaltensweisen flankierten sie ihn jetzt von links und rechts.

„Nimm deine Finger da weg", rügte ihn Mutter, weil seine speckigen Hände unbedingt prüfen mussten, ob die Pflanzen in der Vase neben dem Kerzenständer wirklich keine Kunstblumen waren.

„Willst du eines von den bunten Eiern?", fragte ihn sein Papa bloß, weil er wusste, solange Konstantin aß, konnte er nichts anstellen. Doch an Essen war für ihn im Moment überhaupt nicht zu denken. Sein Auftritt würde kommen. „Geduld", ermahnte er sich still zu dem bei ihm knappen Gut. Da wurde Limonade getrunken, mit Gläsern angestoßen, Schinken in Würfelchen zerteilt – nur eben nicht von Konstantin. Während Oma nachreichte, was im Begriff stand, gleich auszugehen, saß Konstantin unbeteiligt, fern des gegenwärtigen Geschehens, einzig darauf fokussiert, den geeigneten Zeitpunkt zu erkennen, an dem er sich erheben konnte.

„Wie läuft es in der Schule?“, erkundigte sich Oma. Eine ihrer Standardfragen, die sie immer dann stellten, wenn sie der Eindruck befiel, der Junge schwebe über den Wolken, schweife gedanklich irgendwo am Horizont oder sei in sich selbst verloren.

Unerreichbarer denn je, vom allgemeinen Geschehen abgekapselt, galt sein hauptsächliches Augenmerk dem Griff an die Westentasche, zur Bestätigung, es wäre alles vorhanden, was er brauche. Konstantin lauerte auf die Sekunde, in der die letzten Messer niedergelegt, Teller zur Spülmaschine getragen und die Neigen in den Gläsern leer getrunken sein würden.

Niemandem entging, wie zeitverzögert seine Antwort kam, die zur Gegenfrage wurde: „In der Schule?“ Konstantin wollte bereits seine Westentasche öffnen und unvermittelt mit seiner Überraschung herauszuplatzen. Aber nein.

In den letzten Zügen des familiären Beisammenseins wurde Konstantins Bereitschaft, allgemeine Regeln zu verletzen, angesprochen. Er blieb dabei stumm. Ein Zuhörer ohne eigene Sprache, der lieber das Geschenk hütete, als sich in die Diskussion einzumischen. Jene eine Aufgabe fraß seine Aufmerksamkeit, sodass er für das Drumherum ohnehin kaum Energie gehabt hätte. Auch diese Unterhaltung verklang und endlich nahm alles seinen routinierten Gang. Aus der Aufbruchsstimmung wurde ein Aufbruch. Konstantin war also gut darin beraten gewesen, dem Verlauf des Nachmittags keinen Vorschub zu leisten.

„Gebt mir fünf Minuten mit Opa hinten in der Kammer“, beharrte Konstantin nun mit aufgerissenen Augen und bestimmten Worten.

„Wir warten derweil auf dich, wir fahren nicht ohne dich los“, versprach Papa.

Als Konstantin die Tür der Kammer zugezogen hatte, ruckelte er noch einige Male daran, um sicher zu sein, dass ihn und Opa in dem besonderen Moment niemand störte. Wie einen Festakt beging Konstantin jeden Handgriff und jeden Schritt. Andächtig machte er seine linke Tasche auf. Den Reißverschluss schob er gemächlich zurück, um den Zauber möglichst lange auszukosten.

„Was ich herausholen werde, wird dir gehören. Du bist für mich da und verteidigst mich, wenn alle anderen auf mir herumhacken.“

Voll der Zuneigung beugte Opa sich zu Konstantin hinab. Dann griff der Junge in die Tasche hinein. Er war verwundert über die klebrige Masse, die aus den Silberpapieren herausquoll. Die Schokoeier hatten eine Konsistenz angenommen, die für das Eintunken von Früchten geeignet gewesen wäre. Konstantins Westentasche hatte sich zu einem seichten Schokobrunnen verwandelt. Enttäuschter konnte ein Junge seiner Jahrgangsstufe nicht sein, ein Junge, der seinem Opa eine Freude machen wollte. Auf dem grauen Stoff von Konstantins Weste zeichnete die braune Masse den Pegelstand der Schmelzung. Das Muster fiel den beiden erst jetzt auf.

„Tja, Opa, das ist es leider gewesen mit deiner Überraschung. Diese Schokoeier habe ich dir extra aufgehoben, alles umsonst …"

Einen Moment zögerte Opa Friedrich, dann aber schloss er Konstantin mit der Kraft seiner Wärme in die Arme. Er drückte ihn fest, gerade so, dass der Junge noch atmen konnte. Wenn Opa die Tränen seiner Rührung schon nicht in Schach halten konnte, dann wollte er sie wenigstens verborgen auf dem Rücken seines Enkels weinen. Sein Herz pochte, sein Brustkasten vibrierte merklich. Konstantin spürte die Schläge irgendwo in Schulternähe.

Sobald er seine Stimme wieder ein wenig stabilisieren konnte, lobte Opa: „Dein heutiges Geschenk ist das schönste Geschenk, das ich bisher bekommen habe. Ein tolleres Geschenk hättest du mir nicht machen können. Man sieht dir an, was es dir bedeutet. Und das ist das, was zählt."

Dann ließ Friedrich sich die zerlaufenen Reste mitsamt den Silberpapieren geben und naschte die vollkommen aus ihrer ursprünglichen Form geratenen Schokoeier auf einen Sitz.

Oliver Fahn *wurde 1980 im oberbayerischen Pfaffenhofen an der Ilm geboren. Unter anderem wurden seine Texte bei DUM, Poets of the New World, & Radieschen, Elysion Books, eXperimenta, etcetera, von der Stadt St. Pölten und der Friedrich-Naumann-Stiftung veröffentlicht. Zudem nimmt Fahn mit der Autorin Polina Jäger mit gemeinschaftlichen Projekten an Wettbewerben teil.*

Schneegestöber

Das Feuer wärmte kaum. Bernd sah Klaus mit zusammengekniffenen Augen an. Er nahm ihm die Wärme weg. Sowieso saß er zu nah an der Feuerstelle. Wie sollte er dann noch etwas von der Wärme abbekommen? Langsam wurde es stickig in ihrem Unterschlupf. Der Rauch biss in der Lunge.

„Was ist, wenn wir ihn gefunden haben?", fragte Bernd. Zu oft hatte er diese Frage schon gestellt.

„Dann müssen wir ihn", antwortete Klaus und schluckte, zu oft hatte er das schon bei dieser Frage getan, „einfangen."

Die beiden sahen sich in die Augen. In ihrem Blick lag Angst, aber keiner wollte aussprechen, dass sie sich fürchteten.

„Und dann werden wir berühmt, stimmt's?", fragte Bernd.

„Das werden wir, berühmter gehts nimmer", meinte Klaus.

„Und reich, oder?"

„Das auch. Das werden wir."

Klaus kratzte den Ruß von seinen Handflächen ab. Er spürte kaum noch etwas in seinen Fingern. Lag es nun an der Wärme oder an der Kälte? Er wusste es nicht.

Bernd hatte die Arme verschränkt. „Dann mach ich's", meinte er.

„Was?"

„Dann frage ich sie. Wenn wir's schaffen, dann mach ich's."

„Wen fragst du?", fragte Klaus.

„Klara. Dann frag ich sie, ob wir heiraten. Dann kann ich's. Dann bin ich wer." Bernd versuchte, sich an ihr Gesicht zu erinnern. Er schaffte es aber nicht, zu lang war es her. Aber schön musste sie gewesen sein.

Klaus seufzte. „Das wird nichts werden."

„Diesmal trau ich mich. Diesmal mach ich's."

Klaus schüttelte mitleidig den Kopf. Bernd sah es. Wut kam in ihm auf. Wenige Augenblicke später hatte er dann aber schon vergessen, warum er wütend war. Das passierte in letzter Zeit öfter.

Bernd versuchte, sich an seine kleine Wohnung zu erinnern, an seinen Arbeitstisch und schließlich noch mal an die schöne Klara. Wie lang war das jetzt her? Jahre? Oder noch länger?

Die Suche machte ihm keinen Spaß. Er hatte einfach keine Lust mehr. Zwei Zehen waren ihm schon abgestorben. Die Kälte war nicht mehr auszuhalten. „Glaubst du, dass er hier ist?“, fragte Bernd.

„Er muss“, meinte Klaus und überlegte. „Wo soll der Yeti sonst sein?“

So weit waren sie gereist. Durch so viele Länder waren sie gekommen. Die Welt hatte er gesehen. Schlecht war es nicht gewesen. Aber jetzt reichte es ihm. Bernd konnte den Schnee nicht mehr sehen. Er wollte endlich mal wieder die Wärme spüren.

„Du wirst sie nicht kriegen“, sagte Klaus auf einmal.

„Was weißt du schon?“, fragte Bernd.

„Ich habe mit ihrem Vater gesprochen. Du kriegst sie nicht.“

Bernd verstand nicht, was Klaus ihm sagen wollte. Warum sollte er sie nicht bekommen? Sie mochte ihn doch.

„Es tut mir leid, weil ich ...“, fing Klaus an, wurde aber von einem Rumpeln unterbrochen. Er riss die Augen auf und sprang auf die Beine. „Der Yeti“, meinte er aufgeregt. „Wahrscheinlich hat er eine Lawine ausgelöst.“

Klaus tastete sich vorsichtig aus der Höhle. Hier konnte man leicht ausrutschen. Er rannte an die frische Luft in die Dunkelheit und sah sich um. Um sich einen Überblick zu verschaffen, auch wenn das schwer war, lief er an den Rand des Felsvorsprungs. Wo war der Schneemensch? Wo?

Bernd kam aus der Höhle gestolpert, da sah er Klaus vor sich. Es war nur ein Augenblick, in dem er Zeit hatte, sich zu entscheiden. Da war sie, die Möglichkeit. Er wusste nicht, was Klaus ihm sagen wollte in der Höhle. Aber wenn nur er den Yeti fangen würde, dann würde nur er bekannt werden. Nur er und nicht Klaus. Er stellte sich hinter ihn und atmete einmal durch. Bernd versuchte, etwas in sich zu spüren und aufgeregt zu sein, war es aber nicht und schubste Klaus mit Schwung nach vorne.

Nichts. Er spürte nichts.

Bernd hörte in die Stille der Nacht. Ein lang gezogener Schrei, der immer leiser wurde. Dann war es ruhig. War Klaus aufgekommen? Ob er wohl noch lebte?

Er überlegte, ob er sich nicht doch vielleicht schlecht fühlen sollte. Aber das tat er keineswegs. Er griff an das kleine goldene Kreuz an seiner Halskette. Gott würde ihm verzeihen. Bestimmt würde er das tun. Bernd drehte sich um. Da waren Lichter in der Ferne. Das musste der Yeti sein. Seine glühenden Augen. Sein Herz schlug schneller. Jetzt oder nie. Jetzt musste es sein. Für sie.

Er rannte darauf zu. Die Lichter waren noch weit entfernt. So weit, dass er sich fragte, ob er sie in dieser Nacht überhaupt erreichen konnte.

Plötzlich tauchten an anderer Stelle weitere Lichter auf. Dann rechts neben ihm, links auch. Aber er musste die erreichen, die noch am weitesten entfernt waren. Die waren bestimmt echt, alle anderen waren nur Trugbilder. So oft hatte er diese Lichter nun schon gesehen auf ihrer Reise. So oft war er darauf hereingefallen.

Bernd rannte und stürzte. Aber er stand auf und lief weiter. Nur nicht den Abgrund herunter. Nicht zu nah daran laufen. Er musste in einem Stück bleiben. Das war das Wichtigste. Er rannte eine Stunde. Irgendwann waren es schon zwei.

„Warte doch“, brüllte Bernd, die Nacht nahm seinen Schrei auf. „Jetzt warte doch.“ Er blieb kurz stehen, aber dachte daran, dass er nicht reich werden würde, wenn er nicht weiterlief. Nachdem er neunmal hingefallen war – er hatte mitgezählt – dachte er nicht mehr an den Reichtum, sondern nur noch an Klara. Er konnte jemand werden. Das würde sie beeindrucken. Aber es hing alles zusammen. Wenn er den Yeti nicht einfangen würde, wäre es das gewesen mit der Berühmtheit und dem Reichtum. Und Klara würde ihn wahrscheinlich auch nicht mehr wollen. Oder doch? Nein, es hing alles zusammen. Alles.

Der Mond erhellte die Nacht. Um ihn herum tauchten Bäume auf und die Lichter verschwanden plötzlich. „Bitte versteck dich nicht“, schrie Bernd, „Warte doch.“ Bernd war zum Heulen zumute, aber da kamen keine Tränen. Zu oft hatte er geweint, aber nun schon seit Monaten nicht. Es funktionierte einfach nicht mehr. Er versuchte es weiter, und als eine Träne seine Wange herunterlief, musste er lächeln. Bernd rannte und rannte und wich den Felsen und Wurzeln aus, die so schwer unter der Schneedecke zu erahnen waren.

Plötzlich geriet er wieder ins Straucheln. Er hatte keine Kraft mehr, die Arme nach vorne zu strecken, um sich aufzustützen, und fiel einfach um. Zu seiner Verwunderung war der Aufschlag weich. Es tat nicht weh. Bernd spürte kurz den kalten Schnee, doch dann wurde es wärmer. Er versuchte, sich hochzudrücken, aber er schaffte es nicht.

„Gleich habe ich dich", sagte er vor sich hin. Er schmeckte Metallenes und den Schnee, in den er hineinredete. Er dachte wieder an seine Klara. „Meine Klara. Meine." Vor seiner Abreise hatten sie sich gegenübergestanden. Klara hatte an seine Tür geklopft.

Im Rosengarten hatte er sie zuvor einmal getroffen. Dort hatten sie sich mehrere Stunden unterhalten. Über seine Forschungen und über die Rosen – Klara liebte Blumen sehr – über sie und ihren Vater und diese aufregende Zeit, in der sie lebten.

Und da stand sie nun, in ihrem blauen Kleid mit der weißen Schürze und sagte, dass sie nicht viel Zeit hätte, weil sie wieder nach Hause zurückmüsste. „Geh nicht", hatte sie ihn gebeten, und als er sagte, dass er das müsste, hatte sie ihn fast schon angefleht. „Bitte bleib, bitte", hatte sie mehrmals gesagt und dass sie ihn sehr mochte und nicht wollte, dass er für immer verschwand.

„Ich komme wieder und dann ...", fing er an und wollte sagen, dass er sie dann heiraten wollte, aber das traute er sich nicht mehr. „Ich mag dich auch sehr", sagte Bernd stattdessen. Was sie danach noch gesprochen hatten, wusste er nicht mehr. Aber geweint hatte sie. Seinetwegen? Er konnte es nicht genau sagen. Ach, Klara.

„Dann werde ich berühmt", sagte er vor sich hin. „Jetzt werde ich es. Sobald sie mich finden, bin ich es." Er dachte kurz darüber nach. Und wenn nicht, dann in hundert Jahren. Auf der Jagd nach dem Yeti gestorben. Das klang auch nicht schlecht. Ein Held würde er sein, bis in alle Ewigkeit. Die Zeitungen würden sich überschlagen an Titelgeschichten über ihn. Aber was würde aus ihr werden?

Bernd konnte nicht sagen, ob er seine Augen offen oder geschlossen hatte. Aber irgendetwas sah er. Zuerst flimmerte es nur. Abwechselnd wurde es ihm schwarz und weiß vor Augen. Es fühlte sich an, als würde er durch viele Tunnel fahren. Zuerst waren es nur kurze Tunnel, dann jedoch immer längere. Es wurde weiß, dann schwarz. Nun wieder weiß. Dann nur noch schwarz.

Alexander Da Re, *geboren 1997 und wohnhaft im hessischen Niedernhausen, ist gelernter Industriekaufmann und Verwaltungsfachangestellter. Er war Preisträger des Jungen Literaturforums Hessen-Thüringen.*

Die Bücherverbrennung von 1933

Frankfurt 6. Mai 1933

Gertrud Hilgers saß zusammen mit ihrer Familie beim Frühstück. Ihr Vater Helmut las die Zeitung, während ihre Mutter Ingeborg eine Kaffeekanne auf den Tisch stellte, bevor sie sich zu ihrer Familie gesellte. Das jüngste Familienmitglied, Gertruds Bruder Karl, spielte mit Zinnsoldaten, ein Spielzeug, das sich reiche Familien dieser Zeit leisten konnten. Helmut Hilgers legte nachdenklich die Zeitung weg.

„Stimmt etwas nicht, Liebling?“, erkundigte sich Ingeborg.

Helmut blickte in Ingeborgs Gesicht. Sie war in seinen Augen nach 13 Jahren Ehe noch genauso schön wie am ersten Tag, als sie sich kennengelernt hatten. Er verlor sich für einen Moment in ihren braunen Augen.

„Helmut?“, wiederholte Ingeborg besorgt.

Nun richteten auch die beiden Kinder ihre Aufmerksamkeit auf die Unterhaltung. Karl unterbrach sein Kriegsspiel.

„Ich war für einen Moment lang abgelenkt“, entschuldigte sich Helmut, ohne Ingeborg zu erklären, dass sie der Grund für die Ablenkung war. An manchen Stellen brauchte Helmut seiner Frau auch nicht mehr viel zu erklären. Dafür kannten sie die Reaktionen des anderen zu gut. Statt nach dem Grund der Ablenkung zu fragen, lächelte Ingeborg und bot ihrem Mann Kaffee an.

„Danke, Liebling.“

„Ist es ein Bericht in der Zeitung, der dich nachdenklich stimmt?“, fragte Ingeborg.

„Ja“, erwiderte Helmut kurz angebunden. „Es wird berichtet, dass die Studentenschaft eine Säuberung des undeutschen Geistes aus den Bibliotheken einleitet, die bis zum 10. Mai abgeschlossen sein soll.“

„Was heißt das?“, erkundigte sich Gertrud. Ihre großen, grünen Augen ruhten abwartend auf ihrem Vater.

„Es sollen Bücher verbrannt werden“, erklärte Helmut kurz angebunden. „Im Hauptgebäude der Wolfgang Goethe-Universität sind Sammelstellen eingerichtet worden. Hier sollen die Bücher, die verbrannt werden, wohl gesammelt werden. Am 10. Mai soll ein Wagen in Begleitung von Dozenten, Studenten, SS und SA zum Römerberg ziehen. Dort sollen diese verbrannt werden. Die Bevölkerung, also wir, sind aufgerufen, dem Moment beizuwohnen. Der Führer bezeichnet es als eine von ihm geführte Revolution als Bekenntnis des deutschen Wesens.“

„Versteh ich nicht“, schoss es aus Karl heraus.

„Es ist nicht wichtig. Der Führer wird schon wissen, was er tut. Wir werden uns das Ereignis ansehen. Wir können ja reichlich vor der genannten Zeit, wann der Wagen am Römerberg eintreffen soll, dort sein und es uns ansehen.“

„Ich will dort nicht hin. Ich will lieber hierbleiben und mit meinen Zinnsoldaten spielen“, protestierte Karl.

Unerwartet folgte eine Ohrfeige. Mutter Ingeborg und Gertrud sahen regungslos zu. „Lernst du nicht im Kindergarten, zu gehorchen?“

„Doch“, stotterte Karl ängstlich.

„Dann widersprich deinen Eltern gefälligst nicht. Wenn ich entscheide, dass wir zum Römerberg gehen, gehen wir als geschlossene Familie dorthin.“

„Entschuldigt. Ich werde bestimmt nicht mehr widersprechen“, stammelte Karl verlegen. Sein Blick senkte sich. Er schämte sich.

„Vielleicht solltest du für eine Woche auf deine Zinnsoldaten verzichten und mal gelegentlich mit uns gesellschaftliche Spiele spielen. Nimm dir deine Schwester Gertrud als Beispiel. Sie folgt jeder Anweisung und widerspricht rein gar nicht.“

Gertrud lächelte stolz. Die Anmerkung ihres Vaters war geradezu ein Lob für sie.

„Es wird nie wieder passieren“, bekräftigte Karl. „Versprochen.“

„Die Zinnsoldaten landen trotzdem erst einmal in der Kiste. Du bekommst sie nach einer Woche wieder. Vielleicht lehrt dich das, deinen Eltern zu gehorchen.“

Kaum hatte Helmut seinen Satz beendet, stand Ingeborg bereits auf, sammelte hastig die Zinnsoldaten ein, ging damit zu einer Holztruhe, warf die Zinnsoldaten dort hinein und schloss die Truhe mit einem Schloss ab. Betrübt schaute Karl der Truhe nach, doch er wagte nicht zu betteln, seine Zinnsoldaten behalten zu dürfen. Er wollte seinem Vater nicht erneut widersprechen.

„Wo sind wir stehen geblieben?“, erkundigte sich Helmut, der von einer Sekunde zur nächsten zu einer ruhigen Fassung wechselte und das Thema wechselte, so, als wäre nichts passiert.

„Die Bücherverbrennung“, erinnerte Ingeborg.

„Ah ja. Stimmt. Wir gehen dort gemeinsam hin. Vielleicht erleben wir etwas Gleichartiges auch nicht mehr. Wer weiß schon, ob noch weitere Verbrennungen geplant sind. Machen wir einen Familienausflug daraus. Vielleicht treffen wir unsere Nachbarn unter den Leuten an. Mit Walter Müller habe ich bereits länger nicht mehr geredet. Er arbeitet viel und man bekommt ihn kaum zu Gesicht.“

10. Mai. 1933

Am Abend des 10. Mai zogen sich Helmut, seine Frau und die Kinder nach dem Abendessen an, um zum Römerberg zu gehen. Obwohl Mai war, war es am Abend trüb und feucht.

„Knöpf deine Jacke zu, Gertrud“, forderte Mutter Ingeborg ihre Tochter auf.

Gertrud gehorchte sofort. „Ich binde noch mein Haar zusammen. Einen kleinen Moment noch, bitte“, bat Gertrud höflich.

„Aber beeil dich“, forderte Helmut in einem strengen Ton.

Gertrud huschte kurz ins Badezimmer, band ihr braunes Haar zu einem Zopf zusammen und kehrte innerhalb weniger Minuten zu ihren Eltern zurück, die vor dem Eingang der Haustür bereits auf sie warteten. „Hier ist schon richtig was los“, stellte Helmut entzückt fest. „Ah, da ist Walter mit seiner Familie. Sieht etwas abgemagert aus.“

Helmut winkte Walter zu. Walter lächelte, winkte zurück, deutete jedoch mit einer Geste auf seine Uhr, womit klar war, dass er keine Zeit zum Reden haben würde. Helmut nickte verständnisvoll mit dem Kopf. „Er ist in Eile. Dann wäre es wohl besser, es Walter und seiner Familie gleichzutun und ebenfalls zum Römerberg zu gehen.“

Entschlossen machte sich Familie Hilgers auf den Weg. Die Straßen waren bereits von zahlreichen Menschen gefüllt.

„Dicht zusammenbleiben“, mahnte Helmut. „Es sind sehr viele

Leute unterwegs. Es wäre schlecht, wenn wir uns verlieren." Die Familie folgte seinem Rat. Dicht beisammen zogen sie mit der breiten Masse von Bürgern durch die Straßen. Hier und da hingen vereinzelte Reichsflaggen aus Fenstern heraus. Autos und die Straßenbahn zogen ebenfalls durch die Straßen. Hin und wieder ertönte das helle Läuten der Glocke der Straßenbahn.

„Schaut mal", rief Karl begeistert. „Das ist doch ein Automobil der Marke Adler."

Helmut lächelte zufrieden.

„Autos interessieren dich wohl, wie?" Karl nickte zustimmend. „Vielleicht wirst du ja irgendwann einmal in dieser Branche arbeiten. Du musst dich nur anstrengen und fleißig lernen."

„Das wäre toll", meinte Karl. Seine Augen leuchteten. Während ihres Weges zum Römerberg konnte Karl seine Aufmerksamkeit nicht von den vielen Automobilen, die ebenfalls unterwegs waren, lassen. Sie begeisterten ihn immerzu aufs Neue. „Da, ein Mobil des Herstellers Horch. Das mag ich auch", bemerkte Karl.

Sein Vater ignorierte die letzte Mitteilung. Er war damit beschäftigt, die Familie nicht aus den Augen zu verlieren, denn allmählich drängten sich immer mehr Leute auf den Bürgersteigen zusammen.

„Bleibt nicht stehen. Wir ziehen mit der Masse weiter", wies Helmut an. Es ging immer langsamer voran, doch irgendwann erreichten sie ihr Ziel. Der Römerberg.

„Mensch ist hier viel los", staunte Karl.

Die Familie suchte sich einen Platz in der Masse. „Hier könnte ein guter Platz sein. Näher werden wir wohl kaum an die freien Stellen kommen."

„Schaut mal!", rief Karl. „Vor den Massen stehen die Polizei und auch die SA."

„Sie halten den Weg frei", erklärte Helmut.

„BOAH! Aufregend!"

Gegen 21 Uhr trafen mit Büchern beladene Wagen ein, die je von zwei Ochsen gezogen wurden. Sie wurden wie angekündet von den Studenten, Dozenten, SA und SS begleitet.

„Musik", bemerkte Gertrud. „Wo kommt die her?"

„Von der Kapelle dort." Ingeborg zeigte auf eine SS-Kapelle, die beim Eintreffen des Zuges den Trauermarsch von Chopin spielte. Die Wagen hielten neben einem Scheiterhaufen, den die Studenten wohl laut Zeitungsberichten am Nachmittag errichtet hatten. Neben dem Scheiterhaufen standen einige Kanister Benzin bereit. Ein Mann bestieg einen Holzstoß.

„Wer ist das?“, fragte Karl neugierig.

„Der Hochschulpfarrer, nehme ich an“, meinte Helmut.

Der Hochschulpfarrer hielt eine lange Rede. Darin verglich er die Bücherverbrennung mit Luthers Verbrennung der päpstlichen Bannbulle und der Verbrennung von Schriften und Gegenständen durch studentische Burschenschaften von 1819 auf der Wartburg. Mit einem „Heil auf das Vaterland“ schloss der Pfarrer seine Rede. Im Anschluss an die Rede wurde die erste Strophe des Studentenliedes *Burschen heraus* gesungen. Eine weitere Rede folgte.

„Etwas langweilig“, dachte Karl.

Eine lange Liste von Autoren wurde aufgezählt, deren Bücher verbrannt wurden. Darunter waren Karl Marx, Wladimir Iljitsch Lenin und Leo Trotzki, Heinrich Mann und Stefan Zweig, Lion Feuchtwanger und Alfred Döblin, Erich Maria Remarque und Ludwig Renn, Jacob Wassermann, Emil Ludwig, Clara Zetkin, Erich Kästner, Franz Werfel und viele andere.

Die Kapelle spielte das Horst-Wessel-Lied und die Masse, die das Lied kannte, sang dazu mit. Mit Hochrufen auf Hitler endete die Bücherverbrennung. Zeitungen berichten über die Verbrennung als auch über die Namen der Autoren, deren Bücher verbrannt worden waren und nannten eine Zahl von circa 15.000 Schaulustigen, die an diesem Abend am Römerberg anwesend waren.

Hinweis: Die Personennamen sind erfunden. Der Ablauf, Spielzeug, Automobile, Familienerziehung zur Weimarer Zeit und zu 1933 basieren auf Recherchen. Einzelheiten zu Zeitgenössischem aus dem Geschichtsunterricht von früher behalten und verarbeitet. Künstlerische Freiheit an manchen Stellen möge bitte akzeptiert werden. Ich bin keine Anhängerin nationalsozialistischer Parteien. Es ist lediglich geschichtliches Interesse, um Zeitgeschehen nachvollziehen zu können, vorhanden.

Vanessa Boecking: *Autorin verschiedener Genres. „Damian, der Zauberer“ Fantasy/ Märchen. „Osiris, die Supermumie“, Fantasy/Manga.*

Der Geschichtenerzähler

Es ist Weihnachten 1982. Im Briefkasten liegt ein Brief von meinem Sohn Malte mit den folgenden Zeilen:

Liebe Mama!
Es ist wieder Weihnachten und ich werde heute Abend meinen Weihnachtsbaum wiedersehen! Ich bin dir unendlich dankbar für das wunderschöne Geschenk, welches du mir 1959, vor genau 23 Jahren, bereitet hast. Ich liebe dich,

dein Malte

Als ich diese Zeilen lese, erinnere ich mich genau. Malte ist blind zur Welt gekommen. Besonders traurig über sein Schicksal wurde er immer zu Weihnachten, weil er den schön geschmückten Weihnachtsbaum nie sehen konnte. Dadurch war das gemütliche Weihnachtsfest immer von einer unausgesprochenen und mitschwingenden Traurigkeit gekennzeichnet, bis im Jahre 1959 ein Geschichtenerzähler in unser kleines Dorf kam, der die Kinder und Erwachsenen mit seinen Erzählungen in seinen Bann zu ziehen schien. Auch Malte war auf der Straße von dem Erzählen des Mannes gefesselt worden. Aufgeregt berichtete er mir damals von seinem Erlebnis mit dem Geschichtenerzähler.

In diesem Moment hatte ich eine Idee. Ich fasste den Entschluss, diesen Mann heute, zum Heiligen Abend, zu uns einzuladen. Ich lief durch unser Dorf, um den Geschichtenerzähler aufzusuchen. Es hatte wieder zu schneien begonnen und es war kalt geworden. Ich stapfte durch den Schnee, aber fand ihn nicht. Schon wieder auf dem Heimweg traf ich einen Nachbarn, der mir: „Frohe Weihnachten", zurief und ich solle doch mal zu Hannes laufen, unserem Dorfwirt, dort sei jemand, der die vielen Gäste mit seinen Erzählungen fasziniere.

„Danke“, rief ich glücklich zurück und stapfte zur Schenke hinunter.

Als ich die Tür öffnete, hörte ich ein anhaltendes Klatschen, welches kein Ende zu nehmen schien. „Ich bin direkt ins Träumen geraten“, hörte ich jemanden sagen. Andere saßen schweigsam da, ein Mann hatte Tränen in den Augen.

Langsam ging ich auf den bescheiden dasitzenden Erzähler zu, sah seine alte, zum Teil zerrissene Kleidung, seine längeren, struppigen Haare, das liebevoll strahlende Gesicht. Einen Moment lang verließ mich der Mut, dann legte ich aber doch meine Hand auf die seine und erzählte ihm von meiner Idee. Er war tatsächlich bereit, später noch in unser kleines, strohgedecktes Haus am Dorfrand zu kommen.

Fieberhaft vor Aufregung erledigte ich die letzten noch nötigen Vorbereitungen. Wir saßen alle in der warmen, gemütlichen Weihnachtsstube vor dem geschmückten Weihnachtsbaum, als es plötzlich klingelte. Ich öffnete die Tür und drückte ihm schweigend die Hand.

„Malte“, rief ich, „wir haben Besuch bekommen. Der Geschichtenerzähler ist da, um dir etwas zu erzählen.“

Malte wippte aufgeregt auf seinem Stuhl hin und her. „Au fein“, rief er, „au fein, was erzählst du mir denn?“

Der Geschichtenerzähler legte seinen alten Mantel zur Seite, setzte sich auf den Teppich vor den Weihnachtsbaum und fing an zu erzählen. Malte saß nun ganz ruhig und still da und lauschte mit schräggehaltenem Kopf den Worten dieses Mannes.

Ich war wie gefesselt von den Worten, mit welchen er begann, einen Weihnachtsbaum zu beschreiben. So genau im Detail, treffend und durchdringend klar beschrieb er. Seine Stimme war ruhig, mitfühlend und ergreifend. Jedes Wort war verständlich, bildhaft, deutlich, für Kinder ebenso zu verstehen wie für Greise. Er sprach die einfache Sprache des fahrenden Volkes, des einfachen Menschen. Jeder, der seinen Worten lauschte, musste von ihnen ergriffen werden, gebannt, nur des Zuhörens wegen, um sich das Gesagte innerlich bildlich vor Augen zu führen. Es war genauso wie in der Kinderzeit, als sich noch Worte augenblicklich in der Fantasie zu Bildern verwandelten. Ich sah einen wunderschönen, großen Weihnachtsbaum, der in seiner Pracht und Helligkeit alles bisher Gesehene übertraf.

Er glänzte, strahlte und blinkte so vor meinen Augen, dass ich sie schießen musste. Ich sah Lebkuchenherzen und Marzipan an ihm hängen, Tannenzapfen, rote Äpfel und Schokolade in jeder Form. Unzählige brennende rote Wachskerzen spiegelten sich im Glanze des Baumes. Er stand auf einer großen Spieluhr und drehte sich zu einer leisen, mir wohlbekannten Melodie, langsam im Kreis.

Es war still um uns geworden. Jeder gab sich seinen Träumereien hin. Als ich aus meinen Träumen erwachte, war der Geschichtenerzähler fort. Wann er den Raum verlassen hatte, weiß ich bis heute nicht. Malte hatte an diesem Abend zum ersten Mal in seinem Leben einen herrlichen Weihnachtsbaum *gesehen*, den er zeitlebens nicht vergessen wird. Und noch etwas wird er nie vergessen, diese ruhige, liebe und warmherzige Stimme, mit welcher der Geschichtenerzähler Malte seinen traumhaften Weihnachtsbaum zeigen konnte, sowie den herzlich-warmen Händedruck, den er Malte gab, als er aufstand und ging.

Jörg Harder

Buntfaltenhosen

Es war an einem Samstagmorgen. Der Frühstückstisch war gedeckt, in der Küche duftete es verführerisch nach frischem Kaffee und ich freute mich auf die Wochenendausgabe meiner Tageszeitung. Entspannt schlug ich die erste Seite auf und biss hungrig in mein Leberwurstbrötchen. Da fielen sie mir förmlich in den Schoß – die bunten Hochglanz-Werbeprospekte des Einzelhandels.

Seufzend legte ich die Zeitung beiseite und begab mich auf den Fußboden, um die bunten Blättchen aufzusammeln. Möbel, Bekleidung, Fahrräder, Blumen und Lebensmittel wurden zu Sensationspreisen angeboten. Das Wochenende stand vor der Tür und der Einzelhandel warb um Kunden.

Flüchtig warf ich einen Blick auf die farbenfrohen Anzeigen und legte den Stapel Papier dann achtlos auf den Tisch. Nur das Werbeprospekt eines bekannten Bekleidungsgeschäftes weckte meine Neugier. *Bundfaltenhosen – ein absolutes Muss in der kommenden Saison*", prangte mit großen roten Buchstaben auf der ersten Seite. Nachdenklich hielt ich das Prospekt in der Hand. Bundfaltenhosen waren vor einigen Jahren einmal modern und ich konnte sie schon damals nicht leiden.

„Sie machen breite Hüften", sagte ich bei der Anprobe zu der Verkäuferin, worauf diese meine Hüften mit einem ausgiebigen Blick taktierte.

Ich nahm noch einmal das Blatt zur Hand und schaute dem blonden, jungen Modell mit der Bundfaltenhose kritisch auf die Figur. Lässig stand es da, eine Hand in der Hosentasche, die andere Hand salopp auf eine Stuhllehne gelegt. Ich musste zugeben, die junge Frau sah umwerfend aus. Die blonden Haare kunstvoll hochgesteckt, ein verführerisches Lächeln umspielte ihren perfekt geschminkten Mund und sie trug die Hose mit einer selbstverständlichen Eleganz, die mich neidisch machte. Meine Augen suchten nach den kleinen winzigen Speckröllchen, die sich so gerne an der Taille niederlassen.

Aber vergebens, rank und schlank stand die Blondine da und sah mich mit einem aufreizenden Lächeln an.

„Diese Art, sich hinzustellen, ist wahrscheinlich genau die richtige Position, um breite Hüften und Speckröllchen zu verstecken", dachte ich und stellte mich vor den großen Garderobenspiegel im Flur.

Die rechte Hand zwängte ich in die Hosentasche meiner gerade frisch gewaschenen Jeans, die linke Hand legte ich leger über die Türklinke. Aufmerksam betrachtete ich mein Spiegelbild. Ich konnte nicht glauben, was ich da sah. Meine braunen, halblangen Haare hingen kraftlos und ohne Spannkraft bis auf die Schultern hinab, an meinen Lippen klebten noch Brötchenkrumen – von Eleganz war wirklich nichts zu sehen. Ich zerrte die Hand aus der Hosentasche und mein Blick wanderte weiter zu meinen Hüften. Das Shirt, welches ich in den Hosenbund gesteckt hatte, legte sich wie eine Wurst um meinen Körper.

„Kind, du solltest dein Shirt über der Hose tragen, du hast ein ausladendes Becken", hatte meine Mutter gesagt, als sie mich in der letzten Woche unverhofft besuchte.

Verzweifelt zog ich das Shirt aus der Hose und riskierte es noch einmal. Eine Hand in die Tasche, die andere Hand über die Türklinke. Mein ausladendes Becken versuchte ich, geschickt zu kaschieren. Prüfend betrachtete ich mich von allen Seiten im Spiegel. Doch ich konnte mich drehen und wenden, wie ich wollte, mein Bildnis war dem des Modells im Prospekt nicht annähernd ähnlich. Schlimmer noch, es sah einfach lächerlich aus, wie ich da stand, mit eingezogenem Bauch und verdrehten Hüften.

Seufzend setzte ich mich zurück an den Tisch. Ich nahm das Leberwurstbrötchen vom Teller und betrachtete es nachdenklich.

„Zu viele dieser Leberwurstbrötchen habe ich mir in den letzten Wochen schmecken lassen", dachte ich, während mein Blick erneut auf das Werbeprospekt fiel.

Bequeme Stretch-Qualität und Bundfalten sorgen auch bei Übergröße für viel Bewegungsfreiheit.

Erschrocken legte ich das Brötchen zurück auf den Teller und las weiter.

Ab Größe 44 ist die Hose zusätzlich mit einem angeschnittenen Bund gearbeitet, welcher jede Bewegung mitmacht und immer in Form bleibt.

Ich sah der blonden, jungen Dame ins Gesicht. Mir war, als verzöge sich ihr kirschroter Mund zu einem gehässigen Grinsen. Ob sie ahnte, dass ich meine letzte Hose bereits in der Größe 46 gekauft hatte?

Bequeme Oberschenkelweite und eine schlank machende Wirkung machen diese Hose schnell zu Ihrem Lieblingsstück.

Das Modell lachte jetzt schadenfroh und klopfte sich vor Vergnügen auf die wohlgeformten Schenkel. Eine unbändige Wut stieg in mir hoch. Zornig nahm ich das Prospekt, zerknüllte es und beförderte es in hohem Bogen in den Papierkorb. Dann stopfte ich das Shirt wieder in meine Jeans und biss in das Brötchen, dass es nur so krachte.

Ich konnte Bundfaltenhosen eben noch nie leiden ...

*Die Autorin **Helga Licher** schreibt Kolumnen, Artikel und Geschichten für verschiedene Zeitschriften und beteiligt sich gerne an Anthologien. Sie lebt in einer beschaulichen Kleinstadt im Osnabrücker Land.*

Mit anderen Augen

Als ich an diesem Morgen aufwachte, lag ich seltsamerweise auf der Bettseite meiner Frau. Weshalb hatten wir wohl gestern unsere gewohnten Schlafplätze getauscht? Ich konnte mich nicht erinnern.

„Es wird schon eine Erklärung dafür geben“, dachte ich mir.

Zunächst aber musste ich dringend auf die Toilette, denn es war heftiger Harndrang, der mich geweckt hatte. So schnell es mir im dämmrigen Licht des Morgens möglich war, verließ ich das Schlafzimmer und stand alsbald breitbeinig vor dem Klosettbecken. Eilig klappte ich Deckel und Brille hoch. Meine Hand fuhr in den Slip und griff – ins Leere. Da war nichts!

Durch den Schock bekam ich weiche Knie, drehte mich langsam um und ließ mich auf das Becken plumpsen. Ich atmete einige Male tief durch und versuchte, einen klaren Gedanken zu fassen.

Plötzlich plätscherte es unter mir. Meine Blase entleerte sich. Aber nicht wie gewohnt. Vorsichtig schob ich meine rechte Hand nach unten, tastete zwischen meinen Beinen und erfühlte – nur eine Spalte. Mir wurde regelrecht schlecht vor Angst. Was war nur geschehen?

Ich erhob mich und machte das Licht an. Aus dem Badezimmerspiegel starrten mich die fassungslos aufgerissenen Augen meiner Frau an. Als ich den Mund öffnete, tat es auch der ihre. Als ich mir verzweifelt die Haare raufte, griff sie sich zeitgleich an den Kopf. Ich hatte mich tatsächlich in meine Frau verwandelt! Aber wenn dem so war, wer hatte da eben neben mir geschlafen?

Ich schlich zurück ins Schlafzimmer und schlüpfte ins Bett. Die Sonne ging gerade auf und schien durchs Fenster. Vorsichtig drehte ich mich auf die rechte Seite. Der Anblick erschreckte mich, obwohl ich damit gerechnet hatte, denn mir gegenüber lag – ich. Wie konnte ich nur so seelenruhig schlafen und mich zur selben Zeit im Körper meiner Frau befinden? War ich eigentlich dieser Mann?

Er erwachte mit einem kleinen Grunzen, streckte wohlig seufzend seinen Leib und leckte sich die Lippen. Dann wandte er sich mir zu.

„Guten Morgen, Liebes. Schon wach?"

„Ich musste aufs Klo", stammelte ich, völlig überfordert von der Situation.

Er schaute mich aus meinen Augen an, sprach mit meiner Stimme, nannte mich Liebes. Dieser Mann war offensichtlich ich.

„Heute ist Sonntag", sagte er nun. „Keine Pflichten. Niemand wartet auf uns. Wollen wir es uns nicht ein bisschen gut gehen lassen?"

„Bitte?" Meinte er das, was ich meinte?

Er grinste wie ein Satyr und schob sich näher an mich heran.

„Aber …" Das konnte doch nicht wahr sein. So etwas durfte es gar nicht geben.

„Kein *Aber*, Liebes!" Mit größter Selbstverständlichkeit strich er mit der Linken über meine Brüste.

Ich hatte Brüste! Was, um Himmels Willen, sollte ich tun?

Schon wühlte seine Hand in meinem Slip, drückte fordernd meine Schenkel auseinander. „So ein Rüpel", dachte ich noch empört. Dann rollte er sich auf mich.

Ich verbrachte den halben Morgen in der Badewanne, um das Erlebnis einigermaßen zu verdauen. Schon zweimal hatte er durch die geschlossene Tür gefragt, wann ich endlich fertig sei.

Bald klopfte er wieder und säuselte: „Liebes, wann bist du denn so weit? Dein stolzer Held ist hungrig."

Von wegen Held! Ein rücksichtsloser Rammler, das war er! Ich fühlte mich noch immer wie gerädert.

Leider hatte ich nicht die geringste Ahnung, was ich machen sollte. Abhauen? Aber wohin? Jemanden um Hilfe bitten? Ein jeder hätte mich verrückt gehalten. Also fügte ich mich drein, schlüpfte in einen Hausanzug und ging zu ihm in die Küche.

Er saß am Tisch und strahlte mich an. „Da bist du ja, meine Liebesgöttin! Ich habe dich vermisst."

„Mach's dir selber!", dachte ich.

Als ich an ihm vorbei zum Kühlschrank ging, kniff er mich in den Po. Das sollte wohl liebevoll gemeint sein! „Autsch!", rief ich lauter als nötig.

Er lachte nur. „Seit wann bist du so empfindlich?"

„Ach, mir ist heute nicht nach Scherzen."

„Was ist denn, Liebes? Kriegst du deine Tage?"

Das war der Spruch zu viel. Ich rastete aus. „Meine Tage! Du, mein

Tag fing heute an mit einem Zwergwal, der seine hundert Kilo auf mich gewälzt hat, um seine Morgenlatte wegzuarbeiten. Von wegen empfindlich!"

Er schaute mich so entgeistert an, als hätte ich ihm gerade eine gescheuert. „Aber …", setzte er an.

„Kein *Aber*! Und glaubst du denn wirklich, es macht mir Spaß, jeden Donnerstag mit blauen Flecken am Hintern zur Wassergymnastik zu gehen, weil mein Mann es lustig findet, dass ich wie ein Schwartenmagen herumlaufe?"

Wer sprach da plötzlich aus mir? War das wirklich noch ich? Und welches Ich, verdammt? Schrie ich mich selbst an? Oder war ich jetzt doch die Frau dieses tumben Tors, der da wie ein Häufchen Elend vor mir saß?

Ich atmete tief durch. „Wenn du Hunger hast – der Kühlschrank ist voll. Ich mache mich jetzt langsam fertig. Denk dran, heute Nachmittag sind wir bei meinen … deinen Eltern zum Kaffee eingeladen. Und vorher müssen wir noch irgendwo Blumen besorgen." Damit verzog ich mich wieder ins Badezimmer.

Der Besuch bei meinen Eltern ging dann doch recht angenehm über die Bühne. Nachdem der Erdbeerkuchen mit Sahne weggeputzt war, gingen Vater und Sohn zum Cognac über. Erst stritten sie, nicht ganz ernst gemeint, über die Qualitäten ihrer Lieblingsfußballvereine, dann erzählten sie sich lautstark zotige Witze. Ich half Mama derweil in der Küche und übte mich im Gespräch von Frau zu Frau.

„Du wirkst ein wenig abwesend heute", stellte die alte Dame fest. „Ist irgendwas mit euch?"

Fast war ich versucht, ihr alles zu erzählen. Doch was hätte das geändert? „Aber nein", beruhigte ich sie. „Es ist alles in Ordnung. Ich bin nur müde, habe wohl zu lange Fernsehen geschaut gestern Abend."

„Schön! Dann lass uns ein paar Schnittchen machen für die Raubtiere da drinnen. Schnaps macht hungrig."

„Heute nicht, Mama! Ich bin wirklich nicht so gut beisammen. Und ich muss doch den ollen Suffkopf nach Hause kutschieren."

„Na, dann …"

Die Heimfahrt verlief ruhig. Ich konzentrierte mich auf den Verkehr. Er starrte stumm geradeaus.

Ich vermutete, dass er verärgert war, weil wir uns heute so früh verabschiedet hatten, aber plötzlich sagte er: „Weißt du was? Wir fahren jetzt nicht gleich heim. Wir könnten doch noch essen gehen. Ganz gemütlich, bei Enzo!"

Ach, wie ich dieses Lokal liebte! Wir waren schon lange nicht mehr dort gewesen.

Als ich am Morgen erwachte, strahlte mir die Sonne ins Gesicht. Ich drehte mich weg auf meine rechte Seite. Da lag meine Frau und schlief ganz entspannt.

Was für ein verrückter Traum! Die Erinnerung daran war ebenso verwirrend wie unangenehm. War ich tatsächlich so ungehobelt? Der Gedanke erschreckte mich. Gewiss wollte ich ihr nie wehtun. Ich liebe sie doch und habe meine Späße immer für ganz harmlos gehalten. Wenn sie das wirklich so ganz anders empfunden hat …

Von einem spontanen Impuls geleitet wollte ich sie an mich ziehen und küssen, doch konnte ich mich rechtzeitig bremsen. Nein, sollte sie nur in Ruhe ausschlafen. Ich würde heute das Frühstück machen. Vorsichtig stieg ich aus dem Bett.

Nach dem Duschen ging ich in die Küche. Frisch gepressten Orangensaft sollte es geben, geröstetes Brot, Eier im Glas und ihre selbst eingekochte Erdbeermarmelade.

Am Nachmittag würden wir dann, wie jeden ersten Sonntag im Monat, zu meinen Eltern fahren. Und am Abend würde ich sie in der Tat wieder einmal zu Enzo einladen – ein schöner Ausklang fürs Wochenende.

Sie kam herein, als der Kaffeeautomat noch röchelnd seine Arbeit verrichtete. „Was machst du denn hier?", fragte sie noch verschlafen und rieb sich die Augen. „Warum bist du nicht im Büro?"

„Aber, Schatz, heute ist doch Sonntag und ich mache dir gerade das beste Frühstück der westlichen Welt."

„Spinner! Heute ist Montag. Du hattest wohl gestern bei Enzo ein Viertel Roten zu viel, was?"

„Gestern", stammelte ich. „Aber mein Traum …"

„Ausgeträumt, mein Lieber! Also, zieh dich schnell an und ab in die Firma! Unterwegs solltest du dir eine gute Ausrede für dein Zuspätkommen überlegen."

Helmut Blepp, *geboren 1959 in Mannheim, selbstständiger Trainer und Berater (Arbeitsrecht); lebt in Lampertheim.*

Alles in Händen

Wieder einmal war er auf dem Weg. Inzwischen war es Herbst geworden und die Natur schimmerte an diesem sonnigen Tag in den schönsten Farben: Grün, Gelb, Orange und Rot unter einem klaren Himmelblau. Als wolle alles noch einmal kräftig erblühen, ehe sich kalte, graue Schleier über das Bunte legen und es verhüllen würden.

Ein schmaler Pfad führte durch die Wiesen hinauf zu einer kleinen Anhöhe. Er kannte jeden Baum, jeden Busch und Zweig in diesem Gelände. Wie oft war er hier schon gegangen, zu jeder Jahreszeit, doch es schien ihm, als habe sich dies alles noch nie so eindrucksvoll gezeigt wie am heutigen Tag. Von oben bot sich eine unvergleichliche Sicht über das Wasser, das sich still und friedlich vor ihm ausbreitete. Und die kleine, malerisch gelegene Bucht zu seinen Füßen grüßte mit ein paar bunten Booten herauf, die vor Anker lagen. Die weißen Segel waren eingeholt und das Gekreische der Möwen verwob sich mit dem glasklaren Klang der Takelage, die sich in einer leichten Brise an den Masten hin- und herbewegte. Seine Gedanken flogen davon, irgendwo dort draußen in den Weiten von Wellen und Wind fanden sie ein Zuhause, um dann wieder zurückzukehren. Hinausfahren, um wieder einzulaufen, vielleicht ist es das, was alles ausmacht – Sehnsucht und Erneuerung, immerwährende Bewegung … bis zum Ende.

Er setzte seinen Gang fort auf einem Höhenweg entlang der Steilküste und dort durch ein kleines Waldstück, bevor er die Lichtung erreichte, die den Blick freigab auf das Gemäuer, das hoch oben über dem Ufer unerschütterlich auf einem Felsvorsprung thronte. Er hielt inne. Noch zeigten sich viele Baumkronen dicht belaubt und manche sogar noch grün oder nur teilweise verfärbt, andere wiederum bereits deutlich gelichtet. Er hob zwei hübsche, rotgefärbte Blätter vom Boden auf, in Größe und Form ähnelten sie Händen. Diese wollte er mitnehmen und balancierte sie vorsichtig zwischen Daumen und Zeigefinger. Die letzten Meter nahm er wie im Flug, bis er schließlich vor dem großen, hölzernen Tor ankam, das zwischen massiven Steinquadern des altertümlichen Gebäudes eingelassen war.

Hier oben war es still, so still, dass man den Eindruck gewinnen konnte, es habe nie eine Seele dort jemals gewohnt. Das dumpfe Pochen des eisernen Türklopfers schien irgendwo im Innern zu verhallen. Doch dann, nach gefühlt einer Ewigkeit, kam plötzlich eine Antwort in Form von leisen Schritten über den steinernen Korridor gelaufen. Es öffnete sich die schwere Pforte unter einiger Anstrengung einer zarten Frauenhand und die Gesichtszüge eines jungen Mädchens erschienen im Türrahmen.

„Ah, Zita!“, freute er sich und Erleichterung entwich seiner Stimme.

„Sie werden bereits erwartet“, sagte sie zurückhaltend, bat höflich, zu folgen, und führte ihn in eine kleine Stube, die wegen ihres winzigen Fensters selbst bei hellem Mittagslicht nur spärlich ausgeleuchtet war. „Bitte setzen Sie sich doch einen Moment, sie wird gleich hier sein.“ Zita verwies auf einen bequem aussehenden Sessel und ging sogleich wieder zur Tür hinaus.

Diesen Raum hatte er ja in all den Jahren, die er bereits früher zu Gast im Kloster gewesen war, noch nie zu Gesicht bekommen. Gemütlich war es hier. In einer Ecke tickte eine alte Standuhr und er trat ans Fensterchen und versuchte, etwas nach vorne gebeugt durch die bunt gefärbten Butzenscheiben zu blicken.

Unterdessen war die Tür erneut aufgegangen und jemand nahezu lautlos eingetreten. Er bemerkte deshalb ihre Anwesenheit erst, als er gerade im Begriff war, sich wieder aufzurichten. Die verhaltene Farbe ihres bodenlangen Gewandes verschmolz beinah mit der dunklen Umgebung der spärlich ausgeleuchteten Kammer. Vor diesem Hintergrund aber schienen ihr Gesicht und ihre feinen Hände heller als sonst und ergaben einen ungemein starken Kontrast, ja, verliehen ihrer Gestalt geradezu etwas Magisches, Überirdisches. Ihre lichten Züge wirkten in der Dämmerung auf ihn zugleich wie die einer Madonna und eines Engels.

„Von Gott gesandt, um in diesem Augenblick mir zu erscheinen“, dachte er.

Diese Verzauberung hielt bei ihm noch an, als sie bereits mit herzlicher Stimme auf ihn zugetreten und ihm die weißen Hände entgegengestreckt hatte: „Wie schön, Sie heute wiederzusehen! Es ist doch bereits eine ganze Weile her, dass Sie einiges hier im Haus gerichtet und erneuert haben, nicht wahr? Oben an der Stiege zum Dachboden wären noch ein paar hölzerne Teile, Sie wissen schon. Und es wäre zudem nicht von Schaden, wenn Sie sich auch gleich mal noch den kleinen, sperrigen Ausguck hier näher ansehen. Seine Flügel lassen sich nur schwer öffnen."

Während sie so sprach, hielt er immerzu schüchtern seinen Blick auf sie gerichtet und glaubte, einen Anflug von Röte auf ihren Wangen entdeckt zu haben. Mit einem Mal wurde ihm klar, dass er sich seit Jahren immer wieder auf diesen Weg machte, um sie zu sehen. Der Weg war das Ziel und mit ihm diese wachsende Sehnsucht und Hoffnung, anzukommen, dort oben bei ihr. Zwar freute er sich, dass sein Wissen als Restaurator in diesen altehrwürdigen Mauern geschätzt und gebraucht wurde, aber er wäre deswegen allein wohl kaum so oft hierher zurückgekehrt. Sie war es, die ihn anzog: Schwester Klara!

Er räusperte sich kurz und hielt ihr die beiden roten Blätter hin. „Die habe ich unterwegs aufgelesen", flüsterte er, „ein paar Farbtupfer für die gute Stube."

Die Äbtissin hielt kurz inne und ihm entging nicht, wie sie die Gaben ein wenig verwundert musterte. „Oh, ja", fing sie sich gleich wieder, „wie schön, dass Sie daran gedacht haben." Sie wandte sich zu ihrer Rechten einem Bücherregal zu, ihre schmalen Hände zogen mit einem Ruck einen schweren, dicken Wälzer hervor und wuchteten ihn mit einiger Anstrengung auf die Platte eines schlichten Holztisches, der sich direkt neben dem Sessel befand. Irgendwo in der Mitte schlug sie ihn auf und zwischen hauchdünnem Seidenpapier ruhte allerlei Getrocknetes aus der Natur wie beispielsweise Kornblumen, Veilchen, Kleeblätter und noch so einiges mehr an filigranem Blüten- und Blattwerk.

Nun war er es, der verwundert dreinblickte, schließlich handelte es sich bei dem gewichtigen Buch um kein Geringeres als um eine alte Ausgabe der Heiligen Schrift.

„Keine Sorge", entkräftete sie seine Bedenken, „fürs Studium gibt es eine andere, diese Ausgabe hier ist schon seit Jahren allein der Konservierung und Aufbewahrung vorbehalten." Und während sie so sprach, nahm sie die beiden Blätter an sich. Doch bevor sie diese fein säuberlich zwischen zwei unbenutzte Seiten legen wollte, hielt sie erneut einen Augenblick inne und flüsterte: „Die Welt ist seiner Hände Werk.“ Dann lächelte sie -- er verstand. Und aus den aufgeschlagenen Seiten des Buches leuchteten ihnen folgende Worte entgegen:

> *Die Liebe ist langmütig, / die Liebe ist gütig. / Sie ereifert sich nicht, / sie prahlt nicht, / sie bläht sich nicht auf. Sie handelt nicht ungehörig, / sucht nicht ihren Vorteil, / lässt sich nicht zum Zorn reizen, / trägt das Böse nicht nach. Sie freut sich nicht über das Unrecht, / sondern freut sich an der Wahrheit. Sie erträgt alles, / glaubt alles, / hofft alles, / hält allem stand. Die Liebe hört niemals auf. /*
> 1. *Korinther 13*

Constanze Wolfer, *1966 am Bodensee geboren und heute an der Kinzig im Schwarzwald lebend. Eine Vorliebe von klein auf für Gesang und Bildhaftes mündet mit etwa 16 Jahren im Fluss lyrischen Sprechens, trotzt während eines Germanistikstudiums der trockenen Sprache der Wissenschaft und bewässert dann den Journalistenalltag mit einem Tropfen Poesie. Lyrische Beiträge bisher in Anthologien, Zeitschriften und im Internetblog wolfregensconstanze.wordpress.com. Diese Geschichte hier ist nun ihr erstes veröffentlichtes Prosawerk.*

Aufgetauchte Kollegen

Ich bin jetzt zehn Jahre in Rente und es ist komisch, ich denke immer öfter zurück an meine verschiedenen Dienststellen. Ich war von Anfang an Angestellter bei der Stadtverwaltung und habe dort einige Male die Stelle gewechselt. Es sind weniger besondere Vorkommnisse, sondern vielmehr wunderliche Erlebnisse, die sich mir eingeprägt haben.

Einer meiner ersten Einsatzorte – noch während meiner Ausbildungszeit – war das Wohnungsamt. In dem Zimmer saßen sich zwei Sachbearbeiter an ihren Schreibtischen gegenüber. Schon in der ersten Stunde nach meinem Dienstantritt fiel mir die außergewöhnliche Stille auf, die in dem Büroraum herrschte. Umso mehr erschrak ich, als einer der beiden Punkt neun Uhr aufstand und sich mit ausgestreckten Händen voran auf den Boden fallen ließ. Noch mehr erstaunte mich, dass sein Kollege keine Reaktion zeigte – er brütete weiter über irgendeiner Akte.

Ich wollte dem zu Boden Gefallenen schon zu Hilfe eilen, als dieser anfing, Liegestützen zu machen. Er machte sage und schreibe zwanzig Stück davon! Dann stand er auf, schüttelte die Arme aus und setzte sich wieder wortlos an seinen Schreibtisch.

Als der andere Kollege meine Verwunderung bemerkte, sagte er nur tonlos: „Das macht der jede Stunde."

Danach trat wieder die gewohnte Stille ein.

Was Wortlosigkeit im Extremfall bedeutet, erfuhr ich in einer Abteilung des Baureferates. In dem Zimmer, in das ich kam, waren wieder zwei Personen, diesmal eine Frau und ein Mann, beide nicht mehr die Jüngsten. Das Verhalten des Mannes stieß mir gleich am ersten Tag auf, da er meinen Gruß nicht erwiderte. Ich wertete das zwangsläufig als Unfreundlichkeit oder gar Überheblichkeit mir gegenüber.

Aber es dauerte nicht lange und ich stellte fest, dass der Mann überhaupt nichts sprach. Er wechselte den ganzen Tag weder mit seiner Kollegin noch mit mir ein einziges Wort. Sie war es dann auch, die ans Telefon ging, wenn es klingelte.

Der Kollege stand fast den ganzen Tag vor seinem Zeichenpult und hantierte mit einem verschiebbaren Lineal und Zeichenstiften. Dabei verzog er keine Miene, aber er schien mir nicht verbittert oder verhärmt zu sein. So sah er manchmal zu mir herüber und mir war, als setzte er zu einem Lächeln an. Aber bevor es dazu kommen konnte, wandte er sich wieder ab.

Seine Zimmergenossin, bei der ich mich über den Kollegen erkundigte, als dieser mal das Zimmer verlassen hatte, sagte mir trocken, dass er nichts spricht. Auf meine Frage, ob er stumm sei, bekam ich zur Antwort: „Stumm ist er nicht, er spricht nur nichts."

Dafür, und das ist der zweite Teil meines Erlebnisses an dieser Dienststelle, redete die Frau wie ein Buch. Sie hatte in mir ein wehrloses Opfer gefunden, um ihren aufgestauten Redebedarf zu befriedigen. Irgendwann war mir das zu viel und ich beantragte die Versetzung. Bald darauf kam ich ins Kommunalreferat.

Unvergesslich ist mir dort der Kollege, den ich *den Literaten* nannte, was dieser nicht ungern hörte. Er las nämlich während der Dienstzeit Werke der Weltliteratur. Zu Hause, so sagte er, habe er dazu keine Zeit. Ermöglicht wurde ihm das durch den Umstand, dass sein Arbeitsbereich im Dachgeschoss untergebracht und er so fast gänzlich unbeaufsichtigt war. Dass er sein Arbeitspensum, nämlich die statistische Auswertung von Haus- und Wohnungsverkäufen im Stadtgebiet, trotzdem schaffte, lag daran, dass man ihm nahezu ohne Unterbrechungen Auszubildende oder Praktikanten zuwies. Diese erledigten die meiste Arbeit für ihn. Zur Belohnung gestattete er ihnen, an Montagen etwas später anzufangen und an Freitagen schon mittags nach Hause zu gehen. Eine echte Win-win-Situation, auch wenn es diesen Begriff damals noch gar nicht gab. Sein Vorgesetzter hat sich selten blicken lassen.

Wie gesagt, las der besagte Kollege mit Leidenschaft Klassiker. Als ich ihn kennenlernte, war er gerade mitten im *Faust*, zweiter Teil, den er zusammen mit einem Kommentar studierte. Vorher hatte er sich durch die Romane von Dostojewski gearbeitet.

Was ich von dieser Abteilung mitnahm, war, dass mein Interesse an Literatur geweckt wurde.

Ganz besondere Erfahrungen machte ich jedoch in der Direktion des städtischen Schlachthofes. Hier war ich zunächst im Büro des Mannes, der für die Einhaltung der Verhaltensregeln in den Hallen zuständig war. Angesichts des rauen Umgangstones war das keine leichte Aufgabe.

Während meiner Anwesenheit trugen sich in zeitlichen Abständen zwei gleichartige Fälle zu, die es in dieser Art wohl nur in einem Schlachthof geben kann. Die beiden Beschuldigten arbeiteten in der Schlachthalle, in der die getöteten Rinder zuerst zersägt und dann zerlegt werden. Man warf beiden vor, jeweils einem Kollegen auf den Kopf uriniert zu haben. Dazu muss man wissen, dass es eine untere und eine obere Arbeitsebene gibt. Die obere sind lange, begehbare Podeste, auf denen Arbeiter die an Haken aufgehängten Rinder in zwei Hälften teilen. In der unteren ebenerdigen Ebene werden Zerlegearbeiten vorgenommen. Von den Gegebenheiten her ist es also tatsächlich möglich, dass einem Untenstehenden auf den Kopf gepinkelt werden kann.

In beiden Verhören, bei denen ich mit anwesend war, sagten die Beschuldigten zu ihrer Rechtfertigung jeweils das Gleiche aus. Sie hätten sich mit dem Messer in den Finger geschnitten – bei dem einen war es der Zeige-, bei dem anderen der Mittelfinger – und um sich zu desinfizieren, hätten sie nach alter Metzgertradition über den verletzten Finger ihren Urin laufen lassen. Dass genau unter ihnen ein Kollege stand, hätten sie nicht gesehen. Bei der weiteren Vernehmung kam heraus, dass sich jeweils die Unten- und Obenstehenden bis aufs Blut (!) nicht ausstehen konnten. Als Beweis ihrer Unschuld zeigten die Beschuldigten demonstrativ auf die Schnittwunden an ihren Fingern, die eher Ritze waren.

„Ja, wenn das so ist", sagte mein Kollege daraufhin erleichtert und entließ in beiden Fällen die Vorgeladenen mit dem Hinweis, in Zukunft bei Verletzungen den Betriebsarzt aufzusuchen.

Anschließend wollte ich meinem Kollegen klarmachen, dass man ihn hinters Licht geführt hat – und das wohl nicht zum ersten Mal. Stattdessen lehnte dieser sich zurück, verschränkte die Arme hinter dem Kopf und verkündete: „Bei diesen Typen muss man klare Ansagen machen, sonst tanzen sie einem auf der Nase herum." Darauf fiel mir nichts mehr ein.

In einer anderen Abteilung desselben Betriebs, in die ich dann kam, lernte ich das gegenteilige Charaktermuster kennen, nämlich Halsstarrigkeit und Eigensinn. Ich war im Sachgebiet Betriebsabrechnung gelandet, an der Stelle, wo unter anderem die Personalkosten der Arbeiter nach deren Stundenaufzeichnungen auf Kostenstellen verteilt werden. Der zuständige, kurz vor der Rente stehende Kollege verwendete dazu eine alte, monströse und ratternde Rechenmaschine. Meinen gut gemeinten Vorschlag, sich eine der modernen, leichten Maschinen anzuschaffen, wies er brüsk mit der Begründung zurück, er müsse Ergebnisse auf acht Stellen hinter dem Komma berechnen und das ginge nur mit der alten Maschine. Es ist mir bis zuletzt nicht gelungen, ihn davon abzubringen, weder von der Verwendung der veralteten Maschine noch davon, Ergebnisse mit acht Stellen hinterm Komma auszuwerfen, wenn doch am Jahresende alle Kostenwerte auf zwei Zahlen hinterm Komma dargestellt werden und obendrein in den Monatsberichten für die vorgesetzte Dienststelle die Stellen nach dem Komma ganz gestrichen werden. Mit der Aussage: „Das habe ich schon immer so gemacht", war für ihn der Fall erledigt. Diesen Satz sollte ich während meiner Dienstzeit, aber auch im Privaten noch des Öfteren hören.

Das alles liegt nun schon viele Jahre zurück, aber die dargestellten Personen haben sich bis heute in meinem Kopf erhalten. Die Konturen vieler andere Kollegen haben sich dagegen längst aufgelöst.

Hinweis: Auch wenn die beschriebenen Episoden bis zu fünfzig Jahre zurückliegen, habe ich keine Namen genannt – auch nicht den Namen der Stadtverwaltung.

Robert Höpfner, *geboren 1954 in München, seit 1981 in Grassau/Chiemgau, dort bis 2018 Geschäftsleiter der Marktgemeinde; danach Vorstand der Wolfgang-Sawallisch-Stiftung, Initiator des Literaturpreises „Grassauer Deichelbohrer". Er schreibt Lyrik, Prosa, Erzählungen, Essays; mehrere Buchveröffentlichungen in verschiedenen Verlagen und Beiträge in Literaturzeitschriften.*

Vulcanus' Welt ist nicht genug

„Hast du dich nie gefragt, was dort oben über dem Rand ist? Welche Welt dort auf uns warten könnte?", fragte der kleine runde Stein seinen kugelförmigen Bruder und sah zum Rand des Vulkans hinauf.

Sein Bruder antwortete zunächst nicht auf die Fragen, denn der Kuglige hatte diese in letzter Zeit öfter gestellt, was seinen Bruder wiederum ziemlich auf die Nerven ging. Warum konnte er nicht eine seiner Schwestern fragen oder einen seiner anderen Brüder? Warum musste es immer ausgerechnet er sein?

„Du hast es dich also noch nie gefragt, habe ich recht?", stichelte der Runde und schmunzelte etwas dabei.

Sein Bruder schüttelte sich. „Nein, habe ich nicht. Warum auch? Alles, was uns zu interessieren hat, spielt sich hier ab. Hier – verstehst du? Außerdem macht es Vulcanus wütend, wenn er deine Gedanken hört. Er gibt uns Schutz, er gibt uns ein Dach über dem Kopf und wir müssen nichts anderes tun, als hier bei ihm zu bleiben, mehr verlangt er für seine Güte nicht. Warum also fängst du immer wieder damit an, hm? Vulcanus ist unsere Welt, wann begreifst du das endlich?"

Der Kugelige seufzte leise. „Ja, das weiß ich. Aber da draußen gibt es noch eine andere Welt. Vielleicht ist sie schöner als Vulcanus. Was ist, wenn sie schöner ist?"

Sein Bruder stöhnte verzweifelt auf. „Du bist wirklich unerträglich, weiß du das? Warum musst du immer fragen? Fragen, Fragen, Fragen, den ganzen lieben langen Tag. Es gibt einen Grund, dass wir hier sind. Vulcanus beschützt uns. Er schützt uns vor den Gefahren, die dort draußen in der Welt – die du so gerne sehen möchtest – auf uns lauern. Gefahren, verstehst du? Das, was dort draußen ist, will uns nichts Gutes. Wie auch immer die Welt hinter dem Rand von Vulcanus aussieht, sie ist einfach zu gefährlich! Und jetzt finde dich damit ab!"

Von der Erzürntheit seines großen Bruders eingeschüchtert, verstummte der kleine Runde für eine Weile und wagte es nicht mehr, hinaufzusehen. Und vielleicht, wer wusste das schon so genau, vielleicht hatte sein Bruder ja auch recht. Vielleicht lauerten dort draußen wirklich schreckliche Gefahren, auch wenn er sich nicht vorstellen konnte, welche das sein konnten.

So sehr er sich auch mit diesem Gedanken abfinden wollte, es gelang ihm nicht. Sah er doch jeden Tag aufs Neue, dass oben am Rand in regelmäßigen Abständen sich alles cirtingelb erhellte, bevor es wieder basaltschwarz wurde.

„Ich möchte doch nur so gerne wissen, wie es aussieht. Und woher der helle Schein kommt. Nur einmal", murmelte der kleine Runde etwas eingeschnappt vor sich hin.

„Sei still jetzt! Sonst weckst du noch Vulcanus auf. Das fehlte uns gerade noch. Du weißt, was passiert, wenn er zornig wird. Willst du es unbedingt darauf anlegen? Willst du wieder bis ganz hinab in seinen Schlund fallen als Strafe? Weißt du noch, wie lange du gebraucht hast, um wieder bei uns zu sein, hier auf dem Vorsprung?"

Ja, der kleine Kugelige hatte das alles nicht vergessen, auch nicht, dass Vulcanus ihm nicht gerade wohlgesonnen war, als ihm plötzlich ein Gedanke kam. Ein Gedanke, der sein Leben in Vulcanus' Bauch für immer verändern könnte. Ein Gedanke, der viel Mut von ihm verlangte. „Nein! Ich will nicht mehr hier sein. Ich will nicht mehr, dass Vulcanus der Mittelpunkt meiner Welt ist. Es muss dort draußen noch eine ganz andere Welt geben, die viel besser als Vulcanus ist. Ich weiß es genau!", schrie er plötzlich laut auf.

So laut, dass Vulcanus erwachte.

„Was hast du angestellt?", flüsterte sein Bruder ängstlich und zitterte.

Der Kugelige lächelte schadenfroh.

„Wer wagt es, meine Ruhe zu stören?", dröhnte die ohrenbetäubende dunkle Stimme des Kolosses durch den Schacht.

„Ich!", sagte der kleine Runde mutig und rollte unter dem Beben, das Vulcanus beim Sprechen verursacht hatte, ein Stück näher auf den unendlichen Abgrund zu.

„Entschuldige, oh großer Vulcanus, mein Bruder, er ist hohl und dumm. Er hat es nicht so gemeint!"

Der kleine Runde schnappte hörbar nach Luft. „Und ob ich das so gemeint habe! Du, Vulcanus, hältst uns hier als Gefangene! Jawohl!

Du verwehrst uns einen Blick auf alles, was außerhalb von dir liegt." Der Kugelige wusste genau, welche Worte er hatte wählen müssen, um den mächtigen Vulcanus zum Brodeln zu bringen. Und ehe er sich versah, schoss eine rubinrote kochend heiße Fontäne empor, vor der sich die anderen Steine schützend in Deckung begaben.

„Schnell, komm vom Rand weg, sonst reißt die Lava dich mit sich", schrie sein Bruder angsterfüllt und wollte noch nach dem kleinen Runden greifen, doch es war zu spät.

Der Kugelige stürzte sich in die Flammen und ließ sich von der Lava-Fontäne emportragen, hinauf zum Rand, über den er mit einer gewaltigen Wucht geschleudert wurde. Allerdings fiel er schneller als gedacht und kam plötzlich auf etwas Hartem auf, wo er eine Weile liegen blieb.

Der kleine Runde staunte. Er konnte nicht glauben, wo er gelandet war. Diese neue Welt, sie war wunderschön. Überall konnte er Farben und Formen erblicken, die er so noch nie zuvor gesehen hatte. Er sah Dinge, die sich bewegten – Dinge, die in der Luft folgen – Dinge, die an Bäumen hinaufkletterten – Dinge, die schnell ins Unterholz huschten. Alles hier war erfüllt von Leben. Alles bewegte sich. Nie gab es Stillstand, so wie in Vulcanus.

Jahrhundertelang hatte er sich den Steinschädel darüber zerbrochen, ob es wohl eine Welt außerhalb von Vulcanus gab und wie diese wohl aussah, ob sie schöner war als Vulcanus' Welt. Wie hatte er nur jemals daran zweifeln können?

Er musste an die Worte seines Bruders denken. Diese Welt sollte also eine Welt voller Gefahren sein? Doch wo waren sie? Und wie sahen sie überhaupt aus? Der kleine Runde konnte sich nicht vorstellen, dass diese prachtvolle Welt auch nur irgendeine Gefahr in sich barg. Es war schließlich alles viel zu wunderbar, zu farbenprächtig, zu lebhaft.

Plötzlich erschütterte ein Nachbeben die Welt außerhalb des Vulkans. Und ehe er sich versah, begann er, einen steilen Berg hinabzurollen. Dabei nahm er so viel Fahrt auf, dass er nicht mehr gestoppt werden konnte. Erst etwas Kühles, Nasses, schnell Fließendes zwang ihn zum Halten. Worin er sich auch immer befand, es fühlte sich vollkommen an. Alles um ihn herum erstrahlte in einem Lapislazuliblau. Er spürte zum ersten Mal in seinem Leben die Nässe auf seiner grobporigen Steinhaut und es gefiel ihm.

Lange ließ er sich von dem Flussstrom treiben und musste durch das wohlige Hin- und Herwiegen der Wellen und Stromschnellen eingeschlafen sein, bis er auf einer kleinen Sandbank liegen blieb. Der Runde erwachte erst, als er plötzlich ein Geräusch vernahm. Zunächst war es leise und wurde dann immer lauter, bis es wieder verstummte. Es war ein helles, hohes und aufgeregtes Piepsen.

Er blickte eine Weile umher, bis er meinte, die Quelle des Geräusches ausfindig gemacht zu haben. Es war ein seltsames Geschöpf, das er nun erblickte. Es war doppelt so groß wie er selbst und auch ein wenig rund. Es sah aus, als seien zwei runde Kugeln aufeinandergesteckt worden, jedoch waren an der dickeren Kugel von beiden zwei lange, dünne Röhren befestigt, mit denen sich das Geschöpf flink fortbewegen konnte. Oben auf der kleineren Kugel befand sich noch eine Röhre, doch diese war spitz und stocherte unaufhörlich im Sandboden herum.

Der kleine Runde war fasziniert von diesem Anblick. Und besonders von den Farben. Dieses ulkige Geschöpf war braun, so wie er selbst, doch in der Mitte hatte es einen quarzweißen Fleck.

„Was bist du?“, hauchte der Kugelige ehrfürchtig.

Das Geschöpf legte den Kopf schief, nachdem es die Stimme des Runden vernommen hatte, und warf einen Blick in dessen Richtung. „Wo kommst du denn her, dass du das nicht weißt?“ Das Geschöpf hatte sich nun vor ihm aufgebaut und erschien noch viel größer zu sein, als der runde Stein es zunächst angenommen hatte.

„Ich komme von Vulcanus“, antwortete er darauf etwas eingeschüchtert und das Geschöpf nickte verstehend.

„Ach, Vulcanus. Ja, hab’ davon gehört. Na, dann ist ja alles klar. Bist endlich mal rausgekommen, wie? Mutig, mutig. Tja, also wie soll ich das sagen. Das ist ja jetzt hier alles Neuland für dich, ein Kulturschock quasi. Pass mal auf, ich werde dir eine kleine Einweisung geben: Ich bin ein Vogel, eine Wasseramsel, um genau zu sein. Das hier …“ Die Wasseramsel schüttelte sich und streckte ihren Flügel aus, sodass der Kugelige jede einzelne Schwungfeder erkennen konnte. „… sind Federn und keine Steine. Das Grüne, was du siehst, sind Bäume, das Blaue da oben ist der Himmel und du bist wohl die ganze Zeit über in Wasser geschwommen. Du liegst auf einer Sandbank. Über dir ist ein Erdhang und in dem Erdhang ist mein Nest mit meinen Küken. Und …“

In diesem Moment hörte der Runde das helle Piepsen erneut.

Die Wasseramsel lachte daraufhin etwas verlegen. „Tja, ich muss dann auch wieder. Meine Kleinen haben nämlich immer Hunger, weißt du. Man sieht sich!“ So schnell wie die Wasseramsel aufgetaucht war, war sie auch wieder verschwunden.

Zu schade, der kleine Runde hatte noch so viele unbeantwortete Fragen. Beispielsweise was dieser Hunger war, von dem die Wasseramsel gesprochen hatte. Doch ehe er sich es versah, wurde der Kugelige plötzlich hochgehoben, einmal um seine eigene Achse gedreht und dann in einen dunklen, kleinen Sack gesteckt. Hier drinnen war es so dunkel wie in Vulcanos' Schlund.

„Denk dran, Fanny, du darfst dir einen deiner Steine aussuchen, den du bestimmen lassen kannst.“

Fanny verzog das Gesicht. „Was, nur einen, Papa?“

Dieser nickte und strich seiner Tochter liebevoll durch das granatrote Haar. „Und beeil dich ein bisschen, sonst ist die lange Wissenschaftsnacht noch vorbei, bevor wir überhaupt angekommen sind.“

Fanny verengte ihre Augen zu Schlitzen, kräuselte ihre Lippen und stellte sich, mit den Fäusten in die Hüften gestützt, grübelnd vor die kleine Vitrine in ihrem Kinderzimmer. Diese konnte man durchaus als Fannys größten Besitz und ihren ganzen Stolz bezeichnen.

Vorsichtig drehte sie den kleinen Schlüssel mit dem schwarzen Knauf um und öffnet die Vitrinentür ein kleines Stück. Langsam ließ sie ihre Hand über den einzelnen Stein kreisen. In ihrer Vitrine hatte sie bereits einen blattgrünen Malachit, einen hutzligen Schneeflockenstein – den Obsidian –, den ferkelfarbenen Rosenquarz, einen quaderförmigen milchigen Calcit und den beinahe transparenten Bergkristall, ihren Lieblingsstein, gesammelt. Seit ihrem dritten Geburtstag bekam sie immer einen weiteren, einen neuen Stein dazu, den sie noch nicht kannte und den sie dann – jedes Jahr im Mai – zur langen Wissenschaftsnacht mitnahm und bestimmen ließ.

Mittlerweile war sie mit dem Geologen, der für die ortsansässige gemmologische Gesellschaft arbeitete und somit stets auf der Wissenschaftsnacht vertreten war, schon per du. Er freute sich immer wieder aufs Neue, wenn das kleine Mädchen den Lockenkopf zur Tür hineinsteckte und ihm freudestrahlend offenbarte, was sie dieses Mal mitgebracht hatte.

Fanny seufzte. Eigentlich hatte sie zu ihrem Geburtstag einen himmelblauen Stein von ihren Eltern geschenkt bekommen und es reizte sie sehr, wenigstens seinen Namen und ein paar Ursprungsdetails über ihn zu erfahren, doch ihre Hand griff nach einem anderen, einem eher unscheinbaren Stein. Er war kugelrund, grau-braun und bei Weitem nicht ansatzweise so schön funkelnd wie all die anderen Steine.

Onkel Günter hatte ihn an einem Fluss bei einer seiner vielen Ausflüge gefunden. Er wusste selbst nicht, warum diese kleine Kugel sein Interesse geweckt hatte, und doch hatte er – nachdem er ihn in der Luft mehrmals gedreht, um ihn von allen Seiten begutachten zu können – unwillkürlich an seine Nichte denken müssen. So hatte die unspektakuläre Kugel ihren Weg in ein kleines Einfamilienhaus und dort in eine kleine Vitrine in einem Kinderzimmer gefunden.

Fanny klimperte mit den Augen und nahm den kugelförmigen Stein heraus, verschloss die Vitrine wieder ordnungsgemäß, rannte die Treppen hinunter, schnappte sich ihre saphirblaue Jacke und ergriff fröhlich die Hand ihres Vaters.

Im Gebäude der gemmologischen Gesellschaft im Stadtzentrum angekommen, packte sie die kleine Kugel wieder aus und behielt sie fest in der Hand, bis sie an der Reihe war.

Der Kugelige hatte den Schock und den plötzlichen Ortswechsel nur schwer verkraftet. Doch nach und nach hatte er gelernt, sich an der Seite seiner neuen Steinfamilie einzuleben. Zum ersten Mal in seinem langen Leben verspürte er so etwas wie Zufriedenheit. Er fühlte sich wohl und lauschte den Geschichten seiner neuen Brüder und Schwestern nur zu gerne. Durch sie hatte er die Welt außerhalb von Vulcanus überhaupt erst richtig kennengelernt, wenn auch nur in seiner Vorstellungskraft. Vielleicht war das die Gefahr, die Vulcanus und sein Bruder immer gemeint hatten. Immerhin war er hier genauso ein Gefangener wie in Vulcanus. Doch aus irgendeinem Grund empfand er diese Gefangenschaft nicht als allzu einschränkend, denn durch die einzelnen Mitglieder seiner neuen Steinfamilie kam ihm diese nicht als solche vor. Es war nie langweilig und seine Steinfamilie wusste stets Antworten auf seine vielen Fragen. Er hätte ewig hier in dieser Vitrine bleiben können, doch die Gefahr kam schneller und überraschender, als er es sich je hätte denken können.

„Oh, da hast du aber etwas sehr Schönes mitgebracht“, sagte Diplom-Geologe Jochen Siegel zu Fanny und nahm den runden Stein aus ihrer Hand.

„Ach wirklich? Aber er ist doch nichts Besonderes. Er hat doch nicht einmal eine schöne Farbe.“

Der Geologe lachte verheißungsvoll. „Weißt du, du darfst nicht nur auf das Äußere dieses Steins achten. Du musst in sein Inneres blicken.“

Fannys Augen wurden groß. „In sein Inneres?“

Der Geologe nickte. „Was du hier hast, ist ein wahrer Schatz – eine Druse. Komm, ich zeige es dir.“

Mit diesen Worten trat Jochen Siegel an die Edelsteinschleifmaschine heran und reichte Fanny eine Schutzbrille, die sie sicherheitshalber aufsetzen sollte. Gespannt blickte sie auf die Hände des Geologen, der gekonnt den Stein an die scharfe Klinge führte und ihn in der Mitte durchschnitt.

Dem kleinen Runden ging das alles viel zu schnell. Er spürte den Schmerz kaum, als der Fachmann ihn zerteilte. Stattdessen wunderte er sich, was sich in seinem Innersten befand. Es war auch wirklich zu interessant. Wer konnte schon von sich behaupten, einen Blick in sein Innerstes werfen zu können? Sehen zu können, aus was er gemacht war? Unter all der Euphorie bemerkte der Kuglige zunächst nicht, dass er immer schwächer wurde. Doch als er plötzlich immer weniger sah, beunruhigte ihn das sehr. Aber er konnte nichts dagegen tun. In dem Moment, als der Geologe den letzten Schnitt getätigt hatte, verschloss sich die farbenfrohe und lebhafte Welt für ihn für immer.

„Wow. Das ist ja ein Ding, eine richtige verborgene Schönheit! Du hast hier einen Sternachat. Ein ganz besonders prächtiges Exemplar. Meinen Glückwunsch, Fanny!“, hallte noch die Stimme des Geologen in seinem gespaltenen steinernen Schädel, bis schließlich jegliches Leben aus ihm entwichen war.

__P. C. Fischer,__ Jahrgang 2002, hat bereits im Alter von sieben Jahren angefangen, erste Erzählungen und Kurzgeschichten zu schreiben. Mittlerweile studiert sie Medienkulturwissenschaften an der Bauhaus-Universität in Weimar, wo sie auch lebt.

In Sachen Arbeitssicherheit

Schmidt seufzte, als der dünne junge Mann in sein Büro trat. „Wird das lange dauern, Hans?" Der Neuankömmling nickte und strich verlegen eine nicht existente Falte in seinem Hemd glatt.

„Dann nimm Platz!", grunzte der Ältere und lehnte sich in seinem Bürosessel zurück.

Hans kam der Aufforderung zögerlich nach und setzte sich auf die äußerste Kante des angebotenen Stuhles. „Wo ist denn Ramona?", fragte er. „Ich wollte anrufen, aber niemand hat abgenommen. Also bin ich den ganzen Weg durch die Stadt. Ich wusste dann nicht, ob ich klopfen durfte, so ohne Sekretärin."

„Ist krank", wiegelte der Chef ab. „Hat faszinierende Nekrotitis oder so was, sagt der Arzt. Liegt im Krankenhaus."

Hans runzelte die Stirn. „Klingt ja furchtbar."

„Finde ich auch. Ich meine, wenn sich eine Krankheit schon interessant anhört, muss sie ja schlimm sein. Ich nehme an, das dauert. Aber was gibt es jetzt, Hans? Ich hab viel zu tun."

„Na ja ...", begann Hans langsam. „Wir haben Müller gefunden."

„Welchen Müller?", fragte der Chef und gähnte. „Soll mir der Name irgendjemanden Speziellen ins Gedächtnis rufen?"

„Der Lastwagenfahrer?"

Schmidt zog verständnislos die Augenbrauen hoch.

„Von der Baustelle Fischstraße? Den wir seit gestern vermisst haben?", half Hans weiter.

„Aah!" Der Ältere schnippte mit den Fingern. „Klar, darum die Verzögerung. Und wo war er?"

„Da ist doch dieses große Stahlrohr in der Mitte der Grube ..."

„Der alte Brunnenschacht."

„Genau." Hans nickte heftig und strich sich dann seinen Scheitel zurecht. „Da ist er hineingefallen."

Sein Gegenüber beugte sich vor und sah ihn groß an. „Scheiße. Wie ist das denn passiert?"

„Er hat sich wohl auf die Kante gesetzt, um Brotzeit zu machen“, meinte der Junge. „Das sagt er jedenfalls.“

Schmidt atmete erleichtert auf und lehnte sich wieder zurück. „Dann gehts ihm also gut. Das ist doch was. Schön, schön.“

Hans zog die Luft zwischen den Zähnen hindurch. „Ja, einen Schock hat er vielleicht. Er ist nur ein paar Meter tief gefallen und weich gelandet. Zu trinken hatte er auch dabei, logischerweise. Er hat den Rettern etwas von seiner Brotzeit angeboten. Ist wohl ein wenig durch den Wind.“

Der Chef lächelte und nickte. „Noch mal Glück im Unglück gehabt, was? Na gut, Hans, wenn's das war. Gute Nachrichten sind auch mal was Neues.“

Er griff nach seinen Unterlagen, hielt aber inne, als er bemerkte, dass ihn sein Gast weiterhin unbequem anstarrte und keine Anstalten machte, zu gehen. „Moment mal, Hans, das Rohr war doch über zehn Meter tief und Zement war ja noch keiner drin. Wenn das wieder mit Schlamm vollgelaufen ist, dann schaffen wir das niemals im Zeitplan.“

„Schlamm war jetzt nicht drin. Jedenfalls nicht viel.“

„Sondern?“

„Na ja, wir haben auch noch Meyer drin gefunden?“

„Hm?“

„Einen der Arbeiter, den kennen Sie nicht, glaube ich. Wir haben gedacht, er hätte was Besseres gefunden“, bot Hans an. „Tot, leider. Müller saß auf ihm drauf, als wir ihn gefunden haben. Der war ja etwas durcheinander, wie ich schon ...“

Schmidt schlug die Hände über dem Kopf zusammen. „Hans, Hans, verdammt noch mal, nein!“, rief er entsetzt. „So geht das nicht, was läuft bei euch denn ab! So etwas darf nicht passieren.“

Hans schüttelte den Kopf. „Nun ist es aber einmal passiert.“

„Gut. Oder schlecht. Weiß man denn, wie so was passieren konnte?“

Der Jüngere blies die Backen auf und ließ die Luft wieder entweichen. „Also, es könnte sein – sicher ist sich da leider niemand – ‚dass Schulz ihn mit einer Holzlatte erwischt hat, die er auf der Schulter getragen hat.“

„Wie bitte?“, entsetzte sich sein Chef, der mit seinem Stuhl so dicht an den Schreibtisch herangerückt war, dass sein Bauch über die

Tischplatte schwappte. „Und das hat keiner gemeldet? Niemand hat versucht, ihn rauszuholen?"

„Niemand hat es wirklich gesehen", antwortete Hans und rang flehend mit den Händen. „Schulz hat nur gemeint, dass er Meyer das letzte Mal gesehen hat, als er selbst gerade eine Latte getragen hat. Das hat sich wohl gerade auf dem Rand der Röhre die Schuhe zugebunden. Als sich Schulz zu ihm umdrehen wollte, da war er plötzlich weg. Darum meint er, es könnte vielleicht, ganz unwahrscheinlicherweise so gewesen sein, dass er ihm eins über den Schädel gegeben hat."

„Ganz zufällig", brummte Schmidt. „Ah, ja. Sicher. Aber gut, vielleicht muss sich nicht unbedingt die Polizei darum kümmern. Ich denke, das wird sich mit den Angehörigen schon irgendwie regeln lassen, bin ja kein Unmensch. Gut, danke, Han..."

„Ah, Herr Schmidt", unterbrach ihn der andere.

„Ja, was noch?"

„Wir haben auch den anderen Müller gefunden."

Schmidt schnaubte. „Hans, verdammt, ich kenne die Leute auf der Baustelle nicht. Du hast mir selbst gesagt, dass die Arbeiter jetzt so oft wechseln, dass du sie kaum noch zu Gesicht kriegst. Woher soll ich dann immer wissen, wer wer ist."

„Damit sprechen Sie das Problem an. Wir hatten in letzter Zeit sehr viel Fluktuation unter den Arbeitskräften."

„Ja, das hast du die letzten Tage erwähnt. Ziemlich merkwürdig", wunderte sich der Alte."

Der junge Mann biss die Zähne zusammen. „Na ja, aber das ist die Sache. Dieser Müller ist auch einfach so verschwunden und er war Kranfahrer. Wir hatten schon ein paar Probleme, einen Ersatz zu finden. Und jetzt haben wir Müller eben wiedergefunden."

Schmidt blickte einen Moment starr an Hans vorbei. Langsam fühlte er, wie das Pochen in seinem Schädel begann. „Unter Meyer?", fragte er schließlich.

„Unter Meyer", bestätigte Hans.

„Und wie ist das geschehen?"

Hans seufzte. „Auch schwer zu sagen, aber Schneider meint, er hätte ihm gesagt, dass er vorne an der Spitze des Krans irgendetwas reparieren wollte. Schneider sagt, er hätte ihn noch gebeten, sich gut abzusichern, da das ziemlich gefährlich aussah, und ist dann nach

Hause. Danach hat er ihn nicht mehr getroffen, aber da waren ja die Feiertage dazwischen und wir hatten dann schon Hoffmann als Ersatz, also hat sich Schneider keine Gedanken mehr gemacht."

„Und er ist vom Kran genau in dieses Rohr gefallen? Das ist doch kaum möglich."

„Doch!", wandte der Jüngere ein. Er hielt eine Hand ausgestreckt und die, mit dem Fingern zu einem O geformte, darunter. „Sehen Sie, die Kranspitze reicht genau bis zum anderen Ende der Baugrube, muss ja sein. Und wenn er dann genau hier, sehen Sie hier, so ... heruntergefallen ist, dann hat der Ärmste genau diesen Brunnen getroffen. Nicht, dass es was geändert hätte, wenn er woanders gelandet wäre. Blieb er eben genau auf Becker liegen."

„Becker", wiederholte Schmidt tonlos.

„Ja, Becker. Den habe ich vor einiger Zeit losgeschickt, er soll ein Brett über das Rohr legen. Ich habe gesagt, dass das ja gefährlich ist und man es nicht so lassen kann."

„Und du hast gedacht, er hat es einfach bleiben lassen?", fragte der Chef.

„Ja", bestätigte der junge Mann. „Wissen Sie, Herr Schmidt, Becker war ein fauler Hund, der immer alles halb fertig herumliegen hat lassen. Da hat es mich auch nicht gewundert, dass jemand das Brett, das er mitnehmen hätte sollen, benutzt hat, um ein Loch im Bauzaun zu flicken. Ich wusste ja nicht, dass das Fischer gemacht hat, der das Brett neben dem Rohr gefunden hat."

Schmidt griff nach der Mineralwasserflasche und füllte die letzten Tropfen in das geschliffene Whiskeyglas. Er seufzte, erhob sich schwerfällig, stützte sich kurz auf dem Schreibtisch ab, um durchzuatmen, und ging zur Tür. „Vielleicht was Stärkeres, Hans?"

„Nein, Chef. Danke, Chef", wiegelte dieser ab. „Nachdem was mit Weber passiert ist, rühr ich das Zeug nicht mehr an."

Der Ältere bewegte die Lippen, um etwas zu sagen, besann sich dann aber und ging wortlos zur Tür. Hans betrachtete aufmerksam seine Schuhspitzen, bis sein Vorgesetzter mit der Flasche und einem zweiten Glas zurückkam.

„So", begann Schmidt, als er sich wieder hinter den Schreibtisch verfrachtet hatte. Er schenkte etwas von der honiggelben Flüssigkeit ein und reichte ein Glas seinem Gegenüber, der es mit einem dankenden Kopfnicken entgegennahm. Sein eigenes trank er in einem

Zug aus, stieß auf und klopfte sich auf die Brust. „So, dieser Weber hat jetzt hoffentlich nichts mehr mit der Sache zu tun, oder."

„Leider schon, Herr Schmidt", meinte Hans sein volles Glas betrachtend. „Den habe ich vor Kurzem rausgeschmissen, weil er betrunken zur Arbeit erschienen ist. Wiederholt, versteht sich. Seine Frau hat mich angerufen, weil er nie zu Hause angekommen ist. Ich hab ihr gesagt, dass das wirklich nicht mein Problem ist."

„Und es ist doch unseres?"

Hans nickte, während er nachdenklich das unberührte Glas auf den Tisch stellte. „Und ich mach mir solche Vorwürfe. Ich hätte sehen sollen, dass er sicher nach Hause kommt, ich hätte ihn heimfahren sollen."

„War er denn überhaupt in der Nähe des Schachts?", wollte Schmidt wissen.

„Nein."

„Dann mach dir kein schlechtes Gewissen. Warum ist er denn noch mal in die Baugrube?"

Hans zog die Schultern hoch. „Das kann ich nicht sagen."

„Er war auch noch nicht der Letzte, oder Hans?", bohrte der Alte nach.

„Nicht der Erste, meinen Sie, Chef. Ich zähle ja rückwärts."

„Wie viele noch?"

„Sechs."

Schmidt schob seinen Stuhl zurück und erhob sich ächzend. Dann trat er ans Fenster und zog die Lamellenjalousie hoch, sodass das rote Licht der untergehenden Sonne ins Büro fiel. Die Stadt dort unten war vergleichsweise ruhig für diese Tageszeit.

„Hans", begann der Alte, ohne von der Szenerie aufzublicken. „Wie lange arbeitest du schon bei mir?"

„Fünf Jahre müssten es ungefähr sein, glaub ich."

„Hmhm", brummte der andere zustimmend. „Na ja, vielleicht wäre mal eine Gehaltserhöhung … Wie geht es jetzt weiter? Wer war der nächste?"

„Also es hat doch diesen Vorfall mit den jungen Leuten gegeben, die mit ihrem Wagen in die Baugrube gebrettert sind."

„Ja, das war ein Chaos."

„Stimmt. In der Prügelei ist niemandem aufgefallen, dass das Auto wohl Wagner gerammt hat und ihn in das Rohr gestoßen hat."

Hans machte eine Pause und holte tief Luft. „Auf ihm haben wir Bauer, Lange und einen unbekannten Mann gefunden, in dieser Reihenfolge von oben nach unten. Darum gehe ich davon aus, dass die beiden den Unbekannten bei der Rauferei in den Schacht geworfen haben, wobei Lange das Gleichgewicht verloren hat. Bauer wollte ihm vermutlich helfen, hat aber dann wohl auch den Halt verloren. Oder sie wollten zu zweit den Unbekannten retten, ich will ja mal nicht gleich bösen Willen unterstellen. Auch wenn ich's glaube."

Erneut seufzte Schmidt. „Das wird Ärger geben."

„Ja."

„Und der Rest?"

„Wolf", sagte Hans. „Wie der hineingefallen ist, kann man nicht sagen, niemand hat ihn vermisst. Vielleicht ist er gestolpert. Schäfer lag auf seinem offenen Werkzeugkasten. Vielleicht hat er auf dem Rand gesessen und etwas darin gesucht, damit wäre er dann ja nicht der Erste gewesen. Der Letzte – also der Erste – war Koch."

„Koch!", rief der Alte aus. „Den habe ich ja selber losgeschickt. Er sollte sich überlegen, wie wir dieses Rohr da rausbekommen oder wie viel Beton wir brauchen, um es zu füllen."

„Vielleicht hat er versucht, den Schacht auszuloten," Hans machte eine Pause und befeuchtete die Lippen. „Das waren alle. Was haben Sie jetzt vor?"

„Hans, wen haben wir eigentlich für die Arbeitssicherheit eingestellt?"

Hans zuckte mit den Schultern.

Herr Schmidt nickte. „Hm, da könnte das Problem liegen."

***Felix Hummel** wurde 1986 in der Oberpfalz geboren und lebt heute mit seiner Frau in Deggendorf, Niederbayern. Er hat ein Archäologiestudium begonnen, schließlich aber eines der Zahnmedizin beendet, nur um dann in einem anderen Bereich zu arbeiten. Bisher hat er eine Handvoll an Gedichten und Kurzgeschichten veröffentlicht, wobei ihm häufig – wie auch in diesem Fall – Träume als Inspiration dienen.*

Schätze auf dem Dachboden

An einem regnerischen Nachmittag beschloss Clara, endlich auf den Dachboden ihres Elternhauses zu gehen und die Sachen durchzusehen, die dort gelagert waren. Ihre Mutter war vor zwei Jahren verstorben und seitdem war das Haus eine Art Zeitkapsel geworden, in der Andenken und Geheimnisse aufbewahrt wurden. Bislang hatte sie sich davor gescheut, da sie nicht wusste, was sie dort oben erwarten würde, und sie hatte Angst, dass sie die Erinnerungen kalt erwischen würden.

Clara öffnete mit einem Haken den Dachboden und zog mit etwas Mühe die Leiter herunter, die sie dann nach kurzem Zögern hinaufstieg. Der typische Geruch von Staub und vergilbtem Papier schlug ihr entgegen. Alles war voll mit Kisten, alten Spielsachen, Büchern, kleinen Möbelstücken und Erinnerungsstücken. In der Ecke stand ein großer, verstaubter Schrank, dessen Türen leicht geöffnet waren. Neugierig näherte sich Clara und öffnete sie vollständig.

Im Inneren befand sich eine Ansammlung von Notizbüchern. Bei näherer Betrachtung fiel Clara auf, dass jedes dieser Bücher einen unterschiedlichen Zustand aufwies. Manche waren mit bunten Stoffen bezogen, einige hatten eine glatte Oberfläche. Andere hatten eingeknickte Ecken. Clara war überrascht, denn sie wusste nicht, dass ihre Mutter Notizen geschrieben hatte, und sie fragte sich zeitgleich auch, warum und was sie notiert haben könnte.

Clara erinnerte sich an ihre Kindheit. Oft hatte ihre Mutter ihr Geschichten erzählt, Märchen und Legenden, die mit einem Hauch Magie zum Leben erweckt wurden. Nie hatte sie sie in irgendwelchen Büchern gefunden, denn als sie älter wurde, hatte sie danach gesucht. Diese Erzählungen waren ihr immer im Gedächtnis geblieben und sie hätte sie so gern noch einmal gelesen.

Behutsam nahm sie eines der Bücher mit einem roten Einband heraus. Es lag schwer in ihrer Hand und sie fühlte sich wie ein Kind, das unverhofft einen Schatz entdeckt hatte. Ihr Herz schlug etwas schneller und sie setzte sich gedankenverloren auf den Boden. Von der Oberfläche des Buches blies sie den Staub und öffnete es. Die Handschrift ihrer Mutter war zu sehen. Sie war geschwungen und elegant. Clara las die ersten Zeilen und hätte weinen können. Es war eine ihr bekannte Geschichte und sofort wurde sie in deren Bann gezogen. Alles um sich herum vergaß sie, als sie Wort für Wort auf den vergilbten Seiten las.

Es war einmal ein kleines Dorf, das am Rand eines geheimnisvollen Waldes lag. In diesem finsteren Wald lebte eine alte Hexe. Sie erfüllte den Dorfbewohnern mit ihrer Magie ihre Wünsche. Doch dies hatte einen hohen Preis ...

Gebannt las Clara, wie die Dorfbewohner ihre Wünsche erfüllen ließen. Dabei bedachten sie nicht, dass jedes dieser Anliegen Konsequenzen hatte. Gier und Neid zerfraß sie. Je mehr Wünsche ihnen die Hexe erfüllte, desto schlimmer wurden diese Zustände. Diese Geschichte zeigte deutlich die Leidenschaft ihrer Mutter, die sie für das Schreiben und Erzählen im Herzen getragen hatte.

Clara verlor sich in der Erzählung. Jede Seite offenbarte ihr neue Welten, Charaktere und Abenteuer. Mit jedem Wort hatte sie das Gefühl, ihrer Mutter näher zu kommen, als würden die Worte eine Brücke zwischen der hiesigen und der Anderswelt bauen. Sie fand Geschichten über verlorene Seelen, die nach Hause suchten, über mutige Frauen, die gegen das Unrecht kämpften, und über die Kraft der Liebe, die selbst die dunkelsten Zeiten erhellen konnte.

Als sie das Buch schließlich zuklappte, war es bereits dunkel geworden. Der Regen hatte aufgehört und durch die kleinen Fenster des Dachbodens fiel das Licht des Mondes. Da er genau über diesem stand, war Clara auch nicht aufgefallen, wie die Zeit vergangen war.

Sie hielt das Buch in den Händen wie einen Schatz, denn es war nicht nur ein Notizbuch. Es war das Herz ihrer Mutter. Auf diesen Seiten lebte ihre Seele unvergessen weiter.

In den folgenden Wochen kehrte Clara oft auf den Dachboden zurück. Jedes der Notizbücher las sie durch. Immer wieder erwartete sie eine andere Erzählung und sie entdeckte eine neue Facette ihrer Mutter, die sie nie gekannt hatte. Sie fand Geschichten über ihre Kindheit, die in neuem Licht erschienen. Sie erkannte die aufrichtige

Liebe und wie sie in den Worten ihre eigenen Ängste und Träume verarbeitet hatte.

Wochen später fand Clara ein Notizbuch in der hintersten Ecke des großen Schrankes. Es sah völlig anders aus als die bisherigen und war nicht gefüllt mit den wunderbaren Erzählungen. Es enthielt neben Text auch Skizzen und kurze Notizen. Erstaunt erkannte sie, dass ihre Mutter darin Pläne für ein eigenes Buch geschmiedet hatte. Einiges hatte sie sehr detailliert ausgearbeitet, anderes nur grob. Sie wollte all ihre Geschichten zusammenbringen, die sie bis dahin zu Papier gebracht hatte.

Clara traten Tränen in die Augen. Die hinterlassenen Erzählungen waren bereits ein Geschenk, das sie niemals in Worte fassen konnte. Doch das schien wie der Schlüssel zu einem Teil ihrer Mutter zu sein, den sie nie verstanden hatte, denn sie hatte nicht gewusst, um was diese Frau solch ein Geheimnis machte.

In Clara kam der tiefe Wunsch auf, das Erbe ihrer Mutter zu wahren und das, was sie begonnen hatte, zu Ende zu bringen. Sie war so eine wundervolle Schriftstellerin, es wäre schade, wenn diese Werke nur für sie wären. Zu gut konnte sie sich daran erinnern, wie sehr sie die Geschichten ihrer Mutter geliebt hatte. So würde es mit Sicherheit auch anderen gehen.

Die Monate zogen ins Land. Clara war in das Projekt vertieft und mit ganzem Herzen dabei. Mit der Zeit stellte sie fest, dass die Arbeit an dem Buch ihrer Mutter sie ihr wieder näher brachte. Es war nicht nur eine tolle Möglichkeit, die Erinnerungen zu bewahren, sondern es war für sie auch eine Form der Heilung. So konnte sie die Trauer, den Schmerz und den Verlust ihrer Mutter in etwas Positives verwandeln. Diese ungeplante Reise führte sie in die eigenen Tiefen ihrer Seele, während sie die Erzählungen zum Leben erweckte. Es war ein unfassbar schönes und inniges Gefühl.

Ein Jahr später und nach intensiver Arbeit hielt Clara das fertige Buch in ihren Händen. Es war voller Geschichten, Liebe und gemeinsamer Erinnerungen. Lange hatte sie wegen des Titels überlegt und gab schließlich ihrem ersten Impuls nach. Es war *Das Buch der vergessenen Geschichten* und für sie hätte es keinen besseren Titel geben können. Ihr war bewusst, dass es kein literarisches Meisterwerk war und auch nie werden würde. Doch es war ein Teil ihrer Mutter und ein Teil von ihr.

Ihr innigster Wunsch bestand darin, dass diese wunderschönen, abwechslungsreichen und vielfältigen Geschichten ihrer Mutter auch von anderen gelesen werden konnten und hoffentlich ebenso deren Herz berührten wie das ihre in ihrer Kindheit.

Als sie das Buch erstmals in den Händen hielt, durchfluteten Clara eine Vielzahl von Emotionen. Erfolg, es geschafft zu haben, auch die Bestätigung, jetzt wieder eine Verbindung zu ihrer Mutter zu haben. Auch wenn diese schon lange nicht mehr Teil dieser irdischen Welt war.

Clara bekam Rückmeldungen von Menschen, die das Buch lasen. Sie waren berührt von den Erzählungen und der tiefen Menschlichkeit, die auf diesen Seiten zu finden waren. Die Leser erkannten sich in den Geschichten wieder und sie fanden das, was auch Clara stets in ihnen gefunden hatte: Trost und Inspiration. Ihre Mutter lebte in den Erzählungen weiter und traf das Herz vieler Menschen.

Das Buch der vergessenen Geschichten wurde für sie zu einem Symbol für die Kraft der Erinnerungen, die mit dem Druck des Werkes niemals verloren gehen würden. Oft saß Clara auf dem Dachboden, war umgeben von den alten Notizbüchern ihrer Mutter und schrieb weiter. Mit jedem Wort, das sie niederschrieb, kam sie ihrer Mutter wieder näher.

Lächelnd las sie die letzte Seite des Notizbuches ihrer Mutter. Diese Worte hatte sie nicht in ihre Bücher drucken lassen, da sie sehr persönlich waren.

Für meine Tochter Clara. Diese Geschichten werden mein Leben überdauern. Ich wünsche mir, dass sie für dich eine Erinnerung an unsere gemeinsame Zeit sind. Vergiss nie, dass ich dich liebe.

Beccy Charlatan *wurde 1982 in Wuppertal geboren und wuchs dort auf. Mittlerweile hat es sie mit ihrem Lebensgefährten etwas weiter an den Rhein verschlagen, ins schöne Düsseldorf. Schon von Kindesbeinen an schrieb sie gern, geht der Liebe zu den Buchstaben jedoch erst seit circa vier Jahren nach. Sie schreibt unter anderem im Bereich Fantasy. Im Jahr 2021 sind die ersten drei Kurzgeschichten in einer Anthologie erschienen. Social Media: Instagram @beccycharlatan.*

Die Schattenjäger

Die Nacht senkte sich wie ein schwerer Schleier über die Stadt, als ich lautlos über die Dächer der alten Häuser glitt. Meine schwarzen Pfoten berührten die Ziegel ohne einen Lau, und mein Atem verschmolz mit dem Flüstern des Windes. Die Menschen schliefen sicher in ihren Betten, ahnungslos gegenüber den Gefahren, die in den Schatten lauerten. Der Mond war eine blasse Scheibe am Himmel, sein Licht reichte kaum aus, um die Gassen zu erhellen. Doch ich brauchte kein Licht. Meine Augen durchdrangen die Dunkelheit und sahen das, was den Menschen verborgen blieb: die Schattenwesen, die in den Ecken und Winkeln der Stadt lauerten. Ich war diejenige, die sie jagte, die sie zurückdrängte, bevor sie Schaden anrichten konnten.

Doch heute Nacht war etwas anders. Eine bedrückende Spannung lag in der Luft, die meine Schnurrhaare kribbeln ließ. Ich blieb stehen, lauschte mit gespannten Ohren. Da war ein Geräusch, kaum wahrnehmbar, ein leises Wispern, das durch die Straßen huschte. Es war nicht der Wind. Es war etwas, das nicht hierhergehörte.

Ich folgte dem Geräusch, sprang von Dach zu Dach, bis ich schließlich am Rand der Stadt ankam, wo die alten Gebäude den neuen Betonbauten wichen. In den verfallenen Ruinen eines einst prächtigen Theaters spürte ich das Unheil. Die Schatten waren hier dichter und schwerer. Sie wanden sich wie lebendige Wesen um die Mauern, krochen über den Boden.

Und in ihrer Mitte stand es: ein Schattenwesen, größer und mächtiger als alles, was ich je gesehen hatte. Seine Gestalt war verschwommen, als bestünde es aus purem Nebel, und doch konnte ich seine Augen sehen, glühend rot in der Dunkelheit. Es war nicht allein. Um es herum wimmelte es von kleineren Schattenwesen, die sich wanden und schlangen, als wären sie ein Teil von ihm. Die Bedrohung, die von ihm ausging, schnürte mir die Luft ab. Ich wusste, dass ich allein keine Chance hatte. Also drehte ich um und rannte, so schnell meine Pfoten mich trugen, zurück in die Stadt. Ich musste die anderen warnen.

Der Weg zurück führte mich durch ein Labyrinth aus Gassen und Hinterhöfen, bis ich schließlich das alte Lagerhaus erreichte, das als unser geheimer Treffpunkt diente. Es war eine verlassene Ruine, ein Ort, den die Menschen längst vergessen hatten, aber für uns Katzen war es ein sicherer Hafen.

Im Inneren des Lagerhauses warteten sie schon: Luna, die junge Katze mit dem silbergrauen Fell, deren Augen vor Aufregung glänzten, und Orion, der alte, weise Kater, dessen gelbe Augen mich durchdringend musterten. Sie hatten meine Unruhe gespürt und waren gekommen, um zu hören, was ich zu sagen hatte.

„Nyx“, begrüßte mich Orion mit seiner tiefen, beruhigenden Stimme. „Was hast du entdeckt?“

Ich setzte mich und ringelte meinen Schwanz um meine Pfoten. „Etwas ist in die Stadt gekommen“, begann ich. „Ein Wesen, das mächtiger ist als alles, was wir je gesehen haben. Es ist in der Nähe des alten Theaters. Die Schattenwesen folgen ihm wie ... wie Motten dem Licht.“

Luna fauchte leise. „Was sollen wir tun?“

Orion nickte bedächtig. „Wir müssen vorsichtig sein“, sagte er. „Dieses Wesen ist neu für uns. Es zu unterschätzen, wäre töricht.“

„Aber wir können es nicht einfach hierher lassen“, widersprach ich. „Es muss aufgehalten werden, bevor es zu stark wird.“

Orion schaute mich lange an, dann nickte er. „Wir werden unsere Kräfte bündeln müssen. Nyx, du kennst die Stadt am besten. Du wirst uns den Weg zeigen. Luna und ich werden an deiner Seite kämpfen.“

„Und was ist mit den Menschen?“, fragte Luna leise. „Merken sie von alledem nichts?“

Ich seufzte. „Nein, sie wissen es nicht. Aber ich habe das Gefühl, dass wir ihre Hilfe brauchen werden, um dieses Wesen zu besiegen. Da ist ein Kind ...“ Ich hielt inne, unsicher, wie ich es erklären sollte. „Ich habe es in meinen Träumen gesehen. Es hat eine besondere Verbindung zu uns. Vielleicht ist es der Schlüssel.“

Orion legte den Kopf schief. „Ein Kind? Das ist ungewöhnlich. Aber vielleicht ... vielleicht sollten wir es nicht ignorieren.“

Elias war nicht wie die anderen Kinder. Seit seiner frühesten Kindheit hatte er sich immer schon besonders gefühlt. Die anderen Kinder hatten ihn oft gehänselt, weil er sich mehr für Bücher und Tiere interessierte als für Spiele und Sport. Besonders Katzen hatten es ihm angetan. Er verstand sie auf eine Art und Weise, die andere nicht nachvollziehen konnten. Stundenlang konnte er in einem alten Buch über die Geheimnisse der Katzenwelt blättern, fasziniert von ihrer Eleganz, ihrem stillen Mut und ihrer Fähigkeit, in der Dunkelheit zu sehen.

Es war an einem dieser stillen Nachmittage, als Elias auf einer Parkbank saß, vertieft in ein altes Buch über Katzen, als er zum ersten Mal auf mich traf. Er war in Gedanken versunken, als er ein leises Schnurren hörte. Als er aufsah, erblickte er mich, eine schwarze Katze mit Augen, die tief wie der Nachthimmel waren.

Elias streckte seine Hand aus, vorsichtig, sanft, ohne jede Hast. Ich beobachtete ihn aufmerksam, dann blinzelte ich langsam und schloss meine Augen, eine subtile Geste der Katzenwelt, die Vertrauen signalisierte. Elias, der solche Gesten aus seinen Büchern kannte, blinzelte ganz langsam zurück. Es war, als hätten wir eine stumme Vereinbarung getroffen.

Von diesem Moment an spürte Elias, dass etwas Besonderes zwischen uns war. Er wusste nicht, wie oder warum, aber er fühlte eine tiefe Verbindung zu mir, eine Verbindung, die über Worte hinausging. Ich wusste sofort, dass er derjenige war, von dem ich geträumt hatte. Seine Augen wirkten traurig, aber sie hatten eine Tiefe, die mich faszinierte. Ich schlich mich langsam näher, darauf bedacht, ihn nicht zu erschrecken. Schließlich blieb ich vor ihm stehen.

„Du bist so eine schöne Katze", murmelte er und ging in die Hocke, um mich zu streicheln. Seine Hand war warm und sanft auf meinem Kopf und ich spürte einen Funken in mir, etwas, das ich noch nie zuvor gefühlt hatte. Es war, als könnte er mich verstehen.

„Ich brauche deine Hilfe", sprach ich zu Elias und sah ihn eindringlich an. Zu meiner Überraschung zeigte er keine Angst, sondern nur Neugier.

Elias schaute mich an und in seinen Augen leuchtete etwas auf. „Du willst, dass ich dir folge, nicht wahr?", fragte er leise. Er stand auf und sah sich um, dann nickte er entschlossen. „Okay, ich komme mit dir."

Kurz wunderte ich mich, dass er sich nicht darüber erschreckte, eine sprechende Katze zu hören, aber dann erinnerte ich mich daran, wie viel Elias über Katzen las und wie fasziniert er von uns war. Natürlich akzeptierte er es einfach.

Die Schattenwesen waren keine bloßen Kreaturen der Dunkelheit. Sie waren die Verkörperung von Angst, Albträumen und den ungelösten Sorgen der Menschen. Jede dunkle Ecke, jedes vergessene Geheimnis, jedes unterdrückte Trauma schuf Raum für ihre Existenz. Sie schlichen sich in die Träume der Menschen, stahlen ihren Schlaf und nährten sich von ihrer Unsicherheit. Die Katzen, Beschützer dieser verborgenen Welt, hatten seit jeher die Aufgabe, diese Wesen zu jagen und zu bannen, bevor sie die Menschen vollständig in den Wahnsinn treiben konnten.

Doch in letzter Zeit hatten die Schattenwesen an Stärke gewonnen. Es schien, als wären sie von einer neuen Kraft angezogen, etwas Mächtigem, das sie vereinte und führte. Dieses neue Wesen, das ich gesehen hatte, war mehr als nur ein Schatten. Es war ein Kommandant, ein Anführer, der die zersplitterten Kräfte der Dunkelheit bündelte und sie auf die Menschen losließ. Es war gefährlich und musste aufgehalten werden.

Der Tag dämmerte und die Stadt erwachte zum Leben. Menschen eilten zur Arbeit, Autos brummten durch die Straßen und die Geräusche des Alltags erfüllten die Luft. Für die meisten war es ein Morgen wie jeder andere, aber für mich, Elias und die anderen Katzen war es der Beginn einer gefährlichen Mission.

Ich führte Luna, Orion und Elias durch die Gassen, immer auf der Hut vor den Schattenwesen, die überall lauern konnten. Doch heute schienen sie sich zurückzuhalten, als wüssten sie, dass etwas Großes bevorstand. Als wir schließlich das alte Lagerhaus erreichten, spürte Elias die Energie, die in der Luft lag. Er zögerte, als er die beiden anderen Katzen sah, aber dann trat er vor.

„Was soll ich tun?“, fragte er und in seiner Stimme lag eine Ernsthaftigkeit, die mich beeindruckte.

Orion trat vor und musterte Elias. „Du hast eine besondere Gabe, Kind“, sagte er schließlich. „Du kannst das sehen, was andere Menschen nicht wahrnehmen. Und das macht dich zu einem wertvollen Verbündeten. Deine Aufgabe wird es sein, die Schatten mit Licht zu vertreiben. Aber nicht irgendein Licht – wir brauchen etwas, das stark genug ist, um das Wesen zu zerstören."

Elias nickte, auch wenn er noch nicht ganz verstand, was auf ihn zukam. „Ich habe eine Taschenlampe", sagte er. „Aber ich weiß nicht, ob sie stark genug ist."

„Es wird nicht reichen", sagte Orion. „Wir brauchen mehr als das."

Plötzlich tauchte ein leises Wispern auf, gefolgt von einem kühlen Luftzug, der durch das Lagerhaus fegte. Luna spitzte die Ohren und richtete sich auf. „Sie kommen", flüsterte sie.

Bevor jemand reagieren konnte, wurde die Tür des Lagerhauses mit einem lauten Knall aufgerissen. Dunkle, bedrohliche Schatten fluteten den Raum und das große Wesen, das ich zuvor gesehen hatte, trat ein. Es war noch gewaltiger geworden, die roten Augen glühten bedrohlich.

„Elias, das Licht!", rief Luna, ihre Stimme zitterte vor Anspannung. Doch Elias stand wie gelähmt da, die Taschenlampe fest in seinen zitternden Händen. Der Schatten breitete sich aus, immer näher kam er, seine dunklen Finger griffen nach uns.

In einem verzweifelten Versuch, uns zu schützen, sprang Luna plötzlich auf Elias zu und riss ihm die Taschenlampe aus den Händen. „Vertraut mir!" Ihre Augen waren weit aufgerissen, voller Entschlossenheit, aber auch Angst. Sie drehte sich um und richtete den Strahl der Taschenlampe auf den wachsenden Schatten, doch das Licht flackerte schwach, kaum in der Lage, die Dunkelheit zu durchdringen.

„Es reicht nicht!", schrie ich, als der Schatten sich weiter ausbreitete.

Elias fiel auf die Knie, überwältigt von der plötzlichen Kälte und Dunkelheit, die den Raum erfüllten. Sein Gesicht war bleich, seine Augen weit vor Angst. Ich spürte, wie mein eigener Atem stockte, mein Herz raste vor Panik. Die Dunkelheit war überall, sie umschlang uns, erstickte das Licht und unsere Hoffnung.

„Luna, pass auf!", rief Orion, doch es war zu spät. Mit einem letzten, verzweifelten Versuch warf Luna sich auf den Schatten, doch er war zu mächtig. Der Schatten griff nach ihr und ich sah, wie ihre Gestalt in der Dunkelheit verschwand, nur ein schmerzerfüllter Schrei blieb zurück. Ich konnte es nicht fassen. Meine Beine gaben nach und ich sank zu Boden – genau wie Elias. Tränen brannten in meinen Augen, als die Dunkelheit sich weiter ausbreitete, unaufhaltsam, gnadenlos.

„Luna …“, flüsterte ich, unfähig zu begreifen, dass sie wirklich fort war.

Elias lag am Boden, in sich zusammengesunken, sein Gesicht war eine Maske aus Schmerz und Schuld. „Es tut mir so leid …“, murmelte er, seine Stimme kaum hörbar.

Orion trat langsam zu uns, sein Gesicht ausdruckslos, doch in seinen Augen lag ein tiefer, unergründlicher Schmerz. Er legte seine Pfote tröstend auf meine Schulter. „Wir haben nicht mehr viel Zeit“, sagte er und wir traten den Rückzug an. „Jeder Tag, an dem wir keinen Schatten töten, bringt uns dem Verlust unserer eigenen Leben näher.“

Elias schluchzte leise, seine Schultern zuckten unter dem Gewicht der Trauer. Auch ich konnte mich kaum bewegen, der Verlust fühlte sich wie ein klaffendes Loch in meiner Brust an. Aber ich wusste, dass Orion recht hatte. Wir konnten nicht hierbleiben. Nicht, nachdem Luna ihr Leben gegeben hatte, um uns zu retten.

„Wie viele Tage bleiben euch noch?“, fragte der Junge, die Trauer in seiner Stimme kaum verbergend.

„Zu viele, um sie zu zählen, aber zu wenige, um sie zu vergeuden“, antwortete Orion ernst.

Die Situation war verzweifelt. Der Verlust von Luna hatte uns alle tief getroffen und ich sah die Zweifel in Orions Augen. Er hatte immer gesagt, dass man den Menschen nicht vertrauen könne. Und nun, nach Lunas Tod, schien er sich in seinen Befürchtungen bestätigt zu fühlen. Er wandte sich ab und trottete mit hängendem Kopf davon, die Last der Jahre und der Verluste auf seinen Schultern tragend. Ich wusste, dass ich jetzt nicht schwach sein durfte.

„Wir müssen weitermachen, Orion“, sagte ich entschlossen. „Wir müssen einen Weg finden, das Licht zu verstärken, und wir brauchen alle Hilfe, die wir bekommen können.“

Orion blieb stehen, seine Augen auf den Boden gerichtet. „Ich weiß nicht, Nyx. Vielleicht ist es an der Zeit, dass wir uns zurückziehen und diese Stadt den Schatten überlassen.“

„Das können wir nicht tun“, widersprach ich. „Das dürfen wir nicht tun.“

Orion seufzte tief. „Ich werde nachdenken. Vielleicht gibt es noch einen Weg." Und mit diesen Worten verschwand er in der Dunkelheit.

Ich wusste, dass ich nun auf mich allein gestellt war. Luna war tot, Orion hatte sich zurückgezogen und die Schatten wurden mit jedem Tag stärker. In meiner Verzweiflung erinnerte ich mich an jemanden, den ich schon lange nicht mehr gesehen hatte – meinen Bruder Zephyros, eine mystische Katze mit tiefblauen Augen, die wie der Ozean in der Nacht leuchteten. Er hatte sich vor Jahren von uns getrennt, um in einem anderen Teil der Stadt seine eigene Gruppe zu führen. Ich wusste, dass er und seine Clique keine Probleme mit den Schatten hatten. Sie hatten es irgendwie geschafft, ihr Gebiet zu kontrollieren, indem sie die Schatten jeden Tag ausmerzten. Ich zögerte. Mein Bruder und ich hatten uns nicht im Guten getrennt. Doch jetzt gab es keine andere Wahl. Ich musste ihn um Hilfe bitten.

Die Reise zu Zephyros war lang und gefährlich, durch Gebiete, in denen ich seit Jahren nicht mehr gewesen war. Doch schließlich erreichte ich sein Versteck – ein verlassenes Fabrikgelände, das er und seine Gruppe als Unterschlupf nutzten.

Zephyros empfing mich kühl, seine Augen funkelten misstrauisch. „Nyx", sagte er ohne jede Wärme in der Stimme. „Was willst du hier?"

„Ich brauche deine Hilfe", antwortete ich ehrlich. „Die Schatten haben sich in unserem Teil der Stadt versammelt, angeführt von einem Wesen, das stärker ist als alles, was wir je gesehen haben. Luna ist tot und Orion hat sich zurückgezogen. Wenn wir es nicht aufhalten, werden wir alle sterben."

Zephyros musterte mich eine Weile, dann nickte er langsam. „Ich habe von diesem Wesen gehört. Es sammelt die Schatten und vergrößert seine Macht. Es ist gefährlich, Nyx. Aber ich frage mich, warum ich dir helfen sollte. Wir haben unsere eigenen Probleme."

„Weil es nicht nur um uns geht", sagte ich fest. „Es geht um die ganze Stadt. Wenn dieses Wesen stärker wird, wird es nicht nur unser Gebiet zerstören, sondern auch deins. Du kannst dich nicht ewig enthalten, Zephyros."

Er zögerte, dann seufzte er. „Vielleicht hast du recht. Aber du weißt, dass meine Gruppe dir nicht einfach helfen wird. Sie sind loyal zu mir, aber sie müssen sehen, dass du es ernst meinst."

„Was muss ich tun?“, fragte ich entschlossen.

Der Test, den Zephyros mir auferlegte, war weit mehr als nur eine einfache Prüfung meiner Stärke. Es war ein durchtriebenes Spiel, das meine Entschlossenheit und meinen Verstand bis an die Grenzen treiben sollte. Mein Bruder glaubte, ich sei zu schwach, um den wahren Schrecken zu ertragen, den er für mich vorbereitet hatte. Kein Krieger, gegen den ich kämpfen sollte, sondern etwas weit Unheimlicheres: ein Schatten, gefangen und gequält von seiner Gruppe, um die dunkelsten Ängste in jedem zum Leben zu erwecken, der sich ihm näherte.

Als ich in die Arena trat, spürte ich sofort die bedrückende Atmosphäre. Es war ein düsterer, karger Ort, die Wände aus kaltem Stein, der Boden mit einem feinen Staub bedeckt, der jeden Schritt dämpfte. Es war, als ob die Luft selbst schwer und erdrückend war, von einer unsichtbaren Last niedergedrückt. In der Mitte lauerte der Schatten, und die Kälte, die von ihm ausging, war fast greifbar. Die Dunkelheit, die sich um das Wesen sammelte, war nicht nur ein Mangel an Licht, sondern eine lebendige, pulsierende Präsenz.

Der Schatten war kein wildes Tier, sondern eine gequälte Seele, verzerrt und getrieben von Schmerz und Verzweiflung. Zephyros hatte gehofft, dass ich vor Angst erstarren würde, dass die Grausamkeit dieses Wesens mich in die Knie zwingen würde. Doch als ich in die leeren, glühenden Augen des Schattens blickte, erkannte ich etwas anderes: keinen Feind, sondern ein Wesen, das auf Erlösung hoffte.

Ich bereitete mich auf den Kampf vor, doch als ich dem Schatten näher kam, spürte ich seine immense Kraft, seine Furcht einflößende Präsenz, die mich beinahe überwältigte. Es war, als würde er die Dunkelheit selbst beherrschen, jeder meiner Schritte wurde schwerer, jeder Atemzug mühsamer. Der Schatten wehrte sich, schlug mit unsichtbaren Klauen nach mir und ich kämpfte verzweifelt dagegen an. Doch je länger der Kampf andauerte, desto klarer wurde mir, dass rohe Gewalt nicht der Weg war, um ihn zu besiegen.

Im letzten Moment, als ich fast am Ende meiner Kräfte war, kam mir eine Idee. Anstatt mit roher Gewalt zuzuschlagen, trat ich vorsichtig näher und ließ den Scheinwerfer, den ich zuvor erhalten hatte, aufleuchten. Das helle, warme Licht umhüllte den Schatten und für einen Moment schien es, als würde das Dunkel um ihn herum zurückweichen. Ich spürte, wie das Wesen sich unter dem Licht zu winden begann, nicht in Wut, sondern in einer Art verzweifelter Erleichterung. Ich legte meine Pfote auf den Schatten und die Dunkelheit begann sich aufzulösen, als ob sie niemals existiert hätte. Der Schatten wurde schwächer, aber auch friedlicher, bis er schließlich verschwand, befreit von seinem Leid.

Als das Licht erlosch, war die Stille in der Arena erdrückend. Die Katzen-Krieger um uns herum standen starr, beeindruckt und ungläubig zugleich. Sie hatten erwartet, dass ich das Wesen zerstören würde, wie es ihnen beigebracht worden war. Doch stattdessen hatte ich es erlöst.

Zephyros trat mit ernster Miene näher, sein Blick durchdringend. „Du hast etwas getan, was keiner von uns erwartet hat", sagte er leise, beinahe respektvoll. „Du hast Mut gezeigt, nicht durch Gewalt, sondern durch Mitgefühl. Vielleicht war ich falsch in meiner Einschätzung."

Es war ein Sieg, aber nicht der, den mein Bruder sich vorgestellt hatte. In diesem Moment wusste ich, dass ich nicht nur den Respekt seiner Gruppe gewonnen hatte, sondern auch etwas Wichtigeres: das Verständnis, dass wir nur gemeinsam und mit dem richtigen Herzen gegen die Dunkelheit bestehen konnten.

Zephyros schwieg für einen langen Moment, bevor er schließlich nickte. „Wir haben keine Zeit zu verlieren", sagte er und reichte mir seine Pfote. „Du hast dir deinen Platz an unserer Seite verdient. Lass uns jetzt das tun, wofür ihr hier seid."

Mit einer knappen Geste gab er seinen Kriegern das Zeichen zum Aufbruch. Seite an Seite, die Spannung in der Luft greifbar, machten wir uns auf den Weg, bereit, der Dunkelheit entgegenzutreten.

Die Nacht hatte sich wie ein undurchdringlicher Schleier über die Stadt gelegt, und die Schatten schienen ein Eigenleben entwickelt zu haben. Sie krochen aus den Ecken der Gebäude, wanden sich wie Schlangen durch die Straßen und verwandelten den vertrauten urbanen Raum in ein Labyrinth aus Dunkelheit. Die wenigen Lichtquellen, die noch leuchteten, schienen der überwältigenden Dunkelheit nichts entgegenzusetzen.

Elias hatte eine neue Taschenlampe gefunden, deren grelles Licht anfangs einen schwachen Hoffnungsschimmer bot, doch je länger sie brannte, desto klarer wurde, dass ihre Helligkeit gegen die überwältigende Dunkelheit nichts ausrichten konnte. Das Licht kämpfte gegen die Schatten wie ein kleiner Stern gegen die unendliche Nacht.

In der Ferne hörte man das Geräusch von Flügeln, die sich ausbreiteten und das Knacken von gebrochenem Glas. Zephyros und seine Gruppe standen zusammen, kämpften tapfer gegen die Schatten, die sich aus allen Richtungen um sie herum scharten. Es war ein verzweifelter Kampf gegen eine unaufhaltsame Flut, deren Dunkelheit sich wie ein lebendes, pulsierendes Wesen durch die Straßen bewegte. Die Schatten schienen sich mit einer unheimlichen Intelligenz zu sammeln, als ob sie sich formierten, um einen vernichtenden Angriff zu starten. Die Nebelschwaden, die sie hinterließen, schlangen sich um die Kämpfer und verschluckten jedes Geräusch, jede Bewegung. Ihre Umrisse wurden immer undeutlicher, ihre Angriffe immer präziser und unerbittlicher. Der Boden unter ihnen schien zu vibrieren, als ob sich etwas Gewaltiges und Ungeheuerliches im Untergrund regte.

Zephyros, dessen sonst so entschlossene Stimme jetzt zitterte, rief: „Wir schaffen das!" Doch selbst sein Mut konnte nicht die aufkommende Dunkelheit vertreiben. Jeder Angriff, den sie landeten, schien nur einen kurzen Moment der Schwäche des Schattenwesens zu erzwingen, bevor es sich wieder aufrichtete und stärker als zuvor wurde. Der Boden bebte und donnerte unter dem erdrückenden Gewicht des finsteren Wesens.

Die Schatten bewegten sich jetzt koordiniert, als ob sie auf ein geheimes Signal warteten. Ihre Bewegungen waren wie eine dunkle Welle, die sich über die Stadt legte, ein gewaltiger Strom aus dunkler Energie, der die Straßen füllte und den Kampf in ein unheimliches Durcheinander von Licht und Dunkelheit verwandelte. Jeder Schlag, den die Gruppe landete, hallte wie ein donnerndes Echo durch die Nacht, verstärkt durch die düstere Resonanz der sich sammelnden Schatten. Inmitten dieser brodelnden Dunkelheit und dem überwältigenden Gefühl der Bedrohung standen die Katzen, erschöpft und verzweifelt, vor der Gewissheit, dass der finale Kampf, der jetzt unmittelbar bevorstand, alles entscheiden würde.

Plötzlich hörte ich ein vertrautes Geräusch hinter uns – das leise, gleichmäßige Trappeln von Pfoten. Ich drehte mich um und konnte meinen Augen kaum trauen: Orion tauchte aus der Dunkelheit auf, sein altes, graues Fell schien im fahlen Licht der Straßenlaternen zu glühen. Er sah aus wie ein Krieger, der eine letzte Schlacht zu schlagen hatte, doch in seinen Augen lag ein entschlossener Glanz, den ich lange nicht mehr gesehen hatte.

„Orion!“, rief ich ungläubig. Auch Elias und Zephyros drehten sich überrascht um, die Erschöpfung und Verzweiflung in ihren Gesichtern wich plötzlich einem Funken Hoffnung.

„Was tust du hier?“, fragte Zephyros, seine Stimme eine Mischung aus Erleichterung und Verwunderung.

Orion trat näher, in seinen Pfoten einen alten, kugelrunden Scheinwerfer mit einer abgenutzten weißen Oberfläche. „Ich habe dieses Lichtgerät gefunden“, sagte er mit ruhiger Entschlossenheit. „Es ist alt, aber kraftvoll. Dieses Licht könnte stark genug sein, um das Wesen zu schwächen – vielleicht sogar zu vernichten. Aber wir müssen alle zusammenhalten, wenn wir eine Chance haben wollen.“

Elias nahm das Gerät entgegen, seine Hände zitterten, doch in seinen Augen brannte neues Feuer. „Ich werde mein Bestes geben“, sagte er, seine Stimme fest.

„Das reicht nicht, Junge“, sagte Orion streng, aber nicht unfreundlich. „Du musst alles geben. Denn wenn wir heute Nacht scheitern, werden wir diese Stadt verlieren – und uns selbst mit ihr.“

Die Schatten formierten sich zu einem letzten, gewaltigen Angriff. Die Luft schien vor dunkler Energie zu knistern und das Furcht einflößende Wesen in ihrer Mitte erhob sich zu voller Größe, bereit, uns mit einem Schlag zu vernichten.

„Jetzt oder nie!“, rief ich und wir stürmten gemeinsam vorwärts. Elias aktivierte das Lichtgerät, ein blendender Strahl durchbrach die Dunkelheit und traf das Schattenwesen mit voller Wucht. Ein ohrenbetäubender Schrei erfüllte die Nacht, als das Licht die Dunkelheit zerschmetterte. Doch das Wesen war noch nicht besiegt. Es schlug mit ungeheurer Macht zurück, seine riesige Faust aus Schatten raste auf uns zu.

„Achtung!“, schrie Zephyros, doch die Zeit schien stillzustehen, als der Schlag mich und Elias erfasste und wir zu Boden geworfen wurden.

Schmerz durchfuhr meinen Körper, doch ich wusste, dass wir nicht aufgeben durften. „Steh auf, Elias!“, rief ich keuchend. „Wir dürfen nicht aufgeben!“

Elias rappelte sich auf, blutend und zitternd, doch er hielt das Lichtgerät fest in den Händen. „Ich werde nicht aufgeben!", rief er, seine Stimme voller Entschlossenheit.

Plötzlich sprang Orion vor, seine Augen funkelten entschlossen. „Es gibt nur einen Weg", sagte er – und ich wusste, was er vorhatte.

„Nein, Orion!", schrie ich, als mir die Erkenntnis dämmerte.

Doch es war zu spät. Mit einem letzten, mächtigen Sprung stürzte sich Orion in die Dunkelheit, das Lichtgerät fest in seinen Pfoten – genau wie Luna es vor ihm tat. Das Licht explodierte in einem blendenden Strahl, heller als alles, was wir zuvor gesehen hatten. Es durchdrang die Schatten, zerschmetterte das große Wesen und löste die Dunkelheit in einem gewaltigen, alles verzehrenden Lichtblitz auf. Das Wesen brüllte ein letztes Mal auf, bevor es sich auflöste und die Schatten endgültig besiegt waren. Doch als das Licht erlosch und die Dunkelheit wich, blieb nur Stille. Orion war fort, sein Opfer hatte uns allen das Leben gerettet.

Erschöpft und geschockt, standen wir da, unfähig zu begreifen, was gerade geschehen war. Elias fiel auf die Knie, Tränen strömten über sein Gesicht. „Er hat nicht nur uns gerettet", flüsterte ich, „sondern auch die Stadt. Sein Opfer wird niemals vergessen werden."

Zephyros trat zu uns, seine Augen waren ernst, doch in ihnen lag auch ein tiefer Respekt. „Er war ein wahrer Krieger", sagte er leise. „Und sein Tod wird nicht umsonst gewesen sein."

Die Stadt war gerettet, doch der Preis war hoch gewesen. Wir alle wussten, dass dies nicht das Ende der Schatten war, sondern nur ein neuer Anfang. Doch wir hatten gelernt, dass wir gemeinsam stark genug waren, um jede Dunkelheit zu überwinden.

Elias stand still, das Lichtgerät in der Hand, die Augen voller Trauer. Ich trat an seine Seite, legte meine Pfote sanft auf seinen Arm. „Wir haben es geschafft."

Elias nickte stumm, die Tränen in seinen Augen funkelten im Licht der Morgendämmerung. Die Stille der Nacht war jetzt nur noch von dem fernen Gesang der Vögel durchbrochen, die den kommenden Tag begrüßten.

Zephyros trat näher, seine Augen voller Nachdenklichkeit und Respekt. Sein Blick wanderte über das Schlachtfeld der Nacht, bevor er sich auf mich und Elias richtete. „Orion war ein großer Krieger", sagte er leise. „Sein Opfer hat uns alle gerettet. Ich bin stolz auf dich, Schwester. Du hast den Mut unserer Vorfahren gezeigt."

Ich sah zu ihm auf, eine tiefe Erleichterung durchströmte mich. Lange war unsere Beziehung von Missverständnissen und Konkurrenz geprägt gewesen, doch jetzt, nach allem, was geschehen war, fühlte es sich an, als hätten wir endlich einen Weg zueinandergefunden. „Es hat zu viele Opfer gebraucht, um uns hierherzubringen", sagte ich und senkte kurz den Kopf, „aber vielleicht war es notwendig. Vielleicht mussten wir erst alles verlieren, um zu verstehen, was wirklich zählt."

Zephyros nickte und trat näher, seine Präsenz war beruhigend und stark. „Wir haben lange Zeit in unseren eigenen Territorien gekämpft, jeder für sich allein. Aber diese Nacht hat gezeigt, dass wir nur gemeinsam stark genug sind, um die wahre Bedrohung zu besiegen. Es ist an der Zeit, dass wir unsere Streitigkeiten begraben und die Stadt gemeinsam schützen."

Elias hob den Kopf und sah uns beide an. „Was passiert jetzt?", fragte er leise, seine Stimme zitterte leicht.

„Jetzt", antwortete ich, während ich Zephyros ansah, „beginnt ein neues Kapitel. Wir werden unsere Kräfte vereinen, um die Schatten im Zaum zu halten. Unsere Stadtteile werden nicht länger getrennt kämpfen, sondern als eine Einheit. Das ist Orions Vermächtnis. Und du, Elias, wirst uns dabei helfen. Denn auch wenn du ein Mensch bist, hast du das Herz eines Schattenjägers."

Zephyros trat an meine Seite und legte seine Pfote auf meine. „Gemeinsam werden wir sicherstellen, dass die Stadt sicher bleibt. Du bist nicht mehr allein, Schwester. Und du auch nicht, Elias. Ab heute sind wir ein Team, vereint durch unser gemeinsames Ziel."

Elias blickte in den aufziehenden Morgen, und in seinen Augen sah ich etwas Neues – Hoffnung. Die Stadt war sicher, zumindest für jetzt. Wir alle wussten, dass weitere Herausforderungen auf uns zukommen würden, aber jetzt waren wir bereit, sie gemeinsam zu meistern.

„Dann lasst uns das gemeinsam durchstehen", sagte Elias mit fester Stimme und hob das Lichtgerät als Zeichen des Versprechens, das er mit uns einging.

Zephyros und ich nickten und für einen Moment standen wir dort, Seite an Seite, vereint in unserer Entschlossenheit. Die Schatten mochten noch immer in den Ecken lauern, aber wir waren bereit, uns ihnen entgegenzustellen – nicht als Einzelkämpfer, sondern als eine Familie, die gelernt hatte, dass die wahre Stärke in der Gemeinschaft liegt.

Gemeinsam würden wir die Dunkelheit zurückdrängen und das Licht der Hoffnung am Leben erhalten. Die Stadt war gerettet, aber unsere Aufgabe hatte gerade erst begonnen. Doch diesmal würden wir es richtig machen. Diesmal würden wir zusammen kämpfen.

Kevin Michael Schott *wurde in Gifhorn geboren und lebt heute in der idyllischen Prignitz. Als Software-Entwickler hat er nach seinem Master of Science in Informatik an der Otto-von-Guericke-Universität Magdeburg seine berufliche Leidenschaft in der Selbstständigkeit gefunden. Seit seiner Kindheit lässt er sich von Mythologien, historischen Geschichten, Videospielen und Manga aller Art inspirieren und erschafft einzigartige Welten.*

Zum Geburtstag ein wenig Vergangenheit

Lichtdurchflutet, klassisch und elegant!

So wirbt das Seniorenheim *Tu Merentur* (du hast es dir verdient) in Salzburg um Bewohner. Und das ist keinesfalls übertrieben. Inmitten eines wunderschönen Parks befindet sich das zum Seniorenwohnheim umgebaute Jugendstilhaus. Hier wurde nicht gespart. Dementsprechend teuer ist es auch, hier den Lebensabend zu verbringen. Aber es rentiert sich!

Olaf Redl hat sich entschlossen, in den nächsten Wochen in dieses Heim zu ziehen. Alle Vorkehrungen sind bereits getroffen. Er wartet nur mehr, bis das vierzig Quadratmeter große Appartement frei wird. Laut dem Direktor des Heimes kann es nicht mehr lange dauern, bis der Bewohner herausstirbt.

„Herausstirbt, herausstirbt ...“, so hallt es in Olaf Redels Ohr und er weiß ganz genau, dass auch er von dort nicht mehr wegziehen, sondern *heraussterben* wird.

In der Garage stehen schon einige gepackte Kartons mit Dingen, die ihm so lieb sind, dass er sie nicht zurücklassen möchte. Jetzt, da er sein Auto nicht mehr hat, ist dort genug Platz. Er hat sich schweren Herzens von seinem alten BMW getrennt, aber die Töchter haben darauf bestanden. Er versucht, gelassen zu bleiben und den Dingen ihren Lauf zu lassen. Was würde es ändern, sich dagegen aufzulehnen. Realistisch betrachtet hat er es ja gut getroffen. Er kann sich diesen letzten Luxus leisten. Ob er ihn genießen kann, weiß er noch nicht. Nächste Woche feiert er seinen achtundachtzigsten Geburtstag. Sein geistiger Zustand wird als sehr gut beschrieben, sein gesundheitlicher soweit auch. Die letzten Werte waren altersgemäß oder besser.

Wie er so dasitzt, im Wohnzimmer, auf einem der bequemen Designerstühle und sein Leben Revue passieren lässt, was er in der letzten Zeit des Öfteren macht, da meldet sie sich wieder, die Einsamkeit, die ihn sein ganzes Leben begleitet. Es ist eine ganz spezielle Einsamkeit, nämlich die Einsamkeit der Seele. Er war schon seit Kindheit geprägt vom Verlust der Eltern und nahe stehender Menschen, vor allem aber von den Ehefrauen, den Partnerinnen und Freundinnen. Selbst großes Engagement seinerseits hatte sie nicht halten können. Alle sind sie irgendwann gegangen. Für alle war irgendwann einmal Schluss und er hat nie wirklich realisiert, warum.

Auch in seinem Berufsleben gab es Zerwürfnisse. Sein Talent, vieles an die Wand zu fahren, war nicht gerade klein. Aber warum? Steckt er zeit seines Lebens in einer emotionalen Isolation fest?

Und wieder grübelt er über seine Kindheit nach, die er in der Obhut seiner Tante verbracht hatte, nachdem seine Mutter verstorben war, als er neun Jahre alt war. Die Tante war die jüngste Schwester seiner Großmutter, Pianistin und alleinstehend. Sie war sehr streng. Er tat alles, um ihr keinen Ärger zu machen. Das war wohl der Anfang für seine emotionale Einsamkeit. Gute Noten hatte er nach Hause zu bringen und Klavier zu üben. Seine Leistungen sollten immer topp sein, alles andere wurde getadelt. Lob gab es keines, Zuwendung und Zärtlichkeit auch nicht. Er lernte fleißig und war ein guter Schüler und setzte alles daran, seine Tante nicht zu vergrämen. Die Strafen für schlechte Noten oder falsches Klavierspiel waren gnadenlos. Gleichaltrige gab es nur in der Schule. Er durfte weder Freunde besuchen noch einladen. Die Tante wollte ihre Ordnung.

„Es war eine freudlose Kindheit und Jugend", sinniert er. Als er in die Pubertät kam, steckte ihn die Tante kurzerhand in ein Internat, weil er angeblich schwierig wurde und sie dafür keine Nerven hatte. Bei den Patres dort war es aber nicht viel besser. Auch dort verkümmerte er weiter seelisch. Es fiel ihm nicht auf, denn er war ja nichts anderes gewohnt.

Nach der Matura fing er an, Jura zu studieren. Doch schon nach ein paar Semestern hatte er die große Liebe seines lieblosen Lebens geschwängert und geheiratet. Nun musste er sich um die kleine Familie kümmern und Geld verdienen. Für das Studium blieb keine Zeit mehr. Dass die Ehe nach einigen Jahre zu Bruch ging, verwunderte keinen. Er zog in eine andere Stadt, um ein neues Leben zu beginnen. Die berufliche Laufbahn ging steil bergauf. Leider haperte es im Privaten. Wilde Jamsessions bei sich zu Hause konnten nur kurzzeitig über seinen Zustand hinwegtäuschen und die zahlreichen

One-Night-Stands ebenso. Jedes Mal blieb wieder nur Leere und Einsamkeit. Er trank gerne und öfter zu viel. Besonders zum Wochenende. Die vielen akademischen Diskussionen bei ihm zu Hause waren legendär und oft auch spannend. Bei Olaf gewesen zu sein, war eine Ehre, sein Umgang im Großen und Ganzen immer erlesen. Er lud nicht irgendwen zu sich. Er war intellektuell und so sollten auch seine Freunde und Gäste sein. Dummheit war und ist ihm noch immer ein Gräuel.

Aber all das brachte ihn nicht weiter. Außerdem tendierte er zu Überheblichkeit und Besserwisserei und sein Chef nahm seine Kündigung gerne an. Aber er kehrte zurück und es dauerte sehr lange, bis diese Sache in dem Fach *erledigt* abgelegt wurde, ständig griffbereit wie eine Drohung. Es war niederschmetternd und noch niederschmetternder war, dass die Ehefrau Nummer zwei samt Tochter das Weite suchte. Was hat er falsch gemacht? Er weiß es bis heute nicht, ahnt es nur. Wahrscheinlich hat ihr einfach nur Nähe gefehlt. Aber bei so wichtigen Gesprächen verließ ihn seine Eloquenz. Bis heute kann er über den Zustand seiner Seele oder über das, war ihn bewegt, nicht reden, mag nicht oder schämt sich. Er findet keine Worte, übertüncht, überspielt und redet manchmal ganz einfach nur Blödsinn, um seinen Stress abzuschwächen. Er ist irgendwie nie ehrlich! Und er weiß das. Ja, verdammt, er weiß es, kann aber nicht über seinen Schatten springen.

Er steht vom Stuhl auf und schenkt sich ein Glas Rotwein ein. Der würde heute Nacht dafür sorgen, dass er gut schläft. „Wo war ich stehen geblieben?“, fragt er sich. „Ach ja, bei Ehefrau Nummer zwei. Das Leben danach war schwer und der Verlust zog ihn ganz nach unten. Aber irgendwie ging es weiter mit Jamsessions und One-Night-Stands, bis die nächste Braut kam. „Jetzt gehe ich ins Bett“, denkt er, steht auf und geht ins Bad, vorbei an dem Schlagzeug und klopft noch ein paar Takte. Dann legt er sich nieder und greift nach Fredrik Sjöbergs Buch *Der Rosinenkönig*. Es ist ein wunderbares Buch über einen Außenseiter und es ist leicht möglich, dass er sich darin irgendwie wiedererkennt. Der Rotwein wirkt und er schläft ein.

Er träumt von seiner dritten Niederlage in Sachen Liebe. Auch dieses Zuhause, in dem er Ruhe und Geborgenheit gesucht und geglaubt, gefunden zu haben, ist eingestürzt. Todtraurig und fassungslos blickt er auf die Trümmer.

Tief im Inneren ist ihm klar, das Fundament war schon von Anfang an brüchig gewesen. Ursprünglich war es auch nicht seine Absicht gewesen, auf diesem Fundament noch einmal ein Gebäude zu errichten. Die Risse waren einfach zu tief. Mit viel Kitt und Schönfärberei war es ihm dann aber doch gelungen, ein halbwegs solides Gebäude zu präsentieren. Er hat keine Kosten und Mühen gescheut. Diese Liebe war es wert!

Aber die Frau entdeckte, dass die Spiegel in diesem Haus alle blind waren. Erst hat sie versucht, sie zu putzen, aber das half nichts. Schließlich hat sie einen nach dem anderen zerbrochen und durch neue ersetzt. Und mit jedem neuen Spiegel sah sie mehr. Als alle erneuert waren, hatte sie zu viel gesehen und ist verschwunden.

Das Gebäude bricht ein. Olaf schaufelt sich den Weg zur Kellertreppe frei. In seinem Zustand fast heldenhaft. Gott sei Dank, die Kellertüre war nicht abgeschlossen. Er hätte nicht gewusst, wo er den Schlüssel suchen sollte. Er tritt ein und schaltet das Licht an. Er hat nur Augen für sein Klavier. Der alte Bösendorfer ist eingehüllt von Spinnweben und Staub. Er streicht sanft über den Deckel. An seiner Hand klebt der Schmutz von Jahren, aber man kann an dieser Stelle den Glanz des schwarzen Holzes erahnen. Er hebt ihn an und drückt fast scheu eine weiße Taste, dann eine schwarze und wieder eine weiße ... Die Akustik im Keller ist gut. Er zieht eine alte Holzkiste hervor, setzt sich drauf und spielt einen Akkord und noch einen und noch einen und schließlich spielt er einen Blues nach dem anderen. Er spielt wie im Rausch. Es tut ihm gut.

Der Schweiß rinnt von seiner Stirne und er fasst einen Entschluss: „Das Klavier braucht einen neuen Platz!"

Dann wacht er auf.

Schweißgebadet!

Beim Frühstück überlegt er, wo sein Klavier wohl sein könnte. Irgendwann im Laufe der Jahre hat er es an Erich verkauft. Aber der ist mittlerweile schon verstorben.

„Na ja, egal", denkt er. Er hätte ja sowieso keinen Platz dafür.

Gegen Mittag ruft Agnes, eine alte Bekannte, an und er erzählt ihr seinen Traum. Agnes kennt ihn gut, zu gut und er weiß das. Sie ist eine Ausnahme, denn ihr gegenüber öffnet er sich hin und wieder. Manchmal lügt er und reimt sich Dinge zusammen zu seinen Gunsten. Sie weiß das aber und lässt ihn, spielt mit, wenn er sich in einer

Geschichte wieder besser darstellt, als er war. Sie weiß ziemlich viel über ihn, ohne ihm wirklich jemals nahegestanden zu haben. Vielleicht war das der Grund.

Der Traum mit dem Klavier amüsiert sie. Er spiegelt Olafs Innenleben wieder: „Ja, wer bitte hat jetzt den Bösendorfer?"

Sie selbst hat ihn noch gesehen, in den 1970er-Jahren in Erichs Kellerstüberl. Aber was dann geschah, weiß sie auch nicht. Aber sie weiß, wer seinerzeit das Haus gekauft hat. Es war ein Hotelier. Sie ruft dort an und erfährt, dass es den Bösendorfer nach wie vor noch gibt und er zu diversen Anlässen gespielt wird.

Nun wird sie tätig. Sie ruft Flora, seine älteste Tochter, an und erzählt ihr von dem Telefongespräch. Sie kommen überein, Olaf zu seinem Geburtstag in dieses Hotel einzuladen. Flora kennt auch einen Barmusiker, den will sie engagieren. Der sollte an diesem Tag auf Olafs altem Klavier Blues, Jazz und Reggae ohne Ende spielen.

Die Geburtstagstafel ist festlich gedeckt. Etwa zwanzig Gäste stehen mit Gläsern beisammen und unterhalten sich. Sie kennen sich alle untereinander und freuen sich, mit Olaf diesen Tag feiern zu dürfen. Leise spielt der Pianist am Klavier.

Das Geburtstagskind betritt den Saal. Elegant gekleidet und charmant lächelnd begrüßt er die Gratulanten. Er freut sich, seine Töchter und seine Freunde zu sehen, und bedankt sich, dass sie alle an ihn gedacht haben.

„Achtundachtzig ist ja kein Jubiläum", meint er, „aber vielleicht meine Abschiedsparty." Und dann verkündet er, dass er in zwei Wochen nach Salzburg in die Residenz ziehen würde.

Plötzlich schwillt die Lautstärke des Klaviers an. Der Pianist spielt einen Blues und Olaf blickt zu ihm.

„Diesen Klang kenne ich", denkt er.

Und ja, das Klavier ist ein Bösendorfer, genau so einer, wie er ihn hatte. Flora tritt zu ihm und sagt: „Ja, Papa, es ist deiner. Agnes und ich haben ihn gesucht und gefunden. Der ehemalige Chef des Hotels hat seinerzeit Erichs Haus samt Inventar gekauft und seither steht der Bösendorfer hier im Hotel. Wir fanden, das sei ein schöner Rahmen für deine Geburtstagsfeier."

Er umarmt Flora und Agnes und Tränen der Rührung und Freude rinnen über seine Wangen.

„Das ist das schönste Geburtstagsgeschenk", sagt er und hält sich am Klavier fest.

Zu späterer Stunde schlägt auch Olaf in die Tasten. Er hat jahrelang nicht gespielt und ist total aus der Übung. Aber ein paar Blues hat er noch drauf.

„Es ist nicht mehr so, wie in alten Zeiten, aber es ist wunderschön", denkt Agnes.

Wir alle müssen mit Veränderungen leben und deshalb ist es etwas Besonderes, zum Geburtstag ein wenig Vergangenheit zu genießen.

Lydia Forster: *geboren 1952 in Oberösterreich, verheiratet, Mutter von zwei Töchtern, Credit Risk Manager, seit 2016 im Ruhestand. Lebt in Hallein.*

Miriam

Leon K. war ziemlich nervös. Er konnte sich nicht mehr erinnern, wann er das letzte Mal so nervös gewesen war, geschweige denn, ob er überhaupt schon jemals in seinem Leben so nervös gewesen war. Er war nervös, obwohl er wusste, dass nichts schiefgehen konnte. Nichts. Er hatte an alles gedacht. An alles. Er hatte alles mehrmals überprüft. Und immer wieder nachgesehen.

Trotzdem: Er war nervös.

Er tastete nach den Ersatzbatterien in seiner Tasche. Sie waren dort. Er konnte sie fühlen.

Ihm kam es fast so vor, als hörte er eine Stimme. Er hörte sie, auch wenn er nicht verstand, was sie sagte, was sie ihm sagen wollte. Ein Säuseln, ein mahnendes, warnendes Säuseln. „Es ist erst vorbei, wenn es vorbei ist ..." So etwas in der Art meinte er doch zu verstehen. Er wusste nicht, wo er das schon einmal gehört hatte, vermutlich in einem Film.

Leon K. liebte Filme und schaute sie sich leidenschaftlich gern an. Vielleicht waren es auch nur die Blicke in seinem Nacken, die er spürte. Er saß ganz vorn. So wie das eben war, wenn jemand heiratete.

Die Kirche war voll. Viele Augenpaare. Sehr viele Augenpaare.

Erwartungsvoll und neugierig.

Voller als erwartet. Alle waren gekommen, um zu sehen und zu hören, wie er Ja sagte und wie Miriam Ja sagen würde. Wenn sie denn Ja sagen würde. Sie hatten Stühle aus dem angrenzenden Gemeinderaum herübergetragen. Einige standen im Gang. Sie wollten es sehen und hören.

Leises Flüstern und Gemurmel. Füße scharrten. Nasen wurden geschnäuzt. Husten. Hüsteln. Räuspern. Gekicher. Das Papier des Programmheftes knisterte in den Händen der ebenfalls Nervösen und Unruhigen. Oder Ungeduldigen. Der Neugierigen und Schaulustigen. Sie hielten ihrer Smartphones bereit, um den entscheidenden Moment festzuhalten und anschießend sofort zu verschicken. Trotzdem: Für diese Menge an Menschen war es relativ ruhig.

Still wäre das falsche Wort gewesen.

Spannung und ... ja, ungeduldiges sowie neugieriges Interesse lagen in der Luft. Aber auch noch etwas anderes, nicht Greifbares und Unbestimmtes. Etwas Unsichtbares ... Bedrohliches? Oder war das doch einfach nur seine Nervosität?

War da etwas, das drohend in der Luft lag? Oder bildete er sich das wirklich nur aufgrund seiner Nervosität ein?

Vermutlich.

Seine Familie war da. Vielleicht lag es auch daran.

Es war für ihn einerseits sehr wichtig, dass seine Familie da war, weil es unter den gegebenen Umständen nicht selbstverständlich war, andererseits vergrößerte die Anwesenheit dieser Menschen seine Nervosität schier ins Unerträgliche. Freude einerseits und diese Nervosität waren eine schlechte Kombination. Ihm war übel.

Er drehte sich immer wieder um, um sich zu vergewissern, dass sie wirklich dort saßen, hinter ihm und ihm den Rücken stärkten und ... lächelten, weinten ... Anteil nahmen. Und ihm nicht sprichwörtlich im Nacken saßen ... Sein Vater wich seinem Blick aus, seine Mutter bemühte sich, zu lächeln.

Er hatte sich entschieden. Alle waren sie gekommen.

Sogar sein Vater, der wochenlang kein Wort mit ihm gesprochen hatte und ihn schon hatte enterben wollen und dies nur auf Drängen seiner Mutter und seiner beiden Schwestern nicht gemacht hatte, saß nun neben seiner Frau und ließ es zu, dass diese seine Hand hielt. Möglicherweise, um ihn davon abzuhalten, die Kirche doch noch zu verlassen.

„Wenn es dich glücklich macht“, hatte Leons Mutter gesagt, nachdem sie verstanden hatte, was Leon ihnen da gerade gesagt und wen er ihnen dann wenig später vorgestellt hatte.

„Ich werde heiraten“, hatte Leon K. gesagt.

„Aha“, hatte sein Vater nur gebrummt.

„Wann stellst du sie uns vor?“, hatte seine Mutter gefragt.

„Heute. Hier. Jetzt.“

„Sie ist hier?“, hatte seine Mutter gefragt und sich umgeschaut, obwohl offensichtlich war, dass niemand sonst im Raum war und sie auch niemanden in der Küche, im Bad oder einem der anderen Räume hatte hantieren hören. Nichts in der Wohnung hatte darauf hingewiesen, dass Leon mit jemandem zusammenlebte.

Nichts. Niemand.

In seinem Schlafzimmer hatte sie natürlich nicht nachgeguckt.

„Ja. Ich werde sie jetzt gleich holen", hatte er gesagt und auf seine zitternden Hände geschaut. „Sie wartet. Sie ist nebenan. Ich habe ihr gesagt, dass ihr heute kommt." Er hatte versucht, zu lächeln.

„Oh, mein Gott!", stieß seine Mutter aus. Sie hatte sofort diese roten Flecken am Hals bekommen.

Es war Leon nicht klar gewesen, ob sie entsetzt war oder voller Freude. Vorfreude, nachdem sie vermutlich bereits damit abgeschlossen hatte, jemals wirklich Schwiegermutter oder gar doch noch eine richtige Oma zu werden.

Beide Töchter, Leons Schwestern, lebten in gleichgeschlechtlichen Partnerschaften und hatten sich künstlich befruchten lassen.

„Sauber, einfach, sicher, perfekt!", hatten die beide angekündigt, nein mitgeteilt, als sie bereits *guter Hoffnung* waren.

Sie, die Mutter dreier Kinder, die sie vollkommen natürlich empfangen und zur Welt gebracht hatte, hatte sich sehr bemüht, aber tief im Herzen schaffte sie es einfach nicht, Paul und Knut als *richtige Enkelkinder* zu akzeptieren und zu lieben.

„Die waren tiefgefroren", hatte sie am Abend zu ihrem Mann gesagt. Den Töchtern gegenüber hatte sie sich niemals in dieser Art geäußert. Die Enkelkinder bekamen ihre Geschenke. Zum Geburtstag. Zu Weihnachten und zwischendurch. Als wäre alles ganz normal.

„Doch nur das Sperma", hatte der Vater geantwortet, „nicht die Kinder."

Dass die Eier auch künstlich entnommen worden waren und Knut und Paul das Ergebnis einer in vitro Fertilisation waren, hatten die Schwestern nicht erwähnt. Und der Vater hatte sich eingestehen müssen, innerlich lächelnd, dass er nicht unglücklich darüber war, sich nicht vorstellen zu müssen, dass irgendwelche Deppen ihre Schwänze in seine Töchter hineingesteckt hatten und ihr Sperma in sie gespritzt hatten. Doch alles hatte seine Grenzen. So auch seine Toleranz. An diesem Tag wurde sie mehr als strapaziert.

„Kann sie nicht selber gehen?", hatte der Vater gefragt und seinen Sohn misstrauisch und vielleicht etwas mitleidig angeschaut. Er hatte immer vermutet, dass sein Sohn schwul war. *Sie* konnte also bedeuten, dass hinter einer der Türen der Wohnung eine *Frau* wartete, die noch ihren Schwanz hatte, weil sie eigentlich ein Mann war. Ein Transsexueller oder Transvestit. Oder Transgender? Er kannte sich damit nicht aus. Und das wollte er auch nicht mehr. Nicht mehr in diesem Leben. Dafür war er zu alt. Das war dem Vater vollkommen egal. Er wollte darüber nicht diskutieren. Das ging schlichtweg zu weit, weit über sein Vorstellungsvermögen hinaus.

„Nein", hatte Leon gesagt und war aufgestanden.

„Sie sitzt im Rollstuhl?!", hatte seine Mutter gemeint und schon die Erfüllung ihres sehnlichsten Wunsches in Auflösung gesehen.

„Nein", hatte Leon noch einmal ohne weitere Erklärung gesagt. Alles würde gleich aufgeklärt werden. Oder für großes Entsetzung oder im günstigsten aller Fälle für Verwirrung sorgen.

Leon verließ das Wohnzimmer und ging über den Flur ins Schlafzimmer. Er hatte es sich gut überlegt. Und sich für seine eigene Wohnung entschieden. Hier wollte er seinen Eltern Miriam vorstellen und sie von seiner Entscheidung in Kenntnis setzen.

Er öffnete die Tür zum Schlafzimmer und ging zu Miriam.

Sie saß kerzengerade und vollkommen still auf dem Bett und wartete geduldig.

„Es ist so weit", hatte er zu ihr gesagt und sie geküsst. Auf ihre weichen und warmen Lippen.

Sie hatte gelächelt und geseufzt, nachdem er seine Lippen von ihren gelöst hatte, und er hatte wieder gedacht, wie wunderbar sie doch zu ihm passte. Was für ein Glück er doch hatte. „Vollkommen", hatte er gedacht und die aufkommende Erektion gespürt.

„Komm", hatte er gesagt und sie am Arm hochgezogen. Als sie neben ihm stand, schaute er ihr in die Augen und umfasste ihre Hüfte. Gemeinsam waren sie über den Flur ins Wohnzimmer gegangen.

Er war mitten im Raum stehen geblieben. Neben ihm stand Miriam. Sie lächelte.

„Mutter. Vater. Das ist Miriam. Miriam, das sind meine Eltern."

„Guten Tag", hatte Miriam gesagt. „Schön, Sie kennenzulernen."

Sein Vater hatte erst Miriam und dann seinen Sohn angestarrt. Ewig lang, wie es Leon vorgekommen war.

Er hatte das Gefühl, als könnte er die Stille im Raum zerschneiden. Mit der bloßen Hand. So gespannt war die Luft im Raum.

Dann drehte sich der Vater zu seiner Frau. „Der will uns verarschen!“, hatte er gesagt. „Der denkt, wir sind komplette Idioten.“

„Nein“, hatte seine Mutter gesagt. „Das sieht nicht so aus.“

Eine, zwei Sekunden vergingen. Unerträgliches Schweigen.

Sein Vater war wortlos aufgestanden und hatte sofort die Wohnung verlassen. Er hätte noch nicht einmal seine Frau aufgefordert, mitzukommen. Das war noch nie passiert. Noch nie.

Seine Mutter hatte angefangen zu weinen. Und dann irgendwann geschluchzt: „Wenn es dich glücklich macht.“ Sie hatte Leon geküsst, hatte kurz zu Miriam geschaut und war dann ihrem Mann hinterhergeeilt. Vermutlich hatte sie um die wirklichen Enkelkinder geweint, die sie weiterhin nicht bekommen würde.

Auch seine Freunde und der größte Teil seines Bekanntenkreises sowie einige seiner engsten Kollegen hatten sich in der Kirche zu St. Nepomuk in Hausen, Hessen, eingefunden.

Nachdem im Jahr 2026 das *Gesetz zur Eheschließung mit menschenähnlichen Puppen und Gegenständen* verabschiedet wurde, heiratete Leon seine Miriam in Hausen in Hessen in der St. Nepomuk Kirche. Vor der eigentlichen Zeremonie hatte der katholische Pfarrer Miriam getauft, damit die Eheschließung durchgeführt werden konnte.

Leons Mutter weinte.

Sein Vater schwieg.

Markus Weiber, *geboren 1968 in Schwalmstadt, lebt in Limburg an der Lahn und ist Vater zweier erwachsener Kinder. Studierte Evangelische Theologie in Marburg und Lehramt in Gießen. Arbeitete als Assistent bei einem Menschen mit Progressiver Muskeldystrophie. Jobbte als Müllmann, Kartenabreißer, Sozialpädagoge, Altenpfleger und Archivar. Arbeitet heute als Lehrer an einer Grundschule. Mit 53 erlitt er vollkommen unerwartet zwei Schlaganfälle. Seitdem begleiten ihn die Nachwirkungen der Schlaganfälle und Doris, so nennt er seine Angst, erneut zu erkranken. Lesen und Schreiben waren und sind wichtige Säulen in seinem Leben. Er schreibt seit seiner Jugend Kurzgeschichten, Gedichte und immer an einem Roman. Er sieht überall Geschichten.*

Hypnos und Thanatos

Müde hat er sich in die Vorlesung geschleppt. Obwohl der Prof es nicht schätzt, haben rechts und links in seiner Sitzreihe etliche Studierende – der Prof würde von Studentinnen und Studenten reden – die Laptops aufgeklappt. Vielleicht auch nur, um eine witzige Rede vorweg zu provozieren. In der letzten Woche hatte der bekannte Philosophie-Professor sich zu einer längeren Anmerkung über die Entwicklung vom protestantischen Ethos zum digitalen Pathos hinreißen lassen – gespickt mit satirischen Verweisen auf die jüngste pandemische Vergangenheit, in der es bei dem digitalen Lehrbetrieb immer wieder zu Zusammenbrüchen bei Moodle, Eduport und anderen Anbietern gekommen war und während der Zoom-Konferenzen viele Studierende aus Kapazitätsgründen ihre Kameras ausgeschaltet hatten. Er hätte gestern Nacht früher ins Bett gesollt, weniger Wein wäre auch nicht schlecht gewesen, aber was willst du machen, wenn in deiner Wohngemeinschaft gefeiert wird? In der Reihe vor ihm sitzt die Erstsemester-Kommilitonin, die er vor ein paar Tagen bei dem Orientierungsrundgang der Fachschaft rund um das Münster kennengelernt hat. Noch hat sie ihn nicht entdeckt und er wundert sich, dass sie sich als Erstsemester schon so eine Vorlesung zumutet.

„In der letzten Woche haben wir mit Descartes gesehen, dass nichts in der Seele geschehe, dessen sich der Mensch nicht bewusst ist. Heute werden wir vom *Cogito ergo sum* und der das menschliche Wesen konstituierenden Conscientia noch nicht chronologisch zur Perception und la Conscience bei Leibniz oder schon weiter zu Kant schreiten, sondern im Vorgriff aus didaktischen Gründen ein moderneres Gegenmodell konfrontieren, das von einem Mann stammt, der keinen ordentlichen Philosophie-Lehrstuhl innehatte, sich aber dennoch wie etwa auch sein Zeitgenosse Marx in die Geschichte des Faches einschrieb. Im Grunde hat er schon theoretisch all das vorweggenommen, was nach 1900 dann der der Medizin entstammende Freud in seinem System UBW entwickelt. Kommen wir also zu Nietzsche, der seine Überlegungen in sprachlich für die Philosophie untypisch metaphorischen Formen – vergleichen Sie das einmal mit Kant oder Hegel – vorträgt, die teilweise schon literarischen Charakter haben, dahinter steckt natürlich eine bestimmte Sprachphilosophie. Wir wählen exemplarisch ein Kapitel aus *Also sprach Zarathustra*, aus dem meine freundliche Assistentin, die viel besser vortragen kann als ich, nun einige Auszüge präsentieren wird, der Text erscheint zugleich hinter mir auf dem Smartboard."

Mit weißen Performance-Sneakern nimmt die schöne Assistentin sportlich-elegant die Treppenstufen zum Podium und übernimmt das gereichte Mikrofon. Mit bewusst langsamer, sanfter Stimme liest sie aus dem *Zarathustra*: „Der Leib ist eine große Vernunft, eine Vielheit mit einem Sinne, ein Krieg und ein Frieden, eine Herde und ein Hirt."

Sie macht eine Pause, wohl um die Bilder wirken zu lassen, die zeitgleich in großer Schrift auf der Beamerleinwand hinter ihr aufploppen.

„Werkzeug deines Leibes ist auch deine kleine Vernunft, mein Bruder, die du *Geist* nennst, ein kleines Werk- und Spielzeug deiner großen Vernunft. *Ich* sagst du und bist stolz auf dies Wort. Aber das Größere ist, woran du nicht glauben willst, – dein Leib und seine große Vernunft: Die sagt nicht Ich, aber tut Ich."

Er versucht, seine Augen offen zu halten, hört kaum noch wirklich hin, aber genießt den schönen Klang ihrer Stimme.

„Werk- und Spielzeuge sind Sinn und Geist: Hinter ihnen liegt noch das Selbst. Das Selbst sucht auch mit den Augen der Sinne, es horcht auch mit den Ohren des Geistes."

Er merkt nicht, wie ihm die Augen zufallen und sich der Mund öffnet, er ist passiv ganz bei der wohlklingenden Stimme, sinkt tief und tiefer mit ihr in eine Welt von Lego und Schaukelpferd, von Drachensteigen und Fußball, versinkt in Schlaf und Träumen. Nichts bekommt er mit von den zunächst leisen, dann pfeifend werdenden Geräuschen beim Ein- und Ausatmen, die auch schon in seiner WG unter dem Stichwort *Schnarchen* zu Diskussionen geführt haben, das er indes immer heftig bestritten hat. Es gibt natürlich Debatten, die nicht leicht zu gewinnen sind. Einige Sitze entfernt erhebt sich geduckt ein Kommilitone in der Reihe, um ihn anzustoßen, wird aber durch ein lautes: „Warten Sie!“, von vorne aufgehalten. Der Professor steigt die paar Stufen des Hörsaals nach oben und bleibt neben dem eingeschlafenen Studenten stehen. Durch die Raumakustik kommt dessen Sägen gut zur Geltung, im Auditorium wenden sich alle Köpfe. „Ne per somnium quidem hoc velim“, hebt der Professor an und dämpft mit erhobenen Armen aufkommendes Lachen, „es ist recht schwierig, den Begriff des Schlafes genau zu bestimmen, wenn Bewusstsein und transzendentale Bewusstseinseinheit nicht differenziert werden. Aus einer bloßen Negation des Wachzustandes lassen sich die Ursachen und Funktionen des Schlafes kaum ableiten, Diderot meint im 17. Jahrhundert so schön, cet état est nécessaire à l'homme pour soutenir, réparer et remonter sa machine“…

Der eingeschlafene Kommilitone schließt den Mund, legt den Kopf auf die Brust und fährt sich mit einer Hand durchs Haar, als hätte es etwas mitbekommen, aus allen Ecken des Hörsaals ist Kichern und Prusten zu vernehmen, die Assistentin ist inzwischen auch nach oben gestiegen und steht neben dem Professor.

Mit leiser Stimme redet sie über das Mikro: „An Nietzsche anknüpfend, der immerhin Professor für griechische Sprache und Literatur war, will ich – metaphorisch – die antike Sichtweise kurz bemühen: Im Schlaf sind wir ohne äußere Wahrnehmung, wir wissen nicht, wo wir sind, wir wollen nichts. Dieses immer wiederkehrende Ereignis wird durch den erquickenden, lieblichen und stärkenden Gott des Schlafes, Hypnos, personifiziert, der in der mythischen Vorstellung als der Bruder des Thanatos gilt, weil der Gott des Todes durch dieselben Negationen charakterisiert wird.“

Der eben noch schlafende Student hebt den Kopf und schüttelt ihn, öffnet die Augen – und sieht direkt neben sich die schöne Assistentin stehen, die leise und behutsam, er findet charmant, ins Mikrofon spricht: „Hypnos und Thanatos“ … Ihre übrigen Worte sind nicht mehr zu verstehen, sie gehen unter im Klatschen und Gelächter der Studierenden. Er blinzelt und lächelt zufrieden und glücklich zurück, als die Assistentin auf ihn zukommt und freundlich den Arm um ihn legt. Im Auditorium steigert sich der Applaus. Was für eine schöne Vorlesung …

Jochen Stüsser-Simpson *ist Studiendirektor am Christianeum in Hamburg-Othmarschen. Er blickt auf zahlreiche Veröffentlichungen.*

Wer bin ich?

Es war der erste warme Sommertag, die Sonne schien, unter mir war das Meer und über mir der Himmel. Ich flog so vor mich hin, der Wind blies mir um die Nase und ich fühlte mich frei. Die Sonne war warm, es war ganz ruhig um mich herum, ich schloss die Augen und genoss den schönen Tag!

Da schrie mich von der Seite plötzlich ein Vogel an. Erschrocken öffnete ich meine Augen und war erstaunt, eine Möwe schrie mich an. Ich weiß ja nicht, ob ihr es wisst, aber Möwen schreien immer, egal ob sie Liebeslieder singen, mit den Kindern spielen oder wegen des schlechten Wetters schimpfen – sie schreien einfach immer!

Aber zurück zur Geschichte: Viel mehr erstaunt war ich nämlich, als ich begriff, dass ich es verstand. Ich verstand, was mir die Möwe entgegenschrie!

Sie schrie: „Hey, Egon, die Jungs haben am Strand den Fischbrötchen-Händler gesehen, komm, wir wollen zusammen essen!"

Ich dachte nur: „Was will dieser Vogel von mir, ich jage doch schließlich selbst - oder etwa nicht?"

Ich war etwas verwirrt, schaute mich um, um sicher zu sein, dass er mich meinte. Aber weit und breit war kein anderer Vogel zu sehen, er schien mich zu meinen!

Plötzlich schrie die Möwe mich wieder von der Seite an: „Mensch Egon, du schaust so verwirrt aus, bist du schon wieder zu lange in der Sonne herumgeflogen?" Sie schaute mir fragend in die Augen. „Oh, nein – nicht schon wieder!" Sie rollte mit den Augen, flatterte um mich herum und pickte mir immer wieder mit dem Schnabel auf den Kopf.

Da protestierte ich: „Aua! Das tut doch weh! Was soll das denn?"

Nun berichtete die Möwe: „Du bist Egon, mein bester Freund! Und immer am Anfang des Sommers fliegst du zu lang in der Sonne herum und vergisst dann, wer du bist!"

Ich glaubte ihr kein Wort und meinte: „Du bist wohl zu lange in der Sonne geflogen, ich bin ein stolzer Adler und jage meine Fische selbst!“

Die Möwe fing fürchterlich laut an zu lachen und widersprach: „Du, ein Adler, ich lach mich schlapp! Ich hab noch nie einen so kleinen und weißen Adler gesehen!“

Ich zögerte und dann schaute ich mich an. Der Schreck kam, als ich erkannte, dass ich wirklich nicht sehr groß war und auch nur weiße Federn hatte. Wer war ich?

Fragend schaute ich mich um. Der Vogel kam zu mir, mittlerweile war ihm das Lachen vergangen: „Komm mit, ich zeig dir, wer du bist!“

Wir flogen zusammen immer tiefer und tiefer bis zur Wasseroberfläche hinab – und da war es, mein Spiegelbild – ich war eine Möwe!

Susanne Kühn *ist 49 Jahre alt. Sie arbeitet ehrenamtlich an der Mildred Harnack Schule und betreue hier mit einer Kollegin zusammen die Kreativ AG und den Buchclub der Schule. Mit dem Buchclub nehmen die Schüler*innen an verschiedenen Ausschreibungen teil und waren auch schon oft erfolgreich!*

Kleine Ursache, große Wirkung

Der große, graue Gesteinsbrocken raste durch den interplanetarischen Raum. Seine zerfurchte Oberfläche war von zahlreichen kleinen Kratern übersät, Zeugen von Kollisionen mit anderen Himmelskörpern. Der namenlose Asteroid trudelte mal hierhin und mal dorthin, bevor er von der Anziehungskraft eines hellen Sterns eingefangen wurde. Mit hoher Geschwindigkeit raste er auf die Sonne zu. Unglücklicherweise kreuzte er dabei die Bahn eines der Planeten, die um diese kreisten. Immer näher kam er ihm, um kurz darauf in die Atmosphäre, welche die blau leuchtende Kugel umgab, zu stürzen. Die Reibung, die dabei erzeugt wurde, ließ den Asteroiden hell aufleuchten. Und letztendlich explodieren. Viele kleine Stücke von ihm verglühten in der Atmosphäre. Aber einige größere Trümmerteile schlugen auf der Oberfläche der Erde ein.

Rumsa erwachte aus einem traumlosen Schlaf. Er rieb sich die Augen und setzte sich hin. Es war alles ruhig im Lager, die anderen Mitglieder des Bären-Clans schliefen. Er stand auf, um sich zu erleichtern, als der Himmel plötzlich taghell wurde – und explodierte. Rumsa schrie laut auf. Sein Gebrüll wurde aber von einem lauten Knall verschluckt, welcher die Menschen im Lager panisch aufspringen und planlos durcheinanderlaufen ließ. Lautes Gejammer erfüllte die Luft. Kinder versuchten, ihre Mütter in dem Durcheinander zu finden, während diese ihrerseits nach ihrem Nachwuchs Ausschau hielten. Einige Clanmitglieder suchten ihr Heil in der Flucht und rannten mit großen Schritten weg vom Lager, ungeachtet der Gefahren, die ihnen in der Wildnis drohten.

Doch schon wurde der Himmel wieder dunkel und die Sterne funkelten dort, als wäre nichts geschehen, worauf die geflohenen Clanmitglieder ins Lager zurückkehrten. Eine ältere Frau sorgte dort inzwischen mit kehligen Lauten für Ruhe.

Kurze Zeit später lagen alle Menschen wieder auf dem Boden, eingehüllt in wärmende Felle. Schlafen konnten sie jedoch noch lange nicht.

Am kommenden Morgen setzten die Menschen ihre Wanderung fort, welche sie von Süden nach Norden führte. Aus ihrer bisherigen Heimat waren sie vom Wolfs-Clan vertrieben worden. Viele Mitglieder des Bären-Clans waren dabei getötet worden, sodass sie jetzt nur noch wenige waren. Dawa, die Clanälteste, führte sie umsichtig. An diesem Tag ließ sie die Menschen zügig ausschreiten, wollten doch alle weg von diesem Unheil verheißenden Ort. Ängstlich schauten sich die Menschen während ihres Marsches öfter um, doch alles blieb ruhig.

Und so kehrte langsam der Alltag wieder bei ihnen ein. Die Frauen hielten Ausschau nach essbaren Früchten, während die Männer auf mögliche Angreifer achteten. Als die Sonne am höchsten stand, legten sie eine Rast ein. Rumsa ging mit einigen anderen Männern los, um nach kleineren Tieren Ausschau zu halten, die sie mit ihren primitiven Werkzeugen erlegen konnten. Schon lange hatten sie kein Fleisch mehr gegessen und die Kost aus Beeren, Nüssen und Blättern gab ihnen einfach nicht genügend Kraft, um diese Wanderung noch lange durchzustehen. Vorsichtig schlichen die drei Männer durch den Wald, Rumsa führte sie an.

Doch plötzlich blieb dieser stocksteif stehen. Vor ihm lagen die Bäume wild durcheinander, so als hätte ein Riese sie mit einer Hand hinweggefegt. Rumsa bedeutete seinen Begleitern, an dieser Stelle auf ihn zu warten, und ging langsam weiter. Er kletterte über die Stämme, riss sich die Haut an den Ästen auf, ohne dies zu bemerken. Zu groß war seine Anspannung.

Als er von dem letzten Hindernis herunterkletterte, stand er plötzlich vor einem großen schwarzen Brocken. Er ging in die Knie und streckte seine Hand aus, um sie gleich wieder zurückzuziehen. Doch dann fasste er sich ein Herz und berührte das Gesteinsstück. Als daraufhin nichts passierte, tastete Rumsa ihn ab. Er fühlte sich kalt an, obwohl die Luft warm war.

Der Mann beugte sich über das Bruchstück und roch an ihm, doch kein Duft erreichte seine Nase. Rumsa stand wieder auf, dieser Fund war für seinen Clan ohne Bedeutung. Er drehte sich um und ging zurück zu seinen Gefährten.

Dawa machte sich große Sorgen um ihren Sohn. Rumsa lag mit hohem Fieber und starken Kopfschmerzen auf seinem Fell und die Medizin, die sie ihm gegeben hatte, hatte keinerlei Wirkung gezeigt. Doch dann fiel die Temperatur so schnell, wie sie gestiegen war, und Rumsa erholte sich zusehends. Schon bald konnten sie ihre Wanderung fortsetzen.

Am Abend des nächsten Tages begann es zu regnen und die Menschen waren bald völlig durchnässt. Da die Temperatur rapide gefallen war, begangen sie bald zu frieren. Zum Glück entdeckte einer der vorausgehenden Männer den Eingang zu einer Höhle, in der sie unterschlüpfen konnten. Schnell gingen sie in diese hinein und legten ihre Felle auf den Boden. Vor Kälte inzwischen mit den Zähnen klappernd, legten sie sich nah beieinander, um sich gegenseitig zu wärmen.

Rumsa stand am Höhleneingang und sah ihnen dabei zu. Wie schön wäre es, wenn sie jederzeit Feuer machen könnten und nicht auf den Einschlag eines Blitzes angewiesen wären, um dieses zu bekommen. Wenn sie Glück hatten, dann konnte der Hüter der Glut diese lange bewahren, aber wie oft war es schon geschehen, dass die Flammen trotz aller Vorsicht erloschen.

Als Rumsa die kleinen Äste und die Blätter, die der Wind irgendwann in die Höhle hereingeblasen hatte, sah, kam ihm eine Idee. Er sammelte einige der Blätter, legte sie auf einen Haufen und drehte zwei der kleinen Äste gegeneinander. Doch nichts passierte. Enttäuscht warf Rumsa das Holz auf das Laub und legte sich neben seine Mutter, die – wie die anderen Menschen in der Höhle auch – bereits vor Erschöpfung eingeschlafen war.

Am nächsten Morgen schien die Sonne von einem wolkenlosen Himmel und ließ die Temperatur schnell steigen. Die Menschen, die in der Höhle Schutz gesucht hatten, verließen diese, um sich aufzuwärmen und um nach Nahrung zu suchen.

Rumsa sah ihnen dabei eine Weile zu, bevor er zurück in die Höhle ging. Ihn beschäftigte immer noch das Feuer, das er nicht imstande gewesen war, zu entzünden. Mit gerunzelter Stirn lief er durch die Höhle und besah sich diese gründlich. In einer Nische fand er ein Bündel trockenes Gras, welches wohl einem kleinen Tier als Nest gedient hatte. Er nahm es in die Hand, rieb es gegeneinander und da war er, der kleine Gedankenfunke, der alles ändern würde.

Schnell lief er zurück zu der Stelle, an der er am Abend davor versucht hatte, Feuer zu machen. Er legte die trockenen Pflanzen in eine kleine Gesteinsmulde, steckte die beiden Äste hinein und rieb diese gegeneinander. Immer schneller und schneller und dann – Rumsa traute seinen Augen kaum – begann Rauch aufzusteigen. Instinktiv warf er die Äste weg, beugte sich hinunter und begann zu blasen. Kurz darauf schreckte er zurück, denn es erschien eine kleine Flamme und flackerte munter vor sich hin. Überwältigt schaute Rumsa ihr zu. Er konnte es noch gar nicht fassen, er hatte Feuer gemacht! Er, Rumsa vom Bären-Clan, hatte das zuwege gebracht!

Völlig außer sich vor Freude lief er nach draußen, wo er laut schrie und wild gestikulierte, woraufhin alle zu ihm liefen und ihm dann nach drinnen folgten. Als die Clanmitglieder die Flammen sahen, erfüllten laute Rufe und Geschrei die Höhle.

Doch als Dawa langsam nach vorne ging, verstummte der Lärm. Rumsa erklärte seiner Mutter in der ihnen eigenen Zeichensprache, was er getan hatte. Dawa klopfte ihm anerkennend auf die Schulter und bat die anderen, draußen nach trockenem Gras, Blättern und Holz zu suchen. Von nun an würden sie nicht mehr frieren müssen – das Feuer würde sie außerdem auch vor wilden Tieren schützen. Sie war stolz auf ihren Sohn, er hatte das Überleben des Bären-Clans gesichert!

Mit großen Schritten ging der Archäologieprofessor Matthias Schäfer den Flur des Innsbrucker Institut für Ur- und Frühgeschichte entlang. Als er die Tür zum Autopsieraum erreichte, öffnete er diese und trat ein. Nachdem er sich die OP-Kleidung angezogen hatte, betrat er an den Stahltisch, auf dem eine gut erhaltene Mumie lag. Beeindruckt schaute der Professor auf sie hinunter. Es war wirklich ein Sensationsfund gewesen, als ein Ehepaar auf seiner Bergwanderung vor zwei Wochen den Körper entdeckt hatten. Die C14-Methode zeigte das unglaubliche Alter von über 600 000 Jahren an! Was diesen Mann so gut konserviert hatte, wusste niemand so genau. Man vermutete aber, dass es am Eis lag, denn die Mumie wurde am Rand eines Gletschers gefunden.

„Peter! Kommst du bitte, wir wollen anfangen!“

Aus dem Nebenraum kam ein junger Mann, genau wie der Professor in OP-Kleidung gehüllt.

„Ich bin schon da, Professor. Hier sind die Bilder aus dem Computertomografen."

Aufmerksam sah sich der ältere Mann diese an und deutete dann auf den Bereich, auf dem der Kopf der Leiche zu sehen war. „Was ist das denn? Siehst du die schwarzen Punkte im Gehirn?"

„Ja, schwach, aber ich kann sie sehen. Was das wohl sein mag?"

„Es gibt nur einen Weg, das herauszufinden – wir schneiden ein kleines Loch in den Kopf und holen eine Probe aus dem Gehirn."

„Sie wollen wirklich ..."

„Es geht nun mal nicht anders. Also dann – Skalpell!"

Professor Schäfer beugte sich über das Mikroskop, unter dem die Probe aus dem Gehirn der Mumie lag. Er stellte es scharf und schaute hinein – und traute seinen Augen kaum, das konnte doch nicht sein! Der Professor richtete sich auf, rieb sich die Augen und schaute erneut in das Mikroskop. Doch nichts hatte sich geändert, die schwarzen Punkte waren immer noch da. Sie sahen aus wie Bakterien, aber er konnte sie einfach nicht bestimmen. „Peter, komm doch mal her und schau dir die Probe an."

Der junge Mann kam aus einem Nebenraum, ging zum Tisch und schaute in das Okular. „Was ist das denn? So was habe ich ja noch nie gesehen."

„Wofür hältst du es?"

„Auf den ersten Blick würde ich sagen, es ist Leluma petrolis oder Zelophanis mopsis."

„Das dachte ich auch zuerst, aber dieser Aufbau, das Aussehen, solche Keime habe ich noch nie gesehen. Und ich habe schon in viele Mikroskope und Bücher gesehen, das kannst du mir glauben."

„Aber was kann es denn dann sein? Irgendeine Ablagerung, die nur so aussieht wie ein Bazillus?"

Der Professor drehte sich um und schaute Peter, der sich inzwischen ebenfalls wieder aufgerichtet hatte, fest an. „Nein, es ist ein Bakterium. Aber ich habe den Verdacht, dass sie nicht von dieser Erde stammen."

„Das ist jetzt nicht ihr Ernst, Professor, oder?"

„Doch, das ist mein voller Ernst. Diese Erreger müssen aus dem All kommen, eine andere Möglichkeit fällt mir dazu nicht ein. Sie ähneln den Mikroben, die wir hier auf der Erde kennen, aber einige wichtige Komponenten sind total anders aufgebaut. Ich denke, dass sie wahrscheinlich mit einem Meteoriten auf diese Erde kamen, und dieser Mensch hat sich damals damit angesteckt. Wie die Übertragung auf den Menschen stattgefunden hat, weiß ich allerdings nicht, aber ich glaube, zu wissen, was sie bewirkt haben."

Peter schaute den Professor sprachlos an. Er wusste nicht, wie er mit der Situation umgehen sollte.

„Nun schau mich nicht so an, als sei ich verrückt geworden", tadelte der Professor seinen Assistenten. „Diese kleinen Wesen bewirkten, dass sich neue Synapsen und neue Zellen im Gehirn bildeten, sodass dieses größer und die Menschen dadurch intelligenter wurden. Schon lange suchen Wissenschaftler auf der ganzen Welt nach dem Grund, warum die Menschen aus der Steinzeit plötzlich wussten, wie sie Feuer machen oder wie sie Werkzeuge für eine erfolgreiche Jagd herstellen konnten. Und denk nur an die Höhlenmalereien! Und so vieles mehr! Das alles wurde nur möglich durch diese kleinen Lebewesen, da bin ich fest davon überzeugt. Durch Bakterien aus dem All. Ist das nicht faszinierend?"

Ingrid Hägele, *Jahrgang 1961, ist Single und wohnt in Stuttgart, wo sie auch geboren wurde. Sie ist Rentnerin und schreibt mit Unterbrechungen seit Jugendtagen. Frau Hägele in allen Genres zu Hause, ihre bevorzugten Themen sind aber Indianer und Pferde. Viele ihrer Kurzgeschichten wurden bereits in verschiedenen Anthologien.*

Schatten

„Geh du."

„Nein, du!"

„Ach, komm schon, du bist dran!"

„Ich will aber nicht. Es ist kalt und dunkel und schon spät."

„Du wolltest den Hund. Also kümmere dich jetzt auch drum."

Das war das Totschlagargument. Sie hatte sich unbedingt einen Hund gewünscht, immer schon. Und endlich hatten sie es wahr gemacht und sich diese wunderbare, kroatische Promenadenmischung aus dem Tierheim geholt. Heißgeliebt, zu allem und jedem freundlich, aber leider mit empfindlichem Magen.

„Schon gut. Ich gehe ja", grummelte Sara. Sie wälzte sich stöhnend von der Couch, suchte ihre Lieblings-Chucks, die alten, grauen, und zog sich ihre Fleecejacke über. Elvis folgte ihr hechelnd. Es war dringend. Sie packte die Leine in die linke Hand, den Schlüssel in die rechte. Als sie fast zur Tür raus war, drehte sich Sara noch mal um: „Wehe, du wagst es, weiterzuschauen!" Netflixen war zu zweit einfach viel besser.

Sie marschierte los, Elvis flitzte an ihr vorbei zur nächsten Wiese. Das war das Schönste hier in der Gegend. Niemand störte sich daran, wenn die Hunde frei herumliefen, solange sie friedlich waren. Schließlich lebten sie am Waldrand in der perfekten Hundezone und fast jeder hier hatte einen. Dafür gab es erstaunlich wenig Katzen. Die paar vereinzelten waren allerdings der Grund für die Leine in ihrer linken Hand.

Die Straße zum Wald war ruhig. Vorne lief ihr Nachbar mit dem Beagle Sammy, sonst war niemand unterwegs. Kein Wunder, es war ja schon fast 23 Uhr. Sara war müde und ihr war kalt. Und sie wollte wieder zum Seriengucken zu ihrem Freund unter die Decke krabbeln. Aber Elvis hatte Durchfall, da half kein Jammern. Leider war Oli stinkfaul, zumindest was das Laufen anging. Wenn es ums Spielen oder Toben mit dem Hund ging, war er immer dabei.

Sara seufzte und setzte ihren Weg fort. Elvis trabte fröhlich an ihr vorbei, ihm ging es jetzt wieder besser.

Nach einigen Minuten schaute Sara auf, rief ihren Hund zu sich und leinte ihn an. Sie beschleunigte ihre Schritte. Ihr Atem ging schneller. Sara und Elvis waren beim Wald angekommen, der ihr bei Tag wunderschön und beruhigend, in der Nacht jedoch bedrohlich vorkam. Der Wald schluckte jedes Licht, es war stockduster. So schnell sie konnte, ohne zu rennen oder in der Finsternis zu stolpern, lief sie den Weg am Wald entlang. Konzentriert blickte sie auf den Boden, die hellen Steine führten sie. Nur noch ein paar Meter, dann hätte sie es geschafft. Neben ihr ertönte ein Rauschen. Es raschelte. Die Bäume bewegten sich.

„Nur der Wind", murmelte Sara vor sich hin. Sie versuchte gar nicht erst, im Dunkeln etwas zu erkennen. Einfach weitergehen. Weiter und weiter.

Dann – endlich konnte sie rechts abbiegen. Der Weg, der sich nun vor ihr erstreckte, war schmal und links und rechts von Bäumen gesäumt, aber er war durch Straßenlampen erleuchtet. Das Licht beruhigte sie augenblicklich. Erleichtert atmete Sara auf und ließ Elvis von der Leine. Hier konnte er wieder frei laufen, er musste sie nun nicht mehr vor dem finsteren Wald beschützen. Als ob er das wirklich tun würde. Sara grinste. Der kleine, schwarze Strubbel würde jeden Verbrecher schwanzwedelnd begrüßen und ihn als neuen Freund willkommen heißen. Aber dennoch spendete es Trost, wenn er im Dunkeln bei ihr war.

Elvis verschwand mit der Nase am Boden hinter den Bäumen. Irgendwas roch hier sehr spannend. Sara ließ ihn gewähren. Er blieb meistens in der Nähe, abgehauen war er noch nie. Sollte er ruhig mal so richtig Hund sein, seine Freiheit genießen und interessanten Gerüchen nachgehen. Sara blickte auf ihre Fitbit-Uhr. Noch 1200 Schritte, dann hätte sie ihr Ziel von 10000 Schritten täglich erreicht. Motiviert lief sie weiter. Sie wollte ein bisschen fitter werden. Das ständige Gammeln auf der Couch machte sich durch einige lästige Röllchen an der Hüfte bemerkbar, das musste sich wieder ändern. Auch dafür waren die Gassirunden gut geeignet.

Der Weg verlief in einer Kurve. Rechts raschelte es wieder in den Bäumen. Sara spähte ins Dunkle, konnte aber nichts erkennen. Ihre Uhr piepte. 10000 Schritte erreicht.

In diesem Moment sprang etwas aus den Büschen und flitzte vorbei. Sara zuckte zurück. Erkannte dann aber, was es war. Eine schwarze Katze. Gefolgt von Elvis. Natürlich. Sara versuchte noch, ihren Hund am Halsband zu erwischen, da hatte das Gespann den Weg bereits überquert und Katze und Hund schossen wieder in die Büsche.

„Ach, Elvis, lass die Katze in Ruhe", rief sie ihm halbherzig hinterher. In diesem Zustand würde er sowieso nicht hören. Resigniert lief Sara weiter. Der Kleine würde hoffentlich gleich zurückkommen. Er liebte es, Katzen zu jagen, blieben diese aber stehen, wusste er nicht mehr, was er machen sollte.

Saras Blick fiel auf etwas am Ende des Weges, sie zuckte zusammen und stieß einen kleinen Schrei aus. Da stand doch jemand. Oder nicht? Es war eine Gestalt. Etwas Schwarzes. Oder war es nur ein Schatten? Ein Baum? Sara war stehen geblieben und versuchte zu erkennen, was vor ihr war. Ihr kleiner Schrei war ihr bereits peinlich. Wahrscheinlich war das da vorne gar nichts. Sie schüttelte den Kopf über sich selbst. Schreckhaft wie sonst was. Die Schulter straffend ging sie weiter, direkt auf das schwarze Ding zu. Es bewegte sich nicht und sah wie die Silhouette eines Menschen aus. Ach, bestimmt ein Nachbar. Sara hob den Arm und winkte der Gestalt zu.

Keine Reaktion.

Irritiert rief sie laut: „Hallo, guten Abend!" Und winkte abermals. Aber immer noch keine Regung. Unbewegter Schatten. Mitten auf dem Weg, circa 50 Meter vor ihr. Vielleicht hatte er sie nicht gehört, der Mensch da vorne. Aber warum stand er bewegungslos da? Schon seit einigen Minuten. Merkwürdig.

Sara schüttelte den Kopf und marschierte weiter. Sie war neugierig darauf, herauszufinden, wer oder was dort stand, gleichzeitig jedoch meldete sich ein unangenehmes Kribbeln in ihrem Bauch. Sie war schon ein wenig gruselig, diese bewegungslose Gestalt, am Ende des Weges, vor der Kurve, die wieder zurück in den Ort führte. Sie glaubte nicht, dass es der Schatten eines Baumes war, dafür sah es definitiv zu menschlich aus. Es war eine Gestalt, die einfach nur dastand und zu warten schien. Auf sie? Sara? Warum grüßte dieser Jemand denn nicht zurück?

Etwas streifte ihr Bein. Sara zuckte zusammen. Doch es war nur Elvis, der sich wieder müde hechelnd zu ihr gesellt hatte.

„Hallo, du Streuner", begrüßte ihn Sara. Sie kniete sich zu ihrem Hund auf den Boden und legte ihm die Leine an. Dabei flüsterte sie ihm ins Ohr: „Siehst du die gruselige Gestalt da vorne? Gefährlich oder nicht, was meinst du?"

Doch Elvis schnüffelte nur unbeeindruckt an einem Grasbüschel herum, an dem er dann sein Bein hob.

„Wie immer keine Hilfe", murmelte Sara. Wieder versuchte sie, zu erkennen, wer sich vor ihr befand. Immer noch bewegungslos und ohne Lebenszeichen. Aber es war ein Kopf auszumachen, Schultern, Arme, Beine. Da stand ein Mensch, von der Größe und Fülle wohl ein Mann, still da und machte gar nichts. Sara konnte nicht erkennen, in welche Richtung der Typ schaute, glaubte aber in ihre. Unangenehm. Kalt lief ihr ein Schauer über den Rücken. Sollte sie lieber umdrehen und den ganzen Weg zurücklaufen? Oder weiter auf diesen Kerl da zugehen? Sie straffte ihre Schultern.

„Hallo, da vorne! Was machen Sie denn da?", rief sie laut und deutlich.

Keine Antwort. Was sollte das denn?

„Hallooo? Hören Sie mich?"

Nichts. Keine Bewegung, kein Laut.

Tss. Langsam wurde sie ärgerlich. Vor sich hin grummelnd stapfte Sara weiter, ihren Hund an der Leine führend. Sie würde nicht umkehren, warum auch. Wäre das da vorne ein Frauenmörder oder so was, käme er direkt auf sie zu und würde nicht einfach blöd rumstehen. Nicht zum ersten Mal an diesem Abend wünschte sie, sie hätte ihr Handy dabei. Sie würde Oli anrufen und ihm erklären, dass er und seine Lauffaulheit daran schuld seien, dass sie jetzt ermordet werden würde, ausgerechnet auf ihrer Lieblingsgassirunde. Von einer gruseligen, bewegungslosen Gestalt, die nur wartend dastand. Sara lachte hysterisch auf.

Dann änderte sich schlagartig ihre Stimmung. Es war nicht lustig. Gar nicht. Ihre Nerven lagen blank, ihr war kalt und langsam und unaufhörlich kroch ein Angstgefühl ihren Rücken hinauf. Sie war alleine im Dunklen in einer einsamen Gegend unterwegs, ohne Handy, nur mit nutzlosen kleinen Hund. Und da vorne stand ein Mann und schien sie anzustarren. Sara hatte das Gefühl, dass sie die Augen des Kerls sehen konnte, schwarze, tiefschwarze Augen, obwohl dass wahrscheinlich totaler Quatsch war auf dieser Entfernung.

Sie kam der Gestalt immer näher und näher. Dennoch konnte sie nichts weiter erkennen. Welche Kleider er trug, Haarfarbe oder Ähnliches. Nur dunkle Umrisse. Und schwarze Augen, die irgendwie herausstachen. Trug der Kerl da vorne eine schwarze Skimaske? Einen Ganzkörperanzug? Oder bildete sie sich das Ganze nur ein und da war gar nichts?

Sara blieb unschlüssig stehen und rieb sich über die Augen. Ihre Hände waren eiskalt. Sie zitterte, ob aus Furcht oder aus Kälte, vermochte sie nicht zu sagen. Womöglich wegen beidem. Die Situation erschien ihr unwirklich. Was sollte sie tun? Um Hilfe schreien? Aber es war ja eigentlich nichts passiert. Noch nicht.

Ihr Gehirn suchte fieberhaft nach einer Erklärung. Vielleicht war es ja nur ein Scherz. Ein Dummer-Jungenstreich. Jemand hatte einen schwarzen Mann aus Pappe aufgestellt und kicherte jetzt, im Gebüsch sitzend, über das ängstliche Gebären der Spaziergänger. Und sie blamierte sich gerade. Oder es war eine Vogelscheuche oder so was. Ja, das würde es sein. Das Ding war nicht lebendig.

Um Ruhe bemüht lief Sara ein paar Schritte weiter. Zögerte. Ging noch einige Meter. Stoppte. Nein. Sara hielt den Atem an. Nein. Die Gestalt war nicht aus Pappe und auch keine Vogelscheuche. Es war etwas anderes. Es war plastisch. Oder eher er. Sie konnte seine wuchtige, grobe Figur erkennen, starke Schultern, Muskeln. Aber es war sonderbar. Immer noch waren keine Gesichtszüge auszumachen, keine Kleider oder Haare. Nur Schwärze. Die vollkommene Abwesenheit von Licht in Form eines starken, großen Menschen. Es war unwirklich. Verrückt. Ein verkleideter Mann? Ein lebendig gewordener Schatten? Ein Dämon?

Und dann geschah etwas, was ihr das Blut in den Adern gefrieren ließ. Neben ihr ertönte ein dumpfes Grollen. Ein kehliges, tiefes Knurren. Ungläubig blickte Sara auf Elvis. Der kleine Hund hatte die dunkle Gestalt bemerkt und knurrte böse. Das hatte sie von ihm noch nie gehört, geschweige denn erwartet. Das bedeutete, die Bedrohung wäre real.

Sara wartete nicht länger. So schnell sie konnte, drehte sie sich um und sprintete los. Elvis raste voran, immer noch an der Leine. Sara keuchte, in ihren Ohren ertönte ein Klingeln, aber sie rannte weiter und weiter. Ihr Blick nach vorne gerichtet. Nackte Panik ließ sie weiterrasen, ohne auf das Stechen in ihrer Seite zu achten. Dann schrie sie auf, ein lauter Schrei der Verzweiflung und Angst. Sie stoppte abrupt, knickte dabei um und fiel hin.

„Nein ... neiiiin“, schluchzte sie. Ungläubig starrte sie auf den Weg, der vor ihr lag. Sie war fast bis zum Wald gekommen. In einigen Metern endete der Weg, der ihr mit seinen Straßenlaternen und Licht immer wie ein sicherer Hafen vorgekommen war. Dann fing wieder die Strecke in der Dunkelheit an, der finstere Wald.

Und dort, an der letzten Straßenlaterne, stand sie und wartete auf Sara. Die Schattengestalt, vor der sie gerade geflüchtet war. Still und bewegungslos, schwarz und groß.

„Was ist hier nur los ... was ist hier nur los ... was passiert hier?“ Sara weinte und schluchzte. Das war kein Scherz, das war keine Einbildung. Sie war in akuter Gefahr. Und sie wusste nicht, was sie tun sollte. Langsam drehte sie den Kopf in die Richtung, aus der sie gekommen war. Ihr Schluchzen wurde lauter. Ungläubig schüttelte sie den Kopf, ihre Hände verkrallten sich in die Kieselsteine, die den Boden bedeckten.

Auch hier stand der Schattenmann. Bewegungslos, dunkel, ruhig. Sie war umzingelt. Es gab zwei von ihnen.

Sie stand auf, wischte sich notdürftig den Rotz und die Tränen aus dem Gesicht und tätschelte Elvis, der nervös an der Leine zog. Er knurrte den Schatten, der sich in ihrer Nähe befand, an. Sara guckte erst in die eine, dann in die andere Richtung.

„Was wollt ihr Arschlöcher denn?“, brüllte sie.

Keine Antwort, keine Regung.

Sara ließ ihren Blick schweifen. Leider wusste sie nur zu gut, wie einsam die Gegend hier war. Es dauerte eine ganze Weile, bis sie wieder jemand hören würde. Niemand würde ihr zu Hilfe eilen, selbst wenn sie jetzt anfing, laut zu kreischen. Sie war auf sich allein gestellt.

„Beschissene Gruselgestalten!“ Jetzt stand sie mit erhobenem Kopf aufrecht da, Schultern zurückgezogen. „Na, wartet.“

Sie rannte los, geradeaus, zum Wald und Richtung der dunklen Gestalt. Diese regte sich immer noch nicht, Sara beobachtete sie genau. Plötzlich verließ Sara den Weg, stürzte sich rechts in das Gebüsch, Elvis hinter sich herziehend. Sie hechtete durch den dunklen, dichten Wald. Es war schwierig, voranzukommen. Sie konnte kaum ihre Hand vor den Augen erkennen, geschweige denn die Bäume vor sich. Immer wieder verhedderte sich die Leine im Buschwerk und sie musste anhalten und sie mühselig entwirren. Sie hörte ein Knacken hinter sich. Ihre Nackenhaare stellten sich auf. Elvis sprang nach rechts, Sara nach links. Mit einem Ruck verlor sie die Leine aus der Hand und der kleine Hund war verschwunden.

„Elvis, nein, komm zurück", rief Sara verzweifelt.

Doch um sie herum war nur Stille. Leise Tränen liefen ihre Wange herunter. Stolpernd ging sie weiter. Mit beiden Ohren lauschte sie in die Dunkelheit. Wurde sie verfolgt? Diese verfluchten Schattengestalten würde sie in dieser Finsternis gar nicht sehen können, die wären perfekt getarnt. Und wo war Elvis? Vielleicht hing die Leine irgendwo fest und der kleine Hund konnte nicht weiter.

Leise rief Sara den Namen ihres Hundes, konnte ihn aber nicht entdecken. Dafür stolperte sie direkt in einige Brombeerbüsche und blieb mit ihrer Fleecejacke darin hängen. Sie kam nicht mehr weg.

„Verflucht noch mal", schimpfte sie und versuchte, sich loszueisen. Dabei zog sie sich schmerzhafte Kratzer an den Händen und auch im Gesicht zu. Durch die Dunkelheit konnte sie nicht erkennen, wo der Anfang und das Ende dieser elenden Büsche waren. Die Dornen stachen sie, als würde der Brombeerbusch mit ihr kämpfen, regelrecht seine Klauen in sie schlagen. Und sie schien den Kampf zu verlieren. Immer noch war sie gefangen, die Pflanze hielt sie fest umklammert.

Da hörte sie es. *Knack, knack, knack.* Hinter sich. Gänsehaut überzog ihre zerkratzten Arme. Verzweifelt versuchte sie, sich aus dem Busch freizustrampeln. *Knack, knack, knack.* Das Geräusch kam näher. Und näher. Neben sich nahm sie eine Bewegung wahr.

Mit aller Kraft riss sie ihre Arme frei und kämpfte sich voran. Weg von dem Geräusch. Die Dornen rissen weitere Wunden in ihre Haut, die sie kaum bemerkte.

Plötzlich stand sie im Freien. Sie war den Dornenbüschen entkommen. Es war mit einem Mal heller um sie herum. Saras Blick wanderte nach oben. Einige Wolken hatten sich verflogen und der silbrig scheinende Mond war sichtbar geworden. War das Mondlicht immer schon so hell gewesen? So kraftvoll und beruhigend? Sara sah sich um. Hinter ihr konnte sie den riesigen Brombeerbusch erkennen. Sie stand nun auf einer kleinen Lichtung im Wald, die sie noch nie gesehen hatte. Leise lauschte sie nach dem Geräusch und nach Bewegung in ihrer Nähe. Nichts. Vorsichtig drehte sie sich nach allen Seiten um. Welche Richtung sollte sie ...

Da kreischte sie auf. Panisch. Verzweifelt. Direkt vor ihr stand der Schatten. Diese dunkle Gestalt hatte sie gefunden.

Kälte durchzog ihren Körper. Der Schattenmann stand direkt vor ihr, nur eine Armlänge war noch zwischen ihnen. Ihr Blick erfasste den schwarzen Umriss, ihr Gehirn konnte den Anblick aber nicht verarbeiten. Nichts als Schatten. Aber dennoch mit Kontur, mit Körper, mit Masse. Und schwarz funkelnden Augen.

Mit einem Mal wurde es ihr bewusst.

Das, was vor ihr stand, war nicht ... menschlich.

Dann passierte es. Ihr blieb die Luft weg. Panisch versuchte sie, zu atmen, Sauerstoff in ihre Lungen zu pumpen, aber es gelang ihr nicht. Der Schatten war jetzt direkt vor ihr. Grauen erfasste sie und ihren gesamten Körper. Ihr Mund schnappte auf und zu, aber sie bekam keine Luft. Es klappte nicht. Sie versuchte, rückwärts zu gehen, fort von dem Bösen, aber ihr Körper gehorchte nicht. Schwindel erfasste sie, Kraftlosigkeit.

Es wurde dunkel um sie herum.

Sara bekam kaum mit, dass sich wieder graue Wolken vor den Mond schoben. Neben ihr raschelte es. Es knurrte und bellte.

Und plötzlich war es vorbei. Keuchend fiel sie auf die Knie, Sauerstoff strömte in ihre Lunge, gierig sog Sara die Luft ein. Sie fühlte Feuchtigkeit in ihrem Gesicht. Eine nasse Zunge schlabberte ihr über Wangen und Mund.

Elvis.

Sara drückte ihren kleinen Hund an sich. Tränen liefen ihre Wange hinunter. Ihr Kopf wurde klarer, die Atmung hatte sich wieder beruhigt, auch wenn ihre Psyche noch nicht verarbeiten konnte, was soeben passiert war. Ihr Körper gehorchte ihr wieder. Langsam stand sie auf und nahm die Leine, die Elvis hinter sich hergeschleift hatte, in die Hand.

„Tapferer kleiner Kerl", krächzte sie leise und tätschelte dem Mischling den Kopf. Ihr Hals war ganz kratzig. Dann wurde ihr etwas bewusst. Ihr Puls beschleunigte sich wieder. Es war nicht vorbei, sie schwebte weiterhin in Gefahr. Das, was hinter ihr her war und sie beinahe getötet hatte, war noch da. Und es war mehr als einer. Und es war kein verkleideter Mann, es war etwas viel Grauenvolleres. Das pure Böse, das ihr das Leben aussaugen wollte. Sara entschied sich für eine Richtung und verfiel in einen leichten Trab. Ihre Sinne geschärft auf jede Bewegung um sich herum. Bei jedem Schatten erschrak sie, aber sie zwang sich, weiterzujoggen. Elvis lief brav neben ihr her, aber auch er war deutlich nervös.

Der Wald war dunkel und beunruhigend still. Dann zeigte sich ein weiteres Problem. Sara hatte keine Ahnung, wo sie war. Sie hatte den Weg, den sie so gut kannte, in totaler Panik verlassen und war in den Wald gehetzt, in Brombeersträucher hängen geblieben, hatte eine kleine Lichtung passiert und stolperte nun wieder zwischen den Bäumen umher. Sie wusste nicht, ob sie in der Nähe ihres Dorfes war oder ob sie sich immer weiter davon entfernte. Es war so finster.

Doch, halt. War das da vorne ein Lichtschimmer?

„Elvis, siehst du das da vorne?", flüsterte sie ihrem Hund zu.

Da war ein Glimmen. Ganz klar. Sie beschleunigte ihre Schritte und lief direkt auf das Licht zu.

Und da sah sie es.

Sie streckte ihre Hände aus. Ja. Ein Zaun! Erleichtert schluchzte sie auf. Ein Zaun bedeutete Zivilisation, Menschen, Sicherheit. Sie hatte es geschafft! Eilig hob sie Elvis über den Maschendrahtzaun und kletterte anschließend selbst darüber. Dort war ein Haus, ein schönes, weißes, normales Einfamilienhaus. Und sie kannte sogar die Bewohner. Es waren Nachbarn von ihr. Sara wankte voran und blieb direkt unter der Garten-Solarlampe stehen, die sie hierhergelockt hatte. Erleichterung umspülte ihren Körper, Tränen flossen ihre Wangen herunter. Sie hatte es geschafft. Der Albtraum war vorbei.

Elvis drehte sich um und knurrte leise.

Etwas musste Sara verstehen lernen.

Schatten existieren nur bei Licht.

__Claudia Gers,__ geboren 1982, lebt mit ihrem Mann, zwei lustigen Töchtern und einen Haufen Haustieren in Wassenberg, NRW. In ihrer (sehr geringen) Freizeit schreibt die Diplombiologin Kurzgeschichten verschiedenen Genres und Kinderbücher.

Möglicherweise ADHS

Während ich meinen Morgenkaffee auf der Terrasse trinke und eine Zigarette rauche, plane ich meinen Tagesablauf. Mit etwas Struktur kann man schließlich viel mehr erledigen. Beim Ausdrücken des Glimmstängels steht die Reihenfolge der zu erledigenden Dinge fest. Jetzt muss ich die Vorhaben nur noch umsetzen. Nichts leichter als das. Um mich nicht wieder heillos zu verzetteln, besteht der glorreiche Plan aus drei einfachen Schritten: Zähneputzen, den Pyjama gegen alltagstaugliche Klamotten tauschen, Lebensmittel einkaufen.

„Das wars? Mehr nicht?“, fragen sich jetzt sicher die meisten.

Ja, das wars. Drei einfache Aufgaben. Mehr schaffe ich nicht.

Also auf zur Tat. Schritt eins: Zähneputzen.

Den eisernen Fokus auf die Aufgabe gerichtet, stakse ich Richtung Badezimmer. Auf dem Weg dorthin fällt mein Blick jedoch auf die durstigen Orchideen im Flur. Die sollte ich noch schnell gießen, bevor ich loslege. Ein Abstecher in die Küche erfolgt. Dort springt mir der eingeweichte Schnellkochtopf vom Vortag ins Auge.

„Ist doch ruckzuck abgewaschen“, denke ich und schrubbe das verkrustete Ding kurzerhand. Wo ich schon dabei bin, spüle ich auch gleich die Pfanne, in der noch Reisreste kleben. Mittendrin geht mir das Spülmittel aus. Kein Problem, eine neue Flasche steht unter der Spüle. Die Unordnung im Unterschrank ist allerdings … ohne Worte. In dem Sammelsurium an halb vollen Waschmittelbeuteln, linken Handschuhen, Putzschwämmen, verschollenen Monets und derlei anderem Kram finde ich das Spülmittel nicht. Wissend, dass ich es ganz sicher hineingestellt habe, suche ich weiter. Nun gut, dann räume ich den Schrank eben auf. Ist doch gleich erledigt. Alles muss raus.

Nach gründlicher Inspektion der Etiketten, dem flüchtigen Abwischen von Spinnweben und Staub muss ich zugeben, dass es eventuell vielleicht möglich wäre, das Spülmittel doch woanders verstaut zu haben. In diesem Schrank ist es jedenfalls nicht. Dafür das lange gesuchte Backofen-Spray. Fein, das Backrohr ist doch im Handumdrehen damit eingesprüht. Beim Öffnen des Herds finde ich allerdings die gestern verzweifelt gesuchte Lasagne-Form samt Lasagne von voriger Woche. Daumendicker grüner Flaum überzieht meine in stundenlanger Handarbeit gefertigte Lieblingsspeise. Igitt. Okay, das muss weg. Jetzt. Die Aktion *spontane Ofenreinigung* wird auf unbestimmte Zeit verschoben.

Mit spitzen Fingern und hochgradig angewidertem Gesichtsausdruck trage ich die bemitleidenswerten Lasagne-Überreste hinaus. Schweren Herzens kippe ich sie in die Mülltonne. Dabei bekleckere ich das gute Stück. Rot-grüne Schlieren an der Außenseite folgen der Schwerkraft. Shit. Schnell überschlage ich, wie viel Zeit mir bleibt, bis die Lasagne den Boden erreicht. Der Gartenschlauch ist zum Glück in Reichweite. Mit dem kräftigen Strahl spüle ich das Malheur fort, ehe es sich in Form eines roten Flecks für immer auf den hellgrauen Fliesen festsetzen kann. Die färbende Wirkung von Paprika und Tomatenmark ist schließlich legendär.

Geschafft. Mit einem siegessicheren Grinsen drehe ich das Ventil am Schlauchende zu. Auf dem Weg zum Wasserhahn fallen mir die Orchideen wieder ein, die ich gießen wollte. Um das nicht wieder zu verdaddeln, husche ich schnell ins Haus. Drinnen stolpere ich allerdings förmlich über die Putzmittelflaschen und den anderen Kram, der nach wie vor mitten in der Küche vor der Spüle steht. Ach ja, da war noch was. Kein Problem, das Zeug ist doch ruckzuck eingeräumt. Och nö, erst der Ofen. Dann kann das Mittel einwirken, während ich aufräume. Zwei Fliegen mit einer Klappe.

Leider ist die winzige Zwergenschrift der Anleitung auf der Rückseite der Dose nicht lesbar. Zumindest nicht ohne Brille. Die liegt im Wohnzimmer auf dem Schreibtisch – denke ich zumindest – und gehe nach nebenan. Im Halbdunkel taste ich nach meiner Sehhilfe, doch meine Hand greift wiederholt ins Leere. Missmutig mache ich das Licht an und suche den Schreibtisch ab. Keine Brille.

Ein genervtes Schnauben verlässt meinen Mund. Mit wachsendem Unmut durchforste ich alle Plätze, an denen sie liegen könnte. Erfolglos. Mein Magen grummelt und macht mich auf das versäumte Frühstück aufmerksam. Mit gerunzelter Stirn, halblaut vor mich hin brummend, tapse ich in die Küche. Dort erwartet mich das Chaos aus dem Unterschrank der Spüle, das immer noch unaufgeräumt auf dem Boden herumsteht. Ärgerlich, eigentlich wollte ich längst auf dem Weg zum Einkaufen sein. Um nicht noch mehr Zeit zu verlieren, stecke ich kurzerhand ein Aufbackbrötchen in den Mini-Backofen und drehe den Zeitschalter auf fünf Minuten. Also, das war der Plan. In Wahrheit bricht der verdammte Schalter ab und jetzt habe ich keine Ahnung, wie lange …

Mein Handy piept. Aber wo? Der verspielte Klingelton scheint aus dem Kühlschrank zu kommen. Ehe ich ihn erreiche, dringt ein unheilvolles Zischen an mein Ohr. Es klingt unverkennbar nach unkontrolliert austretendem Wasser aus dem Gartenschlauch. Der abgebrochene Schalter entgleitet meinen Fingern. Blitzschnell renne ich raus, doch es ist zu spät. Das Ventil hat sich gelöst und der Schlauch tanzt wie eine tollwütige Schlange über die Fliesen. Mit dem Mut und dem Selbstbewusstsein eines Wildtierbändigers versuche ich, den zischelnden Schlauch einzufangen, aus dem mehr Wasser spritzt als aus einem Rasensprenger. Das störrische Ding will sich nicht fassen lassen. Es dauert mehrere Minuten, bis ich es – triefnass vom Scheitel bis zur Sohle – endlich packen kann. Leider ist der Druck zu groß, um das Ventil wieder ordnungsgemäß einzusetzen, aber zumindest kann ich jetzt zum Wasserhahn laufen, ohne von dem Ding wie von einer Peitsche an den Knöcheln getroffen zu werden. Mit gehörig Wut im Bauch und tropfender Nase drehe ich den Wasserhahn zu, der mir quietschend mitteilt, dass er dringend geschmiert werden möchte. In der Garage steht eine Dose WD 40, denke ich …

Nein, Schluss! Aus! Es reicht.

Ständig in diesem hochgelobten Jetzt zu leben hat für mich mittlerweile einen bitteren Nachgeschmack.

Resigniert schlurfe ich zur Terrasse, setze mich auf den schmutzigen Gartenstuhl, den ich eigentlich gestern putzen wolle, und rauche eine Zigarette. Und dann noch eine. Das verdammte Plastikteil, auf dem ich sitze, ist nur deshalb noch nicht sauber, weil mir gestern ständig etwas dazwischen …

Beißender Qualm sickert aus der halb geöffneten Terrassentür. Shit! Alarmiert springe ich auf und haste in die Küche, in der dichte Rauchschwaden wabern. Hustend und mit tränenden Augen reiße ich die Klappe des Mini-Backofens auf. Mein Frühstück hat sich in ein kokelndes, schwarzes Brikett verwandelt. Die Luft anhaltend, öffne ich das Fenster und verlasse die verrauchte Küche gleich darauf. Was für eine Scheiße! Dabei hatte ich einen Plan. Einen wirklich guten. Einen ganz einfachen. Bestehend aus drei einfachen Schritten. Drei Schritte, von denen nicht ein einziger erledigt ist.

Mit hängendem Kopf und leerem Magen sitze ich nun im Pyjama draußen auf einem dreckigen Gartenstuhl, tropfe den Boden voll und frage mich, wie das passieren konnte. Mein Blick fällt auf den Putzeimer zu meiner Rechten – ich wollte gestern die Gartenmöbel sauber machen. Ehe ich loslegen konnte, fiel mir ein, dass ich dringend das Wischwasser des Autos nachfüllen sollte. Der Kanister mit dem Scheibenwasser steht vermutlich irgendwo zwischen Auto und Haus auf dem Boden. Etwas hatte mich abgelenkt. Ein Gedankenblitz, den ich aufschreiben wollte. Deshalb liegen die Post-its samt Stift auf dem Abstelltisch links von mir. Der obere Zettel ist allerdings leer.

Das Klingeln des Handys, das höchstwahrscheinlich aus unerfindlichen Gründen im Kühlschrank liegt, ertönt gedämpft aus der Küche. „ADHS", flüstert eine leise Stimme in meinem Kopf. „Aufmerksamkeitsdefizit-Hyperaktivitätsstörung" Der belustigte Unterton entgeht mir nicht. „Vielleicht solltest du die Brille im Gemüsefach suchen. Und die Lasagne-Form von der Mülltonne nehmen, bevor hungrige Kakerlaken sie entdecken. Bei der Gelegenheit könntest du auch gleich …"

Das endlose Plappern der Stimme in den Hintergrund zu schieben, ist schwer, aber ich muss dringend über ADHS nachdenken. Gut möglich, dass ich daran leide. Da fällt mir ein, dass ich ADHS gestern googeln wollte. Bevor ich das wieder vergesse, sollte ich es aufschreiben. Ich schnappe mir schnell Kugelschreiber und Post-its vom Abstelltisch. Eigentlich wollte ich das Zeug gestern Abend mit reinnehmen. Einer Intuition nachgebend lege ich die Post-its zurück – den Zettel verlege ich doch sowieso. Kopfschüttelnd schiebe ich den linken Ärmel meines Shirts hoch, um mir dort eine Nachricht zu hinterlassen. Ich staune nicht schlecht, als ich in krakeligen Lettern auf meinem Unterarm lese: *ADHS googeln!*

***Liliana Wildling** öffnete ihre Augen zum ersten Mal an einem Sonntagmorgen 1979 in Österreich. Die Autorin schreibt hauptsächlich Romane und Kurzgeschichten im Bereich der Phantastik.*

Das Rätsel der Zeit und von den Zeitdrehern

Das Rätsel der Zeit
wer vermag es zu lösen
wir leben in ihr
ein jeder in der seinen
wie ihm gegeben.

Bruder Augenblick
hat seinen eigenen Kopf
mal bleibt er ewig
mal hält er sich nicht lang auf.

Das Sekundenglück
ist der Schönste der Brüder
kaum erkennst du ihn
ist er auch schon vorüber
also halt ihn fest.

Ich wollte schon länger etwas von den Zeitdrehern erzählen. Sie kamen mir eines Tages in den Kopf – und sind dort hängen geblieben. Ich habe bisher noch nicht die passende Zeit und Story gefunden, diese unbekannten und doch so wichtigen und eng mit uns verbundenen Wesen irgendwo einzubauen. Aber möglicherweise ist heute die Zeit reif dazu, sie dir vorzustellen. Wenn auch nur kurz, denn es ist eine kurz – gar eine schnelle Kürzestgeschichte – und kein ganzer Roman. Der steckt noch in meiner Gedankenwelt fest.

Und eigentlich wird das hier nicht mal eine wirkliche Geschichte, sondern ist eher eine Art hinter – den Kulissen (also Backstage) – Bericht. Aber für einen kurzen Einblick in das Leben und Wirken der Zeitdreher wird es für den Moment reichen. Trotzdem fange ich besser ganz am Anfang an und spule dann schnell vor. Zeit ist … wie auch immer, lange Vorrede (und hoffentlich nicht zu ...): Wer sind diese Zeitdreher?

Zunächst vorab: Zeitdreher sind weder weiblich noch männlich noch beides. Sie *sind* einfach. Ich verwende der Leserlichkeit halber hier durchweg die Er-Form.

Zeitdreher werden alt geboren. Nicht jeder von ihnen uralt, aber jeder von ihnen älter als alle anderen Lebewesen bei ihrer Geburt. Daher fällt es ihnen allen zu Anfang noch schwer, ihrer Lebensaufgabe nachzukommen. Sie sind zu Beginn oft schläfrig und behäbig, brauchen noch viel Zeit, um sich an ihre Arbeit zu machen und in die Gänge zu kommen.

„Was genau ist denn jetzt ihre Arbeit?“, fragst du.

Nun, ganz vereinfacht gesagt: Ihr Job, ihre Lebensaufgabe besteht darin, die Räder der Zeit zu drehen – die großen wie die kleinen und winzigsten Räder.

„Aha“, sagst du jetzt – und hast womöglich doch Fragezeichen im Kopf. Aber gemach, gib mir noch etwas von deiner Zeit und ich will es dir erklären.

Vielleicht erinnerst du dich noch: Als Kind erschien uns die Zeit endlos, nicht wahr? Wie ungeduldig haben wir einem Ereignis entgegengefiebert, das aber nicht näher kommen wollte? Unserem nächsten Geburtstag, den Sommerferien oder Weihnachten? Die Zeit bis dahin schien wie eine Schnecke zu schleichen, mitunter gar still zu stehen. Nichts kam so schnell, wie wir es uns gewünscht haben. Aber der Moment kam, irgendwann. Und ging vorbei. Oft wie im Flug und viel zu schnell für unseren Geschmack. Wie der erste Kuss ... Bei etwas Blödem und Unangenehmen dagegen haben wir hinterher tief durchgepustet, als was auch immer endlich rum war. Eine gefürchtete Mathearbeit vielleicht oder ein Zahnarztbesuch.

Mit der Zeit wurden wir älter – unser Zeitdreher entsprechend jünger –, neue Termine, neue Meilensteine; das Warten dauerte noch immer, wenn auch nicht mehr ganz so lange. Der Schulabschluss, der erste Tag in der Ausbildung und der 18. Geburtstag kamen dann doch schon schneller, als zunächst gedacht. Das nächste Weihnachten, ein weiteres neues Jahr, zwanzig, die gefürchtete Dreißig ... so viel schneller als gewünscht. *Tick-Tack* macht es und ... *Himmel, war das etwa schon die Vierzig? Hallo?* Wo ist die Zeit geblieben? Und wo versteckt sie sich gerade, wenn man sie braucht?

Wir haben den Lauf der Zeit erst gar nicht bemerkt, weil alles schleichend passierte. Doch je älter wir werden, desto schneller scheinen sich diese Tage, die Momente, die damals immer in endlos weiter – oder zum Glück noch in sicherer Ferne – schienen, wie Perlen auf eine Kette aufzufädeln. Immer schneller. Unser Rad ist gerade in Fahrt und unser verjüngter Zeitdreher voller Tatendrang.

Anders ausgedrückt: Die Schnecke hat still und heimlich den Turbobooster eingelegt. Schon sind wieder unbemerkt mehrere Stunden, der nächste Tag, die nächste Woche, der nächste Monat rum – ein neues Jahr, ein weiterer Geburtstag. Und die Zeit scheint kürzer und immer weniger zu werden. Beängstigend, wie schnell das plötzlich geht. Wer ist da am Werk?

Vielleicht kennst du den Satz aus dem pinken Panther-Cartoon: „Wer hat an der Uhr gedreht, ist es wirklich schon so spät?"

Nun, eine richtige Uhr ist es nicht, sondern, wie gesagt, unser persönliches Rad, gedreht von unserem höchstpersönlichen Zeitdreher, der inzwischen viel jünger und agiler ist als wir selber und sich so richtig ins Zeug legt.

Wir erinnern uns, Zeitdreher werden alt geboren. Doch während wir altern und uns die alltäglichen Dinge langsam schwerer fallen, werden die Zeitdreher mit jedem Augenblick, der verstreicht, jünger und deutlich fitter. Und umso schneller drehen sie an unserem Rad, weshalb wir das Gefühl haben, die Zeit scheint an uns vorbei zu fliegen, ohne dass wir selbst die schönsten Momente greifen und festhalten können.

Manchmal rieselt ein Sandkorn in ein Zeitrad und es gerät darüber ins Stocken. Dann knirscht es und holpert und der zuständige Zeitdreher hat Mühe, es wieder in Takt zu bringen und am Laufen zu halten. Da ist ein leichtes Zwicken oder Drücken vielleicht, ein Moment des Unwohlseins. Viele Zeitdreher bekommen das hin, oft unbemerkt und unbeachtet. Denn es muss weitergehen, im Hamsterrad des Alltags, immer mehr, immer besser, schneller, länger. Doch einigen Zeitdrehern stoppt das Rad in ihren Händen. Es bockt vielleicht noch mal kurz, ein flüchtiger Wink und Ruck; doch dann, von einem Augenblick auf den nächsten kracht es plötzlich laut – oder ganz leise – irgendwo im Getriebe und das Rad blockiert endgültig. Alle Mühen, es wieder zum Laufen und in Schwung zu bringen, sind vergebens, umsonst.

Erschöpfung stellt sich bei dem Zeitdreher ein. Im schlimmsten Fall zerbricht das Rad in voller Fahrt vor seinen Augen in Einzelteile, fliegt ihm in großen und kleinen Stücken um die Ohren – und er kann nichts weiter tun, außer am Ende die Scherben aufzusammeln, denn kitten können Zeitdreher ihre Räder nicht. Dabei fragt er sich vielleicht, ob und was er womöglich falsch gemacht hat, wo und wie er versagt haben mag. War es zu wenig Schmiere und Öl, schlampige oder zu seltene Wartungen und zu wenige Verschnaufpausen, die dazu geführt haben, dass gerade sein Rad vorzeitig zerbrochen ist? Oder war all das womöglich von Beginn an so eingeplant, eine Art voreingestellte Betriebsdauer, ein maximal ohne Garantiezeit? Vielleicht ist er, während er so die Bruchstücke seiner Arbeit in einem Eimer aufsammelt, sogar wütend über den vorzeitigen, ungerechten, ja, Rausschmiss? Weil er keinen Einfluss, kein Mitspracherecht hatte. Weil ihm in all dem Drang nach nicht genug zu selten die Möglichkeit zum Luftholen und damit selbst zur notwendigsten Pflege gegeben wurde. Trägt er persönlich überhaupt Schuld daran, dass er schon zurück in die Zentrale gerufen wird, wo er gerade selbst doch in vollem Saft und Kraft und Tatendrang steht? Vielleicht – ich persönlich hoffe es für jeden von ihnen – findet er Antworten auf diese nagenden Fragen, wenn er ausgestempelt, das Licht ausgemacht, die Tür hinter sich abgeschlossen hat und zurück nach Hause gegangen ist. Wo immer das ist.

Doch selbst im längsten Leben und Sein kommt bei jedem Rad und jedem Zeitdreher über kurz oder lang unweigerlich ein Wendepunkt. Das ist der Moment, in dem der Zeitdreher langsam nicht mehr an das Rad heranreicht, weil er zu klein, zu jung und zu schwach geworden ist, um seine Arbeit verrichten zu können. Dann hält er es vielleicht durch Hüpfen und einen langen Arm noch eine Zeit am Laufen. Und selbst wenn auch der längste Finger nicht mehr heranreicht, der Zeitdreher nicht mehr hüpfen oder gar überhaupt noch stehen kann, so hat das Rad durchaus noch etwas Schwung. Es schwingt noch ein wenig weiter, wird dann aber Runde um Runde langsam holpriger, läuft unrunder und schließlich gemächlich aus - und steht eines schönen Tages still.

Das ist der Moment – so hoffentlich auch bei unseren – in dem der Zeitdreher nach einem erfüllten Tun seinen wohlverdienten Ruhestand erreicht hat, ausstempelt, das Licht löscht, die Tür hinter sich abschließt und nach Hause geht. Wo immer das ist. Eventuell blickt er sich noch ein letztes Mal um und schaut zufrieden auf sein Werken und Wirken zurück.

Und wir? Nun, auch wir gehen zurück nach Hause. Wo immer das ist. Unser eigenes Rad steht von dem Moment an still, die Lichter sind aus, es wird still um uns. Werfen auch wir einen letzten Blick zurück – oder nur nach vorn, neugierig darauf, was da kommen mag, wer oder was uns dort erwartet? Werden wir zufrieden damit sein, wie wir unsere Zeit aus- und genutzt haben? Oder hadern, uns vor die Stirn schlagen und nur den Kopf schütteln?

So oder so, just in diesem Augenblick, in dem du diese Zeilen, diesen Bericht über die Zeitdreher liest, bevor du darüber auch nur eine Sekunde nachgedacht hast, stempelt an irgendeinem Ort ein neugeborener alter Zeitdreher, zu seinem ersten Arbeitstag an. Und der nächste. Es ist ein ständiges Ein- und Ausstempeln im ewigen Rätsel um das Rad der Zeit.

Denn dessen ungeachtet drehen sich die elementaren Räder des Universums immer weiter. Selbst dann, wenn unsere winzigen Rädchen zu unbestimmten Zeitpunkten einmal mehr aus dem Getriebe fallen werden. Die großen, universellen Räder stehen nicht still. Dafür sorgen die ältesten der Zeitdreher. Schon seit vor Anbeginn der Zeit arbeiten sie ohne Unterbrechung und unbeirrt jeglichen Sandkörnern und verpassten Wartungen trotzend. Aber ja, auch sie werden mit jedem Moment, der verstreicht, jünger und kleiner. Denn alles, wirklich alles und jedes hat seinen Zeitdreher und seine Zeit. Ohne Mindestdauer und ohne Garantiezeit.

P. S.: Der eigensinnigste und wandelbarste unter den Zeitdrehern heißt übrigens der Augenblick, der kleinste und schönste – und leider auch flüchtigste – das Sekundenglück.

Adina Heinemann *in einem Ortsteil von Battenberg/Eder.*

Ein ganz (un)gewöhnlicher Tag

Morgens halb zehn in Deutschland. Nein, ich lege weder einen Hammer zur Seite, noch packe ich eine mit Nugat- und Milchcreme gefüllte Waffelschnitte aus. Denn wie immer um diese Zeit sitze ich an meinem Schreibtisch und schaue aus dem Fenster in den Himmel. Ich grüble nach, über was ich wohl schreiben könnte. Doch mir will einfach nichts einfallen. Das ist schrecklich frustrierend. Eine Schreibblockade hat sicherlich jeder Autor hin und wieder, aber bei mir dauert sie nun schon seit über einen Monat an. Und dabei hatte ich extra meinen Computer in den Keller verbannt und meine 30 Jahre alte Schreibmaschine wieder hervorgekramt. Ganz oldschool. Einige der ganz großen Autoren haben das auch schon so gemacht und damit weltweite Bestseller geschrieben. So verkehrt kann diese Vorgehensweise also nicht sein. Dennoch ist es sehr ungewöhnlich, auf diese klobigen Tasten zu drücken, zumal dafür auch deutlich mehr Kraftaufwand erforderlich ist als bei einer herkömmlichen Computertastatur. Aber vielleicht kann ich auf diese Weise besser mit meinen Texten verschmelzen und ihnen dadurch mehr Leben und Intensität einhauchen.

Mittlerweile ist es bereits Mittagszeit und ich habe noch kein einziges Wort zu Papier gebracht. Stattdessen habe ich mir auf dem Smartphone lustige Katzenvideos angeschaut und nebenbei die aktuelle CD meiner Lieblingsband angehört. Zu meiner Verteidigung muss ich sagen, dass ich zum Schreiben absolute Stille brauche und jedwedes Geräusch, selbst dezente Hintergrundmusik, als störend empfinde. Das hemmt sowohl meinen Denkprozess als auch meinen Schreibfluss. Wenn nur endlich mal die Wörter fließen würden.

Ich schaue mich auf meinem Schreibtisch um, auf dem ein heilloses Durcheinander herrscht. Nur ein Genie beherrscht das Chaos und ich war noch nie besonders ordentlich.

Unter einem Stapel mit unbezahlten Rechnungen entdecke ich einen Teller mit einer undefinierbaren Masse drauf. Ich frage mich, was das wohl mal gewesen sein mag. Anhand des leicht grünlichen Überzuges, welcher mich ein wenig an Moos erinnert, dürfte der Teller wohl schon einige Zeit hier herumstehen. Komisch, denn ich kann mich überhaupt nicht daran erinnern, dass ich mir irgendwann einmal etwas zu essen mit in mein Schreibzimmer genommen habe. Und einen merkwürdigen Geruch habe ich auch nicht wahrgenommen. Was mich aber am meisten verwundert, ist die Tatsache, dass meine geliebte Gattin das fehlende Geschirr bisher nicht vermisst gemeldet hat. Mysterien des Lebens.

Da mich diese Grübelei ganz hungrig gemacht hat, beschließe ich, mir erst einmal etwas zum Mittagessen zu kochen. Weil die beste aller Ehefrauen – ich muss dies schreiben, sonst weigert sie sich wieder, meine Geschichten zu lesen, und außerdem habe ich mich vertraglich dazu verpflichtet – in unserer kleinen Familie für das Geldverdienen verantwortlich ist – zumindest so lange, bis sich meine Geschichten verkaufen wie geschnittenes Brot und wir im Geld schwimmen können –, muss ich das wohl oder übel alleine machen.

Ich schaue in den Kühlschrank, finde aber nur ein paar Eier, eine Zwiebel, drei Oliven und ein kleines Stück Blutwurst. Es gibt für mich nichts Besseres, als aus diesen Zutaten ein leckeres Omelett zu zaubern. Ich weiß, dass viele jetzt angewidert das Gesicht verziehen werden, aber ich kann gut damit leben, dass ich eine geschmackliche Verirrung darstelle.

Nach dem Abwasch setzte ich mich wieder vor meine Schreibmaschine und hoffe darauf, dass mich die Muse endlich küsst. Hatte ich schon erwähnt, dass ich sehr geduldig sein kann, wenn es um das Warten auf irgendeine Sache geht?

Doch die Muse scheint schon wieder einen freien Tag genommen zu haben. Daher lese ich mir einige meiner bisher veröffentlichten Kurzgeschichten durch und freue mich über die Tatsache, dass ich zumindest früher etwas produktiver war als in letzter Zeit. Aber da war ich auch noch jünger.

Als um 17:00 Uhr mein Goldstück – auch das muss ich auf ihre Anweisung hin schreiben – nach Hause kommt, blickt mir noch immer ein blütenweißes Blatt Papier entgegen. Mache mir Selbstvorwürfe, dass ich mir keinen konsequenten Arbeitsplan auferlegt habe. Wie soll ich denn nur eine Geschichte zu Papier bringen, wenn ich mich nicht selbst dazu zwinge, wenigstens irgendetwas zu schreiben? Und sei es nur eine Rezension über die CD, welche ich mir heute Vormittag angehört habe. Oder meinetwegen auch eine Kurzgeschichte über einen verkappten Autor, der wegen fortwährender Erfolglosigkeit bald auf der Straßen sitzen wird.

Ich versuche, mich abzulenken, indem ich mir zusammen mit meiner besseren Hälfte eine skurrile Tanzshow im Fernsehen anschaue. Zumindest was so manche Leute als *Tanzen* bezeichnen. Längst vergessene Prominente – oder solche, die es vor grauen Urzeiten annähernd mal waren – aus der dritten oder gar vierten Reihe stolpern ungelenk über das Studioparkett. Ach nein, das halte ich gerade einmal eine halbe Stunde aus und verlasse schleunigst das Wohnzimmer. Jedoch scheint der Sonnenschein in meinem tristen Leben – ihr wisst sicher längst, was hier stehen sollte – den Spaß ihres Lebens zu haben. Sie lacht herzerfrischend und klopft sich dabei fortwährend auf die Schenkel.

Schon komisch. Wenn ich mir einen meiner geliebten Actionfilme anschaue, dann ist immer sie diejenige, welche den Kopf schüttelt und eine Schnute zieht wie drei Tage Regenwetter. Manchmal glaube ich wirklich, Frauen und Männer passen einfach nicht zusammen.

Immerhin schwirren mir jetzt verschiedene Geistesblitze im Kopf herum, welche ich schnellstmöglich zu Papier bringen möchte. Mit meinem Zweifingersuchsystem geht das allerdings alles andere als schnell und ehe ich mich versehe, sind all die schönen Gedanken, welche ich eben noch hatte, wie vom Winde verweht. Oh, das hört sich doch mal nach einem sehr interessanten Titel für eines meiner nächsten Projekte an. Jedoch befürchte ich, dass mir diesen Titel schon jemand anderes weggeschnappt hat.

Mittlerweile ist es dermaßen finster im Zimmer geworden, dass ich weder die Tasten auf der Schreibmaschine noch das bereits Getippte – habe tatsächlich schon fünf Zeilen geschafft – erkennen kann. Ich schaue aus dem Fenster, kann aber keinen Mond sehen. Der wollte sich bestimmt mein Elend auch nicht länger anschauen und hat sich hinter dunklen Wolken verkrochen.

Ich laufe zur Zimmertür und betätige den Lichtschalter, welcher genau daneben angebracht ist. Mit einem lauten Knall zerspringt das kleine Fädchen in der Glühlampe und mein Arbeitszimmer bleibt dunkel. Es ist dermaßen dunkel, dass ich meine eigenen Hände vor den Augen nicht sehen kann. Daher nehme ich die Hände weg und kann zumindest ein paar Umrisse erkennen. Immerhin ein Anfang. Natürlich könnte ich jetzt nach Anja rufen, aber wenn ich sie jetzt bei ihrem Promi-Herumgehüpfe störe, spricht sie wieder mindestens eine Woche lang nicht mehr mit mir. Freilich kann das mitunter sehr schön und beruhigend sein. Aber anstatt etwas zu sagen, versucht sie mich dann immer mit ihren Blicken zu töten. So wie die kleinen Kinder in dem Horrorfilm *Das Dorf der Verdammten.* Und ehrlich gesagt, habe ich eine Heidenangst, dass sie das eines Tages auch schaffen könnte.

Immerhin wisst ihr jetzt, dass der Name meiner heiß geliebten Gattin Anja ist.

Schlagartig fällt mir ein, dass doch irgendwo in einem Schubfach ein Feuerzeug und Kerzen liegen müssen. Aber in welchem? Bei meinem Glück sicherlich nicht in diesem Zimmer. Während ich so meine Gedanken schweifen lasse, höre ich plötzlich Schritte. Sie werden zunehmend lauter und kommen direkt auf mein Zimmer zu. Mir schlottern vor Furcht die Knie, und als die Tür mit meinem schrecklichen Knarzen von außen aufgemacht wird, schreie ich laut auf. Ich höre ein bösartiges Lachen und bin mir nun absolut sicher, dass sich ein Monster in unser Haus geschlichen hat. Sicherlich hat es zuerst Anja im Wohnzimmer getötet und aufgefressen und nun will es auch mich verschlingen.

„Bitte, verschone mein Leben!“, winsele ich und falle mit gefalteten Händen auf die Knie.

„Das ist aber schon Ewigkeiten her, seitdem du das letzte Mal vor mir gekniet hast“, vernehme ich die Stimme meiner Gattin.

In den letzten 25 Jahren war ich darüber noch nie so froh wie in diesem Augenblick.

„Meine Güte, Du hast mir einen ordentlichen Schrecken eingejagt. Was ist denn passiert?“, frage ich sie.

„Im ganzen Haus ist der Strom ausgefallen. Vermutlich eine Sicherung. Kannst du mal Keller nachschauen?“

Erst jetzt fällt mir auf, dass sie eine Kerze in der Hand hält. Aha, im Wohnzimmer waren die Kerzen also. Da hätte ich in meinem Arbeitszimmer ja lange suchen können.

Ich nehme ihr die Kerze ab und dabei tropft etwas heißes Kerzenwachs auf meine Hand. Vor Schmerzen schreie ich kurz auf und lasse dabei fast die Kerze fallen. Meine bessere Hälfte – in diesem Augenblick bin ich mir da aber nicht mehr so sicher – findet das allerdings sehr amüsant.

Mürrisch trabe ich in den Keller zum Sicherungskasten und finde dort eine Taschenlampe, welche ich schon seit Wochen gesucht habe. Ich schalte sie ein, aber es rührt sich nichts. Vermutlich sind nach der langen Zeit die Batterien leer.

Mit einem einfachen Handgriff schalte ich die herausgesprungene Sicherung wieder ein. Das Haus ist schlagartig hell erleuchtet.

„Na also", flötet mein Schatzi-Hasi-Mausi, „war ja gar nicht so schlimm, oder? Und du hast geglaubt, ein Monster würde uns fressen wollen!" Dabei fängt sie gar grausig an zu lachen wie ein bösartiger Clown. Aber das sage ich ihr selbstverständlich nicht. Vielmehr bin ich froh, dass sie sich nun wieder den zappelnden Bewegungen auf dem Bildschirm zugewendet hat.

Nachdem ich mich von dem Schrecken erholt habe, gehe ich wieder zurück in mein Arbeitszimmer und setze mich an den Schreibtisch.

„Jetzt oder nie", denke ich.

Endlich ist ich so weit und eine Geschichte nimmt in meinem Kopf immer klarere Formen an. Dieses Mal werde ich etwas Anständiges zu Papier bringen und es wird eine Geschichte werden, welche direkt aus dem Leben gegriffen ist. Denn das Leben schreibt noch immer die besten Geschichten.

Ich spanne ein neues Blatt blütenweißes Papier in die Maschine. Meine Finger schweben über der Tastatur und ich begann die Überschrift zu tippen: *Ein ganz (un)gewöhnlicher Tag*

***R. S. Wiener** ist das Pseudonym eines Leipziger Autoren. Er lebt am Stadtrand von Leipzig und arbeitet hauptberuflich in einem Autohaus. In seiner Freizeit schreibt er Kurzgeschichten in unterschiedlichen Genres. Inzwischen sind einiger seiner Geschichten in diversen Anthologien oder als E-Book erschienen.*

Verloren im Schneesturm

Die Luft ist klirrend kalt. Jedes Mal, wenn Leya ausatmet, entstehen kleine Wölkchen in der Luft. Mit einem Jauchzen steht sie auf dem Husky-Schlitten und treibt ihre Hunde durch den verschneiten Nationalpark Alaskas. Sie liebt das Gefühl, wenn sie einatmet und sich ihre Lungen am liebsten vor Kälte schütteln möchten. Es macht sie lebendig. Den Huskys geht es genauso. Auch sie lieben es, wenn der kalte Wind an ihrem Fell zerrt. Heute ist zum ersten Mal auch Nano dabei, der Welpe im Rudel. Als Schlittenhund ist er noch zu klein, aber heute darf er zum ersten Mal im Schlittensack mitfahren.

Als sie schon eine ganze Weile unterwegs sind, ziehen plötzlich immer mehr Wolken auf. Es beginnt zu schneien. Leya wird mulmig. Das sieht ganz nach einem aufziehenden Schneesturm auf. Und Schneestürme, mitten in der Wildnis und ohne Schutz, sind unglaublich gefährlich. Das weiß jeder hier im Nationalpark.

Der Schneefall wird immer dichter. Sofort hält sie den Schlitten an und sucht die Karte mit den markierten Schutzhütten. Sie haben Glück, ganz in der Nähe ist eine solche. Sofort spornt sie ihre Hunde an. Der Wind und das Schneegestöber werden immer heftiger. Das ist ohne Zweifel ein Schneesturm. Leya denkt nur noch daran, rechtzeitig zur Hütte zu kommen. Selbst die Hunde haben mittlerweile verstanden, dass es ernst wird, und rennen, was ihre Pfoten nur hergeben. Durch den Schnee zeichnet sich der Umriss einer Hütte ab. Angekommen, schnallt Leya eilig ihre Hunde ab, bindet den Schlitten an und verschwindet mit ihnen in der Hütte. Sie haben es gerade noch so geschafft. Für diejenigen, die jetzt noch draußen sind, gibt es kein Entkommen mehr.

Durch den Kamin ist die Hütte schnell warm geworden. Jetzt hat Leya endlich Zeit, sich um ihre Hunde zu kümmern. Mit dem mitgebrachten Proviant bereitet sie ein Mahl für sich und ihre Hunde zu. Draußen tobt der Sturm und das Heulen der Hütte lässt sie trotz der Wärme des Kamins erzittern. Das war verdammt knapp.

Ohne die Hütte wären sie hoffnungslos verloren gewesen. Leya setzt sich auf den kleinen Stuhl und lässt ihren Blick über die zufrieden schmatzenden Hunde schweifen. Doch Moment. Irgendetwas stimmt nicht. Leya wird kreidebleich und ihr Herz beginnt, doppelt so schnell zu schlagen. Nano fehlt. Sofort durchsucht sie die ganze Hütte. Doch er ist nicht da. Trotz des heulenden Sturmes kämpft sie sich zum Schlitten, der noch draußen steht. Doch sooft sie ihn auch durchsucht, sie kann Nano einfach nicht finden. Leya wird ganz schlecht vor Angst. Denn eines ist klar: Nano ist dem Schneesturm schutzlos ausgeliefert.

Nano sitz derweil mitten im Schneesturm. Jetzt versteht er, warum Leya und die anderen Huskys sich fürchteten. Seine kleinen Ohren zittern im Sturm. Als der Schlitten plötzlich anhielt, nur um kurz darauf wieder weiterzufahren, streckte er neugierig den Kopf aus dem Schlittensack heraus. Verwirrt, weil er durch den dichten Schnee kaum etwas sehen konnte, streckte er sich ganz weit aus dem Schlittensack heraus. Ein fataler Fehler. Denn plötzlich ruckelte der ganze Schlitten. Sie waren über eine Wurzel gefahren. Leya konnte sich gerade noch auf dem Schlitten halten, doch Nano flog in hohem Bogen vom Schlitten, was durch den dichten Schnee niemandem auffiel. Nano ist losgelaufen. Völlig planlos, da man durch den dichten Schnee kaum die Hand vor Augen sehen kann. Aber alles ist besser, als hier auf der freien Fläche eingeschneit zu werden, da ist er sich sicher. Er hat Angst. Und vor allem ist ihm kalt. Die Kälte scheint ihm unter die Haut zu kriechen. Der Wind zerrt an seinem Fell und scheint ihm jedes Haar einzeln auszureißen. Nano zieht das Tempo an. Ob aus Hoffnung, einen möglichen Unterschlupf zu finden oder durch die Bewegung die Kälte aus seinen Knochen zu vertreiben, weiß er selbst nicht so genau.

Plötzlich liegt Nano mit dröhnendem Kopf auf dem Rücken. Er muss gegen irgendetwas gelaufen sein. Er springt auf und versucht, das langsam verblassende Dröhnen in seinem Kopf zu ignorieren. Er ist gegen einen Baum gelaufen. Hoffnungsvoll rennt er um ihn herum. Er hatte recht gehabt. Hier, auf der anderen Seite des Baumes, ist ein kleines Plätzchen, welches durch den Baum windgeschützt ist. Unter den dürren Ästen und Tannennadeln würde er einen notdürftigen Unterschlupf finden.

Doch Nano hat derweil ganz andere Gedanken. Wo ein Baum steht, könnten da auch andere Bäume stehen? Vielleicht, nur vielleicht sogar eine kleine Ansammlung von Bäumen, die noch besseren Schutz versprechen? Angestrengt schaut er sich um. Vielleicht bildet er es sich auch nur ein, aber Nano glaubt, etwas zu erkennen. Mit wachsender Hoffnung rennt er los, so schnell ihn seine Pfoten tragen können. Die Konturen werden immer schärfer. Seine Gedanken waren richtig! Er rennt mitten in eine kleine Ansammlung von dichten, prallen Tannenbäumen!

Leya läuft derweil ununterbrochen in der Hütte umher. Sie macht sich schreckliche Vorwürfe und gleichzeitig unglaublich große Sorgen. Dieser Schneesturm ist heftig und sehr gefährlich, wenn man sich ohne Unterschlupf im Freien aufhält. Auch die Huskys laufen unruhig in der Hütte herum. Sie spüren, dass etwas nicht in Ordnung ist.

Blinzelnd öffnet Nano die Augen. Er war eingeschlafen. Aber alles ist dunkel und er fühlt sich, als wenn ihn etwas schwer nach unten drückt. Träumt er etwa noch? Nano versucht, sich zu bewegen. Plötzlich bricht etwas über ihm zusammen und er sitzt inmitten eines kleinen Schneehügels. Nano prustet. Er wurde eingeschneit! Er schüttelt sich kräftig und der Schnee fliegt in alle Richtungen. Doch als er sich umschaut, sieht er bis auf die paar Bäume nichts als eine weiße und karge Landschaft. Da wird ihm der Ernst der Lage bewusst. Auch wenn der Schneesturm mittlerweile vorbei ist und die Sonne aus einem wolkenlosen Himmel lacht, befindet er sich immer noch irgendwo in der Wildnis und hat keine Ahnung, wo er ist. Der Schnee hat zudem alle Spuren und Anhaltspunkte verdeckt, die Nano den Weg nach Hause hätten zeigen können. Außerdem fängt sein Bauch an zu knurren. Er muss dringend etwas zu essen und zu trinken finden. Aber wo? Schließlich sind die meisten Bäche zugefroren. Und wie er an Nahrung kommen soll, davon hat er auch keine Idee.

Auf gut Glück läuft der kleine Husky los. Nach einem kleinen Fußmarsch entdeckt er einen Bach! Dummerweise ist dieser zugefroren, aber Nano beschließt, ihm zu folgen. Nach einiger Zeit findet er eine kleine Stelle, die nicht zugefroren ist. Nano kann sein Glück gar nicht fassen. Gierig nimmt er einen großen Schluck, was er fast im selben Moment wieder bereut. Das Wasser ist so kalt, dass es ihm die Kehle zuschnürt. Nachdem er sich wieder erholt hat, probiert er es vorsichtig mit ganz kleinen Schlückchen. Es funktioniert, so ist das kalte Wasser ertragbarer. Nun trinkt er einen Schluck nach dem anderen, bis er das Gefühl hat, nie wieder auch nur einen Schluck Wasser trinken zu können.

Auch wenn sein Durst jetzt gestillt ist, hat Nano immer noch Hunger. Er schaut sich um und kneift die Augen zusammen. Da hinten ist irgendetwas. Hoffnungsvoll läuft er los. Der Gegenstand wird immer größer. Es ist eine Tonne, genauer gesagt die Bioabfalltonne der Hauptstation des Nationalparks! Der Schneesturm muss sie losgerissen und mitgenommen haben. Die Tonne ist zwar mit einem Schloss verschlossen, doch dieses wurde durch den Schneesturm so strapaziert, dass es mit einem Pfotenhieb abfällt. Mit einem weiteren Pfotenhieb geht die Tonne auf. Als er den Inhalt der Tonne sieht und riecht, wird ihm ganz schwindelig vor Glück. Es sind Knochenreste einer Grillparty darin! Sofort stürzt er sich auf die Knochen. Als er endlich satt ist, schaut er sich um. Seine Stimmung wird sofort getrübt. Er ist immer noch irgendwo in der Wildnis und hat keine Ahnung, wo er in diesem weißen Nichts Leya finden kann.

Nach einer gefühlten Endlosigkeit wird der Schneesturm immer sanfter, bis er schließlich ganz endet. Leya sammelt sofort alles ein und springt auf den Schlitten. Ihr Köper ist voller Adrenalin. Wie vermutet, sind sämtliche Spuren weg. Sie beschließt, den Weg von gestern zurückzufahren und dabei viele große Schleifen zu drehen.

Sie suchen und suchen, finden aber keine Spur von dem Welpen. Allmählich schwinden ihre Kräfte. Auch die Hunde sind erschöpft. Doch gerade als sie der Mut vollends verlässt, fängt Bingo, ihr Leithund, an zu bellen. Nach und nach stimmen auch die anderen Hunde in das Gebell ein und ziehen in eine bestimmte Richtung.

Ein winziger Hoffnungsschimmer überkommt Leya. Sie fordert die Hunde auf, loszulaufen. Sie nähern sich einer Ansammlung von Bäumen. Mittendrin halten die Hunde plötzlich an. Vor Überraschung fällt sie fast vom Schlitten. Da sieht sie plötzlich den Grund für die Aufregung der Hunde. Im Schnee ist eine Mulde, sie hat genau die richtige Größe für einen Welpen!

Von der Mulde führen Spuren weg. Pfotenabdrücke. Leya wird ganz kribbelig im Bauch. Das war bestimmt Nano! Das muss er einfach gewesen sein! Sofort schwingt sie sich auf den Schlitten und jagt den Spuren hinterher. Als sie schon einige Minuten unterwegs sind, zerreißt plötzlich ein Schuss die Luft. Und zwar in genau der Richtung, in die Nanos Spuren führen.

Satt und voller Entschlossenheit läuft Nano los. Er ist gerade in einen Wald gelaufen, als er plötzlich die Geräusche eines Snowmobiles wahrnimmt. Der Gestank nach Benzin hängt überall in der Luft. Erschreckt versteckt sich Nano hinter einem Baum. Keine Sekunde zu früh. Da fährt auch schon ein Mann in sein Blickfeld und hält sein Snowmobil an. Sein Blick ist in die Ferne gerichtet. Langsam schultert der Mann sein Gewehr und zielt auf irgendetwas. Nano erkennt nicht genau, was es ist, hat aber schreckliche Angst.

Plötzlich erklingt ein ohrenbetäubender Schuss. Vor lauter Schreck heult Nano einmal kurz auf und würde sich im nächsten Moment am liebsten auf die Zunge beißen. Sofort dreht sich der Mann in seine Richtung. Als er Nanos vor Schrecken geweiteten Augen sieht, verzieht er sein Gesicht zu einem schauderhaften Grinsen. Er erhebt sein Gewehr und geht mit langsamen, bedrohlichen Schritten auf ihn zu. Nano muss fliehen, das weiß er. Aber er kann sich nicht bewegen. Er ist wie gelähmt. Er kann nur den Mann anstarren, der in fünf Schritten bei ihm sein wird. In vier, in drei, in zwei ...

Plötzlich hört man einen Motor aufheulen. Ein Geländewagen der Parkranger kommt mit quietschenden Reifen neben dem Mann zum Stehen. Bevor dieser überhaupt begreifen kann, was passiert, wirft sich schon ein Ranger auf ihn und legt ihm Handschellen an. Der Fremde beginnt daraufhin heftig zu diskutieren.

Nano bekommt nur Sprachfetzen mit. „Wilderer." Und: „Ich mache nur eine Spazierfahrt!" Doch als der Ranger mehrere erschossene Schneekaninchen unter dem Sitz des Snowmobils findet, scheint die Diskussion zu Ende zu sein und der Fremde steigt murrend in den Geländewagen der Parkranger ein.

Nano überlegt gerade, ob er den Ranger auf sich aufmerksam machen soll, als er plötzlich die Ohren spitzt. War das ein Bellen? Da! Es wird immer lauter. Nano bellt zurück. Nano springt hinter seinem Baum hervor, als auch schon Leya mitsamt Schlitten und allen anderen Hunden vor ihm zum Stehen kommt! Bevor sie richtig vom Schlitten absteigen kann, springt Nano auch schon in ihre Arme und leckt ihr fröhlich bellend übers Gesicht. Erleichtert drückt sie ihn an sich und lässt ihn so schnell auch nicht wieder los.

Vor dem prasselnden Kamin in Leyas Armen eingekuschelt erzählt sie ihm die ganze Geschichte. Wie sie durch die anderen Hunde seine Spur fand und dieser folgte. Der Fremde war ein Wilderer, dem die Parkranger schon seit längerer Zeit auf den Fersen war. Glücklicherweise waren die Ranger deshalb alarmiert und auf einem Wachposten ganz in der Nähe, sodass sie nach dem Schuss sofort losfuhren und keine Minute zum Täter – und damit auch zu ihm – brauchten.

Leya redet noch lange, doch Nano bekommt nichts mehr mit. Sobald sie zu Hause sind und er auf ihrem Schoß liegt, schläft er ein, bereit, von neuen Abenteuern zu träumen.

Julia Weber *wurde 2005 in Baden Württemberg geboren und liebt es, Bücher zu lesen und selbst Geschichten zu schreiben.*

Ein Tag im März

Die Schmerzen sind präsent, aber doch erträglich. Der andere Patient hat seit seiner Ankunft vor vier Tagen glücklicherweise noch keinen einzigen Versuch einer Gesprächsaufnahme unternommen. Durch medikamentöses Einwirken in seinem Wahrnehmungsvermögen deutlich eingeschränkt, schickt er hin und wieder zwischen flachen Stöhnlauten lediglich ziellos einzelne Worte gegen das immerzu neu angesetzte dumpfe Verstummen des Zimmers. Und jedes Mal will ihm dafür seltsame Dankbarkeit begegnen.

Ja, dieses Zimmer ist während der vergangenen zwei Wochen zu allzu vertrauter Umgebung verkommen! Unauffällig abgeschirmter Aufenthaltsort, auf dessen vier Grundrichtungen die Betrachtung so unterschiedlich intensiv zu lasten hat! Unentwegt in Vergessenheit geratende Hinterfront! Dann das Bett und die Schränke zur Linken, die der andre Patient vorerst einmal zur noch mehr vernachlässigten Flanke werden lässt, auch wenn natürlich die Tür mit jedem Auftun den Blick förmlich dorthin zwingt und diesem trotz der Umstände auch noch dezente Freundlichkeit auferlegt! Die vordere Wand hat vor allem die drei in einer Linie in gleichmäßigen Abständen zueinander hängenden Bilder zu bieten, von denen das größere ein Stillleben mit Blumen zeigt. Auf den beiden anderen sind unbekannte Landschaften zu sehen. Davon ist die auf dem mittleren eher abstrakter Art. Die rechte Flanke schließlich als nahezu schon anheimelnder Bereich stellt das Fenster mit seinem bereits seit längerem vorgezogenen Zeigen bewegter Natur. Und auch wenn im Liegen nur die oberen Zweige und Wipfel einiger weniger Bäume sichtbar werden, so gehört doch deren windbelebtes Ragen zu den tiefer greifenden Eindrücken.

Und so gelangt wieder jene Situation in den Sinn, welche vor drei Tagen zustande gekommen war, als die physischen Kräfte ein Verweilen in aufrechter Haltung wenigstens noch minutenweise ermöglichten. Während der Aussicht auf die den Zugangsbereich der

Klinik umlagernde Vegetation, die wie beschwichtigend von den wie mitleidig bis spöttisch herüberdeutenden Gebäuden abzulenken versuchte, ließ sich das menschliche Treiben erst recht nicht ignorieren. Aus dem sporadischen Kommen und Gehen stach manch ein Individuum heraus, dem spontan eine der großenteils vorgefertigten kleinen Geschichten zuzuordnen war.

Doch wie unbedeutend mussten die einseitig visuellen Begegnungen im Vergleich zu den unvergesslichen Momenten wirken, in denen jenes etwa fünfjährige fremde Kind den ihm doch eher neidvoll zugewandten Blick mit anrührend leuchtenden Augen aus unbedarft freundlichem Gesichtlein so ungewöhnlich lange, so vereinnahmend und so tief dringend erwiderte.

Und trotz der drohenden Peinlichkeit solch romanhaft übersteigerter Sichtweisen wäre jene durch Fensterglas über etliche Meter hinweg gefühlte Kommunikation auch als eine Art von seelischer Rückführung in die eigene fernere Vergangenheit weit mehr als wehmütige Betrachtung der noch gänzlich unangetasteten, ungetrübten Lebensaussichten zu deuten.

Die Frage der attraktiven Krankenschwester nach dem Wohlbefinden, bei der diese durch ihre nicht einmal aufgesetzt wirkende Fröhlichkeit solcherlei wohl Obligatem die Schärfe zu nehmen versteht, verscheucht für Minuten wieder die beschwerenden Gedanken. Und die die schnellen und routinierten Handgriffe der jungen Frau unterlegende Unterhaltung, die dann doch den der ernsteren Lage angemessenen gemäßigten Zuspruch beinhaltet, verlagert die mentale Beanspruchung darauf, sich dieser auf durchaus angenehme Art gegenübertretenden Person gefasst und ohne Verbitterung oder gar Zorn darzustellen. Ihre dennoch schon fast an die der behandelnden Ärzteschaft heranreichende Kühle im Umgang mit den Patienten ist wahrscheinlich sogar als Notwendigkeit für das gute Funktionieren der Betätigungsabläufe in solchen Berufsfeldern zu sehen.

Nachdem jener leitende Mediziner vor einer Woche die relativ ungeschmückte Wahrheit kundgetan und sich mit wie entschuldigender Miene wieder von der Bettkante erhoben hatte, dauerte es bestimmt nicht recht lange, bis er sich reinen Gewissens erneut zur Vorfreude auf die Geborgenheit des familiären Umfeldes, die geschätzten Freizeitaktivitäten im Freundeskreis oder Ähnliches bekennen durfte. Dass sich der jeweils an der Liegestatt weilenden näherstehenden

Menschen abgerungene Bekundungen zwischen Anteilnahme und Aufmunterung nicht zu wahrem Trost verfestigen können, ließ sich ja schon während der langen Zeit vorher auf der anderen Seite erahnen.

Nein, das Todesurteil ist gesprochen! Kurz vor der sogenannten Mitte des Lebens ist die Zukunft an die Wand geknallt. Und kein Entrinnen mehr aus dem Gefühlsabgrund! Die bittere Wut auf das eigene Schicksal mildert den Gedanken die Panik vor den Qualen und dem Ende aber auf sonderbar erfolgreich beruhigende und ernüchternde Weise. Durch den Spalt des jetzt schon öfter gekippten Fensters scheinen die hereindringenden Klänge die in den vorausgegangenen Jahren stets hoffnungsfroh begrüßten Boten des beginnenden Frühlings zu tragen. Dessen Erstarken und Hinüberreifen in den Sommer werden der Prognose nach dieses Mal jedoch mit jener persönlich so dramatisch gegenläufigen Entwicklung einhergehen. Und manchmal streicht gar ein wohlbekannter Lufthauch über das Gesicht.

***Wolfgang Rödig** lebt in Mitterfels. Er hat bislang mehr als 900 belletristische Kurztexte in Anthologien, Literaturzeitschriften, Tageszeitungen, Magazinen und Kalendern sowie den Gedichtband „Punkt – Nach Komma, Strich und Faden" veröffentlicht.*

Das Wiedersehen

Im Juni ist Soledad 97-jährig in Madrid verstorben. Auf dem Sterbebett hat sie ihrem Sohn von einem Karton in ihrem Kleiderschrank erzählt und ihn gebeten, diesen an sich zu nehmen. Sem, mein Ex, hatte keine Ahnung, was er darin vorfinden würde. Ich schon, aber ich schweige seit 30 Jahren.

Ich mochte sie sehr, diese bescheidene, vornehme Frau. Das Einzige, was man ihr hätte vorwerfen können, war ihr Putzfimmel. Als ich sie kennenlernte, war sie Witwe und schon über 65, aber immer noch schön. Obwohl ich ziemlich chaotisch bin, hatte sie mich schnell ins Herz geschlossen. Wahrscheinlich weil ich Deutsche bin und Soledad alles Deutsche liebte – angefangen bei Haushaltsgeräten. Aber der Hauptgrund war ein anderer: scharfe Chilischoten.

Soledad hatte diese vergilbte, braune Schachtel einmal 1986 für mich geöffnet.

Weihnachten verbringt unsere Tochter immer bei ihrem Vater in Madrid. So auch dieses Jahr. Greta war Soledads Lieblingsenkelin und Sem wartete nur noch auf ihre Ankunft, um sich der Herausforderung der Schuhschachtel zu stellen, das wusste ich. Er hatte keinen Mut, diesen Schritt alleine zu tun, und Greta war genau die Richtige für so etwas.

Sem und ich hatten uns 1984 kennengelernt und zogen ein Jahr später nach Brüssel, hatten aber seine Mutter alle paar Monate für ein paar Tage in Madrid besucht. Ich habe sie gerne auf ihrem täglichen Gang zum Markt begleitet. Soledad wusste, wo es den frischesten Fisch, das zarteste Fleisch, den besten Schinken und den reifsten Manchego-Käse gab.

An diesem speziellen Tag machten wir uns gerade auf den Rückweg, als wir an einem neuen Stand vorbeikamen. Der Verkäufer bot unglaublich schöne Exemplare von kleinen, runden, knallroten Paprikaschoten an. Ich sehe den handgeschriebenen Zettel immer noch vor mir: *pimientos de verdad muy, muy fuertes*. Ich war sofort alarmiert von dem doppelten *sehr* und wusste, dass ich hier echte Chili-Schmankerl vor mit hatte.

„Soledad", sagte ich, „wollen wir sie kaufen, diese Chilis. Ich esse sie für mein Leben gerne."

Bei meinen Worten erhellte sich ihr Gesicht. „Du magst scharfe Paprika? Das wusste ich ja gar nicht, das ist großartig." Sie brach in einen wahren Begeisterungssturm aus und natürlich kauften wir sie.

Auf dem Nachhauseweg sagte sie plötzlich: „Jemand, der scharfes Essen mag wie ich und so liebenswürdig ist wie du, soll mein Geheimnis erfahren. Ich will es schon lange loswerden, es endlich lüften, habe aber bis jetzt niemanden gefunden, dem ich es hätte anvertrauen können. Es ist ein streng gehütetes Geheimnis, musst du wissen. Meinen Kindern habe ich es nie erzählt, weil es deinen Mann betrifft. Wir gehen jetzt in eine Bar und ich erzähle dir alles. Komm!"

Ich war perplex. Soledad, ein Geheimnis? Wie aufregend!

Sie hakte sich bei mir ein und wir gingen schweigend nebeneinander her. In einem Café beim Retiro-Park setzten wir uns an einen Tisch im Freien. Obwohl Franco zu dieser Zeit schon seit vielen Jahren tot war, hatte Soledad immer noch Hemmungen, in der Öffentlichkeit laut zu reden. Wir schwiegen, bis der Kellner unseren Milchkaffee vor uns abgestellt und abkassiert hatte. Während er sich wieder entfernte, holte ich meine Zigaretten aus der Handtasche.

„Gibst du mir auch eine?"

„Du rauchst?"

„Früher. Vor meiner Ehe war ich eine andere Frau – und davon will ich dir jetzt erzählen, Emma." Soledad saß mir blass gegenüber, sagte eine Weile nichts, zog nachdenklich an ihrer Zigarette, legte sie weg, um die große Tasse mit beiden Händen zu umfassen, nahm einen Schluck, richtete sich auf, blickte mir in die Augen und fing an zu reden:

„Im Herbst 1935 brachte mich mein Vater nach Saragossa. Ich sollte Medizin studieren. Meine Mutter war dagegen, hat mir aber trotzdem ein schwarzes Reisekleid genäht. Wohnen sollte ich bei der Schwester meines Vaters, was meiner religiösen Mutter auch nicht passte, weil Rosario ihrer Meinung nach eine zu freie, moderne Frau war. Ich war gerade 18 Jahre alt geworden. Als einzig weibliche Studierende wies mir der Professor den Platz seitlich neben ihm zu, weg von den Männern.

Als ich im Januar 1936 nach Weihnachten wieder an die Universität zurückkam, setzte ich mich kurzerhand unter die Studenten, an einen Randplatz vorne. Der Professor blickte kurz auf, schüttele seinen Kopf und begann mit seinem Vortrag. Ich blieb sitzen. Schon ein paar Tage später nahm ein junger, beeindruckender, großer Mann mit einem schmalen Gesicht, runden, schwarzen Augen, dunklen, wilden Haaren und einem leidenschaftlichen Blick neben mir Platz, ohne etwas zu sagen. Er war glatt rasiert, eher unüblich damals. Ich fieberte jeden Tag unserem Nebeneinandersitzen entgegen. Der Dozent blickte manchmal zu uns herüber, da wir aber kein Wort wechselten, schien er auch keinen Handlungsbedarf zu sehen. Der junge Mann hieß Fred und war 20 Jahre alt, das habe ich aber erst später erfahren. Nach einer Woche fragte Fred mich nach meinem Namen und wo ich herkäme. Ich erfuhr, dass seine Familie aus Jatifa stammte.

In den kommenden Wochen erzählte er mir von den sozialen Missständen in Spanien, den unterprivilegierten Industriearbeitern, den ungerechten, feudalen Strukturen in den ländlichen Gegenden und von der Macht und Willkür der katholischen Kirche. Er wurde nicht müde, von den extremen, sozialpolitischen und kulturellen Verwerfungen der spanischen Gesellschaft, der regionalen Autonomiebestrebungen im Baskenland und in Katalonien zu reden. Er erzählte mir von der Niederlage im Spanisch-Amerikanischen Krieg 1898, der Depression danach und ich spürte seinen Hass auf die militärische Entwicklung in unserem Land. Ich begriff, dass alles zusammenhing und man die Gegenwart nicht von den Ereignissen der Vergangenheit trennen konnte. Mir wurde bewusst, wie naiv ich war. Im Juni 1936, kurz vor der Sommerpause, hatte mich Fred voll auf seiner Seite und ich war bereit, alles für ihn zu tun.

„Fährst du jetzt nach Hause, in dein Dorf, Sol?“, wollte er wissen und fügte eindringlich hinzu: „Wir werden bald Krieg haben und brauchen Freiwillige, die für die republikanische Sache kämpfen. Du bist mutig, intelligent und stark. Wir könnten dich gut gebrauchen.“

Ich fühlte mich sehr geschmeichelt und mein Herz klopfte. Ich hatte mich in ihn verliebt, obwohl es nicht einmal eine Berührung zwischen uns gegeben hatte. Aber mir wurde plötzlich klar, wie eng wir geworden waren. Ich wusste sehr viel über ihn und er über mich. Mir war gar nicht aufgefallen, dass er mich jeden Tag nach der Uni nach Hause begleitet hatte, so natürlich war unser Zusammensein. Wir haben unsere Freizeit miteinander verbracht, ohne dass auch nur ein einziges Mal eine romantische Stimmung aufgekommen wäre.

„Was soll ich tun, Fred?“ Das kam so schnell aus mir heraus, dass ich selber erst an seiner Reaktion merkte, was ich gerade gesagt hatte.

Er strahlte mich an, nahm meine Hände in seine und wollte wissen, ob ich gerne scharfe Paprika essen würde. Ich wusste es nicht, da ich sie nie probiert hatte. Fred meinte, wir würden das nachholen. Er bat mich, am Abend in ein bestimmtes Lokal im Zentrum zu kommen. Ich fuhr also nicht nach Hause und suchte aufgeregt diese Bar auf. Dort traf ich eine weitere junge Frau, die er Pepi nannte, und zwei Männer. Einer hieß Jorge und der andere war Heinrich, ein Deutscher. Fred nannte ihn Enrique. Heinrich war Weihnachten 1935 als 16-Jähriger zu einem Sprachkurs nach Madrid gekommen, hasste Hitler, den er einen noch schlimmeren Franco nannte leidenschaftlich und wollte beide bekämpfen. Fred redete über die Entwicklung in Spanien und erklärte uns, dass unsere Gruppe noch größer werden würde.

Ein paar Wochen später war Krieg. Wir organisierten uns und zogen an die Front. Ich und andere Frauen haben gelernt, zu schießen, uns wie ein Mann anzuziehen und auch so zu kämpfen. Das Verteilen von Flugblättern war noch die am wenigsten gefährliche Aufgabe. Aber ich will dir jetzt gar nicht erzählen, wie oft ich und wir in Gefahr gerieten. Im November 1936 wurden Fred und ich ein Paar.“

„Wie?“, wollte ich wissen.

„Es gab Läuse im Lager und deshalb wollte ich meine dicke, lange Mähne abschneiden, kam aber mit der Schere hinten nicht an meine Haare heran, also bat ich Fred, mir zu helfen. Er nahm mir langsam die Schere aus der Hand, schnitt meine Haare sorgfältig ab, ließ sie zu Boden fallen und strich mit seiner Hand sanft über meine Schultern. Dann haben wir uns geliebt. Ich fühlte mich so gut und frei und hatte nie Angst, wenn er in meiner Nähe war. Fred war der großartigste Mann, den ich jemals kennengelernt habe. Er war gerecht, mitfühlend, mutig, brillant, leidenschaftlich, ohne fanatisch zu sein, sah umwerfend aus und ich wusste, er würde ein großartiger Arzt und Vater werden.

Im April 1937 fielen die deutschen Bomben auf Guernica und Heinrich ist fast durchgedreht vor Scham und Ärger. Wir mussten ihn beruhigen, sind aber danach alle radikaler und draufgängerischer geworden und haben viel mehr riskiert. Im Frühjahr 1938 waren Pepi, Jorge und Fred plötzlich verschwunden. Heinrich vermutete, dass ein Spion in der Gruppe sie verraten haben musste. Heinrich ging mit mir nach Valencia, wo wir uns einer Widerstandsgruppe anschlossen. Über den Verbleib unserer Freunde haben wir nie wieder etwas gehört. Ich vermisste Fred so sehr. Mir blieben nur die scharfen Chilischoten, die ich durch ihn gelernt habe zu lieben. Fred konnte köstliche Gerichte zaubern, wenn er nur diese kleinen, scharfen Dinger hatte."

„Und wie ging es dann weiter und wo bleibt das Geheimnis?", fragte ich ganz aufgewühlt.

„Wir haben die drei nie gefunden. Als der Bürgerkrieg ein Jahr später zu Ende ging, konnte ich nicht nach Hause zurück, denn ich hatte ja meine Familie einfach verlassen, mich gar nicht mehr gemeldet. Mittlerweile hatte der Zweite Weltkrieg begonnen und Heinrich ging nach Frankreich. Auch von ihm habe ich nie wieder etwas gehört. Erfolglos habe ich in Saragossa versucht, mein Studium wieder aufzunehmen. Alles war zerstört und die Frauen wurden wieder an den Herd gedrängt. Außerdem hatte ich kein Geld. Ich ging zurück in die Wohnung meiner Tante, bei der ich als Studentin gewohnt hatte. Rosario war verschwunden und so machte ich mich auf den Weg nach Madrid. Dort habe ich eine Arbeit in einer Firma gefunden, die Aluminiummöbel herstellte. Sie gehörte meinem zukünftigen Mann. Ich bin nicht stolz darauf, aber ich habe seinem Drängen nachgegeben und ihn ein Jahr später geheiratet. 1941 kam meine Tochter zur Welt. 1943 erkrankte sie an Diphtherie und ich bin mit ihr ins Krankenhaus. Dort stand auf einmal Fred vor mir und blickte mich an.

„Sol, endlich, wo warst du denn so lange", sagte er lächelnd und zog mich in seine Arme.

„Die Zeit war stehen geblieben und unsere Liebe sofort wieder entflammt. Während meine Tochter mit dem Tod rang, waren Fred und ich zusammen, nur ein einziges Mal, im Krankenhaus. Dein Mann ist sein Sohn, Emma. Ich bin schweren Herzens zu meinem konservativen Ehemann zurück und habe es ein Leben lang bereut. Ich war zu feige, zu Fred zu stehen. Kochen, Putzen, Hausarbeit haben mich abgelenkt von den Gedanken an Fred und das Leben, das ich hätte haben können an seiner Seite. Mir blieben nur noch die scharfen Chilis. Immer wenn ich diese zu mir nahm, war ich ihm nahe, hörte sein warmes, schönes Lachen. Mein Mann, als ob er was geahnt hätte, hat immer versucht, sie mir zu verbieten. Also tat ich sie mir heimlich ins Essen und musste husten, wenn sie zu scharf waren. Er blickte mich dann streng an und meinte, ich solle doch endlich erwachsen werden."

„Aber wo war Fred denn in der ganzen Zeit vorher?", horchte ich nach.

„An einem Tag musste ich wegen einer leichten Schussverletzung im Lager bleiben. Fred, Pepi und Jorge waren alleine unterwegs, um etwas auszukundschaften. Heinrich blieb bei mir. Die drei wurden von den Faschisten erwischt und getrennt eingesperrt. Fred konnte entkommen und nach Frankreich flüchten. Dort hat er sein Studium beendet und kam Ende 1942 nach Madrid zurück. Dein Mann, Emma, sieht genauso aus wie er und hat mich jeden Tag an Fred erinnert, umso mehr, je älter er wurde. Ich bin nach dem Krieg nach Jatifa gefahren in der Hoffnung, jemanden aus Freds Familie zu finden. Ich wusste, dass sie einflussreich war, fand aber keinerlei Hinweise auf Fred. Und der Mut, Fragen zu stellen, fehlte mir."

„Meinst du er, lebt noch, dein Fred? Wir müssen ihn suchen, Soledad!"

„Ja, könnte gut sein, er war ja nur zwei Jahre älter als ich. 1943, nach unserem letzten Treffen, ging er weg aus Madrid."

„Das ist eine großartige Geschichte. Hast du Fotos von ihm?"

Zu Hause holte Soledad den Schuhkarton hervor, knöpfte umständlich die Paketschnur auf, nahm andächtig den Deckel ab und legte nacheinander vergilbte Fotos von ihr, Fred, Pepi und Heinrich, ein verschlissenes Poster und zwei Briefe auf den Tisch.

Wir lächelten uns an und wussten, wir würden ihn suchen, ihren Fred, meinen Schwiegervater.

Christa Blenk *hat verschiedene Kurzgeschichten in unterschiedlichen Anthologien und Literaturzeitschriften veröffentlicht. Seit über zehn Jahren verfasst sie regelmäßig Beiträge für das Berliner Online Magazin KULTURA-EXTRA über Kunst, Reisen, Musik, Literatur.*

„Ich fange jetzt an“, sagte Annalena

Annalena saß auf der Holzbank auf ihrer Terrasse und schluchzte so sehr, dass es sie schüttelte. Es war ein strahlender Sommermorgen: Die Luft war warm, der Himmel wolkenlos, die Rosen dufteten, ein ganzes Vogelkonzert belebte den gepflegten Garten mit den auf Kleinwuchs beschnittenen Apfelbäumen, den stilvoll angelegten Blumenbeeten und dem englischen Rasen.

Annalena hatte wie üblich das Frühstück für ihren Mann Christian, ihre Tochter Marlene und sich hergerichtet. Sie hatten gegessen, geredet, gelacht. Christian war zur Arbeit gefahren und sie hatte Marlene zur Schule gebracht. Sie arbeitete nur in Teilzeit. Christian verdiente so viel, dass sie im Grunde gar nicht hätte arbeiten müssen. Zudem wollte sie genug Zeit für Marlene haben, wenn das Kind aus der Schule kam. Daher musste sich Annalena morgens nicht stressen. Sie hatte auf dem Heimweg geplant, was sie im Haus noch erledigen wollte, bis sie zur Arbeit ins Café ging: schnell einmal durchsaugen, Geschirrspüler ausräumen, Gemüse schneiden für den Thermomixer. Die Zeit würde genau dafür reichen, bevor sie zur Arbeit musste. Perfekt geplant.

Sie hatte das Auto auf der gepflegten, gepflasterten Auffahrt vor dem Haus geparkt, sich einen Tee gekocht und wollte sich, bevor sie mit der Hausarbeit begann, nur für einen Moment mit der Teetasse auf die Terrasse setzen. Und dann brach es über sie herein. Die Tränen liefen und liefen. Ihr Bauch war ein Knoten, die Beine schwer. Die Teetasse zitterte in ihrer Hand, sodass sie sie abstellen musste.

Sie zog die Knie hoch und umschlang sie mit den Armen.

Sie fühlte unendliche Traurigkeit in sich.

Albtraumschwarz.

Lähmend.

Bohrend.

„Was fehlt nur?“, fragte sie sich verzweifelt. Sie hatte ein heimeliges Zuhause, einen liebevollen Mann, eine hübsche, intelligente Tochter, genug Geld, um sich elegante Kleidung zu kaufen oder in den Urlaub zu fahren. Es war alles da.

Und doch brach sie immer wieder über sie herein, die Leere, die Traurigkeit, wenn sie allein war. Sie konnte keinen klaren Gedanken mehr fassen, alles wirbelte durcheinander. Dazu kam die Angst. Sie zitterte am ganzen Körper, fühlte sich so schwach, dass sie kaum aufstehen konnte.

Sie dachte daran, was der Psychologe gesagt hatte, den sie wegen dieser Zusammenbrüche seit Kurzem besuchte: Sie müsse in sich hineinhorchen. Jeder Ausbruch sei eine Reaktion des Körpers auf eine seelische Problematik, und wenn sie genau nachdenke, würde sie verstehen.

Eine Zeit lang war das die Lösung gewesen. Sie hatte bei jedem Zusammenbruch in sich hineingespürt - und immer gab es etwas, das in ihr gearbeitet hatte: ein Streit mit Christian oder Marlene, ein unhöflicher Gast im Café, eine bissige Kassiererin beim Einkaufen. Doch mit der Zeit erschien ihr das immer belangloser, und auch an diesem Morgen wollte ihr nicht einleuchten, warum ihr solche Dinge derart zu schaffen machten.

Was waren das nur für alberne Problemchen, mit denen sie sich beschäftigte, ging es ihr durch den Sinn. Es gab hungernde Menschen, Kinder, die im Müll lebten, Kriege, die ganze Landstriche verwüsteten und nichts als Zerstörung und Verzweiflung zurückließen. Und sie saß in ihrem sicheren Haus, einem Haus wie aus der Werbung, und jammerte?

Worüber heute schon wieder?

Sie ballte die Faust und dachte: „Ich müsste doch glücklich sein, jeden Tag mit einem Lachen beginnen, einem Lachen vor Freude, weil ich es so gut habe." Doch das Lachen wollte sich nicht einstellen. Im Gegenteil. Unlustig war sie heute Morgen gewesen, kaum gelächelt hatte sie, als Marlene ihr süße, kleine Grimassen schnitt, um sie aufzumuntern.

War sie schon immer so gewesen? Hatte sie früher mehr gelacht?

Szenen ihrer Erinnerung umwirbelten sie, während sie auf der Gartenbank saß: Sie bei der Party einer Freundin, bei der alles um sie herum feierte und sie sich nach Hause auf ihre Couch wünschte, zum Fernseher und einer Tüte Chips. Annalena vergrub den Kopf in den Armen, wiegte sich wie ein Kleinkind. Die Holzbank bohrte sich hart in ihren Rücken, aber sie konnte nicht aufstehen, sie konnte nicht.

Der Wunsch, eine Mutter oder eine Großmutter zu haben, brannte in ihr, eine freundliche, weise Frau, die sie um Rat fragen konnte. Die sie in diesem Augenblick trösten oder ihr mit besonnener Lebenserfahrung weiterhelfen könnte. Aber eine solche Frau existierte in ihrem Leben nicht.

Die Szenen ihrer Erinnerung verdichteten sich: Der Friedhof, ihre kleine Hand auf dem schwarzen Kleid, die weiße Rose, die langsam in das offene Grab sank, auf die helle Holzkiste. Plötzlich viele Menschen um sie her. „Mama war krank, aber jetzt ist sie im Himmel", hatten sie gesagt.

Dann ihr Papa, der Klavier spielte auf der großen Bühne mit dem roten Vorhang. Wild und schnell, aber sein Blick traurig. Papa, der sie abends nach dem Konzert zudeckte im weichen, weißen Bett des Hotelzimmers. Papa, der sie und ihre Schwester Luise ins Internat fuhr, sie lange umarmte, als sie „Auf Wiedersehen" sagten.

Luise, die Geige spielte. Luise, die Applaus und eine Rose bekam, eine rote Rose, für den ersten Platz beim Wettbewerb.

Dann sah Annalena sich selbst, wie sie am Klavier saß mit ungelenken Fingern. Die Melodien wollten einfach nicht zu ihr kommen. Dann sah sie sich mit Papa am Küchentisch. „Meine kleine Geschichtenerzählerin", sagte er, während sie die Fotos anschauten, die Fotos von ihren Reisen mit Papa um die ganze Welt zu seinen Konzerten. Annalena sah sich, die erwachsene Annalena, die Stewardess, die allein flog um die ganze Welt, auf den Flughäfen zu Hause. Dann Christian, das Baby, das Haus. Ende der Reisen, Ende der Geschichten.

Und keine Melodien, keine Melodien …

Hoffnungslosigkeit.

Einsamkeit.

Leere.

Annalena zuckte zusammen.

Durch ihr Gedankenchaos war ihr das Klavier entgangen. Doch nun hörte sie es. Da spielte jemand. Sie erkannte es: Chopin, das Regentropfen-Prélude. Sie schloss die Augen, genoss die Töne. Sie liebte das Regentropfen-Prelude. Papa hatte es bei Gewitter gespielt, während draußen der Donner grollte. Dann beim Prasseln des Regens und schließlich während die erlösenden Sonnenstrahlen durch die dunkle Wolkendecke brachen, leuchtendes, reines Licht, durchperlt von den schimmernden Tropfen, die an Bäumen und Grashalmen hingen. Und all dies erzählte die Musik, die Papa mit seinen feinen Fingern zum Leben erweckte …

Dennoch: Da spielte jemand Klavier in ihrem Wohnzimmer.

Es machte ihr keine Angst.

Im Gegenteil: Wie die Musik sie umflutete und beruhigte!

Eine Weile saß Annalena da und ließ sich trösten. Dann erhob sie sich leise von der Bank und schlich zur Tür. Sie spähte an den cremeweißen Vorhängen vorbei.

An ihrem Klavier saß eine Frau. Sie war in Schwarz gekleidet, das Haar hing ihr locker auf die Schultern. Weich bewegte sich ihr Oberkörper mit dem Spiel der Hände nach rechts und links.

Annalena starrte sie an.

„Komm herein, Kind“, sagte die Frau, ohne sich umzudrehen.

Wie in Trance bewegte sich Annalena in das Haus, beobachtete ihre Füße, wie sie über die blitzblanken Terrakotta-Fliesen tappten. Ebenjene Füße kamen neben dem Klavier zum Stehen. Annalena starrte auf die Hände der Frau, gepflegte Hände, schwebend über den Tasten. Nun konnte sie der Frau von der Seite auf das Gesicht schauen. Funkelnde, dunkle Augen streiften sie, weder jung noch alt. War es ein Spiel des Lichtes, dass ihr Haar auf der einen Kopfhälfte dunkler schien als auf der hellen anderen?

„Du darfst nicht verzweifeln“, sagte die Frau, während sie spielte.

Annalena war verwirrt. Sie war sicher, dass sie die Frau noch nie gesehen hatte. Dennoch ging von ihr etwas Vertrautes aus wie bei einer entfernten Verwandten, die man ewig nicht getroffen hatte. Ein Gefühl des Aufatmens breitete sich in ihr aus. Nur ein schwarzer Strahl ließ sich noch nicht vertreiben.

Die Frau wandte ihr nun das ganze Gesicht zu.

Annalena erschrak: Bisher hatte sie nur eine Gesichtshälfte im Profil gesehen – mit für eine alte Frau ungewöhnlich heller Haut. Über die andere Gesichtshälfte spannte sich jedoch eine um mehrere Schattierungen dunklere Haut. Wie bei den Haaren.

Das Licht? Annalena schüttelte sich. Es musste das Licht sein.

„Schließ die Augen! Spüre deine Kraft!“, befahl die Frau, die von Annalenas Schrecken nichts bemerkt zu haben schien.

Annalena gehorchte und schloss die Augen.

Die alte Frau spielte weiter.

Die Musik umbrandete Annalena wie eine Meereswelle und trug sie fort. Und mitten im Strudel der Töne fühlte sie es: ein goldenes Glühen, das durch ihre Adern zu rieseln begann.

„Ja, das ist sie“, hörte sie wie durch einen Nebel die Stimme der Klavierspielerin.

Annalena öffnete die Augen.

„Nein, lass sie zu!“, sagte die Frau gebieterisch, aber nicht unfreundlich. „Spüre mehr!“

Annalena lauschte weiter, spürte, wie die Musik sie in ihre sphärischen, sanften Arme nahm und davontrug.

Die wallenden Töne brachten sie weit fort von ihrem geordneten Haus, weit fort vom durchgeplanten Leben. Alles verschwand in der Musik, löste sich auf, bis Annalena nur noch bunte Farben sah, ein Wirbeln, ein Chaos. Der schillernde Strom umschloss sie, zog sie hinauf zum Licht.

Helligkeit.

Erleuchtung.

Leben.

Annalena lachte. Da war es, das Leben! Und sie war mittendrin!

„Ja, Liebes, das ist das Leben. Greif zu! Am Ende sehen wir uns wieder“, sagte die Frau und es hörte sich für Annalena so an, als schmunzele sie leise.

Ein Schlussakkord erklang.

Annalena öffnete die Augen.

Die alte Frau war verschwunden.

Aber Annalena spürte in sich prickelndes Gold. „Mein Leben“, sagte sie versonnen. „Ich will schreiben. Von bunten Ländern, von Musik, von Tausenden Gesichtern, von Freude. Ich fange jetzt an.“

Ulli Soak *wuchs als Ulrike Noetzel in einer Musikerfamilie in Kläden bei Arendsee auf. Sie studierte Germanistik und Musikpädagogik und ist seit ihrem Abschluss 2011 als Autorin, Musiklehrerin, Journalistin und Lektorin tätig. Ulli Soak ist verheiratet, heißt seitdem mit Nachnamen Demuth und lebt mit ihrer Familie in Weimar. In ihrer Freizeit schreibt und liest sie viel, trommelt, spielt Klavier, kocht und genießt, malt, spielt und gärtnert mit ihren Kindern.*

Ein letzter Walzer

Sonja und Rolf trugen leere Umzugskartons die steile Treppe hinauf, die zum Dachboden ihres Elternhauses führte.

„Kein Wunder, dass Mama schon lange nicht mehr hier oben war. Diese Treppe ist unmöglich“, schimpfte Sonja.

Ihr Bruder nickte. „Mit 81 käme ich hier auch nicht mehr hoch. Bin echt froh, dass sie endlich bereit war, ins Seniorenheim zu ziehen. Seit Papa tot ist, hat sie sich in diesem großen Haus verloren gefühlt.“ Er zog einen verschnörkelten Schlüssel aus seiner Hosentasche und öffnete die Dachbodentür. „Lass uns loslegen!“

Rolf begann damit, verstaubte Möbelstücke unter einer Schräge hervorzuziehen, und Sonja räumte eine Kommode aus.

„Was hat Mama hier denn Schönes versteckt?“, murmelte sie, als unter einem Stapel Tischdecken eine dunkelrote Schatulle zum Vorschein kam. Sofort schaute sie hinein.

„Sind wir auf einen Schatz gestoßen, Schwesterherz?“

„Leider nicht! Nur uralte Fotos und locker zwei Dutzend Briefe.“ Einen der Umschläge öffnete sie und zog den leicht vergilbten Papierbogen heraus. Dann begann sie vorzulesen:

Mein geliebter Carl,

unseren Tag am Meer werde ich nie vergessen. Es war so wunderschön, mit dir den Strand entlangzuspazieren, in den Dünen in deinen Armen zu liegen. Dabei träumten wir von unserer gemeinsamen Zukunft, malten uns unser gemeinsames Leben aus. Doch es sollte nicht sein. Diesen Tag jedoch, ich werde ihn auf ewig in meinem Herzen tragen!
In Liebe, deine Marie

Mit hochgezogenen Brauen sah sie ihren Bruder an. „Ein Liebesbrief!“

„Stimmt! War aber nicht für Papa! Klar, dass es jemanden vor ihm gab. Aber warum hat Mama noch diese Briefe? Verstehe ich nicht!" Kopfschüttelnd verließ er den Dachboden, um einen wurmstichigen Nachttisch hinunterzubringen.

Sonja nutzte die Ruhe, um zwei weitere Briefe zu lesen. „Die stammen alle aus den Sechzigerjahren", erzählte sie Rolf, als er zurückkam. „In einem schreibt sie über ihren ersten gemeinsamen Tanz und wie viel er ihr bedeutet." Sie lächelte verträumt. „Mama muss ihn sehr geliebt haben. Man spürt es in jeder Zeile." Sonja schaute auf die Rückseite eines Fotos, auf dem ein junger Mann abgebildet war. „Das ist er! Hier steht sein Name. Ein gut aussehender Kerl! So ein George Clooney-Verschnitt."

„Warum schreibt Mama Briefe und schickt sie nicht ab?", fragte Rolf irritiert.

„Weiß ich nicht! Nur auf einem der Umschläge steht eine Adresse. Wie's aussieht, wohnt er hier in Bremen. Damals jedenfalls. Carl Gentz, Turmstraße 5." Sie öffnete auch diesen Umschlag und begann vorzulesen:

Mein geliebter Carl,

uns aufzugeben, ist unendlich schwer. Du weißt, wie sehr ich dich liebe! Doch ich kann mich nicht gegen meine Eltern stellen. Sie meinen es gut, wollen mich versorgt wissen. Nun sind sie glücklich, und ich werde versuchen, es zu werden. Hans ist ein netter Mann. Ich mag ihn. Vielleicht werde ich ihn mit der Zeit lieben lernen. Doch ich würde dich so gerne noch einmal sehen. Ein letztes Mal in deinen Armen gehalten werden und mit dir tanzen. Ein letzter Walzer mit dir! Ich wünsche es mir so sehr! Hanna weiß davon. Wir könnten uns bei ihr treffen. Wenn du es möchtest, lasse es sie wissen. Sie wird es mir sagen und ich werde dort sein.

In Liebe, deine Marie

„Aha!", stieß Sonja hervor. „Mama hat ihn wegen Papa verlassen! Doch sie wollte sich ein letztes Mal mit Carl treffen. Bei Hanna, Mamas bester Freundin. Erinnerst du dich? Sie hat oft von ihr erzählt. Aber scheinbar überlegte es sich Mama anders. Auch diesen Brief hat sie nicht abgeschickt." Sonja überlegte. „Was meinst du? Ob er dort noch wohnt? Dann könnte ich ihm die Briefe schicken."

Entsetzt starrte Rolf sie an. „Das ist ein Scherz, oder? Wozu soll das gut sein? Das ist alles Lichtjahre her. Wirf die Dinger weg! Ende der Geschichte!"

„Wie bitte?" Ihre Augen weiteten sich. „Ich soll sie wegwerfen?"

„Ganz genau! Es steht dir nicht zu, sie diesem Carl zu schicken, und wenn du sie Mama gibst, reißt du vielleicht alte Wunden auf. Also weg damit! Verstanden?"

Schmollend verzog seine Schwester den Mund. „Reg dich ab! Du hast ja recht."

Doch Sonja wäre nicht Sonja, hätte sie die Briefe achtlos weggeworfen. Stattdessen dachte sie tagelang über deren Inhalt nach und beschloss schließlich, zu der Adresse zu fahren, die auf dem Umschlag stand. Sie führte sie in eine idyllische Wohnsiedlung zu einem kleinen Einfamilienhaus. Als Sonja davorstand, wurde ihr plötzlich mulmig. Minutenlang tigerte sie auf und ab. Doch dann überwog ihre Neugier und sie betrat den Hauseingang, um einen Blick auf das Klingelschild zu werfen. Im selben Moment öffnete sich die Haustür.

Ein alter Herr sah sie fragend an. „Ich beobachte Sie schon eine Weile! Kann ich Ihnen helfen?"

Sonja schluckte. „Ja … also, nein … also eigentlich schon …, aber …" Sie räusperte sich verlegen.

„Sie müssen sich schon etwas klarer ausdrücken, wenn ich Ihnen weiterhelf…"

„Sind Sie Herr Carl Gentz?", stieß sie mutig hervor.

„Das bin ich! Und Sie sind?"

„Sonja Mertens, die Tochter von Marie Mertens. Der Mädchenname meiner Mutter war Kemper. Sagt Ihnen der Name etwas?"

Wie versteinert sah er Sonja an, als blickte er durch sie hindurch. „Ob mir der Name etwas sagt?", seufzte er. „Als könnte ich ihn je vergessen. Hat Ihre Mutter Sie gebeten, zu mir zu kommen?"

„Nein, sie weiß nicht, dass ich hier bin."

„Von wem haben Sie dann meine Adresse?"

„Mein Bruder und ich räumen zurzeit unser Elternhaus aus, weil meine Mutter ins Heim gezogen und mein Vater verstorben ist. Beim Ausräumen fanden wir Briefe, die alle an Sie gerichtet sind. Auf einem der Umschlä…"

„An mich?“, stieß Carl hervor. „Wieso habe ich sie nie erhalten?“

Sonja zuckte mit den Schultern. „Keine Ahnung! Dass ich die Briefe gefunden habe, weiß Mama nicht. Und eigentlich sollte ich auch gar nicht hier sein.“ Sie verzog das Gesicht zu einer Grimasse. „Mein Bruder wird mich umbringen, wenn er davon erfährt.“

Carl atmete tief durch und schüttelte den Kopf. „Das ist zu viel für mich! Bitte kommen Sie herein. Ich muss mich setzen.“

„Dass Marie in ein Heim ziehen musste, tut mir leid“, sagte er und bot Sonja mit einer kurzen Handbewegung einen Platz an.

„Leider ging es nicht anders. Nachdem Papa gestorben war, fühlte sich Mama einsam.“

„Das kann ich verstehen! Das Gefühl von Einsamkeit kenne ich nur zu gut. Dies ist mein Elternhaus, das einmal voller Leben war. Solange meine Frau noch lebte, war alles gut. Doch sie starb vor drei Jahren. Kinder haben wir nicht.“

Gedankenverloren sah er eine Weile ins Leere, bis er plötzlich schmunzelte. „Jetzt bin ich 83, aber wenn ich an Marie denke, fühle ich mich wie damals mit 24! Über beide Ohren war ich verliebt!“

Sein Blick verdunkelte sich wieder. „Für mich brach eine Welt zusammen, als Ihre Mutter mir sagte, dass sie Hans heiraten würde. Ich flehte sie an, es nicht zu tun. Doch Marie traute sich nicht, ihren Eltern zu widersprechen, die sich für ihre Tochter eine gesicherte Existenz wünschten. Hans war aus gutem Hause, der Sohn eines Apothekers, nicht so ein schlichter Werksarbeiter wie ich.“

Während Sonja ihm zugehört hatte, waren ihr Carls haselnussbraune Augen aufgefallen, in die sich ihre Mutter sofort verliebt haben musste. Genauso wie in seine warme Stimme, in der nun so viel Traurigkeit lag. „Mama schreibt in einem ihrer Briefe über einen letzten Walzer, den sie sich mit Ihnen wünscht. Er schien ihr viel zu bedeuten.“

„Nicht nur ihr, auch mir bedeutete er viel! Wir lernten uns bei einem Tanzabend kennen. Marie war mir sofort aufgefallen. Als das Lied *Lili Marleen* gespielt wurde, forderte ich sie auf. Unser erster Tanz – ein Langsamer Walzer!“

Sonja schmunzelte. „*Lili Marleen* ist noch heute Mamas Lieblingslied! Davon hat sie sogar eine Schallplatte.“

Carls Augenbrauen schnellten nach oben. „Die existiert noch? Ich habe sie ihr geschenkt!“

Er lächelte gedankenverloren. „All das ist so lange her …"

„Ja, das ist es! Wenn man so darüber nachdenkt …" Verwundert schüttelte Sonja den Kopf. „Sie beide leben knapp sechzig Jahre in ein und derselben Stadt und laufen sich dennoch nie über den Weg."

Ratlos zuckte Carl mit den Schultern. „Scheinbar hatte das Schicksal etwas dagegen."

„Und jetzt? Was, wenn wir beide nun Schicksal spielen? Würden Sie meine Mutter gerne wiedersehen?"

Verlegen senkte er den Blick und nickte leicht. „Damit würde sich mein Herzenswunsch erfüllen. Ich habe Marie nie vergessen."

„Wunderbar! Nun würde es mich interessieren, wie Mama über ein Wiedersehen denkt." Mit dem Versprechen, es herausfinden, verabschiedete sich Sonja.

Am darauffolgenden Tag besuchte sie ihre Mutter. Während sie vom Ausräumen des Dachbodens berichtete, holte sie die Schatulle aus ihrer Tasche. „Die habe ich in deiner Kommode gefunden. Du erinnerst dich sicherlich, dass darin Briefe liegen." Verlegen sah sie ihre Mutter an. „Einige von ihnen habe ich gelesen. Bitte sei mir nicht böse."

Marie schluckte schwer und schüttelte den Kopf. „Das bin ich nicht. Nun weißt du von Carl, meiner ersten großen Liebe!" Sie nahm die Schatulle und legte sie auf ihren Schoß. „Danke, dass du sie mir gebracht hast."

„Verrätst du mir, Mama, warum du die Briefe nicht abgeschickt hast?"

„Weil ich sie nur schrieb, um mich ihm nah zu fühlen. Ich hoffte, es würde meine Sehnsucht stillen. Ich hatte nicht vor, sie abzuschicken."

„Bis auf einen!", wandte Sonja ein. „Einer der Umschläge ist adressiert. In dem Brief bittest du um ein letztes Treffen."

Ihre Mutter nickte. „Ich wollte ihn abschicken. Doch ich entschied mich dagegen. Wäre ich Carl noch einmal begegnet, ich hätte mich nicht mehr von ihm trennen können. Das spürte ich! Deine Großeltern hätten mir das nie verziehen."

„Hast du dir in all den Jahren gewünscht, ihn wiedersehen?"

Eine leichte Röte legte sich auf Maries Wangen. „Ich habe immer mal wieder daran gedacht", seufzte sie sehnsuchtsvoll. „Versteh mich nicht falsch, dein Vater war ein guter Mensch. Er war dir und deinem Bruder ein fürsorglicher Vater, mir ein wunderbarer Ehemann, aber er war …“ Ihre Stimme versagte.

„… nicht Carl“, führte Sonja den Satz zu Ende.

Verlegen senkte ihre Mutter den Blick. „Ihn wiederzusehen … damit würde sich mein Herzenswunsch erfüllen. Ich habe ihn nie vergessen.“

Sonja dachte an Carls Worte. Genauso hatte auch er es ausgedrückt. Für sie ein untrügliches Zeichen der Liebe, die beide bis heute miteinander verband.

Wenige Tage nach dem Gespräch mit ihrer Mutter besuchte sie sie erneut. Wie jeden Freitag, um ihr Haar zu waschen und es zu frisieren. Als sie den letzten Lockenwickler abrollte, piepte ihr Handy. Ein kurzer Blick aufs Display ließ sie schmunzeln. Perfekt! Alles lief nach Plan! Zügig kämmte sie das Haar aus, bis es wellenartig lag.

„Jetzt siehst du wieder hübsch aus, Mama. Genau im richtigen Moment!“

„Im richtigen Moment wofür?“, fragte ihre Mutter irritiert.

Sonja lächelte, ging zur Tür und ließ Carl eintreten. Misstrauisch betrachtete ihre Mutter den Mann im dunkelgrauen Anzug, der langsam auf sie zukam. Die rubinrote Seidenkrawatte auf seinem weißen Hemd verlieh ihm einen fast jugendlichen Charme.

„Das kann nicht sein“, hauchte sie. „Carl?“ Wie versteinert starrte sie ihn an. „Woher weißt du …?“

„Lass uns später reden“, sagte er liebevoll und reichte ihr die Hand, während Sonja zweimal auf ihr Handy tippte und kurz darauf eine Walzermelodie erklang.

„Darf ich bitten?“

Maries Augen schimmerten feucht. „Unser Lied! Du hast es nicht vergessen!“

„Wie könnte ich?“

„Aber ich bin nicht mehr die junge Frau, die ich einmal war. Meine Beine wollen nicht mehr so wie früher.“

„Sei unbesorgt, Marie! Ich werde dich fest in meinen Armen halten.“

Leise verließ Sonja das Zimmer. Doch bevor sie die Tür hinter sich schloss, wandte sie sich noch einmal um und betrachtete die beiden. Tief ineinander versunken bewegten sie sich im Walzertakt, die Welt um sie herum schien vergessen.

Sonja dachte an die Briefe, die Jahrzehnte im Verborgenen gelegen hatten. Sie waren dazu bestimmt gewesen, gefunden zu werden, damit sich der Herzenswunsch zweier Menschen erfüllen konnte.

Petra Kesse, *1965 in Bremen geboren, nimmt seit ihrem Belletristik-Fernstudium an Literaturwettbewerben teil. Mit „Das Leben liebt es kurvenreich" veröffentlichte sie 2019 ihr erstes Buch mit Kurzgeschichten, das 2022 auch als Hörbuch erschienen ist. www.petrakesse-autorin.de.*

Sie kommen dich holen

Es war spät am Abend, als die alte Mayuri durch die verwüsteten Straßen ihres einst blühenden Dorfes ging. Die Schatten der zerbombten Häuser erstreckten sich wie lange Finger über die Trümmer und die Stille war so tief, dass sie fast greifbar war. Mayuri trug einen alten, abgenutzten Mantel und hielt eine kleine Laterne in der Hand, deren flackerndes Licht kaum gegen die Dunkelheit ankam.

Inmitten der Trümmer hörte sie plötzlich ein leises Wimmern. Sie hielt inne, lauschte. Da war es wieder. Ein schwaches, fast ersticktes Geräusch wie das Schluchzen eines Kinds. Vorsichtig folgte sie dem Klang, bis sie einen kleinen Jungen entdeckte, der sich zwischen den Überresten eines eingestürzten Hauses kauerte. Seine Kleidung war zerrissen, sein Gesicht verschmutzt und seine Augen waren rot vom Weinen.

„Was machst du hier, mein Kind?“, fragte Mayuri mit sanfter Stimme, als sie sich ihm näherte.

Der Junge, der kaum älter als acht Jahre war, blickte auf und sah sie mit großen, verängstigten Augen an. „Ich ... ich verstecke mich“, flüsterte er.

„Versteckst du dich? Vor wem?“, fragte Mayuri, obwohl sie die Antwort zu kennen glaubte, und setzte sich behutsam neben ihn.

Der Junge zögerte, bevor er antwortete. „Vor ihnen.“

Mayuri runzelte die Stirn. „Wie ist denn dein Name?“

Er zögerte. „Nicholas“, sagte er dann.

„Vor wem, Nicholas?“

„Vor den Außerirdischen“, antwortete Nicholas kaum hörbar, als ob er Angst hätte, dass sie ihn hören könnten. „Sie kommen in der Nacht. Sie kommen immer dann, wenn es dunkel wird und alles still ist. Sie nehmen Menschen mit ... und dann sieht man sie nie wieder.“

Mayuris Magen fühlte sich an, als hätte sie einen der Trümmerbrocken verschluckt. „Hast du sie gesehen?“

Nicholas nickte heftig. „Sie haben meinen Bruder geholt. Eines

Nachts ... er war nur kurz draußen ... um nach dem Hund zu sehen“, sagte er stockend. „Ich habe aus dem Fenster geschaut und da waren sie ... seltsame Lichter, die am Himmel schwebten. Und dann ... war er weg. Seitdem bin ich hier. Ich will nicht, dass sie mich auch holen.“

Mayuris Herz zog sich zusammen, als sie den Jungen so verzweifelt sah. „Nicholas, es gibt keinen sicheren Ort mehr hier. Es ist zu gefährlich, allein zu bleiben. Du musst mit mir kommen.“

Der Junge schüttelte den Kopf. „Nein, ich muss hierbleiben. Ich darf die Geschichte nicht vergessen. Sonst kommen sie wieder.“

„Welche Geschichte, Nicholas?“, fragte Mayuri leise.

Er sah sie mit ernstem Blick an. „Die Geschichte von den Außerirdischen. Die, die die Geschichte vergessen, werden sie wiedersehen. Sie müssen alles noch einmal durchmachen. Die Angst, das Verstecken ... und dann holen sie dich.“

Mayuri legte eine Hand auf seine Schulter und sprach beruhigend auf ihn ein. „Das ist nur eine Geschichte, mein Junge. Es gibt keine Außerirdischen. Es ist nur die Angst, die uns so etwas glauben lässt.“

Aber Nicholas rührte sich nicht. „Es ist keine Geschichte“, flüsterte er. „Es ist die Wahrheit. Und wenn du sie vergisst, wirst du sie erleben. Sieh dich doch um. Wer sollte so etwas tun?“

Mayuri war einen Moment lang still. Die Dunkelheit schien sie dichter zu umschließen und plötzlich fühlte sie sich viel kälter an als zuvor. „Komm mit mir, Nicholas“, drängte sie. „Es wird alles gut werden.“

Doch der Junge sah sie nur traurig an, bevor er sich wieder in den Schatten verkroch. „Geh, bevor es zu spät ist. Ich werde bleiben.“

Mayuri erhob sich zögernd, ihr Herz schwer von Sorge. Sie wollte den Jungen nicht zurücklassen, aber etwas an seinen Worten ließ sie erzittern. Schließlich drehte sie sich um und ging, ihre Schritte schneller werdend, als das Gefühl von Bedrohung stärker wurde.

In dieser Nacht, als Mayuri in ihrem kargen Unterschlupf die Augen schloss, überkamen sie seltsame Träume. Sie sah Lichter, helle, fremdartige Lichter, die durch die Fenster ihrer Vergangenheit blitzten.

Und als sie erwachte, blieb die unbestimmte Angst, dass das, was Nicholas gesagt hatte, vielleicht doch keine bloße Geschichte gewesen war.

Auch in den kommenden Nächten träumte sie davon, doch es waren keine Außerirdischen, sondern Menschen – und das war weit schlimmer. Die Lichter kamen näher und sie wusste, dass die Vergangenheit sie immer wieder einholen würde.

Zero Alala, *einst wohl geboren auf einem fernen Planeten, in den ersten Minuten dieses Jahrtausends gestrandet auf der Erde, lebt heute mit sechs süßen Ratten irgendwo im Ruhrgebiet und schreibt ihre Rufe hinaus in die Welt.*

Rückspiegel

Der Regen ist stärker geworden. Müde und gereizt halte ich unter dem schützenden Vordach des Firmengebäudes nach dem bestellten Taxi Ausschau. Der Arbeitstag mit den Berliner Kollegen ist anstrengend verlaufen. Ich hadere innerlich mit mir selbst. Warum nur habe ich nicht eine Nacht in einem Hotel gebucht? Dann könnte ich mich jetzt erholen, anstatt nun die mühsame Rückreise nach Wien zu beginnen, könnte morgen ausschlafen, um dann ausgeruht nach Wien retourzufliegen.

Ich denke an Marie, ihre leise Stimme vorhin am Telefon, an die Entfremdung zwischen uns, schon länger diese Entfremdung, die sicherlich auch an meinen vielen Geschäftsreisen liegt, an meinen langen Abwesenheiten. Ach, als ob diese jetzige vierzehn Stunden frühere Heimreise es wieder gutmachen könnte ...

Als das Taxi endlich vor mir hält, eile ich im Laufschritt durch den strömenden Regen zur Hintertür, öffne sie und setze mich aufatmend, den Aktenkoffer neben mich schiebend, auf den Rücksitz. Kaum habe ich die Tür geschlossen, überfällt mich zusätzlich zu meiner ohnedies schlechten Laune ein ungutes Gefühl. Ein Gemisch aus Traurigkeit, Wut und Unsicherheit steigt in mir hoch. Noch bevor ich seine Stimme höre und erkenne, dass meine negativen Gefühle eindeutig ihren Ausgangspunkt in ihm, dem Taxifahrer, haben, noch bevor sich unsere Blicke im Rückspiegel treffen, weiß ich plötzlich, wer er ist.

Und ja, er ist es eindeutig. Ich erkenne seine Augenpartie, die dichten Augenbrauen, seinen Blick, der mich im Spiegel mit demselben spöttischen Ausdruck trifft wie damals.

„Zum Flughafen also“, sagt er gelangweilt, und ich räuspere mich zustimmend.

Er fährt langsam los. Seine hellen Augen im Rückspiegel lassen nun von mir ab, doch seine obere Gesichtshälfte ist nach wie vor in meinem Blickfeld – ich, eingeklemmt zwischen meinem Aktenkoffer und meinen Gefühlen, bewege mich nicht. Er scheint mich zum Glück nicht erkannt zu haben.

„Nur knappe zehn Minuten bis zum Flughafen durchhalten", denke ich. „Dann bin ich weg."

Er richtet den Rückspiegel, sein Blick durchbohrt mich wieder, ich sehe, wie er eine Augenbraue hochzieht, halte die Luft an, doch er sagt kein Wort. Wir fahren durch eine Unterführung, im Schutz der Dunkelheit rutsche ich unauffällig zur Seite, hinter seinen Sitz ans Fenster. Ich schließe die Augen, doch ungewollt taucht die Szenerie, die sich vor knapp zwanzig Jahren abgespielt hat, in mir auf.

Paradoxerweise trafen sich auch damals unsere Blicke in einem Spiegel. Ich saß, eine Flasche Bier in der Hand, gegenüber einer verspiegelten Zimmerwand auf dem Parkettboden in Lukes Zimmer. Luke war Balletttänzer, darum die Spiegelwand.

Keine Ahnung mehr, warum ich so saß, mir selbst gegenüber – offenbar wollte ich meinem Elend ins Gesicht blicken. Es war nämlich Maries Abschiedsparty. Noch immer konnte ich es nicht fassen. Marie zog tatsächlich aus. Zu ihm. Zu diesem Faris nach Berlin. Von einem Tag zum anderen, völlig überhastet hatte sie dies entschieden. Über ein Jahr lang hatten Luke, Marie und ich uns die Wohnung geteilt. Ebenso lang war ich in sie verliebt.

Seit der Sekunde, als sie auf unsere Anzeige hin, *Mitbewohner/in, 3er WG, gesucht* gekommen und noch am selben Tag eingezogen war, war ich von Maries Wesen wie magisch angezogen: Diese Mischung aus cool und warmherzig, sensibel und stark, geheimnisvoll und vertraut. Ihr Lachen. Ihr Strahlen. Und wie schön sie war! Ich war sehr unsicher damals und wagte nicht, ihr meine Gefühle zu gestehen. Doch irgendwann würde der richtige Zeitpunkt kommen, sagte ich mir wieder und wieder. Und immerhin, ich war ja Maries wichtigster Mensch, ihr allerbester Freund, wie sie sagte.

Damit war Schluss, als sie Faris kennenlernte. Sie sprach nur mehr von ihm. „Er ist unglaublich, noch nie ist mir ein Mensch wie er begegnet. Ein Original, ein echter Künstler, ein Freigeist", schwärmte sie.

Marie war nicht mehr greifbar für mich. Ich hatte schlagartig verloren, was ich nie besessen hatte.

Es war schon nach Mitternacht auf der Abschiedsparty, als er sich plötzlich neben mich vor die Spiegelwand setzte, dieser Faris, der meine Marie verhext hatte. Bisher hatte ich nur wenige Worte mit ihm gewechselt. Schweigend sahen wir uns im Spiegel in die Augen.

Dann lachte er leise auf, pfiff durch die Zähne, sagte: „So ist das also. Alles klar."

Und dann leise, eindringlich, ohne mich aus den Augen zu lassen: „Hör gut zu. Du bist selbst schuld, wenn du es ihr nie gesagt hast. Jetzt ist es zu spät, Feigling. Sie ist mir verfallen, deine Marie. Aber ich …"

Ich stand auf, unfähig, etwas zu sagen, bebend vor Wut.

„He, bleib doch, Mann, ich bin noch nicht fertig …" Sein Lachen dröhnte mir nach.

Später, Visavis von mir auf der Couch, Marie in seinem Arm, an ihn geschmiegt, sagte er laut genug, dass ich es hören konnte: „Süße, ich habe deine Freunde durchgecheckt. Einer hat nicht bestanden."

Wie sie sofort mich ansah. Wie ich dachte: „Das war es jetzt. Endgültig. Keine Marie mehr."

„Und, wohin gehts?"

Seine Stimme reißt mich aus meinen Gedanken. Ich blicke aus dem Fenster, erkenne an einem Schild, dass wir zum Glück in wenigen Minuten beim Flughafen sind. „Wien", antworte ich widerwillig.

Er richtet den Rückspiegel, seine Augen fixieren mich. „Wien", er lacht sein höhnisches Lachen. „Aus Wien habe ich vor zwei Jahrzehnten mal ein bildhübsches Anhängsel mitgenommen. Aber nur für ein paar Monate. Weißte, ich bin nicht der Typ für feste Beziehungen, ich brauche Abenteuer. Sie wollte nicht weg von mir damals, weinte, wollte bei mir bleiben. Aber ich habe sie mit einem Flugticket in ein Taxi gesteckt und zum Flughafen geschickt. Tja, und nun fahr ich selbst Taxi. Als Ausgleich zum Malen." Er bremst.

Rasch reiche ich ihm einen Geldschein nach vor, öffne die Tür – nur raus hier ...

„Grüß sie von mir, Feigling, gib ihr einen Kuss von mir, okay?", höre ich ihn noch lachend rufen, bevor ich die Tür zuknalle.

Am nächsten Tag, abends, wir sitzen bei einem Glas Rotwein auf der Terrasse, spreche ich es an: „Sag mir, Marie, wie war das damals mit Faris. Warum bist du wieder zurück nach Wien? Und warum zu mir?"

Marie sieht mich erstaunt an: „Aber das weißt du doch. Warum fragst du? Weil ich dich furchtbar vermisst habe. Mehr als man einen guten Freund vermisst. Und weil es zwischen Faris und mir nicht passte. Er wollte, dass ich blieb. Wollte mich nicht gehen lassen. Ich habe heimlich, als er noch schlief, ein Taxi gerufen, und bin zum Flughafen ..."

Wir greifen beide gleichzeitig zu unseren Weingläsern, trinken.

„Er lässt dich grüßen", sage ich dann. „Und ich soll dir einen Kuss von ihm geben."

Marie wird blass, sie beißt sich auf die Unterlippe. „Er hat dich also angerufen", sagt sie, ihre Stimme klingt belegt. „Was hat er dir erzählt?"

Ich nehme noch einen Schluck Wein, frage mich irritiert, warum sie annimmt, dass er mich anrufen und mir etwas erzählen könnte, und schweige.

Da bricht Marie in Tränen aus. „Bitte verzeih mir. Glaube mir, ich habe endgültig Schluss mit ihm gemacht."

„Wann hast du endgültig mit ihm Schluss gemacht?"

„Vor zwei Wochen, als ... als du übers Wochenende in Brüssel warst." Sie weint.

„Er war hier? In unserem Haus?"

„Ja, aber bitte glaube mir, es ist vorbei."

„Und du warst auch öfter bei ihm in Berlin?"

Sie nickt schluchzend. „Aber ich schwöre dir, es ist zu Ende. Ich habe ihm gesagt, dass ich dieses Doppelleben nicht mehr aushalte. Er hat dich angerufen, weil er unsere Ehe zerstören will. Wahrscheinlich denkt er, dass ich dann zu ihm ..."

Ich stehe auf, atme tief durch.

„Du gehst doch nicht?!" Marie springt auf, fasst mich ängstlich am Arm. „Ich ... ich brauche dich ..."

„Marie, ich muss das jetzt alles verdauen, muss für ein paar Wochen allein sein. Dann reden wir, gut?" Ich bin über mich selbst erstaunt, in welch ruhigem Ton ich das sage, obwohl doch in meinem Inneren das absolute Chaos herrscht.

„Ja“, sagt Marie leise, deren Tränen nicht aufhören zu fließen, und deren Blick ich in meinem Rücken spüre, bis ich im Haus bin, um meine Sachen zu packen.

Claudia Dvoracek-Iby, *1968 in Eisenstadt geboren, lebt in Wien, schreibt Geschichten, Gedichte und Märchen für kleine und große Menschen, zeichnet und collagiert auch gelegentlich. Seit 2012 zahlreiche Veröffentlichungen in Literaturzeitschriften und Anthologien. Preisträgerin einiger Literaturwettbewerbe.*

Das Reh

Als ich noch ein kleiner Junge war, hatten meine Freundin Heike und ich viel Spaß daran, Scherze zu machen und Streiche zu spielen. Vor allem den Erwachsenen. Das machte besondere Freude.

Mein Vater war total verrückt mit Tieren. Zu Hause hatten wir viele Papageien und auf der Weide grasten neun Esel und zwölf Ponys. Die wollten alle versorgt werden. Mein Vater übertrug mir und Heike die Pflege der Ponys und Esel. Morgens vor der Schule trafen wir uns zum Füttern und nach den Hausaufgaben wurde gestriegelt und geputzt. Danach ritten wir aus. In der Nähe gab es ein kleines Tal mit einem Bach mitten durch den Wald. Dort sind wir immer hoch, und oben auf dem Berg rasten wir über die Wiesen, klauten Äpfel von den Bäumen und ließen die beiden Ponys grasen. Am späten Nachmittag ging es dann wieder nach Hause.

Eines Tages bekam mein Vater das Angebot, sich im Westerwald ein Pony abzuholen. Umsonst. Mein Vater war sofort Feuer und Flamme und sagte zu. Mit seinem besten Kumpel Paul, bei uns nur Loks Paul genannt, weil er mit Nachnamen Lok hieß und auch noch bei der Bahn arbeitete, machte er sich mit einem Anhänger auf den Weg. Nachts, nachdem sie das Pony aufgeladen hatten, machten sie sich auf den Heimweg. Auf einer einsamen Landstraße stand plötzlich ein Reh vor ihnen im Scheinwerferlicht. Das Reh rührte sich keinen Zentimeter vor der Stelle. Die beiden stiegen aus. Das Reh rührte sich immer noch nicht. Es ließ sich sogar anfassen und streicheln. Paul und mein Vater kamen zu dem Schluss, dass es aus irgendeinem Tierpark ausgebüchst sei. Sie beschlossen, das Reh hinten auf den Anhänger zu bugsieren und erst einmal mitzunehmen.

Am nächsten Morgen trafen Heike und ich uns wie üblich auf der Weide. Ich traute meinen Augen nicht. Mitten unter meinen Eseln und Ponys stand da ein Reh und ließ sich auch noch anfassen. Toll. Zur gleichen Zeit begab es sich, dass wir im Naturkundeunterricht in der Schule alles über wilde Tiere in unseren Wäldern lernten. Und da kamen auch Krankheiten vor, die dem Menschen gefährlich werden können. Eine davon hieß Tollwut. Die Tiere seien dann ganz zahm und hätten Schaum vor dem Mund.

„Aha“, dachten wir zuerst. „Unser Reh!“

Nur unser Reh schien in Ordnung. Außer dass es zahm war, hatte es nicht die geringsten Anzeichen von Tollwut.

Da gab es aber eine Frau, die uns immer ärgerte. Die Frau von Loks Paul. Die tratschte immer alles rum, vor allem Dinge, mit denen sie gar nichts zu tun hatte. Außerdem bildete sie sich ständig Krankheiten ein. Damit ging sie sogar ihrem Mann auf die Nerven.

Wir heckten einen teuflischen Plan aus. Was wäre, wenn wir der Frau von Loks Paul erzählten, das Reh hätte Tollwut, aber mein Vater wolle nicht, dass es bekannt würde. Sie würde sofort zum Arzt rennen.

Genau das taten wir. Die drehte komplett durch und glaubte auch den Beteuerungen von Paul kein Wort mehr. Rannte zum Arzt und ließ sich eine Spritze gegen Tollwut geben. Sie vergaß nicht, es allen Frauen der Gegend zu erzählen. Und die rannten auch alle zum Arzt mit ihren Kindern und Männern. Alle wurden gespritzt. Ein Tierarzt vom Veterinäramt kam, untersuchte das Reh und sagte, es sei gesund. Keiner glaubte ihm.

Heike und ich hatten dafür gesorgt, dass das ganze Viertel geimpft wurde. Mein Vater war stinksauer auf uns. Ich schlitterte knapp an einer Tracht Prügel vorbei, sehr knapp. Doch Loks Paul lachte sich tot. Endlich hatte es jemand seiner Frau mal gezeigt. Sie tratschte nicht mehr. Ein Glück für unser ganzes Viertel.

Das Reh war tatsächlich aus einem Märchenwald ausgebrochen.

Michael Born, *1958 geboren in Oberlahnstein, 1976 Seefahrtschule Elsfleth, Ausbildung zum Nautischen Offizier bei Seereederei Frigga und TT-Linie, ab 1986 Kriegsberichtsreporter von den Brennpunkten dieser Welt, Arbeit als Kameramann, 2019 verstorben in Graz infolge einer Lungenentzündung.*

Ein langer Atem

Manuel war sein ganzes Leben ein überzeugter Nichtraucher. Er trieb reichlich Sport, war viel an der frischen Luft und ernährte sich gesund. Sofern man sich in einer Zeit von gespritztem Einheitsobst und -gemüse und genetisch aufgezüchteten Supertieren überhaupt gesund ernähren konnte.

Trotzdem machte seine Lunge eines Tages plötzlich schlapp. Mitten im Training für seinen dreizehnten Marathon. Zuerst dachte er, er hätte sich verschluckt. Er hustete, aber er bekam im Austausch keine frische Luft zurück. Bei jedem Atemzug schnürte sich die Lunge zusammen. Er röchelte. Schnappte nach Atem. Jeder Versuch klang wie ein Erstickungstod.

Zuerst hörte er auf zu laufen. Dann blieb er ganz stehen. Ging in die Knie. Lag am Boden. Zum Schluss kam die Rettung.

Die Ärzte sagten ihm, es sei ein Lungenkollaps. Ein Infarkt, ähnlich wie er beim Herzen auftritt. Nicht so häufig wie ein Herzinfarkt, aber kommt doch hin und wieder vor.

„Man hört auf zu leben in dem Moment, wo man auf die Welt kommt", dachte Manuel. „Das ganze Leben strebt unaufhaltsam auf den Tod zu, als wäre es das einzige Ziel."

„Die gute Nachricht ist", sagte der Arzt, „es ist kein Krebs."

„Die schlechte Nachricht ist", sagte ein zweiter Arzt, „dass Ihre Lunge irreparable Schäden erlitten hat."

„Enorme Schäden", so wieder der erste Arzt.

„Es tut uns leid."

„Ohne Hilfe werden Sie nicht mehr normal atmen können."

„Hilfe?", fragte Manuel.

„Künstliche Hilfe."

„Maschinelle Hilfe."

Sie präsentierten ihm seine neue Atemmaske. Eine kleinere, handlichere Version von der Maschine, an der er im Krankenhaus angeschlossen war. Sie kümmerte sich darum, dass seine Lungen ordentlich arbeiteten und den Körper mit dem dringend benötigten Sauerstoff versorgten.

„Mit anstrengendem Training und Marathons ist es jetzt vorbei."

„Kondition haben Sie damit keine." Mit einem Lächeln auf ihren Gesichtern verabschiedeten sie sich von Manuel. Noch am gleichen Tag trug er sich auf die Organspenderliste ein.

In den nächsten drei Jahren gewöhnte Manuel sich an die Atemmaske. An den Schlauch, der seine Nase hinunterführte. An das ständige Gefühl, einen kleinen Fremdkörper in der Lunge zu spüren. An die gelegentlichen Erkältungen, wenn jeder Hustenreiz wie eine Explosion war und jedes Schnäuzen sich anfühlte, als würde ihm die Lunge durch die Nase entkommen. Sogar daran gewöhnte er sich.

In gewisser Weise war es also nicht verwunderlich, dass er über den Tod seines künftigen Organspenders alles andere als traurig war. Manuel weinte zwar, als er die Nachricht bekam, aber es waren die reinsten Freudentränen. Er unterschrieb das Formular für die Übernahme der Spenderlunge so schnell, so schnell hatte er sich in den letzten drei Jahren nicht bewegt.

Die Operation war ein voller Erfolg und Manuel wachte aus der Narkose mit einer neuen und funktionsfähigen Lunge auf.

Die Ärzte besuchten ihn.

„Die gute Nachricht ist", sagte der Arzt, „Sie können von nun an auf die Atemmaske verzichten und haben eine frische Lunge."

„Die schlechte Nachricht ist", sagte der zweite Arzt, „Ihr Spender hatte Lungenkrebs."

„Im Anfangsstadium."

„Es tut uns leid."

„Nicht das Anfangsstadium."

„Nein, nicht das Anfangsstadium. Das ist gut."

„Sogar sehr gut."

„Dadurch haben Sie gute Chancen."

„Auf Heilung."

„Ein bisschen Chemo hier."

„Ein bisschen Bestrahlung da."

„Und schon sind Sie wieder topfit."

Manuel brauchte ein paar Sekunden und musste erst mal wirklich tief durchatmen. Dann sagte er: „Ich meine, wie ist das möglich? Wieso dann überhaupt die Transplantation durchführen? Hätten Sie den Krebs nicht gleich bei der Transplantation entfernen können?" Die Ärzte lächelten sich an. Nicht aus Verlegenheit, nein, Ärzte waren nie verlegen. Ärzte machten keine Fehler, dagegen waren sie abgesichert. Mit überaus teuren Versicherungen. Sie hatten aus ihren zahlreichen Kunstfehlern in der Vergangenheit gelernt, auch wenn sie mit Kunst nichts zu tun hatten. Sie lächelten vielmehr über die Unwissenheit ihres Patienten.

„Doch, schon."

„Hätten wir tun können."

„Aber Sie haben es unterschrieben."

„Die Übernahme."

„Mit allem drum und dran."

„Haben Sie das Kleingedruckte nicht gelesen?"

Manuel schüttelte den Kopf.

„Das hätten Sie entsprechend abzeichnen müssen, aber so."

„Ja, aber so."

„Können wir nur reparieren, was da ist."

„Schadensbegrenzung und so."

„Kann man nur froh sein."

„Nicht über den Schaden."

„Nein, nicht über den Schaden."

„Über was dann?" Manuel setzte sich auf. „Über was kann ich dann bitte schön froh sein?"

Die Ärzte waren die personifizierte Unverständlichkeit. Es lag doch auf der Hand. Zumindest für sie.

„Na, darüber, dass wir den Krebs früh entdeckt haben, natürlich", sagte der erste Arzt.

„Natürlich", bekräftigte der zweite Arzt.

„Im Grunde haben wir ihn schon entdeckt, bevor Sie ihn überhaupt hatten."

„Da sieht man mal."

„Wie weit wir sind."

„In der Medizin und so."

„Machen Sie sich mal keine Sorgen."

„Bei uns sind Sie in guten Händen."

„In den Besten."

„Sofern Sie brav das Kleingedruckte lesen."

„Steht nicht ohne Grund oben."

„Und ob."
„Auch wenn es klein gedruckt ist."
„Mit den Augen haben Sie ja nichts, oder?"
„Nein, mit den Augen hat er nichts."
Die Ärzte reichten sich die Hände, klopften sich auf die Schulter und beglückwünschten sich zu ihrem einmaligen Können.
„Hat das Kleingedruckte nicht gelesen."
„Gibts denn so was."
Und weg waren sie. Verschwunden bis zur nächsten Visite oder zum Diagnosegespräch oder zur Operation oder Beileidsbekundung, je nachdem. Sie hingen an ihren Auftritten.

Manuel holte tief Luft. Die zerstörte Lunge und die Atemmaske hatte er gespürt, aber den Krebs? Er fühlte keinen Unterschied. Alles schien richtig zu arbeiten. Er fühlte sich den Umständen entsprechend fit.

„Man hört nie auf zu sterben", dachte er. „Man muss ja an irgendwas zugrunde gehen. Und wenn es das Kleingedruckte ist."

Marco Rauch *schreibt Romane und Kurzgeschichten, vorwiegend in den Genres Thriller, Sci-Fi und Kriminalliteratur mit einem Hauch Horror und manchmal, wenn er gut drauf ist, auch Humor. Neben zahlreichen Kurzgeschichten und Essays hat er auch die Romane „Hard Boiled", „Fatality" und „Berserker" geschrieben. Er probiert es immer wieder mit Drehbüchern für Kurz- und Spielfilme, aber davon wurde bisher noch nichts verfilmt. Außerdem verfasst er laufend Film- und Literaturrezensionen für pressplay.at, irgendwie muss er sein Theater-, Film- & Medienwissenschaftsstudium ja rechtfertigen.*

Der große Tag

Schon als kleines Kind träumte ich davon, zu heiraten. Ganz in Weiß wie eine Prinzessin in einer großen, ehrfürchtigen Kirche.

Und manchmal werden Kindheitsträume wahr. Gut, mein Prinz war nicht auf einem weißen Ross dahergekommen und hatte auch keine Feuerleiter – wie in meinem Lieblingsfilm – erklommen, aber gut. Wir hatten uns über eine Internetplattform kennengelernt, so wie viele andere in diesem Jahrhundert auch. Unser Match lag bei 98 Prozent, im Grunde hatten wir also viele Gemeinsamkeiten. Das einzige Problem war, er lebte in Dresden und ich in Mainz. Eine Liebe auf Distanz, aber das hielt uns nicht davon ab, zusammen zu sein.

Marcel, so hieß mein Angetrauter, kam, so oft er konnte, nach Mainz, um mich zu besuchen. Manchmal schien es mir, als hätte er keinen Beruf, wenn er schon donnerstagabends kommen konnte und erst am Dienstagmorgen fuhr. Aber er versichert mir, er hätte einen gut bezahlten Job und immerhin konnte er sich eine Wohnung in Elblage leisten. Der Ausblick war wunderschön, auch wenn ich ihn nur von Fotos kannte.

Da mein Job als Krankenschwester es allerdings nicht so einfach machte, nach Dresden zu fahren, war ich einverstanden, dass wir uns immer bei mir trafen. In meiner kleinen Zweiraumwohnung in der Einflugschneise vom Frankfurter Flughafen. Und das nahe gelegene Frankfurt bot ja jede Menge Möglichkeiten, auch beruflich für meinen Zukünftigen, so redete ich es mir ein. Im Grunde hatte ich schon beschlossen, dass wir in Mainz wohnen würden. Trotzdem wollte ich mir zumindest einmal seine wunderschöne Wohnung in Dresden anschauen, von der er immer erzählte und die diesen herrlichen Ausblick auf die Elbe bot.

Kurz entschlossen machte ich mich vier Wochen vor der Hochzeit auf nach Dresden. Ein Überraschungsbesuch, ein Wochenende, das Marcel nie vergessen würde. Die letzten Apriltage versprachen herrliches Wetter und das lange Wochenende über den 1. Mai bot sich geradezu an, um gemeinsam durch Dresden zu wandeln und letzte Details für die Hochzeit zu besprechen. Und so fuhr ich nach Dresden, dass erste Mal in meinem Leben. Mit nicht mehr als einer Adresse in meinem Smartphone und einem kleinen Koffer voll mit sexy Dessous und kurzen Röcken.

Unendliche Bahnverzögerungen und Umleitungen später rollte der Zug in Dresden ein. Wir würden noch den ganzen Nachmittag miteinander verbringen können, die Sonne schien und Dresden zeigte sich von seiner schönsten Seite. Als ich mich jedoch der Innenstadt nährte, wurde mir mit einem Schlag bewusst, welcher Tag heute war. Der 30. April. Hitlers Todestag. Oder der Tag, an dem Dresden den Nationalsozialisten gehörte. Hunderte, wenn nicht sogar Tausende von ihnen patrouillierten durch die Stadt. Riefen rechte Parolen, hoben die rechte Hand. Ein Anblick, bei dem sich mir der Magen umdrehte. Ich kam mir vor, als wäre ich in einem schlechten Film. Oder war ich gar durch die Zeit gereist?

Verwundert überprüfte ich die Funktionen meines Smartphones, aber alles schien normal. Wir schrieben das Jahr 2024. Deutschland. Wie erstarrt blieb ich stehen. Mein Blick haftete an den Menschen, die durch die Stadt zogen, in einer schier endlosen Menge schoben sie sich vorwärts. „Deutschland den Deutschen." Mir wurde übel und ich hätte am liebsten bei 25 Grad im Schatten eine Mütze über meine langen, schwarzen Haare gezogen. Verschämt wendete ich meinen Blick ab, meine Großeltern waren Migranten. Aus der Türkei. Ich war in Deutschland aufgewachsen, einem offenen, freundlichen und demokratischen Land. Und doch stand ich nun am Straßenrand und sah der Menschenmasse zu, wie sie an mir vorbeilief und rief: „Ausländer raus, Deutschland den Deutschen."

Das war nicht mein Deutschland. Zum Glück würden wir nicht in Dresden leben. Vielleicht hatte mich mein Angetrauter deswegen nie zu sich eingeladen. Er schämte sich für die Stadt. Für die Menschen. Ich wollte nur hier weg. Zu Marcel. In seine Wohnung. Ihm von dieser Erfahrung erzählen, ihm sagen, wie froh ich war, ihn zu haben. Wie froh ich war, dass er dieses Gedankengut nicht teilte, dass er mich heiraten wollte, dass er mit mir nach Mainz gehen würde.

Ich lief in Richtung Elbe und ließ mich von meinem Handy zu der angegebenen Adresse navigieren. Das gleichmäßige Plätschern des Flusses und die wunderschön angelegte Promenade versöhnten mich wieder etwas mit Dresden. Hier war es schön, fast schon romantisch. Ich nahm mein Handy und machte sogar zwei, drei Bilder – von der Elbe mit der alten Steinbrücke, von dem Blick auf die Stadt.

Vor zwanzig Minuten hatte ich nicht verstehen können, wie Marcel in dieser Stadt leben konnte, nun konnte ich es doch irgendwie verstehen und ich freute mich auf den Balkon mit Elbblick. Träumte schon von einem dieser alten Villengebäude, die wunderschön an der Elbe standen. Doch ich lief weiter und erreichte die typischen Plattenbauten der Deutschen Demokratischen Republik. Und mein Handy verkündete: Sie haben ihr Ziel erreicht. Ich traute meinen Augen kaum. Hatte Marcel nicht von einem feinen Haus gesprochen. Ich schluckte und klingelte. Es ging nicht darum, wo er wohnte, sondern was er daraus gemacht hatte. Auf den Bildern hatte die Wohnung sehr einladend gewirkt.

Ich hatte Glück, Marcel war zu Hause, ein Summen erklang und ich betrat das Treppenhaus. Marcel wohnte ganz oben und ich konnte es kaum erwarten, sein Gesicht zu sehen. Er wäre bestimmt überrascht, immerhin ahnte er nichts. Und ich hatte recht, er war überrascht, total überrascht. Marcel lächelte, wollte mich aber zuerst nicht so recht in die Wohnung lassen. Doch ich schob ihn beiseite, ich wollte zumindest meinem Koffer abstellen, bevor wir wieder loszogen. Marcel trug schwarze Kleidung, sie stand ihm ziemlich gut. Ich drückte ihm einen Kuss auf die Wange, ich wollte endlich seine Wohnung sehen, endlich den Ausblick von dem Balkon genießen.

Und dann verstand ich, warum mich Marcel nie zu sich eingeladen hatte. Über dem Sofa im Wohnzimmer hing eine Flagge der Nationalsozialisten, überall lagen Wahlplakate und Flyer von rechtspopulistischen Parteien. Ich erschrak. Das war nicht der Mann, in den ich mich verliebt hatte. Wie hatte ich das nur nicht sehen, nicht verstehen können? An die Wände im Wohnzimmer waren Hakenkreuze gemalt. Ich hielt den Griff meines Koffers fest und drehte mich um. Ich hatte genug gesehen. Einen Blick vom Balkon oder in sein sehr gemütliches Schlafzimmer wollte ich nicht mehr werfen. Ich wollte nur noch weg. Weit weg. Weg von diesem Mann. Weg von dieser Wohnung. Einfach nur weg.

So mutig, wie ich konnte, ging ich an Marcel vorbei zur Wohnungstür, öffnete sie und lief – eigentlich rannte ich – die Treppe hinunter. Marcel rief mir etwas hinterher, was wie Kanakenbraut klang. Es traf mich. Aber es traf mich nicht so sehr wie der Gedanke, dass ich mit diesem Mann mein Leben, mein Bett hatte teilen wollen.

Als ich die Elbe erreichte, holte ich Luft. Ich drehte mich um, wollte wissen, ob Marcel mit gefolgt war. Angst machte sich breit. Er wusste, wo ich wohnte. Würde er mir etwas antun? Und in dem Moment – mit Blick auf die Elbe – traf ich eine Entscheidung: Ich würde umziehen. Noch dieses Wochenende. Zu meinen Eltern nach Mannheim.

Das traurig war, ich würde recht behalten, es würde in unvergessliches Wochenende werden. Nur nicht für Marcel. Sondern für mich. Ein Wochenende, das mein Leben komplett veränderte. Und während die Tränen über meine Wangen liefen, machte ich mich auf den Weg zum Bahnhof. Ich würde zurückfahren, hier wollte ich nicht bleiben.

Christina Reinemann *wurde 1982 in Kassel geboren. Sie studierte Geschichte, Psychologie und Chemie an der Universität Oldenburg. Im Jahre 2024 erschienen ihre Kurzgeschichten „Reinbachstraße 465 k" und „Einmal Rom und zurück" in einer Anthologie.*

Einsteins Raumzeitkrümmung

Nachricht von Luca. Mit Foto. Ich tippe auf das Bild. Ein E-Bike. Das hätte ich auch gerne. Habe ich Mama und Papa zigmal auf die To-do-Liste gesetzt. Vergebens.

Gedankenverloren zupfe ich mit Daumen und Ringfinger an meinem Ohrläppchen. Mit dem Ringfinger tippe ich wieder auf das Bild, um es größer zu machen.

Vor Schreck fällt mir das Handy aus der Hand. Mitten in meinem Zimmer steht ein E-Bike. Einfach so. Sieht genauso aus wie das von Luca. Einige Augenblicke lang starre ich das Rad an. Dann hebe ich das Handy vom Teppichboden auf. Glück gehabt, das Ding ist noch ganz. Ich wähle Lucas Nummer.

„Ben?" Lucas Stimme klingt genervt. „Ich kann grad nicht. Mein Rad ist weg. Das hat einer geklaut oder so."

„Leg nicht auf!", sage ich. „Ich weiß, wo dein E-Bike ist."

Eine halbe Stunde später sitzen wir zusammen auf meinem Bett. Neben uns steht das Rad.

„Ist das schon mal passiert?", fragt Luca.

Ich werfe ihm einen Seitenblick zu. „Klar, ich hole ständig Fahrräder übers Handy direkt in mein Zimmer."

Gleichzeitig prusten wir vor Lachen.

Noch immer grinsend begutachtet Luca mein Handy. Er betrachtet es wie einen Zauberhut, aus dem gleich ein Kaninchen heraushüpft. „Damit kannst du im Zirkus auftreten." Er hält mir sein Handy unter die Nase. „Kannst du das mit meinem Handy auch?"

Ich zucke mit den Schultern.

„Hast du irgendwas gesagt oder gemacht, bevor es passiert ist?" Luca öffnet ein Foto auf seinem Handy. Eine Packung Kaugummis. Rosa. Mit Erdbeergeschmack. „Mach mal!", verlangt er.

„Du spinnst ja."

„Witzig, dass ausgerechnet du das sagst." Beharrlich streckt er den Arm aus, damit ich das Bild berühren kann.

Na schön. Ich kanns ja versuchen. Mit dem Daumen und Zeigefinger zupfe ich zuerst an meinem Ohrläppchen und tippe dann auf das Bild. Nichts passiert. Luca zieht einen Flunsch.

Ich stoße ihn mit dem Ellenbogen in die Seite und zeige auf den Fahrradsattel. Darauf liegt eine rosafarbene Packung Kaugummis.

„Das ist so cool!“ Luca kaut auf einem Kaugummi herum und sucht im Internet nach Sachen, die ich herbeiholen soll.

Er hält mir das Handy hin. Ich gucke erst gar nicht, was er da ausgesucht hat. Bestimmt einen Cheeseburger oder eine große Packung Popcorn. Ich zupfe an meinem Ohrläppchen und tippe auf das Display.

„Oh“, sagt Luca enttäuscht. „Also keine großen Sachen. Schade. Ich hätte echt gerne eine Atombombe aus der Nähe gesehen.“

„Eine was?“ Fast verschlucke ich mich an meinem Kaugummi. Der Typ ist ja irre! Nicht auszudenken, wenn das mit der Bombe geklappt hätte. Meine Hände zittern.

„Ey, Ben!“, ruft Luca. „Guck mal aus dem Fenster!“

Okay. Ich bin sicher. Was auch immer da draußen ist, ich will es nicht sehen.

„Verdammt, Luca!“ Ich gestikuliere wild. „Wie werden wir das Ding wieder los?“

„Keine Ahnung.“ Luca ist so ruhig, dass ich ihn schütteln möchte. Immerhin ist unser Grundstück gerade ein Fall für die nationale Sicherheit geworden. Ich denke an den ganzen Kriegs-Unsinn. Atomstrahlung. Das macht mich fertig.

Luca streicht auf dem Display herum und sagt: „Frag wen Schlaueres!“

Wen er damit meint, sehe ich auf einem Schwarz-Weiß-Foto. „Das klappt nicht mit Personen.“

„Ach?“

„Schon gar nicht mit Leuten, die tot sind.“

Luca macht eine Kaugummiblase und lässt sie platzen. „Und das weißt du, weil ...?“

Ich starre ihn an. „Gesunder Menschenverstand.“

Er zieht die Stirn kraus. „Lasse ich bei dir nicht gelten.“

Hmpf.

Ich zupfe am Ohrläppchen und berühre das Foto.

„Nice.“ Luca klatscht auf die Oberschenkel.

Dann entdecken wir beide den Mann, der reichlich verdattert dreinblickt. Seltsam sieht er aus. Nicht weil er aus der Zeit gefallen ist. Nicht weil er einen Anzug trägt. Auch nicht, weil er seine Hände begutachtet, als gehörten sie ihm gar nicht. Nein, weil seine Hände und alles andere an ihm schwarz-weiß sind.

„Wo bin ich hier?“, erkundigt er sich.

„Der sieht genauso verwuschelt aus wie auf dem Foto“, staunt Luca.

„Ähm“, druckse ich. „Äh, also, ich bin Ben und das ist Luca.“ Ich beschließe, nicht lange drumherum zu reden. „Wir haben ein Problem und hoffen, Sie können uns weiterhelfen. Weil Sie schlau sind und so.“ Ich zeige aus dem Fenster.

Pflichtbewusst sieht der Mann nach draußen. Dann fragt er: „Ist das da draußen eine Erfindung?“

Wo sollen wir nur anfangen? Ziemlich durcheinander erzähle ich ihm alles. Mit Lucas Unterstützung, der hier und da Bemerkungen einstreut.

Der Mann hört sich alles geduldig an, begutachtet das E-Bike und Lucas Handy. Zwischendurch murmelt er: „Erstaunlich.“

Als ich endlich aufhöre zu reden, klopft er mir auf die Schulter: „Raumzeitkrümmung. Ganz und gar erstaunlich, mein Junge. Ganz und gar. Sehr freundlich von dir, diese Erkenntnisse mit mir zu teilen.“

Ich verdrehe die Augen. Vielleicht war Lucas Idee, ausgerechnet Albert Einstein aus einem Foto herzuholen, doch nicht so genial. „Raumzeitkrümmung hin oder her“, sage ich. „Ich habe eine Atombombe an der Backe.“

Einstein nickt wissend. „Menschen. Keine Maus der Welt würde eine Mausefalle konstruieren“, sagt er. „Dringlicher als das Problem ist jedoch etwas anderes.“

Luca und ich sehen uns an.

Einstein lächelt. „Ihr müsst herausfinden, wie ihr das alles wieder rückgängig macht.“

Logisch. Für diese Weisheit brauche ich kein Genie.

„Fangt am besten mit den Kaugummis an“, meint Einstein.

„Aber ich habe schon welche gegessen“, widerspricht Luca.

Die Kaugummis sind eh egal.

„Das Fahrrad?“, schlage ich vor.

„Und wenn das dann weg ist?“ Luca schüttelt den Kopf. „Das nehme ich lieber später selbst mit nach Hause.“

„Von der Bombe würde ich abraten.“ Einstein presst die schwarzweißen Handflächen gegeneinander. „Zumindest bis ihr sicher seid, ob das Rückgängigmachen funktioniert. Wie wäre es also mit mir? Ich bin ohnehin etwas farblos.“

Ich würde mich lieber länger mit Einstein unterhalten, aber er hat recht. Bevor jemand ein Militäraufgebot schickt, muss die Atombombe zurück. Woher auch immer sie stammt. Und Einstein muss auch dahin, wo er hergekommen ist. Ich fasse also an mein Ohrläppchen, berühre Einstein und dann das Handy.

Nichts.

„Muss da eine bestimmte Internetseite geöffnet sein?“, frage ich.

Luca guckt aufs Display. „Ist dieselbe wie vorhin.“

„Noch mal.“ Ich wiederhole die Bewegung.

„Versuch es mal andersrum“, schlägt Luca vor. „Erst Einstein, dann zupfen, dann Handy.“

Gesagt, getan.

Einstein steht noch immer vor mir.

Noch mal.

Und noch mal.

„Ich befürworte, dass du nicht aufgibst“, erklärt Einstein. „Aber ich schlage vor, dass du eine Neuerung einbaust. Es macht keinen Sinn, immer wieder das Gleiche zu tun.“

„Schön.“ Ich puste die Wangen auf. „Bin offen für Ideen.“

„Wie wäre ein Seitenwechsel?“, fragt Einstein. „Andere Hand, anderes Ohr?“

Ausprobieren.

Schwupps.

Einstein verschwindet. Er ist einfach weg. Genauso schnell, wie er hergekommen ist.

Auf dem Handy geht ein Fenster mit seinem Foto auf. Es sieht leicht verändert aus. Der schwarz-weiße Struwwelkopf zwinkert uns zu.

Begeistert zieht mich Luca mit nach draußen, wo die Atombombe schon Schaulustige angezogen hat. Ich strecke die linke Hand aus, berühre die Bombe, das linke Ohrläppchen, lege den linken Ringfinger aufs Handy.

Einige der Gaffer stoßen seltsame Geräusche aus und reden aufgeregt durcheinander. Die Bombe ist weg. Ich atme auf und Luca klopft mir auf den Rücken.

Während wir das Fahrrad aus meinem Zimmer wuchten, murmelt Luca etwas wie: „Krass, die Raumzeitkrümmung."

Ich stecke mir das letzte Kaugummi in den Mund, sehe, wie Luca losradelt, und nehme mir vor: Keine Kaugummis mehr. Erst recht keine Atombomben. Kein Zupfen mehr am Ohrläppchen. Na ja. Da juckt es mich gleich wieder.

Maria Reuber, *Jahrgang 1978, promovierte über Märchenadaptionen. Sie lebt mit ihrem Mann und ihren zwei Kindern im Sauerland. Wenn sie sich nicht gerade Geschichten ausdenkt, unterrichtet sie als Gymnasiallehrerin Deutsch, Englisch und Französisch. Schon früh stand für sie fest: Die Sprache ist egal, Hauptsache Bücher. Und Kaffee.*

Der erste Jahresabschluss

Ich blättere bedächtig in meinem schwarzen Auftragsbuch, um eine korrekte Inventur erstellen zu können. Neben mir liegt ein Ordner mit abgehefteten Rechnungen. Auch das Kassaeingangsbuch habe ich mir aus dem Bürokasten geholt. Es wird die Erstellung meines ersten Jahresabschlusses sein. Mein erstes Jahr als Bestatterin spiegelt sich im Auftragsbuch wider. Es war ein gutes Jahr, sofern man das so sagen darf! Natürlich nur aus Sicht des Bestattungsunternehmens!

Wie viele Möglichkeiten, aus dem Leben zu scheiden, gibt es eigentlich? Allen ist jedenfalls gemeinsam – am Ende schleift der Sensenmann sein Instrument – steht der Tod vor der Tür!

Wenn man sich überlegt, welche Kategorien es gibt, in die man das *Aus-dem-Leben-Scheiden* einordnen kann, wird klar, dass es nur einige wenige Gruppen sind. Da wären die Selbstmörder. Die, die einem Mörder – zufällig oder nicht – in die Hände laufen, die Unfallopfer und die Menschen, die nach einer todbringenden Krankheit ins Jenseits wandern.

Als Bestatterin kommt einem da schon so einiges unter. Der Beruf ist richtig skurril und abwechslungsreich. Ja, sie haben richtig gelesen. Mein Arbeitsplatz ist das Büro einer kleinen Privatbestattung in einem Dorf im nördlichen Niederösterreich. Eigentlich wurde ich nur für die Büroarbeit seinerzeit eingestellt. Mittlerweile kümmere ich mich um die Bestellung von Särgen und Truhen, Pietätsartikel wie Spitzenpolster und Sargausstattungen. Auch kurve ich mit dem Leichenwagen durch die Gegend, um die menschlichen Hüllen einzuholen, deren Seelen schon längst ins Nirwana entwichen sind.

Um auf die diversen Kategorien zurückzukommen! Selbstmord und Unfall verschwimmen oft. Richtige Selbstmörder hatte ich schon. Liebend gerne hätte ich sie vom Strick geschnitten, was aber nur die Polizei tun darf. *Aufhängen* nimmt in unserem Tal die erste Stelle ein. Die Nebelmonate in Herbst und Winter führen oft zu enormen Depressionen!

Ein ehrgeiziger, braver Angestellter verlor seinen Job, was er nicht verkraften konnte. Er kletterte auf der Außentreppe des Lagerhausturmes empor, um dann mit 9,8 Metern pro Sekunde auf den betonierten Parkplatz zu landen. Kein schöner Anblick!

Seit wir eine elektrische Bahnschranke im Ort haben, wirft sich kaum mehr jemand auf die Geleise. Die letzte Leiche dieser Art war lange vor meiner Zeit.

Zweimal hatte ich das *Vergnügen* mit jungen Männern, die sich den *goldenen Schuss* verpassten. Ob es gewollter Selbstmord oder ein Unfall war, ist nicht mehr festzustellen. Tot ist tot!

Ähnlich zwiespältig bin ich beim Tod einer alten Dame, die an einer Überdosis Rattengift aus dem Leben geschieden ist. Leider hat man nie herausgefunden, ob es Absicht oder nur Dummheit war.

Gemordet wird in unserem Dorf nie. Höchstens wenn die Jäger sich irren und statt eines Hasen einen streunenden Kater erschießen. Einmal allerdings wurde ein Treiber so schwer verletzt, dass er das vermeintliche Attentat nicht gut überstanden hat. Es lag aber keine Absicht beim Schützen vor, daher kein Mordversuch, sondern fahrlässige Tötung!

Bei den Unfallopfern dagegen gibt es viele Unterkategorien. Den Löwenanteil machen die Verkehrsunfälle aus und nicht selten muss ich mithilfe der Feuerwehr die einzelnen menschlichen Trümmer zusammensuchen lassen, speziell wenn sich ein Autofahrer um einen Baum gewickelt hat. Grausam, aber mein tägliches Brot!

Vor ein paar Wochen kippte ein Weinbauer mit seinem Traktor über eine steile Böschung und brach sich das Genick! Der Traktor blieb heil!

Radunfälle mit letalem Ausgang treten hin und wieder auf, seit die Menschen auf E-Bikes umgestiegen sind und diese nicht beherrschen.

Motorradfahrer – die Organspender auf zwei Rädern – kommen nur selten in unser Dorf und verlassen es meist auch heil. Bis auf einen, der die Rechtskurve nicht geschafft hat und in das Denkmal des Heiligen Georg gedonnert ist. Georg verlor den Kopf und der Motorradfahrer sein Leben! Und ein zweiter Raser hat eine junge Frau auf einem Pferd übersehen. Fazit: Pferd tot, Raser tot und auch die Reiterin wurde ins Jenseits befördert. Für einen einzigen Tag jede Menge Arbeit!

Sieht man von den Unfällen auf der Straße ab, kommt eine große Zahl von Toten aus dem häuslichen Bereich. Jedes Jahr, so berichtete mir mein Chef, sobald die Kirschenernte einsetzt, kann man damit rechnen, dass mindestens drei Personen von der Leiter fallen und sich todbringende Verletzungen zuziehen. In meinem ersten Jahr war es nur ein alter Bauer. Ähnlich geht es im Herbst nach der Weinlese zu, wo immer wieder Weinbauern durch Gärgase im Keller zu Tode kommen. Heuer waren es zwei Personen.

Und da wären noch die unzähligen Hausfrauen, die in ihrem Übereifer an Sauberkeit die unmöglichsten Unfälle bauen. Da hing doch jüngst eine Frau auf dem Bleikristallluster ihres Wohnzimmers, weil ihr der Sessel unter den Füssen weggerutscht ist. Nach wenigen Minuten verließen sie ihre Kräfte, sie plumpste hinunter und starb an inneren Verletzungen. Der Luster blieb ganz.

Eine andere *Putze* versuchte, das Innenleben der Steckdose in ihrer Küche zu reinigen und *frizzz* war sie hinüber. Haushaltsunfälle blieben auch in diesem Jahr die Gewinner.

Unfälle jeglicher Art: Tragisch der Tod eines Bauern, der beim Heumachen ausrutschte und in die eigene Sense fiel. Diese durchschnitt ihm die Aorta und binnen Sekunden war es vorbei. Eine Bäuerin wurde vom eigenen Stier attackiert, stürzte und landete mit dem Kopf im Wassertrog des Tieres. Ertrunken!

Ertrunken ist auch ein Alkoholiker, der auf dem Weg aus dem Wirtshaus in den Forellenteich gefallen ist.

Nicht klassisch, aber dennoch passiert: Da mühte sich eine Frau auf der Toilette so sehr ab und bekam beim Pressen zum Stuhlgang einen Herzinfarkt. Ende und aus!

Ein Tischler geriet mit seiner blauen Arbeitsjacke in den Sog einer Säge und wurde schlussendlich skalpiert. Entsetzliches Ende!

Viele Menschen sterben aber auch an einer langwierigen Krankheit oder einfach nur an Altersschwäche. Ihnen sei ein ruhiges Hinübergleiten gegönnt. Wann immer ich eine Leiche aus der Prosektur eines Krankenhauses holen muss, blicke ich oft in friedvolle Gesichter. Das ist sehr beruhigend, weil man erkennt, dass sie mit sich und der Welt im Reinen sind. Aber auch hier gab es kuriose Momente. Eine voluminöse, weibliche Leiche passte nicht in einen herkömmlichen Sarg, worauf ich unverrichteter Dinge wieder aus der Prosektur abziehen musste, um eine komfortable Truhe zu bringen.

Und vor wenigen Wochen haben meine Gehilfen zwei Särge verwechselt. Sie waren von derselben Bauart. In einem lag die Frau des Gemeindedieners, im zweiten der Hauptmann der örtlichen Feuerwehr. Peinlich, als die Musikkapelle beim Öffnen des kleinen Sargfensters intonierte *Ich hatt' einen Kameraden* – und das Gesicht der Frau des Gemeindedieners zu sehen war.

Ein Todesfall ging mir persönlich sehr nahe. Die Frau feierte ihren 80. Geburtstag an drei aufeinanderfolgenden Tagen. Sie war gebürtige Engländerin und lud daher am ersten Tag einige aus London stammende, aber in Wien lebende Freundinnen zu sich ein. Am zweiten Tag gab es 150 geladene Gäste. Vor allem Freunde und Nachbarn waren geladen und der dritte Tag – es war der Sonntag – sollte nur mit ihrer Familie gefeiert werden. Sie hatte zwei Söhne und sieben Enkelkinder. Müde von den Strapazen legte sie sich abends zu Bett und schlummerte sanft ins Jenseits. Ein würdiger Lebensabschluss für sie, nicht für die Familie!

Den Jahresabschluss – sprich die letzte Leiche für das Jahr – und ich hoffe, dass es dabei bleibt! – bildete eine sehr kluge Frau um die 50. Sie litt an Pankreaskrebs. Als sie ihr Ende kommen sah, suchte sie nach einem passenden Grabstein, schrieb den Ablauf ihrer Beerdigung minutiös auf und verwies auch mit Namen auf alle die, die etwas in diesem Trauerspiel zu tun bekamen. Die Abschiedsrede in der Kirche sollte ihre beste Freundin halten. Nun, die Rollen waren verteilt, der Tod kam und die beste Freundin nahm es sehr genau, nicht nur mit der Abschiedsrede. Sie kümmerte sich ab sofort um den Witwer, und zwar so fürsorglich, dass man nach Ende des Trauerjahres heiraten will.

Auftrags- und Kassenbuch stimmen überein, auch der Ab- und Zugang der Särge und Truhen ist korrekt verbucht. Ich bin nicht unzufrieden. Es ist zwar nicht leicht, als Frau in diesem Gewerbe tätig zu sein, aber man braucht mich, denn dieses Gewerbe stirbt nicht aus! Zufrieden schließe ich meine Bücher, als es an der Türglocke läutet. Ich öffne und eine junge Frau betritt völlig verheult mein Büro. Ihr Mann ist Dachdeckermeister – gewesen!

Nachsatz:

Wenn man arbeiten will, dann findet man immer einen Job. Für mich war es der in der örtlichen Bestattung. Obwohl ich mir anfangs nicht zugetraut hatte, dort zu arbeiten, war ich über mehrere Jahre tätig. In den darauffolgenden Jahren fiel mir die Inventur wesentlich leichter als in meinem ersten Jahr. Man muss versuchen, einen imaginären Schild vor sich herzutragen, an dem die vielen Schicksale abprallen können, sonst wird man selbst depressiv. Die Geschichten aus der Bestattungszeit sind längst vorbei, aber nicht vergessen. Sie haben mich zu einem besseren Verständnis und sensiblerem Umgang von Leben und Tod gebracht.

***Hannelore Futschek** wurde 1951 in Wien geboren. Nach Matura und Studium heiratete sie und zog mit ihrem Mann und den beiden Kindern 1984 ins niederösterreichische Weinviertel. Heute lebt sie im steirischen Salzkammergut. Sie übte mehrere Berufe aus, unter anderem als Bankangestellte, Bestatterin und Angestellte im Arbeitsmarktservice. Seit der Pensionierung widmet sie sich wieder vermehrt der Aquarell- und Acrylmalerei und dem Schreiben. Vorerst waren es nur Kurzgeschichten. Später hat sie das Spektrum um Romane erweitert, die Liebesgeschichten, Biografien und Krimis zum Thema haben. Bei Anthologien verschiedener Verlage wurden schon unzählige Kurzgeschichten veröffentlicht.*

Die Zugbrücke

Von der Bergkuppe aus, die sie mit ihren Fuhrwerken und Pferden erklommen hatten, war die Befestigungsanlage gut zu erkennen. Im Licht der Nachmittagssonne erstrahlten die dicken Mauern weithin sichtbar. Eine Fahne mit dem Wappen des Grafen Wilhelm von Säckingen flatterte im Wind. Auf dem Wehrgang hinter den Zinnen warteten Bogenschützen auf ihren Einsatz. Die Adlerburg war eine starke Bastion, die schier uneinnehmbar auf einem hohen, steilen Felsen thronte.

„Und du glaubst, sie werden nichts bemerken?" Rudgers Pferd trippelte unruhig auf der Stelle. Offensichtlich übertrug sich seine Nervosität auf das Tier.

Konrad warf seinem Bruder einen tadelnden Blick zu. „Wenn du uns mit deinem Gehabe nicht verrätst, dann wird unser Plan aufgehen. Also reiß dich zusammen!"

„Halt! Wer begehrt Einlass?"

Konrad hob einen Arm, stoppte sein Pferd, sein Tross tat es ihm nach. „Ich bin Fredhelge von Rabenstein und gekommen, Graf von Säckingen anlässlich seiner Vermählung die Ehre zu erweisen."

„Warum reisen so viele Bewaffnete mit euch, Fredhelge von Rabenstein?"

„Der Wald ist tief, es gibt Räuber, gegen die wir uns schützen müssen."

„Was führt ihr in dem Wagen da mit Euch?"

Konrad stieg vom Pferd, ging zu dem angesprochenen Fuhrwerk und hob die Plane an. „Unser Handwerkszeug."

Ein umfangreiches Sammelsurium von Werkzeugen kam zum Vorschein: Sägen aller Art, Dextel, Klöppel, Zieheisen, Raspeln, Feilen, Hobel, Stemm- und Stechzeug und Sandstein. Außerdem Messzeuge wie Lineal, Zirkel und Winkelmaß.

„Unsere Familie ist seit Generationen bekannt für hochwertigste

Holzarbeiten. Seht selbst, was wir für den Grafen hergestellt haben." Der Torwächter folgte Konrad um den Wagen herum und stand unvermittelt vor einem beeindruckenden, auf Rollen gelagerten Holzpferd.

„Wir wissen um die Liebe des Grafen zu seinen Tieren. Diese Arbeit ist ein Einzelstück, an dem ich ein Jahr lang gearbeitet habe. Es wird diesem besonderen Anlass gerecht werden."

Sichtlich beeindruckt umrundete der Grenzer mehrmals die Hochzeitsgabe. „Fürwahr, an diesem Geschenk wird der Graf seine Freude haben. Trotzdem muss ich euch bitte, mir einen Beweis vorzulegen, dass ihr auch der seid, für den ihr euch ausgebt. Es gab schon viele Versuche, unsere Burg zu erobern."

Ein überlegenes Lächeln umspielte seine Lippen. „Jedoch hat sich unsere Verteidigung stets als unüberwindlich erwiesen."

Konrad nahm einen Siegelring vom Finger. Kurz dachte er an den rechtmäßigen Besitzer des Schmuckstücks, der vor Kurzem zusammen mit seinen Begleitern im Wald hinter dem Hügel überfallen und gemeuchelt worden war.

„Ihr seid ein weiser Mann. Kein Wunder, dass niemand eure Burg einzunehmen vermag. Hier …"

Der Torwächter nahm den Ring, begutachtete ihn aufmerksam und gab ihn schließlich zurück. „Fredhelge von Rabenstein, Ihr dürft mit Eurem Gefolge die Burg betreten. Die bewaffneten Begleiter allerdings nicht, sie müssen hier auf euch warten."

Konrad deutete eine Verbeugung an. „Habt Dank, ehrenwerter Herr."

Der Wächter gab das Zeichen. Eine Winde hinter den Burgmauern wurde in Bewegung gesetzt, zwei parallele Ketten, die durch Maueröffnungen über dem Tor mit dem äußersten Ende der Brückenplatte verbunden waren, gaben nach und die Brücke senkte sich langsam hinab.

Der Tross setzte sich in Bewegung und überquerte die Brücke. Konrad stieg wieder auf sein Pferd.

„Ach übrigens, welchen Namen hat denn euer Kunstwerk?", fragte ihn der Grenzer.

Konrad lächelte ihn von oben herab an. „Wir haben es auf den Namen Troja getauft."

„Troja? Ein seltsamer Name!"

Fürwahr, ich habe ihn wohl auf einer Reise nach Griechenland aufgeschnappt. Gehabt Euch wohl!“

Konrad gab dem Pferd die Sporen und folgte seinen Leuten in die Burg.

***Herbert Glaser,** Jahrgang 1961, arbeitet als Sounddesigner bei einem großen Münchner Fernsehsender und legt dabei fehlende Töne für Spielfilme und Dokumentationen aller Art an. Seine größte Leidenschaft – neben Schreiben und Lesen – ist die Musik, die er am liebsten live erlebt. Inzwischen gibt es über 40 Kurzgeschichtensammlungen verschiedenster Verlage, in die eine Geschichte oder ein Gedicht von ihm aufgenommen wurde. 2019 erschien sein erster Roman „Neustart“ und ein Jahr später die Anthologie „kurz und schmerzend“ mit allen bis dahin geschriebenen Kurzgeschichten. Mit seiner Frau lebt er nördlich von München. Sie freuen sich über drei erwachsene Kinder und fünf Enkel.*

Auf und davon: Crocodromes Aufbruch zu neuen Ufern

Groß ist die Aufregung im Pariser Museum Centre Georges-Pompidou. Händeringend steht Direktor Jean-Philippe Dubois in seinem Büro. „Merde, das kann doch nicht sein“, regt er sich auf. Die Situation ist unvorstellbar: Das Crocodrome ist weg, der Verlust für das Museum unermesslich.

Dubios Anordnungen, alles zu tun, um Crocodrome wiederzufinden, werden jäh unterbrochen. *Tock, tock* klopft es energisch an der Türe. Die diensthabende Kommissärin der Pariser Polizeipräfektur betritt den Raum. Mit der knappen Bemerkung: „Monsieur le Directeur, leider können wir in dieser Sache nichts für Sie tun“, streckt sie Dubois einen Umschlag entgegen.

„Nichts tun?“, fragt dieser mit entsetzter Miene. Seufzend stützt er sich mit beiden Händen auf den Schreibtisch.

„Monsieur, beruhigen Sie sich“, unterbricht ihn die Kommissärin, „wenn in Ihr Museum eingebrochen wird, sind wir gerne für Sie da. Aber wenn ein Kunstwerk aus eigenem Entschluss aus einem Museum ausbricht, sind uns die Hände gebunden.“

„Ausbrechen“, japst Dubois.

„Oui, Monsieur, ausbrechen. Und dieser Brief“, die Kommissärin legt ihn auf den Schreibtisch, „bestätigt unsere Erkenntnisse. Ich bedaure, Monsieur – au revoir.“

Mit zittrigen Händen ergreift Dubois den Brief und liest.

Lieber Jean-Philippe,

ich bedaure sehr, dass ich dir mit meinem Ausbruch wohl Scherereien einbrocken werde. Aber versteh mich bitte, ich kann nicht mehr. Einer deiner Vorvorvorgänger hat mich zur Eröffnung des Centre Georges-Pompidou als Attraktion entstehen lassen. Und welche Freude hat Crocodrome de Zig et Puce – wie ich mit ganzem Namen heiße – bereitet. Aber dann war auf einmal Schluss. Seither dämme-

re ich als überdimensionales, motorisiertes Rhinozerosfragment mit einem Schokoladebein in einem Lagerraum vor mich hin.

Lieber Jean-Philippe, bald werde ich 50 Jahre alt. Ich will noch einmal zu neuen Ufern aufbrechen.

Adieu, mein guter Freund.

Dein Crocodrome

Ächzend bewegt sich Crocodrome durch die Straßen von Paris. Auch wenn es während der vergangenen Jahrzehnte von den Museumstechnikern unterhalten worden war, es ist nicht dasselbe, in einem klimatisierten Raum zu stehen oder sich an einem sonnigen Herbsttag durch die Betonwüsten einer Großstadt zu bewegen. Die Gliedmaßen klappern, die Scharniere quietschen …

Es dauert nicht lange, da läuft Crocodrome in den sozialen Medien viral. Was besonders Monsieur le Directeur Dubois freut. Vom Rücksitz seiner Dienstlimousine aus sperbert er, das Smartphone in der Hand, in alle Richtungen. Anscheinend treibt sich Crocodrome im 14. Arrondissement herum.

Crocodrome pocht dort in der Rue Marie Rose an der Pforte der Gemeinschaft des Couvent Saint-François de Paris, in der die letzten etwa zwanzig Franziskanermönche der Stadt leben.

„Wenn nicht die Nachfolger des Heiligen Franziskus, der sogar mit den Tieren gesprochen haben soll, wer kann mir dann helfen?"

Pförtner Frère Roger öffnet die Tür. Bevor Crocodrome etwas sagen kann, beordert er ihn herein. „Komm", sagt er, „ich weiß, wer du bist, deine Häscher sind nicht fern."

Am Abend des 4. Oktobers feiern spätabends die Mönche in ihrem Kloster den Namenstag ihres Ordensgründers. Singend stehen sie in der Apsis der Kirche im Kreis um Crocodrome. Dieser Tag kann seine große Chance werden, sind sie übereingekommen. Der Legende nach erscheint in der Nacht der Heilige Franziskus und vollbringt ein Wunder, wenn sein Namenstag, wie heute, auf einen Vollmond fällt. Was seit seinem Tod am 4. Oktober 1226 schon etliche Male geschehen sein soll.

„Laudate omnes gentes, laudate Dominum …", singen die Brüder voller Inbrunst.

Mitternacht ist schon vorüber. Ein Luftzug lässt das fahle Kerzenlicht verlöschen und von einem Strahlenkranz umgeben, erscheint Franziskus. Die Mönche fallen in Ohnmacht. Im Gegensatz zu Crocodrome. Stoisch glotzt es Franziskus an, der ihm segnend die Hände auf den Schädel legt. Anschließend umkreist er es andächtig, küsst es links und rechts je drei Mal auf den Rücken, flüstert ihm etwas in ein Ohr und verschwindet.

Die Herbstsonne strahlt in die Kirche und weckt die am Boden liegenden Mönche. Crocodrome sind auf dem Rücken sechs große, kräftige Flügel gewachsen. Es ruft den Mönchen zu: „Ich habe den Eindruck, nach Griechenland reisen zu müssen. Auf dem Olymp, bei den alten Göttern, dort könnte mein neues Zuhause sein“, verabschiedet sich und fliegt davon.

Schon von ferne sieht Crocodrome die fünf Gipfel des Olymps und landet. Es schaut sich um, atmet tief die frische Bergluft ein und ruft: „Hallo, ist da jemand?“

„Ja“, ertönt eine Frauenstimme, „ich bin's, Hera.“

„Hera, die Frau des Zeus? Das ist ja wunderbar. Zu diesem wollte ich gerade. Ich bin …“

„Ich weiß, wer du bist“, gibt Hera zur Antwort. „Artemis, die Göttin der Tiere hat von Franziskus, ihrem christlichen Gesinnungsgenossen, Nachricht bekommen. Er habe dir geraten, zu uns zu kommen. Was aber keine gute Idee ist.“

Verdattert schaut Crocodrome um sich. Zeus ist von seinem Thron heruntergestiegen. „Mach, dass du wegkommst“, donnert er. „Pegasus, Peeee...gaaaa...suuuuuss“, ruft Zeus nach seinem Blitz- und Donnerträger, „walte deines Amtes.“

Ein Unwetter bricht über den Olymp herein, wie es die Götter, Menschen und Tiere seit Noahs Sintflut nicht mehr erlebt haben. Fluchtartig fliegt Crocodrome davon.

„Alles Gute“, hört es Hera noch rufen, „versuch es doch bei den Mönchen auf dem Berg Athos.“

Aus allen Himmelsrichtungen kommen die Mönche aus den Klöstern der autonomen Mönchsrepublik Athos, als Crocodrome auf der östlichsten der drei Halbinseln von Chalkidiki landet. Was ist denn das für eine Kreatur? Ist es eines der vier Tiere, welches der Prophet Daniel in einem Traum gesehen haben will … oder gar die Fleisch und Blut beziehungsweise Eisen und Schokolade gewordene Vision des Johannes aus der biblischen Offenbarung?

Die ersten Mönche wagen es, das Wesen zu streicheln. Gelassen lässt Crocodrome es geschehen. Das ist ja nichts im Vergleich zum Trubel, als er zur Freude der kleinen und großen Pariserinnen und Pariser im Forum des Centre Georges Pompidou stand. Nur schon all die Kinder, welche damals an einem seiner Hinterbeine hoch- und runterstiegen, um die Schokolade, mit der es überzogen war, abzuschlecken.

Der Protos, der Vorsitzende der Äbte aller Athos-Klöster, lädt zur Großen Versammlung. Bei dieser wird es schnell klar: Crocodrome wäre eigentlich willkommen. Aber – ist Crocodrome ein männliches Wesen? Das ist auf dem Berg Athos ein absolutes Muss. Zutritt haben hier nur männliche Geschöpfe. In der ersten Verfassung der Mönchsrepublik wurde das 974 so festgeschrieben. Ob Mensch, Tier oder was sonst noch kreuchen und fleuchen kann, Zutritt hat nur, wer männlich ist. Seit 1912 steht es auch so in der griechischen Staatsverfassung. Ein Faktum, an dem bis jetzt nicht einmal die Europäische Union etwas ändern konnte. Nicht, dass man auf Athos etwas gegen Frauen hätte. Im Gegenteil. Aber man will sich nur einfach nicht bei der Verehrung der größten Frau aller Zeiten – der Heiligen Muttergottes –, der der Berg Athos geweiht ist, durch andere weibliche Wesen ablenken lassen.

Da meldet sich der Abt des Klosters Pantokrator zu Wort: „Ich habe eine Idee. Mein Bruder arbeitet im Ministerium für Nationale Verteidigung. Vielleicht haben sie ja dort Verwendung für den, die, das …"

Drei Tage später beginnt Crocodrome seinen Dienst bei der griechischen Luftwaffe. Um in der Ägäis den politischen und militärischen Sticheleien der Türkei die Stirn zu bieten, könne man bei der Wahl der Mittel nicht zimperlich sein, waren sich die Generäle und Strategen schnell einig.

Und seit Crocodrome regelmäßig über der östlichen Ägäis patrouilliert, tut sich Sonderbares. Nach seinem ersten Auftauchen glauben gläubige Muslime in der Türkei, das Ende der Welt sei nahe.

Als Strafe für die Machtpolitik der Regierenden. Andernorts sorgt Crocodrome für Begeisterung. Namentlich bei Familien und deren Kindern. An der Sonne schmilzt die Schokolade an Crocodromes Hinterbein und lässt diese in schweren Tropfen auf die Erde fallen. Zur Freude der kleinen und großen Schleckmäuler. Konditoren müssen extra auf den Luftwaffenstützpunkt geflogen werden, um nachts Crocodromes süsses Hinterbein wieder instandzustellen.

Die Ängste der einen und die Begeisterung der anderen sorgen in der Türkei für Ausnahmezustände. Regelmäßig versammeln sich Zehntausende, um zu demonstrieren. Während Bärtige und Vermummte Kein-Weltuntergang-wegen-der-Politik-Transparente in die Höhe strecken, skandieren säkulare Kinder, Teens und Twens: „Schokolade statt Krieg mit Griechenland."

Mitte Januar ist es auch in Griechenland kalt, garstig, windig, feucht. Entsprechend unwirtlich ist es im finsteren Hangar, in dem Crocodrome seit einiger Zeit steht. „Ist das wirklich der Dank, dass ich ihnen aus der Bredouille geholfen habe", grummelt er und schwenkt missmutig seinen massigen Schädel hin und her.

Das lässt den Orden, den ihm die griechische Staatspräsidentin Katerina Sakellaropoulou um den Hals gehängt hatte, blechern scheppern. Den hat er erhalten, als er aus dem Dienst bei der Luftwaffe entlassen wurde. Zum Dank des ganzen griechischen Volkes für seinen vorzüglichen Einsatz. Denn Friede ist über der Ägäis eingekehrt.

Der Wind treibt eine Zeitung durch den Hangar. Crocodrome tritt auf sie und liest auf der Titelseite:

Griechenlands Staatspräsidentin ist Ehrengast bei den Feierlichkeiten zum 50-Jahr-Jubiläum der Eröffnung des Centre Georges Pompidou.

Crocodrome ruft im Proedrikó Mégaro, dem Amtssitz der Präsidentin an. „Entschuldigen Sie die Störung, Frau Präsidentin", sagt er, „ich bin es, Crocodrome. Sie reisen nach Paris zu den Feierlichkeiten im Centre Georges Pompidou. Soll ich Sie mitnehmen? Ich gehe auch hin."

„Wenn es keine Umstände macht – gerne."

Jubelnd stehen Griechen und Griechinnen, groß und klein, vor dem Präsidentenpalast, als Crocodrome mit der Präsidentin auf dem Rücken in die Abendsonne fliegt.

„Schön, sehr schön", rufen sie, „wie einst Zeus, als er, in einen Stier verwandelt, Prinzessin Europa entführte."

Zum Verständnis:

Zu Crocodrome: Zur Eröffnung des Centre George Pompidou in Paris realisierten auf Einladung des Direktors Pontus Hultén die Künstler Bernhard Luginbühl, Jean Tinguely, Niki de Saint Phalle und Daniel Spoerri das Crocrodrome de Zig et Puce. Mit einer Länge von über 25 und einer Höhe von neun Metern markierte das gigantische, begehbare *Wesen* Präsenz im Foyer des Museums.

Zu Zeus und Europa: Göttervater Zeus verliebte sich in die schöne, phönizische Königstochter Europa. Er verwandelte sich in einen weißen Stier, um sie zu verführen. Als Europa auf seinen Rücken stieg, entführte er sie über das Meer nach Kreta.

Die Geschichte entstand 2022 im Rahmen des Projekts *Kunst und Schreiben* im Kunstmuseum Solothurn während der Ausstellung *Le Crocrodrome est mort, vive le Crocrodrome.*

Hans Peter Flückiger, *geboren 1952, aus CH-Solothurn. Infos: www.geschichten-gegen-langeweile.com.*

Incendium – Der Fluch des Feuerpferdes

Unruhig wälzte ich mich in meinem Bett hin und her, bis es mir endlich gelang, mich aus dieser dunklen Traumwelt, die von monströsen Kreaturen beherrscht wurde, zu befreien.

Nun – im Grund genommen war es vielmehr die Vision einer anderen Dimension. Solche Dimensionen offenbarten sich nur wenigen Menschen. Menschen, die eine Gabe besaßen – so wie mein Vater. Er war es auch, der mir vieles über die verschiedenen Ebenen erklärt hat, als klar wurde, dass auch ich diese Gabe geerbt hatte. Daher wusste ich, dass es gefährlich war, wenn sich solche Visionen bei Vollmond manifestierten. Mein Vater hatte mich davor gewarnt, dass sich dadurch ein Portal öffnen konnte und es deshalb äußerst wichtig sei, sich gerade bei Vollmond von solchen Visionen rechtzeitig zu lösen, bevor etwas davon in unsere Welt dringen konnte.

„Verfluchter Vollmond", brummte ich, während ich mich aus dem Bett quälte und ans Fenster trat.

Es war eine schwüle Sommernacht und ich genoss die kalte Brise, die unverhofft ins Zimmer drang. Ich betrachtete die Stallungen, die im hellen Mondlicht deutlich erkennbar waren. Es sah soweit alles friedlich aus, dennoch plagte mich mit einem Mal ein ungutes Gefühl.

„Sei nicht albern, das liegt einfach nur an diesem verdammten Vollmond", redete ich mir ein, doch diese innere Unruhe wurde nicht besser, als plötzlich ein sonderbarer Nebel aufzog und sich rasch verdichtete. Ich traute meinen Augen nicht, als sich etwas aus diesen ungewöhnlichen Nebelschwaden zu bilden schien. Etwas Dunkles nahm geschwind Form an, wurde größer und stand schließlich vor dem Haus. Der Rappe schien aus dunklen Rauchschwaden geformt und anstelle seiner Mähne und dem Schweif loderten dort wilde Feuerzungen.

Mein Vater hatte mir vieles über die dunklen Kreaturen der Unterwelt erzählt und so wusste ich, dass man dieses Feuerpferd *Incendium* nannte und dass es zu der Kategorie Ignis Bestia gehörte. Unsere besondere Gabe ermöglichte es uns auch, diese dämonischen Kreaturen sehen zu können, wenn sie sich Zugang in unsere Welt verschafften.

Bislang war ich noch keinem dieser verfluchten Wesen begegnet, doch ich wusste, dass der Incendium mit diesem Ort in Verbindung stehen musste und dass ich heute Nacht offensichtlich eine Pforte geöffnet hatte. So war dieses Wesen der Unterwelt entkommen und sorgte damit für eine Störung des Gleichgewichts der verschiedenen Ebenen.

Das Feuerpferd schritt nun vorsichtig an mein Fenster heran, schnell schaute ich zu Boden. Dennoch spürte ich seinen brennenden Blick, der offensichtlich auf mir ruhte. Ich hatte von den feurigen Glutaugen der Ignis Bestia gehört und wusste, dass sie jene, deren Seele nicht rein war, allein mit ihrem Blick verbrennen konnten. Doch bei einem Incendium waren nicht nur die Augen gefährlich. Ein nervöses Schnauben hätte genügt, um mir allein mit den dabei abgesonderten ätzenden Gasen zu schaden.

Nach wenigen Sekunden war der Drang, dieses Wesen zu betrachten, jedoch größer als meine Vernunft und so richtete ich langsam meinen Blick auf die Kreatur. Ich musste es riskieren.

Die feurigen Augen des Incendiums erwiderten meinen Blick. Sie schienen förmlich zu glühen, doch er tat mir nichts. Unter seinem linken Auge bemerkte ich nun einen kleinen weißen Fleck in Form einer Mondsichel. Dann wendete sich der Incendium von mir ab, hob den Kopf und spitzte aufmerksam die rauchigen Ohren. Mit einem Wiehern, das wie das Grollen eines wütenden Dämons klang, brach der Incendium die Stille der Nacht und meine Pferde antworteten ihm. Ich hatte die Stallungen gut verschlossen, trotzdem war ich nun zutiefst beunruhigt. Da bäumte sich der Incendium mit einem Mal auf und wich zurück, bevor er auf die Stallungen zutrabte.

Ich zögerte keinen Augenblick und eilte in Schlafanzug und Hausschuhen hinaus. Ich durfte nicht zulassen, dass der Incendium meinen Pferden zu nahe kam. Solch verfluchte Kreaturen konnten anderen Lebewesen ernsthaften Schaden zufügen.

Sobald ich den Stallungen näher kam, bemerkte ich die Unruhe, welche sich bereits zu verbreiten schien. Ich hörte, wie die Pferde nervös mit den Hufen scharrten und sich unruhig in ihren Boxen bewegten. Ich erreichte das Tor, doch der Riegel war glühend heiß.

Dieser verdammten Kreatur war es gelungen, in den Stall einzudringen.

Es dauerte einige Zeit, bis es mir endlich gelang, das Tor zu entriegeln und den Stall zu betreten. Ich trat in die Boxengasse und schaltete das Licht ein. Die Pferde waren unruhig, einige drehten sich wild und verschwitzt in ihren Boxen umher, andere traten um sich und scharrten aufgebracht. Beruhigend redete ich auf sie ein und vergewisserte mich, dass der Incendium ihnen keinen Schaden zugefügt hatte.

Dieser schien abermals verschwunden, doch die Erleichterung darüber war von kurzer Dauer. Ein Wiehern meiner Stute Morgana ließ mich aufhorchen. Der Offenstall! Ich eilte aus den Stallungen hinaus und lief den Hügel hinauf zum Offenstall, wo Morgana und mein altes Pony Rocco untergebracht waren. Der Weg dorthin kam mir unendlich lang vor und ich atmete erleichtert auf, als ich die Pferde friedlich grasend vorfand. Der Incendium war nirgends zu sehen.

Ich hatte schon fast das Haus erreicht, als sich das Feuerpferd plötzlich wie aus dem Nichts materialisierte und mir den Weg versperrte. Erschrocken wich ich zurück und versuchte, die Ruhe zu bewahren. Ich atmete tief durch und überlegte. Was wusste ich über die Ignis Bestia? Sie waren verfluchte Kreaturen aus den tiefen Ebenen der Unterwelt und entstanden durch den Schmerz und die Wut einer verstorbenen Seele.

Dieses Feuerwesen hatte die Gestalt eines Rappens, folglich war er ein Incendium und somit die ruhelose Seele eines Pferdes, das zuvor hier gelebt haben musste und welches unter Qualen den Tod gefunden hatte. Von meinem Vater wusste ich, dass man einen Incendium erlösen konnte, indem man ihm all die Wut und den Schmerz nahm, welche in ihm in Form von loderndem Feuer tobten.

Aber wie konnte man ihm diese Wut und diesen Schmerz nehmen? Ich wusste, ich musste handeln. Schließlich war es meine Schuld, dass der Incendium aus der Unterwelt gedrungen war, und es unterlag meiner Verantwortung, das Gleichgewicht der Dimensionen wiederherzustellen.

Aber wie nur? Ich wusste ja nicht einmal, was diesem armen Tier zu Lebzeiten widerfahren war, wie konnte ich es von diesem Fluch befreien?

Mir blieb keine Wahl. Ich musste es riskieren und so folgte ich meinem Instinkt. Ich nahm all meinen Mut zusammen und trat einen Schritt auf den Incendium zu. Vorsichtig streckte ich die Hand nach seinem rauchigen Hals aus. Obwohl er wie glühende Kohle brannte, war es mir nicht möglich, die Hand zurückzuziehen. Eine plötzliche Vision, die offensichtlich durch die Verbindung entstanden war, offenbarte mir, was dem Incendium zu Lebzeiten widerfahren war. Ich sah einen Rappen, der einst ein erfolgreiches Rennpferd war, bis seine Beine ihm Probleme bereiteten. Den Besitzer aber kümmerte dies nicht. Er rief keinen Tierarzt, sondern prügelte auf das wehrlose Tier ein, als die Erfolge ausblieben. Gnadenlos wurde das Training fortgesetzt, bis das Pferd schließlich unterm Sattel zusammenbrach. Selbst am Boden liegend wurde auf das arme Tier eingeprügelt, doch der Rappe war zu schwach, um aufzustehen. Nach einigen schweren Atemzügen wurde er schließlich von seinem Leid erlöst.

Das Schicksal dieses armen Tieres erschütterte mich zutiefst und ich ließ meinen Tränen freien Lauf. „Was haben sie dir nur angetan?"

Ich spürte die Feuerzungen seiner Mähne, es brannte, doch es kümmerte mich nicht. Der Schmerz dieser armen Seele war viel größer und ich litt mit ihr. Ich vergaß, welch fürchterliche Kreatur ich hier vor mir hatte, ich sah lediglich diesen wunderschönen Rappen, der es nicht verdient hatte, solch einen schrecklichen Tod zu finden. Die lodernden Flammen seiner Mähne und der brennende Schmerz waren mir egal.

Doch ich spürte das Feuer lediglich für den Bruchteil einer Sekunde. Ich blinzelte verwundert und sah, wie das rauchige Fell plötzlich sonderbar schimmerte, während sich meine Hand in einer seidigen Mähne verfing. Fasziniert trat ich zurück und betrachtete den Incendium. Dieser hatte sich tatsächlich verwandelt! Anstelle der lodernden Feuerzungen besaß die Kreatur nun eine strahlend weiße Mähne und auch das rauchige Fell schimmerte hell. Aus dem dunklen Feuerpferd war ein strahlendes Wesen geworden!

Fasziniert streckte ich die Hand aus und fuhr behutsam über seine weichen Nüstern, die fortan keine ätzenden Gase mehr ausstoßen würden. Ich schaute in dunkle, friedlich dreinblickende Augen und erkannte den kleinen Fleck unterhalb des linken Auges, der jetzt einem schwarzen Halbmond glich.

Plötzlich spross etwas aus dem Rücken der Kreatur. Erschrocken wich ich zurück und betrachtete ungläubig die beiden Flügel, die sich nun vollends entfaltet hatten. Vor mir stand tatsächlich ein Pegasus! Das Wesen spitzte die Ohren, gab mir dann einen freundlichen Stups, bevor es sich hell wiehernd aufbäumte und ein glitzerndes Lichtermeer entfachte. Das grelle Licht blendete mich, dennoch bemühte ich mich, hinzuschauen, bis das neu entstandene Wesen im Licht verschwand und ich einen Augenblick später im Dunkel der Nacht stand und einzig der Vollmond die Dunkelheit brach.

Ich blieb noch lange vor dem Haus stehen. Es fiel mir schwer, zu verstehen, was ich da erlebt hatte. Ich hätte nie damit gerechnet, je einem Incendium zu begegnen, geschweige denn glimpflich davonzukommen. Mit meinem selbstlosen und etwas tollkühnen Handeln hatte ich das verfluchte Wesen tatsächlich erlöst. Ich hatte seinen Schmerz gespürt und hatte mit ihm gelitten. Dadurch hatte ich ihm jene Liebe geschenkt, die es als Pferd nie erfahren hatte. Dieser kurze Augenblick hatte genügt, um ihm seine Wut zu nehmen und ihn zu befreien. Ich hatte das Feuer in ihm gelöscht. Doch ich hatte wahrlich nicht damit gerechnet, dass sich der Incendium in einen Pegasus verwandeln würde. Dieser war augenblicklich in die Lichtebene aufgebrochen, wo seine erlöste Seele nun Frieden finden würde. Somit war auch das Gleichgewicht der Dimensionen wiederhergestellt.

Als ich am nächsten Morgen erwachte, war ich kurz der Überzeugung, das alles nur geträumt zu haben, doch eine silberfarbene Strähne glitzernden Mähnenhaares auf meinem Kopfkissen und die Brandwunde an meiner Hand belehrten mich eines Besseren.

Die darauffolgenden Monate widmete ich einzig meinen Pferden. Immer wieder kam Wut in mir auf, wenn ich an meinen Vorgänger dachte und was für ein Tierquäler dieser gewesen sein musste. Ich hatte mir fest vorgenommen, meine Pferde stets gut zu behandeln und nicht das Unmögliche von ihnen zu verlangen. Dies zahlte sich rasch mit unerwarteten Erfolgen aus. Auch ließ ich meine Pferde regelmäßig von meinem Tierarzt kontrollieren. Nachdem er an diesem Tag Morgana untersucht hatte, deren zunehmender Bauch mir Kummer bereitete, grinste er mich wissend an.

„Zu viel Futter? Ich habe es wohl übertrieben“, meinte ich schuldbewusst. „Ich werde die Menge einstellen. Vielleicht sollte ich auch auf Sägespäne umstellen. In letzter Zeit knabbert sie viel zu gern am Stroh. Außerdem wird es ja auch langsam Zeit für die Wurmkur.“

Der Tierarzt lachte und schüttelte den Kopf.

„Kein Grund zur Sorge, aber wir müssen tatsächlich den Futterplan umstellen, da es zwei sind, die versorgt werden müssen."

Ich erschrak. „Es ist doch wohl kein Bandwurm?"

„Sei nicht albern! Ich dachte, du hättest Ahnung von Pferden. Du solltest mir aber mal verraten, wer der Vater des Fohlens ist, das da bald zur Welt kommen wird."

Verwirrt sah ich den guten Mann an. „Ich habe Morgana doch gar nicht decken lassen."

Elf Monate waren seit meiner nächtlichen Begegnung mit dem Incendium vergangen, als Tenebroso das Licht der Welt erblickte. Er war ein prächtiger schwarzer Hengst mit feurigem Temperament. Ein wahrer Satansbraten mit einem kleinen weißen Fleck in Form einer Mondsichel unterhalb seines linken Auges.

Pamela Murtas, *1975 in Frankfurt-Höchst geboren, lebte seit ihrem zehnten Lebensjahr in Italien, wo sie an der Deutschen Schule Mailand ihr Abitur absolvierte. Nach drei Jahren Moskauaufenthalt kehrte sie nach Italien zurück, um in Rom professionellen Reitsport zu betreiben. Seit 2007 wohnt sie erneut in Deutschland. Neben ihrem vierteiligen Abenteuerroman „Destini" hat sie in verschiedenen Anthologien veröffentlicht.*

Der letzte Gast

Der Frost hatte das Grand Imperial Hotel in eine stille Festung verwandelt, als hätte die Natur selbst beschlossen, das alte Gebäude zu umarmen und in sein eisiges Schweigen einzuschließen. Am Rande der Stadt gelegen, thronte es über den spärlichen Lichtern der Zivilisation wie ein letzter Wächter vergangener Zeiten.

Herr Langfeld, der Portier, bewegte sich wie ein Schatten durch die verlassenen Hallen. Er war allein, gespenstisch allein, in diesem immensen Mausoleum der Erinnerungen. Seine Hände griffen nach den verbliebenen Weihnachtsdekorationen, die auf bessere Zeiten hinwiesen. Die roten Samtbänder waren verblasst, die Glasornamente zersplittert – Relikte eines vergessenen Glanzes.

In einer Ecke der Lobby hatte er einen kleinen, künstlichen Weihnachtsbaum aufgestellt, dessen Lichter trübe gegen die Dunkelheit ankämpften. Es war ein schwacher Widerstand, fast verzweifelt wie ein letztes Flackern vor der endgültigen Nacht. Herr Langfeld entzündete Kerzen, eine nach der anderen, und platzierte sie mit bedächtiger Sorgfalt an der Rezeption. Der schwache Schein erhellte die gesprungenen Marmorfliesen, schuf Flecken von Wärme in der kühlen, unwirtlichen Lobby.

Die große, verzierte Uhr über der Rezeption tickte leise. Doch während Herr Langfeld die letzten Vorbereitungen traf, trat eine geheimnisvolle Frau aus den Schatten der Lobby. Ihr langer, dunkler Mantel raschelte leise bei jeder Bewegung und ihr Gesicht, umrahmt von lockigem, aschgrauem Haar, war undurchdringlich und rätselhaft. „Das Hotel kann noch nicht schließen, Herr Langfeld. Sie ist noch unterwegs."

„Wer ist *sie*, Madame?", fragte er, während durch die Ritzen der alten Fenster der heulende Wind hereinblies und die eisige Kälte des Winters die endlosen Gänge des Hotels durchzog.

„Eine alte Bekannte", entgegnete die Frau und wandte sich dem großen Fenster zu. Draußen tanzten Schneeflocken im Wind, hüllten die Welt in ein sanftes Weiß. „Sie verbrachte hier einige der prägendsten Momente ihres Lebens. Es wäre ungerecht, dieses Kapitel ohne ihre Gegenwart zu beschließen."

Bevor Herr Langfeld weiterfragen konnte, durchbrach das schaurige Knarren einer sich langsam öffnenden, schweren Tür die Stille. Er drehte sich hastig um und suchte die dunklen Ecken der Lobby ab. „Es sollte niemand mehr hier sein, außer uns", murmelte er mehr zu sich selbst als zur Frau.

„Manchmal", sagte die Frau leise, während sie den wirbelnden Schneeflocken draußen folgte, „sind die unsichtbaren Gäste näher, als wir annehmen. Die Nacht wird es offenbaren."

Herr Langfeld nickte, unsicher, ob er den geheimnisvollen Andeutungen der Frau Glauben schenken sollte. Doch in einer Welt, in der Gewissheiten schwanden, schien alles möglich. „Wann erwarten Sie, dass sie eintrifft?", fragte er.

„Bald", erwiderte die Frau und drehte sich zu ihm um. „Wir müssen einfach geduldig sein."

„Und was sollen wir in der Zwischenzeit tun?", wollte er wissen.

„Wir müssen nach ihr suchen", antwortete sie. „Sie hat Spuren hinterlassen, Zeichen ihrer Anwesenheit, denen wir folgen können."

„Spuren? Hier im Hotel?", fragte Herr Langfeld skeptisch.

„Ja, in den Zimmern, in denen sie verweilte, in den Hallen, die sie durchquerte. Irgendwo im Hotel könnte sich ein Hinweis verbergen." Ihre Augen funkelten im schwachen Licht der flackernden Lampe an der Decke.

„Das Hotel ist aber riesig, wo sollen wir nur beginnen?", wandte Herr Langfeld ein und blickte auf die endlosen Reihen von Türen, die die Korridore säumten.

Die Frau hielt inne und fixierte ihn mit einem durchdringenden Blick. „Wir beginnen im Ballsaal. Er war ihr Lieblingsort, besonders in Nächten wie dieser."

Ohne weitere Worte wandte sich die Frau ab und geleitete Herrn Langfeld die breite Treppe hinunter zum Ballsaal, einem Raum, der seit Jahren nicht mehr betreten worden war und dessen verlorene Pracht nun unter einer dicken Staubschicht schlummerte. Als sie die massiven Türen erreichten, legte die Frau ihre Hand auf die raue Oberfläche des Holzes und schob sie langsam auf, woraufhin ein kalter Luftzug ihnen entgegenwehte.

Zögernd folgte Herr Langfeld ihr in einen Raum, der im bleichen Mondlicht, das durch die schmutzigen Fenster fiel, gespenstisch und verlassen wirkte. Die Silhouetten der alten Möbel und des einst glänzenden Kronleuchters, der jetzt traurig und unbeleuchtet von der Decke hing, zeichneten unheimliche Schatten auf den Boden.

Doch plötzlich begann sich etwas zu verändern. Das bleiche Mondlicht verstärkte sich, tauchte den Raum in ein übernatürliches Silber und ließ die Luft flimmern, als wäre sie von feinem Staub durchzogen. Ein leises Summen begann, fast unmerklich, und schwoll zu den sanften Klängen eines Walzers an.

Ohne erkennbares Zeichen füllte sich der Ballsaal plötzlich mit Gestalten, als hätte ein unsichtbarer Dirigent zu einem Tanz aufgerufen. Männer in Fracks und Frauen in langen, fließenden Ballkleidern, deren Stoffe im neu entfachten Licht schimmerten, belebten den Raum mit einer Eleganz, die aus einer anderen Zeit zu stammen schien. Sie tanzten durch den Raum, eine Choreografie der Geister, deren Schritte so leicht waren, dass kein Staub aufgewirbelt wurde.

Herr Langfeld stand still, sein Herz klopfte wild, als er die Szene vor sich beobachtete. Die Frau neben ihm, deren Gesicht im schimmernden Licht nun fast jugendlich erschien, lächelte sanft und flüsterte: „Der Weihnachtsball, den sie nie vergessen konnte. Hier sind sie alle wieder, für eine Nacht, zurückgekehrt, um das zu beenden, was einst begonnen wurde."

Unter den wirbelnden Paaren, die die Tanzfläche des alten Ballsaals mit einer Anmut und Lebhaftigkeit erfüllten, die die Jahre dazwischen zu ignorieren schienen, entdeckte Herr Langfeld Gesichter, die ihm aus den verstaubten, vergilbten Rahmen in den Fluren des Hotels bekannt waren. Diese Menschen, die er nur als blasse Abbilder auf Leinwand gekannt hatte, bewegten sich jetzt voller Leben vor ihm, lachten und sprachen auf eine Weise, die gleichermaßen faszinierend wie unheimlich anmutete. Es war, als hätte jemand die Uhren zurückgedreht und den Figuren in den Bildern erlaubt, aus ihren goldenen Gefängnissen zu treten, um erneut unter den Lebenden zu weilen.

„Sie sind hier, weil sie nicht loslassen können oder weil wir sie nicht vergessen haben", erklärte die Frau, während sie neben Herrn Langfeld stand. Ihre Stimme war ein sanftes Murmeln, das sich mit der Musik vermischte. „Die Vergangenheit lebt in diesen Mauern, atmet in diesen Räumen. Heute Nacht tanzen sie noch einmal, feiern ihre unvollendeten Geschichten."

Als Herr Langfeld sich umdrehte, um der Frau zu antworten, bemerkte er, dass sie verschwunden war. Ein Hauch von Parfüm war alles, was von ihrer Anwesenheit übrig blieb. Etwas verwirrt, aber getrieben von einer tiefen Neugierde auf das, was noch kommen mochte, ging er an den Rand des Ballsaals. Das Flüstern vergangener Gespräche, das Kichern und das Klirren von Champagnergläsern füllte seine Ohren, während er beobachtete, wie die Vergangenheit für eine letzte, glanzvolle Nacht zum Leben erwachte.

In der schummrigen Dämmerung des Ballsaals, wo das Licht des Mondes in geisterhaften Streifen durch die hohen Fenster fiel, näherte sich ein eleganter Herr in einem Smoking. Sein Gang war von einer unaufdringlichen Eleganz, die die Jahre zwischen ihnen scheinbar überbrückte.

„Guten Abend, mein Herr", begann er. „In den 1920ern war ich ein junger Bankier in Berlin. Es war eine Zeit des wirtschaftlichen Aufschwungs und der kulturellen Explosion. Wir lebten für die Nacht und unsere Tanzlokale waren voller Leben. Jazz, Charleston, die Welt schien uns zu Füßen zu liegen, bis der Schwarze Freitag alles änderte."

Er machte eine kurze Pause, während sein Blick in die Ferne glitt, als könnte er durch die verhangenen Jahrzehnte hindurch jene vergangenen Tage sehen. „Ich bin heute Abend eigentlich nur wegen *ihr* hier", fuhr er fort. Seine Stimme wurde leiser und trug einen Hauch von etwas, das fast wie Sehnsucht klang. „Sie war der wahre Grund, warum ich diese Nächte so sehr geliebt habe. Sie brachte das Licht in all diese Räume, und ich hoffte, vielleicht könnte ich sie hier wiederfinden, auch wenn es nur ein Schatten dessen ist, was einst war."

Herr Langfeld spürte die Melancholie des Mannes, die tief in den Wänden des Grand Imperial Hotels verankert war. Die Musik, die sanft durch den Raum wehte, spielte jetzt eine leise, traurige Melodie, die perfekt zu der bittersüßen Erinnerung des Bankiers passte.

Während Herr Langfeld am Rande des Ballsaals stand, erfüllt von den flüchtigen Echos vergangener Zeiten, die sich in den Tanzschritten der Geister widerspiegelten, kam die geheimnisvolle Frau erneut zu ihm. Ihr Blick war ernst und tief, fast so durchdringend wie das Mondlicht, das durch die hohen Fenster strömte.

„Verstehen Sie jetzt, Herr Langfeld?", fragte sie mit einer Stimme, die so weich war wie der Schnee, der draußen leise zu Boden fiel.

Herr Langfeld nickte langsam, seine Gedanken noch immer verwirrt von der Pracht und den Geheimnissen des Abends. „Aber wer ist *sie*, die Sie erwähnten? Und was bedeutet all dies?"

Die Frau lächelte traurig und blickte über die tanzenden Paare hinweg, deren Bewegungen im schimmernden Licht des Ballsaals wie flüchtige Schatten erschienen. „*Sie* ist nicht nur eine Person, sondern das Herz dieses Ortes, die Essenz all der Seelen, die hier Freude und Leid geteilt haben. Dieses Hotel, Herr Langfeld, ist mehr als nur Stein und Mörtel, es ist ein Gefäß der Erinnerungen, ein Spiegel der Seelen, die es betreten haben."

Ihre Worte sanken langsam in Herrn Langfelds Bewusstsein, während die Musik leiser wurde und das Tanzgeschehen zu einem Ende kam. „Und Sie, Madame?", fragte er leise.

„Ich bin die Hüterin dieser Erinnerungen, ein Geist, wenn Sie so wollen, der dazu bestimmt ist, die Geschichten zu bewahren und zu schützen. Ich warte hier, in den Schatten, geführt von der Hoffnung, dass diejenigen, die gegangen sind, nicht vergessen werden." Sie streckte ihre Hand aus und berührte sanft seine. „Und heute Nacht haben Sie mir geholfen, sie zu ehren, indem Sie ihre Geschichten noch einmal lebendig werden ließen."

Herr Langfeld spürte, wie sich eine tiefe Ruhe in ihm ausbreitete, eine Resignation gegenüber den Mysterien, die das alte Hotel beherrschten. Ihm wurde klar, dass seine Aufgabe als Hüter dieser Hallen weit mehr bedeutete als bloße Instandhaltung – es war vielmehr die Bewahrung der Seelen, die einst diesen Ort mit Leben erfüllten. Mit einem letzten, sehnsuchtsvollen Blick auf die tanzenden Schatten, die allmählich verblassten und sich sanft in die Weiten ihrer eigenen Vergangenheit zurückzogen, fühlte er, wie die Einsamkeit von ihm abfiel. „Danke, dass Sie mich sehen ließen", flüsterte er.

Die Frau nickte und lächelte. Dann, so leise wie sie erschienen war, verschmolz sie mit den Schatten und ließ Herrn Langfeld zurück, erfüllt von einem neuen Verständnis für das Mysterium, das ihn umgab.

Er löschte die Kerzen, eine nach der anderen, während der letzte Hauch des Lichts wie ein Seufzen in der stillen Luft des Raumes verhallte. Die verzierte Uhr über der Rezeption tickte unermüdlich. Er ging zur großen Eingangstür, drehte sich noch einmal um und blickte zurück auf das Grand Imperial Hotel, das nun mehr einer großen, stillen Gruft glich als einem Ort der Begegnung.

Dann ließ er die schwere Tür mit einem satten, endgültigen Klang ins Schloss fallen und trat aus dem düsteren Schatten des Hotels hinaus. Sofort umhüllte ihn die kalte Nachtluft und feine Schneeflocken, die wie Asche aus einem unsichtbaren Feuer herabfielen, verwandelten die Welt in ein gespenstisches Weiß.

Mit jedem Schritt, den er sich von der ehrwürdigen Fassade entfernte, fühlte er, wie die Last der Jahre langsam von seinen Schultern fiel. Herr Langfeld spürte, wie der kühle Wind nicht nur die Luft um ihn herum, sondern auch seine Gedanken reinigte. Es war Zeit, fortzugehen, Zeit für einen neuen Anfang, irgendwo, wo die Geister der Vergangenheit nicht länger seinen Weg verdunkelten.

Matthias Liebelt *schreibt seit seiner Kindheit Kurzgeschichten, die den Leser mit subtil-unheimlichen Elementen und feinsinniger Gesellschaftskritik in ihren Bann ziehen. Für sein Schaffen wurde Matthias bereits mehrfach mit dem Tom-Sawyer-Preis der Stadt Rees für Nachwuchsautoren ausgezeichnet. Seit dem Abschluss seines BWL-Studiums lebt und arbeitet er in der Nähe von Frankfurt.*

Das Fest in der Anderswelt

Nachdenklich betrachtete der Dunkelelf Gunnar seinen Freund David, wie dieser in der Küche stand und das Abendessen zubereitete. Im Grunde hatte er ihm helfen wollen, aber David war ein sehr talentierter Koch, was man ihm nicht ansah. Zumal er als Möbelmonteur arbeitete.

In einigen Tagen war Halloween, die Nacht des Teufels oder – unter den alten Kulturen – als Samhain bekannt. Ein altes Fest mit keltisch-heidnischem Ursprung, welches auch heute noch überall auf der Welt gefeiert wurde, wenn auch mit einem anderen Hintergrund. Heute hing es Süßigkeiten und Grusel zusammen. Dabei stand dieser Tag für so viel mehr.

„Warum schaust du mir nur zu? Los, hilf mir“, sagte David plötzlich.

Sofort kam Bewegung in Gunnar. „Ich muss mit dir reden“, gab er zurück.

Verwundert hob David den Kopf und sah ihn besorgt an. „Das klingt ernst.“

„Nein, keine Sorge. Nächste Woche ist Halloween und ich habe uns Urlaub in Irland gebucht. Ich möchte mit dir Samhain in der Anderswelt feiern.“ Jetzt war es raus und er wartete gespannt auf eine Reaktion.

David wusste, was er war, was vieles einfacher machte, aber auch zu Problemen führen konnte. Zumal er, Gunnar, nicht so alterte wie ein Mensch. „Urlaub in Irland? Das ist eine schöne Überraschung. Warum sollte ich mich nicht darüber freuen? Was meinst du aber mit Anderswelt?“

Gunnar stieß die Luft aus, auch wenn ihm gar nicht bewusst gewesen war, dass er diese angehalten hatte. „Die Anderswelt ist die Welt neben unserer. Dort leben die magischen Wesen, wenn du so willst, und auch die Götter. Sie ist in mehrere Welten unterteilt, aber ich möchte dort mit dir Samhain feiern.“

David grinste und deutete mit dem Kochlöffel auf den Herd. „Ich bin dabei. Aber jetzt hilfst du mir." Grinsend küsste er Gunnar auf die Lippen und wandte sich dann ab. Damit war es beschlossen.

Einige Tage später standen sie in einem kleinen Dorf im Herzen Irlands und sahen sich die Vorbereitungen für das Fest des Samhain an. Man hatte Strohpuppen und Kreuze aufgebaut, hinzu kamen die Kürbisse und Laternen. Alles war geschmückt und sah prächtig aus. Die Einheimischen und auch die zahlreichen Besucher hatten sichtlich Spaß.

„Das ist unglaublich. Wie hat man früher dieses Fest gefeiert?", wollte David wissen. Hand in Hand schlenderten sie über den Marktplatz. Es gab hier an allen Ecken etwas zu bewundern.

„Samhain war schon immer ein besonderes Fest und das werde ich dir heute Nacht auch zeigen. Die Menschen haben schon immer Feuer angezündet und diese Nacht gefeiert. So kann man auch dem Gott Cromm Cruach huldigen", antwortete Gunnar. Er sah, wie David die Stirn runzelte und grinste ihn an. „Viele Kulte sind alt und heute vergessen. Aber ich kann dir noch viel dazu erklären."

Das tat er auch, zumindest bis es dämmerte und die Trommeln einsetzten und ihr Gespräch unterbrachen. Fast schien es, als würde die Erde vibrieren – ein unbeschreibliches Gefühl. Der Boden bebte, als sich die Menschen in Bewegung setzten. Staunend sahen David und Gunnar ihnen zu.

Den Trommeln folgten die Fackelträger. Dahinter die Menschen in Kostümen. Sie alle trugen Kerzen oder kleine Kürbisse bei sich. Einige Kinder hatten Laternen. Diese Feier hatte nichts mit Halloween in Deutschland zu tun.

„Unglaublich", hauchte David.

„Es wird aber noch besser. Warte es nur ab."

Der Zug marschierte weiter und erreichte bald das Festgelände. Dort huldigte man den Göttern und es wurden die Strohpuppen entzündet. Die Nacht erglühte in einem gewaltigen Orange-Rot. Unzählige Menschen sangen und begannen zu tanzen. Die Stimmung war ausgelassen.

Wie in den alten Zeiten gab es viele kleine Scheiterhaufen, in denen auch das Essen gebraten wurde. Ein appetitlicher Duft nach gebratenem Fleisch zog umher, sodass auch David Hunger bekam.

Sie suchten sich einen Platz am Rande der Wiese und Gunnar holte ihnen etwas zu essen. „Das hier ist etwas Besonderes. Es wird nur zu Samhain zubereitet. Eine Art BBQ, wenn man so will“, erklärte der Elf und reichte David die Schale. Es duftete einfach nur köstlich.

Der junge Mann zuckte die Schultern und probierte. „Mhm, das ist echt gut. Mir egal, was es genau ist – es schmeckt mir auf jeden Fall gut.“

Sie verfolgten noch eine ganze Weile das Treiben und gönnten sich auch etwas zu trinken, bis Gunnar sich erhob und David die Hand reichte. „Es wird Zeit.“

Die Worte hingen einen Moment in der Luft, bis David zaghaft nickte. So recht wusste er immer noch nicht, was sie erwartete, aber er war neugierig. In Gunnars Gegenwart würde ihm eh nichts geschehen. Hand in Hand trennten sie sich von den feiernden Menschen, ließen sie hinter sich, Gunnar führte seinen Freund in den dunklen Wald. Der Elf kannte den Weg, aber selbst wenn er sich nicht mehr erinnern könnte, die Magie zog ihn an, sie zeigte ihm den Weg. Sie führte sie beide direkt zu dem Feenhügel.

Gunnar schloss für einen Moment die Augen und spürte der Macht nach. Das Tor in die Anderswelt war offen und zog sie an. „Bist du bereit? Ich bin immer an deiner Seite. Es wird dir auf jeden Fall nichts geschehen“, sagte Gunnar leise.

David griff nach seiner Hand und drückte sie fest. „Ich vertraue dir, egal was nun passiert.“

Gemeinsam schritten sie durch das Portal und fanden sich in der Anderswelt wieder. Der Himmel war nicht schwarz, sondern schimmerte in allen Regenbogenfarben. Es war auch um einiges wärmer als in Irland.

Staunend sah sich David um. Er drehte sich um die eigene Achse. Das hier war einfach nur unbeschreiblich. War schon Irland schön gewesen, so war es hier wie im Traum. Die Landschaft, der Himmel. Noch nie hatte David so etwas gesehen. Staunend drehte er sich im Kreis und wusste gar nicht, wohin er zuerst schauen sollte. Dafür gab es zu viele Eindrücke. „Wunderschön. Das sieht unglaublich hier aus.“

Gut gelaunt zuckte Gunnar die Schultern. „Ich freue mich, wenn es dir gefällt. Diese Welt ist etwas Besonderes, aber auch gefährlich. Bleib bitte in meiner Nähe.“

Diese Aufforderung hätte David zwar nicht gebraucht, aber er nickte dennoch. Da er nicht wusste, was sie erwartete, wollte er Gunnar lieber nicht aus den Augen lassen. Zumal er nicht alleine nach Hause zurückkam, so viel war ihm klar.

Zusammen schlenderte sie über die Wiese Richtung Norden, wie Gunnar ihm erklärte. „Ich bin gespannt, wer dieses Jahr alles dabei sein wird. Samhain hat immer eine ganz besondere Bedeutung, da lassen sich selbst die Götter blicken."

David hob eine Braue und zuckte dann mit den Schultern. Er wusste, dass es Götter gab, aber es fiel ihm schwer, daran zu glauben. Zu wissen, dass diese echt waren.

Sie erklommen eine Anhöhe und David sah sich staunend um. Leise drang Musik an ihre Ohren und lockte zum Tanzen.

„Schau, da ist die große Festwiese." Gunnar deutete nach unten und man sah ihm seine Freude regelrecht an. Langsam gingen sie weiter und der Lärm nahm immer mehr zu. Gewaltige Feuer erhellten die Nacht und ließen Schatten tanzen.

Wie aus dem Nichts preschte plötzlich ein römischer Streitwagen an ihnen vorbei. Dieser wurde aber nicht von Pferden gezogen, sondern von großen, geisterhaften Wesen. Auf den Streitwagen standen die Götter, von denen Gunnar eben gesprochen hatte. Unter ihnen erkannte er Loki und Thor. Selbst Taranis und Mithras standen auf einem Wagen. Ihnen folgte ein Streitwagen mit einem Leprechaun und einem Faun. Den Zugtieren schien der Weg egal zu sein. Sie jagten über Stock und Stein. Die Geisterwesen formten sich mal zu Pferden, zu Ochsen oder zu Drachen.

Im ersten Moment schien es auch, als würden die Streitwagen schweben, aber dann erkannte David die Räder. Diese berührten nur leicht den Boden und drohten immer wieder, zu kippen. Die Fahrer und die Zuschauer grölten vor Spaß. Staunend sah David ihnen nach und wich dann noch weiter zur Seite, als ein riesiger, weißer Wolf an ihnen vorbeisprang.

„Der Fenris-Wolf", hauchte Gunnar.

Das Tier brüllte und hielt mit den Streitwagen Schritt.

Kleine Feen schwebten an ihnen vorbei und spendeten buntes Licht. Mit offenem Mund verfolgte David das Spektakel und wusste nicht, was er sagen sollte. Hexen und Dämonen grölten und trieben die Kontrahenten immer weiter an.

„Los, sehen wir es uns an“, flüsterte Gunnar und zog David einfach mit sich.

Sie folgten dem Wagenrennen und David bestaunte die ganzen Wesen. Niemand würde ihm das glauben, das wusste er nur zu gut. Seine Arbeitskollegen würden ihn für verrückt halten. Aber das hielt David nicht davon ab, das Spektakel zu bewundern und ihm zu folgen.

Es war nicht zu sagen, wer das Wagenrennen gewinnen würde. Die Platzierungen änderten sich ständig. Aber es ging nicht um das Gewinnen, hier ging es um Spaß – und das sah man deutlich. Die Wagen fegten durch die Nacht und brachten die Anderswelt zum Beben. Wie es schien, näherte sich das Rennen erst nach Stunden dem Ziel. Dieses lag in der Nähe einer steilen Klippe.

Hier war es fast ähnlich wie in der Menschenwelt geschmückt. Es brannten überall Feuer und ein blaues Licht erhellte zusätzlich die Lichtung.

Mit großem Getöse blieben die Streitwagen nacheinander stehen. Die Götter lachten und verneigten sich dann vor ihren Zuschauern. Taranis hatte mit einem knappen Vorsprung das Rennen gewonnen und ließ sich nun als Sieger feiern.

Thor hatte einen Arm um Loki geschlungen und lachte fröhlich. Auch der Gott der Lügen wirkte nicht sauer oder verstimmt. Baldur trat zu ihnen, genau wie Sif. Die schöne Göttin strahlte und warf Taranis einen Luftkuss zu, denn dieser gespielt auffing.

„Vielen Dank an euch alle. Das war herrlich. Ich liebe diese kleinen Rennen und wir hatten heute ja extra Besuch von Thor und Loki. Ein Dank an euch beide. Nun aber wollen wir feiern, zudem haben wir einen Menschen unter uns.“ Taranis dunkle Augen richteten sich auf David, der sichtlich zusammenzuckte.

„Wir danken für dieses Rennen, Taranis. Ich bin Gunnar von den Schwarzelfen und wollte meinem Geliebten eure Welt zeigen. Sollte unsere Anwesenheit euch stören, gehen wir natürlich sofort.“ Kraftvoll trat er nach vorn und zog David dabei an sich heran.

Taranis hob anerkennend die Augenbraue. „Du hast Mut. Das gefällt mir. In der Welt der Menschen ist Halloween?“, fragte er. Dann zuckte der Gott die Schultern und sah sich in der Runde um. Aber niemand schien wütend zu sein oder sich an der Anwesenheit des Menschen zu stören.

„Ihr könnt gerne bleiben und zusehen, wie Götter feiern", sagte er. „Dann lernt er etwas." Dröhnendes Gelächter erscholl um ihn herum und er breitete gönnerhaft die Arme aus.

„Das heißt aber nur, wenn ihr Mut habt, mit den Göttern zu trinken", mischte sich Loki ein. Ihm stand der Schalk dabei ins Gesicht geschrieben.

„Diese Einladung nehmen wir gerne an", erwiderte Gunnar.

Der Elf wirkte erleichtert, wusste er doch, dass es hier gefährlich war und die Götter einen Menschen jederzeit töten konnten. Dennoch freute er sich. Mit David im Arm kam er näher und ließ sich von Loki zwei Becher mit Met reichen. Zusammen stießen sie an.

Begeistert erzählten sie Geschichten von der Welt der Menschen, auch wenn David zuerst etwas schüchtern war. Aber Thor und Loki waren freundlich, genau wie Taranis und der Rest. Nur der Leprechaun erfühlte ihn mit Furcht und er wollte ihm nicht zu nahe kommen. So hatte er sich die Anderswelt nicht vorgestellt, aber es war wirklich interessant und schön hier. Nichts im Vergleich zu seiner Heimat.

So saßen sie zusammen und verbrachten die Nacht. Die Feier würde sich noch bis zum Morgen hinziehen.

Das war Halloween, die Nacht des Teufels und der lebenden Untoten. Samhain, das Fest der Kelten in seiner vollen Pracht.

Doreen Pitzler *wurde 1986 in Sachsen-Anhalt geboren, wo sie auch aufgewachsen ist. Schon früh entwickelte sie eine Vorliebe für gute Geschichten und inspirierende Welten. Zu Schulzeiten verband sie diese Vorliebe mit ihrer eigenen blühenden Fantasie und begann mit den Schreiben eigener Geschichten. Heutzutage ist das Schreiben ein willkommener Ausgleich zu ihrer Bürotätigkeit.*

Liebes Tagebuch

Liebes Tagebuch,

heute habe ich meinen Mann umgebracht. Er hat es verdient! Er hat es sicherlich absichtlich getan – mit den dreckigsten Schuhen durch die komplette Wohnung zu laufen, wenn ich gerade frisch gewischt habe, sich dann zu mir umzudrehen und die Frechheit zu besitzen, mir ins Gesicht zu sagen: „Also, mein Liebling, hier hast du wohl einige Stellen beim Putzen übersehen, oder?"

Ich habe mich umgedreht, um den Wischeimer, der noch nicht einmal getrocknet war, mit frischem Wasser zu füllen und die Spuren zu beseitigen. Er setzte sich in der Zwischenzeit aufs Sofa und legte seine Füße, nun von den dreckigen Schuhen befreit, auf den Tisch und dämmerte ein wenig vor sich hin.

Den Wischmopp noch in der Hand dachte ich: „Wäre ja schade, wenn ich nicht noch mehr zum Aufwischen hätte, nachdem ich den Eimer frisch gefüllt habe."

Ich wischte mich unauffällig zur Küche, nahm ein großes Messer aus dem Messerblock und wischte mich wieder Richtung Sofa. Schnell schnitt ich ihm mit dem Messer die Kehle durch. Gurgelnd öffnete er die Augen und starrte mich überrascht an. Zum Abschied winkte ich ihm zu und begann fröhlich pfeifend die immer größer werdende Blutlache aufzuwischen. Was ich mit der Leiche mache, überlege ich mir später. Erst mal muss ich ja putzen.

Bis bald,
deine Tanja

Liebes Tagebuch,

heute kam mein Mann von der Arbeit nach Hause, hielt die Nase in die Luft und sagte: „Was kochst du denn da?! Das riecht ja fürchterlich! Hoffentlich ist das nicht das Essen, was du für mich gekocht hast!"

„Aber nein, mein Schatz", antwortete ich. „Das habe ich für den Nachbarshund gekocht. Der muss gerade eine spezielle Diät halten", rief ich aus der Küche, während ich das Gulasch in den Mülleimer warf. „Heute gibt es Nudeln mit Soße."

In seinen Teller goss ich eine durchsichtige Flüssigkeit, von der mir der Händler versicherte, dass sie kaum Geschmack, dafür aber eine starke Wirkung hätte. Ich war gespannt, ob es stimmte, und gab nach kurzer Zeit die Nudeln auf seinen Teller. Einmal kurz durchgemixt stand das Festmahl vor meinem Gatten auf dem Tisch. Er schien hungrig zu sein, doch nach kurzer Zeit begann er zu schwitzen, er öffnete das Hemd ein wenig, fächelte sich Luft zu. Lächelnd fragte ich, ob es ihm schmecken würde.

Er kippte seitlich vom Stuhl. Wie unhöflich, mir nicht vor seinem Ableben meine Frage zu beantworten. Die musste er doch noch gehört haben!

Bis bald,
deine Tanja

Liebes Tagebuch,

heute habe ich mich für meinen Mann besonders hübsch gemacht. Er hatte ein Geschäftsessen, zu dem ich mit eingeladen war und für diesen besonderen Anlass habe ich extra mein neues Kleid angezogen und mir eine ordentliche Frisur gemacht. Stolz präsentierte ich mein Outfit, als er die Tür aufschloss, um mich zum Essen abzuholen.

Er schaute mich an und fragte: „Liebling, ich dachte, du wärest schon fertig, wenn ich dich abhole! Nun musst du dich aber beeilen! So willst du doch nicht etwa mitkommen, oder?!"

Ich schaute ihn verblüfft an und fragte, was er sich denn für mich vorgestellt hätte.

Er öffnete meinen Schrank und sagte: „Ich denke, es ist besser, wenn ich allein gehe. Ich hatte gedacht, du hättest dir etwas Passendes zu dem Anlass besorgt." Als er am Abend von dem Essen nach Hause kam, starb er leider wenig später im Bett. Irgendwie muss er an einem Kissen im Schlaf erstickt sein. Schade, er hatte mir nicht einmal von dem Abend erzählt.

Bis bald,
deine Tanja

Liebes Tagebuch,

mein Mann hatte heute einen schrecklichen Unfall! Er lag in der Badewanne und irgendwie muss der Föhn in die Wanne gekommen sein. Ich hatte ihm noch zugerufen: „Fang!", als ich ihm den surrenden Föhn zuwarf. Nachdem ich das vierte Mal ins Badezimmer gerufen wurde, um ihm einen seiner Wünsche zu erfüllen, dieses Mal wollte er gern ein Glas Wein gebracht haben, lag er nur mit geschlossenen Augen in der Wanne und fing den Föhn einfach nicht auf. Es knisterte etwas und mein Mann rutschte den Wannenrand hinunter. Immerhin wurde ich nicht noch ein fünftes Mal durch die Gegend gescheucht. Ich trank den Wein, den mein Mann scheinbar nicht mehr trinken wollte, auf den warmen Fliesen des Badezimmers und beobachtete mein zufriedenes Gesicht im Spiegel. Die Fußbodenheizung war eine gute Entscheidung!

Bis bald
deine Tanja

Liebes Tagebuch,

bevor ich meinen Mann ein weiteres Mal sterben lasse, ist es vielleicht besser, ihn zu verlassen. Ich glaube nicht an das perfekte Verbrechen, aber ich merke, dass mein Drang, ihn wirklich umzubringen, immer stärker wird. Ein weiteres Mal wird es mir nicht ausreichen, es nur aufzuschreiben. Bevor es gefährlich wird, werde ich mich also heute von ihm trennen. Ich habe seine Koffer gepackt und sie ihm an die Haustür gestellt.

Sollte es mich doch überkommen, ist meine kleine, niedliche Pistole schussbereit in meiner Gesäßtasche meiner Jeans, die er nie an mir mochte. Ob ich mich wohl zurückhalten kann, nicht zu schießen?

Bis bald,
deine Tanja

Jennifer Pfingstmann, *geboren 1985 in Hannover, liebt das Reisen, gutes Essen und Sport. Mit ihrem Mann und ihren beiden Kindern hat sie einige Jahre in Shanghai gelebt und dort ihre Leidenschaft zum Schreiben entdeckt. Diese lebt sie vor allem in Kurzgeschichten aus, von denen einige bereits in Anthologien veröffentlicht wurden.*

Sprich mit mir

Frühjahr 2226

„Hallo, ist da wer?“

Wie jeden Morgen, sobald es die Helligkeit zulässt, verlasse ich, Mia Sander, den elften Stock eines halbzerstörten Hochhauses, um nach meinesgleichen zu suchen. Bisher leider vergebens!

Damit ich nicht verrückt werde, habe ich mir verschiedene Routinen zurechtgelegt. Das Zählen der Stufen gehört dazu. 115 Stufen sind es. Eigentlich müssten es 120 sein, aber durch die Zerstörung sind fünf Stufen nicht mehr als solche zu erkennen.

Unten angekommen, ziehe ich die Kapuze meines grünen Parkers tief in mein Gesicht und gehe in vorsichtigen, wachsamen Schritten, die zum Teil sehr holprige, kaputte Straße entlang.

An Kreuzung drei bleibe ich wie jeden Tag stehen, überprüfe in einer Schotterkuhle Wasserstand und -qualität: Ich tauche den Finger in das Wasser und lecke es vorsichtig ab. Nicht sauer, das ist ein gutes Zeichen, also forme ich mit meiner Hand eine Mulde und schöpfe eine Handvoll Wasser. Gierig lasse ich es meine Speiseröhre hinunterfließen. Leider ist der Wasservorrat in dem ganzen Gebiet (wahrscheinlich auf der ganzen Welt) so knapp, dass ich jeden noch so kleinem Tropfen hinterherlechze.

Der Winter ist gerade vorbei, glaube ich zumindest, denn die Kontraste der Jahreszeiten sind kaum noch wahrnehmbar. Winter heißt nicht gleich Schnee, Sommer nicht gleich Temperaturen über 25 Grad. Aber der *Frühling* lässt hoffentlich die Natur aufkeimen.

Glücklicherweise entdecke ich ein bisschen Grün, ähnlich Moos, an einer gesprayten Hauswand. Ich schabe davon vorsichtig etwas ab und schlucke es herunter. Meine Lust auf mehr ist riesig, fast unstillbar. Ich möchte weiteressen, aber wenn ich alles runterkratzte, kann hier nichts mehr nachwachsen. Diesen Fehler habe ich einmal gemacht, an einer anderen Stelle in der Nähe von Kreuzung sieben.

Ich hatte alle vier hellgrünen Blätter herausgerupft – und an diesem Ort kam nichts Grünes mehr nach. Ich muss mich schleunigst ablenken, um meinen Hunger zu vergessen! Ich lege mich auf den Boden und beginne mit Liegestützen. Ich zähle laut mit: eins, zwei, drei, vier, fünf, sechs, sieben, keuch, acht, neun, zehn, elf, fast zwölf. Ich kann nicht mehr! Meine Kräfte schwinden, bleibe einfach am Boden liegen. Mein Blick fällt auf meine viel zu helle Haut, die durch meine zerrissene Jeans durchschimmert. Kaum Sonnenlicht in den letzten Monaten, keine Vitamine und viel zu wenig Wasser.

Ich frage mich, warum ich überhaupt noch lebe. Eine kleine Träne verlässt mein rechtes Auge, was mich verwundert, so kurz vor der Exsikkose stehend. Meine Finger zucken leicht und ich erblicke die vielen schwarzen, narbigen Striche. Sie erinnern mich daran, wie lange es her ist, seit es geschah: 38 Monate und 7 Tage!

Prof. Otto Karl Wesler, angesehener Wissenschaftler, entwickelte eine Mikropille, die Schönheit, Ausdauer und Gesundheit für die nächsten 200 Jahre versprach. Die Forschung dauerte 42 Jahre, kurz nach der Veröffentlichung verstarb Prof. Wesler.

Wieso hatte sich niemand gefragt, warum der Wissenschaftler so kurz nach der Herausgabe starb? Er war schon 82 Jahre alt, aber es war das Jahr 2223 und zu dieser Zeit konnten die Menschen gut 120 Jahre lang gesund und in höchstem Komfort leben. Sie hatten fast alles: Multikarren, die es erlaubten, zu fahren und zu fliegen, einige sogar mit Molekularantrieb. Leckere, ausgewogene, farbenfrohe und ausreichende Nahrung, Berufe mit Flexibilität und grandiose Freizeitbeschäftigungsprogramme wie das Überkopf-Minigolfen oder das Eintauchen in abenteuerliche Sphären nur über einen Knopf an der Schläfe gesteuert.

Aber dem Versprechen nach gutem Aussehen, langem Leben und Mobilität bis ins hohe Alter konnte kaum jemand widerstehen. So stürmten die Menschen an dem Tag, an dem die Mikropille für den Markt zugelassen wurde, wie die Wilden aus ihren schicken Häusern, rannten sich zum Teil um, bekämpften sich mit Waffen. Alles nur, um einer der Ersten für diesen neuen Lebensabschnitt zu werden.

Am 22.01.2223 starben 300 Menschen, die umgerannt, erschossen und erschlagen wurden. Spätestens zu diesem Zeitpunkt hätte klar werden müssen, dass irgendetwas gehörig schieflief. Aber die Menschen, die die Pille ergatterten, liefen freudig zur Kirche.

Prof. Otto Karl Wesler war ein Gläubiger. Unter Orgelmusik schluckten sie, fast festlich, die Pille herunter. Ein seliges Lächeln breitete sich kurze Zeit später auf ihren Mündern aus. Leider hielt dieser Zustand nicht lange an. Es kam zur paradoxen Reaktion. Die Pille schien ihnen die Lebensenergie zu entziehen. Viele bekamen zunächst Schüttelfrost, Haarausfall, fingen an, sich zu erbrechen. Wahrscheinlich war die Pille viel zu hoch dosiert. Es war, als würde der Körper von innen her verätzen. Die Speiseröhren wurden so geschädigt, dass die Menschen keine Nahrung mehr zu sich nehmen konnten. Die Krankenhäuser waren so überfüllt, dass nur einige wenige Patienten Astronautennahrung über eine Infusion bekamen. Bei den anderen hörte man, wie die Entzündung sich weiter ausbreitete, der Kehlkopf anschwoll, bis die Stimmen ganz verstummten.

Die Welt wurde still!

Die Leblosen strömten toxische, unbekannte Gase aus. Diese Gase zerstörten die Natur und die Gebäude zerbröselten zusehends.

Ich hatte die Einnahme verweigert. Als ich merkte, was mit den Menschen geschah, die diese Pille nahmen, versuchte ich, sie zu warnen. Meine Warnungen wurden nicht ernst genommen und verliefen im Sand. Vielleicht lag es aber auch an meinen jungen 21 Jahren, an den lila Haaren oder meinen kaputten Hosen. Zuhörte jedenfalls niemand!

Seit Monaten habe ich keinen lebenden Menschen mehr gesehen. Der Zerfall der Häuser schreitet weiter voran. Die Wasservorräte sind lebensbedrohlich. Aber ich weiß, da draußen irgendwo muss es noch mehr von meiner Art geben. Denn nicht ich allein pflücke die grünen Blätter ab.

Aber wer und wo bist du? Bitte gib mir ein Zeichen, ansonsten überlebe ich den Wahnsinn nicht mehr lange!

__Britta Dreyer,__ 1984 vor den Toren Münsters geboren, zog es bereits früh in den Norden, Nähe Bremen. Sie liebt das raue, unbeständige Klima und Bananenbrot. Ihr schriftstellerischer Charakter ist geprägt von ehrlichen und schnörkellosen Worten sowie unvorhersehbaren Wendungen.

Eine Nacht im August

Es war eine besondere Nacht.
Jahre waren vergangen,
seitdem wir uns das letzte Mal sahen,
doch als wir uns wiedersahen,
wussten wir, dass unsere erste Begegnung einen Sinn hatte.
Eine tiefe, echte Freundschaft,
ein Bund für die Ewigkeit.
Durch Berg und Tal sollten wir schreiten,
in Verbindung mit dem,
was immer bestehen bleiben sollte.
Das Gefühl: eine zarte, doch starke Melodie,
wenn du so urplötzlich
auf einen Seelenverwandten triffst.

Und so kamen wir alle zusammen,
verteilten Shots wie Umarmungen,
priesen dem Einzigartigen an,
die sehnsuchtsvolle Sommernacht kam im Gang …
Natürlich drehten wir die Musik
bis zum Anschlag auf – feinste Riffs und Melodien,
Bässe laut und impulsiv, wir tanzten wild und intensiv,
sodass die ganze Straße regungsvoll vibrierte.
Und nachts, wenn wilde Beats vibrieren,
wird es Heißes garantieren,
meine Weisungsströmungen
aus dem geheimnisvollen Inneren heraus?

Wann wagen wir frei bis zu den Sternen hinaus?
In versteckter Dunkelheit –
in der Sicherheit des Nachtlichtrauschens
kamen wir uns auf der Tanzfläche näher – immer näher –
und spürten unser Gegenüber, unser Verbindungspart
mit den gleichen Träumen und Fantasien,
mit Begierden, Leidenschaften und Emotionen –
willkommen, menschliches Wesen –
und ab einem gewissen Pegel
und ab einer gewissen Lautstärke,
in versteckter, anonymer Dunkelheit,
regiert und übernimmt uns die Natur in Einfachheit.

Ich brauche jetzt eine Abkühlung.
Meine Gedanken sind doch immer woanders:
Ein tiefes Gedicht, das die Menschheit braucht –
ein magisches Licht, das mich antreibt und schlaucht –
denn ich finde keine Ruhe, bin getrieben,
nicht frei und nicht gelassen im Moment,
nur innerlich forciert – und ich lasse nicht los.
Der einsame Garten nun mein Los.
In die Stille der Nachtreflexion ziehe ich mich zurück,
ist jenes, was ich brauche?
Warum ziehe ich mich zurück, wieder und wieder?

Eine schillernde Sternschnuppe
rauscht über den klaren Nachthimmel hinweg,
ganz wach und bewusst
und nachdenklich und verträumt nehme ich sie wahr.
Blicke ich so in meine Vergangenheit? In meine Zukunft?
Damals war mein Leben so einfach – so klar.
Und jetzt dieser Moment.
Die Nacht berührt und verführt mich
mit einzigartigen, seltenen Farben,
mit warmen Klängen und Fantasie,
mit auffliegendem Mut und Vertrauen.
Wenn ich all das nur greifen könnte –
könnte ich dann geschickter gestalten?

Unser Selbst – unsere wahre Aufgabe –
im Alltag denken wir kaum darüber nach,
unser Streben verirrt sich in gesellschaftlichen
Sicherheiten und Normen.
Nun, in der wegweisenden Stille der Nacht und der Sterne,
sendet mir der Kosmos ein Zeichen voller Wärme und Vertrauen?
Schon oft habe ich solche Zeichen gesehen,
sind sie der Wegweiser, unberührt von Zeit?
Eine interstellare Bestätigung des gewählten Pfads?
Eine Aufforderung: Wage weiter, dein Leben naht?

Mit diesen Gedanken bin ich für den Moment zufrieden
und kehre in das Wilde, Laute und Verheißungsvolle zurück,
wo der Bass und der Rhythmus
und die Melodie und unsere Harmonie
uns göttlich schweben lässt – uns magisch befreit.
Wir sind da – und unsere Freundschaften haben Sinn gemacht –
sie tun es noch immer.

Die Liebe, die uns umschwebt,
bleibt der verheißungsvolle Schimmer,
in dieser wilden, rauschhaften Augustnacht
habe ich so viel Magie und Frieden erlebt, so viel Leben …
Doch das Schönste und Faszinierendste ist:
Unser aller Reise geht weiter.

Philip Bartetzko, *geboren 1992 in Aachen, ist Dichter und Pianist. Bei Auftritten verbindet er seine Texte gerne mit eigenen Klavierstücken. Aktuell arbeitet er an neuen Buchprojekten sowie an einem Hörspiel. Mit Leise schwebt das Leuchten erscheint sein vierter Gedichtband.*

Mozart der Zweite

Eigentlich war es gar kein richtiges Schloss. Es sah nur so aus wie ein kleines Schloss und es lag auch auf keinem Berg oder Felsen. Es lag mitten in der Stadt, etwas zurückgesetzt von der Asphaltstraße einer Allee, halb versteckt hinter den Platanen. Es hatte Türmchen und Erker, und eine breite Steintreppe führte hinauf zu einer großen, mit kunstvoll geschnitzten Intarsien versehenen Haustür.

Ich stehe zwischen zwei Alleebäumen, die ihre herbstlich gelbbraun gefärbten Blätter schon abgeworfen haben und deren kahle Äste wie Gerippe in den Himmel ragen. Die kalte Novembersonne fällt auf mein Elternhaus: unbewohnt, die Fensterscheiben trübe, manche eingeschlagen, die einst so herrschaftliche Haustür schräg in den Angeln hängend, der einst strahlend weiße Putz des Hauses ergraut und abgeblättert.

Nach dem Konkurs meines Vaters sollte das Haus verkauft werden, aber es fand sich kein Käufer. Zu teuer oder schreckte die Vorstellung von einem Gespenst, das darin umgehen sollte, potenzielle Käufer ab? Die Leute reden. Hatten sie das Haus *totgeredet*?

Mir treten Tränen in die Augen. Ich hätte nicht herkommen sollen. So viele Erinnerungen.

Ein kleiner Lastwagen poltert über die kopfsteingepflasterte Straße, beladen mit Brikett. Es gibt doch tatsächlich noch Menschen, die in unserer jetzigen Zeit mit Kohle heizen. Ich denke an unseren düsteren Kohlenkeller und daran, dass ich immer laut gesungen habe, wenn meine Mutter mich mal nach unten schickte. Ich muss lächeln, denn da fällt mir diese Geschichte ein, die sich in unserem Keller abspielte.

Eigentlich hieß *Mozart der Zweite* mit richtigem Namen Joseph und war mein längst verstorbener Großvater. Joseph Schmitz war ein begnadeter Musiker gewesen. Er spielte Geige und seine Umgebung und er selbst waren der Meinung gewesen, dass ihm eine große Karriere als Musiker bevorstand. Doch dann kam der Erste Weltkrieg und Joseph musste gegen die Franzosen kämpfen. Dabei wurde er verwundet, nicht lebensgefährlich, aber es fehlten ihm zwei Finger der linken Hand. Somit war es offensichtlich, dass seine Karriere als Geiger schon zu Ende war, bevor sie richtig begonnen hatte. Joseph wurde Kaufmann und trat in das elterliche Geschäft ein. Er verfiel jedoch in Depressionen.

Ich kann mich noch vage daran erinnern, dass der alte Mann – in meinen Kinderaugen war er ein alter Mann – in einem immerzu abgedunkelten Zimmer saß und klassische Musik hörte. Ich war die Einzige, die dieses Zimmer betreten durfte, und ich musste ganz leise sein und durfte ihn nicht stören. Manchmal strich er mir sachte über die Haare.

Großvater erhängte sich im Keller.

Doch manchmal klangen ganz leise die Sonaten von Beethoven oder Mozart durchs Haus. Wir hielten es für Einbildung. Allerdings fragten Jahre später wildfremde Menschen bei meiner Familie an, wer denn in der Nacht in unserem Haus so wunderbar Geige gespielt hätte. So kam Josephs Geist zu dem Namen *Mozart der Zweite.*

Mein Vater hatte ebenfalls das Talent geerbt, aber wieder machte der Krieg, dieses Mal der Zweite Weltkrieg, dem Traum vom Leben für die Musik ein Ende. Die Geige meines Vaters wurde Ende des Krieges gegen Lebensmittel eingetauscht.

Mein Bruder Hannes ist auch sehr musikalisch. Er hat sogar eine Schallplatte aufgenommen. Allerdings würde Mozart der Zweite bei dieser Musik mit den Zähnen knirschen. Hannes spielt nicht nur Gitarre, sondern auch Drehleier und Dudelsack – und Folklore war bestimmt nicht Josephs Metier.

Mir selbst war Josephs Geist nie begegnet, allerdings habe ich es auch, so gut es eben ging, vermieden, diesen dunklen Gewölbekeller, der die gesamte Grundfläche unseres Hauses ausfüllte, aufzusuchen. Ich habe mich schon immer im Dunklen gefürchtet. Mein Vater hatte dort unten nur ein paar nackte Glühbirnen angebracht, die die Treppe und die ersten beiden Räume beleuchteten. In einem der jetzt dunklen Räume hatte man Großvater erhängt vorgefunden. Die restlichen Kellergewölbe hatten schmale, trübe Fenster, deren Glasscheiben seit einem halben Jahrhundert nicht mehr geputzt worden waren. Im ersten Kellerraum lagerten die Kohlen. Im zweiten waren

Regale für Eingemachtes und Lebensmittel wie Äpfel und Kartoffeln, die kühl gelagert werden mussten. In den nächsten Räumen befanden sich Möbel, Kartons und wer weiß was nicht noch so alles, was in vielen Jahrzehnten da aufbewahrt wurde. Ich traute mich da nie hinein.

Meine Tochter Juliane aber, die war neugierig und stöberte darin. Manchmal brachte sie richtige *Schätze* nach oben. Wenn Juliane im Keller war, dann sang auch sie immer ganz laut, viel melodischer als ich. Jede Note stimmte. Ich vermutete, dass sie Mozart den Zweiten besänftigen wollte.

Mein Bruder Hannes war damals als Kriegsberichterstatter in den Brennpunkten dieser Erde unterwegs. Er war gerade sichtlich erschüttert aus dem Irak zurückgekommen und versuchte, seine Erlebnisse durch exzessive Feiern zu verdrängen. Bei einem dieser Feste kam ihm die Idee, einfach mal was Lustiges zu drehen. Irgendjemand hatte die Idee mit einer Geisterbeschwörung, und was war da nahe liegender, als Mozart den Zweiten anzurufen. Hannes dachte zu diesem Zeitpunkt nicht im Entferntesten daran, diesen *Spaßfilm* als Dokumentation über Spiritismus in Deutschland zu verkaufen.

Um einen Film zu drehen, braucht man natürlich auch Schauspieler. Unsere Freunde waren sofort hellauf begeistert und wir überlegten, wer das Medium sein sollte und wie wir Mozart herbeirufen sollten. Natürlich sollte ich als Grand Dame auch mitspielen. Helena, die griechische Freundin von Hannes, erklärte sich bereit, das Medium zu spielen und sich als sogenanntes Jungfrauenopfer nackt mit einer Geige in der Hand auf den Tisch zu legen. Hannes meinte, ein Totenschädel wäre unbedingtes Muss. Gott sei Dank kamen sie von der Idee, einen Schädel auf dem Friedhof auszugraben, wieder ab. So weit wollten sie dann doch nicht gehen. Helena, die als Zahnarzthelferin arbeitete, erklärte, ihr Chef habe einen solchen zu Demonstrationszwecken auf seinem Schreibtisch stehen und hätte bestimmt nichts dagegen, wenn sie sich den mal kurz ausleihe.

So räumten wir also aus dem Kellerraum, der der Kellertreppe am nächsten lag, das Gerümpel heraus, stellten unseren großen antiken Eichentisch und ein paar Stühle hinein und stellten unzählige weiße Kerzen auf. Hannes verteilte die Rollen und gab ein paar schwammige Anweisungen. Den restlichen Verlauf der Séance könnten wir improvisieren.

Am Abend des *Drehs* weigerte sich Helena jedoch, sich nackt auf den Tisch zu legen. Es sei einfach zu kalt in diesem Kellerloch. Sie ließ sich allerdings dazu überreden, ihren bloßen Körper in mein großes, weißes Festtagestischtuch zu hüllen.

So tasteten wir uns also im Dunkeln diese steile Kellertreppe hinunter: meine Schwester Linda und deren Freundin Klara, deren Freund Max, Helena, Juliane und ich. Der Gewölbekeller war in ein gespenstisches Licht getaucht. Lange Fäden von staubgetränkten Spinnweben hingen von der Decke und von den rauen Bruchsteinwänden tropfte die Feuchtigkeit. Helena hatte Schwierigkeiten, so eingehüllt in der Tischdecke sich auf den doch recht hohen Tisch zu legen. Vor allem, weil sie tatsächlich eine echte Geige in der Hand hielt. Max, der früher mal Messdiener gewesen war, hatte ein Gefäß mit Weihrauch aufgestellt, das so vor sich hin dampfte und uns einnebelte. Mir wurde schon von dem Geruch ganz benebelt. Ich hatte das Gefühl, dass da noch was anderes außer Weihrauch drin war.

Es war totenstill. Die Kerzen flackerten in einem kalten Luftzug. Wir trauten uns nicht zu sprechen, und wenn, dann flüsterten wir nur. Hannes stand mit der Kamera in der Hand am Fuß der Treppe und ließ sich von Max Zigarettenrauch vor die Linse pusten, um gespenstischen Nebel vorzutäuschen. Dann kam Hannes' Freund Fred die Kellertreppe herab. Er trug das Bratenblech von Hannes, auf dem der Totenschädel lag, vor sich her und stellte es mit ehrfurchtsvoller Miene auf den Tisch vor Helenas nackte Zehen. Dabei wäre der Schädel fast vom Tablett gerutscht, Linda schob ihn schnell mit spitzen Fingern und angewidertem Gesicht wieder in seine ursprüngliche Position. Fred setze sich dann zu uns an den großen Tisch.

Hannes gab irgendwelche Handzeichen und Max sagte: „Wir wollen jetzt Mozart den Zweiten rufen."

Wir nahmen uns an den Händen. Linda und Klara kicherten mädchenhaft, aber dennoch empfanden wir es als gespenstisch und unheimlich. Linda rief mit vibrierender Stimme: „Geist bist du da? Geist, sei willkommen in unserer Mitte, möchtest du dich uns mitteilen?"

Wir warteten.

Es war totenstill.

Dann riefen wir alle gemeinsam: „Mozart, bist du da? Mozart, sei willkommen!"

Vollkommene Stille.

Nichts geschah.

Helenas um die Geige geklammerten Finger fingen an zu zittern. Wir wiederholten die Geisteranrufung, da fing der Tisch an zu wackeln und zu ruckeln. Das Medium vibrierte und die Geige schwebte über der Tischplatte. Verblüfft starrten wir auf den Totenschädel, der den Unterkiefer herunterklappte. Im Dunkeln konnten wir nicht erkennen, dass sich durch das Gerüttel des Tisches eine der Schrauben gelöst hatte, die man zu Demonstrationszwecken der Zähne herausdrehen konnte. Geigenmusik ertönte. Hannes hatte im Kellergang einen CD-Player aufgestellt und ließ Mozarts *Kleine Nachtmusik* abspielen.

Eine dumpfe Stimme sagte: „Hier bin ich. Was wollt ihr von mir?" Die Stimme hatte eine gewisse Ähnlichkeit mit Freds Stimme, aber sie hallte so durch diesen nebeligen, kalten Raum, dass ich mir nicht so sicher war. Alle schauten mich an. Schließlich hatte ich Mozart dem Zweiten gefühlsmäßig am nächsten gestanden. Ich war seine Lieblingsenkelin gewesen.

„Sag was", flüsterte Linda mir zu und stieß mir mit dem Ellenbogen in die Rippen.

Oh, was sollte ich nur sagen? Unsicher stammelte ich: „ Bitte, mach, dass mein Sohn einmal genauso gut Geige spielen kann, wie du es einst getan hast."

„Geht in Ordnung", brummte die Stimme.

Dann war Stille, absolute Stille.

„Danke, dass du da warst, Geist. Du kannst wieder gehen", sagte Max ganz souverän.

Hannes sagte: „Schnitt."

Nach einer kurzen Pause prusteten alle vor Lachen los, aber es war kein so richtig befreiendes Lachen. Es erstarb auch recht schnell. Es blieb uns buchstäblich im Halse stecken, denn das Spiel einer Geige erfüllte den Raum, erst ein wenig zaghaft, dann immer kraftvoller, voller Leidenschaft und Sehnsucht, um in einer unendlichen Traurigkeit zu verstummen.

„Der Tod und das Mädchen", flüsterte Linda. „Schubert."

Es war nur eine einzige Geige, nicht wie bei dem Abspiel des CD-Players ein ganzes Orchester. Die Wassertropfen an den Bruchsteinwänden gefroren zu Eis. Der aus den Weihrauchgefäßen aufsteigende Dampf fiel in sich zusammen. Wir wagten nicht, zu atmen, bis Hannes laut sagte: „Super Improvisation."

Ein wenig mulmig war uns. Jemand hüstelte. Verstohlen blickten wir uns in dem dämmrigen Kellergemach um, meinten, einen Schatten durch den Raum schweben zu sehen, und glaubten, dass die Kerzen das Abbild einer zweiten Geige gegen die Wand warfen. Natürlich war das ein Trugbild, welches durch die flackernden Kerzen hervorgerufen wurde.

Natürlich, was sonst?

Nachdem wir mit Mühe diese vielen Kerzen ausgepustet hatten – dabei wurde es immer dunkler, und diese Dunkelheit sendete uns ein gramvolles Seufzen hinterher – begaben wir uns wieder nach oben. Der Metaxa, den Hannes einschenkte, löste unsere Anspannung und wärmte uns wieder auf. Nur Helena jammerte, sie habe sich bestimmt erkältet.

Danach bin ich nie wieder in diesen Keller gegangen.

Ich stehe noch immer unter der Platane, und da ist es, ganz leise erst, dann immer kraftvoller: *Der Tod und das Mädchen*. Eine trübe Glasscherbe bricht klirrend aus dem seitlichen Kellerfenster.

Dr. Gabriele Schuster: *1950 in Köthen geboren, aufgewachsen in Lahnstein am Rhein. Nach dem Abitur zwei Jahre Schiffsstewardess auf Großer Fahrt, mehrere Semester Ethnologie, Altamerikanistik und Archäologie, dann Studium der Veterinärmedizin an der FU Berlin, seit 1984 eigene Kleintierpraxis in Heide (Dithmarschen), verwitwet, zwei Söhne. Ruhestand seit Sommer 2018. Hobbys: Schreiben, Malen (Tierbilder in Acryl, bisher 2 Ausstellungen). Veröffentlichungen in mehreren Anthologien. 3. Platz bei der Ausschreibung „Geschichten, die der Garten schreibt" , Veranstalter Panometer Leipzig gemeinsam mit der Buchhandlung Südvorstadt, 2. Platz Literaturwettbewerb des Literaturpodiums Berlin „die Farbe Grün", zwei eigene Bücher.*

Speed Dating mal anders

„Leute, ich habe eine coole Idee. Ich habe in der Mittagspause einen Werbeflyer gesehen." Karl reichte diesen in die Runde. Seine Theaterkollegen waren begeistert.

Lust auf Speeddating?
Lerne neue Leute und womöglich sogar die Liebe des Lebens kennen. Aber nicht irgendwie! Verkleide dich und stelle Fragen, die typisch für deinen Charakter sind. Gerne kannst du aber untypische Antworten für deinen Charakter geben. Also seid bitte kreativ. Alles ist möglich. Neugierig geworden? Melde dich im Café am Marktplatz.

„Tolle Sache. Da machen wir mit, oder?", fragte Roberta ihre Ensemblekollegen.

„Am besten suchen wir uns alle schon mal ein Kostüm im Fundus aus." Begeistert sprang Valerie auf und rannte los.

„Wir werden sieben Leute sein", meldete Karl im Café sein Kommen an.

„Vielen Dank. Bis nächste Woche."

Eine Woche später

„Karl, Ina ist erkrankt. Sie kann beim Speed Dating nicht mitmachen."

„Ich sage im Café Bescheid. Vielleicht möchte sich ja noch ein anderer anmelden, wenn ein Platz frei geworden ist. Die haben da ja eine Warteliste." Sofort wählte Karl die Nummer des Cafés.

Um 16 Uhr

„Vielen Dank für Ihre Anteilnahme. Kommen Sie noch gerne mit zum Beerdigungscafé." Tinas Mutter nahm mit Tränen in den Augen die Beileidswünsche ihres Familien- und Freundeskreises entgegen, stieg aber dann ins Auto und fuhr zusammen mit Tina zum Café am Marktplatz.

Eine halbe Stunde später stand Tina gelangweilt auf und ging in den Nachbarsaal des Cafés, in dem das Speed Dating stattfand.

„Hallo. Machen Sie doch gerne mit. Dort hinten ist noch ein Platz." Louisa, die Besitzerin des Cafés, deutete auf einen leeren Platz."

„Hallo, ich bin Karl."

„Hey, ich bin Tina."

„Hast du heute frei, um zum Date zu kommen."

„Ja, heute war die Beerdigung meines Onkels."

„Oh, ja, da kannst du ja sogar in deiner Arbeitskleidung hingehen. Schwarz." Karl deutete auf Tinas Kleidung.

„Na ja, Arbeitskleidung ..."

„Okay, Glück verteilen, ist vielleicht nicht wirklich Arbeit. Es ist Befriedigung", unterbrach Karl sie.

„Was meinst du?"

„Man sagt ja, dass du Glück bringst."

„Wir kennen uns doch gar nicht."

„Ich sehe es dir aber an."

„Was machst du denn überhaupt?", wollte Tina wissen und wunderte sich über seine Kleiderwahl, als sie die weißen Seidenhandschuhe sah, die er trug. Gehörte er zum Café? Als Kellner? Aber die Bedienungen hier sahen alle anders aus. Niemand trug Handschuhe. Merkwürdig, auch die anderen Date-Teilnehmer sahen anders aus. So verkleidet.

„Was ich mache? Auch Menschen glücklich. Indem ich ihnen aus dem Mantel helfe, Essen aufs Zimmer bringe oder Champagner serviere.

„Du bist Kellner? Wieso kommst du in Arbeitskleidung zum Date?

„Bin direkt von der Arbeit gekommen", antwortete Karl knapp. „Woran ist dein Onkel gestorben?"

„Krebs."

„Tut mir leid."

„Schon gut. Ich habe ihn nie wirklich gemocht. Mir war vorhin so langweilig."

„Da ist ein Date wirklich schöner."

„Welche Hobbys hast du denn?", fragte Tina.

„Töpfern und Gartenarbeit."

„Was machst du in der Freizeit?"

„Edelsteine sammeln und schwimmen gehen", antwortete Tina.

„Interessant. Ganz anders als dein Job", stellte Karl augenzwinkernd fest.

„Ich habe dir doch noch gar nicht erzählt, was ich beruflich mache." Tina schaute Karl verwirrt an.

„Ich sehe es dir ja an. Nur deine Ausrüstung fehlt und deine Hände sind erstaunlich sauber."

„Denkst du, ich komme schmutzig zum Date oder zur Beerdigung?" Was dachte sich dieser Typ nur? Und wieso sah er ihr ihren Job an? In schwarzen Sachen ging sie eigentlich nicht ins Büro. Und welche Ausrüstung?

„Okay, stimmt", kam es von Karl, bevor Tina ihn fragte, welche Ausrüstung er meinte. „Deine Glücksausrüstung."

„Glücksausrüstung?" Tina sah ihn verwirrt an.

Dann ertönte die Liebesglocke.

„Hat mich gefreut. Bis dann." Tina stand auf und verließ den Saal. Merkwürdige Leute.

Als sie in den anderen Saal zu den Trauergästen zurückkehrte, sah ihre Mutter sie fragend an. „Alles okay, Tina?"

„Ja, klar", antwortete diese knapp.

Wenig später verließ Tina zusammen mit ihrer Mutter das Café. Sie blieb an der Theke stehen, an dem ein Werbeaushang für das Speed Dating hing. Jetzt erst konnte sie sich diese Verkleidungen und die merkwürdigen Fragen erklären. Mit einem Schmunzeln im Gesicht ging sie durch die Tür, schaute dann aber wieder ernst, als sich ihre Mutter nach ihr umsah. Schließlich kamen sie ja gerade von einer Beerdigung.

Lisa Marie Kormann *hat bisher u. a. folgende Bücher geschrieben: „Mord in der Tanzschule", „Stella – Die Sternschildkröte". Sie ist außerdem ausgebildete Schreibpädagogin und bietet in ihrer Schreibschule Buchstabeninsel regelmäßig Schreibkurse an. Als Kind der See setzt sie sich als Patin und Botschafterin für den Meeres- und Tierschutz ein. Nähere Infos auch unter limakormann.wixsite.com.*

Kennt ihr mich noch?

Viele Jahre erblühe ich neu,
doch der Mensch ist mir nicht treu.
Ich schenke ihnen frohe und leuchtende Farben,
für Wald und Wiesen und auch für den Garten.

Der Mensch erkennt nicht diese Gaben,
er sieht mich nicht, mit all den Farben.
Müll und Beton sind seine Gravur
und zerstört dabei mich, die Natur.

Was ist der Mensch doch egoistisch,
erkennt er nicht den Lebenssinn?
Gier nach mehr ist sein Motto
und die Natur, sie vergeht dahin.

Was kann ich tun, damit er mich sieht?
Tiere und Pflanzen, sie sterben aus.
Aber gibt es die Natur nicht mehr,
so gibt es auch keine Menschen mehr.

Der Mensch sieht nicht, das er mich braucht,
bis er auf allen vieren kraucht.
So sage ich: „Seht mich an,
damit ich, die Natur wieder wachsen kann."

Anke Ortmann *ist 47 Jahre alt. Sie arbeitet als Betreuerin an der Mildred-Harnack-Schule. In dieser Funktion leitet sie mit einer Kollegin den Buchclub der Schule.*

Die Blume

Sie sah, wie die Menschen mit gesenktem Kopf an diesem kalten Wintermorgen die Straße entlanggingen. Einer nach dem anderen, ein unaufhaltsamer Strom. Keiner hielt an, keiner sah hoch. Niemand sah sie, wie sie am Fenster saß und gedankenverloren diesen meist grauen Fluss betrachtete. Leere und Einsamkeit erfüllten sie.

Es klingelte an der Tür. Sie seufzte. Nicht das erste Mal, aber heute war anders. Sie machte auf.

„Herzlichen Glückwunsch, Mama." Ihr Sohn umarmte sie.

„Wo sind Maja und Anna?"

„Maja hat eine Schulaufführung und einer von uns sollte schon dabei sein. Kommt mein Bruder noch?"

„Ja, er, seine Frau und die Zwillinge. Und später noch Manfred." Sie spürte, wie ihr eine Träne ins Auge stieg und schluchzte: „Es, es ist das erste Mal ohne deinen Vater."

Sie umarmten sich. „Du schaffst das, Mama." Sie setzten sich an den Tisch.

Kurze Zeit später trafen auch ihr zweiter Sohn und seine Familie ein. Die Stimmung war nicht schlecht, aber sie fühlte sich nicht wie ein Teil der Gruppe. Nicht wie ein Teil des Lebens. Sie wusste, dass sie auch sterben und ihren Ehemann dann endlich wiedersehen würde. Eine Zwischenstation. Ein leerer Bahnsteig für den Zug, der nur in eine Richtung führte. Hier stieg niemand aus. Hier hielt man nur eine Zeit, bevor die Endstation erreicht wurde.

„Mama?"

Sie schwebte noch in Gedanken.

„Mama?!"

Sie sah ihren Jüngsten an. Er hielt die Hände seiner Frau. „Wir haben etwas für dich gefunden, eine wunderschöne Wohnanstalt. Du wärst nicht mehr so alleine und es wäre immer jemand da für dich. Kenny hat bis hier eineinhalb Stunden gebraucht, ich sogar drei."

Sie schaute ihn an. Er meinte es gut und er hatte lange gewartet, es anzusprechen. Sie wusste, dass ihre Kinder das schon lange geplant hatten. Auch als er noch lebte, aber sie hatten gewartet. Und jetzt wollte sie Ja sagen. Sie war die Wohnung satt. Das Leben satt. Wo sie ihre letzten Momente verbrachte, interessierte sie wenig.

Es klingelte. Sie ging an die Tür, ohne ihrem Sohn zu antworten. Ihr Schwager stand da. „Hallo Manfred."

„Herzlichen Glückwunsch, hier." Er reichte ihr einen Topf mit einer Blume. „Dein Mann hat mir so eine geschenkt, als Margarete gestorben ist. Er hat gesagt, dass er noch eine Blume zu Hause hätte."

Sie sah, wie eine Träne verloren die Wange herabrollte und auch sie spürte es hochkommen, als sie ihn umarmte. Sie nahm gedankenverloren den Topf und stellte ihn auf ihre Fensterbank. Sie setzten sich gemeinsam an den Tisch, die Gespräche wurden lebhafter und ihre Söhne sprachen das Thema nicht wieder an.

Erst als sie sich verabschiedeten, erinnerte ihr Jüngster sie an ihr Gespräch: „Denk drüber nach, Mama."

„Ich habe mich schon entschieden, ich schaffe das hier."

Ihr Sohn war überrascht, sagte aber nichts. Doch sie war auch überrascht. Sie wusste nicht, woher der Sinneswandel kam, aber es fühlte sich richtig an.

Nachdem sie alles aufgeräumt hatte, kam sie erstmals dazu, die Blume zu betrachten. An dem langen grünen Stängel hingen etwa auf halber Höhe zwei saftig, dunkelgrüne Blätter. Oben war die Blüte – in einem matten Gelb – umgeben von dunklen, violetten Blütenblättern. Eine wirklich schöne Blume.

Sie legte sich schlafen. Ihr Körper meldete sich bei ihr, doch trotz Schmerzen in jeder einzelnen Faser schaffte sie es erstmals seit Langem, eine Nacht durchzuschlafen.

Als sie am nächsten Morgen aufstand, fühlte sie sich besser. Wach. Sie frühstückte sonst nie, aß wenig, aber sie verspürte Appetit. Sie schmierte sich ein Brot, setzte sich ans Fenster und beobachtete den Fluss der Menschen. Wie sie vorbeizogen. Einander keines Blickes würdigten. Da blieb einer stehen. Ein Mann mittleren Alters mit grauem Aktenkoffer. Sie bemerkte, wie er zu ihr schaute. Nein, nicht zu ihr. Zu der Blume, die in leuchtendem Rot erstrahlte. Er winkte ihr, streckte den Daumen in die Höhe, während er die Blume bewundernd betrachtete. Sie schaute perplex, reagierte nicht. Rot. Rot wie ein Stoppschild. Ein Signal anzuhalten. Der Mann drehte sich um und ging weiter. Sie musste ihren Schwager anrufen, ihn fragen, woher er diese Zauberblume hatte. Aber als sie zum Telefon griff und seine Nummer einzutippen versuchte, gab sie wie in Trance eine andere Nummer ein.

„Guten Tag, Frau Meyer. Ihre übliche Bestellung?"

„Nein, heute gehe ich selber einkaufen."

„Wow, das ist jetzt fast ..."

„... ein Jahr her, ich weiß." Sie legte auf. Sie verstand nicht, wieso sie das getan hatte. Sie verstand nicht, wieso sie an der Zwischenstation ausstieg. Sie verstand nicht, wieso sie nicht durchfuhr, wieso sie wieder festen Boden unter den Füßen hatte.

Sie ging einkaufen, sie traf alte Freunde wieder und sie lachte. Ehrlich. Nicht aus Höflichkeit. Sondern weil ihr danach zumute war. Als sie am Abend ins Bett stieg, murrte ihr Körper nur wenig. Es war lange her, seit sie ohne große Schmerzen eingeschlafen war.

Am Morgen setzte sie sich wieder ans Fenster. Und an der gegenüberliegenden Seite stand wieder der Mann. Aber heute war er nicht alleine. Eine Frau stand neben ihm und betrachtete die Blume. Wie von Zauberhand bewegte sich der Strom um sie herum. Und sie winkten ihr und heute winkte sie zurück. Die Blume hatte die orangerote Farbe eines sommerlichen Sonnenuntergangs.

Sie entschloss sich, einen Spaziergang zu machen. Den ersten seit seinem Tod. Früher hatten sie das zusammen gemacht. Jetzt war er nur noch im Herzen dabei. Als sie abends schlafen ging, war sie müde, aber fühlte keine Schmerzen.

Nach dem Aufstehen fasste sie einen Entschluss. Sie würde ihre Söhne besuchen! Wie durch ein Wunder fuhr ein Zug auf der Zwischenstation ein. In die Gegenrichtung. Sie stieg ein. Und fuhr zurück ins Leben. Als sie am Fenster vorbeiging, sah sie eine kleine Gruppe die Blume betrachten. Sie winkte ihnen. Sie winkten zurück.

Die Zeit verging schnell. Sie besuchte alte Freunde, ihre Familie, ging spazieren. Genoss Frühling und Sommer. Sie fühlte sich nicht mehr allein, nicht mehr schmerzerfüllt, sondern am Leben. Als es Herbst wurde und der Regen kam, begann die Blume fahler zu werden. Keine leuchtenden Farben, sondern leicht und durchscheinend. Weniger Menschen hielten an. Nur der Mann blieb jeden Morgen stehen und winkte ihr. Und sie wartete, um zurückzuwinken. Als das Wetter besser wurde, ging sie wieder raus. Die Blume hatte einen bräunlich-roten Ton wie die Blätter, die von den Bäumen stürzten. Sie setzte sich auf eine Bank, beobachtete das Treiben und schlief ein. Ohne Schmerzen. Der Zug raste, ohne ein weiteres Mal anzuhalten, durch die Zwischenstation. Quietschend kam er an der Endhaltestelle an und sie stieg aus, während sich die Türen langsam hinter ihr schlossen.

„Was willst du mit dem verwelkten Ding?"

„Ich pflanze es auf Mamas Grab", antwortete Kenny, ihr Ältester.

Sein Bruder schüttelte den Kopf: „Warum denn? Das ist doch tot."

„Ich weiß es nicht, aber es gehört so."

Und sobald die Blume eins mit der Erde wurde, begann sie zu blühen. In einem strahlenden Weiß. Ohne jemals wieder ihre Farbe zu ändern ...

***Luca Rizal Michael Hilbert**, geboren 1999, studierte in Gießen Lehramt und beginnt im November 2024 seinen Vorbereitungsdienst in Wiesbaden. 2017 veröffentlichte er zum ersten Mal eine Kurzgeschichte über den Wettbewerb „Durchschrift" des Landes Rheinland-Pfalz.*

Abwärtsspirale

Mit einer heißen Tasse Tee in den Händen haltend mache ich es mir auf dem Fensterbrett gemütlich und schaue aus dem Fenster hinaus. Draußen tobt ein starker Wind, der Blätter in leuchtenden Orange- und Rottönen von den Bäumen reißt. Es ist Herbst, meine zweitliebste Jahreszeit. Ich liebe es, draußen spazieren zu gehen und die Blätter unter meinen Schuhen rascheln zu hören, mich mit Heißgetränken unter die Decke zu kuscheln und dabei zu lesen sowie mich von dem gemütlichen Flair einmummen zu lassen. Von der schönen Herbstdekoration, die an einigen Häusern zu finden ist, ganz zu schweigen. Der Herbst symbolisiert das Ende eines Lebens und den Beginn eines Neuanfangs. Eine wunderschöne Metapher. Wieso können wir das nicht auch? Unsere Altlasten von uns werfen und von vorne beginnen. Eine neue Chance bekommen, um bestimmte Dinge besser zu machen.

„Weil das Leben so nicht läuft", meldet sich die schwarze Silhouette zu Wort, die mir gegenübersitzt und mich aus ihren dunklen Augenhöhlen anstarrt.

Darf ich vorstellen? Meine Krankheit aus Kindertagen, die Depression. Sie begleitet mich schon seit zwanzig Jahren. Wow! Doch schon so lange? Mühsam reiße ich meinen Blick von ihr los und versuche, mich auf das Wetterspektakel draußen zu konzentrieren. Dieser Anblick hat was Beruhigendes an sich. Dem Zyklus des Lebens zuzuschauen und nicht andauernd über irgendwas nachdenken zu müssen. Doch kaum hat sich meine Depression bemerkbar gemacht, fange ich auch schon wieder damit an, mich den schlechten Dingen meines Lebens zu widmen. In meinem Kopf herrscht ein wirres Durcheinander. Sämtliche Erinnerungen flackern vor meinen Augen auf, die ich am liebsten vergessen möchte. Ich habe sie sorgfältig in die letzte Ecke meines Gedächtnisses gepackt, in der Hoffnung, sie niemals wieder zu Gesicht zu bekommen.

„So leicht kommst du mir nicht davon", drängt sich mir meine Depression auf. Ich rolle genervt mit den Augen und versuche krampfhaft, gegen die aufkommenden Tränen anzukämpfen. Selbst nach einem Schluck Tee warte ich vergeblich auf die wohlwollende Wärme, die sich sonst in meinem Körper ausbreitet. Wieso ist es so schwer, manche Dinge hinter mir zu lassen? Es fühlt sich so an, als würde ich immer wieder auf dieselbe Stelle treten, ohne jemals vorwärtszukommen.

Meine Vergangenheit holt mich immer wieder ein. Dabei kann ich sie doch gar nicht mehr ändern. Also wieso kann ich sie nicht einfach links liegen lassen und weitermachen?

„Ganz einfach, weil sie dich geprägt hat. Deine Familie war nie für dich da, deine Eltern hatten ein Alkoholproblem, du wurdest während deiner gesamten Schulzeit gemobbt und auch dein Umfeld hat dich schlecht behandelt", gibt das personifizierte Böse spöttisch von sich. Dem ist nichts hinzuzufügen.

Ein stechender Schmerz macht sich in meiner Brust bemerkbar. Den inzwischen kalt gewordenen Tee stelle ich neben mir auf dem Boden ab. Ich lehne den Kopf gegen die Scheibe und schließe meine Augen. Einzelne Tränen stehlen sich aus ihnen hinaus und füttern das Ego meiner verhassten Krankheit.

Ich habe es versucht. Vor sechs Jahren habe ich eine Tagesklinik besucht, die mir überhaupt nicht geholfen hat. Das war die reinste Zeitverschwendung und hat mir einen toxischen Freund zur Seite gestellt, der nach zweieinhalb Monaten wieder aus meinem Leben verschwinden durfte. Seitdem bin ich zu nichts in der Lage. Meine Seele und mein Körper leiden gleichermaßen. Selbst die Verhaltenstherapeutin war keine große Hilfe. Ich habe in ganzer Linie versagt. Nun weiß ich überhaupt nichts mit meinem Leben anzufangen.

Wütend über mich selbst, fahre ich mir mit meinen Nägeln über die Arme und kratze sie mir buchstäblich auf. Mit zitternden Beinen stehe ich auf und gehe in das Badezimmer, um mir die Folgen meines mir selbst zugerichteten Angriffs anzusehen. Rote Blutspuren zeichnen sich deutlich auf den Armen ab. Mir ist das egal. Auf diese Weise spüre ich wenigstens etwas. Körperlicher Schmerz macht mir nicht so viel aus. Ich gebe mir nicht mal die Mühe, das Blut abzuwaschen. Meinen Blick auf den Spiegel gerichtet, schaue ich in das Gesicht einer mir unbekannten Frau. Ich kenne sie nicht, dabei sehen wir uns ähnlich. Ihr eingefallenes Gesicht ist mir zugewandt, dunkle

Augenringe zeichnen sich ganz deutlich ab und lassen ihr Gesicht noch blasser aussehen. Sämtliches Licht ist aus ihren dunkelbraunen Augen erloschen. Ausdruckslos starren sie mich an. Leichte Tränenspuren sind zu sehen. Ihr Anblick macht mir Angst.

Ich denke nicht weiter darüber nach und schlage im nächsten Moment zu. Tausend Splitter fallen zu Boden und bohren sich gleichzeitig in meine Haut. Ein scharfer Schmerz durchzuckt meine rechte Faust, mit der ich zugeschlagen habe. Meiner Wut derart freien Lauf zu lassen, tut gut, alles aufzuräumen und meine Wunden zu versorgen, eher weniger. Ich bestrafe mich auf diese Weise, obwohl ich weiß, dass es schwachsinnig ist. Der Drang, mir selbst etwas anzutun, ist größer. Schmerzen, die noch auszuhalten sind. Alles andere ist für mich unvorstellbar und kommt nicht infrage. Diese Genugtuung gönne ich meiner Depression nicht.

Jene steht nun hinter mir und schaut sich ihr angerichtetes Desaster an. „Davon lösen sich deine Probleme auch nicht in Luft auf. Du bestrafst dich für etwas, wofür du nichts kannst. Du hast keinen Einfluss mehr auf die Vergangenheit. Trotzdem lässt du dich von ihr kontrollieren und kaputt machen, anstatt dich auf deine Zukunft zu fokussieren. Lebe im Hier und Jetzt. Ich will dir doch gar nichts Böses. Zumindest nicht immer“, höre ich die immer leiser werdende Stimme meiner Depression.

Mein Körper ist von Narben gezeichnet. Die meisten davon stammen von mir. Meine Mutter schämt sich für mich, weil meine Arme von diesen übersät sind und es mir seelisch nicht gut geht. Dabei trägt sie doch eine Teilschuld an meiner Misere. Es ist ein nie endendes Thema.

Nachdem ich die Scherben entsorgt habe, kümmere ich mich um die Wunden. Um die körperlichen. Die seelischen lassen sich leider nicht so einfach heilen. Der Nachteil meiner Tat – ich muss mir einen neuen Spiegel kaufen. Ich weiß, das klingt jetzt total komisch, aber die Schmerzen tun gut. Was stimmt nicht mit mir?

Mit diesem Gedanken im Kopf gehe ich zurück ins Schlafzimmer und setze mich wieder auf das Fensterbrett. Noch immer rollen Tränen unaufhörlich meine Wangen hinab. Eine Abwärtsspirale jagt die nächste. Habe niemanden an meiner Seite, der überhaupt für mich da ist. Muss ich mir Liebe verdienen? Jeder Mensch hat es verdient, geliebt zu werden. Aufgrund meiner Erfahrungen stoße ich jeden von mir. Ich habe eben nie gelernt, mich selbst zu lieben, wie sollen es dann andere tun? Wie schaffen das bloß die anderen? Für mich ist es unvorstellbar, ein normales Leben zu führen und glücklich zu sein. Werde ich jemals an diesen Punkt gelangen?

So, jetzt reicht es für heute mit dem Gedankenkarussell. Das bringt mich auch nicht weiter. Meine noch immer nicht ausgetrunkene Tasse Tee bringe ich in die Küche und stelle sie in die Spüle. Danach lege ich mich auf das Bett, rolle mich zusammen wie ein Embryo und versuche, an etwas Schönes zu denken.

Das Senken meiner Matratze signalisiert mir, dass sich meine Depression zu mir gelegt hat. Immerhin ist sie stets an meiner Seite, auch wenn ich sie überhaupt nicht da haben will. Sie saugt mich aus und hinterlässt nichts als Schmerz, Verzweiflung und Hoffnungslosigkeit. Es gab Tage, da wollte ich gar nicht mehr aufwachen. Wollte ich nicht an etwas Schönes denken? Das fällt mir unglaublich schwer. Meistens denke ich an meine Kindheit zurück, als die Zeiten noch unbeschwert waren. Wie ich diese Zeiten vermisse! Ich muss lernen, mit meiner Depression zu leben. Sie wird mir niemals von der Seite weichen.

Ich habe Ziele für die Zukunft und diese muss ich mir immer wieder vor Augen führen. Gesund werden ist das Wichtigste. Mich von der Gesellschaft und meiner Familie kaputtmachen zu lassen, hätte niemals passieren dürfen. Leider war ich schon immer sehr schüchtern und zurückhaltend. Habe mich herumschubsen und schlecht behandeln lassen. Dabei war ich immer nett und habe niemandem was Böses getan. Wehren konnte ich mich auch nicht. Kann ich mich immer noch nicht. Seit meinem vierzehnten Lebensjahr schreibe ich Gedichte und versuche, meine Erfahrungen auf diese Weise zu verarbeiten. Ich hatte die Hoffnung, indem ich alles aufschreibe, alles besser wird. Auch hier sieht die Realität anders aus. Da wird mir wohl nur eine anständige Therapie bei helfen können.

Das einzig Positive an meiner Erkrankung? Ich habe sehr viel über mich gelernt und tue es auch weiterhin. Ich bin selbst reflektierend und nehme mir bestimmte Worte zu Herzen, die mir helfen können. Mich weiterzuentwickeln, ist mir wichtig, denn nur so kann ich Fortschritte machen und mich aus den Klauen meiner Depression befreien. Zumindest so weit, dass sie mir nicht mehr so viel anhaben kann. Hoffe ich zumindest.

Mich macht die Tatsache traurig, dass ich als Kind befreiter, sorgloser und fröhlicher war, davon aber jetzt nichts mehr zu sehen ist. Nach und nach ist dieses Kind in mir gestorben und hat nichts als Dunkelheit hinterlassen. Äußere Umstände haben meine Unschuld zerstört. Ich würde das kleine Mädchen, das ich früher war, so gerne in den Arm nehmen und ihm sagen, dass es für all die schrecklichen Dinge nichts kann. Dass es keine Schuld daran trägt, dass so fies mit ihm umgegangen wird. Ich möchte ihm so gerne Hoffnung schenken und Mut zusprechen. Ihm sagen, dass die dunklen Zeiten irgendwann vorbei sind, aber das wäre gelogen.

Ich frage mich, wie ich das alles ausgehalten habe, ohne komplett durchzudrehen oder mich selbst ins Jenseits zu befördern. Was wäre das Leben ohne Herausforderungen? Ich nehme diese gerne an, auch wenn es bedeutet, beinahe daran zugrunde zu gehen. Mir wurden schon so viele Steine, wenn nicht sogar Felsen in den Weg gelegt, die ich unter größter Anstrengung bewältigt habe. Ich bin zuversichtlich, dass ich alles andere auch schaffen werde. Es wird zwar anstrengend, aber ich habe es verdient, glücklich zu sein. Darauf arbeite ich hin und werde die Schatten der Vergangenheit nach und nach hinter mir lassen.

Lily N. Hope *ist eine deutsche Autorin, die unter Pseudonym schreibt. Sie wurde im August 1994 in Mönchengladbach geboren. Neben ihrem leidenschaftlichen Hobby dem Lesen schreibt sie gerne Gedichte und Geschichten, um darin ihre persönlichen Erfahrungen zu verarbeiten. Einige ihrer Texte wurden bereits in verschiedenen Anthologien veröffentlicht.*

Bernd und ich

Seit ich zurückdenken kann, haben Bernd und ich eine sehr ambivalente Beziehung. Es ist öfter mal kompliziert zwischen uns. Ich kann nicht mit ihm, aber auch nicht ohne ihn. Bernd ist der dominante Part in unserer Beziehung und gibt gerne den Ton an.

Habe ich etwas gekocht, höre ich ihn gleich säuseln: „Willst du das Geschirr auf der Spüle stehen lassen?“

Was? Erst wird gegessen!

„Nur zwei Sekunden.“

Okay, wenn's sein muss.

Er hilft mir, alles wegzuräumen. „Na siehste. Du fühlst dich gleich besser!“

Ich muss ihm recht geben. Ich hasse es, ihm recht geben zu müssen.

Er meint es immer gut mit mir. Bernd gehört zu mir, wir sind untrennbar verbunden, keine Frage! Doch seine Lebenseinstellung kollidiert mit meinen täglichen Gewohnheiten.

Bernds Lieblingsspruch ist: „Was du heute kannst besorgen, das verschiebe nicht auf morgen (oder übermorgen oder nächste Woche).“

Mein Motto hingegen geht eher in die Richtung: „Probier's mal mit Gemütlichkeit.“ Unser Konfliktpotenzial im Alltag ist dementsprechend hoch.

Neulich stand ich vor dem Spiegel, um mein Lieblingssommerkleid anzuprobieren. Ich fand, dass es ausgezeichnet saß. Dann kam Bernd um die Ecke. Ich konnte förmlich sehen, wie er missbilligend eine Augenbraue hochzog.

„Viel Sport hast du in letzter Zeit nicht getrieben, oder? Siehst du nicht, dass das Kleid an den Hüften ein bisschen eng geworden ist? Gezieltes Training würde dir ganz guttun. Wie wäre es mit Fitnessstudio?“

Fitnessstudio? Ich?

„Ja, schau doch an dir herunter. Und bei der Gelegenheit, staubsaugen wäre mal wieder nötig!“

Das ging zu weit.

„Übrigens“, hörte ich ihn unbeirrt weiterreden, „ich habe den Kühlschrank und die Vorratskammer inspiziert. Kein Wunder, dass du fett geworden bist!“

Oh je, er hatte die Schokolade entdeckt.

„Zu viele Fertiggerichte!“

Auch das stimmte. Ich müsste mehr Gemüse …

„Das wird so nie was“, unterbrach er meine Gedanken.

Ich musste ihm recht geben. Wieder einmal! Wie ich das hasste! Doch plötzlich kam mir eine wunderbare Idee. Ich schnappte mir meine Handtasche und meine Jacke und ging zur Haustür.

„Wo willst du hin?“, fragte er argwöhnisch.

„In die Stadt, neue Laufschuhe kaufen! Hätte ich schon längst machen sollen.“

Bernd schnurrte jetzt wie ein zufriedenes Kätzchen. „So gefällt mir das, mach weiter so. Du bist auf einem guten Weg!“ Natürlich bestand Bernd darauf, mich zu begleiten. Einmal Kontrollfreak, ständig Kontrollfreak!

In der Stadt bummelte ich gemütlich durch die Straßen mit den Geschäften, schaute mal in dieses, mal in jenes Schaufenster.

An meiner Seite fing Bernd wieder an zu säuseln: „Nur ein bisschen gucken! Denk dran, du hast ein Ziel. Lauf einfach weiter, da vorne ist das Sportgeschäft schon!“

Danke, hatte ich auch gesehen.

„Stopp, stopp! Hier ist der Eingang vom Sportgeschäft. Bleib stehen, du musst da rein! Du wolltest dir Joggingschuhe kaufen!“

Ich tat so, als ob ich ihn nicht gehört hätte.

„Dreh um! Das ist nicht ...“

... ist nicht das Sportgeschäft, Bernd, das weiß ich.

„Halt!“

„Nein“, antwortete ich und betrat die Damen-Boutique. Ohne ihn.

Zufrieden mit einer Einkaufstüte in der Hand verließ ich den Laden kurze Zeit später wieder. Zum Glück hatte es mein Lieblingskleid in einer Nummer größer noch gegeben. Bernd explodierte und beschimpfte mich aufs Übelste.

Das störte mich in dem Moment null. Ich war einfach glücklich, ihn ausgetrickst zu haben – Bernd, meinen inneren Schweinehund!

Mirja Seim, *geboren 1981 in Bremerhaven, ist Fremdsprachenkorrespondentin und lebt mit ihrem Mann und ihrem Sohn in Friesland. Sie schreibt gerne humorvolle Kurzgeschichten und muss auch dafür manchmal ihren inneren Schweinehund überwinden.*

Schwarzwälder Kirschtorte (August 1981 – es war einmal?)

… bantu oshivambo otjiherero ruKwangali siLozi setswana khoisan khoekhoegowab !kung khoe …

„Ich wünschte, ich könnte hexen! Ich würde Jacob sofort nach Namibia hexen! Besser noch wäre es, in die Rolle von Jeannie zu schlüpfen. Ich könnte mich schnell in die schützende Zauberflasche zurückziehen – außerhalb der Reichweite meines beharrlich aufdringlichen nervtötenden Verehrers!“, wütete Mia still vor sich hin.

… mburumba kerina san buschleute damara schutzgebiet platz sonne wettlauf afrika herero krieg nama rebellion vernichtung kolonie apartheid weiß siedler chance reichtum abenteuer land unbegrenzte möglichkeiten …

Mia wusste, dass es ein Fehler gewesen war, dem Treffen im *Café Journal* um des lieben Friedens willen zuzustimmen. Aber sie hatte schon so viele Ausflüchte gebraucht, dass sogar ihre Mutter die Geduld verloren und ihr empfohlen hatte, nicht Prinzessin Drosselbart nachzuahmen und den verliebten Jungen einfach aus fadenscheinigen Gründen abzulehnen, ohne ihm die Chance eines Gespräches zu geben! Hochmut käme ohnehin vor dem Fall!

„Denke an das Schicksal der Prinzessin vom Stamm der Akamaba, die ihre wunderschönen langen Haare verlor, weil ihr Herz kein Mitgefühl für andere Wesen zeigte!“, hatte ihre Mutter gewarnt.

„Mir werden die Haare schon nicht ausgehen!“, ärgerte sich Mia. „Wieso Mitgefühl? Wer hat Mitleid mit mir? In Jacobs Gegenwart sträuben sich mir sämtliche Nackenhaare! Wenn er mir wenigstens einen Cocktail spendiert hätte! Er hat Schwarzwälder Kirschtorte bestellt! Ohne mich zu fragen! Ich will überhaupt nicht mit Jacob ausgehen!“

… omusati oshana ohangwena oshikoto kalahari orange river kunene okavango caprivizipfel sambesi swakopmund namib windhoek etjo wolvedans omaruru …

„Es macht die Sache auch nicht besser, dass Oma Minna seit drei Tagen zu Besuch ist!“, resümierte Mia stumm. „Wieder einmal hat sie die Frage gestellt, ob ich noch immer keinen Freund habe! Immer dieselbe Leier!“

… lutheraner berseba katholiken rehoboth reformierte gibeon anglikaner keetmanshoop adventisten gobabib neuapostoliker walvisbaai methodisten karibib islamisten lüderitz juden mariental skeleton coast …

Gestern war Mia mit Oma Minna alleine.

Mia hatte vergangene Woche ihren 18. Geburtstag in Newtownabbey gefeiert und war erst vorgestern von dem kirchlichen Jugendaustausch aus Nordirland zurückgekehrt. Mia hatte noch nie eine Insel gesehen, deren Farben – Gelb, Grün, Blau und Grau – so deutlich ihre Stimmungslagen widergespiegelt hatten. Ihr hatte einfach alles gefallen – die Sonne, die Wiesen, der Himmel, die keltischen Symbole aus den antiken Zeiten, die Musik und der Regen.

Am meisten hatte Mia die Legende um den irischen Riesen Fionn Mac Cumhaill beeindruckt. Angeblich hatte er den Giant's Causeway, den Damm der Riesen, im Wettstreit mit dem schottischen Riesen Benandonner so gut gebaut, dass er als Belohnung dessen Tochter Oonagh zur Frau erhielt.

Die gewaltigen schwarzen Basalt- und Lavasteine, die in der Klippenkrone gipfelten, hatten genauso bedrohlich gewirkt wie die Polizisten vor den Einkaufsläden in Belfast.

Bevor Mia Oma Minna ihre Reiseeindrücke schildern konnte, hatte diese erneut Mias nicht vorhandenes Liebesleben thematisiert. „Weißt du, Mia, das Beste ist, wenn du einen Beamten heiratest!“

„Oma, ich will doch überhaupt nicht heiraten! Ich will Abitur machen und studieren!“

„Also Kind, wirklich, was nützt dir die ganze Bildung, wenn du Kinder aufziehen musst, so wie ich deine Mutter, deine Tante und deine beiden Onkel nach dem Krieg? Als Witwe und ganz allein?

Ohne Geld? Was nützen dir dann dein Abitur und dein Studium? Du musst die richtigen Leute kennen, Männer, die dir helfen!"

„Oma, das war doch eine ganz andere Zeit!"

… sonne dürres veld ausgetrocknete wasserstelle jagd beute löwen kampf leopard as schakal hyäne kameldornbäume schlange eidechse menschenknochen geier sprechender schädel schmaus raupen …

Mia wusste, dass Oma Minna ihren Mann sehr geliebt und seinen Verlust nur schwer überwunden hatte. Opa Heinrich hatte Oma Minna schwanger mit drei kleinen Kindern 1943 von Hamburg zu Tante Alma in die Provinz nach Bölhorst geschickt, damit sie vor den Bombenangriffen sicher waren.

Er wurde 1944 zur Frontbewährung nach Rumänien beordert. Dort war er in Gefangenschaft geraten. Er hatte es nicht über sich bringen können, seinen Hunger mit Schnecken und Würmern zu stillen, sodass er gesundheitlich geschwächt gestorben war. Niemand wusste, wo er begraben lag.

Oma Minna sprach nie über diesen Schicksalsschlag. Sie hatte noch nicht einmal Mama erzählt, dass ihr Vater nicht mehr heimkommen würde. Mamas Freundin hatte ihr die schlimme Nachricht überbracht.

… mädchen springbock heirat feuer regen riesenschlange mörder menschenfresser jäger vieh krähen lebendig eingegraben dankbarer toter …

„Kind, du bist viel zu schüchtern!", riss Oma Minna Mia aus ihren Gedanken. „Außerdem schreckst du deine Verehrer doch mit deinem kühlen Verhalten ab! Was ist denn mit dem jungen Mann, der immer anruft?"

„Oma, der Typ interessiert mich nicht! Er liest im Religionsunterricht unter der Bank in seinen Perry Rhodan-Heften!"

„Wer ist Perry Rhodan?"

„Ein Science-Fiction-Comic-Held!"

„Nun, ich verstehe von diesen Dingen nichts. Aber wie sagt Tante Treschen so schön, wenn du mit 17 keinen Freund hast, der Beamter ist und ein Haus besitzt, dann wird das nichts mehr! Es muss doch nicht gleich der Märchenprinz sein! Du willst doch im Alter nicht alleine sein?“

„Oma, auch wenn man verheiratet ist und Kinder hat, kann man im Alter alleine sein! Außerdem werde ich nie alleine sein! Ich habe meine Bücher!“

„Bücher machen dich nicht glücklich! Zu anständig solltest du auch nicht sein! Als ich in deinem Alter war, hatte ich an einem Abend zwei Rendezvous mit zwei Verehrern an zwei unterschiedlichen Orten zu unterschiedlichen Zeiten!“

Mia schaute ihre Oma ungläubig an. „Wie anstrengend! Wirklich?“

Oma Minna lächelte. „Ja, bei deinem Opa bin ich dann hängen geblieben! Also, Mia, weißt du, dein Opa und ich, wir hatten es nicht einfach! Dein Urgroßvater war katholisch und ich evangelisch – na ja, und dein Urgroßvater wollte nicht, dass sein Sohn mich heiratet. Aber dein Opa hat sich für mich entschieden und ich mich für ihn! Als ich einen Sohn zur Welt brachte, da war sein Vater zufrieden. Dein Onkel ist übrigens ein bisschen zu früh auf die Welt gekommen!“

„Oma, was willst du damit sagen? Du meinst, du hattest schon vorher ...?“

„Kind, wenn der Richtige kommt, dann ist alles andere gleichgültig! Ich bin kein Kind von Traurigkeit gewesen! Du solltest nicht so streng mit deinen Mitmenschen sein!“

Mia kringelte sich vor Lachen. Oma Minna, der Inbegriff von Tugend, Strenge und Disziplin, hatte ihre süßen kleinen Geheimnisse. „Oma, ich freue mich, dass es für dich gut ausgegangen ist! Aber ich habe mit 18 Jahren wirklich andere Interessen, als Hausfrau, Mutter und stumme Dekopuppe zu spielen!“

Oma Minna hatte es fürs Erste mit diesem Gespräch bewenden lassen.

… hottentoten deutsche beamte reichskommissar göring rebellion herero nama schutztruppen vernichtungskrieg schnee gestern …

Mias Gedanken wanderten zu ihren Verwandten. Sie war an die bohrenden Nachfragen gewöhnt. Es gab kaum jemand, der nicht seine Verwunderung bezüglich ihres Single-Daseins gezeigt hatte.

Onkel Uli hatte gemeint, an Mia wäre alles dran, was er sich an Rundungen bei einer Frau wünschte. Sie hätte eine knackige Figur. Er hatte für ihr Desinteresse in Bezug auf einen Freund überhaupt kein Verständnis gehabt.

Tante Maria dagegen hatte Mia recht gegeben. „Als ich in deinem Alter war, habe ich mich auch nicht für Jungs interessiert!“, hatte Tante Maria gelästert. „Außerdem, Mia, lass dir eines von einer verheirateten Frau sagen: Als Zweitfrau hat man es viel besser! Suche dir einen verheirateten Mann und werde seine Geliebte!“

… viehzucht ackerbau tourismus schwarze arbeiter weiße farmer reich deutsch amtssprache klieppekies flugzeuge …

„Fühlst du nicht auch die Flugzeuge im Bauch?“ Jacobs Frage riss Mia aus ihren melancholischen Gedanken.

„Was ist? Was hast du gesagt? ’tschuldigung, aber ich habe nicht zugehört!“ Mia hatte die Frage sehr genau verstanden. Aber ihr ging Jacobs Monolog auf die Nerven. Jacob wollte nach Namibia auswandern, eine Farm kaufen und bewirtschaften. Er hatte sie gefragt, ob sie ihn begleiten würde. Sie hatte ihm zu verstehen gegeben, dass sie andere Pläne hätte und lieber zum Studium nach Austin reisen wolle!

„Aber es ist, als ob man gegen eine Wand redet!“, seufzte Mia innerlich. „Die Männer scheinen mir überhaupt nie zuzuhören! Anscheinend habe ich ein Talent, Chinesisch zu sprechen! Note im Zeugnis: sehr gut!“ Mia beschloss, dem einseitigen Gespräch eine andere Wendung zu geben: „Was hältst du davon: Wenige reiche weiße Farmer besitzen das Land, während die Schwarzen als ihre Diener fungieren.“

Jacob lächelte. „Die Schwarzen können nicht mit Geld umgehen! Sie wirtschaften alles in die eigene Tasche statt das Geld sinnvoll zu investieren! Kein Wunder, dass die Staaten, die von Schwarzen regiert werden, fast alle pleite sind! Ich bin der Ansicht, dass die gesellschaftliche Hierarchie, so wie sie ist – die Weißen haben das Sagen, die Schwarzen ihren Befehlen zu gehorchen –, vollkommen natürlich und zum Wohle aller ist!“

Mia schaute Jacob ungläubig an. „Ich teile deine Meinung überhaupt nicht! Die Hautfarbe sagt nichts über die Intelligenz oder das Können eines Menschen aus! Jeder Mensch ist eine Persönlichkeit!

Jeder Mensch kann Respekt erwarten! Ich möchte nicht in einer Gesellschaft leben, die von Intoleranz und Standesunterschieden aufgrund der Hautfarbe geprägt ist, in der sich Weiße für bessere Menschen halten als Schwarze!"

„Als Gentleman möchte ich einer schönen Frau nicht widersprechen!", säuselte Jacob.

Mia war sprachlos!

Im Hintergrund sangen Ricchi e Poveri *Sarà perché ti amo*. Unter anderen Umständen hätte nichts romantischer sein können.

Zwischen Mia und Jacob herrschte Funkstille! Verzweifelt suchte Mia eine Möglichkeit, das Gespräch ohne Streit zu beenden.

Sie wünschte sich, sie wäre Schneewittchens Stiefmutter! An und für sich hatte sie nichts für Schneewittchens rachsüchtige Stiefmutter übrig. Es ging auch nicht darum, dass sie Jacob vergiften wollte! Sie wollte ihn lediglich wie Schneewittchen aus ihrem Blickwinkel entfernen!

„Die Königin besitzt etwas, um das ich sie beneidete: Sie besitzt ihren Spiegel, den sie um Rat fragen kann", flüchtete sich Mia in ihre Traumwelt. „Der sprechende Spiegel weiß nicht nur, wer die Schönste im Lande ist, sondern der Zauberspiegel ist Herr Allwissend und Frau Allwissend! Die Königin hat mit ihrem Zauberspiegel einen Berater, um den sie jeder Minister beneidet: kompetent, unbestechlich, freundlich Auskunft gebend, ergeben, wahrheitsliebend. Spieglein, Spieglein an der Wand, sag mir, wo gibts für Jacob eine Frau im Land?" Suchend sah sich Mia im *Café Journal* um.

Plötzlich erblickte sie im Spiegel über der Bar Traudl. Traudl – das war die Lösung!

„Ach schau! Traudl ist auch da! Hallo, Traudl, willst du dich nicht zu uns setzen?", fragte Mia Traudl, ohne weiter auf Jacobs Protest zu achten. „Jacob will nach Namibia auswandern. Du bist doch auf einem Bauernhof groß geworden. Vielleicht kannst du Jacob einige Tipps geben?" Mia wusste, dass Traudl in Jacob verschossen war. Sie schaffte es, die beiden miteinander ins Gespräch zu bringen und sich unauffällig zu entfernen.

„Ab sofort verabrede ich keine Treffen mehr – es sei denn, der Typ interessiert mich mehr als alles andere auf der Welt!", schwor Mia. „Ganz sicher werde ich nicht mehr ins *Café Journal* gehen und mir Schwarzwälder Kirschtorte spendieren lassen. Nicht immer fängt man mit Speck Mäuse! Das war einmal! Jacobs rassistische Parolen sind ebenfalls ein Relikt der Vergangenheit. In über 40 Jahren leben wir in *Einer Welt*. Hoffentlich erinnere ich mich und sage dann, es war einmal ...!?“

Anja Apostel, *Diplom-Volkswirtin, Magister Artium; Veröffentlichungen in verschiedenen Verlagen; Infos unter: www.anjaapostelwixsite.com.*

Faszinierendes Island

Ich hatte einen Traum: Einmal in meinem Leben wollte ich Island sehen! Diese warmen, dunklen, erdfarbenen Einsamkeiten, durchzogen von Flüssen und dampfenden, heißen Quellen zogen mich magisch an. Die Jahre gingen dahin, der Traum blieb.

Zum 40. Geburtstag wünschte ich mir einen Bildband über mein Traumland. Nun lernte ich es noch näher kennen. Die Fotos von einsamen, weiß-roten Bauernhöfen vor abgeflachten hohen Bergen, von den unterschiedlichsten Wasserfällen, von glühender Lava und eisigen Gletschern faszinierten mich. Mir war klar: Diesen Traum musste ich mir unbedingt erfüllen.

Einige Jahre später war es endlich so weit. Ich buchte eine Reise rund um die Insel – und das, was mich erwartete, übertraf alle meine Vorstellungen!

Die von Moosen und Flechten überwachsene alte Lavalandschaft zwischen Flughafen und Hauptstadt weckte in mir Gedanken an Elfen und Trolle – womit ich überhaupt nicht gerechnet hatte. Plötzlich konnte ich den oft belächelten Glauben vieler Isländer an diese Wesen irgendwie verstehen. Ich staunte.

Reykjavik selbst interessierte mich nicht sehr, ich wollte die Natur, das Land sehen. Als wir am nächsten Tag mit unserem Bus die Stadt hinter uns ließen, zog mich die Landschaft sofort in ihren Bann.

Heiße Quellen waren unser erstes Ziel. Kochend heißes Wasser sprudelte aus rotem, mit hellen Flechten gesprenkeltem Gestein. Ich schoss die ersten Fotos, denen noch viele folgen sollten.

Der erste Wasserfall, an dem wir Halt machten, waren die Hraunfossar, die Lavafälle. Das Wasser ergießt sich hier über eine lange Strecke aus dem dunklen, porösen Lavagestein in den türkisfarbenen Fluss Hvitá, der über Felsen dahin rauscht. Lange Spaziergänge in einer Umgebung, die zum Träumen einlädt, waren hier möglich.

Unser Weg in den Norden Islands führte uns durch das karge Hochland, in dem es auf den ersten Blick nicht viel zu sehen gab.

Aber wir legten einen Stopp ein und der Reiseleiter zeigte uns Steinhaufen und Steinreihen, die der Frost in diese Formationen versetzt hatte. Wir sahen Pflanzen, die in einer Umgebung, in der kein Leben möglich zu sein schien, Wurzeln geschlagen hatten, es war hier für uns deutlich erkennbar: Die Erde lebt.

Wir besuchten ein Freilichtmuseum an einem weiten Fjord gelegen. In alten grasgedeckten Torfhäusern konnten wir die früheren Lebensumstände der alten Isländer nachempfinden. Sie hatten kein leichtes Leben, waren immer dem Kampf mit den Naturgewalten – Erdbeben, Vulkanausbrüchen – ausgeliefert, mussten lange, dunkle, eisige Winter überstehen. Oft gab es Hungersnöte. Der Fischfang auf dem wilden Nord-Atlantik spielte immer eine wichtige Rolle, forderte aber auch viele Opfer.

Für das Leben unter harten Bedingungen waren nicht viele Tierarten geeignet. Schafe und Islandpferde kamen am besten damit zurecht. Daran hat sich bis heute nicht viel geändert. Inzwischen gibt es auch Milchvieh, und Ackerbau findet ebenso statt wie der Anbau von Gemüse in Gewächshäusern, wo sogar Tomaten heranreifen.

Die Isländer sind ein künstlerisch begabtes Volk und so findet man an vielen Orten herrliche Skulpturen, Kunsthandwerk aller Art und auch architektonische Highlights.

Der größte Schatz der Isländer ist aber die besondere Schönheit der Natur, die Touristen in immer größerer Zahl anzieht. Im Norden sahen wir Steilküsten, in deren Klippen unzählige Vögel nisteten, im Osten schwarze Strände mit rauschender Brandung. Der Blick auf den rauen Atlantik ist atemberaubend schön. Weite Fjorde lassen den Blick in schier unendliche Ferne schweifen. Ein sich ständig verändernder Himmel und klares Licht tauchen das Land in herrliche Farben, die durch Licht und Schatten der ziehenden Wolken in ewigem Wandel begriffen sind. Grün, Braun und Schwarz dominieren, im Sommer unterbrochen von bunten Tupfen durch rosa Thymian, lila Lupinenfelder und weißes Wollgras am Rande von Wassertümpeln. An geschützten Stellen wachsen niedrige Bäume, die sich gegen den ständigen Wind behaupten müssen. Oft sind es Birken, deren Anblick immer wieder eine Freude ist.

Ein ganz besonderes Highlight unserer Reise war ein Zwischenstopp an der Gletscherlagune Jökulsárlón. Hier wurden Bootstouren inmitten der grönländisch anmutenden Szenerie von schwimmenden Eisbergen angeboten. Natürlich ließ ich mir dieses Ereignis nicht entgehen.

Auf Amphibienfahrzeugen mussten alle Teilnehmer der Fahrt erst einmal Schwimmwesten anlegen. Nachdem wir uns auf die Bänke gesetzt hatten, die entlang der Reling angebracht waren, rumpelte das ungewöhnliche Gefährt mit ziemlicher Geschwindigkeit über den unebenen, mit grünen Moosen und Flechten bedeckten Boden in Richtung des eisigen Gletschersees. Kühler Gletscherwind empfing uns und ließ uns trotz warmer Kleidung frösteln. Das eben noch in allen Grün- und Brauntönen gefärbte Land ging über in graue Schotterflächen. Wir ratterten darüber hinweg mitten hinein ins Wasser – und plötzlich schwammen wir. Wir waren in einer anderen Welt.

Eisberge in allen möglichen Größen und Formen kamen in Sicht – im Sommermonat Juli. Leise glitten wir näher, bis sie rechts und links an uns vorbei dümpelten. Die Stille dieser unwirklichen Umgebung und die Schönheit der schimmernden Eisberge nahmen uns gefangen. Sie glänzten wie von einem inneren Licht erleuchtet – weiß und blau. Vulkanasche hatte schwarze Spuren hinterlassen.

Unsere Fantasie wurde durch die bizarren Formen beflügelt – ich entdeckte ein *Schiff*, einen *liegenden Löwen*, einen *Kopf*, der mich an das alte Ägypten erinnerte …

Natürlich mussten wir Abstand halten, denn Eisberge können sich jederzeit drehen, wenn sich durch den Schmelzprozess ihr Schwerpunkt verlagert. Aber die Reiseleiter fischten eine kleine Eisscholle aus dem Wasser, um uns das mehr als 1000 Jahre alte Eis aus der Nähe zu zeigen. Es war fast so durchsichtig wie Glas.

Wir erfuhren einige interessante Details über unsere Umgebung, auch über den großen Vatnajökull, der die Gletscherlagune speist, wir durften Bruchstücke dieses alten Gletschereises in Händen halten und sogar Stückchen davon probieren. Es gibt Leute, die viel Geld dafür bezahlen, ihren Whisky mit Gletschereis zu trinken … Ein Luxus, der mir so gar nicht gefällt. Mich überkam ein Gefühl von Ehrfurcht vor der Natur, als ich dieses so alte Eis aus der Nähe betrachten durfte.

Unser Boot glitt langsam vorwärts, der Abbruchkante des Gletschers entgegen. Die teilweise wunderschön geformten Eisberge wurden immer zahlreicher und Vorsicht war geboten – bekannterweise liegt der größte Teil eines Eisbergs unterhalb der Wasseroberfläche und ist damit eine Gefahr für jedes Schiff.

Endlich sahen wir die Gletscherkante, von der jederzeit Brocken abbrechen konnten. Es war eine meterhohe, zerklüftete Wand mit schroffen Gipfeln, die sich über eine Länge von mehreren Kilometern hinzog, wie wir erfuhren – ein Ende war für uns nicht zu erkennen. Schwarze Linien durchzogen das bläuliche Weiß der Gletscherwand, zu der wir respektvollen Abstand hielten.

Nach einer Weile, in der wir voller Ehrfurcht dieses eindrucksvolle Beispiel für Naturwunder betrachteten, machten wir uns auf den Rückweg.

Noch einmal durchquerten wir die Gletscherlagune und genossen den ungewöhnlichen Anblick dieser traumhaften Welt, in der sich der uralte Gletscher langsam in sein Ursprungselement zurückverwandelt, um sich nach einigem Verweilen in diesem See über einen kurzen, aber bis zu 150 m tiefen Fluss in den Nordatlantik zu ergießen.

Wie lange es dieses Naturschauspiel noch geben wird, ist nicht genau vorherzusagen. Es entstand durch den langsamen Rückzug der Gletscherzunge vor Jahrzehnten, der sich aber durch den Klimawandel leider immer weiter beschleunigt …

Mehr will ich gar nicht erzählen und es den Leser*Innen überlassen, selbst noch mehr der ursprünglichen Schönheit Islands zu entdecken. Für mich war jede meiner drei Reisen dorthin ein ganz besonderes Erlebnis, aber gerade die erste, die mich so sehr für dieses Land begeistert hat, und die einmalige Fahrt auf der Gletscherlagune werden mir immer in Erinnerung bleiben.

Anke Schüür, *geboren 1954, lebt an der Nordseeküste und schreibt Gedichte, Kurzgeschichten, Erzählungen u. a. mehr. Seit 2005 diverse Veröffentlichungen, z. B. in Anthologien, Zeitungen, Kalendern und bei einem online-Magazin, aber auch in E-Books und inzwischen drei Büchern per selfpublishing.*

Romantik ist Glückssache

Die Nachricht ist kurz und eindeutig und an allen strategisch wichtigen Stellen auf dem Campus angebracht:

ICH SUCHE DICH! Wir haben gestern in der Cafeteria zusammen Kaffee getrunken und über Nietzsche und Sartre geredet. Dabei habe ich vergessen, dich (1,70 m, schwarze Haare, schwarze Augen, weiße Hose, rote Bluse) nach deinem Namen zu fragen. Würde dich aber SEHR gerne wiedersehen. Ruf mich an unter …

Studenten schieben sich vorbei, ab und an wirft einer einen Blick auf den Zettel, lacht vielleicht kurz und stößt seinen Nachbarn an, geht dann weiter.

„Romantisch ist es schon“, meint Karina großzügig. „Aber ob so eine Aktion wirklich von Erfolg gekrönt sein kann? Der Schreiber zeigt viel zu deutlich, wie verliebt er ist. Auf den ersten Blick. Folgerung: Das Mädchen muss sich gar nicht mehr anstrengen. Erster Fehler. Und dann: Wie unclever ist es, sich beim ersten Treffen in jemanden zu verknallen und nicht wenigstens nach dem Namen zu fragen?“

„Du meinst also: Chance gehabt, Chance verpasst?“

„Ich fürchte.“

Wir sitzen draußen in der Cafeteria und lassen uns die Sonne ins Gesicht scheinen. Dabei hängen wir unseren Gedanken nach. Kann es sein, dass man manchmal keine neue Möglichkeit bekommt, wenn man es beim ersten Mal verpfuscht hat? Selbst wenn man danach alles versucht? Klingt so unfair. Aber wer hat schon behauptet, im Leben gehe es gerecht zu?

Vielleicht wäre es wirklich klüger gewesen, auf den Aushang zu verzichten. Trifft man einen Studenten einmal in der Cafeteria, trifft man ihn dort immer wieder. Quasi ein Naturgesetz. Nur die, die mit dem Studium fertig sind, kommen nie wieder. Hieße aber, zu sehr auf das Unglück zu spekulieren, wenn man deshalb seine Hoffnung auf eine weitere Begegnung aufgäbe.

„Was meinst du? Ob er hier irgendwo ist? Darauf wartet, dass seine Traumfrau kommt …"

„Klar. Einer muss es sein. Irgendeiner von all den Leuten, die hier sitzen, starrt die ganze Zeit auf die Tür, hofft, träumt. Wo sollte er sonst suchen? Wo würdest du denn jemanden suchen, den du liebst?"

Ich zucke mit den Achseln. Bisschen schwierig, sich die Gedanken anderer Leute vorzustellen. An romantischen Plätzen begegnet man seiner Liebe ohnehin wohl kaum zum ersten Mal. Man geht dorthin, weil die Schönheit des Platzes verbrieft ist, weil man sich erhofft, dass dort das Gefühl gratis mitgeliefert wird, man muss sich nicht mehr anstrengen, um es zu erreichen. Aber deswegen haben solche Orte immer den Ruch des Austauschbaren. Zu viele andere Leute sind um einen, verlassen sich darauf, die Qualität des Platzes bürge für unvergleichliche Erlebnisse.

Eigentliches Kennenlernen spielt sich in der Regel eher an gewöhnlichen Stellen ab, die niemand mit lustvoller Leidenschaft in Verbindung bringt. Warum nicht in einer Cafeteria? Karina habe ich auf der Straße angesprochen. Auch nicht gerade klassisch. Zwar war sie mir schon an der Uni aufgefallen, ich hatte mich aber nie getraut, auf sie zuzugehen, bis ich sie irgendwann in der U-Bahn sah. Sie stieg aus, ich folgte ihr, weil ich ohnehin nichts Besseres zu tun hatte und weil ich manchmal, selten, zugegeben, aber immerhin, den Mut aufbringe, etwas zu tun, und mich wirklich brennend interessierte, wohin sie wollte. Jedenfalls ging sie weiter, und ich war gerade damit beschäftigt, die Straße leicht schmuddelig zu finden, als ich auf sie auflief, denn sie war unvermittelt stehen geblieben, um ihre Schuhe unter leisen Flüchen an der Bordsteinkante abzustreifen. Wahrscheinlich wurde ich ziemlich rot. Aber sie lächelte mich an, konnte mein Gesicht zuordnen, schien unser Treffen für einen Zufall zu halten, fragte nicht, was ich hier suchte, strahlte und erklärte mir ihr Problem.

„Jetzt wohne ich hier seit zwei Jahren, ich dachte, ich kenne inzwischen jeden Platz, an dem Hunde ihr Geschäft verrichten."

Ein Wort gab das andere, dann zeigte sie mir ihre Wohnung in einem Hinterhof (das wirkte jetzt so klassisch studentisch, dass es tatsächlich schon fast wieder romantisch war), und sie war die ganze

Zeit so gut gelaunt und witzig und schien sich außerdem überhaupt nicht zu fragen, warum ich bei ihr war, dass ich es gleichfalls wie selbstverständlich annehmen konnte. Schließlich endete es damit, dass wir uns immer häufiger sahen und irgendwann all die echten Sehenswürdigkeiten als Paar abklapperten. Deswegen hat die U-Bahn definitiv etwas Romantisches für mich – und wahrscheinlich hat die Cafeteria definitiv etwas Romantisches für den Plakatschreiber. Wer kann schon sagen, wo man seine Träume träumen sollte?

Ein Mädchen kommt und setzt sich mit ihrem Kaffee hin. Es ist etwa 1,70 m groß, hat schwarze Haare, trägt eine weiße Hose. Wäre echt ein Zufall, wenn es das gesuchte wäre. Die Augen kann ich natürlich nicht sehen, und die Bluse hat auch die falsche Farbe, aber es sieht jedenfalls sehr nett aus. Ist es wahrscheinlich auch. Die, die nett aussehen, haben es nie nötig, schlechte Laune zu haben.

„Hörst du mir eigentlich zu?", fragt Karina.

„Was? Entschuldige bitte …, kennst du sie da?"

„Nein …, müsste ich?"

„Sie könnte es sein."

Karina beäugt sie und gibt mir ihre Zustimmung. „Könnten aber auch tausend andere sein, weißt du schon, oder?"

Es hat mich einfach gepackt. Irgendwie scheint es mir plötzlich der Inbegriff des Romantischen zu sein, sich auf den ersten Blick zu verlieben, jede Vernunft, jedes kleinliche Bedenken wegzuwischen, nicht dauernd auf die Konsequenzen unserer Taten zu schauen. Aber wie kann ich so etwas ernsthaft formulieren, ohne mich lächerlich zu machen? Gar nicht, vermutlich …

Karina winkt vor meinen Augen. „Hallo? Bist du noch da?"

Ich lächle. „Glaubst du an Liebe auf den ersten Blick?", frage ich.

Sie überlegt. „Ich glaube an Interesse auf den ersten Blick", meint sie schließlich. „Liebe ist ein bisschen viel … Als ich dich damals in der U-Bahn sah, habe ich mir vorgestellt, wie es wohl wäre, wenn du mich ansprichst … und als du mir dann gefolgt bist …"

„Du hast es gemerkt? Dass ich dir nachgegangen bin?"

Sie schaut mich ein wenig spöttisch an. „Ich hab dich lieb, weißt du, aber du bist jetzt nicht der geheimnisvolle Beobachter, der einem unergründlich folgt, ohne Spuren zu hinterlassen … Als Agent wärest du echt eine Niete." Sie muss lachen, wie üblich so ansteckend, dass ich unwillkürlich mitlächeln muss, obwohl ich mir nicht sicher bin, ihre Einschätzung meiner detektivischen Fähigkeiten ist sehr schmeichelhaft für mich.

„Immerhin hat es geklappt, oder?"

„Ja klar ..., weil ich eben auch interessiert war ..."

„Dann ist es also alles nur Glück, oder?"

„Wie meinst du?"

„Stell dir vor, die Frau vom Zettel sehnt sich genauso nach ihrer Zufallsbekanntschaft. Ich meine, kann doch sein. Sie ist ebenfalls verliebt, die beiden treffen einander, bleiben für den Rest ihres Lebens zusammen, können nie mehr voneinander lassen, müssen einander ständig anschauen, sich berühren ... fände ich schön."

„Klar wäre es schön ..., nur glaube ich nicht, es wird wirklich so enden ..."

„Warum nicht? Darf man nicht träumen?"

„Doch, sicher. Nur sollte man sich bewusst sein, dass ein Traum meist ein Traum bleibt. Verstehst du?"

„Warum denkst du, es wird nicht klappen?"

„Erst einmal, weil sie nicht nach seinem Namen gefragt hat, als sie zusammen waren."

„Vielleicht hat sie sich nicht getraut ... Sie ist konservativ ..."

„Letztlich ist Romantik natürlich Zufall."

Karina hat recht. Man kann nichts erzwingen. Ich stelle mir vor, Romeo würde Julia lieben, wie er sie geliebt hat, und Julia wäre lediglich amüsiert über ihn gewesen. Passiert schließlich häufig genug, dass Liebe nicht erwidert wird. Häufiger jedenfalls als rosarote Glücksidylle. Also, wenn Julia es zwar vielleicht genossen hätte, verehrt zu werden, es ihr aber bei Romeo im Grunde gleichgültig gewesen wäre, was hätte Romeo dann gemacht? Vielleicht hätte er auch eine Liebesbotschaft an das Schwarze Brett der Cafeteria der Veroneser Universität gehängt ...

Karina bemerkt meine plötzlich grüblerische Stimmung. Schade, dass ich trotzdem nicht gerade tief denke. Aber wenigstens bin ich tief in Gedanken. Sie legt ihre Hand auf meine und drückt sie. So zwingt sie mich, sie anzuschauen, was ich natürlich auch gerne mache. Selbst wenn ich anfange, über die Welt nachzudenken, und mir dabei fast philosophisch vorkäme, wären meine Ideen nur ausgefeilter.

„Sollen wir in den Zoo gehen?"

Trotz allem hätte ich nicht mit diesem Vorschlag gerechnet. Sie merkt wohl, es war nicht meine erste Wahl … Ehrlich gesagt ist ein Zoo eben da …, aber deshalb komme ich ja nicht auf die Idee, dort tatsächlich hinzugehen.

Karina rechtfertigt sich. „Na ja. Im Zoo ist es so: Stell dir vor, du bist ein Tiger. Kannst dir deinen Partner nicht aussuchen. Sperren sie ein Weibchen zu dir, wirst du dich immer verlieben, weil sonst keiner da ist. Sichert die Romantik. Aber bei uns Menschen gibt es einfach zu viele, in die man sich verlieben kann. Heißt: Nur im Zoo ist die Welt noch in Ordnung."

Weiß nicht, ob das stimmt … Vielleicht glaubt sie ja, ich sei plötzlich interessiert an einer Fremden, einfach weil sich ein anderer für sie begeistert … Stimmt wahrscheinlich sogar. Aber ich mag mich selbst nicht besonders, wenn ich an andere Frauen denke. Gutes Zeichen für unsere Beziehung, schätze ich. Am besten sollte ich aufhören, mir Sachen auszumalen, die ohnehin nie passieren werden, und einfach anfangen zu versuchen, glücklich zu sein.

„Zoo klingt wunderbar", sage ich. „Lass uns die Tiger anschauen und träumen."

Christian Reinöhl *nahm während seines Studiums (das ist so lange her, schon fast gar nicht mehr wahr) an Schreibkursen teil – und eine Schreibaufgabe sollte eine romantische Geschichte sein. Nach wie vor ist er der Meinung, dass Romantik vor allem mit dem Momentum zu tun hat … und deswegen war er ganz dankbar, als er für die Ausschreibung in Texten kramte, an die er sich kaum noch erinnerte, und sich plötzlich entsann, wie glücklich er immer mal wieder zwischendurch war. Denn wie man es auch dreht: Es macht Spaß, etwas Schönes zu erleben, macht Spaß, darüber zu schreiben, und er hofft sehr, dass es auch Spaß macht, von einer schönen Begebenheit zu lesen – und gibt es etwas Schöneres als zwei Menschen, die einander verstehen?*

Das Einhorn am Rande der Welt

Es war einmal ein Einhorn, das in einem Wald am Rande der Welt wohnte. In diesem Wald lebten all die Wesen, die zu zart für diese Welt waren und die sich deshalb an ihren Rand retteten.

Es gab dort auch ein Eichhörnchen, dessen Schwanz einmal in eine Falle von Wilderern geraten war. Das Eichhörnchen schrie tagelang um Hilfe, bevor es genötigt war, seinen eigenen Schwanz abzunagen, um sich selbst zu retten. Seitdem schämte es sich zu sehr vor seinen Artgenossen für seine Verstümmelung und flüchtete in den Wald am Rande der Welt.

In einer Baumhöhle auf einer Lichtung wohnte ein kleiner, schwarzer Rabe, der viel zu früh seine Mutter verloren hatte.

Das Einhorn lebte im Wald am Rande der Welt, weil es mit einer großen Last bepackt war. Es hatte einst beim spielerischen Kampf mit seinen Brüdern dem einen mit seinem Horn ein Auge ausgestochen. Für diesen Unfall gab es sich seit Jahren die Schuld und konnte es nicht verwinden, dass sein Bruder nun halb blind war, obwohl dieser ihm längst verziehen hatte.

Eines Morgens erwachte das Einhorn und trabte zu einem kleinen See, in dem es früh immer sein Gesicht zu waschen pflegte. Aus dem spiegelglatten Wasser tauchte plötzlich eine Kröte auf, die einen reich verzierten Handspiegel in der Hand hielt.

Die Kröte sprach zu dem Einhorn: „Ich bin zu dir gekommen, weil du seit Jahren eine schwere Last mit dir trägst, und ich möchte dir helfen, dich von dieser Last zu befreien."

„Wie soll das denn gehen?", erwiderte das Einhorn. „Mein Bruder hat meinetwegen ein Auge verloren und nichts und niemand hat die Macht, sein Auge zu ersetzen. Oder besitzt du die Kraft, es ihm zurückzugeben?"

„Das nicht", sprach die Kröte. „Aber ich kann dir einen Wunsch erfüllen, der in deinem Herzen schlummert und dich genesen lässt."

Sie übergab dem Einhorn den verzierten Handspiegel.

„Wandere damit einen ganzen Mondzyklus durch den Wald. Sprich in dieser Zeit mit niemandem und schaue dich hin und wieder im Spiegel an. Nach Ablauf des Mondzyklus wird ein Wunsch in dir heranreifen, der schon lange in dir ist. Folge diesem Wunsch und deine Last wird leichter werden."

Das Einhorn blickte den Spiegel skeptisch an, beschloss aber, es auf einen Versuch ankommen zu lassen. Es verabschiedete sich von der Kröte und begann seine Wanderung durch den Wald.

In der ersten Woche trabte es auf bekannten Pfaden. Hier war es oft gewesen. Es kannte die Bewohner, die Lichtungen und Wege und gute Futterstellen. Es war schwer, nicht mit den anderen Lebewesen zu sprechen, wenn es sie unterwegs traf, doch es hielt sich an die Anweisungen der Kröte.

Eines Abends setzte es sich unter eine Weide mit tief herabhängenden Ästen. Es blickte in den Spiegel und sah dort die Angst in seinen Augen. Vor Schreck ließ es den Spiegel fallen.

Doch die Angst sprach aus dem Spiegel: „Fürchte dich nicht. Ich wollte dich vor Gefahren beschützen, doch diese Gefahren sind heute nicht mehr da. Heute bist du sicher."

Das Einhorn legte sich unter die Weide und schlief tief und traumlos.

In der nächsten Woche wurde das Wetter sehr schlecht und das Einhorn kam in eine Gegend des Waldes, die es nicht gut kannte. Statt leuchtend grüner Laubbäume und saftiger Wiesen standen dort Nadelbäume und dürre, blattlose Dornenbüsche. Als es nicht mehr weiterlaufen konnte, setzte es sich in den Windschatten einer schmalen Hecke und holte den Spiegel hervor.

Aus dem Spiegel blickte es ein einsames Gesicht an, dessen Augen vor Sehnsucht glühten. Der Mund im Spiegel öffnete sich und sagte: „Ich bin so alleine, ich sehne mich danach, von anderen geliebt zu werden für das, was ich bin."

Das Einhorn fühlte die Sehnsucht und Hilflosigkeit im Spiegel und rollte sich ganz klein für die Nacht zusammen.

In der dritten Woche wurde die Gegend noch düsterer. Der Boden war feucht und matschig. Manchmal blubberte die Erde und faulige Blasen stiegen empor. Das Einhorn hatte Mühe, nicht im Morast zu versinken. Zu Essen fand es hier nur giftige Beeren und trockenes, hartes Gras.

Als es auch tagsüber dunkel zu werden begann, nahm das Einhorn seinen Spiegel hervor und rief: „Hilf mir! Hier ist es so dunkel und kalt, ich halte das nicht länger aus. Zeige mir einen Weg aus dieser fauligen Gegend! Ich will hier weg!"

Statt einer Antwort wurde der Spiegel schwarz und der Kopf des Einhorns wurde wie in einen Strudel hineingesogen. Das Einhorn hörte eine düstere Stimme in seinem Kopf: „Ich bin die Scham. Ich zerstöre deine Träume und Hoffnungen. Ich sauge das Leben aus dir heraus und lasse dich vergessen, wen du liebst und von wem du geliebt wirst."

Mit allergrößter Anstrengung zog das Einhorn den Kopf aus dem Spiegel heraus und lag nun bebend und zitternd auf der schwarzen Erde. Über seinem Kopf kreisten Geier, die sich nach einer Mahlzeit verzehrten.

Am nächsten Morgen lebte das Einhorn noch immer und trabte mit großen Schritten aus der dunklen Ödnis hinaus, bis es in ein blaues, leuchtendes Tal fand. Das Tal war voller kleiner und großer Flüsse, mit leuchtend blauem und grünem Wasser. Das Einhorn trank gierig an einem nahen Bach und dabei fiel der Spiegel ins Wasser. Bevor der Spiegel unterging, sah das Einhorn in ihm das weinende Gesicht seines Bruders, der traurig war, weil das Einhorn fortgegangen war. Über sein schönes Gesicht mit der weißen Augenklappe liefen goldene und silberne Tränen.

Auch das Einhorn weinte. Es weinte darüber, dass es seinen Bruder so lange nicht mehr gesehen hatte und dass es ganz alleine in einem Wald am Rande der Welt lebte. Es wurde wütend über die dunklen Beeren der Scham, die es so lange gefressen hatte und die feinen Netze der Einsamkeit, die sein Herz gefangen hielten.

Als es am nächsten Tag aus dem Tal hinauslief, fand es sich auf einer sonnigen, grünen Wiese wieder, auf der ein buntes Treiben und Leben herrschte. Auf den Wegen tummelten sich Mäuse und Kaninchen, in der Luft kreisten Drosseln und Spatzen und am Ende der Wiese sah es seine Brüder friedlich in der Sonne grasen. Sein Herz machte einen kleinen Hüpfer und der Wunsch, von dem die Kröte gesprochen hatte, breitete sich in seinem Körper aus.

Es wollte mitten unter dieser lebendigen Gemeinschaft leben und sich selbst genauso lieben, wie es seine Brüder liebte. Bevor das Einhorn seinem Wunsch nachgab, auf die Weide zu laufen, trabte es unter einen großen Nussbaum am Rande des Weges und ritzte mit seinem Horn eine Botschaft in die Rinde.

Ich bin genug.

Danach galoppierte es zu seinen Brüdern und lebte fortan zusammen mit den anderen auf der saftigen Wiese.

Simone Steger, *Jahrgang 1989, wuchs in der Nähe von Nürnberg auf und studierte Germanistik, Politikwissenschaften und Literatur in Erlangen. Während ihres Studiums wurde sie von der Studienstiftung des Deutschen Volkes gefördert und begann, ihre Leidenschaft für Poesie mit der für Psychologie lyrisch zu verweben. Nach einem Verlags-Volontariat arbeitete sie als Redakteurin sowie in der Stadtteilarbeit. Derzeit schreibt sie an ihrem ersten Roman und experimentiert mit intuitiver Malerei.*

Stromausfall

„Ja. Stromausfall", sagt der Bürgermeister zum ungezählten Mal ins Telefon. „Im ganzen Dorf keine Straßenbeleuchtung. Ich weiß."

Keine Straßenbeleuchtung ist furchtbar, geht nicht, das ist klar. Man muss etwas tun!

Beruhigend startet der Bürgermeister am Telefon sein Sprüchlein von wegen umgehend morgen Behebung beauftragen, ohne Straßenbeleuchtung unmöglich, zuversichtlich, dass Fehler bald gefunden, Spezialisten, einen Tag Geduld, maximal zwei Tage. Alles kein Problem, alles keine Hexerei.

Mit der Hexerei werden Hans, Franz, Schorsch und Ali beauftragt. Hans ist Profi, Franz und Ali sind Experten und Schorsch hat Erfahrung. Sie kontrollieren jeden einzelnen Beleuchtungskörper entlang der Dorfstraße, stellen Überlegungen und Mutmaßungen an und als sie damit fertig sind, ist es Abend und sie können leider nichts mehr sehen. Im Dezember senken die Nächte sich früh über Georgskirchen.

Die Leute bleiben zu Hause, sehen fern und telefonieren miteinander, um das Ereignis ein bisschen zu beplaudern. Die Extrovertierten fahren in die Dorfwirtschaft. Manche gehen unterstützt von einer Taschenlampe zu Fuß dorthin, weil einem die Polizei ja auch im Dunklen auflauern könnte. Heimtückischerweise vielleicht gerade da. Und wenn man dann eine gewisse Illumination in der Krone hätte … Nein, nein, da lässt man diverse Fahrzeuge lieber daheim, trinkt sein Quantum Bierchen und eines darüber hinaus und wackelt zu Fuß wieder heim, den Führerschein sicher in der Tasche.

Am nächsten Vormittag finden Hans, Franz, Schorsch und Ali die Quelle, sozusagen den Ursprung des Stromausfalles. Die elektrischen Leitungen sind alle tipptop. Die haben sie gewissenhaft überprüft. Da fehlt nix. Aber der Verteiler. Der Verteiler beim Wirtschaftshof. Da liegt der Hund begraben. Da ist nämlich Wasser eingetreten. Jaja. Eine undichte Wasserleitung ist die Ursache für den Ausfall der Straßenbeleuchtung. Das kann der Bürgermeister so schon mal den Gemeindebürgern weitergeben.

Hans, Franz, Schorsch und Ali haben den Schaden lokalisiert und machen sich jetzt umgehend an dessen Behebung. Nach der Mittagspause.

Glücklicherweise steht der vermaledeite Verteiler direkt neben dem Wirtschaftshof. Im Wirtschaftshof befindet sich der Pausenraum von Hans, Franz, Schorsch und Ali. Darin ist es warm. Es kann nämlich ganz schön kalt werden in Georgskirchen im Dezember. Da muss man sich hin und wieder ein bisschen aufwärmen. Man kann auch den einen oder anderen Kaffee genießen, wegen der besseren Konzentration bei der Fehlersuche, und man muss das weitere Vorgehen auch immer wieder besprechen. Hans ist zwar Profi, Franz und Ali sind Experten und Schorsch hat Erfahrung, aber Beschlüsse fallen bei ihnen immer gemeinschaftlich und einstimmig. Das will besprochen sein.

Darum bleibt es in Georgskirchen eine weitere Nacht finster und am nächsten Morgen wissen alle, man telefoniert ja miteinander, dass die Müller Leonie mehrmals Herrenbesuch hatte in der Nacht. Im Stundentakt. Dunkle Gestalten sind zu der in die Wohnung gegangen und wieder heraus.

Die Müller Leonie, das ist eine … eine Käufliche. Ganz bestimmt. Geahnt haben es viele, jetzt weiß man es. Jetzt, wo die Straßenbeleuchtung ausgefallen ist, schauen die Leute eben mehr aufeinander. Man ist einfach wachsamer. Man weiß ja nicht, wer sich aller so herumschleicht, da draußen.

Und die Witwe Kloibhofer, die als Mesnerin praktischerweise gleich neben dem Friedhof wohnt, hat schon zum zweiten Mal eine große Männergestalt gesehen am Friedhof. Einen riesengroßen, schwarzen Kerl mit einem Mantel. Der steht immer an der gleichen Stelle und schaut nach Westen und der Wind reißt an seinem Mantel, obwohl es rundherum doch windstill ist. Die Witwe Kloibhofer fürchtet sich und kann schon gar nicht mehr schlafen. Sie betet jede Nacht den Rosenkranz, weil nur der beruhigt sie ein bisschen.

Am nächsten Tag überlegen Hans, Franz, Schorsch und Ali, wie sie den feuchten Verteiler trockenbekommen sollen. Es ist ja nicht August! Im August bei 36 Grad Hitze, da wäre das kein Problem. Im Dezember aber sind das erschwerende Umstände. Kalt ist es auch.

Saukalt. Sie müssen viel Kaffee trinken und sich viel aufwärmen. Gegen Abend beschließen sie, den Verteiler zu föhnen, weil es das Vernünftigste ist. Über Georgskirchen bricht eine weiter stockfinstere Nacht herein.

Jemand beobachtet, wie ein Auto ohne Licht und ohne Kennzeichen mehrere Male die Dorfstraße auf und ab fährt. Ganz langsam. So als würde jemand schauen, wo sich das Einbrechen am meisten lohnt. Im Auto einer unbestimmten Marke, es ist ja total finster, wie soll man da was sehen, sitzen vier Gestalten. Am nächsten Morgen ist Gott sei Dank nichts passiert, weil mehrere aufmerksame Gemeindebürger mit Taschenlampen oder Halogenstrahlern aus ihren Fenstern geleuchtet haben.

Am folgenden Tag arbeiten Hans, Franz, Schorsch und Ali auf Hochdruck an der Schadensbehebung. Der Bürgermeister persönlich kommt mehrere Male unangemeldet vorbei und begutachtet die Fortschritte. Er ist sehr schlecht gelaunt und gewährt seinen fleißigen Mitarbeitern kaum eine Pause. Hans, Franz, Schorsch und Ali sind zuversichtlich, am Abend Georgskirchen wieder beleuchten zu können.

Leider vergeblich.

Es bleibt finster.

Die Familie Achleitner hört in der Nacht Schritte um ihr Neubauhäuschen wandern. Jemand schnauft und kratzt herum. Herrn und Frau Achleitner stehen die Haare zu Berge. Sie müssen ihre Kinder verteidigen, wollen sie aber nicht aufwecken. Das Geschnaufe und Gekratze umrundet das Haus.

Schließlich reißt Herr Achleitner das Küchenfenster auf, schreit wie am Spieß: „Verschwindet!!! Haut ab!!!“ Und: „Polizei!!!“, und hört, wie die potenziellen Einbrecher raschelnd im trockenen Gebüsch verschwinden.

Im Dorf hört man jemanden wie am Spieß schreien.„Haut ab!!“, schreit der. Und: „Polizei!!“

Ein Mann schreit da in höchster Not. Ein Mann! Keine schwache Frau! Ein Mann schreit um sein Leben!

Zehn Minuten glühen die Telefone.

Die Kameraden vom Sportverein formieren sich daraufhin und eilen ins Ortszentrum, die Witwe Kloibhofer reißt die Haustür auf, bewaffnet mit Rosenkranz und Besenstiel, die letzten Heimkehrer aus dem Wirtshaus bleiben schwankend stehen, Halogenscheinwerfer und Taschenlampen gehen an und auch Leonie Müller erscheint vollständig bekleidet und sehr besorgt, einen Schrubber in der Hand.

Ein Polizeifahrzeug fährt mit Blaulicht vor und dem Wagen entsteigen drei zum Äußersten bereite Polizeibeamte. Schließlich tutet noch die Freiwillige Feuerwehr heran.

Zwei Stunden stehen die Georgskirchner am Kirchenvorplatz. Bei dem Tumult hat sich auch die dunkle Männergestalt mit dem wehenden Mantel vom Friedhof verzogen, falls denn da jemals eine war.

Zwei Stunden dauert es, bis man einander beruhigt, heimbegleitet und alle Haustüren verriegelt hat. Die Freiwillige Feuerwehr aus Oberbrunn sammelt die Mannschaft ein, die Polizeibeamten beäugen noch die Lage und patrouillieren durch das Gemeindegebiet und irgendwann klappt auch die Witwe Kloibhofer die Augen zu.

Am nächsten Tag ist der Schaden glücklich behoben.

Der Bürgermeister schaltet gemeinsam mit Hans, Franz, Schorsch und Ali bereits um 15:00 die Straßenbeleuchtung ein.

Damit die dunklen Gestalten keine Chance haben.

Sicher ist sicher.

Karina Luger, *aufgewachsen auf einem Bauernhof in Österreich an der Grenze zu Bayern. Studium Germanistik und Geschichte in Salzburg. Lebt und arbeitet in Linz an der Donau.*

Die vergessene Geschichte von der hungrigen Lokomotive

Im Herbst 1961 besuchte ich die sechste Klasse der Primarschule in Chur, in den Herbstferien schickte meine Stiefmutter, die schwanger und reizbar war, meinen Vater und mich in die Berge, einfach weit weg, um ihre Ruhe zu haben. So waren Vater und Sohn im Engadin gelandet, schnürten am Morgen die Wanderschuhe und abends saßen wir in einem mit Arvenholz verkleideten Speisesaal und lernten die lokale Kultur kennen, wie mein Vater das nannte. Er bestellte Capuns, Pizzokel, Gams- oder Hirschpfeffer und dazu einen halben Veltliner. Für mich gab es jeweils die halbe Portion, ohne Veltliner.

Nach den ersten zwei anstrengenden Wandertagen, die durch offene Lärchenwälder, später an flechtenüberzogenen Felsblöcken vorbei, über Geröllhalden an den Rand des Hochgebirges führten, wollte mein Vater Mitte der Woche einen, wie er sagte, gemächlichen Ruhetag einlegen. So fuhren wir am Mittwochmorgen mit der Rhätischen Bahn von Pontresina aus Richtung Berninapass. Es war ein leuchtender Oktobertag, ein strahlend blauer Himmel über den Lärchen in Gold.

Wir setzten uns in einen der gelben, rot beschrifteten, offenen Panoramawagen am Schluss des Zuges, der schon bald gemächlich Richtung Süden schaukelte. Trotz der langsamen Fahrweise wurde uns in der Morgenfrische durch den Fahrtwind bald einmal kalt und so wechselten wir an der Haltestelle Morteratsch, bei der der Gegenzug abgewartet werden musste, in den Triebwagen mit Passagierabteil an der Zugspitze. Schon von weit her hörten wir den Gegenzug im steilen Hang ächzen, knarzen und quietschen und die Räder in den engen Kurven ohrenbetäubend pfeifen. Kurz vor der Station pfiff auch die Lokomotive heiser, um unseren, sich nun auch in Bewegung setzenden Zug, zu grüßen, und schon bald knirschte und schrillte es auch unter unseren Füssen, wenn der Triebwagen sich mit Anlauf in eine neue Kurve warf.

Wir stiegen höher und höher, die Aussicht wurde mit jeder Kehre grandioser, und mein Vater konnte nicht aufhören, mit dem Zeigefinger auf diesen oder jenen Berg zu deuten und ihn beim Namen zu nennen. Bald blieben die Lärchen zurück und es öffnete sich ein karges Hochtal in herbstlichen Farben, umsäumt von mit Schnee überzuckerten felsigen Zacken vor majestätischen, vergletscherten Giganten. Da die Strecke nun meistenteils mehr oder weniger geradeaus führte, hatte das Pfeifen der Räder ein Ende. Dafür pfiff es nun von links und rechts munter und frech aus den Bergwiesen. Murmeltiere, die kurz vor dem ersten Schnee das letzte Fuder Gras in ihre Bauten schleppten oder sich die letzten Kräuter einverleibten, fühlten sich von der näher kommenden Lokomotive in ihrem Tun gestört und protestierten lautstark und schrill.

Wir passierten das schwarze Auge des Lej Nair, dahinter kam die Staumauer des Lago Biancos, des Weißen Sees, in Sicht, der sich milchig und ruhig entlang des Eisenbahntrassees erstreckte. Endlich erreichten wir die Station Ospizio nahe der Passhöhe und stiegen aus.

Die folgende kleine Wanderung entlang des Sees ohne großen Höhenunterschied bis zur Alp Grüm, auf einer Art Fahrweg zwischen den Geleisen und dem Seeufer eingeklemmt, war dann recht langweilig, passte aber zur Vorstellung eines Ruhetages meines Vaters.

Nach etwas mehr als einer Stunde kam vor uns zuerst eine Schweizer Fahne am Mast, dann das Ristorante Alp Grüm in Sicht, und wenig später saßen wir an einem Tisch direkt am Terrassengeländer und warteten auf die lokale Kultur in Form von Käse, fein geschnittenem Bündnerfleisch und Birnbrot. In der Ferne das leise Glockengeläut einer großen Herde auf ihrer Alpweide. Vater schaute entspannt nach Süden, wo sich unten das Puschlav weitete. Im Talboden der Lago die Poschiavo, dahinter eine dunstverschattete Talenge. Darüber zeichneten sich am Horizont schwach weitere Berggipfel ab.

„Italien“, erklärte mein Vater. „Alles Italien. Weit dort unten liegt Tirano, da endet die Berninabahn, wie die RhB hier heißt.“

Auf seinen Bergtouren hatte er den Begleitern schon immer gern das Panorama erklärt.

„Wenn du von dort unten, von Tirano aus“, fuhr er fort, „zurück in unsere Richtung, Richtung Berninapass fährst, dann kommt schon bald die Schweizer Grenze und es ist nicht mehr weit bis Brusio. Rechter Hand der Straße hast du immer das Trassee der RhB.“

Vater war seit Kurzem im Besitz des Führerscheins und eines stahlblauen gebrauchten VW Käfers und nahm neu die Strecke in Gedanken nicht mehr wie früher aus dem Fenster des Bahnwagens zweiter Klasse wahr, er sah sich jetzt, wenn er erzählte, hinter dem Steuer, die Füße auf den Pedalen, den Ellbogen lässig im offenen Fenster liegend, die Welt durch die Frontscheibe erfahrend. Nach Brusio bremste er jedoch im Geist zügig ab und wechselte zur Bahn zurück. Er war in früheren Jahren mehrmals über den Kreisviadukt der Berninabahn bei Brusio gefahren und es hatte ihm außerordentlich gut gefallen, wie der Zug in spielerischer Leichtigkeit an Höhe gewann oder verlor.

Er nahm einen Schluck Veltliner, biss ins Birnbrot und suchte dabei nach den richtigen Worten. „Du musst dir eine enge Bahnschlaufe vorstellen“, sagte er dann, „wo sich das Trassee im Kreis ansteigend über sich selber hinaus entwickelt. Es wirkt ein bisschen so, als stünde die Bahn dort vor einem Spiegel und wolle sich einen Krawattenknoten binden. Einen Windsor“, setzte er dazu und lächelte.

Mein Vater war Englischlehrer und ich bin sicher, er fand sich in jenem Moment ziemlich originell. Da mir damals das Konzept eines Windsorknotens nichts sagte und er mir das wahrscheinlich auch ansah, fuhr er fort: „Vielleicht ist es besser, wenn du dir den Zug als Schlange vorstellst. Von Weitem sieht es dann aus, als wolle sie sich in den eigenen Schwanz beißen.“

Ich hatte schon beobachtet, wie eine junge Katze sich wie wild drehte und ihrem Schwanz nachjagte, und da ich an diesem Morgen selbst in einem der offenen Panoramawagen, die in auffälligem Gelb am Schluss des Zuges angehängt waren, eingestiegen war, gefiel mir auch die Vorstellung, wie eine hungrige Lokomotive versucht, wohlgenährte Reisende aus den offenen Wagen zu schnappen.

„Jedenfalls ist es ein weltberühmtes Bahnwunder“, schloss Vater seine Ausführungen und widmete sich den Resten der lokalen Kultur auf seinem Teller.

Ich hätte das Wunder gern gesehen, da war aber nichts zu erkennen. Der Dunst im Tal verbarg alles. Ich sah nicht einmal, wie sich das Tal jenseits des Sees verengte und steil abfallend auch ohne Dunst das Wunder zusätzlich den Blicken entzogen hätte.

Als wir später an der Station Alp Grüm zur Rückfahrt bereitstanden, musterte ich erleichtert, aber auch leise enttäuscht die Vorderseite des sich nähernden Triebwagens. Da war nichts. Nur zwei

Scheinwerfer, die zwar wie tückische Äuglein wirkten, doch weder Lippen noch Zähne und erst recht keine schnappende Zunge.

Trotzdem war ich begeistert. Die Fahrt in der zweiten Klasse, auf den von den vielen in Wollstoff gehüllten Hinterteilen der Vorgänger glänzend polierten Holzbänken, der Lokomotivführer, der nur durch eine Türe mit eingelassener Glasscheibe von uns getrennt war, der markante Geruch von erhitztem Eisen, das mit Schmierfett, vermischt mit dem Abrieb der Bremsklötze, überzogen war, das knallende Schlagen der elektrischen Schütze im Motorteil, der offene gelbe Panoramawagen, auf dem es während der Rückfahrt nicht mehr wie am Morgen zu kalt war, sondern angenehm frisch, all dies verdichtete sich zusammen mit den Bildern von hängenden Gletschern, dem milchigen Wasser des Lago Biancos, dem Klang der Murmeltierpfiffe, die vor der hungrigen Lokomotive warnten, zu einer magischen Mixtur, von deren Erinnerungsglück ich noch Jahre zehrte.

Doch je älter ich wurde, desto mehr verblassten die Erinnerungen. Auch mein Vater veränderte sich. Er trennte sich von seiner zweiten Ehefrau, meiner Stiefmutter, und unser Verhältnis wurde schwieriger. Sein Alkoholkonsum stieg von Jahr zu Jahr und es war nicht einfach, ihm dabei zuzusehen. Bald zitterten ihm die Hände schon am Vormittag. Nach abgeschlossener Berufsausbildung führte mich deshalb mein Weg ins Ausland. Viele Jahre verbrachte ich in der Folge in den Häuserschluchten großer Städte, deren Glas- und Stahltürme die Bilder der Berge meiner Jugend verdrängten und ersetzten. Nur selten erreichten mich Nachrichten aus der Heimat, ab und zu ein Brief mit einem schwarz-weißen Foto, später farbig. Mein kleiner Bruder wurde groß und breit, heiratete, kaufte ein Haus, wurde Vater. Doch ich kehrte nie zurück. Auch nicht, als mein Vater starb. Ich arbeitete mal hier, mal dort und gewöhnte mich an den Gedanken, ohne Heimat leben zu können.

Meine letzten Berufsjahre verbrachte ich in Japan als Berater einer großen Firma, und angesichts meiner bevorstehenden Pensionierung lud mein Chef mich und mein Team während meiner letzten Arbeitstage zu einem Abschiedsanlass ein. Es sollte ein Tag mit Sightseeing in schöner Landschaft werden, ein gemütlicher Abend in einem Ryokan, einem Hotel mit heisser Quelle, mit gutem Essen und geselligem Trinken. Ich freute mich.

Von Tokio aus erreichten wir in knapp zwei Stunden einen kleinen Bahnhof, in dem wir auf eine Schmalspurbahn, die in die Berge führte, umstiegen. Wann war ich zum letzten Mal in einem Schmalspurwagen gesessen? Ich wusste es nicht. Die Komposition mit zwei Triebwagen setzte sich in Bewegung und von weit her begann ein Gefühl vager Vertrautheit in mir aufzusteigen.

Während meine Kollegen mit Sake anzustoßen begannen und das Züglein durch herbstbunt bewaldete Hügel ruckelte, wurde mir je länger, je eigenartiger zumute, ohne dass ich begriff, wieso. An der Endstation angekommen, klopfte mir mein Chef heiter und wohlwollend auf die Schulter. Er strahlte bis über beide Ohren, als er mich auf etwas ganz Besonderes aufmerksam machte. Und tatsächlich, über dem Bahnsteig hingen zwei originale Schweizer Kuhglocken mit einer Widmung der Rhätischen Bahn für ihre Partnerbahn im fernen Japan.

In diesem Moment fiel ein Lichtstrahl in den stillen und dunklen Keller der vergessenen Erinnerungen. Ich sah mich mit meinem Vater wieder in Pontresina einsteigen, mit Wanderschuhen, derben Hosen und einem kleinen Rucksack. Vater gut gelaunt, so wie er war, bevor er dem Alkohol verfiel. Der Fahrtwind rauschte in meinen Ohren, die Murmeltiere pfiffen und erst nach einer kleinen Ewigkeit fand ich zurück zum 65-jährigen Mann auf einem Bahnsteig in Japan mit wässrigen Augen.

Ich hatte nicht lange Zeit, der Vergangenheit nachzuhängen. Der Tag brachte weitere Überraschungen und abends saßen wir alle zusammen im Bad der heißen Quelle, bevor wir ausgezeichnet dinierten. Später ließen wir uns gegenseitig mehrfach hochleben und der Sake floss in Strömen.

Spät in der Nacht versuchte ich, zur Ruhe zu kommen, doch zu vieles war in Bewegung. Statt schlafen zu können, saß ich auf der hölzernen Terrasse vor meinem Zimmer. Erneut drängten sich Bilder von jenem lang vergangenen Tag ins Bewusstsein. Die tückischen Äuglein der Lokomotive, das milchige Wasser des Lago Biancos, mein Vater heiter und im Gleichgewicht, mir zugewandt, wenn auch etwas lehrerhaft.

Es war eine helle Nacht, in der Ferne leuchtete eine entfernte Bergkette im diffusen Licht des Mondes, und mit einem Mal, wie aus dem Nichts, stand eine Seite des Lesebuchs der sechsten Klasse der Primarschule vor meinen Augen. Die Seite mit dem Gedicht *Das weiße Spitzchen* von Conrad Ferdinand Meyer, das wir damals vor 55 Jahren auswendig lernen mussten. Die ersten beiden Zeilen lauten:

Ein blendendes Spitzchen blickt über den Wald.
das ruft mich, das zieht mich, das tut mir Gewalt

Und so geht es weiter bis zu den letzten Zeilen:

Leis wandert in Lüften ein Herdengeläut,
Lass offen die Truhen! Komm lieber noch heut.

Zurück in Tokio buchte ich den nächsten Flug nach Hause.

Niklaus Völke: *Aufgewachsen in der Schweiz, St. Gallen, Teufen und Chur. Matura an der Kantonsschule St. Gallen. Studium der Geografie und Paläontologie. Assistent am Geografischen Institut der Universität Zürich und Mitarbeiter des DEH (DEZA) in Sri Lanka. Danach Ausbildung zum Heilpädagogen. Tätigkeit an Schulen und in sozialpsychiatrischen Institutionen in verschiedenen Funktionen. Seit 1978 verheiratet, zwei Töchter und zwei Enkelkinder. Zu Hause in Warth, Thurgau.*

Zurück zur Natur …
Oder: Vergnügter Voyeurismus

Schauplatz: ein Zug nach München, Großraumabteil.
Auf dem Sitzplatz gegenüber: eine Leinentasche.
Aufschrift: *Ein großer Schritt nach vorn: Zurück zur Natur.*
Direkt daneben, dem Blick der Betrachter wie zur Bestätigung dargeboten: Natur in wahrhaft überwältigender Fülle.
Unter einem weißen Hemd ein stark gewölbter, üppig wabernder Bauch. Besitzer dieses Prachtstücks: ein älterer Mann mit dem Vital-Charme eines abgetakelten Casanova, schlafend mit verschränkten Armen. Sein blaues Jackett verrät noch Bemühen um würdevolle Erscheinung. Doch schmälert den gewünschten Eindruck schon der billige Zwirn des abgetragenen Kleidungsstücks, das – wie der Schläfer selbst – offenkundig bessere Zeiten gesehen hat.

Kurios: Unter den über der Wölbung verschränkten Armen leuchtet ein blütenweißes Hemd – oberhalb des Gürtels über dem wuchtigen Bauch jedoch in einem breiten Dreieck klaffend.
So rückt die ganze sonnengebräunte Fülle der Natur plötzlich zum Greifen nah. Denn den untersten Knopf hat der Dicke in weiser Selbsterkenntnis lieber nicht geschlossen. Niemals hätte dieser Knopf die Chance, dem Bauch länger als für Sekundenbruchteile standzuhalten. Sogar die beiden darüber liegenden Knöpfe bändigen nur mühsam das nackte braune Fleisch, das zwischen ihnen hervordrängt und sie zu sprengen droht.

Ein herbes Gesicht, grobkörnige breite Nase, struppiges, weißes Haar in legerem Kurzhaarschnitt. Die Brille zusammengefaltet, vertikal über dem obersten Hemdknopf eingehakt und durch ihn gehalten. Die Augenbrauen, zu pechschwarzen Balken gefärbt, lassen an einen zum Bühnenauftritt präparierten Schauspieler denken. Die schweren Augenlider aber bleiben geschlossen …

Bei genauerer Betrachtung erweist sich das weiße Hemd übrigens nicht durchgehend als blütenweiß: Eigelb und Spritzer von Orangensaft geben indiskret Auskunft über den Frühstücksgeschmack des Besitzers – und verleihen dem Hemd selbst zugleich eine ganz individuelle, frühlingshaft-farbenfrohe, ja, malerische Note ...

Nach dem Erwachen: Ein überraschend kühl-taxierender Blick aus leicht zusammengekniffenen dunklen Augen verrät Konzentration und Willenskraft. Ein forschender Blick, mit dem er vielleicht sogar das Amüsement der Voyeurin erspäht, das sich längst zu heimlicher Zwerchfell-Rebellion gesteigert hat.

Aussteigen am selben Bahnhof.
Und noch eine Überraschung: Die Lässigkeit, mit der ihm das weiße Hemd hinten über die Hose hängt und unter dem arg zerknitterten Sakko hervorragt, entfernt das Gesamtbild sachte, aber unaufhaltsam von jeder Casanova-Noblesse.

Dann in der Unterführung: Er – fünf Schritte hinter mir – mitten auf dem Gang stehen bleibend, sieht aus der Entfernung zu, als ich mühsam mein umfallendes Gepäck zusammenraffe, derweil ich – unnötig spät, da bei der Fahrt von ihm abgelenkt – im Reiseplan hektisch Auskunft über den Anschlusszug suche ...

So wird am Ende der Beobachtete selbst – ein wenig ratlos vielleicht, doch eher wohl in einer Mischung von Irritation und Neugier, zum Beobachter der Voyeurin, die sich dann hastig in Bewegung setzt, mit energischem Schritt weitereilt, auf die Treppe zum nächsten Bahnsteig zu, und sich dem Blick des Betrachters auf immer entzieht ...

Barbara Neymeyr *(Jahrgang 1961), Studium in Münster, weitere Qualifikationen in Freiburg i. Br., Professorin in Österreich. Zahlreiche Veröffentlichungen.*

Der Teddybären-Krieger

Alles fing mit Mamas Gewinn in einem Preisausschreiben an, bei dem sie eine Reise nach Paris für zwei Familien gewann. Während sie fröhlich hüpfte, kam Papa von der Arbeit. Er freute sich riesig, hatte er doch nicht mit einem Urlaub gerechnet! Glücklicherweise war er Chef seiner Firma und konnte sich freinehmen! Darum machten sie sich ans Packen.

„Stopp!“, rief mein Bruder Nick. „Es ist eine Zwei-Familien-Reise, nicht eine!“ Wie schön, dass er zählen konnte! Mein Bruder und ich hatten das Spektakel mitverfolgt und uns gefreut! Zudem hatte ich die rettende Idee! Ich rief meine beste Freundin Nina an. Was eine gute Idee war, denn so schnell konnte niemand: „Nein“, sagen! Am Ende konnten sie mitfahren und freute sich!

In der Nacht träumte ich von einer Fee, die mich zum Fliegen einlud: Wir flogen über die Eifel und kamen an Kirschen vorbei, die den Weg zum Tortenboden vergessen hatten. Verzweifelt erklärten wir ihnen den Weg. Aber als wollten sie uns nicht verstehen, flogen sie nach Paris. Doch plötzlich sah mich die Fee an und ihre Flügel verloren den Glanz. Ich war verwirrt, aber die Fee flüsterte, ich müsse ihr helfen. Verschwitzt wachte ich auf.

„So ein Blödsinn!“, rief ich wütend.

„Was ist?“, grummelte Nick. „Du hast mich geweckt, dabei ist es noch nachts!“

„Nicht so wichtig“, murmelte ich und ich fiel in einen traumlosen Schlaf.

Um 5 Uhr fuhren wir los! Alle schienen aufgeregt: Mama, Papa, Nick und ich. Wir hatten geredet und auf wundersame Weise kamen wir auf *Feen*, was Nick zum Anlass nahm, einzuschlafen. So schaute ich aus dem Fenster und fragte mich, ob Feen Auto fuhren.

Nach sechs Stunden kamen wir an der Grenze an. Wir fuhren auf einen Rastplatz, weil Papa eine Pause brauchte. Wir stiegen aus.

„Wir sind nicht in Paris!“, jammerte mein Bruder.

„Stell dir vor, das dauert noch“, lachte ich.

„Müsst ihr so ein Theater machen?“, zischte Mama etwas wütend. Die Fahrt war für sie anstrengend, da konnte sie die geschwisterlichen Streitereien nicht gebrauchen.

„Die Verrückte …“, brabbelte Nicklas und gestikulierte in meine Richtung, während ich meinen Blick über den Rastplatz wandern ließ. Da sah ich etwas, was mein Herz erstarren ließ! „Ich werd verrückt!“, rief ich. „Jonas!“

Nick und Mama folgten meinem Blick: Dort stand Nicks Freund Jonas! „Hey!“, rief er, während er zu uns kam. „Ich warte auf meine Paten, dann werden wir Urlaub machen. Was macht ihr hier?“

„Wir? Wir, wir auch …, aber ohne Paten …“, stammelte ich erstaunt. Meine Eltern sprachen mit Jonas’ Vater, dass sie mit uns kommen könnten.

Wir fuhren zum Hotel. Dort hatten wir vier Doppelzimmer. Zur Erinnerung: Nina war mit ihren Eltern und ihrer Schwester Julia da. Die Eltern saßen unten an der Bar und tranken was. Julia huschte über den Flur zu meinem Bruder, da sie schlafen wollten. Wir anderen beschlossen Blinde Kuh zu spielen. Plötzlich krachte etwas gegen das Fenster. Ein Vogel? Nina öffnete das Fenster.

Da kam eine kleine Fee hereingeflogen und rief: „Hilfe!“

Nina, Jonas und ich staunten. Wir fühlten uns hellwach, wie konnte das sein?

„Ich bin Mademoiselle Lia-Mirabella-Milliona, aber nennt mich Lia!“

„Und was machst du hier?“, fragte Jonas und berührte ihre Flügel.

„Nicht kitzeln!“, ermahnte sie und verschränkte die Arme. Sie sah mich an und lächelte. „Wie ich sehe, bist du meiner Nachricht gefolgt, Hannah.“

Irritiert sah ich sie an: „Welcher Nachricht?“

„Ich habe die Nacht um Hilfe gebeten. Deswegen bist du hier, oder?“

Nina schüttelte den Kopf: „Wir machen Urlaub.“

„Den müsst ihr verschieben, ich brauche euch! Nur deswegen habe ich euch hergebracht.“

Jonas kniet sich vor die Fee: „Aber warum?“

„Es gibt ein Tal mit Feen und anderen magischen Geschöpfen, dort lebt König Marco mit Prinzessin Pia. Ihnen habt ihr das Geschenk der Fantasie zu verdanken! Doch nehmt euch in Acht! Der gemeine Ares ist zurück, der neben Angst auch Unglück verbreitet. Ihr drei habt mehr Fantasie als andere, die ich kenne – und ich kenne viele."

Indem wir uns Blicke zuwarfen, verständigten wir uns darauf, dass wir helfen wollten. Sobald wir nickten, fingerte Lia ein Säckchen aus ihrem Kleid und pustete uns Glitzer ins Gesicht. Je mehr man den einatmete, desto leichter war es, zu fliegen. Wir konnten wirklich fliegen!

Als wir dort ankamen, wo uns die Fee hatte hinführen wollen, lag vor uns ein klarer Fluss und auf einer Wiese mit bunten Blumen und Schmetterlingen spielten Einhörner und Feen. Am Himmel flogen Pegasusse.

Lia führte uns zu dem Palast. Dort schien der König auf uns gewartet zu haben. Er berichtete uns, dass Ares die Prinzessin entführt habe. Er hatte sie mit einem Kältefluch belegt und wollte ihre Magie. Ohne ihre Magie könnte aber keine Welt leben! Wir wollten uns auf den Weg machen, als der König uns aufhielt und rief: „Ihr könnt ihm nicht so gegenübertreten! Ihr braucht den Teddybären-Krieger!"

Wir schauten uns verwirrt an und überlegten, was wir tun sollten. „Wo finden wir den?", fragte schließlich jemand.

Der König überlegten und antwortete, dass der schwarze Drache ihn vor Jahren verschluckt habe.

„Der Drache ist Ares' Untertan. Ihr müsst ihm Mut, Hoffnung und gute Ideen bringen, damit er sich traut, den Teddybären-Krieger auszuspucken!"

Nina sah um die Nase so weiß aus wie ein Gespenst. Sie mochte nicht einmal die Geckos im Zoo und jetzt sollte sie ein Drachen betören? Letztlich ließen wir uns vom König mit Hilfsgegenständen ausstatten.

„Damit solltet ihr in der Lage sein, den Drachen zu überzeugen, um den Krieger zu befreien."

Uns bleibt keine Zeit! Wir sahen es als Pflicht an, die Welt zu retten!

Lia führte uns zu den Rotkehlchenfelsen, wo ein schmaler Durchgang zwischen den fünf Meter hohen Felswänden hindurchführte. Allerdings trugen die Felsen nicht aus Spaß ihren Namen: Man musste an dem großen Rotkehlchen vorbei, um den ersten Gegenstand zu erhalten, durch welchen wir den Krieger befreien konnten.

Nina wusste, was zu tun war: Sie hatte eine Uhr bekommen, die jedes Untier in einen Schmetterling verwandeln konnte! Entschlossen hielt sie diese Uhr ins Licht. Die Schmetterlinge flatterten herum. Das Rotkehlchen schien glücklich und flog davon.

Da erschien eine Rolle aus seidenem Pergament. Dort stand geschrieben:

Um den Krieger zurückzuholen, bekommt ihr für den Mut die Mütze, die über die Träume wacht!

Lia flog an die Rolle und berührte sie. Aus ihr erschien eine blauweiße Schlafmütze. Nach einem kurzen Weg tauchte ein großer Hase auf unserem Weg auf. Er hatte es auf Lia abgesehen! Ehe wir reagieren konnten, hielt er sie zwischen seinen Vorderpfoten! Nun war es an Jonas, einen seltsamen Speer einzusetzen.

Lia schrie ihm zu: „Du musst dir ein Bild vor Augen führen und auf den Speer blicken!"

Jonas, blickte auf den Speer. Es klappte: Eben noch Speer, verwandelte er sich jetzt in eine Karotte! Als der Hase die Karotte sah, ließ er Lia los und stürzte sich auf das Gemüse. Nachdem der Hase zur Seite gesprungen war und zufrieden aß, erschien hinter ihm wieder eine Rolle aus Pergament. Diese rollte sich in der Form ab, dass wir auf sie steigen und durch ein Portal fliegen konnten, das hinter dem Hasen zum Vorschein gekommen war.

Angenehm glitten wir durch die Luft und ahnten, dass sie uns zu Ares bringen würde. Während unseres Fluges tauchte vor Jonas eine Nachricht, wie eine weiße Decke auf.

Für den Ideenreichtum bekommt ihr die Decke, die einen das Herz wärmt.

Glücklich packte Lia auch sie in ihre Tasche. Nachdem wir am Ziel angekommen waren, liefen wir durch die kalten Gemächer von Ares. Als wir um die Ecke bogen, blieben wir wie versteinert stehen. Vor uns stand er, der schwarze Drache! Eigentlich sah er lieb aus, wenn man sich seine Augen und sein Maul wegdachte.

Nun war es an mir: Ein Hilfsmittel hatten wir noch. Mir hatte der König ein Stück seidiges Fell in die Hand gedrückt. Ich nahm meinen Mut zusammen und baute mich vor den schwarzen Drachen auf.

„Was wollt ihr?", fragte er uns mit einer piepsenden Stimme.

Spontan sagte ich dem Drachen, dass er lieb aussähe, und tätschelte sein Bein.

Da fing er an zu wimmern: „Ich habe doch schuppige Haut. Alle finden mich grässlich. Bis auf Ares."

„Ich finde dich nicht grässlich. Deine goldenen Augen finde ich wunderschön."

„Lügnerin!", fauchte er, während eine Stichflamme aus seinem Maul kam, die Lia, Nina und Jonas zur Seite springen ließ.

Auch ich hatte mich erschrocken! Doch ich wollte nicht locker lassen, wir waren nah am Ziel! Ich hielt dem Drachen das Fell hin und streichelte sein Bein damit.

Da grunzte der Drache.

„Nur weil Ares das sagt, heißt es nicht, dass es stimmt. Seinetwegen denken alle, dass du böse bist, aber jetzt glaube ich, dass du einsam bist. Du könntest dem König helfen. Alle würden dich lieben, selbst die Einhörner und Pegasusse!"

„Wirklich?"

Ich nickte: „Natürlich, du bist doch nett."

Eine Träne rollte aus seinen goldenen Augen herab, sie kullerte über seinen Bauch und plumpste auf den Boden. Dort zersprang sie zu Diamanten, die den Raum bunt funkeln ließen! Als der Drache das seidige Fell zwischen seinen Pranken hielt, war es gebongt. Er schien gerührt zu sein! Natürlich hatte ich ihm zuvor den Deal vorgeschlagen: den Teddybären-Krieger gegen das Stück Fell! Darauf ließ er sich ein! Er hickste und *plimplam,* da lag der Teddybär!

Lia flog zu ihm und setzte ihm die Mütze auf und drückte ihm die Decke in die Hand. Der Teddybär blinzelte mit seinen Knopfaugen und langsam wurde er so groß wie Jonas.

„Vielen Dank, ich habe Jahre im Bauch des Drachen gelebt und eins kann ich sagen, so viel Platz hatte ich nicht", lachte er und richtete seine Mütze.

Ares, der von dem Lärm angelockt worden war, fand das Ganze nicht berauschend. Wir konnten ihn nicht sehen, aber er machte sich mit einem Wirbelsturm bemerkbar, der uns zittern ließ. Wir bekamen Angst, zumal wir die entführte Prinzessin auf einem Vorsprung liegen sahen. Wir hielten uns fest. Angst und Schrecken durchströmten uns. Der Teddybär nahm uns in den Arm und wir tauchten auf dem Vorsprung auf. Damit hatte Ares nicht gerechnet.

„Das macht uns nichts aus! Wir haben unsere Ängste überwunden und als Freunde sind wir stärker geworden. Wir werden immer stärker, als du sein!"

Der Sturm hatte sich bis zu einem Säuseln gelegt. Ares erblasst vor Neid, alleine war man eben nicht mächtig!

Der Teddybär lief zu Ares. „Mein armer Ares", sagte er und nahm ihn in den Arm. Er breitete die Decke über ihm aus und es schien, als würde sich Ares an den Teddybären kuscheln. Die Kälte verschwand und die gefesselte Prinzessin wurde befreit. Ares blieb im Arm des Bären und sah uns an.

„Vor Jahren hat der Drache meinen Freund, den Teddy, verschluckt, seitdem habe ich keine Freunde gefunden. Ich habe versucht, ihn wiederzubekommen, aber erst als ihr gekommen seid, bekam ich ihn." Der erwachsene Ares war zu einem Jungen geschrumpft.

„Dann war Ares nur ein Junge, der seinen Bären vermisst hat", fasste Nina zusammen. „Wenn ich mir vorstelle, dass mir jemand mein Kuscheltier weggenommen hätte, wäre ich durchgedreht. Für Kinder sind die wie Familie."

Ares streckte seine Hand nach mir aus. „Könnt ihr mir verzeihen?"

Ich lächelte den Jungen an, er tat mir leid. „Beim nächsten Mal gehst du zum König oder zu Lia."

„Werde ich, aber meine Kräfte konnte ich nicht kontrollieren", gab er zu und kuschelte sich an seinen Bären. Plötzlich leuchtete das Tal und der Teddybär nahm den Kältefluch von ihm.

Auf dem Drachen flogen wir zurück. Es gab ein großes Fest! Bei der Gelegenheit entschuldigte sich Ares beim König, der ihm eine Chance gab. Dann mussten wir uns verabschieden, unser Abenteuer war vorbei. Schneller als wir zählen konnten, waren wir zurück in unserem Hotelzimmer. Wir drei warfen uns Blicke zu, die klarstellten, dass all das unser Geheimnis bleiben sollte.

***Lina Groß**, 26 Jahre alt, geboren am 25. April 1998 schrieb die Geschichte bereits im Alter von zwölf Jahren für einen Wettbewerb. Allerdings wurde das kindliche Abenteuer um Hannah, Nina und Jonas abgelehnt und verstaubte seitdem in der Schublade – bis jetzt!*

Auf der Spur des Kryger-Diamanten

Die junge Frau zu beschatten war schwierig an diesem schönen Sommertag. Denn sie waren nur zu viert, als ihr Beschattungsobjekt den Modeladen am Ku'damm verließ, ohne etwas gekauft zu haben: die drei jungen Ermittlerinnen Jana, Nadja und Ulli sowie ihr etwas älterer Kollege Nick. Eine professionelle Observierung war so von vornherein eingeschränkt, aber es herrschte krankheits- und urlaubsbedingt Personalmangel. Mittags hatte sich die dunkelhaarige Frau mit dem eurasischen Aussehen am Alexanderplatz mit Janik getroffen, einem Ex-Stasi-Agenten, der von einem Informanten als Überbringer des berühmten Kryger-Diamanten genannt worden war. Seitdem war das Team ihr überallhin gefolgt, während die Eurasierin sich zu Fuß oder mit den Öffentlichen durch Berlin bewegt hatte. Mittlerweile war es nach 17 Uhr, sie betrat das Café Kranzler, nahm Platz, bestellte etwas. Bald bekam sie einen Saft, trank ihn in Ruhe aus, zahlte, stand ohne Eile auf und setzte ihren Bummel so gemächlich wie zuvor fort.

Das Team verwendete für die junge Dame den Codenamen *Miss Diamant*, denn der Informant kannte ihren Namen nicht. Es war nur mitgeteilt worden, dass Janik mittags am Alex einer Frau den verschollenen Diamanten übergeben würde, die ihn als Kurierin zu dem untergetauchten König der Diamantenschmuggler Schmitt bringen sollte – und die Ermittler zu ihm führen, so deren Hoffnung.

Je mehr Zeit verstrich, desto faszinierter war Nick von ihr. Sie war schlank, etwa 1,70 m groß, ihre Bewegungen die einer Tänzerin, während sie in Richtung Gedächtniskirche ging. Kraftvoll, geschmeidig. Flache Absätze trug sie. Dunkle, kurze Haare, schräg gestellte Augen, vielleicht Ende 20. Nick, aus Treptow stammend, blond, stämmig, war mit seinen 35 Jahren zwar ein Profi, aber auch nur ein Mann ... Oh, diese Miss Diamant, wie eine Katze bewegte sie sich auf dem Trottoir des Ku'damms! Und hinter ihr er, der mittels seines unauffälligen Rucksacks, in dem sich Mützen, Brillen und andere Accessoires befanden, ständig sein Aussehen verändert hatte, wenn er von Nadja, Jana oder Ulli bei der unmittelbaren Observierung abgelöst worden war. Jetzt trug er eine blaue Baseballkappe, unter deren Schirm hervor er nachdenklich Miss Diamant hinterherschaute. Wo die Eurasierin wohl den Edelstein versteckte, den sie bei der begrüßenden Umarmung mit Janik zugesteckt bekommen haben musste? Sie trug einen kleinen Rucksack auf dem Rücken, aber da bewahrte man doch etwas so Wertvolles wie den berühmten Diamanten von Leo Kryger nicht auf – jeder Taschendieb konnte ihn dort finden ...

Jener Kryger war vor 1933 eine schillernde Größe der Berliner Gesellschaft gewesen, das wusste Nick. Mit Haus in Dahlem, ursprünglich aus Petersburg stammend – die russische Kolonie in der Hauptstadt hatte Tradition. Leider war ihm die Flucht vor den Nazis nach Übersee nur ohne den Diamanten gelungen, der einst der letzten Zarin gehört hatte. Der Edelstein war den Gerüchten nach der SS in die Hände gefallen. Und nach dem Krieg hatte man den Diamanten nicht wiedergefunden, unverrichteter Dinge war Kryger in die USA zurückgekehrt. Es hatte vage Hinweise gegeben, dass sich der Diamant in Ost-Berlin befand, doch vor den Kommunisten hatte er zu große Angst gehabt. Kryger, der einst vor der Oktoberrevolution nach Berlin geflohen war wie so viele, war 1953 in den Staaten gestorben.

Aber jetzt, dachte Nick, waren er und seine Kolleginnen hoffentlich kurz davor, den Diamanten aufzuspüren und gleichzeitig Schmitt dingfest zu machen!

Inzwischen hatten die Eurasierin und ihre Verfolger die Gedächtniskirche erreicht, welche sich zu ihrer Linken erhob. Da strebte Miss Diamant auf einmal dem Hertha-Fanshop am Breitscheidplatz entgegen, wohin ihr Jana folgte, die draußen durch die Scheibe guckte. Nick wiederum befand sich circa 30 Meter entfernt.

Jana murmelte über ihr Headset: „Sie kauft nur ein Hertha-Feuerzeug."

Nach dem Verlassen des Ladens bewegte sich Miss Diamant in Richtung Wittenbergplatz. Wollte sie dort etwa die U-Bahn nehmen? Nein, stattdessen ging sie kurz vor Ladenschluss hinüber zum KaDeWe. Nick trug jetzt keine Kopfdeckung mehr, sondern eine schwarz-umrandete Brille. Er folgte Miss Diamant in Richtung Eingang, betrat aber das Kaufhaus nicht selbst, sondern überließ Ulli und Nadja die Observierung.

Nachdem sie eine Mütze gekauft hatte, verließ die junge Frau das KaDeWe wieder und schlenderte die Passauer Straße hinunter, bis sie die Augsburger erreicht hatte. Von der bog sie in die Nürnberger ab, wo ein Hotel lag. Dessen Halle betretend ging sie wie selbstverständlich zu einem Fahrstuhl, beschattet von Ulli, die eine rothaarige Perücke trug. Man konnte nur mit der Chipkarte nach oben gelangen – Miss Diamant hatte eine, sodass sie beide zusammen mit einem Pärchen in die 3. Etage fuhren. Ulli tat während der Fahrt so, als suchte sie in ihrer Handtasche nach etwas, während Miss Diamant ausdruckslos auf die Fahrstuhltür blickte. Oder zu blicken schien …

Ulli spürte innerlich die Nervosität fast unerträglich werden. Schließlich war jedoch die dritte Etage erreicht. Das Paar wandte sich nach links, Miss Diamant nach rechts. Ulli jedoch wühlte weiter in ihrer Handtasche, bis Miss Diamant ihre Zimmertür erreicht hatte. Als Ulli fast triumphierend ihr Mobiltelefon emporhielt, als habe sie es die ganze Zeit gesucht, öffnete Miss Diamant gerade die Tür ihres Hotelzimmers. Als diese in ihrem Zimmer verschwunden war, atmete Ulli erst einmal tief durch. Nachdem sie ein paar Momente auf dem Gang gewartet hatte, schrieb sie Nick per Handy eine Kurznachricht, um sich von ihm ablösen zu lassen. Er hatte sich zuvor mit seinem Dienstausweis an der Rezeption zu erkennen gegeben und erfahren, dass Miss Diamant am Vortag mit einem kasachischen Pass auf den Namen Uljanova eingecheckt hatte.

Eine Viertelstunde später beobachtete Nick, um die Ecke spähend, wie ein Hotelangestellter eine Flasche Sekt und zwei Gläser zu Miss Diamants Zimmer brachte. Nachdem sich die Tür geschlossen hatte und der Angestellte gegangen war, näherte sich Nick vorsichtig der Zimmertür. Dann geschah zweierlei: Zwei ältere Damen betraten sich unterhaltend den Gang, und bevor sich Nick zurückziehen konnte, öffnete sich blitzschnell Miss Diamants Tür! Keine Gelegenheit, sich zurückzuziehen! In der Hand hielt sie ein Sektglas. Sie lächelte Nick an und machte eine einladende Geste! Wie magnetisiert folgte er ihr, die Tür schloss sich.

Mechanisch nahm er das ihm entgegengehaltene Glas, während sie mit einem leichten, aber unbestimmbaren Akzent sagte: „Wenn Sie mir die ganze Zeit folgen, können Sie auch etwas mit mir trinken!“

Er hob das Glas, sie nahm das ihre von einem kleinen Tischchen, beide stießen an. Ihr amüsierter Blick musterte ihn, der das Glas viel zu schnell austrank … Sie näherte sich ihm langsam, beide stellten die Gläser ab. Ihre Lippen öffneten sich, unwillkürlich beugte er sich vor. Da traf ihn ein Schlag der kampfsporterfahrenen Miss Diamant am Hals und es wurde dunkel um ihn!

Nick auffangend – wahrlich eine Leistung, aber sie war durchtrainiert – gelang es der Eurasierin, ihn auf das nahe Bett zu platzieren. Rasch griff sie zu einem Paar Handschuhe, die sie in Nicks Abwesenheit bereits permanent im Hotelzimmer getragen hatte. Griff zu einem Stofffetzen und wischte wegen der Fingerabdrücke Gläser, Flasche und Griffe ab. Dann zog sie sich schnell um, holte aus einer Handtasche eine blonde Perücke sowie eine getönte Brille hervor und tarnte sich mit ihrer Hilfe. Danach griff Miss Diamant sich ihren kleinen Trolley und näherte sich der Tür. Mit einem kurzen Seitenblick auf den bewusstlosen Nick lauschte sie einen Augenblick, dann betrat sie den Gang, wo sich tatsächlich niemand befand.

Sie fuhr mit dem Fahrstuhl nach unten und betrat das Foyer des Hotels, in dem Nadja und Ulli versuchten, möglichst unauffällig zu erscheinen.

Miss Diamant kam zugute, dass eine Gruppe von Hotelgästen für Unruhe sorgte, sodass sie beim Verlassen des Hotels weder den Ermittlerinnen noch dem Personal auffiel. Draußen jedoch stand Jana auf der anderen Straßenseite. Zuerst beiläufig, dann immer aufmerksamer schaute sie der Blonden hinterher, die gerade in Richtung Tauentzienstraße ging. Jana machte deren Gang stutzig. Dieselben Bewegungen wie Miss Diamant, dieselben flachen Absätze. Jana überlegte einen Moment, ihr schoss das Wort *Perücke* durch den Kopf, während die blonde Frau schon das andere Ende der Straße erreicht hatte. Keine Zeit, um Nadja und Ulli zu rufen! Aber das konnte sie ja bald per Mobiltelefon nachholen …

Kurz entschlossen setzte sich Jana in Bewegung, um der Blondine zu folgen: die Nürnberger entlang, über die Tauentzienstraße und den Breitscheidplatz, den Zoopalast rechts liegen lassend. Schließlich erreichten die beiden Frauen den Bahnhof Zoo.

Jana hatte mittlerweile festgestellt, dass ihr Akku leer, die anderen nicht erreichbar waren. Egal, vorerst musste die Verfolgung im Vordergrund stehen, auch auf das Risiko hin, dass sie sich irrte! So ging es zum Bahnsteig, ohne dass die Blonde sich umdrehte, während die unbeirrbare Jana ihr folgte.

Die blonde Frau bestieg den auf Gleis 2 befindlichen Zug nach Frankfurt/Oder. Jana hielt kurz inne, sammelte sich, dann enterte sie denselben Waggon. Langsam ging sie den Gang lang, aus dem Augenwinkel die Fahrgäste musternd. Da war die Blonde mit dem Trolley, einen Augenblick lang sah Jana nun auch deutlich deren Gesicht. Eindeutig Miss Diamant! Jana hielt den Atem an. Unauffällig sein, weitergehen!

Nichts geschah. Keine Tür ging auf, keine Schritte, die Blonde musste sitzen geblieben sein. Jana drehte sich um. Der Gang hinter ihr blieb leer. Sie überlegte, blickte in das nächste Abteil. Da war ein Platz frei, sozusagen Wand an Wand mit Miss Diamant …

Jana betrat das Abteil, nahm Platz. Sie fragte sich, ob sie sich von jemandem ein Handy leihen sollte, um die anderen anzurufen. Da tauchte eine Horde junger Leute auf, ziemlich laut. Auf einmal war der Gang voll. Lauter kräftige Männer. Versperrten Jana größtenteils die Sicht, während der Zug losfuhr. Einer der Männer bückte sich aber plötzlich abrupt. Seine Zigarettenpackung war heruntergefallen. Dadurch gelang es Jana, einen kurzen Blick auf den Bahnsteig zu erhaschen. Dort war eine Frau, blond, mit Brille, Trolley und Handtasche … Es war zum Verzweifeln! An den Männern kam Jana nicht vorbei. Blieb noch die Notbremse. Jana sprang auf, aber da war diese dicke Frau im Wege! Und der Zug nahm gerade richtig Fahrt auf. Jana verlor den Halt, strauchelte, fiel dann auf den Sitz hinter ihr.

Den leeren Bahnsteig verlassend warf unterdessen Miss Diamant, die dunklen Haare nunmehr unter einer Mütze aus dem KaDeWe, ihre blonde Perücke in einen Müllbehälter. Dann nahm sie die Brille ab und steckte sie in ihre Handtasche, in der sich u. a. ihr britischer Pass auf ihren echten Namen und ein berühmter Edelstein befanden … Leise vor sich hin pfeifend ging sie davon, hinaus aus dem Bahnhof.

Jürgen Rösch-Brassovan, *geboren 1966, Hannover, Studium Geschichte/Politik, Postangestellter. Seit 2014 intensiver schreibend (hauptsächlich Kurzgeschichten, aber auch Gedichte). Zahlreiche Veröffentlichungen in Anthologien und im Internet.*

Oder nicht?

Ich könnte stundenlang am Deich sitzen und die maritime Landschaft aufsaugen – die Weite der Salzwiesen, das in den Sonnenstrahlen funkelnde Meer, das Gefühl unendlicher Weite und Freiheit. Yeah! Es war genau die richtige Entscheidung, mir nach dem Klausurenstress der letzten Wochen eine Auszeit einzuräumen und der PR-Welt mit Content-Marketing, Crossmedialität und Key Performance Indicators zu entfliehen. Ich seufze und lasse meinen Blick erneut über dieses unbeschreibliche Idyll vor mir schweifen. Am Horizont ziehen Containerfrachter auf dem Weg nach Übersee, weiter vorne kreuzen Segelboote. Über den Kuttern, die den kleinen Sielhafen ansteuern, kreisen Möwen auf der Suche nach Beifang.

Auch ich werde mich gleich auf den Weg Richtung Hafen machen, um mir ein leckeres Krabbenbrötchen zu gönnen. Diese Snacks sind der Hammer. Total frisch und extrem zartes Fleisch. Es gibt sie hier in Hülle und Fülle.

Während ich mich dem kleinen Fischerort nähere, genieße ich die Stille um mich herum. Nur das leise Pfeifen des Windes und der laute Ruf eines Mäusebussards sind zu hören. Wie anders meine Umgebung doch an der Uni und in der WG ist. Jede Menge Trubel und auf den Straßen pulsiert das Leben. Hier, in dem dünn besiedelten Landstrich mit den Reetdachkaten, Backsteinhäusern und Resthöfen scheint die Zeit dagegen irgendwie stehen geblieben zu sein.

Ups! Der Anblick der pelzigen Tiere vor mir reißt mich aus meinen Überlegungen heraus. Da sind auf einmal Hunderte von krabbelnden Wesen vor mir. Sie überqueren die schmale Deichstraße in Windeseile. Hilfe, was ist das? Eine Invasion überdimensionierter Spinnen? Igittigitt! Ich erstarre, spüre, wie mich der Schreck bis ins Mark packt. Mit den Worten: „Anne, jetzt fahr mal runter! So etwas gibt es doch gar nicht“, versuche ich mich zu beruhigen. Aber auch, als ich meine Augen kurz schließe und wieder öffne, sind diese schlammfarbenen Krabbeltiere nicht verschwunden. Ich schlucke, weiche intuitiv zurück. Es gruselt mich. Ausgerechnet ekelige Spinnen, die mir schon immer zuwider gewesen sind. Mein Herz rast, ich bekomme kaum Luft. Jetzt bleibt mir nur noch eines. Möglichst schnell und unbeschadet das Weite suchen.

In Windeseile haste ich über die Salzwiesen, bis ich den hölzernen Strandweg erreiche. Es schüttelt mich noch immer und ich muss mich zusammenreißen, bis ich mich und meine Atmung wieder einigermaßen unter Kontrolle habe. Ich konzentriere mich auf die Ruhe der spiegelblanken See vor mir, nehme das regelmäßige Plätschern der leichten Wellen bewusst wahr und atme tief ein und aus. Das Zittern lässt nach und es gelingt mir bald, zügigen Schrittes den Heimweg anzutreten. Der Appetit auf ein Fischbrötchen ist mir vergangen.

In meinem Kopf herrscht ein einziges Chaos. Die Gedanken drohen sich wie gigantische Wellen zu überschlagen. Riesige pelzige Spinnen an der deutschen Nordseeküste? Entwickele ich neuerdings Wahnvorstellungen? Ich bin völlig durch den Wind.

Vor der Pension treffe ich auf die Inhaberin. „Moin“, grüßt sie, bevor sie die Augenbrauen hochzieht. „Alles in Ordnung, mien Deern? Du siehst aus, als ob du auf einen Geist gestoßen wärst.“

Ich nicke und versuche, notdürftig zu lächeln.

„Ich hol uns erst man was zu trinken. Du wirst sehen. Dann gehts dir gleich besser. Oder soll ich den Arzt rufen? Du bist weiß wie die Wand.“

Ich winke ab und kippe bald einen Friesengeist herunter. Eine wohlige Wärme durchflutet meinen Körper.

„So, und jetzt Butter bei die Fische! Was ist passiert?“

Erst ziere ich mich und rutsche unruhig auf der alten Gartenbank herum. Doch schon bald erzähle ich stockend von meinem heutigen Ausflug.

Die Pensionswirtin mit den ergrauten Schläfen hört mir aufmerksam zu. Dann füllt sie unsere Gläser erneut und prostet mir zu. „Hab man keine Angst! Das, was du da gesehen hast, ist alles andere als unwirklich. Das waren keine Spinnen aus einem Horrorfilm, sondern lediglich ganz normale Wollhandkrabben. Die kommen jedes Jahr in Massen zum Laichen hierhin.“

Ungläubig starre ich mein Gegenüber an. „Äh? Wollhandkrabben?“

„Ja, sie gehören wie die Pazifikaustern hier zu den invasiven Arten und wurden vor rund hundert Jahren aus China eingeschleppt. Die Tiere, die zum Überleben auf Süß- und Brackwasser angewiesen sind, sind echt wahre Meister des Wanderns. In ihrer Heimat legen sie Strecken von bis zu 1.500 Kilometern zurück. Bei uns sind diese Allesfresser, die sich überall breitmachen, alles andere als gern gesehen. Die Fischer hassen sie, weil sie die Netze zerstören und die Flussufer beschädigen. In China gelten die Wollhandkrabben allerdings als Glücksbringer und kulinarische Delikatesse."

„Echt jetzt?"

„Ja."

„Aha. Und warum isst sie hier niemand?"

Die Pensionswirtin zuckt mit den Schultern. „Angst vor Neuem? Zu verhasst? Zu exotisch? Ehrlich gesagt, ich habe nie darüber nachgedacht."

Das tue ich dafür jetzt umso mehr. Auch am Abend, als ich nach dem heutigen Schrecken in einem der traditionellen Fischrestaurants sitze, um mir eine Scholle Büsumer Art mit frischen Krabben schmecken zu lassen. Im Internet werde ich schnell fündig. Allein hier im Landkreis soll es um die zehn Millionen Wollhandkrabben geben. Krass. Die Weibchen legen wohl bis zu 900.000 Eier. Und die Zubereitung der Tiere soll auch ganz einfach sein. Lediglich in Wasser gar kochen und mit einer Schüssel dunklem Reisessig servieren. Yeah. Das sollte selbst für mich machbar sein. Ich muss unweigerlich schmunzeln. Die PR-Welt mit ihren Content-Marketings, der Crossmedialität und den Key Performance Indicators rückt vor meinem geistigen Auge immer näher. Sie erscheint mit auf einmal in einem ganz anderen Licht. Und wer weiß? Vielleicht lassen sich ja auch diese Pazifikaustern, von der meine Vermieterin erzählt hat, vermarkten. Das wär doch mal was anderes als diese Oktopus-Hot-Dogs oder Lachs-Burger, die gerade bei uns im hippen Berlin so angesagt sind. Wollhandkrabben und pazifische Austern, das ist doch kulinarische Exotik pur. Oder nicht?

Ulli Krebs, *wohnhaft in Norddeutschland, 1965 in Düsseldorf geboren, Studium Sozialarbeit, Journalismus und PR, als freie Redakteurin tätig, Hobbyautorin, Veröffentlichungen von Gedichten und Kurzgeschichten in verschiedenen Anthologien sowie Publikation eines Regionalkrimis.*

Unverhofftes Zwiegespräch

Der Mensch ist nicht für das Alleinsein geschaffen. Es gab zwar immer wieder Einsiedler und Eremiten, die die Einsamkeit freiwillig wählten, aber von den meisten wird sie gefürchtet und gemieden. Nicht von ungefähr wird die im Strafvollzug verhängte Isolationshaft von vielen als Form der Folter bezeichnet. Was aber, wenn man sich in Zeiten der Pandemie in Selbstisolation begeben muss, um sich das grassierende Virus nicht einzufangen oder es nicht weiter zu verbreiten, sollte man es bereits eingefangen haben? Arbeit von zu Hause aus, Distanzlernen, Einkäufe übers Internet sind angesagt, man verschanzt sich in den eigenen vier Wänden, Videotelefonate und virtuelle Treffen per Zoom oder Skype sind das Höchste der Gefühle. Keine Chorproben mit anschließender Plauderei, kein Kaffeehausbesuch mit gemütlichem Tratscherl, kein Treffen mit lieben Bekannten zwecks Gedankenaustausch.

So sitze auch ich wieder einmal allein zu Hause. Wohlbestallte Witwe in Pension, Sohn im Ausland, breit gestreuter, aber derzeit brachliegender Freundeskreis, privilegiert dadurch, dass ich zum Glück in einem Haus im Grünen wohne und einen kleinen Garten mein Eigen nenne, in dem ich mich nach Belieben aufhalten und frei bewegen kann. Aber wie Friedrich Torbergs Tante Jolesch zu sagen pflegt: „Gott mög uns abhüten vor allem, was noch ein Glück ist." Schön langsam beginnt mir die Decke auf den Kopf zu fallen.

Die Zeiger der Uhr stehen kurz vor Mitternacht. In Ermangelung eines menschlichen Gegenübers habe ich meinen Schminkspiegel vor mir aufgebaut. Er verfügt über eine Randbeleuchtung und zeigt mich, wie ich bin, rundes Gesicht, silbriges Haar, trotz meiner siebzig Jahre – da übergewichtig – kaum Falten. Ich blicke mir selbst in die Augen und rüste mich zum Selbstgespräch. Denn was sonst kann man, vor dem Spiegel sitzend, schon erwarten? Die Reflexion im Spiegel müsste ja ein märchenhaftes Eigenleben entwickeln, um antworten zu können. Im Märchen spricht die böse Königin ihr Spieglein an der Wand mit einem Reimspruch an, um es zum Antworten zu bringen. Also versuche ich es am besten auch mit einem solchen Reimspruch. Während ich noch nachdenke, weisen beide Zeiger der Uhr auf zwölf: Geisterstunde also. Voller Selbstzweifel, ob ich nicht vielleicht schon am Überschnappen bin, sage ich in die mitternächtliche Stille hinein:

Sag mir, Spiegel, glatt und blank,
bin gesund ich oder krank?

Mein Spiegelbild blinzelt mir erstaunt entgegen, räuspert sich (was wiederum mich in Erstaunen versetzt), und beginnt jäh und unverhofft ein Zwiegespräch, aus meinem Munde sprechend: „Was willst du von mir hören, Schwester? Wunderlich bist du, wenn du das Gespräch mit deiner Reflexion im Spiegel suchst, was aber in Anbetracht der Zeitläufte kein Wunder ist. Wem steigt die Pandemie nicht zu Kopfe? Aber an sich tickst du noch völlig richtig und bist mental gesund, das ist es wohl, was du wissen möchtest. Ob du das Virus hast oder nicht, kann ich dir nicht sagen, da musst du dich schon testen lassen."

„Tröstlich zu hören", geht es mir durch den Kopf. Ein wenig wunderlich war ich ja schon immer, wie mir etliche meiner Mitmenschen zu sagen pflegten, damit kann ich leben. Auch der Tipp mit dem Testenlassen leuchtet mir ein. „Schwester nennt sie mich", fährt es mir durch den Kopf, völlig passend eigentlich, sie ist also Pragmatikerin wie ich. Und schon sage ich Sprüchlein Nummer zwei auf:

Sag mir, Spiegel, blank und klar,
ob mein Tun wohl richtig war?

Nachdenklich mustert mich mein geschwisterliches Spiegelbild, holt dann mittels meiner Lungen tief Luft und lässt aus meinem Mund verlauten: „Da ich dich nun schon geraume Zeit kenne und quasi mit dir alt geworden bin, kann ich dir guten Gewissens sagen, dass du zumindest immer ehrlich bemüht warst, das Richtige zu tun. Ob das im Einzelfall dann auch wirklich das Richtige war, kann ich dir nicht sagen, ich habe ja hier im Schminkspiegel zu hausen und lebe nur, wenn du dich mir zeigst."

Nun bin ich es, die erstaunt blinzelt. Obwohl – wieso eigentlich? Völlig schlüssig, was mein Spiegelego da sagt. Ich selbst hätte an ihrer Stelle wohl dasselbe verlauten lassen. Schön zu hören, dass sie mir ehrliches Bemühen zubilligt.

Ich versinke in tiefes Nachdenken und lasse die wichtigsten Stationen meines Lebens vor meinem geistigen Auge Revue passieren, während mir meine Schwester aus dem Schminkspiegel – ebenfalls nachdenklich – geduldig dabei zusieht.

Als ich wieder auf die Uhr blicke, ist es fünf vor eins. Hoppla, nur mehr fünf Minuten bis zum Ende der Geisterstunde, höchste Zeit für meine dritte Frage:

Sag mir, Spiegel, rundheraus,
wie sieht unser Morgen aus?

„Das wüsste ich genauso gerne wie du, liebe Schwester, aber auch ich kann nur raten und hoffen. Und wie du erhoffe ich vorzugsweise immer nur das Beste. Der Coronaspuk wird vorbeigehen und von der Wissenschaft zur harmlosen Alltäglichkeit gemacht werden, doch zum Verschnaufen wird beileibe keine Zeit sein. Die Menschheit wird alle Hände voll zu tun haben, die von ihr geschaffenen Probleme zu lösen, um überleben zu können. Klimawandel, Rohstoffknappheit, Artensterben, Bodenerosion und weitere Zoonosen werden uns in Atem halten, ohne grundlegendes Umdenken wird es nicht gehen. Mach's gut, liebe Schwester!"

Die Uhr steht nun auf eins und mir scheint, als ob das Leben aus meiner Spiegelschwester gewichen wäre. Mein Schminkspiegel spiegelt mich zwar noch immer getreulich wider, doch wie mir scheint nur passiv und unbeteiligt. Das unerwartete mitternächtliche Zwiegespräch mit meinem Spiegelbild jedoch wird mir noch lange Stoff zum Nachdenken bieten.

Franziska Bauer, *geboren 1951, Studium der Russistik und Anglistik in Wien, wohnhaft im Burgenland, pensionierte Gymnasiallehrerin, Schulbuchautorin, schreibt Lyrik, Essays und Kurzgeschichten für Zeitschriften und Anthologien, zwei Lyrikbände, 1. Preis beim Essaywettbewerb des Werkkreises Literatur der Arbeitswelt, Gewinnerin des 10. Bad Godesberger Literaturpreises 2020.*

Uraltes Leben

Oh je, ich sehe den Wald vor lauter Bäumen nicht.
Wohin soll ich schauen, was soll ich sehen,
soll ich etwas begreifen?

Ich schaue nach vorn, ich sehe den Wald,
doch ich begreife nichts,
ich lasse die Sinne reisen,
doch ich spüre nichts.

Ich schaue nach oben, ich sehe den Wald,
doch ich begreife nichts,
ich lasse die Blicke schweifen,
doch ich suche nichts.

Ich schaue nach hinten, ich sehe den Wald,
doch ich begreife nichts,
ich lasse die Gedanken kreisen,
doch ich finde nichts.

Ich schaue nach unten, ich sehe den Wald,
doch ich begreife nichts,
ich lasse die Gefühle reifen,
doch ich fühle nichts.

Oh je, ich sehe den Wald vor lauter Bäumen nicht.
Wohin schaue ich, was sehe ich, was begreife ich?

Es ist das Leben! Das uralte Leben,
welches ich vor lauter Leben gar nicht sehe.
Und es ist das Leben!
Das uralte Leben, welches ich nun anfange zu verstehen.

Ich schaue nach vorn,
ich sehe die vielen Eichen, Buchen, die knorrigen Wesen,
das uralte Leben.
Ich fange an, den Bäumen beim Wachsen zuzusehen,
ich begreife den Weg weiter zu gehen.

Ich schaue nach oben,
ich sehe die Baumwipfel, den Himmel, die Vögel,
das uralte Leben.
Ich fange an, die Aussicht zu genießen,
ich begreife wie die Wolken weiter zu ziehen.

Ich schaue nach hinten,
ich sehe die vielen Fichten, Tannen, die großen Giganten,
das uralte Leben.
Ich fange an, die Bäume zur Gesamtheit zu zählen,
ich begreife mich öfter umzudrehen.

ich schaue nach unten,
ich sehe die Baumwurzeln, das Moos, die Pilze,
das uralte Leben.
Ich fange an, die nützlichen Symbiosen zu ehren,
ich begreife hierher wieder zu kehren.

Oh weh, ich sehe den Wald vor lauter Bäumen nicht.
Ich soll den Wald anschauen, die Bäume sehen,
das Leben begreifen.
Denn es ist das Leben! Das uralte Leben,
welches ich vor lauter Leben gar nicht sah.
Und es ist das Leben!
Das uralte Leben, welches ich nun endlich versteh.

Ann-Kathleen Lyssy, *1993 in Helmstedt geboren, arbeitet nach ihrem Studium der Landschaftsarchitektur als Gartenplanerin. Neben dem Malen widmet sie sich ihrer Leidenschaft, dem Schreiben, und studiert seit 2021 Literatur im Fernstudiengang Kulturwissenschaften.*

Die Verwandlung

Als die letzten Sonnenstrahlen den Gebirgspass berührten, kurz bevor es richtig dunkel wurde, betrat eine junge Frau das Gasthaus *Tanzender Widder*.

Alwine stolperte mehr, als dass sie noch ging, sie war mit ihren Kräften am Ende. Und sie sah auch so aus: Ihr Kleid war schmutzig und zerrissen, die Haare flatterten ihr lose um das Gesicht, ihre Wangen wirkten eingefallen, ihr Blick matt.

Aber kaum jemand nahm Notiz von ihr, als sie das Gasthaus betrat. Man war hier solche Anblicke gewöhnt – wer den schmalen Pass, an dem der *Tanzende Widder* lag, zwischen den Bergen hindurch wählte, war häufig von einer gewissen Verzweiflung getrieben, und sei es nur die, es eilig zu haben und darum den direkten Weg gewählt statt die besser ausgebauten, aber mit längerer Reisedauer verbundenen Pässe genommen zu haben. Und die Einheimischen kehrten am Abend auf ihre eigenen Almhütten zurück. Als Alwine nun zur Tür hineinstolperte, waren im Schankraum nur die Angestellten des Gastwirts und wenige Reisende, die über Nacht blieben, zumeist abgerissene, teils zwielichtige Gestalten, die aus unterschiedlichen Gründen nicht lange hochblickten, als der letzte Gast des Abends eintraf.

Draußen ging die Sonne unter und tiefes Dunkel legte sich auf die Berge und Täler.

Der Wirt wähnte Alwine auf der Flucht vor irgendjemandem und lag damit nicht völlig daneben, auch wenn sie selbst nicht wusste, ob bereits jemand nach ihr suchte, und wenn ja, wer es war. Dem Wirt war es gleich, er hatte es sich aber zur Gewohnheit gemacht, auf sein Bauchgefühl zu hören und die Kosten für was auch immer der Gast wollte, sofort zu verlangen, ehe er – oder sie in diesem Fall – noch verschwinden konnte. Also holte Alwine mit zittrigen Händen den Geldbeutel aus ihrem Bündel hervor und zahlte für ein Abendessen, ein Bad und ein Bett.

Anders als der Wirt war sie sich ziemlich sicher, dass ihr niemand hierhergefolgt war, und auch die, die sie vielleicht schon suchen würden, dachte sie sich, kämen sicher nicht auf die Idee, sie könnte freiwillig in die Berge gegangen sein, noch dazu allein.

Aber halt, das wussten sie ja auch nicht. Sollte ihre Mutter jemanden hinter ihr hergeschickt haben, würden sie nach zwei Personen suchen – Alwine und Hagen. Hagen, der jetzt tot am Wegesrand lag, notdürftig in einer Mulde mit ein wenig Erde und Laub bedeckt. Alwine spürte den Schauder wieder aufsteigen, schüttelte sich und machte sich dankbar und gierig über die Schüssel heißer Suppe her, die ihr die Wirtsfrau auf den Tisch stellte, an dem sie sich auf Geheiß des Wirts niedergelassen hatte. Die Suppe war einfach, aber kräftig. Alwine konnte geradezu spüren, wie ihre Kräfte wieder aufgefrischt und ihre Lebensgeister wieder angeregt wurden.

Das Bad, das ihr in einem Holzzuber in einer Nebenkammer bereitet wurde, war dagegen eher lauwarm, aber da das Wasser den Schweiß, den Staub, die Tränen und das Blut von ihr wusch, mithin also seinen Zweck erfüllte, war Alwine die Temperatur letztlich auch egal. Sie schrubbte auch ein wenig auf ihrem Kleid herum, aber manche Flecken würden bleiben – und zerrissen blieb zerrissen. Sie würde später in ihrem Bündel nach Nadel und Faden suchen, unsicher, ob sie sie in all der Aufregung nicht verloren hatte.

Das Bett schließlich war nicht gerade bequem, obwohl es immerhin ein einzelnes Bett in einer einzelnen Schlafkammer war und nicht ein Strohsack bei den anderen verschrobenen Gestalten im Schlafsaal. Aber Alwine spürte die Abstriche von ihren früheren Lebensgewohnheiten kaum. Sie war zu müde und zu abgeschlagen. Und doch fiel es ihr schwer, in den Schlaf zu finden: Zu sehr tobten die Ereignisse des Tages hinter ihren Augenlidern. Vor allem schob sich das Bild Hagens immer wieder in den Vordergrund.

Wie sollte sie jetzt weitermachen ohne ihn? Er hatte den Plan, er hatte die Verbindungen, sein Name sollte ihnen die eine oder andere Tür öffnen. Sie dagegen war die vermeintlich entführte Tochter der Baronin, würde überall sofort für Aufsehen sorgen und schnell würde jemand zu dem Schluss gelangen, dass mit ihr ein gutes Geschäft zu machen war: Die entführte Adelstochter gerettet und in den Schoß der Familie zurückgebracht zu haben, wäre sicher eine ansehnliche Belohnung wert, oder nicht?

„Familie", dachte Alwine verbittert, „welche Familie? Meine Mutter und ich sind ja wohl kaum eine ganze Familie, selbst wenn ich die verschrobene Tante und den altersschwachen Großonkel noch dazuzähle, die im Seitenflügel des Schlosses wohnen." Nein, dorthin zog sie nichts zurück. Dort warteten nur ihre kalte und herrische Mutter, die kriecherischen Bediensteten und die ekligen Kavaliere, unter denen ihre Mutter einen passenden Bräutigam für Alwine aussuchen wollte. Nein, dorthin würde sie unter keinen Umständen freiwillig zurückkehren. Aber wohin sollte sie gehen?

Sie wusste nur zweierlei: Ohne Hagen, der als Kämmerer einige Verbindungen auch in ferne Städte unterhalten hatte, würden ihr bestimmte Türen verschlossen bleiben. Und als allein reisende Adelige setzte sie sich allzu großen Gefahren aus. Und wenn sie bei der Rolle blieb, die Hagen ihr zugedacht hatte – eine bürgerliche Verlobte? Aber ohne ihren Bräutigam?

Alwine wusste nur, dass sie kaum als Dienstmagd anfangen konnte. Die Aufgaben einer Magd würde sie nicht bewältigen, sich in keiner Stellung halten können. Sie konnte Dinge, die Mägde nicht konnten, wie lesen, schreiben, rechnen, Klavier spielen. Sie konnte wenige Dinge, die nur Mägde konnten, wie nähen. Aber ansonsten kaum etwas, was Mägde so tun mussten: kochen, putzen, Wäsche waschen, Kinder hüten. Oder auch nur Tiere versorgen. Eine arbeitssuchende Magd zu sein, würde ihr niemand abnehmen. Außerdem war das weit entfernt von dem Leben, das sie sich erhofft hatte. Für das sie ihr altes aufzugeben bereit gewesen war.

Nur mühselig kam sie in den Schlaf, der Müdigkeit ihres erschöpften Körpers geschuldet, und auch dann schlief sie unruhig, träumte von Hagens Leichnam, zerfetzt von den Klauen der Bestie, die er im Todeskampf noch mit dem Messer durchbohrt hatte. Sie sah die beiden Körper vor sich liegen, tot, und ihr Blut vermischte sich auf dem Waldboden. Vögel zwitscherten, Äste knackten im Unterholz, als sei nichts gewesen, als wäre nicht gerade Alwines Welt in sich zusammengebrochen. Unfähig zu schreien, hatte sie nur danebengestanden, erstarrt vor Entsetzen. Binnen Sekunden war sie aus einer wohlgeplanten Flucht mit Hagen in eine plötzliche Hölle geraten, und dann stand sie ebenso rasch alleine im Wald, verlassen, mit gebrochenem Herzen, vor einer ungewissen Zukunft.

Wo war die Bestie so plötzlich hergekommen? Warum hatte sie ansatzlos attackiert? Und noch viel drängender: Warum musste Hagen sterben? Warum war ihr das alles passiert? Sie wusste, darüber nachzudenken, war unsinnig. Dennoch gelang es ihr nicht, die Gedanken zu verjagen, ehe ihr Körper gnädig eingriff und sie erneut einfach vor Erschöpfung zusammenbrechen ließ.

Noch vor Morgengrauen erwachte sie schon wieder und konnte erst nicht erfassen, was sie geweckt hatte. Dann aber sah sie ihn durch das Fenster, gegen das Licht des irgendwann spät in der Nacht doch noch aufgegangenen Mondes – den Widder. Sie wusste sofort, dass es der Widder war, der dem Gasthaus seinen Namen gegeben hatte. Und dass das mit dem *tanzend* irgendein Missverständnis sein musste, denn der Widder stand fest und sicher dort auf dem Felsen, von dem aus er direkt zu Alwine herübersah. Und ebenso fest erklang seine Stimme in ihrem Kopf, und ja, sie wusste sofort, dass es seine war.

„Du bist nicht verloren", sagte er. „Du bist nicht allein."

„Aber … wer?", flüsterte Alwine. Zuerst wusste sie selbst nicht genau, was sie meinte – wer sprach da mit ihr? Der Widder? Und warum sagte er, sie sei nicht allein?

Etwas in ihr ließ sie darauf vertrauen, dass es schon richtig war, dass der Widder zu ihr sprach. Es war ein mythischer Ort, und der Gasthof war nach einem sonderbaren Exemplar, einem *tanzenden* Widder benannt. Sich selbst überraschend ließ sie den Gedanken zu. Und flüsterte, um ihrem Gesprächspartner ihre Zweifel zu äußern: „Hagen … ist tot."

„Ja. Aber er kann dir immer noch beistehen." Des Widders Stimme klang tief und klar direkt in ihrem Kopf. Seine Gestalt gegen das Mondlicht rührte sich derweil nicht.

„Wie?", hauchte Alwine.

„Du kannst, was er konnte. Hast du ihm nicht oft genug zugesehen, ja sogar geholfen? Seine Bekanntschaften, die euch helfen sollten, kennen ihn nur durch Briefe, nicht persönlich. Nimm seinen Namen, seine Kleidung. Werde er und er lebt in dir weiter – oder du in ihm." Damit wandte der Widder den Kopf, drehte sich und sprang lautlos vom Felsen in das Dunkel der Nacht.

Alwine hielt einen Moment still und lauschte darauf, ob der Widder noch etwas sagen würde, hörte aber nichts. Dann tastete sie nach dem Bündel, in dem sie nicht nur ihre, sondern auch Hagens letzte Habseligkeiten mit sich führte.

Am nächsten Morgen, noch kurz vor Sonnenaufgang, runzelte der Wirt die Stirn, als er einen jungen, schmalen Mann mit struwweligen, unsauber geschnittenen kurzen Haaren und glattem, absolut stoppelfreiem Kinn in etwas zu groß wirkenden Hosen und einer weiten Jacke im Schankraum des *Tanzenden Widder* antraf – er konnte sich nicht daran erinnern, dass dieser Gast gestern Abend schon da gewesen war. Währenddessen schob seine Frau die Asche in der Feuerstelle zusammen und wunderte sich über die verglühenden Reste von etwas, das mal ein zerrissenes Kleid gewesen war, einzelne Strähnen von abgeschnittenen langen Haaren dazwischen.

Und als die ersten Sonnenstrahlen den Gebirgspass berührten, kurz, bevor es richtig hell wurde, verließ ein junger Mann das Gasthaus *Tanzender Widder.*

***Jan Moritz** ist Jahrgang 1972 und Gymnasiallehrer. Er lebt und arbeitet in Kiel. Manchmal wollen die Worte aber keinem Lehrplan folgen. Dann suchen sie sich einen anderen Weg, zum Beispiel in die Anthologien „Im Fadenkreuz der Archetypen. Märchen, Sex und Gender" und „Der Sommer trägt Queer". Oder sie tauchen anderswo auf, etwa in #kkl 39 „Hinter der Zeit".*

Unvergessen

Seit etlichen Jahren liegt der Text da.
Er ist immer noch da.
Ich wollte ihn schon mehrfach wegschmeißen,
das Stück Papier zerreißen.
Doch ich brachte es einfach nicht übers Herz,
schließlich steht darauf geschrieben mein größter Schmerz.
Ich hob das Papier dann immer weiter auf.
Schließlich steht da mein eigener Text drauf!
Doch was ich damit machen sollte, wusste ich nicht wirklich …
Ich wusste nur, es ging eigentlich um mich.
Sehr viele Jahre lang schlummerte der Text in einer Schublade.
Aber auch dafür ist er eigentlich viel zu schade.
Für irgendetwas war er doch bestimmt gut.
Irgendwann dann packte mich doch noch der Mut
und ich schickte den Text an einen Verlag.
Und dann kam doch wirklich dieser eine besondere Tag:
Der Verlag sagte tatsächlich: „Ja."
Kurze Zeit später lag mein uralter Text dann frisch gedruckt da
– vor mir in einem Buch,
in meinem eigenen Buch!
Und dieses eine Buch da auf dem Tisch,
das ist nicht nur für mich.
Die ganze Welt liest jetzt meine Texte!
Und weiß nun auch, was mich früher mal sehr verletzte …

__Juliane Barth,__ Jahrgang 1982, lebt im Südwesten Deutschlands. Sie schreibt als Hobby seit jeher sehr gerne, u. a. Gedichte, Kurzgeschichten und Sachtexte. Veröffentlichungen in diversen Anthologien: sacrydecs.hpage.com.

Gutenachtgeschichte

„Also ...“ Opa schaute in die erwartungsvollen Gesichter seiner zwei Enkelkinder Lisa und Tom, er ließ die Stimme geheimnisvoll klingen. „Dies ist keine Geschichte, die mit *Es war einmal* beginnt. Diese Geschichte ist keines der Märchen, die ihr sonst von mir hört.“

Seine Enkelkinder saßen in ihren Betten, Lisa spielte mir ihren Haarspitzen, wie sie es öfter tat, wenn es spannend war oder sie nachdachte, Tom schwieg einfach nur erwartungsvoll.

Opa sah von einem zum anderen, „Habt ihr euch auch die Zähne geputzt?“

„Opa“, sagten seine Enkelkinder vorwurfsvoll wie aus einem Mund. „Klar haben wir das.“ Lisa zeigte mit einem breiten Grinsen ihre Zähne.

„Gut, gut.“ Liebevoll lächelnd sah er in die Gesichter der siebenjährigen Zwillinge. „Es ist meine persönliche Lieblingsgeschichte und ich denke, dass ihr jetzt alt genug seid, um sie zu hören.“

Lisa nahm ihr blaues Stoffhäschen und kuschelte sich mit ihm zusammen unter die Decke. Tom hingegen strich seine Bettdecke um sich herum ganz glatt, so mochte er es am liebsten.

Opa setzte sich in den Lehnsessel, in dem er sich immer setzte, wenn er Geschichten erzählte. Er lehnte sich zurück und genoss das weiche Polster, dann holte er einmal tief Luft und begann:

Das kleine zwölfjährige Mädchen Jill war so wie alle Kinder in ihrem Alter. Bis auf eine Ausnahme, ihre Träume. Oft hörte sie ihren Freundinnen zu, wenn diese über ihre Träume erzählten. Sie berichteten von furchtbaren Albträumen, die ihnen Angst machten und bei denen sie froh waren, vor dem Ende wach zu werden. Am liebsten mochten sie wunderschöne Träume, die am besten nie enden sollten, was sie dann aber leider doch taten. Manchmal waren die Träume auch spannend und die Freundinnen ärgerten sich, dass sie dann aufwachten, bevor sie wussten, wie die Geschichten enden würden.

Aber Jill träumte überhaupt keine Geschichten. Es waren immer nur Bildfetzen, wild aneinandergereiht, ohne Zusammenhang. Jede Nacht, wenn Jill ins Bett musste, war sie traurig. Manchmal weinte sie sich sogar in den Schlaf.

„Das kann doch gar nicht sein", hatten ihre Freundinnen gesagt. „Wir träumen auch manchmal verrücktes Zeug, das eigentlich nicht zusammenpasst, aber trotzdem sind es kleine Geschichten."

Jill hatte schon viele Menschen gefragt, warum ihre Träume so anders waren. Ihre Großeltern, Eltern, Lehrer und sogar ihren Kinderarzt, aber niemand hatte eine Antwort. Allerdings nahm es auch niemand wirklich ernst. „Es sind doch nur Träume", hatten die Erwachsenen gesagt.

Ihre Freundinnen hatten wenigstens versucht, ihr zu helfen. „Vielleicht ist es ein Rätsel, das du lösen musst, und dann träumst du endlich richtig."

Die Mädchen hatten eine Übernachtungsparty gemacht und versucht, die Traumfetzen von Jill zu entschlüsseln, aber sie schafften es nicht. Eines der Mädchen hatte dann ihren großen Bruder um Hilfe gebeten, der meinte aber nur, es gäbe Schlimmeres, und erzählte von seiner Klassenkameradin im Rollstuhl. Diese Geschichte half Jill, genug Kraft zu finden, um nicht aufzugeben. Es musste einen Grund für diese Fetzen geben – und noch wichtiger, es musste auch eine Lösung geben.

Bei einem der Einkaufsbummel mit ihrer Mutter fiel Jill sofort ein bestimmtes Schaufenster auf. Viele Monate hing dort ein Schild mit der Aufschrift *Zu verkaufen*, aber jetzt war dort ein Bild mit einer Hand zu sehen. Überall waren merkwürdige Zeichen an dem Laden und unter der Hand stand: *Ich habe die Antworten auf ihre Fragen.* Genau das brauchte Jill.

Zu Hause packte sie ihr ganzes Taschengeld ein und am nächsten Tag, nach der Schule, ging sie zu dem Laden. Eine Weile stand sie vor der Tür, bevor sie den Mut fand, einzutreten. Es roch sehr unangenehm. In den Regalen standen Bücher, bunte Steine, Figuren und Gläser mit Pulver. Ein alter Mann kam auf Jill zu „Na, Kleine, Madame Ferole ist nicht da. Ich wollte gerade abschließen." Der alte Mann zog einen Schlüssel aus seiner Tasche.

„Aber ich muss doch wissen, wieso ich keine richtigen Träume habe." Jill war den Tränen nahe.

Der alte Mann sah sie mitfühlend an, „Du hast keine richtigen Träume? Das ist ja furchtbar. Träumen ist doch wichtig."

Jetzt kullerte eine Träne Jills Wange entlang.

„Vielleicht kann ich dir helfen. Warte hier!" Der alte Mann ging durch den Vorhang und als er wiederkam, hielt er ein kleines Glasfläschchen in der Hand. Das Licht der Deckenlampe funkelte darin und es enthielt eine blaue Flüssigkeit. Er überreichte es Jill, „Bevor du heute schlafen gehst, trinkst du das Fläschchen leer. Ich bin sicher, das wird dir helfen, die Antworten zu finden, die du suchst."

„Wie teuer ist es?" Jill hoffte, dass ihr Taschengeld reichen würde.

„Ich schenke es dir." Der alte Mann zwinkerte Jill zu.

„Danke, vielen Dank." Jill konnte ihr Glück gar nicht fassen und beeilte sich, nach Hause zu kommen. Sie konnte es kaum erwarten, endlich schlafen zu gehen. Nachdem Mama und Papa ihr „Gute Nacht" gesagt hatten und Jill alleine war, nahm sie das Fläschchen und trank es leer. Dann kuschelte sie sich in ihr Bett, und als sie die Augen schloss, hoffte sie, endlich einen normalen Traum zu haben.

Sie saß auf einer Wolke. Eine wunderschöne Frau lächelte Jill an. „Wir hätten nicht gedacht, dich je hier oben wiederzusehen."

Um Jill herum waren viele hell leuchtende Sterne, die fröhlich lachten. „Wo bin ich denn hier?" Jill versuchte, aufzustehen. „Wer sind Sie?"

Die wunderschöne Frau half Jill auf die Beine. „Ich wache über die Träume. Ich weiß, warum du hier bist, und ich kann dir die Antwort geben, die du suchst. Schau mal dort", sie zeigte auf mehrere bunte Farbstreifen, die sich an einem Punkt am Himmel trafen. „Für die Menschen sind diese Streifen unsichtbar. Es sind die Reste von all den schlechten und guten Träumen, die nicht zu Ende geträumt wurden. Sie sammeln sich hier im Himmel und werden zu einem neuen Stern. Je mehr Streifen es sind, je heller wird der Stern. Und irgendwann nehme ich die Streifen aus den Sternen heraus, dann brauchen sie diese nicht mehr zum Leuchten und stricke daraus neue Träume, die ich zur Erde zurückschicke."

„Und was ist mit mir?"

„Du warst auch ein Stern hier am Himmel und du träumtest davon, wie es wäre, ein Mensch zu sein mit einer richtigen Familie. Also hast du dich einfach auf die Erde fallen lassen. Was du jede Nacht siehst, sind die Farbstreifen, die noch immer in dir sind und die mir hier oben fehlten, um neue Träume daraus zu stricken. Es ist gut, dass du hier bist, dann kann ich die Farbstreifen aus dir herausholen und du kannst endlich träumen." Die Hand der wunderschönen Frau leuchtete ganz weiß und kam langsam auf Jill zu.

Jill schreckte in ihrem Bett hoch. Ihr Wecker hatte sie geweckt. War das wirklich passiert oder hatte sie einfach nur ihren ersten Traum gehabt? Eigentlich war ihr das egal, solange es jetzt jede Nacht so sein würde, denn es war wunderschön gewesen.

Der Tag konnte gar nicht schnell genug vorbei sein bis zur nächsten Bettzeit. Und tatsächlich, von da an hatte sie ganz normal Träume wie alle ihre Freundinnen. Mal wunderschöne, mal weniger schöne und auch mal furchtbare. Aber Jill freute sich über jeden Traum, sie hatte verstanden, wie wertvoll sie waren.

Es war eine Weile still, bevor Lisa ihre Stimme erhob: „Das war aber eine schöne Geschichte Opa."

Opa beugte sich etwas nach vorne. „Das war die reine Wahrheit, Lisa."

„Du flunkerst doch, Opa." Tom verschränkte die Arme. „Wenn ich groß bin, werde ich Astronaut und dann werde ich die Sterne besuchen."

Opa grinste. „Ja, mach das, Tom. Wir sollten uns viel öfter die Zeit nehmen, einen klaren Sternenhimmel zu genießen, dann in ein kuscheliges, warmes Bett steigen und träumen." Er ließ diese Worte einen Moment auf seine Enkelkinder wirken. „Jetzt wird aber geschlafen." Er erhob sich aus dem Sessel, deckte die beiden zu und gab ihnen einen Gutenachtkuss. „Gute Nacht, ihr zwei."

„Gute Nacht, Opa", sagten die beiden fast wie aus einem Mund.

Opa löschte das Licht und ging ins Wohnzimmer zu seiner Frau. Oma saß vor dem Kamin und strickte. „Waren sie zufrieden mit deiner Gutenachtgeschichte?"

Opa setzte sich zur Oma. „Ja, das waren sie."

Oma hörte auf zu stricken und sah ihren Mann an. „Auch wenn nicht immer alles im Leben gut geht, ist es doch schön, auf der Erde zu sein, nicht wahr?"

Opa nahm die Hand seiner Frau. „Ja, das ist es Jill, das ist es."

Jennifer Warwel, *1980 in Essen geboren. Dort lebt sie noch immer.*

Willkommen daheim

Langsam setzte die Karosserie des Flugwagens auf dem nassen Asphalt auf. Kommissar Lucan seufzte und schloss die News-App auf seinem Holophone. Der Artikel zu der heimkehrenden Raumfahrerexpedition war spannend, aber der Autopilot war mal wieder schneller. Gemächlich stieg er aus dem Polizeifahrzeug und streckte sich in der Morgensonne. Dieser Teil der Stadt lag auf der Ostseite einer kleinen Anhöhe und bekam daher immer die ersten Sonnenstrahlen zu spüren. Lucan lächelte friedlich. Er war gern in Blumenberg. Ein kleines, verschlafenes Viertel voller bunter Häuserblocks durchsetzt mit Grünstreifen und dichten Alleen. Der Kommissar machte sich auf den Weg und versuchte sich zu erinnern, wann er das letzte Mal aufgrund von Vandalismus zu einem Tatort gerufen wurde.

In der Innenstadt gab es das KreatiV. Ein ganzer Straßenzug war für das freie Sprayen, Bemalen und Verschönern jeder Art zugelassen. Heutzutage mangelte es keinem an Möglichkeiten, sich kreativ auszuleben, also warum das Beschmieren von fremden Hauswänden?

Lucan stand vor dem ersten von vielen gemeldeten Tatorten und starrte auf die verunstaltete Hausfassade. Das Opfer war ein schnuckeliger, kleiner Block mit Eigentumswohnungen. Allein auf einem geräumigen Grundstück stand das Gebäude komplett im Grünen. Kleine Beete voller bunter Blumen unterbrachen das saftige Grün des perfekt gestutzten Rasens. Die Fassade war in einem kräftigen Rot gestrichen, offensichtlich war der Anstrich erst vor kurzer Zeit erneuert worden. Umso deutlicher war das Graffiti zu erkennen.

Dicke, graue Streifen zog sich quer über die Südseite des Hauses. Sie begannen ansatzlos irgendwo inmitten der Fassade und zogen sich in geraden oder leicht gekurvten Linien über die Hauswand. Das wars. Keine Worte, keine Gangzeichen, keine obszönen Bilder. Und das Grau war nicht einmal gut sichtbar, es war schwach und hell, ein denkbar schlechter Farbton für ein Graffiti.

„Aha, wird ja auch mal Zeit, dass einer von euch auftaucht!“, brummte es von der Seite. Aus der kleinen Einfahrt links vom Haus kam ihm eine bucklige, alte Dame entgegen. Sie ging sehr langsam und ihre dürren, kleinen Ärmchen krallten sich um einen großen Sack mit Blumenerde, der viel zu schwer für sie aussah.

„Guten Morgen", sagte Lucan und lächelte höflich. „Haben Sie den Vorfall hier gemeldet?"

„Vorfall? Mutwillige Zerstörung ist das, jawohl!", brauste sie direkt auf. „Taugenichtse, die sind das gewesen. Nichts als Unfug im Kopf. Schauen Sie sich das doch mal an, ein Skandal ist das. Ich habe es sofort entdeckt heute früh, jawohl! Sofort habe ich die Polizei gerufen, jawohl!" Mit einem Kopfschütteln stapfte die Frau mit der Blumenerde an Lucan vorbei, ohne ihn weiter zu beachten.

„Entschuldigung?", versuchte der Kommissar wieder, ihre Aufmerksamkeit auf sich zu lenken. „Haben Sie vielleicht etwas gesehen, oder …"

Abrupt blieb die Frau stehen und blickte ihn mit finster zusammengekniffenen Augen an. „Nix' gesehen habe ich. Sonst hätte ich mich schon selbst um die Schurken gekümmert, jawohl! Wenn das die anderen vom Blumenzuchtverein erfahren …" Sie schien ihren Gesprächspartner erneut vergessen zu haben und wackelte weiter auf eins der Blumenbeete zu.

Lucan bezweifelte, dass er noch etwas Nützliches von ihr erfahren würde. Er beschloss, erst mal nach Protokoll vorzugehen, und startete dafür seine Helferdrohne. Während diese die üblichen Fotos und Proben aufnahm, beschloss er, sich erst einmal die anderen Tatorte anzusehen. Diese waren nur wenige Minuten Fußweg entfernt. Doch auch dort erschloss sich ihm nicht der Sinn der Sprayaktion. Wieder bestand der Schaden nur aus asymmetrischen grauen Streifen, die scheinbar willkürlich über die Hauswände verliefen. Vor sich hin grübelnd machte er sich auf den Weg zurück zum Wagen. Im Gehen schickte er seinen Bericht inklusive Proben ans Labor.

Etwas später saß Lucan an seinem Schreibtisch in der Dienststelle und bekam eine Mail mit dem Laborbefund. Er überflog die Dateien schnell. Die Proben von den insgesamt zweiundvierzig Tatorten waren bis aufs kleinste Detail untersucht worden. Lucan kannte nun Zusammensetzung, Alter und Qualität der Hausfassaden, den genauen Farbton der Wandfarbe sowie eine prognostizierte Chargen-Nummer, die aufgrund des Alters errechnet worden war.

Lucan begann schon, sich zu fragen, warum er überhaupt noch gebraucht wurde, der Bericht schien ja bereits alle Informationen zu enthalten. Doch als er sich die Ergebnisse den Proben der Schmierereien zuwandten, wurde der Kommissar neugierig.

Zuerst das Naheliegendste. Alle Graffitis waren nachts, wahrscheinlich gegen Mitternacht, gesprayt worden. Sie waren aber nicht mit normalen Spraydosen aus dem Handel angefertigt worden. Die hellgrauen Farbpigmente waren durchsetzt mit winzigen Nanobots. Mikroskopisch kleine, hoch entwickelte Roboter, wie sie sonst nur in der Medizin oder fortgeschrittener Ingenieurstechnik vorzufinden sind. Die Bots aus den entnommenen Proben waren im Labor zerlegt und genauer untersucht worden. Sie waren hochmodern und entsprachen dem Status quo der Nanotechnologie. Und sie hatten eine besondere Funktion. Die Nanobots hatten winzige, eingebaute Solarpanels und waren quasi kleine Photovoltaikanlagen. Diese sogenannten Solarbots waren unverschämt teuer und leistungsstark.

Lucan war mehr und mehr fasziniert von dem Fall. Wer benutzte so sündhafte teure Technologie, um Striche auf fremden Hauswänden zu hinterlassen? Auch die Forensik konnte Lucan keine plausible Theorie nennen. Geplant seien weitere Untersuchungen, hieß es am Ende des Berichtes. Nun gut, dachte sich Lucan, dann wird es wohl Zeit für gute, alte Detektivarbeit. Eine Internetrecherche zeigte ihm die lokalen Hersteller und Vertreiber dieser Solarbots. Gerade als sich der Kommissar dem ersten Unternehmen widmen wollte, sprang ihm ein Newsartikel ins Auge. Die örtliche Universität besaß einen kleinen Lehrstuhl der Nanotechnologie. Und eine der dortigen Arbeitsgruppen unter der Leitung einer gewissen Dr. Maria Schultheis beschäftigte sich mit der Entwicklung von Solarbots.

Eine Expertin für Solarbots war genau das, was Lucan jetzt brauchte. Schnell griff er zu seinem Holophone und tippte die Nummer ihres Büros ein. Nach einem kurzen Klingeln meldete sich eine freundliche Männerstimme. Ein kurzes Gespräch mit ihrem Sekretär ergab, dass Doktor Schultheis heute im Homeoffice sei, auf eine Mail aber zeitnah antworten werde. Lucan legte auf und kratzte sich unzufrieden am Hals. Nur eine Mail schreiben wollte er nicht. Wer wusste schon, wann die beantwortet würde?

Na gut, die Beratung war wohl erst mal eine Sackgasse, eigentlich sollte er sich jetzt den Solarbot-Unternehmen zuwenden. Doch etwas störte den Kommissar. Einer Ahnung folgend recherchierte er mehr zu Maria Schultheis. Ihr Lebenslauf war beeindruckend. Das Studium mit Auszeichnung beendet, die Promotion in Rekordzeit abgeschlossen und als jüngste Frau die Leitung einer Arbeitsgruppe in der physikalischen Fakultät übernommen. Das Bild ihrer Promotionsfeier zeigte eine glückliche, junge Frau mit Doktorhut neben den stolzen Eltern. Ihre Eltern kamen Lucan bekannt vor, doch er wusste nicht woher. Er speicherte das Bild auf seinem Holophone für später und las weiter. Nach einigen Berichten über ihre Arbeit, die er nur laienhaft verstand, stieß er auf die große Überraschung. Als Jugendliche hatte Maria sich kreativ als Designerin ausgelebt und einen Preis gewonnen. Den jährlichen Award für das schönste Graffiti im KreatiV. Eine Solarbot-Forscherin mit einem Hang fürs Sprayen. Das konnte kein Zufall sein. Lucan suchte ihre Adresse raus und machte sich sofort auf den Weg. Es war Zeit, ein paar Fragen zu stellen.

Es dauerte etwas, bis Maria ihm die Tür öffnete. Sie trug bequeme Sachen, die Haare zu einem losen Zopf zurückgebunden und hatte tiefe Ränder um die Augen. Schläfrig blinzelte sie ihn an.

„Guten Tag, Kommissar Lucan mein Name. Ich hoffe, ich komme nicht ungelegen, aber ich muss Ihnen einige Fragen stellen." Lucan hatte mit vielem gerechnet. Doch Maria ließ nur die Schultern hängen und nickte resigniert.

„Ihr seid schnell. Ich habe gedacht, ich kann zumindest noch ausschlafen, bevor es klingelt."

Nun war der Kommissar überrascht. Was war das für ein seltsamer Fall? „Das heißt, Sie gestehen, willkürlich Hauswände in Blumenberg beschmiert zu haben?", fragte er.

Maria neigte verdutzt den Kopf. „Willkürlich? Oh! Ihr habt es noch nicht gesehen, oder?"

„Was haben Sie damit bezweckt?"

Jetzt lächelte sie, ihre Augen blitzten amüsiert. „Das will ich nicht sagen, aber ich kann es Ihnen zeigen. Kommen Sie heute bei Sonnenuntergang zum Raumfahrthafen. Danach komme ich auch gerne mit Ihnen auf die Wache, falls nötig."

Ärgerlich stellte Lucan fest, dass sie recht hatte. Vandalismus war zwar strafbar, aber kein Grund für eine Festnahme. Des Rätsels Lösung musste wohl noch ein paar Stunden warten.

Blumenberg von der Plattform am Raumfahrthafen aus wirkte am Abend noch genauso zeitlos ruhig wie am frühen Morgen.

Wenige Minuten vor Sonnenuntergang bekam Lucan eine Mail der Forensik mit den letzten Ergebnissen. Die Farbe sowie die Bots selbst waren nicht wetterbeständig. Mit dem nächsten Regen würde sich die Farbe samt Bots lösen. Anscheinend besaßen die Solarbots in den Graffitis kleine Speichereinheiten, um die gesammelte Energie tagsüber aufzunehmen. Warum, sei noch unklar, doch in Lucans Kopf formte sich so langsam eine Theorie.

Er ließ den Blick über die Plattform schweifen. Ein großer Strom Menschen bewegte sich auf ein nahes Terminal zu. Dort wurde ein Shuttle erwartet. Von Maria noch immer keine Spur. Gedankenverloren holte er sein Holophone hervor und öffnete das Bild ihrer Promotionsfeier. Und dann machte es Klick in seinem Kopf und er verstand. Alles fügte sich zusammen und Lucan musste laut lachen.

Er ging an den Rand der Plattform und sah zu Blumenberg hinüber. Die Sonne war nun ganz untergegangen, das Viertel wurde langsam immer dunkler. Und dann begann es.

Erst waren es nur kleine, helle Lichter wie Glühwürmchen in der Ferne. Nach und nach fügten sich die größer werdenden Lichtquellen zusammen, begannen die Farbtöne zu wechseln und ergaben Formen, Muster und Buchstaben.

Schon eine Minute nach Beginn waren die Umrisse deutlich zu sehen, doch die bunte Farbcollage schwoll noch immer an, wurde heller, deutlicher und schärfer.

Der Kommissar lachte glücklich und spürte, wie ihm die Freudentränen kamen. So etwas Großartiges hatte er noch nie erlebt.

Immer mehr Menschen auf der Plattform entdeckten die wundersame Aussicht und kamen näher. Bald drängten sich die Leute an das Geländer und staunten über die Show.

„Dachte ich mir doch, dass Ihnen die Aussicht gefallen würde", hörte er eine Stimme hinter sich.

Maria trug ein elegantes Sommerkleid und Make-up. Sie hielt ein kleines, weißes Schild in den Händen vor der Hüfte. Ihre Arme verdeckten die Schrift, doch Lucan brauchte nicht zu fragen. Er wusste, wessen Namen darauf standen. Er musste nicht einmal hinauf zum Himmel blicken, um zu wissen, was für ein Shuttle sich gerade im Landeanflug befand.

„Gehen Sie ruhig, meine Liebe. Sie können es sicher kaum erwarten."

Ein leises Dankeschön und sie war verschwunden.

Glücklich sah der Kommissar wieder nach Blumenberg. Der Höhepunkt war erreicht und ergab ein wunderschönes Bild. Ein Bild, das auch die Passagiere des nahenden Shuttles gut erkennen konnten.

Die Astronauten und Pioniere Pedro und Isabel Schultheis im Landeanflug zurück auf die Erde nach einer vierjährigen Expedition in einem anderen Sonnensystem sahen mit Tränen in den Augen auf das Spektakel.

Unter ihnen strahlten Milliarden voll aufgeladene Solarbots an Dutzenden Fassaden in den fantastischsten Farben und fügten sich zu einer detailreichen, rotierenden Simulation der Erde zusammen. Der blaue Planet, durchzogen von den weißen Streifen der Wolkenbänke und dem kräftigen Braungrün der Landmassen, drehte sich gemächlich und wirkte dabei heimisch vertraut. Darunter, in den gleichen, dynamischen Farbwechseln, standen zwei Wörter, die ihnen aber so viel bedeuteten.

Willkommen daheim

Marcel Streit, *geboren 1995, lebt in Unterfranken. Er promoviert gerade in der Biophysik und liest leidenschaftlich gerne. Seine Liebe zur Belletristik hat er trotz seines wissenschaftlichen Berufsfeldes nicht verloren. Deshalb schreibt er gerne spannende Geschichten mit den Schwerpunkten Fantasy und Science-Fiction. Seit 2022 wurden bereits mehrere seiner Kurzgeschichten in Anthologien veröffentlicht.*

Chroniken von Navadia:
Der Große Krieg

Wir schreiben die Geschichte von Navadia weiter:

Einst war die Welt voller Licht und Hoffnung – bis der Große Krieg alles in Dunkelheit stürzte. Entfacht durch grenzenlose Machtgier, brach ein beispielloses Chaos aus, das die Menschheit an den Rand ihrer Existenz brachte. Städte fielen, die Erde selbst schien zu brechen, und das, was einst sicher und vertraut war, wurde zu Asche und Ruinen. Überlebende kämpfen in dieser zerstörten Welt ums nackte Dasein, getrieben von dem Verlangen, das Verlorene wiederzufinden. Doch als die Hoffnung fast erloschen ist, erhebt sich aus den Trümmern eine neue Vision: Navadia – eine Stadt, die für eine Zukunft steht, die mehr ist als bloßes Überleben. Eine letzte Chance, eine neue Zivilisation zu gründen, in der die Fehler der Vergangenheit nicht wiederholt werden.

Die „Chroniken von Navadia: Der Große Krieg" ist die Geschichte vom Fall und Aufstieg einer Welt, die ihre Zukunft neu gestalten muss – oder für immer verloren ist. **Die Vorgeschichte zum Buch „Chroniken von Navadia - Übermorgenland". Einsendeschluss ist der 15. Februar 2025.**

In 2025 wird es dann auch noch einen dritten Teil zu dieser Trilogie geben ... www.papierfresserchen.de

„Das Erkennen und Auswählen von Farben sowie das Verständnis von Formen und Linien fördert die kognitive Entwicklung.

Kinder lernen, Muster zu erkennen und zu reproduzieren, was ihre logischen Denkfähigkeiten stärkt.“

Martina Meier MA
Journalistin, Verlegerin, Autorin

Unsere neue Buchreihe

Coloring Books by Papierfresserchens MTM-Verlag

Papierfresserchens MTM-Verlag gibt seit Kurzem auch pädagogisch wertvolle Malbücher für Kinder und Erwachsene heraus. Dabei sind Malbücher mehr als nur eine Freizeitbeschäftigung – sie spielen eine wesentliche Rolle in der Entwicklung von Kindern. Durch das Ausmalen von Bildern können Kinder ihre Feinmotorik, Hand-Augen-Koordination und Konzentration verbessern.

Malbücher für Erwachsene bieten eine wirksame Möglichkeit, Stress abzubauen und den Geist zu beruhigen, indem sie eine meditative und entspannende Wirkung haben. Sie fördern die Kreativität und ermöglichen es Erwachsenen, ihre künstlerischen Fähigkeiten auszudrücken. Darüber hinaus können sie die Konzentration und Achtsamkeit stärken, indem sie den Fokus auf einfache, wiederholende Aufgaben lenken und somit den Alltag entschleunigen. Ausführliche Informationen zu beiden Konzepten finden Sie unter:

Infos unter www.papierfresserchen.de